# Sobrevivência Mortal

# J. D. ROBB

## SÉRIE MORTAL

*Nudez Mortal*

*Glória Mortal*

*Eternidade Mortal*

*Êxtase Mortal*

*Cerimônia Mortal*

*Vingança Mortal*

*Natal Mortal*

*Conspiração Mortal*

*Lealdade Mortal*

*Testemunha Mortal*

*Julgamento Mortal*

*Traição Mortal*

*Sedução Mortal*

*Reencontro Mortal*

*Pureza Mortal*

*Retrato Mortal*

*Imitação Mortal*

*Dilema Mortal*

*Visão Mortal*

*Sobrevivência Mortal*

Nora Roberts

escrevendo como

J. D. ROBB

# Sobrevivência Mortal

*Tradução*
Renato Motta

Rio de Janeiro | 2013

Título original: *Survivor in Death*

Capa: Leonardo Carvalho

Editoração: FA Editoração Eletrônica

Texto revisado segundo o novo
Acordo Ortográfico da Língua Portuguesa

2013
Impresso no Brasil
*Printed in Brazil*

Cip-Brasil. Catalogação na fonte
Sindicato Nacional dos Editores de Livros, RJ

R545s Robb, J. D., 1950–
Sobrevivência mortal / Nora Roberts escrevendo como J. D. Robb; tradução Renato Motta – Rio de Janeiro: Bertrand Brasil, 2013.
518p.: 23 cm

Tradução de: Survivor in Death
ISBN 978-85-286-1648-4

1. Ficção americana. I. Motta, Renato. II. Título. III. Série.

CDD: 813
13-1714 CDU: 821.111(73)-3


EDITORA BERTRAND BRASIL LTDA.
Rua Argentina, 171 — 2º andar — São Cristóvão
20921-380 — Rio de Janeiro — RJ
Tel.: (0XX21) 2585-2070 — Fax: (0XX21) 2585-2087



Atendimento e venda direta ao leitor:
mdireto@record.com.br ou (0XX21) 2585-2002

*Assim, sustentas a morte que mantém os homens,*
*E, uma vez morta, a morte estará extinta.*
— WILLIAM SHAKESPEARE —

*Todas as famílias felizes são iguais,*
*mas cada família infeliz é infeliz à sua própria maneira.*
— LEO NIKOLAEVICH TOLSTOI —

# Prólogo

Uma vontade louca de tomar um refrigerante de laranja no meio da madrugada salvou a vida de Nixie. Ao acordar, viu no mostrador luminoso do relógio emborrachado que nunca tirava do pulso que já passava de duas da manhã.

Ela fora proibida de petiscar entre as refeições, exceto os itens escolhidos pela mãe e especificados em uma lista. Duas da manhã certamente era um horário muito distante da próxima refeição.

Mas ela estava *morrendo* de vontade de beber um refri de laranja.

Virou de lado e sussurrou algo para Linnie Dyson, sua melhor amiga em toda a galáxia. Elas estavam dormindo juntas naquela noite, na casa de Nixie, porque a mãe e o pai de Linnie tinham ido celebrar seu aniversário de casamento em um hotel luxuoso.

Assim, poderiam fazer sexo. Mamãe e a sra. Dyson tinham dito às meninas que o casal queria curtir um jantar especial, sair para dançar e outras balelas, mas o motivo era o sexo. Puxa vida, Nixie e Linnie tinham nove anos, e não dois. Já sabiam como eram as coisas.

Aliás, não davam a mínima para isso. O resultado é que mamãe, o monstro das regras, afrouxara o cerco sobre dormir com amigas no meio de uma semana de aulas. Mesmo tendo de apagar as luzes do quarto às nove e meia da noite — por acaso os pais faziam isso? —, ela e Linnie tinham curtido uma noite espetacular.

Ainda faltavam muitas horas para a aula da manhã seguinte e Nixie estava morrendo de sede. Cutucou Linnie e cochichou novamente:

— Acorde!

— Não *mesmo*! Ainda não é de manhã. Está escuro.

— Mas já é de manhã, sim. São duas da *manhã*. — Por isso é que estava tão frio. — Quero um refri de laranja. Vamos descer até a cozinha para pegar um. Podemos dividir.

Linnie emitiu alguns grunhidos abafados, virou para o outro lado e puxou as cobertas, quase cobrindo a cabeça.

— Pois *eu vou* descer — avisou Nixie, no mesmo tom agudo e sussurrado, mas muito determinado.

Não era tão divertido descer sozinha, mas ela não conseguiria pegar no sono, mesmo, pensando no refri. Precisava ir até a cozinha, porque sua mãe não permitia que ela tivesse um AutoChef no quarto. Aquela casa parecia uma prisão, pensou Nixie, saindo da cama em silêncio. Uma prisão dos anos 1950 ou algo assim, em vez de sua própria casa em 2059.

Mamãe colocara até senhas para crianças em todos os AutoChefs da casa, e a única coisa que Nixie e seu irmão Coyle conseguiam programar nos aparelhos eram gosmas supostamente saudáveis.

Era como comer lama.

Seu pai dizia: "Regras são regras." Vivia repetindo isso. Às vezes, porém, dava uma piscadela para Nixie e Coyle quando sua mãe saía, e programava sorvete ou uma bela porção de batatas fritas.

Nixie desconfiava que a mãe sabia disso e fingia não saber.

Saiu do quarto pé ante pé. Era uma menina linda, começando a ficar desengonçada por causa da idade, com uma massa ondulante de cabelos louros platinados, quase brancos. Seus olhos azuis muito claros já se ajustavam à escuridão.

Mesmo assim, seus pais sempre mantinham uma luz fraca no banheiro do fim do corredor, caso alguém precisasse se levantar de noite para fazer xixi ou outra coisa.

Prendeu a respiração ao passar pela porta do quarto do irmão. Se ele acordasse, poderia dedurá-la. Às vezes era um pé no saco. Outras vezes, porém, era um companheiro muito legal. Por um momento hesitou, pensou em entrar no quarto, acordá-lo e convidá-lo para participar daquela aventura noturna.

Melhor não. Era muito melhor circular por toda a casa em silêncio e sozinha. Prendeu a respiração mais uma vez ao passar pela porta do quarto dos pais, torcendo para conseguir escapar — pelo menos aquela vez — do radar de sua mãe.

Nada nem ninguém se mexeu no silêncio da casa quando ela desceu as escadas.

Mesmo quando chegou ao andar de baixo, permaneceu quieta como um ratinho noturno. Ainda teria que passar por Inga, a empregada, que dormia no quarto ao lado da cozinha. Mas seus aposentos ficavam longe do alvo de Nixie. Inga era uma pessoa legal, quase sempre, mas certamente não permitiria que ela tomasse um refri de laranja no meio da noite.

Regras são regras.

Foi por isso que ela não acendeu luz alguma, nem circulou pelas salas de baixo, e chegou à cozinha com o silêncio de um ladrão. Isso aumentava muito a emoção. Nenhum refri de laranja teria um gosto melhor do que aquele, refletiu a menina.

Abriu a porta da imensa unidade de refrigeração com muito cuidado. De repente, lhe ocorreu que talvez a mãe contasse quantas bebidas havia ali. Pode ser que ela mantivesse um registro preciso de todos os refrigerantes e snacks da casa.

Mas não havia mais retorno. Se tivesse de pagar um preço pelo prêmio, deixaria para se preocupar com isso mais tarde.

Com a lata valiosa na mão ela seguiu, silenciosamente, até os fundos da cozinha, onde poderia ficar de olho na porta dos aposentos de Inga e se agachar debaixo do balcão, se fosse preciso.

Em meio às sombras, abriu a tampa da lata e tomou o primeiro gole proibido.

Estava uma delícia. Tão gostoso, na verdade, que ela se sentou na banqueta junto ao balcão, que sua mãe chamava de "área do desjejum", e se preparou para curtir cada gota.

Estava mais tranquila, curtindo o momento, quando ouviu um ruído e mergulhou para se esconder sob o balcão. Por baixo dele, percebeu movimentos do outro lado e pensou: *Fui descoberta!*

Mas a sombra passou direto pelo balcão, foi até a porta do quarto de Inga e entrou.

Um homem. Nixie precisou tapar a própria boca para abafar uma risadinha. Inga tinha um namorado! Puxa, mas ela era tão velha, tinha pelo menos quarenta anos. É... pelo visto, parece que o sr. e a sra. Dyson não eram os únicos que fariam sexo naquela noite.

Incapaz de resistir, largou o refri de laranja sobre o balcão e deslizou pela cozinha de mansinho. Precisava ver aquilo, simplesmente *precisava*! Seguiu na ponta dos pés até a porta aberta, entrou na saleta de estar de Inga e se esgueirou até a porta do quarto, que também estava aberta. Colocou-se de quatro no chão e enfiou a cabeça pela fresta.

Espere só até ela contar tudo a Linnie! Ela ficaria morrendo de inveja.

Com a mão novamente tapando a boca, os olhos brilhando e muita vontade de rir, Nixie espiou, com a cabeça meio de lado.

E viu quando o homem cortou a garganta de Inga.

Notou o sangue esguichar com força. Ouviu um grunhido horrível, acompanhado de um gargarejo pavoroso. Com os olhos vidrados, recuou um pouco, ofegando sobre a palma da mão aberta, ainda grudada na boca. Incapaz de se mover, sentou-se com as costas na parede, o coração quase explodindo no peito.

O homem saiu do quarto, passou por ela na escuridão e saiu pela porta aberta.

As lágrimas lhe escorriam pelo rosto e se espalhavam pelos seus dedos abertos. Todo o seu corpinho tremia, mas ela engatinhou, usando uma cadeira como escudo, e tateou sobre a mesinha de cabeceira de Inga, em busca do *tele-link* portátil da empregada.

Falou baixinho a palavra "emergência".

— Ele a matou, ele a matou. Vocês precisam vir — sussurrou as palavras, ignorando as perguntas que a voz do outro lado recitava. — Venham logo! Venham depressa. — E informou o endereço.

Largou o *tele-link* no chão e continuou a engatinhar até chegar aos degraus estreitos que levavam da saleta de estar de Inga ao andar superior.

Precisava muito de sua mãe.

Não correu; não teve coragem para isso. Também não se levantou. Suas pernas estavam estranhas, vazias, como se os ossos tivessem derretido. Começou a se arrastar de barriga no chão pelo corredor, com soluços presos na garganta. Para seu horror, viu a sombra — eram duas, agora. Uma entrou no seu quarto e a outra no quarto de Coyle.

Choramingava baixinho quando arrastou o corpo, com dificuldade, até a porta do quarto dos pais. Ouviu um ruído, uma espécie de baque surdo; apertou o rosto contra o carpete e sentiu o estômago revirar.

Viu as sombras passando pelo portal. Viu e ouviu. Embora eles se movessem como se fossem exatamente aquilo. Apenas sombras.

Tremendo muito, continuou a rastejar; passou pela poltrona do quarto da mãe, depois pela mesinha da saleta, ao lado do abajur colorido. Sua mão deslizou sobre algo morno e quente.

Fazendo força para se levantar, virou-se para a cama. Olhou para sua mãe e para seu pai. E viu o sangue que os cobria por completo.

# Capítulo Um

Assassinato era sempre um insulto. Tinha sido assim desde que a primeira mão de um homem esmagou com uma pedra o crânio de outro homem. O assassinato sanguinolento e brutal de uma família inteira dentro de casa, em suas camas, era uma forma diferente de mal.

Eve Dallas, do Departamento de Homicídios da Polícia de Nova York, refletia sobre isso enquanto observava Inga Snood, uma mulher de quarenta e dois anos. Empregada doméstica, divorciada. Morta.

Os ângulos dos respingos de sangue e a cena do crime em si lhe contavam como tudo ocorrera. O assassino de Inga Snood tinha entrado pela porta, fora até a cama, agarrara a cabeça de Inga com força, erguendo-a provavelmente pelos cabelos louros de tamanho médio, passara a ponta da lâmina com precisão, da esquerda para a direita, ao longo da garganta, cortando-lhe a jugular.

Tudo aconteceu de forma relativamente ordeira, certamente rápida. Provavelmente silenciosa. Era pouco provável que a vítima tivesse tido tempo de entender o que estava acontecendo.

Não havia feridas defensivas, nenhum outro trauma, nem sinais de luta. Somente sangue e a morta.

Eve conseguira chegar à cena do crime antes de sua parceira e antes da equipe de peritos. A chamada de emergência fora transferida para uma patrulhinha nas mediações, que tinha sido acionada pouco antes das três da manhã.

Ainda faltavam os outros mortos e as outras cenas para analisar. Ela deu um passo atrás e olhou para a mulher fardada que se mantinha de guarda na cozinha.

— Mantenha esta cena segura.

— Sim, senhora, tenente.

Eve se moveu pela cozinha e chegou a um balcão que dividia dois ambientes — sala de estar de um lado e sala de jantar do outro. Residência de família de classe média alta. Rua nobre no Upper West Side, em Manhattan. Sistema de segurança decente, o que não servira de absolutamente nada para a família Swisher, nem para sua empregada.

Mobília de boa qualidade e de bom gosto, lhe pareceu. Tudo muito certinho, limpo e, aparentemente, no lugar. Não era um caso de arrombamento e furto; não com tantos eletrônicos caros e fáceis de levar.

Subiu as escadas e foi primeiro para o quarto dos pais. Keelie e Grant Swisher, trinta e oito e quarenta anos, respectivamente. Como no caso da empregada, não havia sinais de luta. Só duas pessoas dormindo na própria cama e que, agora, estavam mortas.

Deu uma boa olhada no aposento, viu um caro relógio de pulso sobre a cômoda e brincos de ouro sobre a penteadeira.

Não, certamente não fora arrombamento e furto.

Saiu no corredor no momento exato em que sua parceira, a detetive Delia Peabody, vinha subindo as escadas. Mancando um pouco.

Será que colocara Peabody de volta às suas atividades cedo demais?, perguntou-se Eve. Sua parceira tinha sido violentamente espancada três semanas antes por um homem de tocaia na calçada diante do seu prédio. Eve ainda guardava na mente a imagem da robusta Peabody toda roxa, com ossos quebrados e inconsciente, sobre uma cama de hospital.*

Mas era melhor deixar a lembrança e a sensação de culpa de lado. O ideal seria lembrar o quanto ela mesma detestava ficar de licença médica e como o trabalho, muitas vezes, funcionava melhor que o descanso forçado.

— Cinco mortos? Invasão domiciliar? — Um pouco ofegante, Peabody apontou para a escada. — A guarda que está na porta me fez um resumo.

— Parece que sim, mas ainda não sabemos. A empregada dormia no andar de baixo, em um quarto perto da cozinha. Estava na cama com a garganta cortada. Os donos da casa estavam aqui em cima. Mesmo padrão. Duas crianças, um menino e uma menina, estão nos outros quartos deste andar.

— Crianças? Meu Cristo!

— O primeiro quarto era o do menino. — Eve foi até a porta ao lado e ordenou que as luzes se acendessem.

— A identidade mostrou que este é Coyle Swisher, de doze anos. — Havia pôsteres de esportes nas paredes do cômodo. A maioria de astros de beisebol. Um pouco do sangue do menino havia respingado no peito do atual campista esquerdo dos Yankees, um jogador famosíssimo.

Embora houvesse objetos espalhados pelo chão do quarto, sobre a mesa de estudos e a mesinha de cabeceira, coisas típicas de adolescente, Eve não viu nada que indicasse que Coyle fora alertado

---

* Ver *Visão Mortal.* (N.T.)

do que estava para acontecer, exatamente como acontecera com seus pais.

Peabody apertou os lábios, pigarreou e disse, tentando manter a voz firme:

— Serviço rápido e eficiente.

— Não houve arrombamento. O alarme não tocou. Ou os Swisher se esqueceram de ligar o sistema, algo que não descarto, ou alguém conhecia as senhas e tinha um bom misturador de sinais. A garota está ali adiante.

— Certo. — Peabody empinou os ombros. — É mais duro quando os mortos são crianças.

— Suponho que sim. — Eve entrou no quarto seguinte, ordenou que as luzes se acendessem e analisou a cama macia toda rosa e branca, onde estava a menininha loura, empapada de sangue. — Nixie Swisher, de nove anos, segundo os registros.

— Praticamente um bebê.

— Pois é. — Eve olhou o quarto com mais atenção e virou a cabeça de lado. — O que vê aqui, Peabody?

— Uma pobre criança que nunca terá a chance de crescer.

— Há dois pares de sapatos ali.

— Crianças de famílias ricas têm um monte de sapatos.

— Também vejo duas mochilas grandes, provavelmente cheias de tralhas. Você já selou as mãos?

— Não, acabei de...

— Eu selei. — Eve entrou na cena do crime, estendeu uma das mãos cobertas de Seal–It, o spray selante, e pegou os sapatos. — Tamanhos diferentes. Vá chamar o guarda que chegou aqui primeiro.

Com os sapatos ainda na mão, Eve se virou para a cama e olhou a criança, enquanto Peabody corria para o corredor. Depois, colocou os sapatos de lado e pegou o Identipad no kit de serviço.

Sim, parecia mais difícil quando a vítima era uma criança. Era terrível pegar uma daquelas mãos minúsculas entre as suas. Vê-la tão pequena e sem vida; olhar para uma menina de quem haviam roubado tantos anos e todas as alegrias e dores que vêm com eles.

Pressionou o indicador da criança sobre a tela do aparelho e esperou o resultado.

— Aqui está o policial Grimes, tenente — avisou Peabody, da porta. — Foi o primeiro a entrar.

— Quem deu o alerta, Grimes? — perguntou Eve, sem se voltar.

— Uma mulher não identificada, tenente.

— E onde está essa mulher não identificada?

— Ahn... suponho que tenha sido uma das vítimas.

A tenente se virou para trás nesse momento, e Grimes notou que ela era uma mulher alta e esguia, com calças masculinizadas, usando uma surrada jaqueta de couro. Olhos castanhos de tira, frios e sem expressão, enfeitavam seu rosto anguloso. Os cabelos eram castanhos, curtos, com um corte picotado.

Tinha fama de durona, e quando seu olhar gélido se fixou nele, percebeu que a fama era merecida.

— Então nossa vítima ligou para a emergência, alertou sobre um assassinato e depois se enfiou calmamente debaixo das cobertas, esperando ser a próxima a ter a garganta cortada?

— Ahn... — Grimes era um tira de rua com dois anos de serviço, mas jamais conseguiria chegar à Divisão de Homicídios. — Talvez a menina tenha ligado e depois se escondeu na cama, tenente.

— Há quanto tempo você tem esse distintivo, Grimes?

— Vai fazer dois anos em janeiro, tenente.

— Conheço civis com mais percepção de uma cena de crime do que você. A quinta vítima acaba de ser identificada como

Linnie Dyson; tinha nove anos, não residia nessa porra de endereço e não é Nixie Swisher, a filha dos donos da casa. Peabody, dê início a uma busca minuciosa em toda a residência. Estamos em busca de outra menina de nove anos, viva ou morta. Grimes, seu idiota, emita um Alerta Amber. Talvez ela tenha sido o motivo dos crimes. Um possível caso de rapto. Mexa-se!

Peabody pegou uma lata de Seal-It no seu kit de serviço e cobriu as mãos e os sapatos com o spray.

— Ela pode estar escondida. Se foi a menina que deu o alarme, Dallas, pode estar escondida em algum canto. Teve medo de aparecer quando chegamos, ou pode estar em estado de choque. Talvez esteja viva.

— Comece pelo andar de baixo. — Eve ficou de quatro no chão, para olhar debaixo da cama. — Descubra o *tele-link* de onde foi feita a ligação para a emergência.

— Fui!

Eve caminhou pelo closet, fez uma busca intensa nele, tentando achar um lugar onde uma criança pequena pudesse se esconder. Depois foi para o outro quarto, o do menino, mas parou de repente.

Se você fosse uma menina morando com o que parecia ser uma boa família, para onde iria quando as coisas dessem errado?

Algum lugar, pensou Eve, que ela própria nunca teve de procurar. Porque quando as coisas lhe corriam mal, a família era a causa.

Assim, passou ao largo dos outros aposentos e foi direto para a suíte principal.

— Nixie — chamou baixinho, enquanto os olhos vasculhavam todos os cantos. — Sou a tenente Dallas, da polícia. Vim aqui para ajudar você. Você não ligou para a polícia, Nixie?

Rapto, voltou a pensar. Mas por que assassinar uma família inteira só para levar uma menininha? Muito mais fácil seria pegá-la na rua, em algum lugar, ou então entrar na casa, dopá-la e levá-la embora. O mais provável é que ela fosse encontrada tentando se esconder, encolhida em algum canto, morta como o resto da família.

Ordenou que as luzes se acendessem na luminosidade máxima e reparou nas manchas de sangue sobre o carpete ao lado da cama. A marca de uma mãozinha ensanguentada, depois outra e uma trilha vermelha que levava ao banheiro da suíte.

Talvez não fosse sangue da criança. Mais provavelmente era dos pais. Era realmente o mais provável, porque a quantidade de sangue era imensa. A menina engatinhou por cima do sangue, pensou Eve.

A banheira era grande e sexy, e havia duas pias sobre um balcão de mármore cor de pêssego, muito comprido. Ao lado, um pequeno reservado para o toalete.

Pinceladas de sangue gosmento marcavam o lindo piso de lajotões em tons claros.

— Droga! — murmurou Eve, e seguiu a trilha até as paredes de vidro grosso que revestiam um boxe espaçoso.

Esperava encontrar o corpo ensanguentado de uma menininha morta.

Em vez disso, viu o contorno trêmulo de uma menina viva.

Havia sangue em suas mãos, em sua camisola de dormir e também no rosto.

Por um instante, um momento terrível, Eve fitou a criança e viu a si mesma. Sangue em suas mãos, na roupa, no rosto, encolhida em um canto. Por um instante viu a faca em sua mão, ainda gotejando sangue, e viu o corpo do homem que ela retalhara jazendo no chão.

— Deus, ó Deus. — Cambaleou para trás, de forma incerta, pronta para correr e gritar. Mas a criança ergueu a cabeça, fitou-a com olhos vidrados e gemeu baixinho.

Ela voltou ao presente em um décimo de segundo, como se alguém a tivesse esbofeteado. Não sou eu, disse a si mesma enquanto lutava para manter e respiração sob controle. Isso não tem nada a ver comigo.

Nixie Swisher. A menina tinha um nome: Nixie Swisher.

— Nixie Swisher! — exclamou Eve em voz alta, e sentiu o coração se apaziguar. A criança estava viva e havia muito trabalho a fazer.

Uma análise rápida mostrou a Eve que aquele sangue que a cobria não era da menina.

Sentindo uma onda de alívio, empinou as costas e desejou que Peabody estivesse ali. Lidar com crianças não era seu ponto forte.

— Oi! — Ela se agachou, dando um tapinha no distintivo que prendera no cinto, com um dedo quase firme. — Meu nome é Dallas. Sou uma tira. Você ligou para nós, Nixie?

Os olhos da menina estavam arregalados e esgazeados. Seus dentes batiam com força.

— Preciso que você venha comigo, para que eu possa ajudá-la. — Eve estendeu a mão, mas a menina recuou, se encolheu e emitiu um som que parecia o de um animal preso em uma armadilha.

Sei como você se sente, garota. Sei exatamente.

— Não precisa ter medo, ninguém vai machucá-la. — Mantendo a mão erguida, Eve levou a outra ao bolso e pegou o comunicador. — Peabody, eu a encontrei no banheiro da suíte principal. Venha até aqui!

Vasculhando o próprio cérebro, Eve tentou encontrar a abordagem mais adequada.

— Você ligou para nós, Nixie. Foi muito esperta e corajosa. Sei que está com medo, mas vamos cuidar de você.

— Eles mataram, eles mataram, eles mataram...

— Eles?

Sua cabeça estremeceu de forma caótica, como a de uma velha com problemas motores.

— Eles mataram, eles mataram mamãe. Eu vi, eu vi. Eles mataram mamãe e papai. Eles mataram...

— Sim, eu sei. Sinto muito.

— Engatinhei por cima do sangue. — Com os olhos imensos e vidrados, ela estendeu as mãos manchadas. — Sangue!

— Está ferida, Nixie? Eles viram você? Machucaram você?

— Eles mataram, mataram... — Quando Peabody apareceu no banheiro, correndo, Nixie gritou como se tivesse sido esfaqueada e se jogou nos braços de Eve.

Peabody parou na mesma hora, permaneceu imóvel e manteve a voz calma e baixa.

— Vou ligar para o Serviço de Proteção à Infância. Ela está ferida?

— Não vi nenhum ferimento. Mas ela está em estado de choque.

Era estranho segurar uma criança no colo, mas Eve envolveu Nixie com os braços e se levantou.

— Ela viu tudo. Temos não apenas uma sobrevivente, mas também uma testemunha.

— Uma menina de nove anos que viu... — sussurrou Peabody, enquanto Nixie continuava aos prantos no ombro de Eve, e de vez em quando virava a cabeça na direção do quarto.

— Isso mesmo. Tome, pegue-a no colo e... — Quando Eve tentou se desgrudar de Nixie, a menina se agarrou a ela com mais força.

— Acho que você vai ter que segurá-la, Dallas.

— Inferno! Ligue para o Serviço de Proteção à Infância e mande alguém vir para cá. Depois, faça uma revista completa na casa, cômodo por cômodo. Já vou lá, em um minuto.

Eve tinha a esperança de passar a menina para uma das guardas que aparecessem, mas Nixie estava cada vez mais colada nela. Resignada e cautelosa, levou Nixie no colo até o andar de baixo, procurou um local neutro e acabou escolhendo uma espécie de quarto de brincar.

— Quero minha mãe... Quero minha mãe!

— Sei, já entendi essa parte. Mas o lance é o seguinte: você precisa me largar. Não vou abandoná-la Nixie, mas você precisa se desgrudar do meu pescoço.

— Eles já foram embora? — perguntou a menina, escondendo o rosto no ombro de Eve. — As sombras foram embora?

— Foram, sim. Agora, me largue um pouquinho, sente-se aqui. Preciso resolver algumas coisas e conversar com você.

— E se elas voltarem?

— Eu não deixo. Sei que isso é difícil. Não há nada pior. — No limite do desespero, Eve se sentou no chão com Nixie ainda firmemente agarrada a ela. — Preciso fazer o meu trabalho, é assim que eu vou ajudar você. Preciso... — Nossa. — Preciso conferir uma coisa na sua mão e depois você pode se lavar. Vai se sentir muito melhor depois que se lavar, certo?

— Eu me sujei com o sangue deles...

— Eu sei. Escute, esse aqui é o meu kit de serviço. Vou pegar um aparelhinho e fazer uma gravação e um registro. Depois você pode ir para o banheiro se lavar. Ligar gravador — ordenou Eve, em voz baixa, e afastou um pouco a menina. — Seu nome é Nixie Swisher, certo? Você mora aqui?

— Sim, mas eu quero...

— Sou a tenente Dallas. Vou encostar sua mão nesse aparelho e depois você pode ir se lavar. Não vai doer.

— Eles mataram minha mãe e meu pai.

— Eu sei. Sinto muito. Você viu quem eram eles? Quantos eram?

— Estou com o sangue deles em mim.

Lacrando o coletor, Eve olhou para a criança. Ela lembrava o que era ser uma menininha coberta de sangue que não era dela.

— Que tal você ir se lavar agora?

— Não consigo.

— Eu ajudo você. Talvez também esteja com sede, ou algo assim. Eu posso... — Quando Nixie explodiu em uma torrente de lágrimas, os olhos de Eve começaram a arder. — Que foi? Que foi?

— Refri de laranja.

— Tudo bem. Vou até a cozinha para ver se...

— Não, eu desci para pegar um. Não devia fazer isso, mas desci até a cozinha para pegar um refri de laranja. Linnie não quis se levantar da cama para ir comigo. Fui até a cozinha e vi.

Com sangue espalhado nas roupas das duas, Eve decidiu que lavar a menina era algo que poderia esperar um pouco.

— O que você viu, Nixie?

— A sombra, o homem que entrou no quarto de Inga. Eu pensei... Resolvi espiar um minutinho só, para ver se eles iam fazer aquilo, você sabe...

— Fazer o quê?

— Sexo. Eu não devia olhar, mas fiz isso, e vi tudo!

Havia novas lágrimas e o nariz da menina escorria um pouco, agora. Sem nada à mão, Eve pegou um paninho de limpeza no seu kit de serviço e passou-o no rosto da criança.

— O que foi que você viu?

— Ele tinha uma faca comprida e cortou a garganta dela, bem fundo. — Levou a mão ao próprio pescoço. — Havia muito sangue.

— Pode me dizer o que aconteceu depois?

Enquanto as lágrimas continuavam, ela esfregou o pano e as mãos sobre as bochechas, espalhando o sangue ainda mais.

— Ele saiu. Não me viu ao sair, e foi nessa hora que eu peguei o *tele-link* de Inga e chamei a polícia.

— Muito bem, Nixie. Isso foi realmente esperto.

— Queria minha mãe. — Sua voz falhou por causa das lágrimas e do nariz que escorria. — Queria papai também; subi de volta pela escada de serviço que Inga usava, e então os vi. Eram dois homens. Estavam indo para o meu quarto e para o quarto de Coyle, e eu sabia o que pretendiam fazer, mas queria minha mãe e meu pai. Entrei engatinhando. Foi quando percebi o sangue em mim e vi os dois. Estavam mortos. Todos estão mortos, não estão? Todos. Não consegui olhar e fui me esconder.

— Fez a coisa certa. Agiu direitinho. Olhe para mim, Nixie. — Eve esperou até que os olhos encharcados se fixassem nos dela. — Você está viva e fez tudo certo. Por ter agido assim, vai me ajudar a achar as pessoas que fizeram isso e fazê-las pagar.

— Mamãe está morta. — Debruçando-se no colo de Eve, ela chorou e chorou, sem parar.

Eram quase cinco da manhã quando Eve conseguiu voltar até onde Peabody estava, a fim de começar a trabalhar.

— Como está a menina?

— Como seria de esperar. Deixei a assistente social e o médico com ela. Estão limpando-a e fazendo-lhe um exame físico completo. Precisei jurar que não ia embora da casa, porque ela não queria desgrudar de mim.

— Foi você que a encontrou. Foi quem apareceu quando ela pediu socorro.

— Ela chamou a polícia pelo *tele-link* da empregada, ao lado da cama. — Eve fez um cronograma de tudo o que acontecera. — Pelo que ela conseguiu me contar até agora, a coisa toda bate com o que me pareceu logo de cara: um trabalho profissional eficiente.

Eles invadiram o terreno e hackearam ou misturaram os sinais dos sistemas de alarme e segurança. Um deles pegou a empregada. Foi o primeiro assassinato. Ela estava isolada no andar de baixo e eles precisavam resolver isso antes, pois ela poderia acordar, desconfiar de alguma coisa e chamar os tiras. O segundo invasor provavelmente já estava no andar de cima, pronto para atacar, caso alguém acordasse. Depois, eles mataram os pais juntos.

— Um para cada vítima — concordou Peabody. — Nenhum barulho, nenhuma luta. É mais fácil lidar com os adultos antes, porque as crianças não são uma grande preocupação.

— Um deles matou o menino e o outro a menina. Esperavam isso: um menino e uma menina. Estava escuro, e o fato de terem matado a menina errada não significa, necessariamente, que não conheciam a família pessoalmente. Esperavam achar uma menina loura e foi o que viram. Depois do trabalho feito, deram o fora.

— Não há restos de sangue fora da casa.

— Devem ter usado roupa de proteção, que foi despida no fim da missão. Nada de sujeira ou confusão. Já determinou a hora exata das mortes?

— Duas e quinze foi a empregada. Três minutos depois o pai e, quase ao mesmo tempo, a mãe. Mais um minuto para cada criança. O tempo total foi de cinco ou seis minutos. Tudo frio e limpo.

— Não tão limpo. Deixaram uma testemunha para trás. A menina está muito abalada, mas acho que conseguiremos extrair mais informações dela. Tem cabeça e é muito corajosa. Não gritou quando viu a empregada ter a garganta cortada.

Eve se colocou no lugar da menina e imaginou os minutos durante os quais os assassinatos pontilharam a escuridão da casa.

— Aterrorizada, ela devia estar aterrorizada, mas não correu berrando, pois acabaria sendo pega e morta. Ficou quietinha e ligou para o nove-um-um. Muito corajosa.

— E agora, o que vai acontecer com ela?

— Vai para um lugar seguro, seus registros serão lacrados; vai lidar com guardas fardados e com a representante do Serviço de Proteção à Infância. — Esses eram os passos frios, os estágios impessoais do processo. A vida da menina, como ela conhecia, terminara às duas e quinze daquela manhã. — Precisamos descobrir se Nixie tem parentes ou um tutor legal. Mais tarde conversaremos novamente com ela, para ver se descobrimos mais alguma coisa. Quero esta casa lacrada como um laboratório de pesquisas. Vamos começar pesquisando rivalidades entre os adultos.

— O pai era advogado, trabalhava em varas de família. A mãe era nutricionista. Atendia os clientes aqui em sua casa e dava consultas no escritório que fica no andar de baixo. As fechaduras do escritório estão intactas, ninguém arrombou o local.

— Vamos olhar o trabalho deles, os clientes, os empregados. Um crime como este é coisa de profissionais, e o plano foi meticuloso. Talvez um dos pais, os dois ou a empregada tenham ligações com o crime organizado. O trabalho de nutricionista pode ser fachada para comércio de drogas ilegais. Mantenha o cliente magro e feliz do jeito mais fácil.

— Existe um jeito mais fácil? — interessou-se Peabody. — Um jeito que inclua porções ilimitadas de pizza e nada que triture cruelmente o estômago?

— Um pouco de Funk, Go ou outra droga como parte da alimentação básica. — Eve deu de ombros. — Talvez a mãe tenha batido de frente com o fornecedor. Talvez um dos pais tenha tido um caso com alguém barra-pesada e tudo acabou mal. Alguém disposto a acabar com uma família inteira tem uma tremenda motivação. Vamos ver se os peritos descobrem algo interessante na cena do crime. Enquanto isso, quero vasculhar cada cômodo mais uma vez, pessoalmente. Ainda não consegui sentir o clima desse...

Parou de falar quando ouviu um clique-clique rítmico de saltos altos e se virou para ver a assistente social que entrava, ainda com cara de sono, mas solene como uma catedral. Newman era o nome dela, lembrou Eve. Típica funcionária pública do Serviço de Proteção à Infância; pelo visto, nem um pouco feliz de ter sido convocada para trabalhar tão cedo.

— Tenente, o médico não encontrou nenhum ferimento na menor em questão. Seria melhor transportá-la daqui imediatamente.

— Quero alguns minutos para providenciar segurança para ela. Minha parceira pode subir e embalar algumas coisas para a menina. Quero...

Ela parou de falar. Dessa vez não foi o clique-clique dos sapatos que a interrompeu, mas o som de pezinhos descalços. Ainda usando a camisola ensanguentada, Nixie entrou e se lançou nos braços de Eve.

— Você me disse que não ia embora.

— Ora, mas eu estou bem aqui.

— Não deixe que me levem. Ouvi dizer que vão me levar daqui. Não permita que eles façam isso.

— Mas você não pode ficar nesta casa. — Ela soltou, com dificuldade, os dedinhos de Nixie que estavam agarrados à sua calça e se agachou até ficar com os olhos ao mesmo nível dos da menina. — Você sabe que não pode.

— Não deixe que me levem! Não quero ir com essa mulher. Ela não é da polícia.

— Vou mandar uma policial com vocês e ela vai ficar ao seu lado.

— Você tem que ir. Você *tem* que ir.

— Não posso, tenho trabalho aqui. Preciso fazer o que é certo para sua mãe e seu pai; para seu irmão e sua amiga. Para Inga.

— Não vou com ela. Você não pode me obrigar!

— Nixie...

— Escute... — Com um tom de voz agradável e um sorriso nada ameaçador no rosto, Peabody entrou na conversa. — Nixie, preciso conversar com a tenente um minutinho, aqui mesmo. Ninguém vai a lugar algum por enquanto, certo? Preciso só conversar com ela. Dallas... — Peabody caminhou até o canto da sala, onde continuaria no campo de visão de Nixie.

Dallas a seguiu.

— Que foi? Não posso parar tudo para cuidar dela.

— Acho que devia levá-la com você.

— Peabody, preciso fazer um exame mais detalhado da cena do crime.

— Eu já fiz o trabalho preliminar; você pode voltar aqui mais tarde e fazer o resto.

— Quer que eu vá com ela para a casa de proteção? Ela vai se pendurar nos meus cabelos quando eu tiver de deixá-la com os guardas. De que adianta?

— Não estou dizendo para você levá-la para a casa de proteção. Leve-a para a *sua* casa. Não existe lugar mais seguro do que a sua casa, em toda a cidade... Provavelmente no planeta.

Eve ficou calada por dez segundos.

— Você pirou de vez, Peabody?

— Não, me escute antes... Ela confia em você. Sabe quem está no comando e se sentirá muito mais segura ao seu lado. É uma testemunha ocular e uma criança traumatizada. Certamente nós conseguiremos arrancar mais informações se ela se sentir segura e bem-instalada no melhor local possível, diante das circunstâncias. Será só por alguns dias, uma espécie de período de transição, antes que ela caia nas garras do sistema. Coloque-se no lugar dela, Dallas. Você preferiria ficar com a tira legal e poderosa ou com a funcionária pública com cara de tédio, sobrecarregada de trabalho?

— Não posso ser babá dela. Não estou preparada para isso.

— Mas está preparada para conseguir o máximo de informações de uma testemunha se tiver acesso total a ela. E não precisaria passar pela burocracia do Serviço de Proteção à Infância cada vez que precisasse interrogá-la.

Com ar pensativo, Eve olhou para Nixie.

— Isso pode dar certo por um ou dois dias. Summerset sabe lidar com crianças, apesar de ser um babaca. E ela não ficará mais traumatizada do que já está se tiver de encarar um sujeito medonho. Basicamente eu vou proteger uma testemunha, e a casa é grande.

— Essa é a ideia!

Eve fez cara de estranheza e analisou o rosto de Peabody.

— Muito esperta para alguém que voltou para o batente há menos de dois dias.

— Ainda não estou boa para perseguir suspeitos a pé, mas minha mente está mais afiada que nunca.

— Que pena. Minha esperança era que a pancada e o coma que você enfrentou dariam um jeito na sua língua. Tudo bem, temos que aguentar as coisas do jeito que são.

— Puxa, que maldade!

— Pois saiba que eu conseguiria ser ainda mais cruel, mas são cinco da manhã e eu ainda não tomei café em quantidade suficiente. Preciso fazer uma ligação.

Afastou-se um pouco e percebeu que Nixie olhava para ela com o canto do olho, muito tensa. Eve simplesmente balançou a cabeça e pegou o *tele-link* de bolso.

Cinco minutos depois, dava a notícia à assistente social.

— Isso está absolutamente fora de questão — reagiu a funcionária. — A senhora não está qualificada nem foi aprovada para transportar uma criança, tenente. Minha obrigação é acompanhar a menor...

— Vou levar a testemunha de um crime em custódia, para sua própria proteção. Ela não gosta de você e preciso acomodá-la em um lugar onde se sinta mais à vontade, a fim de interrogá-la a contento.

— Essa menor...

— A menina viu a família ser massacrada na sua frente. Quer ficar comigo. Decidi que terá o que deseja. Na qualidade de oficial graduada da Polícia de Nova York, estou providenciando para que ela seja levada para um local mais seguro e permaneça lá até sua proteção não ser mais necessária, ou outras possibilidades surjam. Você pode se opor a isso, mas por que se daria a esse trabalho?

— Devo considerar em primeiro lugar os interesses dessa...

— Menor — completou Eve. — Se é assim, sabe muito bem que o interesse dela é permanecer em segurança, e devemos evitar novas situações estressantes. Ela está se borrando de medo de tudo isso. Por que piorar a situação?

— Meu supervisor não vai gostar nada disso — avisou a mulher.

— Mande seu supervisor conversar comigo. Vou levar a menina. Abra uma queixa contra mim, se quiser.

— Preciso saber para onde vai levá-la e a situação em que...

— Pode deixar que eu a aviso. Peabody! Embale tudo que você acha que Nixie poderá precisar.

Voltou até onde Nixie estava e disse:

— Você sabe que não pode mais ficar aqui, certo?

— Não quero ir com ela. Não quero...

— Hoje você aprendeu, do modo mais duro, que uma pessoa não pode ter tudo que quer. Só que, por enquanto, você poderá ficar comigo.

— Com você?

Enquanto a assistente Newman saía dali a passos largos, Eve levou Nixie para o outro lado da sala.

— Isso mesmo. Só não poderei ficar com você o tempo todo, porque tenho de trabalhar. Mas vai ter gente boa no lugar para onde você vai, gente que cuidará de você. São pessoas em quem confio, e você também poderá confiar nelas.

— Mas você estará lá? Vai voltar?

— Eu moro lá.

— Então, está bem — decidiu Nixie, pegando a mão de Eve. — Vou com você.

# Capítulo Dois

Avaliando tudo de forma objetiva, Eve preferia estar transportando um viciado de cento e quarenta quilos, cheio de Zeus no cérebro e devidamente acomodado no banco de trás da viatura, em vez de uma garotinha. Afinal, sabia como lidar com os doidões.

Mas a viagem era curta; entregaria a menina para alguém em pouco tempo e voltaria ao trabalho.

— Depois de notificarmos... — Eve olhou pelo espelho retrovisor do carro e, embora Nixie estivesse cochilando, deixou de falar "os parentes mais próximos" — ... vamos nos reunir no meu escritório doméstico. Mais tarde quero voltar à cena do crime. Por enquanto, vamos usar seus registros e gravações do local.

— A Divisão de Detecção Eletrônica já está recolhendo todos os computadores e *tele-links* da casa; eles também vão testar o sistema de segurança. — Peabody se virou de lado para poder ver Nixie com o canto do olho. — Talvez descubram alguma coisa até voltarmos lá para completar o exame do local.

Preciso ir para a rua fazer trabalho de campo, pensou Eve. Tenho muita coisa para resolver. Interrogatórios, relatórios, rastreamentos. Preciso voltar à cena do crime. Sentiu que sua concentração estava fragmentada por ter encontrado a menina. Precisava voltar lá para analisar o lugar com mais intuição e foco.

Os assassinos entraram pela frente, refletiu, tentando reviver mentalmente a cena. A menina estava na cozinha e teria sido vista se alguém tivesse entrado pelos fundos. Foi pela frente, e os invasores passaram pelo sistema de segurança como se ele não existisse. Um subiu, outro ficou no primeiro andar. Tudo rápido e eficiente.

A empregada foi a primeira. Mas ela não era o objetivo principal, não era o alvo do ataque. Se fosse, por que precisariam subir até o andar de cima? A família era o alvo. Pais e filhos. Eles não se desviaram da meta nem por um segundo, nem mesmo para roubar o caríssimo relógio de pulso que estava bem à vista.

Assassinato direto, pensou. Impessoal. Nada de torturas, conversas ou mutilações.

Apenas um trabalho, então...

— Você mora aqui?

A pergunta feita com voz sonolenta distraiu Eve e cortou sua corrente de pensamentos no instante em que o carro passou pelos portões.

— Moro.

— Em um castelo?

— Não é um castelo. — Tudo bem, talvez o lugar se parecesse com um castelo, ela teve de admitir. A imponência da mansão, o revestimento de pedras brilhando à luz da alvorada, as saliências arquitetônicas e as torres, toda a vastidão verde em torno e as árvores cintilando vagamente nos restos do outono.

Mas Roarke era assim mesmo. Não construía nada comum.

— É apenas uma casa muito grande — explicou Eve.

— É uma casa supermag — acrescentou Peabody, sorrindo para Nixie. — Um monte de quartos, muitos telões e videogames; tem até uma piscina.

— Dentro de casa?

— Isso mesmo. Você sabe nadar?

— Papai nos ensinou. Vamos sair de férias depois do Natal, para passar o Ano-Novo em um hotel de Miami. Lá tem praia, o hotel tem piscina e nós vamos...

Parou de falar de repente e recomeçou a chorar ao lembrar que não haveria férias em família depois do Natal. Nunca mais haveria férias em família.

— Doeu quando eles morreram?

— Não — garantiu Peabody, com voz gentil.

— Doeu? — insistiu Nixie, insatisfeita com a resposta e olhando para a parte de trás da cabeça de Eve.

Ela parou o carro na porta de casa e respondeu:

— Não.

— Como é que você sabe? Você nunca morreu. Nunca uma pessoa com uma faca grande lhe cortou a garganta. Como pode saber?

— Esse é o meu trabalho — explicou Eve, depressa, ao notar que a voz da menina estava a um passo da histeria. Virou-se para trás e olhou para Nixie. — Eles nem chegaram a acordar e tudo acabou em menos de um segundo. Não doeu nada.

— Mesmo assim eles estão *mortos*, não estão? Continuam mortos.

— Sim, estão, e esse golpe é duro de aceitar. — Típico, pensou Eve, deixando a fúria se expressar livremente. A raiva anda de mãos dadas com o pesar. — Você não pode trazê-los de volta, mas vou encontrar quem fez isso e vou prendê-los.

— Você poderia matá-los.

— Esse não é o meu trabalho.

Eve saltou do carro e abriu a porta de trás.

— Vamos.

No instante em que Eve pegou a mão de Nixie, Roarke abriu a porta da frente e saiu. Os dedos finos da menina apertaram os de Eve como se fossem arames.

— Ele é o príncipe? — perguntou, baixinho.

Como a casa parecia um castelo, Eve imaginou que o homem que a construíra só poderia ser um príncipe. Alto, elegante, moreno e deslumbrante. Com cabelos abundantes em torno de um rosto desenhado para fazer uma mulher gemer de desejo. Estrutura corporal forte, com ossos proeminentes, boca firme com lábios cheios e olhos em um tom de azul forte e marcante.

— Esse é Roarke — respondeu Eve. — É um homem comum.

Uma grande mentira, é claro. Roarke era tudo, menos comum. Mas era todo dela.

— Tenente — cumprimentou ele, e um leve sotaque irlandês surgiu em sua voz enquanto ele descia a escada. — Olá, detetive. — Agachou-se, e Eve notou que quando olhou fixamente para Nixie ele não sorriu.

Viu uma menina pálida e linda, com sangue ressecado nos cabelos louros como a luz do sol, além de olheiras de fadiga e dor sob os olhos em um tom tranquilo de azul.

— Você deve ser Nixie. Meu nome é Roarke. Sinto muito conhecê-la em circunstâncias tão terríveis.

— Eles mataram todo mundo.

— Sim, eu sei. A tenente Dallas e a detetive Peabody vão descobrir as pessoas que fizeram essa coisa horrível e cuidarão para que sejam punidas.

— Como é que você sabe?

— Porque esse é o trabalho delas, e são melhores nisso do que qualquer outra pessoa. Você não quer entrar, agora?

Nixie puxou a mão de Eve e continuou puxando, até que ela revirou os olhos de impaciência e se curvou.

— Que foi?

— Por que ele fala desse jeito?

— Ele não nasceu aqui.

— Eu nasci do outro lado do mar, na Irlanda. — Dessa vez ele sorriu de leve. — Nunca consegui me livrar por completo do sotaque.

Roarke estendeu a mão na direção do espaçoso saguão, onde Summerset já estava à espera, com um gato gordo esparramado aos seus pés.

— Nixie, este é Summerset — disse Roarke. — É ele que dirige a casa. Vai tomar conta de você, na maior parte do tempo.

— Eu não o conheço. — Olhando para Summerset com desconfiança, Nixie se encolheu e se agarrou com mais força em Eve.

— Eu o conheço. — O que iria dizer em seguida parecia bile em sua garganta, mas Eve engoliu e completou: — É um cara legal.

— Seja bem-vinda, srta. Nixie. — Como Roarke, seu rosto estava sério. Eve agradeceu silenciosamente a ambos por não grudar na cara sorrisos escancarados e assustadores, como alguns adultos fazem quando conhecem crianças vulneráveis. — Gostaria de visitar os aposentos onde a senhorita vai dormir?

— Não sei.

Ele se agachou e pegou o gato no colo.

— Talvez deseje tomar algo refrescante, antes. Galahad lhe fará companhia.

— Nós tínhamos um gato. Ficou velho e morreu. Vamos procurar um filhote no próximo...

— Galahad adoraria ter uma nova amiga. — Summerset colocou o gato no chão novamente, esperando impassível enquanto

Nixie largava a mão de Eve e se aproximava. Quando o gato esfregou a cabeça na perna dela, a sombra de um sorriso surgiu em seus lábios. Ela se sentou no chão e enterrou o rosto entre seus pelos.

— Muito obrigada por isso — agradeceu Eve a Roarke, falando entre os dentes. — Sei que vai ser um transtorno.

— Nem um pouco. — Também havia sangue na roupa dela. Além de um leve cheiro de morte. — Conversaremos sobre isso depois.

— Preciso ir, agora. Desculpe despejar tudo em cima de vocês.

— Vou trabalhar a manhã quase toda aqui em casa. Summerset e eu conseguiremos nos virar numa boa.

— Segurança completa.

— Nem precisava lembrar.

— Volto assim que tiver chance, e pretendo trabalhar aqui de casa o máximo possível. No momento, precisamos notificar os pais da menina que morreu. Peabody, você pegou o endereço dos Dyson?

— Eles não estão em casa — informou Nixie, com o rosto ainda enterrado nos pelos de Galahad.

— Vejo que está ligada — comentou Eve, e atravessou o saguão. — Onde eles estão?

— Foram a um hotel grande, para comemorar o aniversário de casamento. Foi por isso que Linnie teve permissão para passar a noite na minha casa, mesmo sendo uma semana de aulas. Agora você vai ter de contar a eles que ela morreu no meu lugar.

— Não foi no seu lugar. Se você estivesse no quarto, as duas teriam sido mortas. De onde tirou essa ideia?

— Tenente... — O tom de choque e irritação na voz de Summerset fez com que ela simplesmente erguesse o dedo para lhe pedir silêncio.

— Ela não está morta porque você está viva. O choque vai ser terrível para os Dyson tanto quanto foi para você. Lembre-se de quem são os culpados pelo que aconteceu.

Nixie ergueu a cabeça ao ouvir isso e seus olhos azuis ficaram duros como vidro quando confirmou:

— Os homens com as facas.

— Isso mesmo. Você sabe o nome do hotel?

— O Palace, porque é o melhor hotel da cidade. Foi isso que o sr. Dyson disse.

— Certo. — Era realmente o melhor, refletiu Eve, porque fazia parte da cadeia de hotéis que pertencia a Roarke. Lançou um olhar para ele e recebeu um aceno de cabeça.

— Vou facilitar as coisas.

— Obrigada. Agora eu preciso ir — disse a Nixie. — Você vai ter de ficar com Summerset.

— Os homens com as facas podem vir me pegar.

— Não creio que venham, mas se fizerem isso não conseguirão entrar aqui. A propriedade tem portões fortes, é muito segura, e a casa é impenetrável. Quanto a Summerset? Sei que ele parece um velho feio e magricelo, mas é durão e você ficará completamente a salvo com ele. Esse é o esquema para você ficar aqui — completou, levantando-se. — É o melhor que posso fazer.

— Você vai voltar?

— Eu moro aqui, lembra? Peabody, venha comigo.

— As coisas dela estão ali. — Peabody apontou para uma sacola imensa usada por ginastas, que ela enchera com muitas roupas e acessórios. — Nixie, se eu tiver esquecido de trazer alguma coisa ou você precisar de algo especial, peça para Summerset entrar em contato comigo e nós pegamos para você. Combinado?

Eve, ao olhar para trás antes de sair, viu a criança sentada no chão entre os dois homens, buscando conforto na companhia do gato.

No instante em que se viu fora de casa, girou os ombros com força, como se tentasse tirar um peso enorme deles.

— Meu santo Cristo! — foi tudo o que disse.

— Não consigo imaginar o que está rolando na cabeça dessa criança.

— Eu consigo. Estou sozinha, apavorada, tenho a alma ferida e nada faz sentido. Ainda por cima me deixaram cercada de estranhos. — Isso provocou uma leve sensação de enjoo em Eve, mas ela superou o momento. — Ligue para a DDE e descubra em que ponto eles estão.

Ao dirigir de volta, na direção dos portões, Eve pegou o *tele-link* do painel e ligou para a dra. Charlotte Mira, em sua casa.

— Desculpe, doutora. Sei que é muito cedo.

— Que nada, já estou acordada.

Na tela, Eve reparou que Mira enrolara uma toalha branca leve em torno dos cabelos pretos e sedosos. Havia gotículas em seu rosto — de água ou de suor.

— Estava em minha sessão matinal de ioga. Aconteceu alguma coisa?

— Homicídio múltiplo em uma invasão de residência. Uma família inteira foi chacinada, com exceção de uma menina de nove anos. Uma coleguinha que dormia em sua casa foi morta ao ter sido confundida com a sobrevivente. Essa criança é uma testemunha e estou protegendo-a em minha casa.

— Sua casa?

— Mais tarde eu explico, mas a situação é essa. Estou a caminho de contar o que aconteceu aos pais da menina morta.

— Misericórdia!

— Sei que a senhora está com os horários cheios, mas preciso interrogar a sobrevivente ainda hoje. E vou precisar de uma psiquiatra... Desculpe, doutora.

— Tudo bem, sem problema.

— Preciso de uma psiquiatra ao meu lado, e deve ser alguém que tenha experiência com crianças e procedimentos legais e policiais.

— A que hora você precisa de mim?

— Obrigada por se oferecer. — Uma onda de alívio substituiu o peso que acabara de lhe sair dos ombros. — Eu realmente preferiria a sua presença, doutora, mas se seus horários estiverem tomados, aceito alguém recomendado pela senhora.

— Eu arrumo um tempinho.

— Ahn... — Eve olhou para o relógio de pulso e tentou calcular o tempo. — Pode ser ao meio-dia? Ainda preciso resolver um monte de pendências antes disso.

— Combinado. Meio-dia, então. — Mira anotou o compromisso em uma miniagenda eletrônica. — Como a menina está?

— Não ficou ferida.

— E sua condição emocional?

— Ahn... Razoavelmente bem, eu acho.

— Está conseguindo se comunicar?

— Perfeitamente. Vou precisar de uma avaliação para apresentar ao Serviço de Proteção à Infância. Entre outras coisas para enfrentar a brigada da burocracia. Estou apertada em termos de tempo e atropelei a assistente social que queria levar a menina. Preciso falar com o supervisor dela o mais rápido possível.

— Então providencie isso tudo e nos veremos ao meio-dia.

— A DDE já chegou à cena do crime — avisou Peabody, quando Eve desligou. — A equipe está analisando o sistema de segurança e verificando os *tele-links* e centros de computação da casa. Vão levar toda a aparelhagem para a Central de Polícia.

— Ótimo. E quanto aos parentes mais próximos das outras vítimas?

— Os pais de Grant Swisher são divorciados. O paradeiro do seu pai é desconhecido. A mãe tornou a se casar, pela terceira vez, e mora em Vegas II. Trabalha em um cassino, na banca de uma mesa de vinte e um. Os pais da esposa, Keelie Swisher, são falecidos; morreram quando ela completou seis anos. A sra. Swisher passou a infância em vários lares de adoção e abrigos públicos.

Isso, conforme Eve sabia, era uma diversão sem fim.

— Depois de conversarmos com os Dyson, entre em contato com a mãe de Grant Swisher e comunique-lhe o que aconteceu. Pode ser que ela tenha a guarda legal da menina, e precisaremos lidar com isso. Descobriu o endereço do escritório de advocacia de Grant Swisher?

— Swisher & Rangle. Fica na rua Sessenta e Um Oeste.

— Perto do hotel. Vamos direto para lá depois de falar com os Dyson. Vamos ver como a coisa rola e damos mais uma passada na cena do crime, se houver chance.

O que vinha a seguir, por mais duro que fosse, Eve sabia enfrentar. Destruir as vidas das pessoas que ficaram para trás era uma tarefa que ela executava com frequência. Roarke, como prometido, facilitara o acesso. Como já era esperada, Eve escapou da briga usual com o porteiro, a perda de tempo em conversas com os atendentes do balcão e com a segurança do hotel.

Quase sentiu falta disso.

Ela e Peabody foram encaminhadas até os elevadores com cortesia e rapidez, e lhes foi informado o número da suíte dos Dyson.

— Filha única, certo?

— Isso mesmo, só Linnie. Ele é advogado corporativo; ela é pediatra. Moram a dois quarteirões dos Swisher. As filhas frequentavam a mesma escola e são da mesma turma.

— Você andou muito ocupada — comentou Eve, enquanto elas subiam até o quadragésimo segundo andar.

— Você estava absorvida pela menina. Nós, detetives, adiantamos o serviço na medida do possível.

Com o rabo do olho, Eve notou que Peabody mudou o peso do corpo de um pé para o outro e fez uma careta de dor. As costelas ainda a incomodavam, percebeu. Sua parceira deveria ter ficado mais alguns dias afastada por licença médica, mas deixou para comentar isso depois.

— Conseguiu os dados financeiros sobre os Swisher?

— Anda não. Nós, detetives, não fazemos milagres.

— Sua preguiçosa! — Eve saltou da cabine e foi direto à suíte 4215. Não se permitiu pensar nem sentir nada. De que adiantaria?

Apertou a campainha, colocou o distintivo na altura do olho mágico e esperou.

O homem que abriu a porta vestia um roupão em *plush*, com o logotipo do hotel. Seus cabelos em desalinho, castanho-escuros, espalhavam-se em tufos desordenados; seu rosto quadrado e atraente exibia o olhar sonolento e satisfeito de alguém que havia curtido uma boa transa matinal.

— Policial...?

— Tenente Dallas. O senhor é Matthew Dyson?

— Sim. Desculpe, ainda não nos levantamos. — Ele cobriu um enorme bocejo com a mão. — Que horas são?

— Poucos minutos depois das sete. Sr. Dyson...

— Há algum problema no hotel?

— Podemos entrar, sr. Dyson? Precisamos falar com o senhor e com sua esposa.

— Jenny ainda está na cama. — O olhar de sono se transformava em ar de leve irritação. — Qual é o problema?

— Gostaríamos de entrar, sr. Dyson.

— Tudo bem, tudo bem. Droga. — Ele recuou um passo, estendeu a mão para as visitantes e para fechar a porta.

Haviam escolhido uma suíte com decoração onírica e romântica, com vasos de flores verdadeiras, velas de verdade, uma lareira e sofás fundos e confortáveis. Havia uma garrafa de champanhe em pé dentro de um balde de prata sobre a mesinha de centro, ao lado de duas taças. Eve notou uma peça de lingerie rendada que pendia do encosto do sofá, largada como uma bandeira.

— Poderia chamar sua esposa, sr. Dyson?

Os olhos dele eram castanhos, como os cabelos. Uma pontada de irritação surgiu neles.

— Escute, tenente, ela ainda está dormindo. Hoje é nosso aniversário de casamento... na verdade foi ontem, e nós celebramos a data. Minha mulher é médica, trabalha muitas horas por dia e nunca consegue uma boa noite de sono. Por favor, diga-me que diabo deseja conosco.

— Desculpe, mas preciso falar com ambos.

— Trata-se de algum problema com o hotel, ou...

— Matt? — Uma mulher abriu a porta do quarto. Estava com cara de sono, vestia um robe e sorriu ao passar as mãos pelos cabelos louros, curtos e desordenados. — Desculpem, pensei que fosse o serviço de quarto. Ouvi vozes.

— Sra. Dyson, sou a tenente Dallas, da Polícia de Nova York. Esta é minha parceira, detetive Peabody.

— Polícia? — Seu sorriso falhou ao caminhar na direção do marido e ela passou o braço por dentro do dele. — Não fizemos tanto barulho assim.

— Desculpem. Aconteceu um incidente na residência dos Swisher no início da madrugada.

— Keelie e Grant? — Matt Dyson ficou tenso, com o corpo reto. — Que tipo de incidente? Todos estão bem? Linnie. Aconteceu alguma coisa com Linnie?

A coisa tinha de ser rápida, Eve sabia. Como receber um curto de direita na cara.

— Sinto informá-los de que sua filha está morta.

Os olhos de Jenny ficaram sem expressão, como congelados, mas os de Matt se tornaram vermelhos de cólera.

— Isso é um absurdo! De que se trata, é alguma brincadeira doentia? Quero que saiam daqui. Saiam imediatamente!

— Linnie? Linnie? — Jenny balançou a cabeça. — Isso não pode ser verdade. Keelie e Grant são muito cuidadosos. Amam nossa filha como se fosse deles. Nunca permitiriam que algum mal lhe acontecesse. Preciso ligar para Keelie.

— A sra. Swisher está morta — disse Eve, sem se alterar. — Pessoas desconhecidas invadiram a residência deles durante esta madrugada. O sr. e a sra. Swisher, a empregada, o filho deles, Coyle, e a filha de vocês foram assassinados. Nixie, a filha do casal, não foi vista pelos assassinos e encontra-se agora protegida, sob custódia.

— Isso é algum engano.

Jenny apertou com força o braço do marido e começou a tremer, replicando:

— Mas eles têm alarmes na casa. Há um bom sistema de segurança.

— O alarme não soou, ainda estamos investigando o motivo. Sinto muito pela sua perda. Sinto de verdade.

— Minha filhinha não! — Mais que um grito, foi como um lamento. Matt Dyson pareceu desmoronar ao se virar para a esposa e se largar sobre ela. — Não a nossa filhinha!

— Ela é só uma garotinha. — Jenny acalentava a si mesma e ao marido, e seus olhos arrasados se fixaram nos de Eve. — Quem machucaria uma menininha inocente?

— Pretendemos descobrir. Peabody!

Seguindo a dica, Peabody deu um passo à frente e propôs:

— Por que não nos sentamos? Querem que eu lhes sirva alguma coisa? Água? Chá?

— Nada, nada. — Com os braços ainda presos em torno do marido, Jenny se deixou afundar com ele no sofá. — Vocês têm certeza de que era minha Linnie? Quem sabe...?

— Ela foi identificada. Não há engano. Desculpem eu ter de me intrometer nesse momento terrível, mas preciso lhes fazer algumas perguntas. Vocês conheciam bem o casal Swisher?

— Nós... Ó Deus, eles estão mortos? — A onda de choque deixou-a com o corpo mole. — Todos?

— Vocês eram amigos?

— Éramos... Puxa, era como se fôssemos uma família. Nós... Keelie e eu dividíamos os pacientes, e nós todos... as meninas... as meninas são como irmãs e nós... Matt! — Ela o envolveu mais uma vez e, acalentando-o, repetiu seu nome várias vezes.

— A senhora se lembra de alguém que desejasse mal a eles? Que desejasse mal a algum membro da família?

— Não. Não. Não.

— Algum deles mencionou alguma preocupação recente? Comentou sobre ter sido ameaçado ou importunado por alguém?

— Não, acho que não. Certamente não. Ó Deus, minha filhinha!

— Algum dos dois tinha envolvimento amoroso fora do casamento?

— Não sei o que quer dizer com... Ó — Ela fechou os olhos enquanto o marido continuava a chorar em seu ombro. — Não. Tinham um bom casamento. Amavam um ao outro, curtiam cada momento juntos. As crianças. Coyle. Ó meu Deus. Nixie!

— Ela está bem. Está a salvo.

— Como assim? Como ela conseguiu escapar?

— Desceu até a cozinha durante a noite, à procura de algo para beber. Não estava na cama no momento dos assassinatos. Não creio que tenha sido vista.

— Não estava na cama — repetiu Jenny, baixinho. — Mas Linnie estava. Minha filhinha estava deitada. — As lágrimas lhe inundaram o rosto. — Não compreendo. Eu não consigo compreender. Precisamos... Onde está Linnie?

— Está no Instituto Médico Legal. Vou providenciar para que possam vê-la, quando se sentirem prontos.

— Preciso entender, mas não consigo. — Ela virou o rosto e colocou a cabeça sobre o ombro do marido, do jeito que ele fizera antes com ela. — Precisamos ficar a sós, agora.

Eve pegou um cartão no bolso e o colocou sobre a mesinha de centro.

— Entrem em contato comigo quando estiverem prontos. Deixem que eu cuido do resto.

Eve se afastou da dor do casal. Ela e Peabody desceram pelo elevador até o saguão em completo silêncio.

O escritório de advocacia era composto por uma confortável sala de espera dividida em porções distintas por temas, em vez de divisórias. Em um canto para crianças havia um computador e muitos brinquedos coloridos, seguido por uma seção, Eve imaginou, reservada para crianças maiores. Ali havia videogames, quebra-cabeças e jogos mais avançados para computador. Do outro lado da sala, adultos podiam esperar em poltronas de cores claras enquanto assistiam a vídeos sobre cuidados com os filhos, esportes, moda ou culinária.

A recepcionista era jovem, com um sorriso largo e olhar astuto. Prendia os cabelos ruivos alourados em um arranjo que Eve supunha ser estiloso, cheio de franjas em comprimentos diferentes.

— Vocês não marcaram visita, mas sei que policiais não precisam marcar hora. — Ela percebeu que Eve e Peabody eram tiras antes mesmo de elas mostrarem os distintivos, e colocou a cabeça de lado. — O que aconteceu?

— Precisamos falar com Rangle — anunciou Eve, exibindo o distintivo, só para constar.

— Dave ainda não está aqui. Ele se meteu em alguma encrenca?

— A que horas chega?

— Deve surgir pela porta a qualquer instante. Sempre aparece mais cedo. Só abrimos o escritório às nove. — Apontou o relógio da parede. — Ainda falta uma hora.

— Pelo visto, você também acorda cedo.

A mulher exibiu um sorriso largo.

— Gosto de chegar antes, quando tudo ainda está calmo. Consigo adiantar muito o meu trabalho.

— O que faz aqui?

— Eu? Gerencio o escritório. Sou assistente jurídica. O que houve com Dave?

— Vamos esperar por ele.

— Fiquem à vontade. Ele tem um cliente marcado para... — Olhou para o monitor e tocou na tela com os dedos de unhas quadradas pintadas de dourado, como as pontas dos cabelos. — Nove e meia. Mas gosta de chegar antes para aprontar as coisas com antecedência, como eu. Vai chegar logo, logo, vocês vão ver.

— Ótimo. — Como queria que Peabody se sentasse um pouco para descansar, Eve apontou as poltronas para a parceira e então se encostou de forma casual sobre a bancada da recepção. — Qual é o seu nome?

— Sade Tully.

— Tem olho bom para identificar tiras, Sade?

— Minha mãe é policial.

— É mesmo? Onde?

— Trenton. Tem patente de sargento, trabalha no centro da cidade. Meu avô também é tira. E o pai dele também foi. Eu quebrei a tradição de família. Agora, cá entre nós... Dave está em apuros?

— Não que eu saiba. Mais alguém já está no escritório?

— O assistente de Dave só vai chegar às dez. Foi fazer um exame médico. A recepcionista geralmente chega quinze para as nove. Grant Swisher, sócio de Dave na firma, também deve chegar logo. Está sem assistente no momento, e estou exercendo essa função. Temos um androide para atender o balcão, mas eu ainda não o ativei hoje. Também estamos com um estudante de direito estagiando aqui. Ele chega mais ou menos ao meio-dia, depois das aulas. Já que vocês vão esperar, aceitam um café?

— Eu aceito. Nós duas aceitamos — corrigiu Eve. — Obrigada.

— Ótimo. — Sade se levantou da cadeira e foi até o AutoChef. — Como querem o café?

— Sem açúcar e forte para mim; fraco e doce para minha parceira. — Enquanto falava, Eve circulou pelo local e teve a chance de analisar melhor a decoração. Aquele era mais amigável do que a maioria dos escritórios de advocacia, decidiu. Havia um toque caseiro nos brinquedos, na vista para a cidade, nos quadros pendurados nas paredes. — Há quanto tempo sua mãe está na polícia?

— Dezoito anos. Ela adora o trabalho, mas às vezes também detesta.

— Sim, sei como é isso.

Eve se virou ao ouvir alguém abrindo a porta.

O homem que chegou era negro e muito arrumado. Vestia um terno na última moda, em tom de ferrugem, com lapelas estreitas e uma gravata listrada em cores berrantes. Trazia na mão um copo imenso de café e mordia uma rosca recheada.

Fez um som de "mmm", acenou com a cabeça para Eve e Peabody, piscou para Sade.

— Um minutinho — pediu, com a boca cheia, mas logo engoliu e cumprimentou: — Bom-dia!

— São tiras, Dave. Querem falar com você.

— Certo, tudo bem. Não querem ir até minha sala, lá atrás?

— Gostaríamos, sim. Sade, você pode nos acompanhar?

— Eu? — A assistente jurídica piscou, espantada. E uma mudança ocorreu em seus olhos. A percepção de que algo acontecera. Algo muito sério. Ela quebrara uma tradição de família, pensou Eve, mas tinha nas veias sangue de policial. — Aconteceu algo grave? Alguma coisa com Grant?

Não havia necessidade de ir até uma sala nos fundos do escritório, decidiu Eve.

— Peabody, vá para a porta e não deixe ninguém entrar.

— Sim, senhora.

— Sinto muito informá-los de que Grant está morto. Ele, a esposa e o filho foram mortos nessa madrugada.

O café quente transbordou do copo de Dave, o líquido lhe escorreu pela mão e formou uma poça no carpete.

— O quê? O quê?!

— Foi um acidente? — quis saber Sade. — Eles se envolveram em algum acidente?

— Não. Foram assassinados, junto com a empregada e uma menininha chamada Linnie Dyson.

— Linnie, ó Deus. Nixie! — Sade saiu de trás do balcão e agarrou o braço de Eve com força. — Onde esta Nixie?

— A salvo.

— Santa mãe de Deus! — Dave cambaleou até o sofá, deixou-se escorregar e se benzeu, fazendo o sinal da cruz. — Meu bom Jesus. O que aconteceu?

— Estamos investigando. Há quanto tempo você trabalha com Grant Swisher?

— Hum, deixe ver... Uns cinco anos. Dois como sócios.

— Vamos resolver logo as questões básicas. Pode me informar onde estava entre meia-noite e três da manhã, na madrugada de hoje?

— Merda. Merda. Estava em casa. Bem, quando cheguei em casa, já passava um pouco da meia-noite.

— Sozinho?

— Não. Tive uma convidada para passar a noite. Vou lhe dar o nome dela. Ficamos acordados... ocupados, digamos assim, até duas da manhã. Ela saiu às oito do meu apartamento. — Seus olhos ficaram sombrios e, quando fitaram Eve, pareciam arrasados. — Ele não era apenas meu sócio.

Sade foi se sentar ao lado dele e pegou sua mão.

— Ela precisa perguntar isso, Dave. Você sabe como é... Ninguém acha que você possa ter ferido Grant ou sua família. Eu estava em casa. Tenho uma amiga com quem divido o apartamento — acrescentou —, mas ela não estava em casa ontem à noite. Fiquei conversando com outra amiga pelo *tele-link* até depois da meia-noite. Ela tem problemas com o namorado. A senhora pode verificar meu equipamento.

— Obrigada. Vou precisar do nome da sua visita noturna, sr. Rangle. É rotina. Srta. Tully, você me disse que o sr. Swisher estava sem assistente pessoal, no momento. O que aconteceu com a assistente dele?

— Ela teve um bebê no mês passado. Ela entrou de licença-maternidade e pretendia voltar ao trabalho, então resolvemos que eu ficaria no lugar dela, temporariamente. Alguns dias atrás, porém, ela optou por parar de trabalhar e aceitou o subsídio de mãe profissional. Não houve conflitos, se quer saber. Nossa, preciso contar tudo a ela.

— Preciso do nome dessa ex-assistente, e também dos nomes de todos os funcionários do escritório. Simples rotina — acrescentou Eve. — Agora, quero que pensem com cuidado e me digam se conhecem alguém que pudesse desejar mal ao sr. Swisher ou à sua família. O que me diz, sr. Rangle?

— Nem preciso pensar. Não há ninguém.

— Nenhum cliente que ele tenha irritado?

— Para ser franco, não imagino ninguém que tenha algum dia passado por aquela porta que fosse capaz de fazer algo desse tipo. O filho de Grant? Coyle? Meu Deus! — Lágrimas surgiram em seus olhos. — Eu jogava softball com Coyle. O menino ela louco por beisebol. Isso era quase uma religião, para ele.

— Grant Swisher alguma vez traiu a esposa?

— Ei! — Quando Dave fez menção de se levantar, Sade apertou-lhe a coxa com a mão.

— Nunca se tem cem por cento de certeza, a senhora sabe disso, tenente. Mas eu lhe diria que não, na base dos noventa e nove vírgula nove por cento. O mesmo vale para a mulher dele. Eles eram muito unidos, eram felizes. Acreditavam na instituição "família", já que nenhum dos dois conhecia muito sobre isso quando se casaram. E cuidavam para estar sempre unidos.

Sade respirou fundo e afirmou:

— Quando se trabalha junto o tempo todo, como acontece nessa firma, é possível sentir esse tipo de problema conjugal. Dá para perceber as vibrações, entende? Grant adorava a mulher.

— Muito bem. Preciso ter acesso à sala dele, aos seus arquivos pessoais, transcrições de depoimentos de tribunal, tudo.

— Não espere que ela traga um mandado, Dave — disse Sade, baixinho. — Grant não recusaria ajuda se isso tivesse acontecido com um de nós. Certamente iria cooperar ao máximo e ajudaria tanto quanto pudesse.

Ele fez que sim com a cabeça.

— A senhora disse que Nixie está a salvo — disse Rangle. — Ela não foi ferida?

— Não. Nixie não foi atacada e se encontra sob custódia, bem protegida.

— Mas Linnie... — Ele passou a mão pelo rosto. — A senhora já contou aos Dyson?

— Já. O senhor os conhece?

— Sim, por Deus, eu os conheço bem. Sempre nos víamos em festas na casa dos Grant, ou nos fins de semana na casa que eles têm nos Hamptons, em sistema de *timesharing*. Grant, Matt e eu jogávamos golfe várias vezes por mês. Sade, por favor, ligue para os clientes e avise que vamos ficar fechados hoje.

— Claro, deixe tudo comigo.

— Vou lhes mostrar a sala de Grant... desculpe, não me lembro se a senhora disse o seu nome.

— Dallas, tenente Dallas.

— Hum... Eles não tinham familiares próximos. Quanto aos preparativos para... Podemos cuidar deles?

— Vou ver se libero tudo para vocês o mais rápido possível.

Ao voltar para o carro elas levavam uma pilha de discos, vários pastas com papéis, a agenda de Grant Swisher, seu caderno de endereços e seus bloquinhos de anotações.

Peabody entrou no carro e prendeu o cinto de segurança.

— A imagem que eu tenho é de uma família simpática, feliz, com muita segurança financeira, um bom círculo de amigos, excelente relacionamento com colegas de trabalho, carreiras satisfatórias. Não me parecem o tipo de pessoas que são assassinadas durante o sono.

— Temos um monte de advogados para pesquisar. Muitos casais parecem felizes na superfície, até mesmo para amigos e colegas de trabalho. No entanto, se odeiam profundamente em segredo.

— Que pensamento feliz! — Peabody apertou os lábios. — Isso faz de você a tira cética, enquanto eu sou a ingênua.

— Acertou em cheio.

# Capítulo Três

Eve estava com o tempo apertado, mas voltar à cena do crime, analisá-la e sentir o ambiente era essencial.

Era uma casa de três andares, observou, construída entre duas outras casas de dois ou três andares, para pessoas sozinhas ou famílias completas, em uma área sofisticada do Upper West Side, em Manhattan.

Uma estrutura familiar aparentemente sólida, e não apenas para ostentação.

Os filhos frequentavam escolas particulares, e a casa tinha uma empregada doméstica humana. Duas pessoas independentes, com carreiras próprias, ele trabalhando na rua e ela em casa. Duas entradas na frente e uma nos fundos.

Havia segurança, ela notou, em todas as portas e janelas, com a complementação de decorativas e eficientes grades protetoras ao nível da calçada, onde Keelie Swisher instalara o seu consultório.

— Eles não entraram aqui por baixo — notou Eve, enquanto examinava a casa olhando da rua. — O sistema de segurança estava ativo na entrada do consultório e na porta dos fundos. — Ela se virou e analisou a rua e o meio-fio. — Vagas para estacionar são quase impossíveis de achar em bairros como este. É necessária uma permissão especial para moradores, e os sensores do meio-fio verificam isso. Autorizar sem portar o passe de morador gera uma multa automática. Vamos verificar, mas não creio que esses caras tenham facilitado a vida para nós. Ou vieram a pé de outro lugar ou tinham permissão de estacionamento registrada. Pode ser que morem aqui pela área.

"Vieram a pé é a hipótese mais provável. Caminharam por um ou dois quarteirões — continuou Eve, abrindo o inútil portãozinho de ferro; entrou e foi até a porta principal. — Eles entraram por aqui. Desativaram os sinais do sistema de segurança, dos alarmes, das câmeras e dos painéis de identificação palmar por controle remoto, antes de chegar perto dos sensores. Tinham as senhas ou sabiam como passar pelas fechaduras com rapidez."

Eve usou o cartão mestre da polícia para desativar o lacre e abrir os trincos.

— Não passa muita gente por aqui a essa hora da noite, mas sempre tem uma ou outra pessoa na rua. Talvez até mais, levando o cão para passear, fazendo uma caminhada ou voltando para casa depois da balada. As pessoas cuidam dos vizinhos em áreas como essa. Eles deviam estar bem vestidos, agiram rápido e entraram com naturalidade.

Entrou no saguão estreito que separava a sala de estar da sala de jantar.

— O que será que traziam? Duas bolsas, certamente. Nada grande demais ou chamativo. Sacolas de atletismo ou de viagem, provavelmente pretas, onde estavam as armas, os misturadores de sinal, o equipamento de proteção. Não dá para vestir a roupa especial lá fora, seria muito arriscado. Meu palpite é que eles se prepararam bem aqui no saguão de entrada. Vestiram as roupas e se separaram. Um subiu as escadas, o outro foi direto para o quarto da empregada. Nada de papo, só ação.

— Podem ter se comunicado por sinais — sugeriu Peabody.
— E tinham óculos de visão noturna.

— Certamente. As ferramentas estavam na bolsa, mas eles já conheciam todo o espaço e a rotina da casa. Devem ter feito simulações. Pode apostar que treinaram, antes. — Eve foi até a cozinha, imaginou o lugar às escuras e em silêncio completo. Foram direto para os fundos, pensou. Já estiveram aqui ou tinham uma planta do local. Olhou de relance para a mesa e os bancos onde Nixie havia estado no momento da entrada.

— Não viram a menina, não imaginavam que poderiam encontrar alguém aqui.

Eve se agachou e teve de virar a cabeça de lado para enxergar o marcador da polícia, determinando o local onde a lata de refrigerante fora encontrada.

— Mesmo que olhasse em volta, o invasor não conseguiria enxergar uma menininha agachada no banco. Sua atenção estava voltada para o quarto da empregada.

Inga era uma mulher limpa e organizada, como seria de esperar de alguém que ganhava a vida limpando a sujeira dos outros. Dava para ver a ordem do quarto, apesar da desordem provocada pelos peritos. Sentiu aromas suaves sob o cheiro da morte e das substâncias utilizadas pela perícia. Imaginou Nixie engatinhando para olhar, empolgada com a chance de espiar adultos fazendo um ato proibido.

No quarto, o sangue respingado se espalhara pelas paredes e pelo abajur da mesinha de cabeceira, empapando os lençóis e gotejando no chão.

— Ela gostava de dormir na ponta da cama, provavelmente de lado. Veja aqui... — Eve foi até o local onde ocorrera o crime e apontou para o padrão dos respingos.

— Ele chegou por este lado e teve de levantá-la pelos cabelos, ou quis fazê-lo. Os respingos mostram que a cabeça da vítima foi girada levemente; seu corpo estava deitado sobre o braço esquerdo, de lado, e foi exatamente assim que ele a deixou, depois de lhe cortar a garganta. O sangue dela certamente o sujou, mas ele não se preocupou com isso. Tiraria a roupa de proteção antes de ir embora. Saiu do quarto na mesma hora e quase esbarrou na menina.

Para ilustrar a cena, Eve se virou, olhando para fora.

— Deve ter passado a poucos centímetros dela. Garota apavorada, mas esperta. Não deu nem um pio.

Virando-se novamente, analisou o quarto.

— Não há nada fora do lugar. O agressor não tocou em nada, a não ser na vítima. Não se interessou por nada, apenas por ela e pelo resto da missão.

— É assim que você considera o ato? Uma missão?

— O que mais poderia ser? — Encolheu os ombros. — Ele saiu daqui porque o trabalho já estava encerrado. Por que não subiu pela escada de serviço?

— Ahn... — Peabody franziu a testa, concentrando-se na pergunta, e olhou em torno. — Uma questão de posicionamento? A suíte master fica perto da escadaria principal. Provavelmente era ali que o parceiro estava, e o primeiro agressor refez o caminho de volta.

— Os adultos devem morrer antes, e precisam ser mortos ao mesmo tempo — concordou Eve, enquanto refazia os passos do primeiro assassino. — Provavelmente sinalizou ao parceiro que a primeira fase estava completa e ambos seguiram para a etapa seguinte.

Eve olhou para o sangue pisado, as gotas ocasionais e as manchas no carpete e nas escadas.

— Deixou uma trilha de sangue, mas não importa. O sangue era da empregada, não dele. Isso aqui, à direita — apontou ela —, deve ser tudo sangue de Inga. Também foi aqui que eles tiraram a roupa de proteção e guardaram tudo nas sacolas, antes de descer para ir embora.

— Quanta frieza! — comentou Peabody. — Nada de cumprimentos, nem tapinhas nas costas pelo bom trabalho. Retalharam cinco pessoas, despiram o equipamento de proteção e simplesmente saíram.

— Eles subiram e fizeram tudo enquanto a menina se recobrava do susto e pegava o *tele-link* da empregada para ligar para a polícia. Separaram-se assim que entraram na suíte master e cada um foi para um lado da cama. Mesmo padrão da empregada. Já tinham pegado o ritmo. Eliminam os alvos adultos e seguiram em frente com o esquema traçado.

— Estavam dormindo de costas um para o outro — apontou Peabody. — Bunda com bunda. McNab e eu dormimos assim quase sempre.

Eve conseguia vê-los ali, marido e mulher, mãe e pai, dormindo com os traseiros encostados um no outro, na cama imensa com lençóis verde-mar e colcha pesada. Dormindo em um quarto muito arrumado, um ambiente relaxante, com as janelas dando para o pátio dos fundos. Ele de cueca samba-canção preta e ela de camiseta branca larga.

— Bastou levantar a cabeça de ambos e expor a garganta. Cortar, largar, deixar a cabeça cair. Nada de papo. Em segundos já estão no corredor, enquanto a menina chegava pela escada dos fundos. Já haviam combinado qual deles vai para cada quarto e se separaram. Um pegou o garoto enquanto Nixie engatinhava pelo corredor, indo para o quarto dos pais.

Eve saiu enquanto falava e se dirigiu ao quarto de Coyle.

— O garoto dormia esparramado na cama, de barriga para cima, sem cobertas. O agressor não precisa nem tocar nele para executar o serviço. Mata-o entre duas respirações.

Eve repassava a cena toda na cabeça e sentia o horror frio de tudo aquilo enquanto atravessava o corredor, indo para o outro quarto.

— No quarto da menina, ela também estava na cama. O assassino se sentia muito confiante para pensar duas vezes. Muito focado no plano para se desviar dele. Simplesmente vai até a cama. Por que notaria os dois pares de sapatos e a mochila extra? Não viu nada, exceto o alvo. A menina, provavelmente, estava enfiada debaixo das cobertas, dormindo de bruços. Ele a pega pelos cabelos e vê que eles são louros, como esperado. Corta-lhe a garganta, solta-a de volta na cama e sai do quarto.

— Não há muitos respingos aqui — comentou Peabody. — Provavelmente o assassino recebeu a maior parte do sangue que jorrou, e o resto escorreu sobre a cama e os lençóis.

— Saiu no corredor ao mesmo tempo em que o parceiro, em movimentos coordenados. Veja o sangue acumulado aqui nesse ponto. Isso foi das roupas de proteção, e escorreu enquanto eles as despiam. Jogaram tudo nas sacolas, inclusive as facas. Desceram pelas escadas e saíram para a rua, limpos e seguros. Afastaram-se do local calmamente. Missão cumprida.

— Só que não estava cumprida.

— Exatamente — concordou Eve, balançando a cabeça. — Se tivessem ficado na casa alguns minutinhos mais; se resolvessem pegar algumas mercadorias na saída ou hesitassem um pouco, a patrulhinha teria chegado antes de saírem da casa. Foi por pouco! A menina agiu depressa, mas eles foram mais rápidos.

— Por que matar as crianças? — quis saber Peabody. — Que ameaça poderiam representar?

— Pelo que sabemos até esse ponto da investigação, uma das crianças, ou ambas, eram o alvo principal. Talvez tenham visto o que não deviam, ouvido algo suspeito, sabiam de alguma coisa ou desconfiavam de algum esquema. Não podemos aceitar como certo os adultos serem o alvo principal. A questão é que todos tinham de ser eliminados, a família toda. É desse ponto que começaremos a investigar.

Eve chegou atrasada para o encontro com Mira, mas não conseguiu evitar.

Encontrou-a sentada na sala de estar da sua casa, bebendo chá e trabalhando no tablet.

— Desculpe, doutora, acabei me atrasando.

— Tudo bem. — Mira colocou o tablet de lado. Vestia um terninho bem cortado em uma cor enevoada, meio azul e meio cinza. O espantoso é que conseguira achar sapatos exatamente no mesmo tom. Trazia três argolas miúdas de prata nas orelhas e um trio de correntes finas como cabelos em torno do pescoço.

Eve se perguntou se a médica precisava montar uma estratégia para se arrumar com elegância perfeita ou isso era um talento que tinha por natureza.

— A menina está dormindo — avisou Mira. — Summerset está velando seu sono pelo monitor.

— Que bom. Certo... Olhe, doutora, preciso de uma dose de café, senão meu cérebro derrete. Tudo bem com a senhora?

— Tudo, sim, obrigada.

Eve foi até o painel da parede que, ao ser aberto, revelou um mini AutoChef.

— Já recebeu o relatório preliminar, doutora?

— Sim. Estava lendo-o agora mesmo, quando você chegou.

— São ideias soltas, ainda não tive tempo de refinar os pontos principais. Peabody está pesquisando os dados sobre as crianças e foi até a escola delas para ver se encontra algo.

— Espera encontrar algo lá? Acha que as crianças eram o alvo principal?

Eve ergueu os ombros e fechou os olhos, deixando que a energia do café fizesse seu trabalho.

— O menino já tinha idade suficiente para estar envolvido com drogas ilegais, gangues, todo tipo de comportamento desaconselhável. Não posso deixar essa hipótese de fora. Nem a possibilidade de ele ou a irmã terem testemunhado ou descoberto alguma coisa que resultou na obrigatoriedade da eliminação de ambos. A chance maior é de que o ataque tenha sido dirigido aos adultos, mas isso ainda não está definido nesse início de investigação.

— Não houve violência adicional, nem destruição de propriedade.

— Realmente não houve, e se algo foi roubado da residência ainda não descobrimos. O tempo da ação foi cronometrado com precisão. Tarefa de equipe, e havia um esquema. Um trabalho de excelente qualidade.

— Se ouvisse isso de outra pessoa, acharia essa observação fria e insensível.

— Mas pelo ponto de vista deles foi perfeita, mesmo — reagiu Eve, com os olhos sem expressão. — Fria, direta, sem envolvimento emocional, um excelente trabalho. Só que eles pisaram na bola. Vão descobrir isso em breve, quando a mídia colocar a boca no trombone.

— Pode ser que tentem terminar o trabalho — concordou Mira, balançando a cabeça. — Foi por isso que você trouxe a criança para cá?

— Uma das razões. Esse lugar é um tremendo forte. Além do mais, se eu conseguir manter o Serviço de Proteção à Infância longe daqui, terei acesso ilimitado à testemunha ocular. Para piorar, a menina se apavorou com a ideia de ser levada pela assistente social. Não me serviria de nada se ficasse histérica.

— Lembre-se de quem está diante de você — disse Mira, com suavidade. — Certamente teria sido fácil ter acesso à menina, mesmo se ela estivesse sob a custódia do Serviço de Proteção à Infância, em uma casa segura. Demonstrar seus sentimentos por ela não torna você uma policial menos capaz.

Eve enfiou a mão no bolso.

— Ela ligou para o nove-um-um. Engatinhou sobre o sangue dos pais. Sim, tenho um fraco por ela. Também sei que uma menina que consegue fazer isso é capaz de aguentar o que vem pela frente.

Ela se sentou diante de Mira.

— Não quero abordar os pontos errados com ela, doutora. Poderia forçar a barra, mas se fizer isso ela vai recuar e se fechar. Só que eu preciso de detalhes, informações sobre ela, qualquer coisa que puder conseguir. E preciso de ajuda nisso.

— Vou ajudá-la. — Mira tomou mais um gole de chá. — Meu perfil preliminar sobre os seus assassinos mostra que eles realmente formavam uma equipe. Provavelmente já trabalharam juntos, e certamente já mataram antes. Não me parecem muito jovens, e devem ter tido treinamento militar, paramilitar ou em algum grupo de crime organizado. Não houve nada de pessoal neste ato, mas a morte das crianças e a eliminação completa da família é certamente pessoal. Tenho certeza de que não foi uma chacina movida por emoção nem de cunho sexual.

— Foi por dinheiro?

— Muito possivelmente, ou para cumprir ordens. Talvez porque era algo que precisava ser feito. O motivo? — A médica tomou mais um gole de chá e quedou-se pensativa. — Precisaremos saber um pouco mais sobre as vítimas para especular sobre os motivos possíveis. Quanto aos executores, podemos dizer que eram experientes e confiavam um no outro. São organizados e seguros de si.

— Foi uma operação montada, é o que acho. Bem planejada e com treinamento prévio.

— Acha que eles tiveram acesso à residência antes de ontem à noite? — quis saber Mira.

— Talvez. De qualquer modo, conheciam a planta da casa e sabiam onde cada um dormia. Se a empregada fosse o alvo principal, não haveria necessidade de subir ao segundo andar e vice-versa. Portanto, foi um trabalho limpo.

Eve olhou para o relógio de pulso.

— Quanto tempo mais a senhora acha que ela continuará dormindo?

— Não sei.

— Eu não quero prendê-la aqui, doutora.

— E está louca para voltar ao trabalho.

— Ainda não conversei com o legista, nem terminei meu relatório. Também não apressei o laboratório, nem berrei com os peritos. Eles devem achar que estou de férias.

Sorrindo, Mira se levantou.

— Por que não entra em contato comigo quando... Ah! — acrescentou, ao ver Summerset chegando à sala.

— Tenente, sua pequena hóspede acordou.

— Oh. Tudo bem. Ótimo. A senhora ainda tem tempo para começar a conversa com ela agora? — perguntou a Mira.

— Claro! Em que aposento você quer que a sessão aconteça?

— Pensei em fazer isso no meu escritório.

— Por que não trazê-la para cá? É uma sala simpática, ampla e confortável. Isso talvez a deixe mais à vontade.

— Vou trazê-la — anunciou Summerset, desaparecendo pelo portal e deixando Eve com uma expressão de estranheza.

— Vou ficar em débito com o mordomo por causa disso? — especulou consigo mesma, em voz alta. — Por cuidar da criança, bancar a babá ou sei lá o nome? Eu detestaria ficar devendo algo a ele.

— Considero você afortunada por ter alguém em casa disposto e capaz de cuidar de uma menina jovem e traumatizada.

— Pois é... Merda! — Eve suspirou. — Era isso que eu temia.

— Talvez ajude ter em mente que o bem-estar da criança e seu estado mental são prioridades.

— Olhar para ele por muito tempo talvez a recoloque em estado de choque.

Nesse instante Nixie chegou, com o gato nos calcanhares e a mão firmemente presa entre os dedos ossudos de Summerset. A menina só soltou a mão do mordomo ao avistar Eve, e foi direto na direção dela.

— Você já os pegou? — quis saber a menina.

— Estou trabalhando para isso. Esta é a dra. Mira. Ela vai nos ajudar a...

— Eu já estive com uma médica. Não quero ver outra. — Nixie começou a erguer a voz. — Não quero...

— Ei, segure sua onda! — ordenou Eve. — Mira é uma amiga minha, e não apenas uma médica. Trabalha para a polícia.

Nixie olhou meio de lado para Mira.

— Ela não parece ser uma policial.

— Eu apenas trabalho para a polícia — explicou Mira, com voz baixa e em tom calmo. — Tento ajudá-los a compreender a cabeça das pessoas que cometem crimes. Conheço a tenente Dallas há algum tempo. Quero ajudá-la, e a você também, a encontrar as pessoas que atacaram sua família.

— Não atacaram, e sim mataram. Estão todos mortos!

— Sim, eu sei. É horrível. — O olhar de Mira e seu tom permaneceram estáveis. — A pior coisa que pode acontecer a alguém.

— Gostaria que não tivesse acontecido.

— Eu também. Acho que se nos sentarmos para conversar, talvez eu possa ajudar.

— Eles mataram Linnie. — O lábio inferior de Nixie começou a tremer. — Acharam que era eu, e agora ela está morta. Eu não devia ter descido para o andar de baixo.

— Todos nós fazemos coisas que não devíamos, de vez em quando.

— Linnie nunca fazia nada errado. Eu era uma menina má, e ela não. Agora, está morta.

— Você não é tão má assim — disse Mira, com ternura na voz, pegando Nixie pela mão e levando-a até uma poltrona. — Por que resolveu descer para a cozinha no meio da noite?

— Queria tomar um refri de laranja. Não devo beber nem comer coisas fora de hora. É proibido comer guloseimas à noite. Minha mãe... — Ela parou de falar e esfregou os olhos com os nós dos dedos.

— Sua mãe teria dito não. Portanto, foi errado você fazer isso sem ela autorizar. Por outro lado, ela ficaria muito feliz por saber que você não foi ferida, não acha? Ficaria feliz por você, dessa vez, ter violado as regras.

— Acho que sim. — Galahad pulou no colo dela e Nixie acariciou as costas do gato. — Mas Linnie...

— Não foi culpa sua. Entenda que nada do que houve foi culpa sua. Você não provocou nada e não poderia ter impedido o que aconteceu.

Nixie ergueu a cabeça e argumentou:

— Se eu gritasse bem forte naquela hora, talvez tivesse acordado todo mundo na casa. Meu pai poderia lutar com os bandidos.

— Seu pai tinha uma arma? — quis saber Eve, antes de Mira ter chance de replicar.

— Não, mas...

— Dois homens com facas, e ele desarmado? Se você tivesse gritado ele teria acordado e estaria morto do mesmo jeito. A única diferença é que os bandidos saberiam que havia mais alguém na casa. Teriam procurado e matado você também.

Mira lançou um olhar de advertência para Eve e voltou a atenção para Nixie.

— A tenente Dallas me contou que você foi muito corajosa e forte. Como ela também é corajosa e forte, sei que fala a verdade.

— Ela me encontrou. Eu estava escondida.

— Foi uma boa ideia ter se escondido. E melhor ainda ela ter encontrado você. O que a tenente Dallas acabou de dizer é duro de ouvir, mas ela tem razão. Não havia nada que você pudesse ter feito ontem à noite para ajudar sua família. Mas existem coisas que você pode fazer agora. — Mira olhou para Eve e fez um sinal quase imperceptível.

— Escute, Nixie — disse Eve. — Sei que isso é duro, mas quanto mais coisas você me contar, mais detalhes eu vou descobrir. Este é o meu gravador. — Colocou o aparelho sobre a mesinha e se sentou diante de Mira e da criança. — Vou lhe fazer algumas perguntas. Aqui é a tenente Eve Dallas interrogando a menina Nixie Swisher, com a assistência da dra. Charlotte Mira. Isso está ok para você, Nixie?

— Ok.

— Você sabe a que horas saiu da cama? Exatamente?

— Passava de duas da manhã. Eram duas e dez. Eu estava usando o meu Jelly-Roll.

— Relógio de pulso — traduziu Mira.

— O que você fez quando se levantou? Conte exatamente.

— Desci pelas escadas da frente, bem quietinha. Por um minuto, pensei em chamar Coyle, já que Linnie não queria se levantar. Mas fiquei com medo de ele contar tudo à mamãe e resolvi descer sozinha. Fui para a cozinha e peguei um refri de laranja na unidade de refrigeração, embora soubesse que era errado. Fui me sentar para beber à mesa do café da manhã.

— O que aconteceu então?

— Vi uma sombra entrando, mas a sombra não me viu. Desci do banco e fui até o quarto de Inga.

— Como essa sombra parecia?

— Parecia ser um homem, eu acho. Estava escuro.

— Ele era alto ou baixo?

— Era tão alto quanto a tenente? — incentivou Mira, pedindo a Eve para se levantar.

— Provavelmente mais alto. Não sei.

— Que roupa ele vestia?

— Uma roupa preta.

— E o cabelo? — insistiu Eve, puxando as pontas do próprio cabelo. — Comprido? Curto?

Suspirando de leve, Nixie acariciou o gato.

— Devia ser curto, mas não dava para ver porque estava... estava coberto. Como... — Fez um gesto como se puxasse algo sobre a cabeça. — Sua cara estava coberta, o rosto todo, e também os olhos, que eram muito pretos e brilhavam.

Equipamento de proteção, supôs Eve. Com óculos de visão noturna.

— Você o ouviu dizer alguma coisa?

— Não. Ele a matou com a faca. Matou e fez surgir muito sangue, mas não disse nada.

— Onde você estava?

— No chão, bem na porta. Eu queria olhar para ver tudo...

— Estava escuro. Como você poderia ver?

Suas sobrancelhas se uniram por um instante.

— Dava para ver pela luz da rua, que entrava pela janela e iluminava o quarto. E ele tinha uma luz.

— Como uma lanterna?

— Não, era um pontinho de luz verde. Piscava sem parar. Estava na sua mão. No seu... — Ela fechou os dedos em torno do pulso.

— Muito bem... o que aconteceu depois?

— Eu me encostei na parede. Acho. Estava tão apavorada! Ele matou Inga, tinha uma faca e eu fiquei muito assustada.

— Não precisa ficar apavorada agora — disse Mira. — Está segura aqui.

— Ele não me viu, foi como se eu não estivesse ali. Parecia uma brincadeira de esconde-esconde, só que ele não me procurou. Peguei o *tele-link* e liguei para a polícia. Papai sempre diz para ligarmos para a polícia, caso vejamos alguém ser ferido. É só teclar nove-um-um e a polícia aparece para ajudar. As pessoas precisam ligar, devem ser bons vizinhos. Meu pai... — interrompeu o que dizia, baixou a cabeça e as lágrimas pingaram.

— Ele ficaria muito orgulhoso de você. — Mira pegou a bolsa e apanhou um lenço de papel lá dentro. — Sentiria muito orgulho por você fazer exatamente o que ele ensinou, mesmo estando assustada.

— Eu queria contar o que vi para ele e para mamãe. Queria ficar com mamãe. Mas eles estavam mortos.

— Você tornou a ver o homem no andar de cima com mais alguém — disse Eve, incentivando-a a continuar. — Quando subiu pela escada dos fundos, lembra?

— Sim. O homem que matou Inga estava entrando no quarto de Coyle.

— Como é que você sabe? Nixie, preste atenção: como é que você sabe que o homem que matou Inga foi o mesmo que entrou no quarto de Coyle?

— Porque... — Ela ergueu a cabeça e piscou para dissolver as lágrimas. — A luz. A luzinha verde. O outro não usava.

— Certo. O que mais era diferente?

— O que matou Inga era maior.

— Mais alto?

— Um pouco mais alto, mas também era maior. — Abriu os braços, flexionando-os para indicar músculos.

— Eles conversaram um com o outro?

— Não. Fizeram tudo sem dizer uma palavra. Não fizeram nenhum ruído. Não consegui ouvir nada, só queria minha mãe.

Seus olhinhos ficaram sem expressão novamente, e um tremor abalou sua voz.

— Eu sabia o que eles iam fazer e queria mamãe e papai, mas... Havia muito sangue, que grudou em mim. Eu me escondi no banheiro e não saí mais. Ouvi pessoas entrando na casa, mas não saí dali. Até que você apareceu.

— Certo. Você se lembra, antes de tudo isso acontecer, se seus pais comentaram alguma coisa sobre estarem preocupados, ou de alguém que estava bravo com eles, ou viram alguém estranho pelas redondezas?

— Papai disse que Dave ia bater com o taco de ferro número nove em sua cabeça até ele desmaiar, por causa de sua vitória no jogo de golfe.

— Eles costumavam brigar muito, seu pai e Dave?

— Nada disso, era briga de mentirinha. — Ela esfregou os olhos com os nós dos dedos, mais uma vez. — Era só zoação.

— Houve alguém que brigou com seu pai de verdade, sem ser de zoação?

— Não. Isto é, não sei.

— E sua mãe? — Quando Nixie abanou a cabeça para os lados, Eve tocou em um ponto mais delicado. — Seu pai e sua mãe brigavam um com o outro?

— Às vezes, mas nunca ficavam de mal. A mãe e o pai de Gemmie costumam berrar o tempo todo, e Gemmie me contou que eles atiram objetos um no outro. Eles se divorciaram porque o pai dela não conseguia manter as calças fechadas. Isso significa que ele aprontava por aí.

— Entendi. Mas seus pais não tinham brigas desse tipo.

— Eles não tinham, nem aprontavam por aí. Dançavam na praia.

— Como assim?

— Foi no verão, quando fomos para a praia e ficamos em uma casa. Às vezes eles saíam para passear à noite e dava para vê-los da minha janela. Eles dançavam na praia. Não iam se divorciar.

— É bom ter uma lembrança como essa — disse Mira. — Quando você começar a se sentir muito triste ou assustada, deve tentar visualizar seus pais dançando na praia. Parabéns, você foi muito bem. Gostaria de voltar para conversar com você uma hora dessas.

— Tudo bem. Não sei o que devo fazer agora.

— Acho que você devia almoçar. Eu preciso ir embora, mas a tenente Dallas vai ficar aqui, trabalhando em seu escritório no andar de cima. Você sabe onde fica a cozinha?

— Não, esta casa é grande demais.

— Nem me fale... — murmurou Eve.

Mira se levantou e estendeu a mão.

— Eu a levo até lá, e talvez você possa ajudar Summerset a preparar alguma coisa. Volto já, já — disse a Eve.

Sozinha, Eve circulou pelas janelas, foi até a lareira e voltou às janelas. Queria colocar a mão na massa, começar o processo. Precisava montar seu quadro, fazer pesquisas, completar o relatório e entregá-lo. Tinha ligações a fazer e pessoas a visitar, refletiu, balançando algumas fichas de crédito soltas no bolso.

Merda, como ela faria para lidar com aquela menina?

Especulou consigo mesma se os tiras que a interrogaram quando era criança, tantos anos atrás, também se sentiram inseguros sobre como tratá-la.

— Ela está aguentando muito bem — afirmou Mira, ao voltar para a sala. — Melhor do que a maior parte das pessoas, em uma situação como essa. Mesmo assim, pode se preparar para variações de humor, lágrimas, explosões de raiva, problemas para dormir. Ela vai precisar de terapia.

— A senhora poderia fazer isso?

— Por enquanto sim, e vamos ver como o processo se desenvolve. Pode ser que ela necessite de um especialista, alguém com treinamento específico para tratar crianças. Vou procurar uma boa profissional.

— Obrigada. Estava pensando em tentar no Departamento de Polícia e ver se há alguém da área de serviços para jovens. Talvez requisite duas policiais para acompanhá-la.

— Vá devagar. Ela já está lidando com muitos estranhos ao mesmo tempo. — A médica tocou o braço de Eve de leve e pegou a bolsa, concluindo: — Você vai conseguir.

Talvez, pensou Eve quando a doutora saiu. Tomara que sim. Por ora, ela estava com um monte de dúvidas. Subiu as escadas e foi direto para o escritório de Roarke.

Ele estava em sua mesa de trabalho; três telões na parede rolavam vários dados e seu computador zumbia suavemente.

— Pausar operações! — ordenou ele, e sorriu. — Tenente, você parece que levou uma surra.

— E me sinto assim, também. Escute, não tive chance de lhe contar a história completa. Simplesmente larguei uma menina estranha em cima de você e caí fora.

— Ela já acordou?

— Já. Está com Summerset. Tive uma segunda conversa com ela, ao lado de Mira. Ela está segurando bem toda essa barra.

— Estou assistindo a todos os noticiários. Os nomes ainda não foram divulgados.

— Consegui bloquear as informações por enquanto, mas sei que logo vai vazar.

Como Roarke conhecia bem sua mulher, foi até o AutoChef e programou dois cafés fortes.

— Por que não me coloca a par de tudo agora?

— Versão resumida, porque estou atrasada.

Ela lhe contou todos os detalhes de forma concisa e direta.

— Pobre criança... Quer dizer que ainda não há pistas sobre se alguém da casa estava envolvido em algo que gerasse esse tipo de vingança?

— Não, mas ainda é cedo para isso.

— Foi um trabalho profissional, como certamente você já concluiu. Alguém andou treinando técnicas de chacina. A luzinha verde que a menina viu foi provavelmente a do misturador de sinais, para avisar que o sistema estava desativado e a segurança fora cortada.

— Foi o que pensei. Olhando por alto, as pessoas mortas parecem normais, uma família comum de gente certinha. Mas ainda nem arranhamos a superfície.

— Eletrônicos sofisticados. Foi uma força especial, pelo tipo de invasão: rápida com ataques certeiros e limpos. — Tomando um pouco de café, ele ignorou o bipe do fax a laser. — Entraram e saíram em menos de... quantos minutos? Dez ou quinze? Isso não foi à toa. Terrorismo doméstico teria deixado alguma marca específica, e os alvos seriam figuras mais sofisticadas. Pelo menos na superfície — acrescentou.

— Você ainda tem contatos com o crime organizado.

— Tenho? — A sombra de um sorriso surgiu em seus lábios.

— Conhece gente que lida com pessoas que são a escória do planeta.

Ele bateu com a ponta do dedo da covinha do queixo de Eve.

— Isso são modos de se referir a meus amigos e sócios? Mesmos os ex?

— Direto ao ponto. Você poderia fazer algumas perguntas por aí?

— Posso e farei. Mas já lhe informo que nunca me associei a assassinos de crianças. Nem gente que extermina uma família inteira durante o sono.

— Não estou dizendo isso, juro que não. Mas preciso analisar todos os ângulos. Sabe a menininha? A que foi assassinada no lugar da que tinha descido? Ela usava uma camisola cor-de-rosa cheia de... como é que se chama... rendinhas e babadinhos em volta do pescoço. Dava para ver que a camisola era rosa só pelas pontas. O resto era vermelho, empapado de sangue. Ele cortou a garganta dela como se fosse uma maçã.

Roarke pousou o café na mesa e foi até onde ela estava. Colocou as mãos nos quadris de Eve e encostou a testa contra a dela.

— Tudo que estiver ao meu alcance eu farei.

— Isso me faz pensar... Você e eu tivemos uma infância pior do que a maioria das crianças. Abusos, negligências, estupros, espancamentos, ódio. As crianças que foram mortas tinham tudo o que uma criança deve ter em um mundo perfeito: casas confortáveis, pais que as amavam e cuidavam bem delas.

— Nós sobrevivemos — terminou Roarke, antes de Eve. — Elas não. Com exceção da que desceu para a cozinha.

— Um dia, quando ela olhar para esse momento no seu passado, quero que saiba que as pessoas que fizeram isso estão passando a vida em uma cela. É o melhor que posso fazer. É *tudo* que posso fazer. — Ela se recostou. — Portanto, é melhor eu colocar a mão na massa.

# Capítulo Quatro

O primeiro passo era entrar em contato com Feeney, capitão da Divisão de Detecção Eletrônica. Ele surgiu na tela do *tele-link* com os cabelos arrepiados cor de gengibre cheio de fios grisalhos, o rosto pelancudo de cachorro cansado e a camisa amarrotada.

Era um alívio ver que as recentes tentativas que sua mulher fizera para aprimorar seu estilo de vestir não tinham dado certo.

— Quero saber as últimas — disse Eve, logo que o viu. — Você já foi informado sobre o caso Swisher, invasão de domicílio?

— Duas crianças. — Seu rosto, confortavelmente carrancudo, endureceu. — Assim que soube, fui pessoalmente ao local. Coloquei uma equipe para trabalhar nos *tele-links* e nos centros de dados. Eu mesmo vou analisar os sistemas de segurança.

— É bom ter os melhores trabalhando no meu caso. O que conseguiu, até agora?

— Sistema muito bom, topo de linha. Certamente foi preciso um know-how específico para invadi-lo. A câmera não mostra nenhuma imagem depois de uma e cinquenta e oito da manhã

Foi usado um misturador de sinais remoto com obstrução secundária, já que o sistema tinha autorrecuperação automática.

Ele puxou o lobo da orelha esquerda enquanto lia os dados em outra tela.

— As câmeras apagaram e o sistema reserva não entrou em ação; pifou dez segundos depois, sem acionar os alarmes da casa nem os da central de segurança remota.

— Então eles conheciam a estrutura do sistema.

— Ah, sim e conheciam *bem*. Desativaram o alarme da câmera, a sirene das fechaduras e os sensores de movimento. Vou investigar com detalhes, mas, em minha avaliação prévia, acredito que a invasão tenha acontecido dez minutos depois de a câmera ter apagado e quatro minutos depois de o sistema secundário cair.

— Dez minutos? Isso é muito tempo. Eles deviam ter certeza de que o sistema não enviaria alarme algum para a central de apoio ao cliente. Quatro minutos depois do sistema secundário. Isso é tão profissional quanto está parecendo?

— Sim, muito profissional. Eles trabalharam depressa.

— Conheciam as senhas?

— Ainda não dá para saber. — Ele levou aos lábios a borda de uma caneca onde se lia a palavra MINHA escrita em vermelho sangue. — Ou conheciam as senhas ou usaram um decifrador de códigos de primeira linha. As crianças já não estão em segurança nem mesmo quando dormem em suas camas, Dallas. O mundo está fodido.

— O mundo sempre foi fodido, Feeney. Quero ouvir todas as ligações feitas e recebidas, tanto pelos *tele-links* pessoais quanto os do resto da casa. E quero ver todos os discos do sistema de segurança.

— Vou enviá-los. Determinei prioridade máxima. Tenho netos dessa idade, pelo amor de Deus! Qualquer coisa extra que precisar, é só pedir.

— Obrigada. — Os olhos de Eve se estreitaram ao vê-lo tomar mais um gole da caneca. — Isso aí é café de verdade?

— Por que quer saber? — Piscou ele, afastando a caneca da tela.

— Dá para ver pela sua cara. Pelos seus olhos.

— E se for café de verdade?

—- Onde conseguiu isso?

Ele se mexeu na cadeira. Pela tela, Eve percebeu que Feeney fez uma careta de desconforto quase imperceptível.

— Vai ver que eu passei em sua sala para levar as últimas novidades e você não estava lá. Já que há um suprimento eterno de café por lá, me servi de uma canequinha. Não sei por que esse pão-durismo todo, já que...

— Você se serve de mais alguma coisa quando vai lá? Chocolate, por exemplo?

— Chocolate? Você guarda chocolate em sua sala? De que tipo?

— Não interessa, e mantenha as mãozinhas longe dele. Depois a gente se fala.

Pensar em café e chocolate fez Eve se lembrar de que não tomara café da manhã, nem almoçara. Ordenou um levantamento dos dados sobre Grant Swisher no computador e foi até a cozinha anexa ao escritório, a fim de pegar uma barra de cereais e ingerir uma boa dose de cafeína.

Acomodando-se na cadeira, ao voltar, mandou que os dados aparecessem no telão e leu com atenção.

Grant Edward Swisher, nascido em 2 de março de 2019. Residência: rua Oitenta e Um Oeste, número 310, Nova York, do dia 22 de setembro de 2051 até agora. Casou-se com Keelie Rose Getz em 6 de maio de 2046. Dois filhos: Coyle Edward, sexo masculino, nascido em 15 de agosto de 2047; Nixie Fran, sexo feminino, nascida em 21 de fevereiro de 2050.

Três desses nomes estariam listados no Serviço Nacional de Registros como falecidos antes que aquele dia acabasse, refletiu.

Leu as informações básicas, solicitou os dados criminais e encontrou um registro de posse de Zoner quando Grant Swisher tinha dezenove anos. Os dados médicos eram comuns.

Resolveu mergulhar mais fundo nas finanças.

Ele ganhava bem. Um escritório de advocacia para questões familiares pagava o suficiente para bancar a prestação da casa própria, uma casa nos Hamptons em sistema de *timesharing* e escolas particulares para os dois filhos. Somando a renda da esposa, havia folga para uma vida doméstica confortável, férias em família, restaurantes e outras atividades de lazer, incluindo uma mensalidade cara em um clube de golfe, além de uma poupança razoável para emergências.

Nada acima do esperado, analisou Eve. E nenhum dinheiro, pelo visto, por baixo dos panos.

Keelie Swisher, dois anos mais nova que o marido, não tinha registros criminais de nenhum tipo; seus dados médicos eram normais, e era diplomada em Nutrição e Saúde. Vivera disso antes de ter filhos, trabalhando na equipe de um spa famoso de Nova York. Depois do primeiro filho, optou pelo salário de mãe profissional durante um ano e voltou ao mesmo emprego. Repetiu a rotina com a criança número dois, mas em seguida desistiu do spa e abriu o próprio negócio.

Que dera certo, reparou Eve. Ela não oferecia consultas só na área de nutrição, mas a coisa funcionou. O primeiro ano foi fraco, no segundo o movimento de clientes melhorou; no terceiro ano, Keelie Swisher já havia desenvolvido uma clientela sólida e navegava em águas financeiras seguras.

Em seguida, Eve pesquisou o menino. Sem dados criminais, nenhum registro juvenil lacrado, nada nos dados médicos que indicasse violência ou abusos de nenhum tipo. Havia alguns galos e fraturas relacionadas a esportes, segundo os registros médicos, mas tudo isso se encaixava no perfil.

Coyle tinha conta bancária em conjunto com os pais. Eve apertou os lábios ao ver os depósitos mensais regulares, mas as quantias não eram grandes o bastante para indicar vendas de drogas ilegais ou lucros por atividade criminosa.

Encontrou os mesmos padrões, com depósitos em valor um pouco menor, na conta de Nixie.

Refletia sobre isso quando Peabody entrou trazendo uma sacola branca manchada de óleo por fora e aroma de paraíso.

— Trouxe duas tortilhas. Já comi a minha. Se não quiser comer a sua, pode deixar que eu a livro desse fardo.

— Mas eu quero, porque ninguém deve comer duas tortilhas.

— Ei! Perdi mais de dois quilos quando estava em licença médica, sabia? Tudo bem que já ganhei um de volta, mas continuo mais magra. — Colocou o pacote sobre a mesa de Eve. — Onde está Nixie?

— Com Summerset. — Eve abandonou a barra de cereais que ainda ia abrir e pegou a tortilha. Deu uma mordida imensa e mastigou as palavras, emitindo um som parecido com "Rgitos xcola".

— Eu sei, já peguei os registros escolares de ambos. — Peabody pegou dois discos. — Os funcionários ficaram arrasados quando eu dei a notícia. São escolas caras e bonitas. Coyle era um bom aluno, não tem notas vermelhas nem faltas. Agora, Nixie...? Aquela garota é superfera. Notas altas em tudo. Os dois irmãos mostraram índices elevados nas avaliações de QI, mas ela se saiu melhor que o irmão nos testes. Nenhum dos dois tinha problemas disciplinares, a não ser algumas broncas por conversar em sala e assistir a vídeos durante as aulas, mas nada sério. Coyle jogava softball e beisebol. Nixie curte peças de teatro, cria vídeos e toca flautim na banda da escola.

— Que diabo é isso?

— Instrumento de sopro, Dallas, parecido com flauta. Essas crianças tinham um bocado de atividades extracurriculares, mas as notas eram ótimas. Acho que não sobrava tempo para eles se meterem em confusão.

— Ambos tinham contas em banco, e recebiam depósitos mensais regulares. Como é que uma criança pode ganhar cem dólares por mês?

— Mesada — explicou Peabody, olhando para o telão e analisando os dados.

— Mesada pelo quê?

Peabody se virou e balançou a cabeça.

— Os pais provavelmente depositavam dinheiro toda semana na conta dos filhos, para eles poderem gastar em coisas pessoais, economizar, esse tipo de coisa.

— Quer dizer que eles recebiam um salário só para ser crianças? — Eve comeu mais um pedaço da tortilha.

— Mais ou menos.

— Bela profissão, para quem pode...

— Em uma casa daquele tamanho, com aquela estrutura, as crianças provavelmente executavam algumas tarefas domésticas, mesmo tendo empregada. Deviam arrumar o próprio quarto, tirar a mesa, encher o reciclador de lixo. Além disso, deviam receber dinheiro nos aniversários e no Natal, ou quando traziam boas notas no boletim. Meus pais seguiam os preceitos da Família Livre e meus incentivos não eram financeiros, mas no fundo é a mesma coisa.

— Se todo mundo conseguisse continuar criança para sempre, ninguém precisaria arranjar emprego. Pode ser que eles tenham visto algo diferente na escola — continuou, antes de Peabody ter chance de retrucar. — Ou ouviram algo que não deviam, alguma conversa esquisita. — Vamos investigar os professores e funcionários. No lado dos adultos, precisamos pesquisar clientes e sócios e espalhar a busca para amigos, vizinhos e conhecidos. Essa família não foi escolhida por acaso para morrer.

— Concordo, mas já dá para descartar terrorismo urbano?

— A ação foi limpa demais. — Roarke acertara na mosca, lembrou Eve. — Quem monta um ataque terrorista faz a maior lambança... Mata a família, mas só depois de estupros e torturas, vandaliza a residência, passa a faca no cachorro.

— Eles não tinham um cão, mas entendi o conceito. Além disso, se fosse terrorismo, o grupo de malucos já teria aparecido para assumir o ato. Já chegaram os relatórios da DDE, dos peritos e do legista?

— Conversei com Feeney, ele já está no caso. O resto eu conto para você no caminho.

— Aonde vamos?

— Necrotério, depois Central de Polícia. — Eve se levantou e enfiou o resto da tortilha na boca.

— Quer que eu avise Summerset que vamos sair?

— Por quê? Oh... droga, tudo bem, vá avisar. — Ela atravessou a porta que ligava sua sala à de Roarke. — Oi!

Ele se levantava da mesa e vestia o paletó preto.

— Vou para a rua — avisou ela.

— Eu também. Modifiquei minha agenda para hoje. Devo estar de volta às sete da noite, no máximo.

— Eu não sei quando volto. — Ela se encostou no portal e fez uma careta. — Acho que eu devia levar essa menina para uma casa segura.

— Esta casa é segura e ela vai ficar bem com Summerset. Acabou de sair um boletim atualizado no noticiário. Ainda não divulgaram nomes, mas anunciaram que uma família do Upper West Side foi assassinada na manhã de hoje em casa. Pais e filhos. Citaram você como a investigadora principal do caso. Prometeram mais detalhes daqui a pouco.

— Vou ter de lidar com isso.

— E conseguirá. — Foi até onde ela estava, agarrou-lhe o queixo com a mão e a beijou com força. — Você vai realizar seu trabalho e depois cuidamos do resto. Cuide bem da minha tira.

Como Eve imaginava, o chefe dos legistas havia se incumbido pessoalmente das mortes da família Swisher. Isso não era o tipo de coisa que Morris pudesse delegar a nenhum outro profissional, por mais qualificado ou habilidoso que fosse.

Eve o encontrou debruçado sobre o corpo de Linnie Dyson.

— Eu os examinei pela ordem em que morreram. — Por trás dos micro-óculos, seus olhos pretos pareciam frios e duros.

Ouvia-se música ao fundo. Morris quase nunca trabalhava sem música, mas esta era sombria e funérea. Um daqueles compositores, imaginou Eve, que usavam perucas onduladas brancas.

— Mandei fazer exames toxicológicos em todas as vítimas. A causa da morte foi a mesma para todos. Não há nenhum ferimento secundário nem arranhões, embora o menino tenha marcas roxas antigas e dois arranhões recentes, com pequenas lacerações de pele no quadril e coxa direita. Seu dedo indicador direito sofreu uma fratura há cerca de dois anos, mas a lesão foi recuperada. Todos os ferimentos dele são condizentes com os de um menino que pratica esportes.

— Softball. Os arranhões recentes devem ser de algum escorregão ao chegar à base.

— Sim, faz sentido. — Morris olhou para a menininha e para o corte comprido em sua garganta. — As duas vítimas menores de idade eram muito saudáveis. Todos jantaram às sete da noite; comeram peixe, arroz integral, ervilhas e pão integral multigrãos. De sobremesa, torta de maçã com trigo e cobertura de açúcar mascavo.

Os adultos beberam uma taça de vinho branco e as crianças leite de soja.

— A mãe, a segunda adulta morta, era nutricionista.

— Colocava em prática o que ensinava. Mas o menino tinha um esconderijo para comida em algum lugar — acrescentou Morris, com um sorriso leve. — Comeu duas balas de alcaçuz às dez da noite.

Por algum motivo isso alegrou Eve. Pelo menos o menino tinha uma quedinha por doces.

— Armas do crime? — perguntou ela.

— Idênticas. Uma faca com lâmina de vinte e cinco centímetros. Veja aqui... — Apontou para a tela e ampliou a ferida macerada na garganta do menino. — Vê os sinais dos entalhes? Bem ali, na ponta da diagonal? Foi um golpe de cima para baixo, dado da esquerda para a direita. Não foi uma faca lisa, nem totalmente serrilhada. Há três dentes entalhados no metal, a partir do cabo, o resto é lâmina lisa.

— Parece uma faca de combate.

— Esse é o meu palpite. E foi usada por uma pessoa destra.

— Foram duas pessoas.

— Ouvi dizer. Assim, a olho nu, dá para pensar que foi uma só pessoa que efetuou os golpes, mas como pode ver... — Ele se virou para outra tela, chamou as imagens de Grant e Keelie Swisher, mandou que a tela se dividisse e amplificasse as fotos.

— Há algumas diferenças sutis — continuou Morris. — A ferida no homem foi mais funda, feita em um movimento de fatiar e também me parece mais irregular, enquanto a da mulher vai reta de um lado a outro. Quando eu coloco as cinco juntas... — ele apontou com a cabeça para a tela quando a imagem mudou, exibindo agora os cinco cortes — ... dá para ver que a empregada, o pai e o menino têm o mesmo corte em fatia, enquanto a mãe e a menina têm uma ferida quase horizontal. Você vai pedir reconstruções ao laboratório, mas eu já adianto que foi uma faca com lâmina de vinte e cinco centímetros, vinte e oito, no máximo, com três dentes junto do cabo.

— Estilo militar — concluiu Eve. — Não que a pessoa precise estar nas Forças Armadas para conseguir uma dessas, mas isso é mais uma peça do quebra-cabeça. Temos equipamento, tática e armas militares. Nenhum dos adultos serviu ou tem ligação com militares. Ainda não liguei nenhum deles, até agora, a elementos paramilitares ou espionagem.

Se bem que muitas vezes, pensou ela, uma família pacata e feliz é o disfarce perfeito para operações secretas.

— Eu liberei a entrada dos Dyson — avisou Eve. — Eles já vieram vê-la?

— Sim, faz uma hora. A cena foi... abominável. Olhe para ela — sugeriu Morris. — Tão pequena. Em cima dessa mesa as crianças parecem ainda menores, mal saídas do útero. É espantoso o que adultos supostamente evoluídos podem fazer com aqueles que mais necessitam de nós.

— Você não tem filhos, certo? — quis saber Eve.

— Não. Nem esposa, nem filhos. Houve uma mulher importante uma vez, e ficamos juntos tempo suficiente para pensarmos em... Mas isso faz muito tempo.

Eve analisou o rosto dele, emoldurado com perícia por cabelos muito pretos puxados para trás, formando um rabo de cavalo trançado com uma fita prateada. Sob o macacão de proteção transparente, manchado de sangue e fluidos corporais, sua camisa também era prata.

— Peguei a menina, a que escapou da chacina. Não sei o que fazer com ela — comentou Eve.

— Mantenha-a viva. Isso deve ser sua prioridade, agora.

— Pois é, isso eu já resolvi. Vou precisar dos relatórios toxicológicos, e me avise sobre qualquer novidade que surja.

— Pode deixar. Eles usavam alianças.

— Quem?

— Os pais. Nem todo mundo usa aliança, hoje em dia. — Morris apontou com a cabeça para a aliança gravada que Eve usava no dedo anular da mão esquerda. — Parece que isso não está mais na moda, mas usar alianças é uma espécie de declaração: eu pertenço a alguém. Eles fizeram amor três horas antes da morte. Usaram espermicida, em vez de um anticoncepcional permanente ou de longo efeito. Isso sugere que talvez não tivessem descartado a possibilidade de mais filhos no futuro. Esse detalhe e as alianças me trazem conforto, mas também me provocam mais raiva, Dallas.

— A raiva é melhor porque nos mantém alertas.

Quando seguia pelo corredor da Divisão de Homicídios, na colmeia gigantesca representada pelo prédio da Central de Polícia, Eve avistou o detetive Baxter em uma máquina de lanches, tomando uma bebida que se passava por café. Pegou algumas fichas de crédito no bolso e as entregou na mão dele.

— Quero uma lata de Pepsi.

— Continua evitando contato pessoal com as máquinas, Dallas?

— O acordo está funcionando. Elas não me irritam e eu não as transformo em sucata.

— Soube do crime — disse ele, enfiando as fichas na ranhura. — Eu e todos os repórteres da cidade. A maioria deles está perturbando o serviço de relações públicas da polícia, exigindo uma entrevista com a investigadora principal do caso.

— Repórteres não estão na minha lista de prioridades, no momento. — Ela pegou a lata de Pepsi que ele lhe entregou e franziu a testa. — Você disse "a maioria" deles, Baxter. Por quê? Nadine Furst, do Canal 75, está com sua bunda perfeita sentada na cadeira da minha sala?

— Como é que você sabe, Dallas? Quer dizer, sobre a repórter, não sobre a bunda perfeita, pois isso todo mundo nota.

— Há farelos de cookie de chocolate em sua camisa, seu babaca. Foi você que a deixou entrar na minha sala.

Com alguma dignidade, ele espalhou os farelos da camisa.

— Queria ver você resistir a um pacote fechado de cookies Hunka-Chunka. Todo homem tem suas fraquezas, Dallas.

— Sei, sei... Mas se prepare porque vou chutar sua bunda perfeita mais tarde.

— Meu amor, você notou!

— Vá enxugar gelo! — Apesar de fingir irritação, ela o observou de cima a baixo enquanto abria a lata de Pepsi. — Escute, Baxter. Como vai sua agenda de serviço?

— Bem, como você é minha tenente, eu deveria dizer que estou atolado de serviço. Acabei de participar de uma audiência no tribunal quando me distraí com a bunda de Nadine e seus cookies.

Digitando seu código, ele pediu uma lata de ginger ale na máquina.

— O garoto está redigindo o relatório do caso três-em-um que fomos investigar ontem à noite. Espancamento doméstico que acabou mal. O cara andou na rua, bebendo e trepando, segundo a esposa. Eles se pegaram de jeito quando ele voltou para casa quase engatinhando; trocaram porradas, como sempre acontece, segundo os vizinhos e registros policiais anteriores. Só que dessa vez ela esperou o cara apagar e cortou o pau dele com uma tesoura de jardinagem.

— Ai!

— Doeu só de pensar — concordou Baxter, tomando um gole comprido da lata. — O cara sangrou até secar antes da chegada dos paramédicos. Uma sujeira feia de ver. Quanto ao pau do sujeito? A mulher o jogou no reciclador ligado, só para ter certeza de que não daria mais problemas para ninguém.

— Vale a pena ser eficiente.

— Vocês, mulheres, são criaturas frias e aterrorizantes. A maluca que fez isso se mostrou muito orgulhosa do ato. Disse que vai virar a heroína para todas as neofeministas em nossa bela terra. É bem capaz de isso acontecer.

— Então esse caso foi encerrado. Está investigando mais alguma coisa no momento?

— Nada de que não possa dar conta.

— Há algo pendente que você não queira repassar para outro agente?

— Se quiser que eu despeje meus casos em cima de alguém para ajudá-la, estou dentro.

— Quero que você e Trueheart acompanhem uma testemunha. Isso vai rolar na minha casa.

— Quando?

— Agora.

— Vou pegar o garoto. É verdade que os caras mataram duas crianças? — Seu rosto ficou sombrio enquanto caminhavam rumo à sala de ocorrências. — Enquanto elas dormiam?

— Teria sido pior se elas estivessem acordadas. Você e Trueheart vão trabalhar como babás da testemunha. É uma menina de nove anos. Vou mantê-la longe dos holofotes, por enquanto. Mas ainda preciso pedir autorização ao comandante Whitney.

Ela atravessou a sala de ocorrências e chegou até sua sala, que era pouco maior que um closet.

Como anunciado, Nadine Furst, a competente âncora do noticiário ao vivo do Canal 75, se sentara na cadeira de Eve, que estava quase caindo aos pedaços. Apresentava-se linda e bem arrumada como sempre, os cabelos com luzes alouradas presos, o que ajudava a ressaltar seu rosto atraente e marcante. O conjunto de terninho e calças tinha a cor de abóbora madura. Vestia uma blusa absurdamente branca que, de algum modo, a tornava ainda mais feminina.

Parou de fazer anotações no tablet quando Eve entrou.

— Não me bata, Dallas, guardei um cookie para você.

Sem dizer nada, Eve torceu o polegar para expulsá-la dali e se sentou na cadeira que ficou vaga. Quando o silêncio continuou, Nadine virou a cabeça meio de lado, intrigada.

— Não vou levar um esporro? Você não vai gritar comigo? Não vai comer seu cookie?

— Acabo de voltar do necrotério. Vi uma menininha sobre a mesa de autópsia. Sua garganta tem um corte que vai daqui até aqui — mostrou Eve, apontando o próprio pescoço.

— Eu sei. — Nadine se sentou na cadeira de visitas. — Pelo menos ouvi parte da história. Uma família inteira, Dallas? Por mais duronas que você e eu possamos ser, isso machuca de verdade. Depois de uma invasão domiciliar como esta, o público precisa conhecer os detalhes para poder se proteger.

Eve não disse nada e ergueu as sobrancelhas.

— Tudo bem, isso é parte do pacote — insistiu Nadine. — Não estou dizendo que o ibope não conta, nem que não adoraria enterrar meus dentes jornalísticos em uma matéria tão suculenta. Mas a verdade é que o santuário do lar significa muito. Manter os filhos a salvo é importante para as pessoas.

— Procure o relações-públicas da polícia.

— Ele não sabe de nada.

— Isso é uma dica do que está rolando, Nadine. — Eve ergueu a mão antes de a repórter continuar. — O que eu consegui descobrir até aqui não vai ajudar o público, e não estou inclinada a lhe repassar informações internas, a não ser que...

— Pode colocar suas condições sobre a mesa — concordou Nadine, recostando-se na cadeira e cruzando as pernas.

Eve esticou o braço, fechou a porta e se virou na cadeira, colocando-se frente a frente com Nadine.

— Você sabe como desviar o foco dos relatórios, distorce histórias para influenciar o público e adora dizer que o povo tem o direito de saber.

— Nada disso, sou uma repórter objetiva.

— Papo furado! A mídia só tem a objetividade necessária para garantir bons índices de audiência. Você quer detalhes, segredos internos, entrevistas exclusivas e os outros itens da sua lista de repórter? Tudo bem, eu forneço. Mas quando a coisa acabar e os assassinos forem presos... e garanto que serão... quero que você suje a barra deles publicamente. Quero que distorça a história do jeito que bem entender, desde que esses filhos da puta se transformem nos monstros que o povo da aldeia vai perseguir com tochas e machados.

— Você quer que eles sejam julgados pela imprensa, é isso?

— Não. — O que surgiu no rosto de Eve não foi um sorriso. Nada tão selvagem poderia ser chamado de sorriso. — Quero que eles sejam enforcados pelo que fizeram. Você será minha linha secundária de ataque, caso o sistema lhes forneça uma brecha legal por onde consigam escapar, mesmo que essa brecha seja estreita até para uma minhoca anoréxica. Aceite ou recuse.

— Aceito. Houve ataque sexual contra alguma das vítimas?

— Não.

— Tortura? Mutilação?

— Nada disso. Simples assassinatos, executados de forma direta e fria.

— Trabalho de profissionais?

— Possivelmente. Dois assassinos.

— Foram dois? — A empolgação pela caçada deixou Nadine corada. — Como é que você sabe?

— Sou paga para saber. Dois — repetiu Eve. — Não houve vandalismo, destruição de propriedade, nem roubo. Pelo menos não descobrimos nada desse tipo até agora. No momento, a opinião da investigadora principal do caso é que a família atacada era um alvo específico. Tenho um relatório para redigir, preciso me apresentar ao comandante e só dormi três horas de ontem para hoje. Cai fora, Nadine.

— Algum suspeito ou pista?

— Nesse momento estamos investigando todas as possibilidades e blá-blá-blá. Você conhece o discurso oficial. Agora, desapareça daqui.

Nadine se levantou da cadeira.

— Assista ao noticiário mais tarde. Vou começar a sangrá-los publicamente ainda hoje.

— Ótimo! E... Nadine? — chamou Eve quando a repórter abriu a porta da sala. — Obrigada pelo cookie.

Ela montou um quadro para acompanhamento do caso em sua sala, redigiu o relatório, leu os laudos da DDE e dos peritos que examinaram a casa. Tomou mais café. Fechou os olhos e passeou mentalmente, mais uma vez, pela cena do crime.

— Computador! Calcular probabilidades sobre os múltiplos homicídios do caso H–226989–SD — ordenou.

Entendido.

— Qual a probabilidade, segundo os dados registrados até agora, de um ou ambos os assassinos serem pessoas conhecidas por uma ou mais das vítimas?

Processando... Probabilidade de 88,32 por cento de que uma ou mais das vítimas conhecesse um ou ambos os assassinos.

— Qual a probabilidade de os assassinos serem agentes profissionais?

Processando... Probabilidade de 96,93 por cento de os assassinos serem agentes profissionais e/ou treinados para matar.

— Sim, até agora concordamos. Qual a probabilidade de os assassinos terem sido contratados ou designados por outra fonte para cometer este crime específico?

Processando... Pergunta totalmente especulativa; os dados são insuficientes para pesquisa.

— Vamos tentar de outro modo, então. Considerando os dados conhecidos de todas as vítimas, qual a probabilidade de uma ou todas terem sido alvo de assassinos profissionais?

Processando... 100 por cento de probabilidade de todas as vítimas terem sido assassinadas.

— Siga meu raciocínio, seu idiota! É uma investigação teórica. Suponha que as vítimas ainda foram assassinadas. Considerando os dados atuais e deletando do seu sistema as informações que entraram depois da meia-noite, qual a probabilidade de um ou todos os membros da família Swisher estarem marcados para assassinato por agentes profissionais?

Processando... Probabilidade de menos de cinco por cento; as vítimas, sob essa abordagem, não seriam um alvo provável.

— É, eu também penso assim. O que será que desconhecemos a respeito dessa simpática família? — Ela rodeou a sala diante do quadro. — Porque, afinal, eles estão todos mortos, certo? — Enfiou outro disco na ranhura da máquina. — Computador, fazer uma varredura nos dados de todos os clientes de Grant Swisher. Depois, realizar outra pesquisa na lista de clientes de Keelie Swisher. Colocar em destaque todo e qualquer indivíduo que tenha registros criminais ou psiquiátricos; destacar também todos os que tenham tido treinamento militar ou paramilitar. Enviar o resultado da pesquisa para o computador da minha residência.

Entendido. Processando...

— Isso, trabalhe direitinho. — Ela se virou e saiu da sala.

— Peabody! — chamou Eve com a cabeça, fazendo com que a parceira se levantasse na mesma hora da mesa onde trabalhava, em plena sala de ocorrências.

— Tenho uma queixa a apresentar, tenente — avisou Peabody. — Por que Baxter e os outros tiras do departamento sempre recebem os melhores subornos? Por que eu, sua parceira, fico de fora na hora de receber cookies e outras guloseimas?

— Esse é o preço que você paga por trabalhar comigo. Vamos à sala de Whitney. Surgiu algum fato novo que eu deva conhecer antes de apresentar meu relatório?

— Conversei com McNab. Papo puramente profissional — acrescentou Peabody, depressa. — Quase não fizemos barulhos quando nos beijamos. Feeney o colocou para desmontar os *tele-links*, os computadores e as centrais de dados da casa. Ele está investigando todas as transmissões feitas nos últimos trinta dias, mas não surgiu nada até agora. Você leu o relatório dos peritos?

— Li. Também não pintou nada. Não encontraram sequer uma célula de pele, nem um folículo.

— Estou pesquisando todos os funcionários da escola — continuou Peabody, entrando no elevador lotado. — Quero ver se acho algum babado interessante.

— Babado?

— Gíria antiga... algo significativo. Mas a galera é muito certinha. É preciso estar a um passo da canonização para conseguir emprego lá, mas sempre tem alguém que dá um passo em falso. Só que até agora não descobri nada.

— Pesquise dados sobre participação em atividades militares ou paramilitares. Até mesmo aqueles... como é mesmo o nome?... campos de combate. Os locais para recreação onde as pessoas brincam de guerra. E dê uma boa olhada nos professores de matérias ligadas a computação.

Eve massageou a têmpora ao saltar do elevador.

— A empregada era divorciada — continuou —, mas vamos dar uma olhada no ex. Também quero os nomes dos amigos das crianças, para ver se as famílias deles merecem uma investigação especial.

— O comandante está à sua espera, tenente — informou a assistente de Whitney, assim que Eve chegou à sua mesa. — Olá, detetive Peabody! Que bom vê-la de volta! Como está passando?

— Bem, obrigada.

Peabody respirou fundo antes de entrar na sala do comandante. Ele ainda a intimidava um pouco.

Ali estava Whitney, um homem corpulento sentado atrás de uma mesa imensa, com seu rosto cor de cacau e os cabelos curtos já muito grisalhos. Ele trabalhara muito tempo nas ruas, quase o mesmo número de anos que Peabody tinha de vida, e ela sabia que ele gerenciava tudo de seu gabinete com o mesmo fervor e competência.

— Bom-dia, tenente. Detetive, é bom vê-la de volta à ativa.

— Obrigada, senhor. É realmente bom estar de volta.

— Li seu relatório, tenente. Você está caminhando sobre uma corda bamba ao levar uma testemunha em custódia para casa.

— É o lugar mais seguro que conheço, comandante. Além disso, a menor está emocionalmente abalada. Pareceu piorar diante da perspectiva de ser levada pelo Serviço de Proteção à Infância. Como é nossa única testemunha, achei melhor mantê-la perto, monitorá-la devidamente e tentar manter sua estabilidade emocional para obter mais informações. Requisitei de maneira informal o detetive Baxter e o policial Trueheart para a proteção pessoal da testemunha.

— Baxter e Trueheart?

— Baxter é muito experiente e não deixa escapar nenhum detalhe. Trueheart é jovem e tem um ar de "tira amigável".

— Concordo. Por que não os requisitou pelas vias oficiais?

— Até agora a mídia desconhece a existência de uma sobrevivente. Isso não durará muito, mas nos dará uma janela de tempo para trabalhar. Quando a mídia descobrir, os assassinos também descobrirão. São homens treinados e muito capacitados. É altamente provável que isso tenha sido uma operação encomendada.

— Existem provas disso?

— Não, senhor, mas também não temos provas do contrário. Até o momento, não encontramos um motivo claro para os crimes.

Era o "por que", pensou Eve, que os levaria ao "quem".

— Até agora não apareceu nada de relevante nos dados e registros das vítimas — acrescentou. — Estamos ampliando as buscas e continuaremos a interrogar a testemunha. Mira concordou em supervisionar o trabalho e trabalhar como terapeuta da criança.

— Nada em seu relatório indica assassinatos aleatórios ou terrorismo urbano.

— Não, senhor. Estamos averiguando crimes semelhantes no CPIAC, o Centro de Pesquisa Internacional de Atividades Criminais, mas ainda não achamos nada com os mesmos detalhes.

— Quero a testemunha sob supervisão vinte e quatro horas por dia, sete dias por semana.

— Isso já foi providenciado, senhor.

— O nome de Mira terá um peso considerável junto ao Serviço de Proteção à Infância. Eu também vou apoiá-la nisso, tenente. — A cadeira estalou quando ele se recostou. E quanto aos tutores legais da testemunha?

— Como assim, senhor?

— A menor. Quem são seus tutores legais, na falta dos pais?

— Os Dyson, comandante — respondeu Peabody, ao ver que Eve hesitou. — Pais da criança que foi assassinada.

— Por Deus! Bem, provavelmente não nos criarão problemas, mas o ideal seria conseguir deles uma permissão oficial para cuidarmos da testemunha. A criança tem algum parente vivo?

— Uma avó paterna que mora fora do planeta. Os avós maternos já faleceram e não tinham irmãos. Ela não tem mais parentes por parte de mãe, nem de pai.

— Não sobrou nada de bom na vida dessa menina? — murmurou Whitney, quase para si mesmo.

Sobrou sim, senhor, pensou Eve. Ela sobreviveu.

— Detetive Peabody, você conversou com a avó?

— Sim, tenente. Minha primeira providência foi notificar o parente mais próximo. Nesse contato, fui informada de que a avó paterna não era a tutora legal em caso de morte ou invalidez dos pais. Para ser franca, apesar de ela me parecer abalada e chocada, não disse nada que indicasse desejar a custódia da criança.

— Muito bem, então. Dallas, converse sobre isso com os Dyson na primeira oportunidade, não deixe pontas soltas. Mantenha-me informado.

— Sim, senhor.

Quando voltavam para o elevador, Peabody balançou a cabeça.

— Não creio que esse seja o melhor momento para falar sobre isso com os Dyson, Dallas. Eu deixaria isso quieto por mais vinte e quatro horas, pelo menos.

Quanto mais tempo, melhor, refletiu Eve.

# Capítulo Cinco

Os semáforos e as luzes de alerta e segurança piscavam sem parar pelas ruas enquanto Eve dirigia sua viatura a caminho de casa, depois de sair da Central. Normalmente aquele tráfego cruel e barulhento lhe daria boas oportunidades para xingar e reclamar. Naquele momento, porém, sentiu-se grata pela distração e pelo tempo extra, pois poderia raciocinar com calma.

Sentia-se inerte.

Era capaz de enxergar com clareza o método e o tipo de assassinos. Conseguia passear mentalmente pela cena do crime e recriar tudo o que acontecera, passo a passo. Mas não encontrava o motivo da chacina.

Ficou parada no engarrafamento, atrás de um flatulento maxiônibus e reviu o caso novamente, analisando parte por parte. Violência sem paixão. Assassinato sem ódio.

Qual era a motivação para um crime desses? Lucro financeiro? De que modo?

Seguindo o instinto, ligou para o *tele-link* pessoal de Roarke, que logo apareceu na tela do painel.

— Olá, tenente.

— Qual a sua condição atual? — quis saber ela.

— Saudável, rico e inteligente. Qual é a sua?

— Ha-ha! Cruel, ardilosa e grossa.

A gargalhada de Roarke preencheu todo o veículo e a fez se sentir menos irritada.

— É exatamente desse jeito que eu gosto — declarou ele.

— Onde você está, Roarke?

— Arrastando-me lentamente pelo tráfego insuportável, a caminho do aconchego do lar. Espero que esteja fazendo o mesmo.

— Acertou. Que tal fazermos um pequeno desvio?

— Isso vai envolver comida e sexo? — O sorriso dele era lento e ligeiramente travesso. — Torço para ter os dois.

Era estranho, muito estranho mesmo, pensou Eve, que mesmo depois de quase dois anos aquele sorriso ainda tivesse o poder de lhe provocar um sobressalto de desejo.

— Pode ser que isso role mais tarde, mas nossa primeira linha de ação no momento é homicídio múltiplo.

— Quem mandou eu me casar com uma tira?

— Eu bem que avisei! Espere um instantinho. — Ela se debruçou para fora da janela e berrou para um mensageiro que quase atingiu a viatura com o skate a jato: — Isso é propriedade da polícia, seu babaca! Se tivesse tempo, eu iria perseguir você e usar esse skate para bater nos seus ovos até eles ficarem roxos.

— Querida Eve, você sabe que esse tipo de palavreado me excita. Como poderei manter minha mente longe de imagens sexuais, agora?

Eve tirou a cabeça da janela e olhou para a tela.

— Pense em coisas puras. Preciso fazer mais uma visita ao local do crime. Gostaria de um par de olhos sobressalente.

— O trabalho de uma boa tira nunca termina, nem o do homem sortudo que se casou com ela. Qual é o endereço?

Ela informou e se despediu.

— A gente se vê lá. Se você chegar antes, pelo amor de Deus, não tente hackear os lacres da polícia para entrar. Espere por mim! Ah, merda, esqueci da permissão para você estacionar no local. Vou providenciar...

— Por favor, querida! — reagiu ele, indignado, e desligou.

— Certo — disse ela, para a tela apagada. — Por um instante eu me esqueci de quem se tratava.

Eve não sabia como Roarke sempre conseguia resolver problemas banais como achar um local para estacionar, nem queria descobrir. Ele já estava na calçada quando ela chegou. Estacionou a viatura atrás do carro dele e ligou a luz de "policial em serviço".

— Bela rua — elogiou ele. — Especialmente nessa época do ano, com as folhas desmaiadas do outono espalhadas por toda parte. — Ele acenou com a cabeça na direção da residência dos Swisher. — Propriedade de primeira linha. Se a casa pertencia a eles, pelo menos a menina não ficará sem dinheiro depois de ter perdido os pais.

— Eles tinham grana, seguros de vida, poupança, investimentos. Ela vai ficar bem, financeiramente. Esse é um dos pontos positivos: ela vai embolsar uma grana alta quando chegar à maioridade. Os dois pais deixaram testamento. Tinham um fundo fiduciário para os filhos, auditado por guardiões legais e escritórios financeiros. Não é uma fortuna incomensurável, mas tem gente que é capaz de matar por algumas fichas de crédito dessas de usar no metrô.

— Eles tinham algum plano de contingência com beneficiários alternativos, caso algo acontecesse às crianças também?

— Tinham. — Eve já pensara nessa possibilidade: exterminar a família para colocar a mão na grana. — O dinheiro iria para caridade. Abrigos, centros pediátricos. Tudo muito espalhado. Ninguém receberia uma quantia grande, e nada iria para uma pessoa específica.

— E quanto ao escritório de advocacia?

— Dave Rangle, o sócio, é quem manda no pedaço. Seu álibi é sólido. Pelo que vi, se tiver as ligações e o estômago forte o bastante para ordenar uma matança como essa, juro que engulo meu distintivo acompanhado por um gole de café. Essa família não foi apagada por causa de dinheiro. Pelo menos eu não consigo enxergar de que forma.

Roarke ficou parado na calçada, observando a casa ao lado de Eve. A velha árvore em frente que espalhava suas folhas secas pelo jardim minúsculo; as atraentes linhas arquitetônicas da residência; o vaso decorativo cheio de gerânios ao lado da porta.

Tudo ali parecia quieto, calmo e confortável. Exceto pelas luzes vermelhas do lacre policial e pelas fitas em forte tom de amarelo que cercavam a porta da frente e estragavam a paisagem.

— Se o motivo fosse dinheiro — acrescentou Roarke —, seria preciso um caminhão dele para motivar alguém a fazer isso: exterminar uma família inteira, como você disse.

Ele caminhou ao lado de Eve até a porta de entrada e completou:

— Andei perguntando discretamente por aí, conforme você pediu, mas não soube de nada a respeito de um contrato para acabar com a vida dessas pessoas.

Eve balançou a cabeça.

— Não, eles não se relacionavam com bandidos. De qualquer modo, é bom riscar esse item da lista logo de cara, ou pelo menos essa probabilidade. Não tinham ligações com ninguém em nenhum nível do submundo. Nem com agências do governo.

Brinquei um pouco com a ideia de um deles ter uma vida dupla, pois me lembrei do que Reva enfrentou, alguns meses atrás. — Reva Ewing, uma funcionária das Indústrias Roarke, tivera a infelicidade de se casar com um agente duplo que armou uma cilada contra ela.* — A coisa não encaixa, Roarke. Não havia viagens em excesso, e poucas delas eram feitas sem os filhos. Não há nada que levante suspeita nas ligações dos *tele-links*, nem nos computadores da casa. Essas pessoas levavam vidas simples: trabalho, lar, família, amigos. Os pais não tinham tempo de aprontar fora do casamento. Além do mais... — Parou de falar e balançou a cabeça para os lados, completando: — Não. Prefiro deixar você tirar as próprias conclusões.

— Tudo bem. A propósito, mandei alguém vir pegar meu carro. Assim, terei a chance de deixar que minha adorável mulher me leve para casa.

— Moramos a dez minutos daqui.

— Cada minuto ao seu lado, minha querida Eve, é um tesouro que deve ser apreciado.

— Estou vendo que você realmente quer transar — disse ela, olhando para ele meio de lado enquanto abria o lacre.

— Continuo respirando, então a resposta é sim.

Ele entrou com ela e olhou em volta quando ela mandou que as luzes se acendessem.

— Ambiente aconchegante — elogiou ele —, decorado com muito bom gosto, de um jeito ponderado. Boas cores, excelente uso do espaço. Estilo familiar urbano.

— Eles entraram por esta porta.

Ele fez que sim com a cabeça e afirmou:

— O sistema de segurança é excelente. É preciso grande habilidade para hackeá-lo sem ativar os backups e os alarmes.

---

* Ver *Dilema Mortal.* (N.T.)

— Foi fabricado por você?

— Foi, sim. Quanto tempo levou para eles conseguirem entrar?

— Minutos. Feeney calculou mais ou menos quatro minutos.

— Então eles conheciam o sistema. Possivelmente as senhas também, mas certamente a configuração do sistema e o que tinham pela frente — acrescentou, analisando o painel de alarme. — É um sistema complexo. Para passar por ele é preciso ter mãos hábeis, muita frieza e o equipamento certo. Veja aqui... este sistema de backup foi projetado para entrar em ação instantaneamente no caso de tentativa de invasão. Eles certamente sabiam onde pisavam para lidar com a configuração dupla ao mesmo tempo, antes mesmo de incluir ou digitar as senhas.

— Profissionais, então.

— Bem, eu lhe garanto que não foi o primeiro dia deles no trabalho. É como se tivessem um sistema idêntico para treinamento. Isso levou tempo, dinheiro e planejamento. — Roarke deu um passo atrás, diante do painel, tentando ignorar a raiva súbita que sentiu diante da evidente falha em um dos equipamentos que fabricava. — Você não acha que esse ataque possa ter sido aleatório, certo?

— Não. O que descobri pela cena e pelo relato da testemunha foi que um subiu para o andar de cima, ou pelo menos ficou para trás, enquanto o outro seguiu por aqui.

Ela liderou o caminho e foi direto para a cozinha.

— Estava escuro. O ambiente, no momento da ação, era iluminado apenas pelos sensores dos sistema de segurança e os reflexos das luzes da rua entrando pelas janelas, mas eles usavam óculos de visão noturna. Tinham de usar. Além do mais a testemunha descreveu olhos inexpressivos, muito pretos e brilhantes.

— Isso pode ser fruto da imaginação de uma criança: olhos de monstro. Mas não acho que tenha sido — afirmou ele, concordando com a cabeça. — O mais provável é o uso de óculos para visão noturna. Onde ela estava?

— Bem ali, agachada no banco — apontou Eve. — Se ele olhasse em volta ou tivesse tido o cuidado de vasculhar a cozinha, certamente a teria encontrado. Mas Nixie contou que ele foi direto para o quarto da empregada.

— Então sabia para onde devia ir. Conhecia a planta da casa ou já esteve aqui antes.

— Estamos conferindo registros de reparos domésticos e entregas, mas não me parece que seja o caso. Como conhecer a planta de uma casa inteira só de instalar um AutoChef novo ou consertar a válvula da privada? Como conhecer o caminho para os aposentos da empregada?

— Não poderia ter sido alguém ligado à vítima?

— Ela não saía com ninguém havia muitos meses. Tinha alguns amigos, além dos familiares, mas todos têm álibis. Até agora.

— De qualquer modo, você não suspeita que ela tenha sido o alvo principal.

— Não posso descartar a hipótese, mas não creio nisso. Ele entrou direto — repetiu, refazendo o caminho. — Estava com o corpo e as mãos seladas. Tinha de estar. Os peritos não encontraram nem mesmo uma célula de pele que não tivesse dono conhecido. A testemunha disse que ele não fez nenhum barulho, então devia estar usando sapatos silenciosos para operações especiais. Foi direto para a cama, agarrou a cabeça da vítima pelos cabelos e retalhou sua garganta com a mão direita.

Roarke a viu imitar os movimentos do assassino: rápida, certeira, com olhos de tira.

— Foi uma faca de combate, segundo o relatório de Morris, e o laboratório conseguiu reconstruir a ação. Depois de matá-la ele a largou, se virou e saiu do quarto. A testemunha estava do lado de fora da porta, no chão, encostada na parede. Se ele olhasse para baixo a teria visto. Mas não fez isso.

— Excesso de confiança ou descuido? — perguntou Roarke.

— Eu ficaria com a primeira opção. Além do mais, ele não olhou para baixo porque não esperava encontrar ninguém. — Eve parou de falar por um instante. — Por que não esperava encontrar ninguém?

— Deveria esperar?

— Nem sempre as pessoas dormem direto a noite inteira. Elas se levantam para zanzar pela casa, preocupadas com o trabalho ou qualquer outra coisa, e não conseguem dormir. Ou sentem vontade de tomar um refrigerante de laranja. Como é que pode o cara ser tão meticuloso, um tremendo profissional, e não vasculhar com os olhos o lugar onde entra?

Franzindo o cenho, Roarke considerou a pergunta e analisou mais uma vez o espaço à sua volta. Sim, pensou, enquanto imaginava a si mesmo se movendo pela casa no escuro. Ele teria olhado. Fizera exatamente isso em várias ocasiões, no passado, quando arrombava lugares e se servia de tudo, sem deixar nada para trás.

— Boa pergunta, agora que você tocou no ponto. Ele ou eles esperam que tudo e todos estejam no lugar certo porque é assim que as coisas funcionam em seu mundo?

— É uma teoria. Ele sai — continuou Eve —, volta para a escadaria principal e sobe. Por quê? Por que ele não usou a escada dos fundos?

Ela apontou para uma porta e completou:

— Foi por ela que a testemunha subiu até o andar de cima. Pela escada dos fundos. O palpite de Peabody é que a escada da frente saía mais perto da suíte master, e isso é plausível. Mas foi um desperdício de tempo, ritmo e esforço.

— E não são de desperdiçar nada. Eles não sabiam que havia uma escada nos fundos.

— Pois é... Mas como foi que deixaram passar esse detalhe quando sabiam de todo o resto?

Roarke caminhou até a porta, passou a mão pelo umbral, examinou os degraus e sentenciou:

— Veja só... Esta escada não é original.

— Como é que você sabe?

— A casa foi construída em fins do século dezenove e sofreu muitas reformas. Essas escadas são recentes. Esse corrimão aqui foi feito de forma artesanal, com material do século vinte e um. — Ele se agachou. — Os parafusos também, e foi feito com mão de obra de qualidade inferior. Não ficaria surpreso em saber que foi um daqueles projetos do tipo "faça você mesmo", algo que os proprietários da casa acrescentaram à obra original sem a devida permissão da Secretaria de Obras da prefeitura. Sem essa permissão, a alteração não aparece em nenhum registro ou planta que os assassinos possam ter estudado.

— Você é muito esperto, sabia? Acertou em cheio: a escada não aparece no registro da planta da casa. Eu verifiquei. Mesmo assim, isso não significa que um ou ambos os assassinos que invadiram a casa não possa ser um amigo ou vizinho da família. Esse é o espaço da empregada, a escada *dela*.

— Por outro lado, isso ajuda a eliminar a empregada como alvo principal. É pouco provável que os assassinos fossem conhecidos dela ou gente que frequentava seus aposentos.

— Ela estava sobrando. A *família* era que devia ser eliminada.

— E não apenas um membro — completou Roarke —, mas toda ela.

— Se não fosse assim, por que matar todos?

Eve levou Roarke com ela, refazendo o suposto caminho do primeiro assassino.

— A trilha de sangue vem desde o quarto da empregada, segue por aqui e continua pelo lado direito dos degraus. No alto da escada há maior concentração de sangue, está vendo?

— Mas a trilha de sangue não desce pelos degraus. Isso mostra que eles despiram o equipamento de proteção aqui em cima, antes de descer de volta.

— Mais um ponto para o civil!

— Acho que você devia escolher outro termo para se referir a mim. "Civil" é muito banal, e fico meio irritado quando você usa essa palavra. Prefiro algo como "especialista não policial para todas as coisas".

— Tá legal, claro... meu *personal expert*, então, em vez de policial. Ei, se liga aqui, garotão. Eles mataram os adultos antes de a testemunha chegar ao andar de cima. Ela viu quando eles saíram da suíte master e se dividiram no corredor. Seguiram, um para cada lado, a fim de atacar em outro aposento. Temos mais dois quartos ali adiante; um deles é o escritório, o outro é uma espécie de quarto de jogos ou de lazer. O banheiro das crianças fica no fim do corredor. Só que eles seguiram direto para o aposento certo. Não dava para saber pela planta, com cem por cento de certeza, qual o quarto ocupado por cada criança.

— Não. — Para satisfazer sua curiosidade, ele deu alguns passos e olhou para dentro de um dos cômodos. Escritório doméstico, com mesa de trabalho, uma pequena unidade de refrigeração, prateleiras com equipamentos diversos, enfeites, fotos de família. Um sofá-cama coberto de pó residual deixado pela perícia.

— Este aposento é grande o bastante para ser usado como quarto.

Eve o deixou ir para o outro lado do corredor e reparou que, ao chegar à porta do quarto do menino, suas feições se tornaram mais duras. Havia respingos de sangue nos pôsteres esportivos nas paredes, e manchas de sangue coagulado no colchão.

— Que idade ele tinha?

— Doze.

— Onde nós estávamos quando tínhamos essa idade, Eve? Certamente não tivemos um quarto legal assim, onde podíamos ficar rodeados por pequenos tesouros. Mas eu me pergunto, por

Jesus Cristo, o que leva uma pessoa a invadir um quarto como este para eliminar um menino adormecido?

— Vou descobrir.

— Você vai, eu sei. — Roarke recuou um passo. Já sangrara muito e também já derramara sangue alheio. Já estivera diante de um corpo assassinado e analisara cenas de crimes em noites frias. Naquele momento, porém, dentro de uma casa onde uma família normal levava vidas comuns, testemunhar o quarto vazio de um rapazinho cuja vida lhe fora arrancada depois de mal começar o deixou nauseado e muito abalado.

Foi por isso que ele se virou de costas e disse:

— O escritório tem tanto espaço quanto este quarto. O menino podia muito bem dormir no cômodo que fica do outro lado do corredor.

— Eles devem ter vigiado a casa, ou a conheciam por dentro e sabiam onde cada um dormia. Se a vigiaram de fora, precisaram descobrir os padrões de cada morador. Quais luzes ficavam acesas e em que momentos. Usando equipamento de vigilância com sensores e visão noturna, é fácil ver mesmo através das cortinas.

Eve foi até a suíte master e continuou:

— Morris me contou que a mesma mão que executou a empregada matou o pai e o menino. O outro invasor matou a mãe e a menina. Portanto, eles tinham seus alvos individuais definidos por antecipação. Não houve conversas, nenhuma troca de ideias, nem movimentos em excesso. Chega a parecer um crime cometido por robôs; androides assassinos.

— Isso teria um custo elevadíssimo — argumentou Roarke. — Além de ser pouco confiável em uma situação como esta. Além do mais, por que usar dois androides e duplicar o custo da programação quando um poderia resolver tudo sozinho? Supondo que alguém tivesse os recursos necessários, a habilidade de acessar um androide ilegal, e a capacidade de programá-lo para hackear um sistema de segurança doméstico, a fim de exterminar alvos múltiplos.

— Não creio que tenham sido androides. — Eve foi para o quarto da menina. — Foram mãos humanas que fizeram isso. Não importa o que pareça na superfície, não importa a frieza e a eficiência do ato, o motivo foi pessoal. Tremendamente pessoal. Ninguém retalha a garganta de uma criança sem que o motivo seja pessoal pra cacete.

— Muito pessoal — concordou Roarke, colocando a mão nas costas dela e fazendo-a deslizar para cima e para baixo, carinhosamente. — Crianças adormecidas não representavam uma ameaça para essa gente. — Havia demônios na casa agora, pensou ele. Espectros brutais com sangue de crianças lhes manchando as mãos. Fantasmas à espreita dentro dele e dentro dela, murmurando constantemente os horrores aos quais ambos haviam sobrevivido.

— Mas pode ser que as crianças fossem os alvos — argumentou Eve. — E existe a possibilidade de um ou mais dos moradores da casa ter descoberto algo que fosse uma ameaça. Nesse caso, todos deveriam ser eliminados, para o caso de alguém ter repassado a informação aos outros.

— Não — reagiu ele.

— Também acho que não. — Ela balançou a cabeça e suspirou. — Se os assassinos tivessem receio de alguma informação ou descoberta, precisariam ter certeza, por intimidação, ameaça ou tortura, de que a informação não havia sido repassada para alguém fora da casa. Precisariam verificar os centros de dados, vasculhar a casa toda para ter certeza de que a informação não estava registrada e guardada em algum lugar. A janela de tempo em que tudo aconteceu... entrar, matar, sair... não deixou chance para eles procurarem por nada. Tudo foi feito para parecer um ato de negócios. Mas o motivo certamente foi pessoal.

— Eles não são tão espertos quanto se imaginam — comentou Roarke.

— Por que diz isso?

— Seria mais esperto eles terem levado algumas coisas valiosas, e destruído a casa, pelo menos um pouco. Todo o cenário de horror apontaria, nesse caso, para um arrombamento com finalidade de roubar. Ou poderiam ter esquartejado as vítimas, para fazer parecer obra de um psicopata ou um roubo mal planejado que acabou mal.

Eve deu uma risada leve.

— Sabe que você tem razão? Está certíssimo! E por que não fizeram nada disso? Orgulho. Eles têm orgulho pelo trabalho executado. Isso é bom, muito bom, porque é algo palpável e eu não tinha nada para especular, nadica de nada! Sabia que havia um bom motivo para trazer você aqui.

— Estou sempre à disposição. — Ele pegou a mão dela ao descer as escadas. — Só que não é verdade que você não tinha nada com o que trabalhar. Você tem seus instintos, sua habilidade, sua determinação. E uma testemunha.

— Isso é verdade. — Eve ainda não queria pensar na testemunha, pelo menos por enquanto. — Por que você exterminaria uma família inteira? Quer dizer, não *você* exatamente, mas hipoteticamente?

— Obrigado pela ressalva. Eu faria isso se eles tivessem mexido com algo meu, ou representassem uma ameaça para algo que prezo muito.

— Grant Swisher era advogado. Em varas de família.

Roarke virou a cabeça meio de lado quando eles saíram da casa e refletiu:

— Esse é um dado interessante, não acha?

— Ela era nutricionista, atendia um monte de famílias, ou tinha clientes com famílias grandes. Então vamos lá... Talvez

Grant Swisher tenha perdido um caso, ou vencido, e isso deixou um dos seus clientes ou o lado perdedor muito furioso. Pode ser que Keelie Swisher tenha usado o método errado para tratar de uma criança obesa; talvez um dos seus clientes tenha morrido. Além do mais, os filhos frequentavam escolas particulares. Talvez uma das crianças tenha mexido seriamente com o filho de algum maluco.

— Um monte de possibilidades.

— Só preciso descobrir qual delas aconteceu.

— Um dos adultos podia estar tendo um caso com a mulher ou o marido de outra pessoa. Isso costuma irritar muito a parte lesada.

— Estou pesquisando isso. — Eve se colocou atrás do volante da viatura. — Mas essa possibilidade não me parece muito plausível. Esses dois tinham um casamento aparentemente sólido e muito foco na família. Viajavam juntos, saíam sempre em família, como um grupo unido. Esse belo quadro não deixa muita margem para aventuras extraconjugais. Além do mais, sexo leva tempo para ser feito.

— Quando bem executado, certamente leva tempo.

— Não encontrei nada nos dados das vítimas, em seus pertences ou agendas que apontasse para um caso amoroso. Pelo menos até agora. O interrogatório que fizemos com os vizinhos também não levou a lugar algum — acrescentou, ao sair com o carro. — Ninguém viu nada. Acho que um dos assassinos morava na área, tinha uma permissão de estacionamento falsa ou... Deus queira que não, mas pode ser que eles tenham simplesmente entrado na porra do metrô, e depois pegaram um táxi para completar o trajeto. Não dá para saber ao certo.

— Eve, tudo isso aconteceu há menos de vinte e quatro horas.

Ela olhou pelo espelho retrovisor e pensou na casa calma que ficava em uma rua sossegada.

— Parece que faz mais tempo — desabafou.

Eve sempre achava esquisito ver Summerset se materializar no saguão, do nada, assim que ela colocava os pés dentro de casa; isso era um pesadelo recorrente. Mais assustador ainda foi vê-lo surgir ali, de repente, segurando a mão de uma garotinha loura.

Os cabelos da menina estavam brilhantes, muito ondulados, como se tivessem sido lavados e escovados minutos antes. Quem teria feito isso, especulou consigo mesma. Será que ela cuidara dos próprios cabelos ou fora Summerset quem fizera isso? Só de visualizar a cena, Eve sentiu arrepios.

Mas a menina parecia muito à vontade com o mordomo, apertava a mão dele com força e tinha o gato a seus pés.

— Ora, isso não é uma bela saudação de boas-vindas? — brincou Roarke, despindo o paletó. — Como vai, Nixie?

Ela olhou para ele com seus olhos muito azuis e quase sorriu ao dizer:

— Estou bem. Preparamos torta de maçã.

— É mesmo? — Roarke se agachou para pegar Galahad no colo quando o gato começou a serpentear por entre suas pernas. — É uma das minhas comidas favoritas.

— Dá para fazer uma torta pequena só com sobras de outros doces. Foi o que eu fiz. — Em seguida, aqueles olhos azuis grandes e brilhantes se lançaram como raios laser sobre Eve. — Você já os pegou?

— Não. — Eve colocou a jaqueta de couro sobre o pilar do primeiro degrau, mas dessa vez Summerset não ralhou nem fez ar de escárnio, como de hábito. — Investigações desse tipo levam tempo.

— Por quê? Nas séries policiais os tiras levam pouco tempo para pegar os assassinos.

— Isso não é uma série, é a vida real. — Eve queria subir e deixar a mente descansar por cinco minutos, para em seguida voltar ao caso com força total, analisando ponto a ponto. Mas aqueles olhos azuis continuavam a fitá-la com ar de cobrança e súplica. — Eu prometi pegá-los e farei isso.

— Quando?

Ela fez menção de soltar um palavrão, e talvez não tivesse se segurado, mas Roarke colocou a mão no seu braço com gentileza e falou antes.

— Você sabia, Nixie, que a tenente Dallas é a melhor policial da cidade?

Algo surgiu no rosto de Nixie. Talvez um ar de curiosidade.

— Por quê?

— Porque ela nunca desiste. Dá tanta importância aos casos que investiga que cuida das pessoas atingidas e não consegue parar. Se alguém que eu amo tivesse sido ferido, gostaria que ela cuidasse do caso.

— Baxter me disse que ela é uma tira de arrasar.

— Viu só? — Roarke sorriu abertamente. — Baxter tem razão.

— Onde eles estão? — perguntou Eve. — Baxter e Trueheart?

— Em seu escritório, tenente — informou Summerset. — O jantar será servido em quinze minutos. Nixie, precisamos colocar a mesa.

— Antes eu preciso só... — tentou Eve.

— Desceremos na hora — confirmou Roarke, apertando a mão de Eve com força.

— Há muito trabalho a fazer — disse Eve, enquanto subiam as escadas. — Não tenho tempo para...

— Precisamos arrumar tempo. Uma hora não vai fazer mal, Eve. Eu diria que essa menina precisa do máximo de normalidade que conseguir. Jantar em grupo, em uma mesa comum, é normal.

— Não vejo por que enfiar comida na boca em uma mesa posta é diferente de fazer isso na mesa do escritório. É a mesma coisa, só que comer enquanto eu trabalho é multitarefa, e mais eficiente.

— Ela apavora você.

Eve parou na mesma hora e estreitou os olhos de forma letal.

— De onde você tirou essa ideia maluca?

— Ela me apavora também.

Um clarão de raiva surgiu no rosto de Eve por um segundo, mas logo ela se mostrou mais relaxada e reagiu:

— Sério? Sério mesmo?! Você não está dizendo isso só para me agradar?

— Aqueles olhos imensos, cheios de coragem, terror e luto. O que poderia ser mais apavorante que isso? Ela fica ali parada, em pé, uma coisinha miúda com os cabelos lindos, jeans limpos e moletom... suéter — ele corrigiu. — E surge aquela carência se irradiando de seu corpinho para todos os lados. Devíamos lhe oferecer respostas, mas não as temos.

Eve expirou profundamente ao olhar para trás, para a base da escada e desabafou:

— Eu ainda não consegui descobrir por completo nem mesmo as perguntas.

— É por isso que devemos jantar com ela e fazer tudo o que for possível para lhe mostrar que ainda existe normalidade e decência no mundo.

— Tudo bem, tudo bem, mas antes preciso de uma reunião rápida com meus auxiliares.

— Encontro com vocês lá embaixo. Quinze minutos.

Eve encontrou normalidade em sua sala, onde viu dois policiais que obviamente haviam assaltado o AutoChef e mastigavam alguma coisa enquanto analisavam assassinatos. Nos telões, cada um dos quartos da família Swisher e cada vítima estavam expostos, enquanto Baxter e Trueheart mastigavam carne de vaca, entre ruídos.

— Bife! — Baxter deu mais uma garfada. — Você sabe quando foi a última vez em que eu comi carne de verdade? Seria capaz de beijar você, Dallas, mas estou com a boca cheia.

— Summerset disse que podíamos nos servir — explicou Trueheart, jovem e limpo em sua farda impecável, abrindo um sorriso esperançoso.

Eve deu de ombros e se virou de frente para os telões.

— O que acham de tudo isso? — perguntou.

— Concordamos em gênero, número e grau com tudo que você colocou no relatório. — Baxter continuava a comer, mas sua expressão estava mais séria. — Um serviço bem-feito. Cruel, mas bem-feito. Mesmo sem a testemunha ocular daria para sacar que foram necessários pelo menos dois homens para cumprir a missão, e mesmo assim a coisa foi muito rápida. O relatório toxicológico acabou de chegar do Instituto Médico Legal. Não havia drogas proibidas nem remédios de nenhum tipo no organismo das vítimas. Também não foram encontradas drogas ilegais em nenhum aposento da casa. Até mesmo os medicamentos eram fitoterápicos e holísticos.

— Combina com a profissão da mãe — murmurou Eve. — Não há feridas defensivas, não houve luta, não falta nada de valor na casa. Não há vestígios de nenhum tipo — acrescentou. — Os peritos não acharam nada, absolutamente nada. Você repassou os casos que estava investigando?

— Com prazer. — Baxter espetou mais um pedaço de bife com o garfo. — Carmichael ficou com muito ódio, como se eu fosse uma verruga genital. Ganhei o dia!

— Os dois estão liberados, por hoje. Apresentem-se aqui amanhã às oito da manhã. Vão trabalhar dobrado. Ficarão de babá e também darão início à investigação dos nomes que peguei na lista de clientes do casal Swisher. Qualquer um que tenha uma multa por estacionamento proibido deverá ser analisado a fundo. Vamos averiguá-los, pesquisar suas famílias, seus amigos e sócios, seus vizinhos e até os animais de estimação. Vamos vasculhar tudo até achar alguma coisa.

— E a empregada? — quis saber Baxter.

— Vou investigá-la hoje à noite. Vamos pesquisar tudo sobre todos, inclusive as crianças. Escolas, atividades, vizinhos, onde fazem compras, o que comem, onde trabalharam antes, onde brincaram. Depois de acabarmos, conheceremos cada uma dessas pessoas melhor do que elas mesmas.

— São muitos nomes — comentou Baxter.

— Basta encontrarmos um.

Embora estivesse com bifes e assassinatos na cabeça, Eve comeu frango grelhado e tentou manter a conversa longe da investigação. Mas que diabos ela teria para conversar com uma criança à mesa de jantar?

Eles não usavam a sala de jantar com frequência. Pelo menos *ela* não usava, admitiu. Era mais fácil beliscar alguma coisa no andar de cima. Mas não representava exatamente uma tortura se sentar diante de uma mesa imensa e resplandecente, com a lareira acesa crepitando ali perto, o aroma de comida e o perfume de velas aromáticas enchendo o ambiente.

— Por que vocês comem com tanta pompa? — quis saber Nixie.

— Não pergunte isso a mim. — Eve apontou com o garfo para Roarke. — A casa é dele.

— Vou ter de ir à escola amanhã?

Eve piscou duas vezes antes de perceber que a pergunta fora feita diretamente para ela, e Roarke não entrou em campo para salvá-la.

— Não.

— Quando é que eu vou voltar à escola?

Eve sentiu um princípio de dor na nuca.

— Não sei.

— Se eu não fizer meus trabalhos de escola vou ficar atrás do resto da turma. Se isso acontecer, não poderei tocar na banda nem participar das peças de teatro. — Lágrimas surgiram em seus olhos.

— Oh... bem. — Merda. Roarke salvou a pátria ao sugerir:

— Podemos providenciar para que você faça os trabalhos da escola aqui mesmo, por enquanto.

Roarke disse isso com a maior naturalidade, reparou Eve. Era como se tivesse nascido com talento especial para responder a perguntas espinhosas.

— Você gosta da escola? — perguntou ele.

— Quase sempre. Quem vai me ajudar a fazer os trabalhos de casa? Papai sempre fazia isso.

Não, pensou Eve. Absolutamente *não*. Ela não pretendia entrar nessa nem que alguém colocasse uma bomba sob o seu traseiro.

— A tenente e eu não fomos exatamente os melhores alunos da escola. Mas Summerset poderá ajudá-la, por enquanto.

— Nunca mais conseguirei voltar para casa. Nunca mais vou ver minha mãe, nem meu pai, nem Coyle ou Linnie. Não queria que eles estivessem mortos.

Vamos lá, decidiu Eve. Ela era uma criança, mas continuava sendo a testemunha ocular do caso e colocara o crime sobre a mesa junto com o frango.

Graças a Deus.

— Conte-me o que todo mundo estava fazendo um dia antes de tudo acontecer. — Quando Roarke ensaiou uma objeção, Eve balançou a cabeça. — Conte-me tudo o que você lembrar.

— Papai precisou gritar com Coyle porque ele acordou tarde. Ele sempre se levanta mais tarde, e todo mundo acaba tendo de correr por causa dele. Mamãe fica furiosa quando a gente toma o café da manhã correndo, porque é importante comer com calma.

— O que vocês comeram?

— Frutas e cereais na cozinha. — Nixie cortou uma haste de aspargo com capricho, e o colocou na boca sem reclamar. — Inga preparou tudo. Papai tomou café, porque sempre gosta de tomar uma xícara de manhã. Coyle queria um novo par de tênis com amortecimento a ar; mamãe disse não e ele falou "que saco!". Ela lhe lançou um olhar feroz porque não devemos dizer "que saco!", muito menos na mesa. Depois disso, pegamos nossas coisas e fomos para a escola.

— Alguém usou o *tele-link*?

— Não.

— Alguém apareceu na porta?

Ela comeu um pedaço de frango com o mesmo jeito calmo e educado. Mastigou devagar e engoliu antes de responder.

— Não.

— Como foi que vocês foram para a escola?

— Papai nos levou a pé, porque o dia não estava muito frio. Quando faz frio nós pegamos um táxi. Depois ele foi para o trabalho. Mamãe também desceu para o andar de baixo, onde dá consultas. Inga foi fazer compras, porque Linnie viria para nossa casa depois da aula e mamãe queria frutas frescas.

— Sua mãe ou o seu pai pareciam estar chateados ou preocupados com alguma coisa?

— Coyle disse "que saco!" e não terminou o suco, e mamãe ficou furiosa com ele. Posso vê-los, mesmo eles estando mortos? — Seus lábios tremeram. — Posso?

Aquela era uma necessidade humana, conforme Eve sabia. Por que seria diferente com uma criança?

— Vou conseguir que você os veja, mas isso pode levar algum tempo. Você está se dando bem com Baxter e Trueheart?

— Baxter é divertido e Trueheart é muito legal. Sabe jogar um monte de games. Quando você agarrar os bandidos eu vou poder vê-los também?

— Sim.

— Ok. — Nixie baixou os olhos, fitou o prato e assentiu lentamente com a cabeça. — Ok.

Eu me senti como se estivesse na sala de interrogatório, sendo pressionada por um profissional, pensou Eve, girando os ombros para exercitá-los ao entrar no escritório do andar de cima.

— Você lidou bem com a situação, muito bem mesmo. Achei que tinha ultrapassado os limites quando pediu que ela descrevesse o dia anterior aos assassinatos, mas você estava certa. Ela precisava conversar sobre isso, sobre tudo o que aconteceu.

— No mínimo, isso vai fazê-la pensar a respeito. Falando, talvez ela se lembre de algo. — Eve se sentou à mesa e ficou pensativa por alguns instantes, com as sobrancelhas unidas. — Olhe, vou dizer algumas palavras que nunca imaginei que iriam sair da minha boca e, se você repeti-las para alguém, juro que dou um nó na sua língua. Dou graças a Deus por termos Summerset.

Ele sorriu e encostou o quadril na quina da mesa.

— Como disse? Eu não ouvi direito.

— Falei sério sobre dar um nó na sua língua. — O olhar e a voz dela se tornaram sombrios. — Só estou comentando que a menina se sente à vontade, e Summerset parece saber o que fazer com ela.

— Bem, ele criou uma filha e depois acabou de me criar. Parece que tem um ponto fraco quando se trata de jovens problemáticos.

— Ele não tem um único ponto fraco no corpo inteiro, é todo travado, mas é bom com a menina. Portanto, viva, vamos comemorar! — Ela passou a mão pelos cabelos. — Vou conversar novamente com os Dyson amanhã. Dependendo de como as coisas rolem, poderemos levá-la para uma casa segura, em companhia deles, daqui a um ou dois dias. Hoje à noite eu vou focar as pesquisas na empregada para ver aonde isso me leva. Preciso enviar um lembrete para Peabody. Ela já interrogou os funcionários da escola e poderá passar novamente por lá amanhã para pegar os deveres de casa de Nixie, ou sei lá como chamam. Agora, deixe-me perguntar uma coisa, por que uma criança iria querer ir à escola, querer de verdade, se tivesse uma escapatória?

— Sobre isso eu não faço a mínima ideia. Talvez seja como é o seu trabalho para você, e o meu para mim. Algo que, por algum motivo, pareça essencial.

— Uma escola? É como se fosse uma prisão!

— Foi o que eu sempre achei, também. Talvez estivéssemos errados. — Ele se inclinou e passeou com o dedo pelo maxilar dela até chegar à covinha do queixo. — Quer que eu a ajude em alguma coisa?

— Você não tem trabalho?

— Um pouco disso, um pouco daquilo, mas nada que não possa resolver ao mesmo tempo em que presto assistência à melhor tira de Nova York.

— Tá, me engana que eu gosto! Você conhece o sistema de segurança da cena do crime. Poderia ligar para Feeney, que está em casa, e trocar figurinhas com ele. Veja se conseguem descobrir que tipo de equipamento esses canalhas usaram para hackear o sistema. E onde eles podem tê-lo conseguido.

— Farei isso. — Dessa vez ele acariciou o rosto dela. — Você já cumpriu uma longa jornada de trabalho, por hoje.

— Ainda aguento mais umas duas horas.

— Guarde um tempinho para mim — pediu ele, e entrou no escritório ao lado.

Sozinha, ela montou um segundo quadro sobre os crimes, programou um bule pequeno de café e ordenou que os dados de Inga aparecessem na tela.

Analisou a foto da identidade. Uma mulher atraente, mas não de modo ameaçador, e sim de um jeito caseiro. Especulou se Keelie Swisher não teria escolhido, especificamente, uma mulher madura de beleza pouco ameaçadora, e não uma jovem bonita a ponto de servir de tentação ao marido.

Quaisquer que fossem os requisitos, a empregada deu certo no emprego. Inga já trabalhava havia muitos anos na casa dos Swisher. Tempo bastante, Eve notou, para acompanhar o crescimento das crianças.

Não tinha filhos. Um casamento, um divórcio, trabalhava como doméstica em tempo integral desde os vinte e poucos anos. Eve não conseguia entender o porquê de alguém se oferecer para limpar a casa de outra pessoa, mas sabia que existia gente de todo tipo.

Suas finanças eram sólidas e bem razoáveis, considerando sua ocupação; seus gastos eram normais.

Normal, normal, tudo normal, pensou. Vamos lá, Inga, precisamos cavar mais fundo.

Uma hora depois, Eve passeava diante do quadro, inquieta.

Nada, pensou. Se havia segredos guardados, estavam muito bem escondidos. A vida de Inga fora tão espantosamente normal que beirava o tédio. Trabalhava, fazia compras, tirava duas férias por ano — uma acompanhando a família para quem trabalhava e a outra, pelo menos nos últimos cinco anos, era sempre no norte do estado, em companhia de duas amigas do spa de relaxamento que frequentava.

Eve pesquisara essas duas amigas, mas nada de importante apareceu quando ela analisou seus dados.

O ex vivia em Chicago, tinha se casado novamente e tinha um filho. Trabalhava em uma companhia que fornecia material para restaurantes e não visitava Nova York havia mais de sete anos.

A ideia de a empregada ter entreouvido algo que não devia enquanto comprava ameixas ou produtos de limpeza parecia ridícula.

Mas a vida era cheia de momentos ridículos que terminavam em assassinatos sangrentos.

Viu quando Roarke entrou.

— Nada na vida dela ligou meu desconfiômetro — reclamou, apontando para a tela. — Ainda preciso bater muita perna para cobrir as informações básicas, mas acho que Inga não passa de uma espectadora inocente.

— Feeney e eu compartilhamos a mesma opinião sobre o equipamento usado para hackear o sistema de segurança. Pode ter sido feito de forma artesanal por algum especialista no assunto que tenha acesso a materiais de primeira linha. No caso de ter sido adquirido em algum lugar, só um militar, policial ou empresa de segurança teria a autorização para a compra. Pode ter vindo do mercado negro. Não é algo que esteja à venda na loja de eletrônicos da esquina.

— Isso não estreita o meu campo de pesquisa, mas bate com o que eu acho.

— Vamos dar o dia de trabalho por encerrado?

— Não há mais nada que eu possa fazer. — Ela ordenou ao computador que salvasse todos os arquivos e se desligasse. — Vou recomeçar a partir desse ponto amanhã, e depois libero Baxter e Trueheart para o trabalho de acompanhar a testemunha.

— Vou levar esse material para minha equipe de pesquisa e desenvolvimento de projetos, para ver se algum dos cérebros privilegiados que trabalham para mim consegue descobrir algo mais específico sobre o sistema de segurança.

— Nenhuma das vítimas tinha treinamento militar ou de segurança e, até onde descobri, também não conhecia ninguém da área. — Especulou um pouco mais essa possibilidade enquanto seguia para o quarto. — Não encontrei nenhuma ligação com o crime organizado ou grupos paramilitares. Até onde meus dados mostram, eles não jogavam, não aprontavam por aí nem se metiam em política. A coisa mais próxima de uma obsessão que eu encontrei é a devoção da mãe a nutrientes e vida saudável.

— Talvez algo importante tenha caído por acidente nas mãos deles e precisava ser resgatado.

— Mas se a parte interessada era tão boa em hackear sistemas de segurança, certamente invadiria a casa quando não houvesse ninguém e pegaria de volta o que quisesse. Não entraria para matar todo mundo. A única coisa retirada da casa foi a vida dos moradores. Os Swisher estão mortos porque alguém os queria mortos.

— Concordo. O que acha de tomarmos um cálice de vinho e relaxarmos um pouco?

Eve quase recusou. Preferia ficar pensando um pouco mais no crime, caminhar de um lado para outro pelo escritório, revendo tudo mentalmente, até aparecer alguma ponta solta ou ela fritar os miolos e desmaiar de cansaço por algumas horas.

A vida deles jamais seria como a dos Swisher. Nem Eve queria que fosse. Não conseguiria navegar pela vida de forma tão certinha e previsível. Por outro lado, eles tinham uma vida própria que merecia atenção.

— Você teve uma ótima ideia. Preciso colocar tudo de molho por algumas horas — bateu na parte de trás da cabeça —, já que ferver tudo junto não está funcionando.

— Que tal uma ideia melhor ainda? — Ele se virou, ficou de frente para ela e mergulhou a cabeça em seu pescoço, mordiscando-lhe o maxilar.

— Me deixar nua normalmente é a sua ideia.

— Sempre com variações, e esse é o segredo.

Isso a fez rir.

— Mais cedo ou mais tarde, até você vai usar todas as variações.

— Ora, isso é um desafio? Por que não levamos o vinho para a piscina e praticamos algum esporte aquático?

— Suas ideias ficam melhores a cada... — Parou de falar subitamente e deu um pulo ao ouvir o grito lancinante de Nixie.

# Capítulo Seis

Como não sabia em que quarto a menina estava, correu na direção genérica dos gritos. Ao virar a curva do corredor, Roarke a ultrapassou. Estavam tão sintonizados que passaram pelo portal do aposento ao mesmo tempo.

O quarto estava banhado por uma luz tênue. A cama tinha quatro colunas, uma montanha de travesseiros e uma colcha branca rendada. Alguém — só podia ser Summerset — colocara flores amarelas, alegres e luminosas, sobre uma mesa ao lado da janela. Quando irrompeu no cômodo Eve quase atropelou o gato, que parecia assustado, em posição de defesa.

No meio da cama suntuosa, a menininha estava sentada com os braços sobre o rosto enquanto guinchava muito alto, como se alguém a estivesse atacando com um martelo.

Roarke chegou junto de Nixie primeiro. Mais tarde, Eve concluiu que era por ele estar tão habituado a lidar com mulheres presas a pesadelos, enquanto Eve simplesmente se acostumara a eles.

Ele pegou Nixie no colo e a abraçou com força, acariciando-a e dizendo o seu nome, mesmo quando ela tentou se desvencilhar

Eve ainda não decidira o que dizer ou fazer quando o elevador na parede dos fundos abriu as portas e Summerset entrou no quarto com determinação.

— Isso é natural — disse ele. — Esperado.

— Mamãe! — Exausta da luta, Nixie deixou a cabeça tombar sobre o ombro de Roarke. — Eu quero minha mãe.

— Eu sei, eu sei. Sinto muito.

Eve viu quando ele virou a cabeça e roçou os lábios sobre os cabelos dela. Isso também lhe pareceu natural. Esperado.

— Eles estão vindo me pegar. Vão me matar.

— Nada disso, foi só um sonho — disse Roarke, com Nixie enroscada em seu colo. — Um sonho muito mau. Mas você está a salvo aqui, como pode ver. Comigo, com a tenente e com Summerset.

Roarke deu um tapinha na cama e o gato pulou com agilidade, levando o corpo gordo para cima do colchão.

— Veja só, Galahad também está aqui.

— Eu vi sangue. Está em mim?

— Não.

— Vamos dar um tranquilizante a ela. — Abrindo um painel na parede, Summerset apertou alguns botões em um mini AutoChef. — Ela vai se sentir melhor. Aqui está, Nixie, você vai tomar isso por mim, não vai?

Ela enterrou o rosto no ombro de Roarke.

— Estou com medo do escuro.

— Não está tão escuro assim, mas poderemos aumentar a iluminação, se você quiser. — Roarke ordenou que as luzes aumentassem em dez por cento. — Está melhor, agora?

— Acho que eles estão no closet — sussurrou ela, e seus dedinhos se enterraram na camisa de Roarke. — Eles estão escondidos no closet.

Isso, pensou Eve, era algo com que ela conseguia lidar. Foi direto até o closet, abriu as portas e fez uma inspeção completa enquanto Nixie a observava.

— Ninguém consegue entrar neste lugar — garantiu, com a voz firme. — Ninguém consegue passar por nós. É assim que as coisas são. Meu trabalho é protegê-la, e é isso que farei.

— E se eles matarem você?

— Muita gente já tentou fazer isso, mas eu não deixei.

— Porque você é uma tira de arrasar?

— Pode apostar que sim. Agora, tome o tranquilizante.

Ela observou Nixie beber tudo e então Summerset assumiu o comando. Sentou-se na cama conversando baixinho com a menina até seus olhos começarem a fechar.

Analisando a cena, Eve se sentiu esfolada e arranhada por dentro. Sabia o que era se sentir presa a pesadelos onde coisas indescritíveis aconteciam. A dor e o sangue, o medo e a agonia.

Mesmo depois de acabar, era como se as garras do sonho continuassem a mastigar as bordas da mente.

Summerset se ergueu e se afastou da cama.

— Isso deve ajudá-la. Ficarei monitorando o quarto dos meus aposentos, para o caso de ela acordar novamente. No momento, dormir é a melhor coisa para ela.

— A melhor coisa será eu encontrar quem fez isso — afirmou Eve. — Seus pais continuarão mortos, mas ela entenderá por que morreram, saberá que as pessoas que fizeram isso estão na cadeia. Quando isso acontecer, será melhor que um calmante.

Ela saiu e foi direto para o quarto. Xingando, sentou-se no braço do sofá da saleta de estar para descalçar as botas. Jogou-as longe e sentiu que isso aliviou um pouco a tensão.

Mesmo assim, ainda olhava fixamente para as botas quando Roarke entrou.

— Será que ela vai ter esses pesadelos pelo resto da vida? — Eve se levantou do sofá. — Vai reviver tudo em sonhos a vida inteira? Será que dá para alguém se livrar para sempre de imagens assim? Não dá para extirpá-las da cabeça como se fossem um tumor?

— Não sei.

— Eu não quis tocá-la. O que isso diz de mim? Pelo amor de Deus, Roarke, uma menininha chorando, desesperada, eu não queria nem tocar nela e hesitei. Só por um instante, mas hesitei, porque sabia o que estava em sua cabeça, e ao saber disso coloquei o pesadelo dela na minha. — Ela arrancou com força o coldre e o jogou de lado. — Fiquei ali, olhando para ela e vendo meu pai e o sangue me cobrindo toda.

— Eu a segurei e você lhe mostrou que não havia monstros no closet. Cada um faz o que pode, Eve. Por que cobrar de si mesma mais do que você pode fazer?

— Droga, Roarke! — Ela girou o corpo, instigada pelos seus próprios demônios. — Eu consigo me debruçar sobre um cadáver sem piscar. Pressiono testemunhas e suspeitos sem perder o passo. Chapinho no meio de sangue para chegar aonde preciso ir. E não consegui atravessar o quarto para socorrer aquela menina! — Aquilo lhe pesava no estômago como chumbo. — Sou fria? Deus, sou tão fria assim?

— Fria? Por Cristo, Eve, você não é nada disso. — Ele foi até onde ela estava, colocou-lhe as mãos nos ombros e os apertou com força quando ela tentou se desvencilhar. — Você se compadece e sente demais, tanto que eu às vezes me pergunto como é que você aguenta. E, se é preciso se fechar para certas coisas, em determinados momentos, isso não é frieza. Não é um defeito. É questão de sobrevivência.

— Mira disse... ela me disse, há alguns meses, que houve um tempo, antes de eu conhecer você, em que ela achou que eu teria no máximo três meses de vida antes de me esgotar por completo, emocionalmente; antes de não ser mais capaz de fazer meu trabalho.

— Por quê?

— Porque o trabalho era tudo o que importava. O trabalho... — ergueu as mãos e deixou-as cair novamente — era o centro da minha vida. Eu não deixava, ou talvez não conseguisse deixar, que ninguém mais entrasse nela. Talvez, sem eu perceber, houvesse muita frieza no meu mundo. Se as coisas tivessem continuado daquele jeito, acho que eu seria mais do que fria, agora... Estaria estraçalhada. Preciso fazer o que eu faço, Roarke, ou não conseguiria sobreviver. Preciso ter você, ou não iria querer viver.

— Comigo acontece a mesma coisa. — Ele pressionou os lábios sobre a testa dela. — Ganhar era a minha divindade, antes de conhecer você. Ganhar sempre, não importavam os meios. O pior é que, por mais que eu estufasse os bolsos de grana, sempre havia lugares vazios. Você encheu esses espaços. Duas almas perdidas. Agora, nos encontramos.

— Não quero o vinho. — Ansiando pela ligação íntima, ela apertou os braços em torno dele. — Nem a piscina. — Esmagou-lhe a boca com os lábios. — Quero você, só você.

— Você me tem. — Ele a ergueu do chão. — Agora e sempre.

— Depressa! — exigiu ela, já lhe puxando os botões da camisa enquanto ele a levava para a cama. — Quero tudo rápido, bruto e verdadeiro.

Ele subiu na plataforma onde ficava a cama, mas não conseguiu depositá-la sobre o colchão e quase caiu junto, pressionando-lhe os braços abertos na cama imensa como o oceano.

— Agarre o que eu lhe ofereço, então.

Sua boca cobriu o seio dela por sobre a blusa, e seus dentes a mordiscaram de leve, lançando fisgadas de calor por todo o seu corpo, preenchendo os cantos mais escuros e frios.

Ela se ergueu um pouco e se deixou derrubar novamente, sobrepujada pela força dele. Por um instante de estremecimento, o desejo desesperado a inundou, arrastando todas as dúvidas, os medos e as sujeiras do dia. Agora era apenas o corpo dela e o corpo dele, duro, ávido, forte e quente.

Quando ele libertou-lhe as mãos para conquistar mais, Eve passou os dedos por entre os cabelos dele e puxou-lhe a cabeça para trás, a fim de que sua boca pudesse atacar a dele, com urgência.

Ali estava o sabor especial dele, seus lábios firmes e cheios, a língua célere e travessa. O arranhar dos seus dentes em mordidelas eróticas que chegavam quase a machucar.

*Preencha-me, saboreie o meu corpo. Estou com você.*

As mãos dela ficaram mais impacientes, mais vorazes, tentando lhe arrancar a camisa. Ele fazia o mesmo com ela.

A pele dela era como uma febre, e esse calor parecia uma tempestade trovejante sob as mãos e sob os lábios dele. Os demônios que a assombravam, os monstros que ambos sabiam que espreitavam eternamente nos closets, tinham sido expulsos pela paixão. Por agora e pelo tempo em que eles tivessem um ao outro.

A violência da necessidade dela agregou-se à dele, queimando como um fogo por dentro do sangue.

Ele a puxou para cima e prendeu os dentes no seu ombro, arrancando o que restara da sua blusa. Ela usava o diamante que ele lhe dera preso em uma corrente ao pescoço. Cintilante, imenso, em forma de gota. Mesmo no escuro dava para ver o brilho da joia. E também o fulgor dos olhos dela.

De repente lhe passou pela cabeça que ele seria capaz de dar tudo o que tinha — vida e alma — para mantê-la fitando-o com tudo que transmitiam aqueles olhos castanhos cheios de força.

Ela o puxou para perto e os dois rolaram em um emaranhado de membros suados sobre a gigantesca cama azul-noite.

Ela enganchou as pernas nele e seus olhos se grudaram.

— Agora! — comandou ela. — Forte, rápido e... isso! Ó Deus!

Ele se lançou com determinação dentro dela e sua vagina lhe apertou o membro como se fosse uma garra de veludo molhado, e em poucos segundos ela gozou. Ele sentiu aquele corpo magro e esbelto estremecer várias vezes em seus braços, a cada nova estocada. E seus quadris continuaram impelindo-o sem parar, como um êmbolo, cada vez mais fundo, levando-o além, de forma brutal.

— Não feche os olhos, não faça isso, Eve. — A voz dele estava mais grave.

Ela ergueu as mãos e, tremendo sem parar, emoldurou o rosto dele.

— Eu vejo você. Estou vendo você, Roarke.

E os olhos dela estavam abertos, grudados nos dele, quando ambos despencaram no abismo.

De manhã, Eve se mostrou aliviada por não aparecer na sua lista de coisas "normais" o dever de tomar o desjejum com Nixie. Podia parecer mesquinho, talvez até covarde, mas Eve achou que não aguentaria enfrentar as perguntas silenciosas daqueles olhos firmes e penetrantes sem antes tomar uns dois litros de café.

Em vez disso, porém, fez o que lhe pareceu normal: tomou uma ducha de água quase em ebulição e deu alguns pulos e giros no tubo secador de corpo, enquanto Roarke fazia sua análise matinal das cotações das bolsas de valores em todo o mundo, no telão do quarto.

Depois de tomar a primeira xícara de café, ela abriu o closet e pegou a primeira calça que viu.

— Coma alguns ovos — ordenou Roarke.

— Vou rever uns dados no meu escritório, antes do resto da equipe chegar aqui.

— Coma alguns ovos antes disso — repetiu ele, o que a fez girar os olhos de impaciência enquanto vestia a blusa.

Ela chegou quase marchando, pegou o prato dele e enfiou na boca duas garfadas de omelete.

— Não era para comer o *meu*!

— Seja mais específico, então — replicou ela, com a boca cheia. — Onde está o gato?

— Suponho que esteja com a garota. Galahad é tão sagaz que sabe que é mais provável que ela compartilhe o café da manhã com ele do que nós. — Para provar o que dizia, Roarke pegou o prato de volta e ordenou: — Prepare seus próprios ovos.

— Não quero mais ovo nenhum. — Mas pegou um pedaço de bacon do prato. — Pretendo ficar na rua o dia todo. Talvez precise liberar Baxter e Trueheart e, nesse caso, vou convocar mais dois policiais. Isso vai lhe trazer algum problema?

— Ter uma casa cheia de tiras? Por que isso seria um problema para mim?

O tom seco dele a fez sorriu.

— Vou visitar os Dyson. Pode ser que levemos Nixie para eles ainda hoje, o mais tardar amanhã.

— A menina é bem-vinda por quanto tempo for necessário, e isso vale para quem você precisar trazer para ajudar a protegê-la. Falo isso de coração.

— Eu sei. Você é uma pessoa melhor do que eu. — Ela se inclinou e o beijou. — Falo isso de coração.

Esticando o braço, ela pegou o coldre com a arma, prendeu-o ao lado do corpo e completou:

— Tendo os Dyson como tutores legais, posso passar por cima do Serviço de Proteção à Infância e transferir todos para um local seguro sem deixar rastros.

— Você acha que quem fez isso com a família dela vai voltar para acabar com a ponta solta?

— Pode ser que sim. Por isso é que a localização dela deverá ser confidencial, sem registro oficial.

— Você prometeu que a deixaria ver a família morta. Isso é prudente?

Eve pegou as botas que jogara longe na noite anterior.

— Ela precisa disso. Sobreviventes de crimes violentos precisam ver os mortos. É claro que ela terá de esperar até que isto seja seguro, e também a autorização de Mira, mas o fato é que terá de lidar com esse momento. Essa é a realidade dela, a partir de agora.

— Tem razão. Ela parecia tão pequena na cama imensa, ontem à noite. É a primeira vez que eu lido com algo assim, especificamente. Uma criança que perdeu tudo. Não deve ser a primeira vez para você.

Depois de enfiar as botas, ela permaneceu sentada no braço do sofá.

— Não sobraram muitas experiências inéditas no meu trabalho. Mas você já viu isso no Dochas — replicou ela, referindo-se ao abrigo para mulheres que ele havia construído. — Lá existem coisas ainda piores, e foi por isso que você criou o abrigo.

— Mas nunca lidei com nada em nível pessoal. Você não quer que Louise a ajude?

Louise Dimatto, guerreira e médica, era a responsável pelo abrigo. Ela seria um bônus, refletiu Eve, mas logo balançou a cabeça.

— Não quero envolver mais ninguém por enquanto, muito menos uma civil. Vou me preparar antes que o resto da equipe apareça. Se descobrir mais alguma coisa sobre o sistema de segurança, me avise.

— Pode deixar.

Ela se inclinou e roçou os lábios nos dele.

— A gente se vê por aí, garotão.

Eve se sentiu empolgada para começar a trabalhar, e pronta para fazer o que sabia. Baxter e Trueheart executariam algumas tarefas monótonas; Feeney e sua equipe da DDE, ajudados por Roarke, o especialista civil, iriam tentar investigar a quebra da segurança da casa. Enquanto isso, ela e Peabody continuariam o processo de interrogar as pessoas.

Era muito provável, refletiu, que os assassinos tivessem sido contratados. Talvez nesse exato momento já estivessem em outra cidade, ou até fora do planeta. Mas quando Eve localizasse a raiz de tudo subiria pelo caule e quebraria todos os galhos.

E essa raiz certamente estava enterrada em algum lugar das vidas de uma família comum.

— Família comum — disse, quando Peabody entrou na sala. — Mãe, pai, irmã, irmão. Você conhece essas coisas.

— Muito bom dia para você também — reagiu Peabody, quase cantarolando. — Está uma linda manhã de outono. Fresca na medida exata, com as árvores do seu maravilhoso parque pessoal apenas... como é que se fala?... Ilustradas com um restinho de cor. O que você disse, mesmo?

— Cristo Jesus! Que bichinho da felicidade mordeu você?

— É que eu comecei o dia com o que podemos chamar de bang! — Exibiu os dentes. — Você sabe do que estou falando.

— Na verdade, não quero saber. Não quero *mesmo*! — Eve pressionou a base da mão contra o olho esquerdo, que se contraía. — Por que você faz isso? Por que insiste em me fazer imaginar você e McNab transando?

O sorriso de Peabody se ampliou.

— Isso dá uma energia extra ao meu dia. De qualquer modo, acabei de ver Nixie lá embaixo. Como ela passou a noite?

— Teve um pesadelo, tomou um calmante. Você gostaria de falar de moda ou algum assunto palpitante do momento, já que estamos batendo papo?

— Já vi que o bichinho da felicidade não mordeu você — resmungou Peabody. — Vamos lá, então... — emendou, quando Eve a observou fixamente com um olhar frio como aço. — Você falou alguma coisa sobre famílias.

— Oh, vejo que está pronta para trabalhar, agora. — Eve apontou para o quadro onde, ao lado das imagens conseguidas na cena do crime, ela prendera fotos da família, sempre sorrindo para a câmera. — Rotinas, as famílias têm rotinas. Eu pedi que Nixie me conduzisse mentalmente pela manhã que eles passaram juntos, na véspera do assassinato. Consegui ter um vislumbre da rotina deles: café da manhã juntos, a mãe ralhando com os filhos, o pai levando-os para a escola a caminho do trabalho e assim por diante.

— Ok.

— Portanto, alguém que estivesse vigiando-os também teria uma boa noção dessa rotina. Seria fácil pegar um deles, se essa pessoa fosse o problema central. Basta um pouco de persuasão e você percebe se existe algum problema. Isso me diz que a família *inteira* era o problema. Esse é o primeiro ponto.

Ela se afastou do quadro.

— O segundo ponto é que eles tinham contato com um monte de pessoas durante o dia, em suas rotinas: clientes, colegas, vizinhos, comerciantes, amigos, professores. Em que lugar um ou mais deles cruzaram com alguém que não apenas os desejava mortos como tinha os recursos para isso?

— Bem, pelo que eu sei, ninguém da família foi ameaçado ou se sentia preocupado. Daí, podemos deduzir que nenhum tipo perigoso chegou para um deles e disse: "Vou matar você e sua família inteira por causa disso", ou algo desse tipo. Pelo perfil dessa família, se eles estivessem apavorados teriam apresentado queixa à polícia. São pessoas cumpridoras das leis. Gente assim geralmente acredita no sistema e sabe que ele encontrará um modo de protegê-los do mal.

— Muito bem. Então, embora possa ter havido alguma briga ou desacordo, nenhum dos adultos da casa levou isso a sério o bastante para tomar providências. Mas pode ter acontecido há tanto tempo que ninguém mais se sentia ameaçado.

— Hum... Quem sabe uma ameaça no passado que gerou uma queixa antiga na polícia — propôs Peabody.

— Comece a procurar isso. — Eve se virou quando Baxter e Trueheart chegaram.

Em menos de uma hora ela já havia distribuído missões para cada membro da equipe e saía pelos portões da mansão.

— Vamos primeiro aos Dyson — avisou a Peabody. — Quero resolver logo isso. Depois, faremos interrogatórios formais com os vizinhos.

— Não achei nenhuma queixa apresentada por nenhum dos Swishers, nem pela empregada, nos últimos dois anos.

— Continue cavando. Alguém que faz algo assim pode ter muita paciência.

Os Dyson moravam em um apartamento duplex em um prédio com excelente sistema de vigilância, no Upper West Side. No instante em que Eve estacionou junto ao meio-fio, avistou duas vans de redes de tevê.

— Malditos vazamentos para a mídia! — murmurou, e bateu a porta com força ao sair, deixado para Peabody a tarefa de colocar o luminoso de "viatura em serviço".

O porteiro pedira reforços. Uma atitude esperta, pensou Eve. Dois sujeitos musculosos, grandes como armários, o ajudavam a manter os repórteres afastados do prédio.

Eve exibiu o distintivo e viu o alívio tomar conta do rosto do porteiro. Perguntas eram lançadas às suas costas como rajadas de laser, mas ela ignorou todas e declarou:

— Uma entrevista coletiva será marcada para mais tarde, ainda hoje, na Central de Polícia. O relações-públicas vai informá-los de todos os detalhes sobre o evento. Nesse meio-tempo, vocês devem se afastar da entrada do edifício, ou serei obrigada a prendê-los por perturbação da paz pública.

— É verdade que Linnie Dyson foi morta por engano?

Eve segurou a raiva antes de responder.

— Em minha opinião, o assassinato de uma criança de nove anos é sempre um engano e um erro. Minha única declaração para vocês, neste momento, é que todos os recursos da Polícia de Nova York serão utilizados para identificar os responsáveis pela morte dessa criança. O caso está em aberto e todos nós estamos trabalhando muito na busca de toda e qualquer pista. O próximo repórter que me fizer uma pergunta — continuou, quando eles se amontoaram como lobos em torno dela — será banido da entrevista coletiva marcada para a tarde de hoje. Além disso, será fichado por obstrução da justiça e jogado em uma sala fechada. Portanto, saiam do meu caminho para eu poder trabalhar.

Seguiu em frente e os repórteres se afastaram, abrindo espaço. Quando o porteiro abriu o portão para ela, murmurou:

— Bom trabalho.

Ele a acompanhou e deixou os dois armários como segurança na frente do portão, afastando a mídia agitada.

— A senhora deve querer falar com os Dyson, certo? — começou o porteiro. — Eles pediram para não ser incomodados.

— Desculpe, mas terão de ser.

— Compreendo. Será que a senhora poderia me deixar ligar para eles antes, para avisar que a polícia está aqui embaixo? Isso lhes daria alguns minutos para... Santa Mãe de Deus! — Seus olhos se encheram de lágrimas. — Aquela garotinha. Eu a via todo dia. Não posso acreditar que... Desculpe.

Eve esperou enquanto ele pegava um lenço para enxugar as lágrimas.

— Você conhecia Linnie. E Nixie, a filha dos Swisher.

— Nixie Pixie. — Ele amassou o lenço na mão. — Eu a chamava assim algumas vezes, quando ela vinha nos visitar. Aquelas meninas pareciam duas irmãs. O noticiário da manhã informou que ela está bem. Disseram que ela está viva.

Eve calculou a altura do porteiro em mais de um metro e oitenta e dois, e ele estava em boa forma.

— Qual é o seu nome?

— Springer. Kirk Springer.

— Não tenho autorização para lhe dar nenhuma informação nesse momento, Springer. Isso é contra os procedimentos da investigação. Você vê muita gente entrando e saindo daqui, muita gente passando pela calçada. Reparou alguém diferente circulando pela área? Talvez um veículo estacionado nas proximidades que não tenha lhe parecido familiar?

— Não. — Ele limpou a garganta. — O edifício tem muitas câmeras de segurança nas entradas. Posso liberá-los, vou providenciar cópias das filmagens para a senhora.

— Agradeço muito.

— Estou à sua disposição para qualquer coisa. Aquela menina era uma gracinha. Desculpe-me, vou ligar lá para cima. — Ele parou. — Policial?

— Tenente.

— Sim, tenente. Os Dyson são gente fina. Têm sempre uma palavra boa para todos, entende? Nunca esquecem o aniversário das pessoas, nem o Natal. Farei tudo por eles.

— Obrigada, Springer. — Quando ele se afastou para fazer a chamada, Eve disse: — Investigue-o.

— Senhora, será possível que...

— Não creio, mas investigue-o mesmo assim. Anote os nomes dos outros porteiros, do pessoal da segurança, do síndico, da equipe de manutenção. Serviço completo.

— O apartamento é o 6-B, tenente. — Os olhos de Springer continuavam molhados quando ele voltou. — É a porta à esquerda do elevador. A sra. Dyson está à sua espera. Mais uma vez, obrigado por dispersar os abutres aí fora. Essa família merece ter privacidade.

— De nada, Springer. Caso você se lembrar de algo importante, me dê um alerta na Central.

Ao entrar no elevador, Peabody leu no *tele-link* de bolso:

— Ele é casado, tem dois filhos, mora aqui no bairro, no Upper West Side. Não tem ficha criminal. Trabalha neste prédio há nove anos.

— Teve algum treinamento militar ou policial?

— Não. Mas deve ter noções de segurança pessoal e patrimonial, para manter um emprego em um edifício como este.

Concordando com a cabeça, Eve saltou do elevador e virou para a esquerda. A porta do 6-B se abriu antes de ela tocar a campainha.

Jenny Dyson parecia mais velha do que na véspera. Mais velha, mais pálida, com um olhar distante que Eve costumava ver em vítimas de acidentes que lutavam entre o choque e a dor.

— Sra. Dyson, obrigada por nos receber.

— Acharam o assassino? Acharam o monstro que matou minha Linnie?

— Ainda não, senhora. Podemos entrar?

— Pensei que vocês tivessem vindo para nos contar. Achei que... Por favor entrem. — Ela deu um passo atrás e olhou em torno da própria sala de estar como se não a reconhecesse. Meu marido está dormindo. Sedado. Ele não consegue... Eles eram muito chegados, entende? Linnie era a filhinha do papai. — Ela colocou a mão sobre a boca e balançou a cabeça.

— Sra. Dyson, por que não nos sentamos? — Peabody a pegou pelo braço e a conduziu a um sofá comprido estofado de vermelho vivo.

A decoração da sala era arrojada, em cores berrantes e formas grandes. Eve notou uma pintura que lhe pareceu representar uma espécie de pôr do sol inflamado em tons penetrantes de vermelho, dourado e laranja vivo, que dominava a parede atrás do sofá.

Havia um telão para entretenimento e outro para relaxamento, ambos desligados; mesas em laca completamente branca ficavam diante de altas janelas triplas, com as cortinas vermelhas completamente fechadas.

Em meio ao ar de alegre excitação transmitida pela sala, Jenny Dyson parecia ainda mais pálida. Era como uma silhueta diáfana e desbotada de uma mulher, em vez de alguém de carne e osso.

— Não tomei calmante nenhum. O médico disse que eu poderia e deveria, mas não fiz isso. — Seus dedos se movimentavam de forma ávida enquanto conversava, unindo-se e afastando-se. — Se eu fizesse isso não sentiria a dor, e preciso senti-la, preciso sentir tudo. Fomos vê-la.

— Sim, eu soube. — Eve se sentou diante dela, em uma poltrona roxa.

— O médico disse que ela não sentiu nada.

— Nada. Compreendo o quanto este momento é difícil...

— Tem filhos?

— Não.

— Então, não creio que possa compreender, tenente. — Havia uma ponta de raiva em suas palavras, do tipo "como ousa presumir que pode compreender?". Mas logo isso se dissolveu no pesar embotado de antes. — Ela saiu de dentro de mim, de dentro de nós. Era tão linda. Doce e divertida. Feliz. Criamos uma criança feliz. Mas falhamos. Eu falhei, entende? Não a protegi. Não a mantive a salvo. Sou mãe dela e não a mantive a salvo.

— Sra. Dyson. — Sentindo uma reação de descontrole se formando, Eve falou com energia e a cabeça de Jenny se ergueu: — Tem razão, não posso compreender por completo o que a senhora sente, o que está passando ou tem de enfrentar. Mas sei de uma coisa... Está me ouvindo?

— Sim.

— Não se trata do que a senhora fez ou não fez para proteger Linnie. Não foi falha sua, em nenhum sentido. Foi algo que estava além do seu controle, além do controle do seu marido, além do controle de qualquer pessoa, exceto dos homens que cometeram o ato. São eles os responsáveis, mais ninguém. Isso eu compreendo muito bem, e de um jeito que a senhora não consegue compreender, pelo menos agora. Linnie pertence a nós também, nesse momento. Não podemos protegê-la agora, mas iremos servir a ela. Lutaremos por ela. Vocês, os pais, precisarão fazer o mesmo.

— Mas o que eu poderia fazer? — Seus dedos continuavam agitados. Juntavam-se, separavam-se. Juntavam-se, separavam-se.

— Vocês eram amigos dos Swisher, certo?

— Sim. Bons amigos, sim.

— Eles comentaram algo sobre estarem preocupados ou pouco à vontade em questões de segurança?

— Não. Bem, às vezes Keelie e eu conversávamos sobre o hospício que esta cidade pode ser em certas ocasiões, e das precauções que precisamos tomar para morar aqui. Mas nada específico.

— E quanto ao casamento deles?

— Como assim?

— Vocês eram amigas. Ela lhe contaria se tivesse um relacionamento fora do casamento ou se suspeitasse isso do marido?

— Eles... eles se amavam. Keelie jamais...! — Jenny levou a mão à face; passou-o na testa, no rosto, no maxilar, como se quisesse ter certeza de que estava tudo no lugar. — Não. Keelie não se interessava por mais ninguém e confiava em Grant. Eram um casal muito sólido, voltados para a família. Como nós. Éramos amigos por termos tanta coisa em comum.

— Eles dois tinham clientes. Havia algum problema nessa área?

— Havia contratempos, é claro. Pequenas dificuldades. Algumas pessoas procuravam Keelie em busca de milagres, resultados instantâneos. Ou contratavam-na quando deveriam, na verdade, procurar um escultor de corpo, pois não estavam dispostos a mudar seu estilo de vida. A filosofia de Keelie era saúde e estilo de vida. Grant, por sua vez, lidava com alguns casos de custódia que nem sempre eram agradáveis.

— Alguma ameaça?

— Não, nada sério. — Olhou para a muralha de cortinas vermelhas atrás de Eve. — Às vezes um cliente de Keelie exigia o dinheiro de volta, ou abria um processo contra ela por não obter os resultados desejados, por continuar devorando pacotes de salgadinhos de soja. Grant aturava os acessos de raiva e indignação comuns quando se trata de advogados de família. Na maior parte das vezes, porém, os clientes ficavam satisfeitos. Ambos construíram uma boa carteira de clientes na base de referências e indicações boca a boca. As pessoas gostavam deles.

— Estavam envolvidos em ilegalidades de algum tipo ou com alguém que as praticava? Lembre-se de que esse não é o momento para protegê-los — completou Eve.

— Eles acreditavam em fazer a coisa certa, e servir de exemplo para os filhos. Grant costumava brincar sobre seus dias loucos de universitário, de como fora preso uma vez por usar Zoner e como esse trauma o fez andar na linha em tudo na vida, desde então.

Ela encolheu as pernas de um jeito que lhe pareceu natural e espontâneo.

— Eles não tiveram bases familiares sólidas na infância, nenhum dos dois. Ambos consideravam importante construir uma e criar os filhos nessa base. A coisa mais perto da ilegalidade que eles podem ter feito é atravessar a rua fora da faixa de pedestres ou torcer aos berros quando curtiam um dos games de Coyle.

— Como foi que vocês combinaram de deixar Linnie passar a noite na casa deles?

Jenny estremeceu. Esticou as pernas e se sentou reta, com os dedos agitados apertando a roupa com força.

— Eu... eu pedi a Keelie para pegar Linnie depois da escola e levá-la para passar a noite na casa deles, apesar de ser um dia de semana. Normalmente ela não deixava amigos dos filhos dormirem lá quando havia aula no dia seguinte. Mas ficou feliz em atender ao meu pedido, e comemorou quando soube que Matt e eu já havíamos reservado a suíte para celebrar nosso aniversário de casamento.

— Há quanto tempo combinaram isso?

— Faz seis ou sete semanas. Não costumamos resolver as coisas na base do impulso. Mesmo assim, só contamos a novidade às meninas na véspera, para o caso de surgir algum contratempo. Elas ficaram empolgadíssimas. Ó Deus. — Ela apertou a barriga e começou a se balançar para frente e para trás. — Linnie disse que isso era como um presente para ela.

— Nixie também costumava vir muito aqui?

— Sim, sim. — Ela continuou se balançando. — Vinha para brincar, para estudar, dormia aqui em casa.

— Como ela chegava aqui?

— Como? — Ela piscou. — Um dos pais a trazia, ou um de nós a pegava em casa.

— Ela e Linnie costumavam sair de casa sozinhas?

— Nunca. — Seus olhos se encheram de lágrimas nesse momento, e Jenny as enxugou com a mesma naturalidade com que encolhera as pernas no sofá. — Linnie reclamava, às vezes, de que várias das suas colegas da escola iam ao parque sozinhas e frequentavam lojas de diversões eletrônicas. Só que Matt e eu a achávamos muito pequena para andar sozinha por aí.

— E os Swisher, com relação a Nixie?

— Mesma coisa. Tínhamos muito em comum.

— E no caso de Coyle?

— Ele era mais velho, e era menino. Sei que dizer isso parece discriminação sexual, mas é como as coisas são. Eles o mantinham com rédea curta, mas permitiam que saísse com os amigos e sozinho, desde que os pais soubessem onde estava. E ele também tinha de deixar o *tele-link* de bolso sempre ligado, para poder ser localizado.

— Alguma vez ele se meteu em confusão?

— Não, era um bom menino. — Seus lábios tremeram novamente. — Um menino muito bom. Seu maior ato de rebeldia, pelo que eu sei, era esconder porcarias para comer no quarto, mas Keelie sabia disso. Era louco por esportes e, quando pisava na bola, os pais limitavam suas atividades. Coyle evitava o risco de ficar sem jogar softball.

Quando Eve se recostou na poltrona, Peabody tocou o braço de Jenny.

— Há alguém que possamos chamar para ficar com a senhora? Alguém que a senhora queira ao seu lado?

— Minha mãe está vindo. Eu disse que não precisava, mas desisti e acabei aceitando que ela viesse. Deve estar chegando.

— Sra. Dyson, precisamos conversar sobre o que fazer com Nixie.

— Nixie?

— A senhora e o seu marido são os guardiões legais dela, não são?

— Somos. — Ela passou a mão pelos cabelos. — Nós... eles queriam ter certeza de que Nixie e Coyle teriam... Não sei, não consigo pensar direito. — Ela se levantou do sofá no instante exato em que o marido apareceu ao pé da escada, como um fantasma.

Pareceu cambalear. Seu rosto estava sem expressão, por causa dos calmantes. Usava apenas uma cueca samba-canção branca.

— Jenny?

— Sim, meu bem, estou aqui. — Ela correu na direção dele, encontraram-se e se abraçaram.

— Tive um sonho, um pesadelo. Linnie...

— Shh... Shh... — Ela acariciou os cabelos dele, suas costas, olhou para Eve por cima da cabeça do marido quando ele deitou a cabeça no ombro dela e desabafou: — Não posso. Não posso. Por favor, será que vocês poderiam sair? Podem ir embora, agora?

# CAPÍTULO SETE

Casamento, na cabeça de Eve, era uma espécie de corrida de obstáculos. Era preciso saber quando pular, quando rastejar de barriga como um guerrilheiro para passar sob o arame farpado, e quando parar de repente e mudar de direção.

Eve tinha trabalho árduo pela frente e, no momento, preferia ir em frente sem parar. Mas sua intuição lhe sussurrou que quando se joga uma menina estranha em cima do marido era importante, no mínimo, alertá-lo de que o tempo de estadia da hóspede talvez fosse ampliado.

Tirou cinco minutos de tempo pessoal não muito privativo, já que iria conversar no *tele-link* em pé, na calçada.

Ficou surpresa ao ver que Roarke atendeu pessoalmente, e sentiu-se culpada diante do cintilar de irritação que notou em seus olhos, por causa da interrupção.

— Desculpe, eu torno a ligar mais tarde.

— Não, estou no intervalo de... Tudo bem, há algum problema?

— Talvez. Não sei. Só um pressentimento. Achei que devia lhe avisar que talvez a menina fique em nossa companhia mais tempo que o planejado.

— Eu já lhe disse que ela será bem-vinda enquanto... — Ele olhou para um ponto fora da tela e ergueu a mão, dizendo: — Um instantinho só, Caro.

— Olhe, isso pode esperar.

— Vamos resolver logo. Por que você acha que ela não irá para a casa dos Dyson nos próximos dias?

— Eles estão péssimos, e minha noção de tempo não ajudou. Basicamente é um pressentimento estranho. Estou pensando em entrar em contato com... como é mesmo?... a avó, quando tiver um tempinho. Tem também a irmã de criação do pai dela, que mora em algum lugar. Preciso ter alguém de reserva para ficar com Nixie temporariamente até os Dyson se sentirem mais preparados para recebê-la, ou algo assim.

— Tudo bem, mas nesse meio-tempo ela está bem instalada. — Ele uniu as sobrancelhas. — Você acha que pode levar algum tempo até eles aceitarem a menina? Semanas, talvez?

— Pode ser que sim. Um parente poderá acolhê-la, enquanto isso. Eu também poderia apelar para o Serviço de Proteção à Infância, mas não quero, se conseguir evitar. Talvez eu tenha avaliado errado a reação dos Dyson, mas achei melhor avisar a você que ela talvez fique conosco mais tempo do que imaginávamos.

— Podemos lidar com isso.

— Certo. Desculpe interromper seu trabalho.

— Tudo bem. Vejo você em casa.

Quando desligou, Roarke continuou com a testa franzida. Pensou na criança que estava em sua casa e nas que haviam morrido. Havia meia dúzia de pessoas à sua espera para uma reunião, mas ele decidiu que poderiam esperar mais um pouco. De que lhe servia tanto poder sem que ele tivesse a chance de exercitar seus músculos de vez em quando?

Baixou os arquivos de Eve sobre o caso Swisher de seu computador caseiro e começou a analisar os nomes dos parentes da menina.

Eve e Peabody continuaram a bater nas portas dos vizinhos, indo de leste para oeste a partir da casa dos Swisher. Muitas portas permaneciam fechadas, pois os moradores estavam em horário de trabalho. E os que abriram não puderam esclarecer nada.

Não tinham visto coisa alguma. Coisa terrível! Uma tragédia! Não ouviram nada. Aquela pobre família. Não sabiam de nada.

— O que percebeu até agora, Peabody?

— Muito choque, desalento... uma sensação sutil de "ainda bem que não aconteceu comigo" e uma boa dose de medo.

— Confere. E o que todas essas pessoas nos contaram sobre as vítimas?

— Família simpática, amigável. Crianças bem-comportadas.

— Não é nossa praia, geralmente, certo? É como entrar em outra dimensão, onde as pessoas preparam cookies e os distribuem para estranhos na rua.

— Bem que eu gostaria de um cookie.

Eve foi até o prédio seguinte, listado em suas anotações como multifamiliar.

— Ainda temos a vizinhança, que é bem específica. Famílias onde marido e mulher trabalham fora. Pessoas desse tipo estão no quinto sono às duas da manhã de um dia de semana.

Levou mais um instante analisando a parte de cima e de baixo da calçada. Mesmo no meio do dia havia pouco movimento por ali. Às duas da manhã certamente a rua era tão silenciosa quanto um túmulo.

— Quem sabe alguém acordou de noite, perdeu o sono e olhou para a rua no momento certo? — especulou Eve. — Ou decidiu dar uma volta no quarteirão? Certamente teriam avisado a polícia se vissem algo diferente. Quando uma família é executada na rua em que você mora, todo mundo se borra de medo. As pessoas querem se sentir a salvo e procuram a polícia para relatar algo estranho que tenham visto.

Tocou uma campainha. Ouviu-se um som roufenho no interfone, como se alguém pigarreasse antes de falar.

— Quem é você?

— Polícia de Nova York. — Eve colocou o distintivo diante do olho mágico. — Tenente Dallas e detetive Peabody.

— Como posso ter certeza?

— Estou lhe mostrando meu distintivo, senhora.

— Eu poderia ter um desses também, e não sou da polícia.

— Nessa a senhora me pegou. Consegue ver o número do distintivo?

— Não sou cega, sou?

— Aqui de fora é impossível verificar isso. Mas a senhora poderá confirmar minha identidade se entrar em contato com a Central de Polícia e lhes informar o número.

— Você pode ter roubado o distintivo de uma policial de verdade. As pessoas estão sendo mortas enquanto dormem por aqui, sabia?

— Sim, estou ciente, senhora, por isso estamos aqui. Gostaríamos de conversar com a senhora sobre os Swisher.

— Como posso saber se não foram vocês que os mataram?

— Como?

Eve, com o rosto transformado em uma máscara de frustração, virou-se para olhar a mulher que vinha pela calçada. Carregava uma sacola de supermercado, tinha cabelos louros raiados de vermelho vivo, vestia um top verde para ginástica e calças bag.

— Estão tentando falar com a sra. Grentz?

— Queremos fazer nosso trabalho. Somos da polícia.

— É, já saquei. — Ela subiu os degraus até a porta. — Olá, sra. Grentz, é Hildy. Trouxe suas rosquinhas.

— Por que não disse logo?

Depois de muitos ruídos e estalos, a porta se abriu. Eve precisou olhar para baixo para ver a pessoa que apareceu. A mulher media menos de um metro e meio, era magra como um graveto e velha como o tempo. Sobre a cabeça, trazia uma peruca preta torta pouco mais escura que seu tom de pele enrugada.

— Também trouxe os tiras, sra. Grentz — avisou Hildy, com voz alegre.

— Você foi presa?

— Não, elas querem só conversar. Sobre o que aconteceu com os Swisher, lembra?

— Tudo bem, então. — Ela abanou o ar com a mão como se espantasse moscas e entrou em casa.

— Ela é minha senhoria — explicou Hildy a Eve, falando baixo. — Eu moro no andar de baixo. É boa pessoa, a não ser pelo fato de, como meu pai dizia, ser doida varrida e encerada, daquelas de amarrar no pé da mesa. Entrem logo e sentem-se, aproveitando que ela está a fim de bater papo. Vou guardar as rosquinhas na cozinha.

— Obrigada.

A sala estava entulhada de objetos. Coisas caras, notou Eve, enquanto tentava caminhar por entre mesinhas, cadeiras, luminárias e muitas pinturas penduradas tortas nas paredes.

O ar tinha aquele perfume típico de senhoras idosas: uma combinação de talco, lavanda e flores apodrecendo.

A sra. Grentz havia se aboletado com ar solene sobre uma poltrona, os pés miúdos sobre uma almofada no chão e os braços cruzados sobre os seios inexistentes.

— Uma família inteira assassinada enquanto dormia!

— A senhora conhecia os Swisher?

— É claro que os conhecia! Afinal, moro aqui há oitenta e oito anos. Já vi e ouvi de tudo.

— O que a senhora viu?

— Vi o mundo se preparando para ser levado inteirinho para o inferno dentro de um cesto. — Ergueu o queixo, descruzou um dos braços e apertou o braço da poltrona com dedos que pareciam garras. — Sexo e violência. Sexo e violência! Dessa vez ninguém vai virar estátua de sal. Todo mundo e as pessoas que estão nele vão arder em chamas. As pessoas recebem o que pedem. Colhem o que plantam.

— Certo. Poderia me dizer se ouviu ou viu algo incomum na noite em que os Swisher foram mortos?

— Meus ouvidos foram consertados e meus olhos estão ótimos. Vejo e ouço muito bem. — Ela se inclinou, com os olhos ávidos. — Sei quem matou aquela gente.

— Quem foi?

— Os franceses.

— Como soube disso, sra. Grentz?

— Porque eles são *franceses*! — Para enfatizar sua tese, bateu com força na coxa. — Tiveram seus *derrières* chutados da última vez que criaram problemas, não foi? Pode acreditar que estão preparando uma revanche desde então. Se alguém foi morto em sua cama, dormindo, é claro que foram os franceses. Pode apostar seu rico dinheirinho nisso.

Eve não soube definir se o som agudo que Peabody emitiu foi um riso abafado ou um suspiro, mas preferiu ignorá-lo.

— Obrigada pela informação — disse, simplesmente, e fez menção de se levantar.

— A senhora ouviu alguém falando em francês na noite dos assassinatos?

Diante da pergunta de Peabody, Eve lhe lançou um olhar de pena.

— Não se *ouve* os franceses, menina. Silenciosos como cobras, é assim que eles são.

— Obrigada mais uma vez, sra. Grentz, a senhora foi muito útil. — Eve se levantou.

— Não se pode confiar em gente que come lesmas.

— Tem razão, senhora. Vamos nos retirar, agora.

Hildy se colocou do lado de fora da porta, sorrindo, e comentou:

— A sra. Grentz é muito irritante, mas também fascinante, não acha? — Ela ergueu a voz e avisou, olhando para trás: — Vou descer.

— Trouxe minhas rosquinhas?

— Já estão guardadas. Daqui a pouco a gente se vê. Continue andando — disse a Eve, baixinho — e não olhe para trás. Nunca se sabe o que vai surgir na cabecinha dela.

— Tem alguns minutos para conversar conosco, Hildy?

— Claro! — Ainda carregando a sacola do mercado, Hildy desceu alguns degraus e parou na entrada de seu apartamento. — Ela é minha tia-avó, por parte do marido, mas gosta de ser tratada de sra. Grentz. O marido morreu há mais de trinta anos, eu não o conheci.

Localizado um pouco abaixo do nível da calçada, o apartamento de Hildy era claro e alegre, com muitos pôsteres sem moldura presos às paredes e um arco-íris de tapetes pelo chão.

— Eu alugo este apartamento da sra. Grentz... isto é, quem paga o aluguel é o filho dela. Sou uma espécie de dama de companhia não oficial; cuido dela e do prédio. Vocês viram o apartamento dela? Aquilo é café pequeno. Ela nada em dinheiro. Gostariam de se sentar?

— Obrigada.

— Podre de rica, tipo na casa dos milhões de dólares. Estou aqui para me certificar de que o sistema de segurança esteja sempre ligado, presto atenção para que ela não fique esquecida no chão caso tropece em alguma coisa e quebre a perna. Ela comprou este alarme aqui. — Hildy pegou um pequeno receptor no bolso. — Se ela cair ou seus sinais vitais ficarem descompassados, isto apita. Também compro mantimentos e ouço suas rabugices, às vezes. É um bom negócio, ainda mais pela moradia. Além do mais ela é gente fina quase sempre, e muito divertida.

— Há quanto tempo você mora aqui?

— Seis meses, quase sete. Sou escritora... quer dizer, estou tentando ser. Esse é um bom arranjo para mim. Vocês aceitam algo para beber ou comer?

— Não, obrigada. Você conhecia os Swisher?

— Mais ou menos, do jeito que conhecemos as pessoas que vemos quase todo dia. Cumprimentava os pais, esse tipo de coisa. Não surfávamos a mesma onda.

— O que isso quer dizer?

— Eles eram totalmente lineares, certinhos *ao extremo*, de deixar para trás qualquer conservador. Mas eram gente boa. De verdade. Quando me viam, sempre perguntavam pela sra. Grentz, e queriam saber se eu estava bem. Quase ninguém se liga nessas amabilidades. As crianças eu conhecia um pouco mais.

Ela ergueu a mão, parou de falar por alguns instantes e fechou os olhos.

— Tento analisar tudo com distanciamento, digo a mim mesma que eles foram para onde o destino os levou, mas... Santo Cristo! — Seus olhos tornaram a se abrir e estavam rasos d'água. — Eram crianças! E Coyle? Acho que nutria uma paixonite por mim, era um doce de menino.

— Então você costumava sempre vê-los na vizinhança?

— Muito, especialmente Coyle. Os pais não deixavam a filha sair por aí sozinha. Ele se oferecia para ir ao mercado e caminhava comigo até lá. Às vezes eu o via saindo para andar de skate aéreo com amigos, circular pela área ou ficar conversando com eles.

— Alguma vez você o viu com alguém que não reconheceu da vizinhança?

— Não exatamente. Como disse, ele era um bom menino. Meio antiquado, pela forma como foi criado. Era educado demais e um pouco tímido, pelo menos comigo. Adorava esportes.

— E quanto às idas e vindas dele? Escritores percebem diferenças sutis, certo?

— É importante estar ligado em tudo e arquivar as imagens na mente. Nunca se sabe quando serão úteis. — Hildy enrolou algumas pontas dos cabelos vermelhos em torno do dedo. — Acontece que eu me lembrei de algo que não havia me ocorrido antes, quando os tiras vieram nos interrogar. Só que... acho que me deu um branco total quando me contaram o que havia acontecido. Sabe como é?

— Claro. O que você lembrou agora?

— Não sei se é importante, só comecei a pensar nisso hoje de manhã. Naquela noite... — Ela mudou o peso do corpo de um pé para o outro e deu um sorriso sem graça para Eve. — Escute, se eu contar algo que fiz e que não é cem por cento legal, vou me meter em apuros?

— Não viemos aqui para incomodá-la, Hildy. Estamos aqui por causa de cinco pessoas que foram mortas enquanto dormiam.

— Tudo bem. — Respirou fundo. — Está certo. Às vezes, quando eu fico escrevendo até tarde, ou quando a sra. Grentz se mostra ranheta demais... Sabe como é, isso desgasta a gente, entende? Ela é engraçada, mas às vezes também é cansativa.

— Entendo.

— Pois é... Às vezes eu subo no telhado. — Apontou o teto com o dedo. — Tem um cantinho especial lá, aonde eu vou, olho para a rua, sento e fico pensando na vida. De vez em quando eu fumo um pouco de Zoner. Não posso fazer isso aqui em casa, porque se a sra. Grentz descer, como faz às vezes, e sentir o cheiro com aquele faro de cão de caça que tem, ficará furiosa. Por isso é que quando estou a fim de fumar unzinho, claro que não é toda noite nem nada...

— Não somos da Divisão de Drogas Ilegais, e não nos preocupamos com algo de uso recreativo que você eventualmente consuma.

— Certo. Então, eu estava lá em cima. Ficou tarde, o trabalho no livro que estou escrevendo estava se arrastando e eu resolvi arejar a cabeça. Estava quase na hora de descer, porque a noite longa e o Zoner me deixaram sonolenta. Dei uma última olhada em volta e vi dois carinhas. Belos espécimes, pensei, esse tipo de coisa. Carne de primeira. Não dei muita atenção ao fato nem quando os tiras chegaram e eu soube dos Swisher, mas ao relembrar aquela noite, depois, eu me toquei.

— Você viu como eles eram?

— Não muito bem. Só sei que eram brancos, os dois. Dava para ver as mãos deles e um pouco dos seus rostos, e eu sei que eram brancos. Não deu para ver os rostos com detalhes, por causa do ângulo aqui de cima. Mas eu me lembro de pensar "puxa, que filés!", ao vê-los caminhando, lado a lado, quase como se estivessem marchando. Não conversavam nem nada, como se faz ao caminhar com um amigo no meio da madrugada, Só um, dois, três, quatro até virar a esquina.

— Que esquina?

— Humm... Lado oeste, na Riverside.

— Que roupa vestiam?

— Pois é, já pensei muito nisso, com atenção. Eram roupas pretas da cabeça aos pés, com... como se chama aquele chapéu de lã que se coloca sobre a cabeça?

— Gorro?

— Sim, isso mesmo, gorro! Cada um trazia uma sacola de ginástica pendurada no ombro, com a tira comprida atravessada no peito. Gosto de observar as pessoas, especialmente quando elas não percebem que estão sendo vistas. Eles eram muito fortes.

— Que idade, mais ou menos?

— Não sei, sério. Não vi seus rostos. Estavam com os gorros muito baixos e, para ser franca, estava conferindo o resto. Mas o que percebi mais tarde é que não ouvi nada. Isto é, eles não só ficaram completamente mudos o tempo todo como também não deu nem para ouvi-los caminhando. Se eu não tivesse ido até o gradil no instante em que eles passavam pela calçada, nem saberia que alguém tinha andado por ali.

— Vamos até o telhado, Hildy. — Chamou Eve, levantando-se. — Conte-nos tudo novamente, passo a passo.

— Já é um começo — disse Peabody quando elas saíram novamente na calçada. Eve continuava a olhar para o telhado. — Não é muita coisa, mas é melhor que nada.

— São detalhes, e detalhes contam — retrucou Eve. Voltou até a entrada da casa dos Swisher e olhou para o telhado de onde haviam acabado de sair com Hildy. — Provavelmente eles a teriam visto se tivessem olhado para cima. Teriam notado que havia alguém ali, ou percebido sua silhueta ao chegar mais perto. Mas tinham encerrado a missão e estavam confiantes. Podem ter olhado para os dois lados da rua, mantendo o cuidado de permanecer longe das partes iluminadas pelas câmeras de segurança. Caminharam com determinação... Marcharam. Nada de pressa, mas com disciplina, até a esquina da Riverside. Tinham um carro à espera, em algum lugar, pode apostar que sim. Estacionado de forma legalizada, na rua ou em uma vaga específica. Provavelmente na rua; não há registro de sua passagem, nem vestígios, quando se encontra uma boa vaga de rua. Só que não dá para ter certeza de que haverá um lugar à espera, então eles devem ter parado em uma vaga marcada.

— Carro roubado? — sugeriu Peabody.

— Isso seria burrice, porque deixa rastros. Se você rouba um veículo, o dono fica puto e abre queixa. Talvez tenham pegado "emprestado" o veículo de um estacionamento de longa duração, em algum lugar, e depois o levaram de volta. Mas por quê? Se você tem todo esse equipamento caro é porque tem grana ou alguém bancou tudo. Certamente tem um carro seu, mas nada chamativo. — Ela se balançou para frente e para trás, apoiada nos calcanhares. — Nada que chame a atenção, e certamente o motorista obedece a todas as regras de tráfego.

Caminhou para oeste tentando visualizar a cena.

— Fazer o trabalho, sair com a maior calma e dar o fora o mais rápido possível. Nada de pressa nem barulho. Olhos atentos vigiando a esquerda e a direita, isso é treinamento. Nem pensaram em olhar para cima, e isso demonstra descuido. Um leve descuido ou excesso de confiança. Ou, por dentro, ainda estão sob o efeito da adrenalina liberada durante os assassinatos. Seguem em linha reta, sem papo. Vão direto para o carro, sem paradas nem desvios. Jogam as sacolas no banco de trás, para serem limpas depois ou destruídas. De volta ao quartel-general.

— Quartel-general?

— Aposto que é assim que eles se referem à base de operações. Um lugar onde eles apresentam relatórios, trocam relatos e experiências de guerras, treinam, se lavam e trocam de roupa. E aposto que é um lugar muito bem-organizado.

Eve os farejava no ar. Sabia que esse não era o termo *lógico* para o que sentia, mas lhe pareceu adequado. Sentia o faro deles e iria rastreá-los até agarrá-los.

Ficou na esquina da rua 58 com a Riverside, olhando para o norte, para o sul e depois para o oeste, além. Até onde eles teriam caminhado?, especulou consigo mesma. Quantas pessoas os teriam visto sair da casa da morte, ainda com sangue fresco nas sacolas?

Só dois caras voltando para casa após um rápido serviço noturno.

— Ligue para Baxter! — ordenou Eve. — Quero alguns nomes.

O nome dela era Meredith Newman. Trabalhava demais e ganhava muito pouco. Adorava contar isso a qualquer pessoa disposta a ouvi-la, sempre que tinha chance. Gostava de se imaginar uma mártir contemporânea, que sofria havia muitos anos e suava sangue pelas boas causas.

Certa vez, em seus dias de juventude, vira a si própria como uma batalhadora, uma guerreira; trabalhara e estudara com o fervor dos convertidos. Porém, um ano no emprego virou dois, dois se transformaram em cinco. A quantidade absurdamente alta de casos, o tormento e a inutilidade de tudo aquilo cobraram um preço alto em sua vida.

Em suas fantasias pessoais, ela iria conhecer um homem bonito e muito sexy que nadava em dinheiro. Ele a faria largar o emprego e ela nunca mais teria de se arrastar por toda aquela papelada, sem falar nas desanimadoras visitas domiciliares. Nunca mais precisaria ver uma mulher ou criança espancada.

Até esse dia maravilhoso chegar, ela levaria a vida normalmente, como sempre.

Agora, por exemplo, rumava para uma visita domiciliar de rotina; esperava encontrar as duas crianças imundas e a mãe completamente chapada e quase apagada. Meredith já havia perdido a esperança de que algum dia isso seria diferente. E perdera a vontade de se importar com os outros. O número de pessoas que, em algum momento, davam uma virada na própria vida e se tornavam cidadãos decentes, membros que contribuíam de forma edificante para a comunidade, era, em sua estimativa, um para cada cinquenta.

Os outros quarenta e nove sempre sobravam para ela.

Seus pés doíam porque fora burra o bastante para comprar um par de sapatos novos, mesmo sem condições para isso, devido ao salário irrisório que ganhava. Estava deprimida porque o homem com quem saía de forma intermitente há cinco semanas lhe dissera que ela *o* deprimia e rompera o relacionamento.

Meredith tinha trinta e três anos, era solteira, sem namorado, com uma vida social que não passava de uma piada. Sentia-se tão farta e cansada de sua existência e de seu emprego que tinha vontade de se matar.

Caminhava com a cabeça baixa, como era seu hábito, porque não queria ver as pichações, a imundície, as pessoas.

Odiava Alphabet City, na região leste de Manhattan. Odiava os homens que vadiavam pelas ruas e acariciavam as partes íntimas quando ela passava. Detestava o cheiro de lixo, o fedor típico da cidade e o *barulho*. Máquinas, buzinas, vozes, maquinário pesado, tudo parecia lhe agredir os tímpanos.

Suas férias estavam marcadas para dali a oito semanas, três dias e doze horas. Ela não tinha certeza se conseguiria resistir até lá. Sua próxima folga seria dali a três dias, que inferno, e ela não sabia se chegaria inteira até lá.

Na verdade, não chegaria.

Não prestou atenção ao barulho da freada, apenas mais um ruído em meio à cacofonia da cidade que ela passara a odiar como uma doença debilitante.

O empurrão que alguém lhe deu no ombro também não passou de um incômodo a mais, alguém que exibia os modos rudes típicos que grassavam naquele buraco de merda.

Nesse momento, porém, sua cabeça girou e sua vista ficou escura. Caiu para trás, como em um sonho, com a sensação de ser erguida do chão e jogada em algum lugar. Mesmo quando caiu na parte de trás da van, teve a boca vedada por uma fita gomada e os olhos vendados, nada daquilo lhe pareceu real. Seu corpo sequer percebeu a necessidade de gritar quando a picada leve de uma seringa de pressão a apagou por completo.

No meio da tarde, Eve e Peabody já haviam conversado com três das clientes regulares de Keelie Swisher e dois de seus maridos. Trabalhavam por setor geográfico e chegaram à próxima cliente da lista.

Jan Uger era uma mulher imensa que fumou três cigarros de ervas inócuas durante a conversa de vinte minutos. Quando não estava soltando baforadas, chupava uma das balas coloridas que pegava em uma tigelinha ao lado da poltrona.

Seus cabelos estavam para cima, formando uma espécie de bola cintilante acima da cabeça, como se alguém lhe tivesse puxado os fios, arrepiado as pontas e passado um spray de silicone para mantê-las firmes. Tinha papadas generosas sob os três queixos; a pele era pálida, sem viço. Parecia revoltada.

— Uma charlatã! — bufou e soltou mais uma baforada de seu cigarro de ervas. — Era isso que ela era. Disse que não poderia me ajudar se eu não seguisse o regime à risca. Onde é que pensa que eu estava, afinal? Em um campo de treinamento militar?

— A senhora esteve, certa vez — replicou Eve.

— Sim, passei três anos no exército. Foi onde conheci o meu Stu. Ele serviu nosso país por mais de quinze anos. Enquanto isso, eu passei todo esse tempo sendo uma boa esposa de militar, criando dois filhos. Foram as crianças que me fizeram engordar desse jeito — garantiu, colocando mais uma bala na boca. — Tentei um monte de dietas, mas tenho um problema hormonal.

Esse problema, na verdade, decidiu Eve, era sua incapacidade de parar de jogar coisas dentro da boca.

— Nosso seguro de saúde não cobre escultura corporal. — Ela deixou a bala rolar de um lado para outro na boca e lhe deu duas boas mordidas. — Muquiranas! Só liberam o procedimento se a pessoa consultar uma nutricionista formada durante seis meses. Só então eles permitem que o segurado se submeta à escultura corporal. Então, foi o que eu fiz: procurei aquela charlatã e ouvi as baboseiras que ela aconselhava. Sabe o que aconteceu?

Sugou os pedaços de bala com tanta força, em uma explosão de fúria, que Eve espantou-se por tudo aquilo não se alojar em sua garganta, impedindo-a de respirar e provocando-lhe um engasgo mortal.

— Vou lhe contar o que aconteceu — continuou. — Ganhei *dois* quilos em dois meses! Não que Stu esquente a cabeça com isso. Tem mais de mim para ele amar, é o que diz. O fato é que eu segui todas as regras. Acha que ela me liberou para fazer a cirurgia? Não, se negou a fazer isso!

— A senhora ficou muito chateada com isso.

— Acertou. Ela me disse que eu não estava habilitada a me submeter à escultura cirúrgica. Quem ela pensava que era para me dizer isso? O que é que lhe custava assinar a porra do papel para meu seguro de saúde pagar a cirurgia? Gente desse tipo me deixa doente!

Acendeu outro cigarro e olhou com raiva por entre rolos de fumaça que cheiravam a menta queimada.

— A senhora brigou com a sra. Swisher?

— Joguei na cara o que achava dela e de seu regime martirizador, e avisei que iria processá-la. Teria realmente feito isso, mas o marido dela era uma porra de um advogado, então de que iria adiantar? Todo mundo sabe que os advogados são uns merdas que sempre apoiam uns aos outros. Mas sinto muito que a família esteja morta, é claro — completou, quase como uma reflexão tardia.

— Seu marido se reformou do exército e foi trabalhar com o que, mesmo...? — perguntou Eve, fingindo conferir suas anotações.

— É segurança no Sky Mall. É difícil viver só com o dinheiro da reforma. Além do mais, meu Stu gosta de ir para a rua trabalhar. O seguro de saúde da empresa dele também é muito melhor. Se ele trabalhar lá por mais um ano e meio, vou poder fazer a cirurgia por conta do plano.

*Continue a comer assim, minha amiga, e vai ser preciso muito mais que uma escultura corporal. Só um macaco hidráulico vai erguê-la, e usarão uma britadeira para esculpir tudo.*

— Quer dizer que a senhora e o seu marido ficaram muito insatisfeitos com a sra. Swisher.

— Claro! Ela ficou com o nosso dinheirinho suado e não nos ofereceu nada em troca.

— Isso é muito perturbador e, já que não conseguiram processar a nutricionista, devem ter imaginado uma recompensa de outro tipo.

— Ah, com certeza! Avisei a todo mundo que conheço que ela é uma tremenda charlatã. — Os queixos triplos balançaram de satisfação. — E olhe que eu tenho um monte de amigos, e Stu também.

— Se fosse comigo, eu iria querer algo mais pessoal, mais palpável. Talvez a senhora e seu marido tenham ido até o sr. ou a sra. Swisher para fazer uma queixa formal, ou para pedir seu dinheiro de volta.

— Isso não adiantaria nada.

— Seu marido estava em casa ontem à noite? Entre uma e três da manhã?

— Onde mais ele poderia estar à uma da manhã? — perguntou ela, com ar de raiva. — Que tipo de pergunta é essa?

— Esta é a investigação de um assassinato. Os registros militares do seu marido mostram que ele ficou algum tempo na reserva.

— Sim, durante oito anos. E daí?

— Estou aqui pensando... Será que quando ele reclamou do caso com os companheiros de regimento e contou do tratamento malfeito que a nutricionista fez na senhora, será que eles não ficaram revoltados, por sua causa?

— Bem que deveriam, não acha? Bem que deveriam! Mas as pessoas em geral não demonstram muita solidariedade para uma mulher nas minhas condições.

— Que pena! A senhora não tem amigos ou parentes que pudessem lhe emprestar dinheiro para o tratamento cirúrgico?

— Essa é boa! — Soprou mais fumaça no ar e pegou mais uma bala. — Quem poderíamos conhecer que tivesse tanta bala na agulha? Fui filha de militar e meu pai morreu servindo ao país quando eu tinha dezesseis anos. A família de Stu é composta, basicamente, de operários de Ohio. A senhora sabe quanto custa um procedimento de escultura corporal? — perguntou, analisando Eve de cima a baixo antes de abrir um sorriso maroto e completar: — Quanto custou a sua?

Eve parou na calçada assim que saiu do prédio.

— Será que eu deveria me sentir insultada — especulou, em voz alta —, com aquele comentário sobre "quanto custou a sua"?

— Ela provavelmente disse isso como uma espécie de elogio. De qualquer modo, eu tenho uma tia-avó com ascendência francesa e fiquei meio insultada com os comentários da sra. Grentz contra os franceses. — Ela entrou na viatura. — Bem, essa aqui está descartada.

— É. Não me parece muito esperta, nem teria os recursos. O histórico do marido no exército é imaculado, e mesmo depois de tantos anos como militar, isso não lhe daria o tipo de treinamento intenso que buscamos. Além do mais é muito velho e gordo, de acordo com os dados do registro de identidade.

— Pode ser que estivesse mexendo os pauzinhos por trás de tudo, mas...

— Isso mesmo, não precisa nem terminar. É difícil de acreditar que alguém casado com ela, morando em um lugar cheio de fumaça e doces, seja disciplinado e esperto o bastante para planejar uma operação como esta.

— Ainda mais trabalhando como segurança de um shopping, em busca de crianças perdidas o tempo todo. Soltar o verbo e reclamar muito. É só isso que as pessoas desse tipo sabem fazer.

— E não eliminariam uma família inteira por estarem revoltados com a mãe. Não... — concordou Eve. — Essa mulher é chata e irritante, e o marido provavelmente é igual, mas não são mestres do crime nem assassinos a sangue-frio de crianças.

— Sabe de mais uma coisa? — continuou Peabody. — Acho que quem cometeu este crime, ou está por trás dele, agiu na surdina. Nada de "vou processar você, sua charlatã". Sei que precisamos investigar todos antes de descartá-los, mas não vamos achar os assassinos desse jeito.

— Por que diz isso? — Eve manteve a atenção na rua, enquanto dirigia.

— Porque ele precisava planejar tudo antecipadamente, certo? Tinha de ser um cara controlado e organizado, pois quando a chance pintasse, ou seja, aquilo que o levou a mirar nessas pessoas, ele precisava agir e cair fora. Vem planejando isso como uma vingança. Algum dia, de algum modo. Mas sem deixar rastros.

Dessa vez, Eve olhou para o lado.

— Meu orgulho por você faz meu peito esquentar. A não ser que isso seja efeito do cachorro-quente com salsicha de soja que você me convenceu a comer no almoço.

— Puxa, Dallas, sinto o rubor me invadindo as bochechas. A não ser que isso também seja efeito do cachorro-quente. — Bateu com o punho no peito e deu um discretíssimo e feminino arroto. — Acho que foi o cachorro.

— Agora que esclarecemos tudo, vamos ao próximo interrogado.

Peabody puxou a lista, anunciou um nome, o endereço e a direção a seguir, a partir do painel da viatura. Em seguida se inclinou, acariciando o painel e cantando em voz baixa:

— Carrinho bonito, carrinho simpático. Muito esperto. — Olhou meio de lado para Eve. — Quem foi que conseguiu esta viatura legal, bonita, eficiente e esperta para nós?

— Você já tentou essa estratégia antes, Peabody.

— Eu sei, mas... ahn... a luzinha do *tele-link* está piscando.

Balançando a cabeça para os lados, Eve atendeu.

— Dallas falando!

— A hora de você me pagar na mesma moeda está se aproximando — avisou Nadine. — Não se esqueça disso, Dallas. — Um farejador aqui da emissora acaba de receber uma dica: uma mulher acaba de ser sequestrada e jogada dentro de uma van na avenida B, em Alphabet City. Tudo aconteceu tão depressa que ela nem teve tempo de piscar.

— A não ser que ela apareça morta, essa não é minha praia, Nadine, desculpe.

— Fria, cruel e direta. O lance é que uma das testemunhas a reconheceu e se deu ao trabalho de contar isso a um dos guardas que atendeu ao chamado. Disse que o nome dela é Meredith Newman. Ouvi isso de passagem e pensei: "Ei, esse não é o nome da..."

— Funcionária do Serviço de Proteção à Infância do caso Swisher — completou Eve.

— Pois é. Estou indo lá para fazer algumas entrevistas. Achei que você gostaria de saber.

— Estou indo também. Não converse com ninguém no local, Nadine. Preciso dar uma olhada em tudo antes. Você vai me cobrar a dica mais tarde, que eu sei — acrescentou, quando Nadine abriu a boca para contestar. — Não seja muito gananciosa.

Eve desligou, virou em uma esquina e seguiu na direção sul.

# Capítulo Oito

Eve avistou a van do canal 75 estacionada junto a uma área de carga e descarga na avenida B. Passou direto e estacionou em fila dupla ao lado da patrulhinha que já chegara ao local.

Viu Nadine na mesma hora — era difícil não perceber seus cabelos absolutamente perfeitos, raiados de louro, e o terninho azul-rei que faziam com que a repórter se sobressaísse naquele ambiente como uma flor exótica em meio a uma floresta acinzentada de roupas encardidas e concreto grafitado.

Estava enturmada com três homens que espreitavam tudo encostados em portais, mas se afastou deles para falar com Eve.

— Eu não prometi que não faria perguntas — avisou Nadine na mesma hora. — Manterei tudo em sigilo. Por enquanto. Seu guarda está lá dentro com a mulher que afirma ter visto o rapto e reconhecido a vítima. Oi, Peabody, como está se sentindo?

— Cada dia um pouco melhor, obrigada.

— Mantenha as câmeras desligadas — ordenou Eve, observando a van com um olhar duro.

— Isto é um logradouro público — começou Nadine —, portanto...

— Nadine, você sabe o motivo de, às vezes, eu lhe dar uma dica interna? Porque sei que no seu caso não é só a história que interessa. Você também dá atenção às pessoas envolvidas. E sei que não sacrificaria essas pessoas nem mesmo pelos índices de audiência, ou apenas para colocar seu rostinho bonito no ar.

Nadine respirou fundo e reclamou:

— Merda.

— Mantenha as câmeras desligadas — repetiu Eve, e seguiu na direção dos sujeitos que continuavam à espreita. — O que vocês viram? — começou, de forma direta. — O que sabem da história?

O mais magro do grupo, um mulato com a pele cheia de marcas e cicatrizes, abriu um sorriso largo e mostrou que seus dentes estavam em estado ainda pior que a pele. Em seguida, esfregou o polegar e o indicador.

— Detetive Peabody — disse Eve com um tom suave, apesar dos olhos frios como os de um tubarão. — Em sua opinião profissional, este indivíduo, que provavelmente testemunhou um crime, acaba de solicitar propina a uma representante da Polícia de Nova York em troca de informações referentes ao crime em questão?

— Esse me parece ser o caso, tenente.

— Eu e meus camaradinhas aqui precisamos de um pouco de grana — explicou o sujeito. — É dando que se recebe.

— Detetive, normalmente, qual seria minha atitude diante de um pedido de propina?

— Prender o indivíduo que tivesse tentado suborná-la, e também seus amigos, tenente; depois a senhora os levaria para a Central de Polícia, a fim de fichá-los por obstrução de justiça e por tentativa de impedir uma investigação policial em andamento. A senhora certamente também iria pesquisar se o elemento e seus associados possuem ficha criminal. Tendo ou não, a senhora gastaria boa parte do seu tempo estragando o dia deles e potencialmente transformando suas vidas em um fétido inferno, pelo menos durante alguns dias.

— Exato e correto, detetive. Obrigada. Você entendeu alguma coisa do que ela disse, babaca?

— Nem uns trocadinhos, então? — Ele pareceu magoado.

— Acertou. Agora vou repetir: o que viram e o que sabem?

— Você vai me prender se eu não responder?

— Dois acertos seguidos! Quer tentar o terceiro?

— Que merda! Vimos a abelhuda nariguda farejando o ar aqui no pedaço. Vinha pela rua com a cabeça baixa, como se não gostasse do cheiro de alguma coisa. Era uma baranga, mas estávamos de bobeira e demos uma boa olhada nela. De repente surgiu a van, voando baixo. Foi do nada, muito rápido! Dois caras saltaram da porta traseira. Cada um ficou de um lado dela. Levantaram a baranga do chão, jogaram ela na van, slam, bam, e se mandaram. Eu e meus camaradinhas poderíamos ter agarrado os caras, mas foi tudo rápido pra cacete, cara. Sacou?

— Saquei, sim. Como eles eram? Os caras que saíram pela porta de trás da van?

— Pareciam ninjas, cara. — Ele olhou para os amigos e recebeu acenos de concordância. — Aqueles sujeitos que pulam e chutam sua cara. Vestiam roupa preta, com máscara e tudo.

— E a van?

— Também era preta.

— Marca, modelo, placa?

— Sei lá! Não dirijo vans. Era grande, preta e veio mais rápido que coice de mula. Devia ter um terceiro carinha no volante, mas eu não vi nada, nem estava olhando. A nariguda não teve tempo nem de guinchar. Pegaram a baranga e a jogaram dentro da van tão depressa que ela nem teve tempo de respirar. Tamos numa boa, agora, dona?

— Sim, *tamos* numa boa. Qual é o seu nome?

— Pô, cara! — Ele se remexeu de leve. — Ramon. Ramon Pasquell. Estou em condicional, ando pianinho. Procurando emprego e tudo, e conversei com vocês numa boa.

— Certo. Ramon, se você ou algum dos seus amigos se lembrar de mais alguma coisa, pode entrar em contato comigo na Central. — Ela lhe entregou um cartão e uma nota de vinte dólares.

— Oba! — Nem o lampejo de alegria conseguiu torná-lo menos feio. — Você até que é legal, para uma tira abelhuda e nariguda.

— Puxa-saco! — disse ela e entrou no prédio.

— Você não é nariguda — observou Peabody. — Na verdade, seu nariz pode ser descrito como fino e elegante.

— Abelhudos, narigudos, xeretas... Tiras, fiscais de liberdade condicional, assistentes sociais e assim por diante. Somos todos narigudos e todo o resto para sujeitos palermas como Ramon Pasquell.

— Ah, entendi. O alerta diz que a testemunha está no terceiro andar. Minnie Cable.

Bastou dar uma olhada na porta suja e amassada do único elevador para fazer Eve escolher as escadas igualmente sujas. Levou um momento perguntando a si mesma o porquê de o fedor de urina e vômitos permear sempre as paredes de locais como aquele, e viu um policial que saiu de uma porta no terceiro andar.

Percebeu que o colega as reconheceu como tiras antes mesmo de olhar para o distintivo que Eve trazia preso ao cinto.

— Tenente, a senhora veio depressa, mas eu chamei alguns detetives.

— Pode esquecer, policial. Este incidente talvez tenha relação com um dos casos que estou investigando. Acha que ela vai me fornecer alguma informação útil?

— Viu tudo. Está abalada, mas viu o rapto e reconheceu a vítima. Meredith Newman, do Serviço de Proteção à Infância.

Já entrei em contato com eles e a informação procede. Newman foi enviada aqui para uma verificação de rotina.

— Certo. Cancele o chamado para os detetives. Pode deixar que eu entro em contato com a Central depois que tiver conversado com a testemunha. Gostaria que esperasse no carro. De qualquer modo eu estacionei ao lado da sua viatura e você não conseguirá sair da vaga. Quero que me faça um relatório completo quando eu acabar aqui em cima.

— Sim, senhora.

Quando ele desceu, Eve olhou para Peabody e reparou nas gotas de suor que haviam surgido no rosto da sua parceira. Deveríamos ter nos arriscado a subir pelo elevador, pensou.

— Você está bem, Peabody?

— Estou. — Pegou um lenço e enxugou o rosto. — Fiquei um pouco ofegante, mas preciso de exercício. Estou ótima.

— Se não estiver numa boa eu quero saber. Não banque a valente. — Eve se colocou diante da porta e bateu. Já dava para ouvir os gritos, o choro e as vozes. Três vozes distintas, se não estava enganada. Duas delas pertenciam a crianças.

Pelo visto, aquela era a sua semana de lidar com crianças.

— Polícia, sra. Cable.

— Acabei de conversar com a polícia. — Uma mulher com cara de atormentada (e quem não estaria, com uma criança apoiada no quadril e a outra lhe puxando a perna?) abriu a porta. Seus cabelos eram louros, curtos, espetados, e ela estava acima do peso. A parte branca dos seus olhos tinha o tom de rosa-avermelhado típico de uma pessoa viciada em funk.

— Sou a tenente Dallas, esta é a detetive Peabody. Gostaríamos de entrar um pouco.

— Mas eu já contei tudo ao outro rapaz. Puxa, Lo-Lo, dá para parar por dois segundinhos? Desculpe, as meninas estão muito agitadas.

— Seu nome é Lo-Lo? — Peabody sorriu. — Oi, Lo-Lo, vamos dar uma voltinha pela casa?

As crianças sempre respondiam bem a Peabody, notou Eve. E essa aqui, miudinha e com os cabelos tão louros e espetados quanto os da mãe, largou a perna na qual estava colada, deu a mão a Peabody e se afastou tagarelando alguma coisa.

Não havia muito para onde ir. A sala era pequena, em forma de L, com a cozinha na ponta. Mas havia alguns brinquedos espalhados e a criança se lançou na direção da pilha, para brincar com a nova amiga.

— Vi tudo da janela, bem ali. — Minnie apontou e ajeitou a criança menor no quadril. Essa tinha olhos grandes como os de uma coruja; não piscava e tinha abundantes cachos castanhos. — Eu estava esperando pela sra. Newman. Ela não acreditava em mim e duvidava que eu tivesse largado o funk, mas eu larguei. Já faz seis meses.

— Ótimo. — Se ela continuasse afastada da droga por mais algum tempo, os seus olhos acabariam perdendo aquele halo vermelho e o forte tom rosa na parte branca.

— Eles iam tirar minhas filhas. Tive que me livrar da droga por causa das crianças, e consegui. Não é culpa delas eu ter feito tantas burradas. Larguei o vício e vou sempre às reuniões. Estou sendo acompanhada nisso, mas estou limpa de verdade. Preciso que a sra. Newman assine a autorização para continuar recebendo o salário de mãe profissional. Preciso desse dinheiro, tenho de pagar o aluguel, a comida e...

— Pode deixar que eu entrarei em contato com o Serviço de Proteção à Infância para dizer que estive aqui e vi que suas filhas estão sendo bem tratadas. E que a casa está arrumada — acrescentou.

— Faço questão de manter tudo limpo. Às vezes o ambiente é meio bagunçado, por causa das crianças, mas não deixo ficar sujo.

Quando conseguir juntar algum dinheiro pretendo me mudar para um bairro melhor. Por enquanto só consigo pagar aluguel aqui, mas não quero estragar o futuro das minhas filhas.

— Sim, estou vendo. O Serviço de Proteção à Infância mandará outra assistente social. Você não vai perder a guarda delas pelo que aconteceu.

— Certo. — Ela apertou o rosto contra o pescoço da criança menor. — Desculpe. Sei que não devia estar falando o tempo todo de mim depois de ter visto o rapto daquela moça, mas não quero perder minhas filhas.

— Conte-me o que viu.

— Eu estava bem ali, na janela. Confesso que me sentia um pouco nervosa, porque a sra. Newman não gosta de mim. Na verdade, não é exatamente isso — corrigiu. — O fato é que ela não se importa conosco. Está cagando e andando para nós. — Fez uma careta e olhou para trás, tentando ver se a menina mais velha tinha ouvido. — Tento não falar palavrões diante delas, mas às vezes me esqueço.

— Não se preocupe. — Eve foi até a janela. Havia uma visão livre da rua. Viu a patrulhinha, sua viatura ao lado e vários motoristas com o punho para fora, xingando, diante do pequeno engarrafamento que se formara. — Você estava aqui?

— Isso mesmo. Estava com Bits pendurada no quadril, como agora. Dizia a ela e a Lo-Lo que ambas precisavam se comportar direitinho. Meus olhos... — Ela tocou a parte de baixo do olho direito. — Quem usa funk por algum tempo fica com os olhos vermelhos, mesmo depois que larga o vício. E a situação ainda piora quando a pessoa está nervosa, chateada ou simplesmente cansada. Acho que eu estava com as três coisas. Foi quando reparei que ela caminhava pela rua, por aquele lado.

Chegando mais perto, Minnie apontou.

— Vinha com a cabeça baixa, foi por isso que eu não a reconheci de imediato. Mas sabia que era ela. Resolvi me afastar um pouco da janela, pois se ela olhasse para cima poderia me ver. Nesse momento, percebi a chegada da van. Ela veio voando baixo e parou de repente, foi tudo muito rápido. A freada fez um barulho forte. Dois caras saltaram da porta de trás e pularam em cima dela. Pá! Eles a ergueram do chão e a carregaram. Vi o rosto dela apenas por um segundo. Ela nem teve tempo de demonstrar surpresa, porque foi assim... — Ela estalou um dedo. — Jogaram-na de qualquer jeito pelas portas traseiras abertas, subiram atrás dela e o carro partiu.

"Liguei para a polícia na mesma hora. Devo ter levado no máximo um minuto, porque fui pega de surpresa. Nossa, aconteceu tão rápido que foi como se não tivesse ocorrido nada. Mas eu vi! Liguei para o nove-um-um e contei tudo. Eles não vão achar que fui eu que fiz alguma coisa com ela, vão? Por ela estar vindo me inspecionar e seu ser uma viciada?"

— Você não me parece uma viciada, Minnie.

Um sorriso iluminou seus olhos de bordas raiadas de vermelho.

— As meninas são uma gracinha — comentou Peabody, quando elas desceram. — Parece que a mãe está fazendo um grande esforço para permanecer na linha. Há boas chances de conseguir.

Eve concordou. Os viciados que conheceu — inclusive sua mãe, que lhe aparecia em vagas lembranças — se preocupavam mais com a próxima dose do que com os filhos. Sim, Minnie tinha uma boa chance.

Ao sair na calçada, Eve fez sinal para Nadine.

— Pode fazer suas entrevistas, mas mantenha meu nome fora disso. Não quero que as pessoas que raptaram essa mulher saibam que suspeitamos que há uma ligação com o extermínio da família Swisher.

— E você realmente suspeita disso?

Eve pensou em pedir sigilo, mas decidiu que seria um insulto a Nadine, diante das circunstâncias.

— Não suspeito. Eu *sei* que existe. Mas se tornarmos isso público Meredith Newman será morta. Provavelmente acabará morta de qualquer jeito, mas divulgar isso selaria o seu destino. Além do mais, não faria mal você focar o interesse humano dessa história em Minnie Cable, uma ex-viciada em funk que está conseguindo se manter longe da droga por causa das filhas e assim por diante. Ela viu tudo e deu o alarme. Mas deixe bem claro, Nadine, claro como água, que a testemunha não conseguiu descrever as pessoas que raptaram a assistente social.

— E não conseguiu mesmo?

— Não. Eram dois caras vestidos de preto. Mascarados, se movimentaram com rapidez. Ela não conseguiu descrever a altura deles, nem idade, nem peso, nem raça, nada! Deixe isso perfeitamente claro quando der a notícia.

— Entendi. Ei! — Ela apertou o passo para acompanhar Eve quando ela saiu, e seus saltos altos fizeram barulho na calçada. — É só isso que você vai me contar?

— É tudo que há para contar no momento. Nadine... — Ela parou e olhou discretamente para os lados. — Seu alerta foi bem-vindo, e eu agradeço. — Policial! — disse, em voz alta, dirigindo-se ao guarda. — Faça o seu relatório.

Eve esperou sentada diante de um cubículo duplo no Serviço de Proteção à Infância e tentou não se contorcer. Odiava lugares como aquele. Uma espécie de repugnância visceral lhe provocava fisgadas de medo irracional que a percorreram dos pés à cabeça. Sabia que isso era absurdo, lembrou que a raiz de tudo estava em uma série de lembranças monstruosas, e isso a fez acreditar que ele tinha sido o menor dos seus males.

Mentiras, é claro. Mentiras odiosas que serviam apenas para que ela mantivesse o autocontrole.

Quanto tempo levava para afastar aquele medo visceral e as lembranças da infância?

Será que era possível superá-los em definitivo?

A mulher sentada na estação de trabalho do cubículo não parecia um monstro. *Eles vão jogá-la em um buraco, garotinha. Escuro, fundo e cheio de aranhas.* A atendente parecia a vovó rechonchuda e tranquila de alguém. Pelo menos era esse o jeito que Eve supunha que vovós rechonchudas e tranquilas fossem. Seus cabelos formavam um halo bem armado em torno de um rosto redondo e rosado. Vestia um vestido estampado comprido e largo. Cheirava a frutas vermelhas. Framboesa, talvez, refletiu Eve.

Mas, quando alguém fitava seus olhos longamente, notava que a vovó aconchegante desaparecia. Seus olhos eram escuros, argutos, cansados e preocupados.

— Ela não voltou ao trabalho e não atendeu o *tele-link*. — Renny Townston era a supervisora de Meredith Newman e uniu as sobrancelhas ao olhar para Eve. — Todos os nossos assistentes, tanto os homens quanto as mulheres, carregam consigo alarmes de pânico. Muitas vezes visitam bairros perigosos e lidam com pessoas brutais. Recebem treinamento básico de defesa e são obrigados a manter suas habilidades nessa área sempre em dia. Também fazem cursos de reciclagem profissional todo ano. Meredith sabia como se defender. Não é novata. Na verdade...

— Na verdade — incentivou Eve.

— Está à beira de um esgotamento nervoso, em minha opinião. Prevejo mais um ou dois anos para ela, no máximo, nesse trabalho. Ela desempenha suas tarefas, tenente, mas perdeu a empolgação com tudo. Isso acontece com a maioria das pessoas aqui, depois de alguns anos. Em mais seis meses, se ela não fizer uma alteração de rota em sua vida, estará apenas contando tempo de serviço. O fato é que...

— O fato é que...?

— Meredith jamais poderia ter permitido que a senhora passasse por cima da autoridade dela no caso Swisher. Não deveria ter permitido que a senhora tirasse a criança dos seus cuidados e da sua supervisão. Ela nem ao menos exigiu saber para onde a criança foi levada, e mal acompanhou o desenrolar do caso na manhã de hoje.

— Eu forcei muito a barra.

— E ela não a enfrentou, como deveria ter feito. Na melhor das hipóteses, deveria ter acompanhado a senhora e a criança, para depois colocar tudo no relato. Em vez disso, voltou para casa e só redigiu o relatório na manhã seguinte.

Um ar de irritação seguido por preocupação faz com que os lábios de Townston se apertassem.

— Receio que alguém ligado a um dos casos que ela acompanhava a raptou. Todos nos culpam, e também culpam a polícia, por seus próprios fracassos e falhas.

— Como era a vida pessoal dela?

— Não sei quase nada sobre isso. Ela não é muito aberta sobre sua vida pessoal. Sei que ela andava saindo com alguém há algum tempo, mas o relacionamento acabou. Ela é uma pessoa solitária, e isso é parte do problema. Sem uma vida pessoal fora daqui, ninguém aguenta a barra até a aposentadoria.

Mesmo sabendo que aquilo seria uma perda de tempo, era algo rotineiro, e Eve pegou os dados dos casos em que Newman trabalhava. Anotou nomes e endereços. Depois, acompanhada de Peabody, foi até o apartamento de Meredith Newman.

A sala e a cozinha eram maiores que as do conjugado de Minnie Cable, mas não exibiam as mesmas cores, nem a variedade de objetos. O lugar estava tão limpo que parecia esterilizado, com paredes imaculadamente brancas, telas de privacidade fechadas, um sofá reto e uma única poltrona.

Havia uma unidade de dados em uma estação de trabalho ao lado da cama impecavelmente arrumada, além de duas caixas de discos etiquetadas com capricho.

— Meio triste, não acha? — comentou Peabody, olhando em torno. — Estou pensando nos lugares tão diferentes que visitamos hoje. A sra. Grentz com sua casa insana, cheia de tesouros; o espaço minimalista onde Hildy mora, no andar de baixo; os cômodos apertados da casa de Minnie Cable. As pessoas moram lá, dá para perceber isso. Coisas acontecem naqueles lugares. Aqui, não. Este apartamento parece um cenário. Mulher solteira, sozinha e sem vida.

— Por que eles não a pegaram aqui, Peabody? Por que correram o risco de um rapto em plena rua quando têm a capacidade de invadir a residência de uma família e matar cinco pessoas em menos tempo do que se leva para pedir uma pizza?

— Humm... Será que tinham pressa? Queriam agarrá-la logo, para descobrir o que sabe?

— Em parte foi isso. Sim, apenas em parte. Talvez este espaço pareça apagado e transmita a sensação de estar morto, mas ela foi esperta e cuidadosa o bastante para alugar um apartamento em um prédio com bom sistema de segurança. É claro que isso não seria problema para os nossos rapazes. Mesmo assim, não esperaram que ela voltasse do trabalho para pegá-la aqui, em sua casa. Queriam um tempo a mais com ela. Eu também gostaria disso. Queriam ter a certeza de que arrancariam tudo dela, e isso pode levar algum tempo e exigir privacidade. E tem mais uma coisa.

Ela fez um círculo pela sala, pensando.

— Porque eles podem. Sabem como se mover com extrema velocidade e precisão para fazer um trabalho; têm tanta rapidez que qualquer testemunha em potencial não consegue enxergar mais que um borrão. Dois caras em uma van preta, grande e escura. Vapt-vupt. Também devem ter achado que as pessoas não iriam fazer mais do que coçar o queixo e ignorar solenemente o que aconteceu, ainda mais em uma vizinhança como aquela. Se ninguém tivesse denunciado, iria levar muito mais tempo para alguém perceber que Meredith Newman tinha sumido. E mais tempo ainda para ligá-la aos assassinatos dos Swisher.

Eve olhou para as paredes vazias brancas e a cama feita, grande e solitária.

— Eles estão com ela em algum lugar neste exato momento. Quando descobrirem o que querem saber, ela estará tão morta quanto este quarto.

Eve pegou o comunicador. Quando Baxter apareceu na tela, ela ordenou, com rispidez:

— Comunicação privada. Vá para um local seguro ou coloque o aparelho em modo de texto.

— Só estamos eu e Trueheart aqui, Dallas. A menina está lá embaixo. Estamos acompanhando os movimentos dela pelo monitor.

— A assistente social que foi buscar Nixie em sua casa foi raptada. Os autores da ação batem com a descrição dos nossos suspeitos. Não quero a testemunha longe dos seus olhos e ouvidos.

— Não está, nem ficará. Você espera que eles venham atrás dela?

— Se conseguirem descobrir onde ela está, certamente tentarão. Quero que ela fique dentro de casa o tempo todo. Cuide disso pessoalmente até ouvir novas ordens minhas.

Ela desligou e ligou para Roarke.

— Eles pegaram a assistente social — contou, quando ele colocou o *tele-link* em modo privativo. — Ela não conhece a localização da menina, e isso é uma grande vantagem, mas já alertei Baxter.

— Entendido. Vou passar as informações para Summerset — acrescentou Roarke com um tom apressado, que mostrava que ele estava em reunião. — Posso chegar lá em trinta minutos.

— Não creio que eles consigam se mover tão depressa. Meredith Newman sabe que eu a levei para um local seguro, mas não para a minha casa. Mesmo assim, fique esperto e tome cuidado. Se eles descobrirem que a menina está comigo, certamente somarão dois mais dois. Outra tentativa de rapto não está fora de questão.

— Pois então eu lhe ofereço o mesmo conselho, embora, nos dois casos, isso seja desnecessário.

Dessa vez foi Roarke quem desligou.

— Peabody, recolha os discos dela, as agendas e tablets. Entre em contato com a DDE para que eles venham pegar o resto do equipamento. Vamos seguir à risca o manual de procedimentos.

— Quanto tempo será que ela tem?

Eve olhou em torno do quarto austero e sem alma.

— Acho que não tem o bastante.

Quando Meredith Newman voltou a si, pensou que houvesse um furador de gelo no centro de sua testa, de tanta dor que sentiu; uma dor que se irradiava para todos os lados, como estilhaços de granada. A dor de cabeça era tão avassaladora e ofuscante que, a princípio, achou que esse era o motivo de não enxergar nada.

Seu estômago a incomodou um pouco, como se ela tivesse comido alguma coisa fora da data de validade. Quando tentou colocar a mão na barriga, porém, não conseguiu mover o braço.

Em algum lugar, longe de onde estava, ouviu vozes. Ecos distantes e indistintos.

Foi então que se lembrou. Caminhava pela avenida B, a caminho de uma visita de acompanhamento e alguma coisa... alguém...

O medo surgiu depressa e atravessou-lhe a dor como uma lança. Quando tentou gritar, o único som que saiu de sua garganta foi um gemido desesperado, mas fraco.

Estava no breu total, sem conseguir mover os braços, nem as pernas, nem o corpo, nem a cabeça. Não conseguia ver nem ouvir. Quando alguém passou a mão em sua bochecha, seu coração disparou no peito com a força de um martelo.

— A prisioneira acordou. Meredith Newman, você está em um local seguro e isolado. Ouvirá algumas perguntas. Se responder a elas corretamente, não sairá daqui ferida. Vou remover a fita de sua boca agora. Quando eu fizer isso, diga-me se compreendeu tudo.

Ter a fita arrancada da boca com força em meio à escuridão total a fez emitir um grito agudo que foi mais de terror do que de dor. Alguém a esbofeteou com a palma da mão e, um segundo depois, foi atingida com violência, de novo, pelas costas da mesma mão.

— Mandei você dizer se me entendia!

— Não, não entendo, não entendo! O que está acontecendo? Quem é você? O que... — Ela gritou novamente e seu corpo se retesou contra as cordas que a amarravam enquanto um choque elétrico explodiu por toda parte. Sentiu como se milhares de agulhas estivessem sendo enfiadas em seus ossos.

— Vai doer muito todas as vezes que você se recusar a responder, todas as vezes em que mentir e sempre que não fizer o que lhe for ordenado. — A voz era calma e sem expressão. — Você compreendeu?

— Sim. Sim, por favor, não me machuque.

— Não teremos motivos para machucá-la se você responder às nossas perguntas. Está com medo, Meredith?

— Sim... sim, estou com medo.

— Muito bem. Sei que disse a verdade.

Ela não conseguia ver nada, mas dava para ouvir bem. Percebeu os apitos e bipes, a respiração do homem junto dela, uma respiração lenta. Não... Ouviu outra coisa... Havia mais alguém na sala. Conseguiu ouvir movimentos, pelo menos foi o que lhe pareceu, mas isso não vinha da direção da respiração. Havia duas pessoas. *Só podiam ser duas pessoas.*

— O que vocês querem? Por favor, digam-me o que querem!

Sentiu mais um choque terrível e curto que a deixou sem ar. Pareceu-lhe sentir o cheiro de algo queimando, talvez carne crua. Pensou, em meio à dor lancinante, ter ouvido a risada de uma mulher.

— Aqui você não faz perguntas!

Outra voz. Mais grave e ríspida que a primeira. Não era uma mulher. Ela devia ter imaginado. Qual a diferença?

*Deus, ó Deus, por favor me ajude.*

Seus olhos giraram e ela percebeu que havia uma luz fraca, uma simples fresta à sua esquerda. Não estava completamente no escuro. Graças a Deus, não estava no escuro. Seus olhos estavam vendados, do mesmo modo que sua boca estivera fechada com fita.

Eles não queriam que ela os visse. Não queriam que ela fosse capaz de identificá-los, mais tarde. Graças a Deus, graças a Deus. Isso significava que não pretendiam matá-la.

Mas mesmo assim a machucariam.

— Não farei perguntas. Vou responder. Vou responder.

— Onde está Nixie Swisher?

— Quem?

O choque foi como uma machadada de fogo bem na sua barriga. Seus gritos encheram o ar e lágrimas de pavor lhe escorreram do rosto. Seus intestinos viraram água.

— Por favor, por favor.

— Por favor, por favor. — Era uma voz de mulher em uma imitação debochada das palavras dela. — Cristo, ela se cagou toda. É muito assustadiça, essa cagona.

Meredith tornou a gritar quando a água gelada a atingiu. Começou a chorar baixinho agora, sem parar, entre soluços molhados, ao perceber que estava nua, molhada dos pés à cabeça e toda suja.

— Onde está Nixie Swisher?

— Não sei quem é essa pessoa.

Soluçando alto, se preparou para a agonia que não veio. Sua respiração ofegante vinha em grandes arquejos, agora, e seus olhos giravam de um lado para outro, do breu total para a fresta de luz, do escuro para a luz.

— Seu nome é Meredith Newman?

— Sim. Sim. Sim. — Sua pele parecia pegar fogo e seus ossos congelavam. — Deus, ó Deus!

— Nixie Swisher foi um dos seus casos no Serviço de Proteção à Infância?

— Eu... eu... eu... acompanho tantos casos! Não me lembro. Por favor, não me machuquem, eu não consigo me lembrar.

— O registro está azul — disse alguém atrás dela.

— Anda sobrecarregada de trabalho, Meredith?

— Sim.

— Entendo isso. O sistema suga as pessoas até transformá-las em bagaço. O rolo compressor da estrutura vem depois, atropela-as e esmaga o pouco que restou. Revoluções acontecem por causa de tanta pressão. Você está cansada desse rolo compressor, não está?

— Sim. Sim.

— Mas ainda não terminamos com você. Conte-me, Meredith, quantas famílias você destruiu?

— Eu... — Novas lágrimas surgiram em seu rosto. Ela sentiu o gosto do sal delas. — Tentarei ajudar.

Uma dor impossível e indescritível percorreu seu corpo novamente. Seus gritos se tornaram descuidados pedidos de misericórdia.

— Você é apenas um dente na engrenagem. A engrenagem desse rolo compressor que destrói a vida das pessoas. Só que agora o rolo se virou contra você, não é? Você deseja escapar disso, Meredith?

Ela sentiu vômito na língua, na garganta.

— Sim. Por favor, não faça mais isso. Por favor!

— Nixie Swisher. Deixe-me refrescar sua memória. Uma menina, uma garotinha que não estava na cama conforme haviam lhe ordenado. Uma criança desobediente. Crianças desobedientes devem ser punidas. Não estou certo?

Ela abriu a boca, insegura sobre o que dizer.

— Sim — afirmou, afinal, rezando mentalmente para que aquela fosse a resposta certa.

— Você se lembra dela agora? A garotinha que não estava em sua cama, como lhe foi ordenado que ficasse? Grant e Keelie Swisher, falecidos. Executados por seus atos abomináveis. Suas gargantas foram cortadas, Meredith. Você se lembra, agora?

A voz do homem se modificara um pouco. Havia um entusiasmo nela que não havia antes. Parte do seu cérebro registrou esse fato, enquanto o resto se debatia em meio ao medo.

— Sim, sim, eu me lembro.

— Onde ela está?

— Não sei. Juro que não sei.

— O registro está no azul — reportou a outra voz.

— Choque!

Ela gritou, gritou, gritou sem parar enquanto a dor parecia cortá-la ao meio.

— Você se apresentou na residência dos Swisher na noite em que eles foram executados.

Seu corpo continuava a tremer. Uma baba lenta lhe escorria pelo queixo.

— Você falou com Nixie Swisher?

— Conversei com ela e a examinei. Conversa, exame. O procedimento padrão. Não havia feridas, não foi molestada. Estava em estado de choque.

— O que ela viu?

— Não consigo enxergar.

— O que foi que Nixie Swisher viu?

— Homens. Dois homens com facas. Gargantas cortadas, sangue. Vamos esconder você agora. Esconder para você escapar.

— Vamos perdê-la — informou a segunda voz.

— Estimulante!

Ela choramingou novamente. Chorou porque voltara a si, estava alerta, desperta, mas os restos de dor ainda a machucavam por dentro.

— Não me façam mais mal, por favor. Chega.

— Houve uma sobrevivente na execução Swisher. O que ela lhe disse?

— Ela disse... — A partir desse ponto, Meredith lhes contou tudo o que sabia.

— Muito bom, Meredith. Você foi muito concisa. E agora, onde está Nixie Swisher?

— Eles não me contaram. Uma tira a levou embora. Isso é contra os procedimentos, mas ela teve apoio para fazer isso.

— Na qualidade de acompanhante do caso, você deve ter sido informada sobre a localização da menina. Terá de supervisioná-la.

— Passaram por cima da minha autoridade. Tudo deve ter sido feito por baixo da mesa, não sei. A tira a levou embora. A menina ficou sob proteção direta da polícia.

Ela perdeu a noção da dor, das vezes em que lançaram raios que lhe lancetavam o corpo de dor, ardência e fogo. Perdeu a noção das vezes em que tiveram de buscá-la de volta nos limites do esquecimento total e a encheram de mais perguntas.

— Muito bem, Meredith. Preciso dos endereços de todos os abrigos e casas de segurança que você conhece. Quero saber de cada esconderijo que o sistema tenha criado.

— Não posso... Vou tentar — gritou mais uma vez, diante da nova onda de agonia. — Vou tentar me lembrar. — Deixou escapar vários endereços entre soluços e choramingos. — Não conheço todos eles, não sei onde ficam, só os que eles me contam. Não estou à frente das decisões.

— Só um dente da engrenagem. Quem levou Nixie Swisher?

— A tira. Da Divisão de Homicídios. Dallas. Tenente Dallas.

— Sim, é claro. Tenente Dallas. Isso foi muito bom, Meredith.

— Eu lhes contei tudo o que sei. Vão me deixar ir embora?

— Sim, vamos. Em breve.

— Água, por favor. Eu poderia tomar um pouco d'água?

— A tenente Dallas lhe informou o local para onde levaria Nixie Swisher?

— Não, eu juro, eu juro! Levou-a em custódia. Isso é fora do regulamento, mas ela arranjou tudo. Eu queria ir para casa. Aquele era um lugar terrível para ficar. Queria dar o fora dali. Tinha ordens de dar entrada com a menina em um abrigo especial, mas Dallas passou por cima da minha autoridade. E eu a deixei fazer isso.

— Voltou a ter contato com a tenente Dallas depois desse momento?

— Não. Os chefões assumiram o controle. Não me contaram nada. É altamente confidencial. É secreto. Sou apenas...

— Um dente da engrenagem.

— Não sei de mais nada. Vão me deixar ir embora?

— Sim, você pode ir, agora.

A faca deslizou por sua garganta tão depressa e tão suavemente que ela não chegou a sentir dor.

# Capítulo Nove

Eve entrou em casa como se estivesse pisando em um terreno de operações especiais.

— Ninguém entra, ninguém sai — avisou a Summerset, com rispidez. — A não ser que eu autorize. Entendido?

— Certamente.

— Onde está a menina?

— No salão de jogos, com o policial Trueheart. — Summerset puxou o punho do paletó preto para mostrar um aparelho de pulso. Não era um relógio, conforme Eve notou, e sim um monitor. Nele, viu Trueheart e Nixie se enfrentando em uma das máquinas clássicas de pinball que Roarke adorava.

— Tomei a precaução de prender um localizador no suéter dela — acrescentou o mordomo. — Se ela sair de um aposento e for para outro, ficarei sabendo.

Apesar de tentar evitar, Eve ficou impressionada.

— Você foi atencioso e esperto.

— Eles não tocarão naquela criança.

Eve olhou para Summerset longamente. Ele havia perdido uma filha pouco mais velha que Nixie.* Apesar de seu relacionamento tenso com o mordomo, Eve sabia que ele serviria até como escudo para proteger Nixie.

— Sim, eles não conseguirão tocar nela. Onde está Roarke?

— Aqui, em seu escritório privativo.

— Certo. — Era o escritório onde ele mantinha o equipamento não registrado e, portanto, secreto e ilegal. Por mais que Eve confiasse em Peabody, havia limites que não deveriam ser cruzados. — Suba na frente — disse a Peabody. — Atualize Baxter sobre os desdobramentos do caso. Vou contar as novidades a Roarke e depois quero que a equipe se reúna em minha sala.

Quando sua parceira subiu a escada, Eve saiu do saguão em direção ao elevador. E parou.

— Preciso deles vivos — avisou ela a Summerset. — Esta será a situação ideal.

— Um deles vivo já será suficiente.

Eve se virou por completo.

— Ela será protegida. Medidas extremas serão empregadas, se necessárias, inclusive a eliminação de suspeitos. Mas lembre-se do que eu disse ainda agora, antes de se empolgar muito. Dois homens agarraram Meredith Newman e havia mais um dirigindo a van, então já temos três. Pode haver mais. Se eu não conseguir algum deles inteiro, alguém que possa fazer suar de medo, talvez ela não fique a salvo. Quanto mais deles eu pegar em bom estado, melhor a chance de agarrar todos. Para descobrir o porquê. Sem saber por que tudo aconteceu, talvez ela nunca fique a salvo. E jamais saberá o motivo do que aconteceu. Sem saber o porquê das coisas, nem sempre as pessoas ficam curadas.

---

* Ver *Eternidade Mortal* e *Vingança Mortal.* (N.T.)

Embora seu rosto permanecesse impassível, Summerset concordou com a cabeça.

— Tem toda razão, tenente.

Ela entrou no elevador e ordenou a sala privada de Roarke.

Ele foi informado da chegada dela no instante em que passou pelos portões, e sabia que subiria logo. Diante disso, fechou o arquivo e voltou à avaliação do seu sistema de segurança.

Achava que não seria conveniente, por enquanto, contar a Eve que uma das tarefas que ordenara ao seu poderoso equipamento sem registro era uma verificação profunda — e tecnicamente ilegal — de todas as conexões familiares de Nixie.

A avó fora descartada. Tinha em seu histórico algumas acusações de atividades ilegais, vivera com vários homens e teve, no passado, uma autorização de acompanhante licenciada em meio período.

Talvez esse julgamento moral fosse irônico já que Roarke, o atual guardião oficial da criança, fizera coisas terríveis no passado. Muito piores que as da avó.

Mesmo assim já decidira. Não iria permitir que a criança fosse entregue a uma mulher daquele tipo. Nixie merecia alguém melhor.

Ele havia encontrado o pai biológico de Grant Swisher. Levara algum tempo, mas o julgamento moral nesse caso viera ainda mais depressa.

O sujeito estava quase sempre desempregado e cumprira penas leves por roubo e também por furto de veículos.

A irmã de criação do pai parecia mais promissora. Era casada e trabalhava como advogada corporativa na Filadélfia. Não tinha filhos. Não havia registros criminais em seu nome e sua situação financeira era muito estável. Casara-se havia sete anos com um homem que também era advogado.

A criança poderia ter um lar com ela, temporariamente, ou até em definitivo, se fosse necessário. Um bom lar, pensou, ao lado de alguém que conhecia seus pais e tinha ligação direta com a menina.

Ele se recostou e reclinou a cadeira. Aquilo não era da conta dele, nem um pouco.

Ao diabo que não era, pensou, em seguida. Era responsável por aquela criança agora, quer tivesse escolhido ou não. Quisesse ou não.

Havia estado na porta do quarto dela e vira o que quase lhe haviam feito.

Fora ao quarto do irmão dela e vira o que haviam feito com ele. Vira o sangue ressecado de um menino sujando os lençóis e as paredes.

Por que será que pensar nessas manchas o fez rever o próprio sangue? Nunca pensava naqueles seus dias do passado, ou pensava tão raramente que nem considerava. Não iria — não aceitaria — ser assombrado por pesadelos, como Eve. Havia superado o passado e o que acontecera naquela época da sua vida.

Só que pensava exatamente nisso agora, como vinha acontecendo várias vezes desde que estivera na casa dos Swisher.

Lembrou-se do dia em que viu o próprio sangue ser derramado, depois de voltar a si, quase morto. Sentiu a dor obscena que o inundou enquanto analisava o próprio sangue espelhado pelo chão imundo de um beco, depois de seu pai tê-lo espancado violentamente.

Quase no limite da morte, para falar a verdade.

Será que ele tentara matar o próprio filho? Como era possível Roarke nunca ter pensado nisso antes? Seu pai já havia matado antes.

Olhou para a foto da sua mãe com ele no colo, ainda bebê. Uma jovem linda, com um rosto realmente belíssimo, refletiu. Mesmo roxo e inchado pelos golpes do canalha, sua mãe tinha um belo rosto.

Até que Patrick Roarke o tinha arrebentado; até que a matara com as próprias mãos e a jogara no rio, como um detrito de esgoto. Agora, seu filho não conseguia se lembrar de como ela era. Nunca conseguiria se lembrar de sua voz, de seu cheiro. E não havia nada que pudesse fazer a respeito.

Ela desejara aquele filho... Era uma linda jovem com o rosto machucado. E havia morrido porque queria oferecer uma família ao próprio filho.*

Alguns anos mais tarde, será que Patrick Roarke — que sua alma tenha apodrecido — quis abandonar o próprio filho para morrer, ou simplesmente usara os punhos e os pés como fazia normalmente?

*Uma lição para você, garoto. A vida é cheia de lições duras.*

Roarke passou as mãos pelos cabelos e as pressionou contra as têmporas. Por Deus, ainda conseguia ouvir a voz do canalha desprezível, e isso jamais desaparecia de sua mente. Quis tomar um drinque e quase se levantou para se servir de um uísque, só para relaxar.

Só que isso era uma fraqueza... Beber para alisar as bordas dolorosas do passado era uma fraqueza. Será que ele não havia provado, em cada dia de vida que recebera desde então, que jamais seria um fraco?

Não havia morrido naquele beco, como aconteceu com o pobre Coyle, que morrera em sua cama. Sobrevivera porque Summerset o havia encontrado e se importara o bastante para levar um menino destruído para sua casa — um jovem perdido na vida.

Ele o levou para casa, cuidou dele. E lhe deu um lar.

Em um mundo humano, mesmo cheio de assassinatos e sangue, será que uma menina inocente como Nixie Swisher não merecia o mesmo? Não merecia mais até do que ela havia conseguido?

---

* Ver *Retrato Mortal.* (N.T.)

Ele a ajudaria a conseguir isso, por ela e por si mesmo. Antes que a voz do seu pai ficasse forte demais em sua cabeça.

Não pegou o uísque. Em vez disso, colocou as lembranças de lado, esqueceu as perguntas sem resposta, jogou para longe da mente o peso no coração e esperou pela chegada de sua mulher.

O escritório estava muito iluminado, as janelas largas não tinham cortinas. Eve sabia que nenhum equipamento de vigilância conseguiria atravessar as telas de privacidade que protegiam aquela sala como um cofre. A não ser que fosse um equipamento de busca construído por ele mesmo, refletiu. E quando isso acontecesse, ele instalaria telas de privacidade ainda mais indevassáveis.

No largo console de controle em forma de U, Roarke estava sentado sem paletó, com as mangas da camisa arregaçadas e os cabelos sedosos presos atrás da nuca por um elástico.

Roupa de trabalho.

Aquele console sempre parecera a Eve muito futurístico, do mesmo modo como o homem que o pilotava a fazia pensar em um pirata na ponte de comando de uma espaçonave.

Luzes piscavam sem parar, como joias, no painel preto brilhante, enquanto ele trabalhava nos controles, tanto manualmente como por comandos de voz.

Nos telões das paredes estavam as diferentes áreas de domínio do seu império, e os vários computadores apresentavam relatórios objetivos.

— Olá, tenente.

— Sinto muito por tudo isso. Desculpe o perigo que estou trazendo para esta casa.

Ele interrompeu o que fazia.

— Pausar operações! — ordenou. — Você está chateada — disse, com a voz tão fria como a que usara com o equipamento. — Só por isso vou perdoar essa observação insultuosa.

— Roarke...

— Eve. — Ele se levantou e atravessou o largo piso preto na direção dela. — Somos uma unidade sólida ou não?

— Não parece haver jeito de desviar disso.

— Nem de atravessar. — Ele pegou as mãos dela e o contato o tranquilizou. — Nem passar por baixo, nem por cima. Não me peça desculpas por fazer o que você achava certo para aquela criança.

— Eu poderia tê-la levado para um abrigo de segurança. Já refleti sobre isso umas dez vezes só hoje. Se tivesse feito isso, Meredith Newman conheceria alguns dos possíveis lugares. E se eles a tivessem levado de lá... Droga, não é o caso de *se*, mas de *quando*... Vários tiras estão correndo neste exato momento para tirar um monte de pessoas dos abrigos conhecidos. Só por segurança.

Algo lampejou nos olhos dele.

— Espere um minuto. — Ele voltou correndo para o console e fez uma ligação pelo *tele-link*. — Dochas! — disse, assim que atenderam. — Colocar o abrigo sob código vermelho até nova notificação.

— Santo Cristo!

— Já cuidei de tudo — disse ele, tranquilizando-a ao se virar do *tele-link*. — Criei procedimentos de segurança especial para eventualidades como essa. É pouco provável que eles achem que você levou Nixie para lá, tendo tantas opções. Menos provável ainda é que eles a encontrem. Mas está tudo sob controle. Aqui também.

Voltou até onde ela estava e apontou com a cabeça para os telões.

— Coloquei segurança redobrada em cada centímetro dos muros e dos portões.

— Um adolescente uma vez conseguiu invadir esta propriedade usando um misturador de sinais doméstico.*

O fato de ele parecer momentaneamente perturbado com a lembrança disso tirou um pouco de peso dos ombros dela.

— Jamie não é um adolescente comum. Nem conseguiu hackear os sistemas secundários. Além do mais, fiz um upgrade dos sistemas depois daquilo. Pode acreditar, Eve, eles não conseguirão entrar aqui.

— Acredito em você. — Mesmo assim ela foi até a janela e olhou para fora, tentando ver os muros por si mesma. — Meredith Newman não sabe que eu trouxe a menina para cá. Passei por cima dela e não lhe contei para onde levei a menina, basicamente porque ela me irritou. Só para implicar, entende? Foi tipo "tenho mais peito e mando mais que você". Muito mesquinho.

— O tipo de mesquinhez que eu adoro em você. Por falar nisso, garantiu mais uma camada de proteção para Nixie.

— Pura sorte. Mas por que reclamar da sorte? Mandei proteger a supervisora dela também e enterrei toda a papelada sobre o caso. — Bufou com força e completou: — Tranquei Mira também, para o caso de seu envolvimento com o caso vazar. Ela não ficou nem um pouco satisfeita com isso.

— A segurança dela é mais importante que a satisfação.

— Também coloquei vigilância no apartamento de Peabody. Ela é minha parceira e talvez eles tentem pegá-la.

— Ela e McNab podem ficar aqui.

— Uma família grande e feliz. Melhor não. Se nos afastarmos de nossas rotinas, eles perceberão que estamos esperando um ataque.

---

* Ver *Cerimônia Mortal.* (N.T.)

— Eve. Você e eu sabemos que é pouco provável que eles tentem atacar esta casa hoje à noite, mesmo que desconfiem que a menina está aqui conosco. São cuidadosos e organizados. Controlados. Teriam de obter um sistema de segurança igual ao meu para conseguir invadi-lo, ou simular. Pode acreditar quando eu digo que só para fazer isso levaria semanas. Depois, ainda teriam de encontrar as falhas, que são inexistentes, para poderem treinar. Se você rodar um programa de probabilidades com esses dados, ficará surpresa.

— Dá pouco mais de doze por cento. — Ela se virou e sua silhueta ficou visível diante do vidro imenso do janelão. — Mesmo assim, não quero arriscar.

— Viu a probabilidade de eles tentarem agarrar você? — Ele ergueu as sobrancelhas ao vê-la calada e perceber o leve ar de irritação em seu rosto. — Noventa e seis por cento.

— Você está logo atrás de mim, meu chapa, com noventa e um.

— É muito irritante ver você me passar em cinco por cento. Sei que está planejando me pedir, e uso a palavra "pedir" entre aspas, para me trancar aqui. Vamos brigar por causa disso ou preciso jogar esses cinco por cento na sua cara?

Pensativa, ela balançou o corpo para a frente e para trás, sobre os calcanhares.

— Pois eu já tinha agendado uma boa discussão a respeito.

— Por que não a guarda para outra ocasião?

— Posso fazer isso.

O *tele-link* interno tocou.

— Roarke falando! — atendeu ele, do lugar onde estava, com a atenção ainda em Eve.

— Conforme as instruções recebidas, estou ligando para informar a tenente de que o capitão Feeney e o detetive McNab estão pedindo permissão para entrar nos portões da propriedade.

— Verificou a identidade deles visualmente e também por registro de voz? — perguntou a Summerset.

— É claro.

— Então estão liberados. Quero descer agora para conversar com minha equipe — disse a Roarke. — Tudo bem se isso incluir você?

— Não aceitaria que fosse de outro modo. Dê-me só alguns minutos para acabar aqui e eu já vou.

Ela seguiu até o elevador da sala, mas ficou em pé olhando para a porta quando ela abriu por comando de voz.

— Roarke? O problema de trabalhar com probabilidades é que o sistema nem sempre leva em conta todos os elementos. As máquinas não conseguem analisar por completo, com sucesso, todas as emoções humanas. O computador não inclui como um dos fatores o fato de que se alguém pegar você, também me terá na palma da mão. Se usassem você e barganhassem por sua vida, não existe nada que eu não fizesse para tê-lo de volta. Se somar todos esses dados, verá que está à minha frente na escala de probabilidades.

Entrou no elevador bem depressa e fechou a porta antes de ele ter a chance de responder.

Ao chegar à sua sala, Eve deixou que todos se acomodassem com calma, batessem um pouco de papo e assaltassem os pratos de comida. Chegou mesmo a ignorar o ar de flerte entre sua parceira e Ian McNab, o superfera da DDE, com quem ela estava morando havia pouco tempo.

O fato é que o rosto de Peabody estava meio pálido e acinzentado desde que subira a escada com dificuldade para interrogar Minnie. O arrulho dos pombinhos, embora inadequado ali, trouxera um tom rosado de volta ao rosto de sua parceira.

Enquanto todos se aprontavam, Eve organizou mentalmente a reunião.

— Muito bem, meninos e meninas. — Ela não se sentou para falar. Costumava conduzir reuniões como aquela em pé. — Se todos já aproveitaram seus beliscos vespertinos, podemos dar início aos trabalhos?

— Gororoba de primeira qualidade! — elogiou McNab, pegando com uma colher o último pedaço da torta de maçã.

Seu corpo magro estava muito enfeitado — Eve não descobriu outra palavra para descrever o que via. Usava camiseta regata colante laranja néon, acompanhada de calça azul berrante que trazia uma espécie de garras prateadas subindo pelas laterais de cada perna. Por cima da camiseta, vestia uma camisa de corte normal estampada com uma verdadeira enxaqueca de bolinhas, superadas apenas pelo tecido xadrez reluzente que cobria as botas com amortecimento a ar.

Seus cabelos louros brilhantes estavam presos atrás do rosto fino e bonito. Isso ajudava a exibir o trio de argolas cor de laranja e azuis que lhe adornavam cada orelha.

— Que bom que aprovou o cardápio, detetive. Agora, poderia ser o primeiro a apresentar o relatório. A não ser, é claro, que precise de mais alguns segundos para mastigar tudo.

Sarcasmo, mesmo empregado com tons suaves, tinha o poder de atingir como um martelo. Ele engoliu de uma vez só, com rapidez, o resto da torta.

— Não, senhora. Nossa equipe reviu e escaneou de forma minuciosa os *tele-links*, computadores e centros de dados e comunicação utilizados por todas as vítimas e pela sobrevivente. Não encontramos nenhuma transmissão especial nos *tele-links*, apenas ligações comuns para a casa dos Swisher e dali para fora, feitas pela família e pela doméstica. Embora tenhamos um número elevado de ligações ao longo dos últimos trinta dias, tudo confere. Amigos, clientes, de um e de outro, ligações pessoais e de negócios. Uma lista de todas elas, com as devidas transcrições, está agora arquivada em disco, para ser anexada ao seu arquivo do caso, tenente.

— Trinta dias?

— Os Swisher apagavam as ligações a cada trinta dias. Isso é comum. Estamos cavando mais fundo e vamos recuperar todas as transmissões anteriores aos últimos trinta dias que foram deletadas, isto é, suprimidas. Quanto aos computadores e centros de dados e comunicações, os arquivos são, mais ou menos, aquilo que seria de esperar.

— O que seria de esperar, detetive?

Eve notou que ele estava esquentando os motores, perdendo a rigidez provocada pela reprimenda. Relaxou o corpo, se recostou de forma mais confortável na poltrona e começou a fazer gestos enquanto falava.

— Sabe como é, Dallas: assuntos sobre videogames, listas do que fazer, planejamentos de refeições, compromissos profissionais, lembretes de aniversários. Coisas de família, de escola, planos para as próximas férias. Copiei arquivos dos computadores e tablets de uso profissional de cada um dos adultos, seus comentários, relatórios e dados financeiros. Nada de diferente surgiu. Se eles tinham problemas, ou suspeitavam tê-los, não faziam registros sobre o assunto. E não discutiam nada do gênero com ninguém via *telelink*.

Olhou para os quadros montados com dados e fotos dos assassinatos e seus olhos em um belo tom de verde-claro se endureceram.

— Gastei muito tempo em companhia dessa família nos últimos dias — continuou. — Em minha opinião, considerando os registros eletrônicos e as transmissões, eles não faziam ideia de que eram um alvo.

Eve concordou com a cabeça e se virou para Feeney. Ao lado do descolado McNab, sempre com roupas da moda, Feeney parecia abençoadamente sóbrio.

— Dados sobre a segurança — exigiu ela.

— O sistema foi hackeado, invadido e desativado. Tudo por controle remoto, no próprio local. O scanner de diagnóstico não conseguiu localizar a fonte, mas, quando desmontamos o aparato, descobrimos partículas microscópicas e alguns traços de fibras ópticas. O mais provável é terem invadido o local usando um aparelho portátil de criptografia. Certamente tinham acesso a equipamentos de primeira qualidade para hackear os códigos e ultrapassar os marcadores falsos sem ativar nenhum alarme. O equipamento e os operadores tinham de ser de primeira linha para conseguir essa façanha dentro do limite de tempo que estamos considerando. Pelo menos um dos suspeitos tem conhecimento superior e muita habilidade para lidar com eletrônicos, e usou um equipamento à altura da sua capacidade.

Feeney olhou para Roarke em busca de confirmação, e recebeu um aceno de concordância, e dados complementares.

— O equipamento deles deve ser pequeno, possivelmente capaz de caber na palma de uma mão. Considerando sua descrição dos homens vistos saindo do local do crime, tenente.

— Sim, cada um deles levava uma sacola preta, mas não muito grande — confirmou Eve.

— Certamente um arrombador comum, mesmo que tenha habilidades acima da média, não usaria um decodificador de sinais criptografados que caiba na palma da mão e tenha capacidade de hackear um sistema como aquele, muito menos nessa velocidade. Como o sistema não exibiu sinais de tentativa de arrombamento, os homens que buscamos provavelmente não tinham habilidades pessoais refinadas o suficiente para tentar fazer isso manualmente.

— Isso significa que eles precisavam confiar cegamente nos equipamentos, e não... — Ela ergueu as mãos e sacudiu os dedos, fazendo-o sorrir.

— Exato. O equipamento certamente foi fabricado com dados específicos para hackear esse sistema. A janela de tempo mostra que o aparelho foi desenvolvido muito antes da chegada deles ao local.

— Confirmando que eles conheciam o sistema, sabiam o que iriam encontrar e haviam estudado tudo, seja clonando o sistema, comparando o mesmo equipamento ou passando algum tempo no local do ataque.

— O único modo de os assassinos terem tido chance de estudar o sistema no local de forma meticulosa seria dispondo de tempo considerável. Muitas horas... tanto dentro quanto fora da casa, sem que ninguém questionasse sua presença ali.

— Muitas horas? — perguntou ela, apertando os lábios ao olhar para Roarke.

— É um sistema sólido, Dallas — comentou Feeney. — Eles não entraram dando apenas uma olhada por alto.

— Então, é pouco provável que tenham rodado simulações no sistema verdadeiro dos Swisher. Peabody, você fez uma pesquisa nas compras de sistemas de segurança semelhantes a este?

— Sim, senhora, e é uma lista imensa. Comecei a analisá-la, separando as que foram compradas aqui nesta cidade, depois fora da cidade, fora do estado, fora do país e fora do planeta. Eliminei as compras feitas antes de os Swisher comprarem o sistema da sua casa. Comecei a rastrear as compras na cidade em primeiro lugar, e já eliminei aproximadamente seis por cento delas.

— Através de que processo?

— Bem, separando as compras feitas por mulheres solteiras e mulheres casadas que tenham família. Depois, fiz averiguações para determinar se os Swisher contrataram algum tipo de manutenção ou reparo desde a data da compra. O perfil indica que os assassinos não são chefes de família; o programa de probabilidades chegou à casa dos noventa por cento e me garantiu que esse processo de pesquisa é o mais eficiente. No momento.

— Já investigou os sistemas comprados que ainda não foram instalados pelo fabricante?

Peabody abriu a boca, depois fechou-a, pensativa, e pigarreou.

— Não, senhora. Farei isso.

— Divida a lista entre todos os membros da equipe. Apesar dos resultados do programa de probabilidades, não elimine as famílias nem as mulheres solteiras, pelo menos por enquanto. Talvez um dos assassinos tenha uma namorada ou uma cúmplice. Pode ser que ele seja um instalador de sistemas de segurança. Quem sabe um vizinho prestativo que oferece: "Ei, eu cuido da instalação disso e vocês vão economizar uma boa grana." Além do mais, esse sistema de segurança é doméstico, mas não é ilegal a compra sair no nome de uma empresa. Vamos cair dentro!

Ela encostou-se à quina da mesa e só nesse momento se lembrou do café que havia servido antes de começar a falar. Pegou a caneca e o bebeu, mesmo morno.

— Baxter! Quero a lista dos clientes do casal.

— Ele e ela iam muito bem, profissionalmente. Eram bem-sucedidos em suas profissões. A firma de advogados estava cheia de clientes, e Grant conseguia uma boa taxa de veredictos favoráveis. O forte de sua atuação era proteção aos direitos de crianças, e também processos de custódia e divórcios; seu sócio pegava os casos de abuso, pagamento de pensão, dissoluções de uniões estáveis e assuntos ligados a essas áreas. Ambos acompanhavam os casos um do outro e faziam muitos trabalhos em sistema *pro bono*.

Cruzou as pernas, colocando o tornozelo sobre o joelho, alisou a bainha da calça do terno bem cortado que usava e continuou:

— Ela também não era nada molenga. Tinha ótimas referências. Gostava de atender famílias e casais, mas não recusava clientes individuais. Também trabalhava com uma tabela de preços variável, cobrava por sessão ou pelo trabalho completo. Não atendia só gente gorda — acrescentou. — Navegava em águas de várias desordens alimentares e condições de saúde específicas. Trocava ideias com o médico dos clientes e também atendia em casa.

— Atendia em casa?

— Isso mesmo. Visitava clientes em casa ou no trabalho. Fazia um estudo minucioso de seu estilo de vida, recomendava algumas mudanças não apenas nos hábitos alimentares, mas também na área de exercícios, controle de estresse, serviço completo. Esse tipo de tratamento não sai barato, mas, como eu disse, Keelie Swisher tinha excelentes referências de clientes satisfeitos. Também havia alguns insatisfeitos na carteira de clientes do casal.

— Faça uma pesquisa cruzada com esses nomes. Veja quantos eram clientes de ambos. Faça outro levantamento para ver em quais casos a firma de Grant Swisher teve Meredith Newman designada como ligação junto ao Serviço de Proteção à Infância. Podemos descobrir dados interessantes. Agora você, Trueheart.

— Sim, senhora. — Alto, magro parecendo jovem demais para usar farda, ele se mostrou atento.

— Você passou algum tempo com a testemunha.

— Ela é uma menina ótima, tenente.

— Conseguiu mais alguma informação dela?

— Senhora, ela não fala muito sobre o que aconteceu. Caiu no choro algumas vezes, mas não de forma histérica. Simplesmente se senta em algum lugar e chora baixinho. Estou tentando mantê-la ocupada. Ela parece se sentir à vontade comigo e com Summerset, embora pergunte o tempo todo pela senhora.

— Pergunta o quê?

— Quando a senhora vai chegar, o que está fazendo, quando vai deixar que ela veja os pais e o irmão mortos. Pergunta se os bandidos já foram presos. Eu não sei muito bem como lidar com psicologia infantil, mas acho que a menina vai se segurar numa boa até os assassinos serem presos. Até agora não acrescentou nada de relevante ao que já havia declarado antes.

— Tudo bem. Vamos agora passar para Meredith Newman. O nome da assistente social designada pelo Serviço de Proteção à Infância para cuidar de casos como esse é confidencial. Entretanto, não é muito complicado acessar os dados. Qualquer pessoa com sério interesse e razoável habilidade pode deslizar nos arquivos do Serviço de Proteção como uma serpente na grama. Feeney, quero que o seu departamento verifique os bancos de dados do Serviço em busca de sinais de que ele foi invadido. Talvez encontremos algo por lá. A assistente foi raptada na calçada da avenida B em plena luz do dia, diante de testemunhas. a velocidade e o sucesso da operação indicam que os suspeitos têm experiência em raptos à luz do dia. Também indicam que havia três elementos. É pouco provável que os raptores confiassem em colocar o carro em piloto automático sob essas circunstâncias. Devemos assumir que a ligação de Meredith Newman com Nixie Swisher foi o motivo do rapto. Devemos também supor que os homens que praticaram o crime têm experiência nesse tipo de operação e sabem lidar com eletrônicos, sistemas de segurança e assassinatos furtivos.

— Militares ou paramilitares — afirmou Feeney. — Espionagem ou forças especiais. Cidadãos comuns eles certamente não são.

— Se foram militares um dia, é provável que tenham dado baixa ou tenham sido promovidos a general por suas habilidades especiais. De um jeito ou de outro, esses homens certamente já trabalharam em operações de campo e não são novatos. Também não estão enferrujados, então devem ter continuado a trabalhar na área.

— Paramilitares parece o mais provável — comentou Roarke. — Existem testes nas forças militares institucionalizadas que certamente questionariam esse tipo de personalidade ou sua predileção por assassinatos em troca de ganho ou satisfação pessoal, especialmente crianças.

— Mercenários matam por ganhos pessoais, e muitas vezes estão associados a operações militares.

— É verdade. — Mas ele balançou a cabeça ao olhar para Eve. — O ganho é geralmente monetário. Onde está o ganho monetário aqui?

— Pode ser que ainda não o tenhamos encontrado, mas digamos que, por enquanto, concordo com você. Também concordo que é necessário alguém com um tipo de personalidade muito específico para rasgar a garganta de uma criança enquanto ela dorme. Isso é tática terrorista ou algo similar. Acho que é para onde nossa flecha vai apontar.

— Mais cruzamentos de dados, então — concordou Baxter. — Pesquisar terroristas conhecidos ou membros de organizações limítrofes ao terrorismo.

— Busque equipes prontas. Dois ou mais homens conhecidos por trabalharem sempre juntos, ou que tenham treinado no mesmo grupo. Depois precisamos colocar um deles, pelo menos, em Nova York ao longo dos últimos dois anos.

— Eles podem ter sido contratados — assinalou Baxter. — Trazidos para Nova York só para essa missão.

— A chance é pequena. Agentes contratados teriam virado fumaça uma hora depois do ataque aos Swisher. Eles, porém, ficaram em Nova York e pegaram Meredith Newman. Um deles ou ambos tinham como alvo os Swisher, e havia um motivo para isso. Tal raciocínio significa que, em algum momento do passado, um ou ambos cruzaram o caminho com um ou mais dos

Swisher. Conhecem segurança, são bons em trabalho sujo e estão em forma. Não são pilotos de escrivaninha, nem escriturários. São operadores de campo. Sexo masculino, entre trinta e sessenta anos, para começar. Pele branca ou clara. Eles ou a organização para a qual trabalham tem bolsos fundos e cheios. Procurem pela grana.

Ela massageou a parte de trás da nuca dolorida e acabou de tomar o café frio.

— Eles têm um ponto de encontro aqui na cidade ou em algum local próximo — continuou. — Um quartel-general. Precisam de um local perto daqui e privativo. O único motivo lógico para raptarem Meredith Newman foi a busca de informações sobre Nixie Swisher. Precisariam de um lugar próximo para onde levá-la, a fim de arrancar-lhe informações.

— Vamos cruzar dados até o sangue escorrer de nossas orelhas. Não estou reclamando, tenente — completou McNab, depressa. — É impossível olhar para esse quadro na parede e reclamar de trabalho pesado. Só me parece que o tempo está se esgotando rápido demais.

— Então, movam-se o mais rápido possível. — Eve olhou para o relógio de pulso. — Baxter, você está bem com as tarefas que lhe foram dadas?

— Tudo ótimo, vou cair dentro.

— Trueheart, convença Summerset a acompanhar você e a testemunha durante quinze minutos. Mira está para chegar a qualquer momento e vai conversar com Nixie. Continue as pesquisas com Baxter enquanto estiver fora da sua tarefa de babá. Feeney, você e McNab poderiam trabalhar daqui do meu computador?

— Tudo bem.

— Eu ajudarei vocês — ofereceu Roarke. — Antes, tenente, gostaria de um minuto do seu tempo.

— Não tenho mais que isso. Peabody?

— Pode deixar que eu desço com Trueheart. Quero dar um olá para.Nixie.

— Preciso entrar em contato com o comandante e fazer um relatório, então nosso papo terá de ser rápido — avisou Eve para Roarke.

Ele simplesmente foi até a porta e a fechou suavemente depois que Peabody saiu.

— Que foi? — As mãos de Eve foram automaticamente para os bolsos. — Você está pau da vida com alguma coisa?

— Não. — Mantendo os olhos profundos e azuis nos dela, caminhou até onde ela estava. — Não — repetiu e, tomando o rosto dela em sua mão, beijou-a. Foi um beijo longo, profundo, suave.

— Nossa! — Tirar as mãos dos bolsos e afastá-lo levou mais tempo do que ela planejara. — Não posso brincar de duelo de línguas com você agora.

— Calada! — Ele a segurou pelos dois braços e a expressão em seus olhos, tão penetrantes e sérios, a fez ficar quieta. — Valorizo muito a minha pele, de verdade. Farei o que for possível para protegê-la. E farei mais que isso, prometo, para me proteger por completo. Assim, você não se distrairá tendo preocupações comigo. Eu amo você, Eve, e me manterei a salvo exatamente porque a amo.

— Eu não deveria ter colocado esse problemão em cima de você. Eu...

— Calada! — repetiu. — Ainda não acabei. Você também se manterá tão segura quanto puder. É corajosa e não é descuidada. Sei disso. Do mesmo modo que sei que existem riscos que assumirá, e riscos que julgará que faz parte do seu dever assumir. Mas não os esconda de mim. Se você descobrir um jeito de se colocar como isca neste caso, quero ser informado.

Ele a conhecia muito bem, pensou. Ele a conhecia, a compreendia, a aceitava e a amava do mesmo jeito. Não dava para exigir mais que isso.

— Eu não faria nada desse tipo sem antes contar a você, Roarke. — Quando o olhar dele permaneceu impassível, ela encolheu os ombros. — Eu certamente tentaria correr o risco sem avisar ninguém, mas acabaria cedendo. Não pretendo fazer nada assim até ter certeza absoluta de que não vão conseguir me pegar. Porque se me pegarem terão uma chance grande de pegar Nixie. E porque eu também amo você. Pode deixar que se eu decidir fazer algo nessa linha de atuação, aviso você com antecedência.

— Está ótimo, então. Eu não perguntei antes, e sei que seu tempo agora está curto, mas você conseguiu conversar com os Dyson sobre Nixie?

— Falei com a esposa. O marido estava fora do ar. O estado dela não era muito melhor. Vou dar mais uns dois dias de paz para eles. Sei que isso é inconveniente, mas...

— Não é... Estou supondo, apenas, que ela se sentiria mais segura e protegida se estivesse entre rostos familiares, se tivesse a chance de ter os pais de sua amiga junto dela. — Roarke pensou em contar a Eve tudo o que havia descoberto a respeito dos familiares de Nixie, mas desistiu. Ela já estava sobrecarregada demais. Além disso, por motivos que não saberia explicar nem para si mesmo, queria lidar pessoalmente com aquela parte da questão. — Summerset me disse basicamente o mesmo que Trueheart lhe contou. Ela está se segurando, mas às vezes desaba, chora um pouco e torna a se segurar. Está enlutada, e não há ninguém aqui que possa compartilhar esse luto com ela; ninguém que tenha conhecido a sua família.

— Vou conversar com Mira a respeito. Talvez ela possa conversar com os Dyson. Esse é o tipo de assunto que é melhor ser abordado por ela, em ver de ser levantado por mim.

— Talvez. Vou me juntar aos rapazes da DDE e deixar você com o comandante. Pegue uma barra de cereais para acompanhar o próximo litro de café que você vai consumir.

— Reclamações, reclamações, só reclamações — disse ela ao sair pela porta. Antes, porém, pegou uma barra de cereais em uma das gavetas da mesa de trabalho.

# Capítulo Dez

Depois que Mira e seus guarda-costas tiveram autorização para passar pelos portões, Eve foi recebê-la na porta. Como havia policiais de sobra por ali, ordenou que os seguranças fizessem uma patrulha pelo terreno da propriedade usando detectores eletrônicos de presença.

— Você está sendo muito cautelosa — comentou Mira. — Espera realmente que eles tentem invadir esta casa?

— Meredith Newman não sabe para onde eu levei a menina. Portanto, tentar atacar esta casa não é o passo mais lógico. — Deu uma olhada cuidadosa em torno do saguão. Trueheart estava com Nixie no salão de jogos, mas isso não significava que a menina não poderia sair pela casa para dar uma volta. — Por que não vamos até lá fora um minutinho?

Eve seguiu na frente, atravessando a imensa sala de estar e as portas que levavam ao terraço lateral. Parou de repente ao ver um pequeno androide prateado, baixo e cintilante, que sugava de forma competente as folhas secas do chão.

— Olhe só, veja aquilo! — Ao ouvir a voz de Eve, ele acelerou e desapareceu de vista, deslizando suavemente por uma das trilhas que levavam ao jardim. — Eu sempre me pergunto o que ele faz com as folhas, depois de recolhê-las.

— Acho que mastiga tudo e forma uma espécie de pasta ou composto orgânico. Dennis vive planejando comprar um desse para nossa casa, mas sempre desiste. Acho que, no fundo, curte mais recolher as folhas manualmente.

Eve pensou no marido de Mira, com seus olhos bondosos e jeito distraído.

— Por quê?

— É um trabalho que não exige muito raciocínio e o faz circular um pouco ao ar livre. É claro que, se tivéssemos um jardim com a extensão deste, a história seria diferente. É maravilhoso ficar aqui fora, não acha? Mesmo em pleno outono, com os jardins perdendo os tons de verde e se preparando para o inverno.

Eve olhou para os jardins, observou as frondosas árvores ornamentais, pensou nas sombras que elas lançavam e nos caramanchões e fontes que seguiam até os largos muros que protegiam a propriedade.

— Há um monte de lugares por onde entrar e por onde sair, mas este lugar é tão seguro quanto possível.

— E é o seu lar. Isso torna as coisas ainda mais difíceis.

— A decisão foi minha. Escute, está mais frio aqui do que eu imaginei. Tudo bem para a senhora, ficar aqui fora mais um minutinho?

— Estou bem. — Mira usava um terninho e Eve estava em mangas de camisa. — Deve ser inconveniente ter tantas pessoas em sua casa.

— O lugar está começando a cheirar tão mal quanto os corredores da Central. De qualquer modo, se os assassinos se ligarem na possibilidade de Nixie estar aqui, talvez encarem isso como um desafio. Pode ser até que se empolguem com a ideia. Quanto mais difícil a missão, mais gratificante será cumpri-la.

— Mas você não acha realmente que eles saibam que Nixie está aqui.

— Acho que uma assistente social comum do Serviço de Proteção à Infância vai abrir a boca e cantar como um passarinho, sob tortura. E não tiro a razão dela. O melhor que eu posso especular é que ela não imagina que a testemunha está aqui, mas sabe que eu a levei comigo, mesmo agindo contra as regras. Eles talvez somem dois mais dois. Eu o faria.

— Um policial levar uma testemunha civil para sua própria residência não é procedimento comum, e muito menos padrão. Mas sim, você tem razão, eles podem somar dois mais dois. Provavelmente você também supõe que, sob extrema tortura, eu também cantaria como um passarinho.

— Isso não é uma reflexão sobre seus princípios morais, nem sobre sua integridade, doutora.

— Sei que não. — Mira afastou uma mecha de cabelo que a brisa soprara sobre o seu rosto. — Não tomei isso como insulto. Imagino que você tenha razão. Apesar de gostar de imaginar que eu seria capaz de aguentar dores, torturas, e até uma morte dolorosa para proteger outra pessoa, o mais provável é que eu sucumbisse. Foi por isso que você colocou a mim e a minha casa sob vigilância, com segurança redobrada. Foi muito sensato de sua parte, e peço desculpas por ter levantado objeções à ideia.

— Eu já a coloquei sob proteção uma vez, mas Palmer conseguiu pegá-la, lembra?

Mira, na condição de psiquiatra e criadora de perfis de criminosos, e Eve, como investigadora principal, haviam colocado David Palmer na cadeia cerca de quatro anos atrás. A vingança do criminoso começou quando ele escapou da prisão no inverno do ano anterior, e isso quase custou a Mira sua própria vida. Ambas poderiam tem morrido, lembrou Eve, quando ele raptou Mira e a escondeu em um porão, a fim de atrair Eve para a sua doentia celebração de réveillon.

— Ele não lhe ofereceu exatamente um chá, mas mesmo assim a senhora resistiu.

— Ele queria apenas me ver sofrer e morrer. Nesse caso... onde está Nixie?

— Trueheart está tomando conta dela e lhe fazendo companhia. Eu não sabia em que lugar da casa a senhora iria querer conversar com ela.

— Onde você acha que ela ficaria mais à vontade?

Eve olhou para a médica sem expressão.

— Ahn... não sei. Ela se saiu bem na sala de estar, da outra vez.

— Uma sala estonteantemente bela e certamente confortável. Mas talvez um pouco intimidadora para uma criança acostumada a menos opulência. Onde ela passa a maior parte do tempo aqui?

— Não sei especificar com precisão. Ela fica muito tempo em companhia de Summerset, mas ele circula por todos os buracos da casa, como um cupim. Nixie e Trueheart estavam juntos no salão de jogos, ainda há pouco.

— Salão de jogos?

— Roarke tem uma porcaria de aposento específico para cada atividade. Brinquedos caros, entende? Jogos antigos do tipo fliperama. — Ela encolheu os ombros, embora tivesse de admitir, no íntimo, que curtia tudo aquilo. — Há uma porção de jogos clássicos por lá.

— É um ambiente amigável para uma criança, então. Isso me parece ótimo.

— Ok.

Ao ver que Eve não se virava para sair dali, Mira perguntou:

— Como você acha que ela está encarando tudo isso?

— Teve um pesadelo ontem à noite. Um daqueles violentos. Gritou muito, achou que eles estavam vindo pegá-la, haviam se escondido no closet e debaixo da cama.

— Isso é natural. Eu ficaria mais preocupada se não demonstrasse medo, pois certamente estaria reprimindo o sentimento.

— Como eu fiz.

— Você superou do seu jeito. — Como elas já haviam percorrido uma longa distância rumo à confiança e à amizade, nos últimos dois anos, Mira tocou o braço de Eve com a mão. — E continua superando. Essa criança tem uma fundação sólida que foi quebrada e retirada de sob seus pés. Mas essa mesma fundação é o que, provavelmente, vai garantir que ela encontre um ponto de apoio mais depressa. Basta um pouco de terapia, carinho e a volta à normalidade.

Eve juntou forças e disse:

— Tem mais uma coisa. A situação em que ela está e a que eu estive não são parecidas, nem de longe. Mesmo assim...

— Ela é uma menina traumatizada.

— Viu assassinatos sendo cometidos. Mas eu cometi assassinato.

— Por que chama o que aconteceu com você de assassinato, Eve? — A voz de Mira ficou mais exaltada. — Você sabe muito bem que não foi nada disso. Você era uma criança lutando pela própria vida. Se um daqueles homens tivesse encontrado Nixie e, por algum milagre, ela tivesse sido capaz de matá-lo e salvar a própria pele, você chamaria isso de assassinato? Responda, tenente!

— Não. — Eve fechou os olhos e os pressionou com os dedos antes que a imagem se formasse em sua cabeça. — Não. Sei que fiz o que tinha de fazer, do mesmo modo que ela fez o que teve de fazer. Eu matei, ela se escondeu.

— Eve. — Com o tom mais suave, agora, Mira acariciou o rosto da tenente. — Eve, minha querida, você não teve onde se esconder.

— Não, não tive onde me esconder. — Ela precisava se afastar daquele toque, daquela suave compreensão, ou se dissolveria em lágrimas. — Foi bom ela ter conseguido. Foi ótimo ter sido esperta o bastante para fazer o que fez, e forte o bastante para engatinhar sobre todo aquele sangue derramado, a fim de sobreviver.

— Você também foi muito esperta e muito forte. E estava igualmente aterrorizada. Não há como evitar se enxergar nela, se ver na mesma situação, cada vez que lida com Nixie.

— Eu realmente vi a mim mesma quando a encontrei, encolhida no canto do boxe e coberta de sangue dos pés à cabeça. Por um minuto, vi a mim mesma naquele terrível quarto congelante em Dallas. E quase me afastei dela. Puxa, na verdade eu quase *fugi* correndo dali.

— Mas não fugiu. E o que sentiu é normal. Qualquer similaridade que você veja ou sinta...

— É porque estou projetando. Conheço o termo. — Eve sentiu uma onda de raiva surgir, mas afastou-a. — Estou conseguindo lidar com isso. Só lhe contei tudo porque suponho que a senhora deva saber que estou passando por esse problema. Ele vai e volta.

— Espero que você me avise se achar que o problema se tornou forte demais para enfrentar sozinha. Tanto pelo seu bem quanto pelo de Nixie. Nesse momento, acho que esse nível de empatia é muito útil para a menina. Ela o percebe no ar, e isso ajuda a ampliar sua sensação de segurança. Você não representa apenas uma figura de autoridade para Nixie. É a salvadora dela.

Eve se dirigiu à porta e finalmente a abriu, retrucando:

— Ela salvou a si mesma.

Depois de entrar, Eve parou por alguns instantes a fim de se orientar e trazer à mente a localização do salão de jogos na casa imensa.

— Se você precisar conversar sobre isso mais demoradamente...

— Eu aviso, doutora. — Ela fechou a porta do terraço e do assunto. — Venha por aqui. Mantemos a menina monitorada. Colocamos um localizador nela.

— Nenhuma precaução é exagerada, em minha opinião.

— Por falar em figuras que representam autoridade, doutora, eu conversei com os guardiões legais dela, que são os pais de Linnie Dyson. Eles ainda estão completamente destruídos. Pensei que se a senhora falasse com eles seria mais fácil do que eles terem de enfrentar uma tira na porta mais uma vez.

— Farei tudo que puder. Certamente seria bom para Nixie vê-los e conversar com eles. E talvez os ajudasse, também.

Eve parou. Dava para ouvir os bipes e sinos das máquinas. Eles haviam deixado a porta do salão de jogos aberta.

— Escute, doutora, antes de entrarmos... Agarrar Meredith Newman daquele jeito foi um jeito de cortar uma ponta solta e um passo lógico. Mas também foi um ato de exibição fazer isso à luz do dia e diante de testemunhas. Montar uma operação tão arriscada empolga muito quem a executa. Eles têm cabeça fria, sangue-frio, são planejadores cuidadosos, mas certamente ficaram empolgados com a vitória.

— As pessoas que desempenham funções arriscadas em sua profissão ou enfrentam situações desse tipo de forma rotineira recebem uma bela descarga de adrenalina no sangue. Isso é parte dos motivos que as levam a fazer o que fazem.

— E quanto mais conseguirem arrancar de Newman, maior o barato.

— Sim.

Ela soltou o ar lentamente.

— Ela está morta, não está? Assim que eles determinarem que conseguiram todas as informações que poderiam arrancar dela, não haveria mais razão para mantê-la viva.

— Infelizmente eu concordo. Mas você não conseguiria salvá-la, Eve.

— Poderia ter pensado nisso antes. Poderia ter montado mais cedo esse esquema de reforço na segurança para todos os envolvidos. Mas não fiz isso. — Inquieta, moveu os ombros. — Refletir sobre o que não aconteceu não ajuda em nada, então vou pensar em como vai ser daqui para frente.

Ela apontou para a sala.

— Eles estão aí dentro. Dá para perceber pela insanidade do barulho.

— Você devia entrar comigo. Nixie precisa vê-la, como parte da sua rotina na casa. — Antes de Eve recuar, por instinto, Mira continuou: — Ela deve lembrar que eu tenho uma ligação de amizade com você, para que se sinta à vontade comigo. Depois de trocar algumas palavras você poderá ir embora.

— Tudo bem. Puxa...

Nixie estava sentada em um banco acolchoado e apertava os controles de uma antiga máquina de pinball. O jogo, Eve percebeu, tinha tiras e assaltantes. Era o favorito de Roarke.

Trueheart torcia por ela, bem ao lado, e parecia só dois anos mais velho que sua protegida.

— Você acertou, pegou todos eles. Arrasou com eles, Nix. Saiu em perseguição aos meliantes armados! Demais!

Um discreto sorriso surgiu junto das bochechas dela, mas seus olhos continuaram focados e suas sobrancelhas unidas em feroz concentração.

Eve sentiu o cheiro de pipoca e viu uma tigela cheia sobre uma das mesas. O telão estava ligado com o volume no máximo, e um dos videoclipes de Mavis ecoava pelo ambiente. Mavis Freestone em 3D, usando pouco mais que uma pincelada de tinta no corpo, pulava na tela, rodeada de muitos homens teoricamente vestidos de piratas, mas, na verdade, praticamente nus. No mundo de Mavis, tapa-olhos pretos não eram feitos para usar só nos olhos, observou Eve.

Ela reconhecia a canção... mais ou menos. Dizia algo sobre ter o coração afundado em um amor naufragado.

— Não estou certa sobre se assistir a esse vídeo, apesar de divertido, ser apropriado para uma menina com a idade de Nixie — opinou a médica.

— Hein? — Eve olhou para Mira. — Ah, sim... Merda! Será que eu devo desligar?

— Deixe para lá. — Mira deu uma batidinha carinhosa na mão de Eve e esperou até Nixie perder a bola.

— Eu *ainda* não consegui nenhuma pontuação alta — reclamou a menina.

— Mas você me deixou comendo poeira — lembrou-lhe Trueheart.

— Mesmo assim, não consigo alcançar a pontuação de Roarke. Talvez ele roube no jogo.

— Eu não duvidaria disso — afirmou Eve. — Mas já o vi jogando esse troço. É simplesmente imbatível.

Eve torceu para que o tom casual e o ar divertido ajudasse Nixie a se manter no astral do jogo. Mas, assim que a menina desceu do banco, fitou Eve com óbvios pontos de interrogação no olhar.

— Não. — A resposta de Eve foi lacônica. — Ainda não. Quando eu agarrá-los, você vai ser a primeira a saber.

— Olá, Nixie — cumprimentou Mira, colocando-se ao lado da máquina. — Você acha que não fez uma boa partida, mas sua pontuação me impressionou muito.

— Não fui boa o bastante.

— Quando uma pessoa faz o melhor que pode, isso é bom o bastante. De qualquer modo, talvez Roarke jogue com você uma hora dessas. E pode ser que ele lhe revele alguns truques.

— Será? — Uma centelha de interesse iluminou seu rosto.

— Pergunte a Roarke e descubra o que ele acha do convite. Como vai, policial Trueheart?

— Dra. Mira. É muito bom ver a senhora.

— Você conhece todo mundo na polícia? — quis saber Nixie.

— Não, nem todos, mas muita gente. Gostaria de conversar novamente com você, Nixie, mas antes ficaria feliz se você me ensinasse como jogar nessa máquina. Parece muito divertido.

— É mesmo. Se você quiser...

— Quero, sim. Mas, antes, preciso desligar o telão.

— Mas é Mavis. Ela é mais que demais!

— Oh, mas eu também acho isso. — Mira sorriu ao notar o lampejo de desconfiança nos olhos de Nixie. — Tenho vários discos dela. Você sabia que a tenente Dallas e Mavis são amigas? Grandes amigas!

— Ah, corta essa! — Logo ela mordeu o lábio inferior. — Desculpe, não devo zoar os adultos.

— Está tudo bem. Aposto que você ficou muito surpresa com isso. Não é, Eve?

— Ahn? — Eve estava com a cabeça longe dali, refletindo sobre o porquê de ver Mavis e seus dançarinos quase nus em um telão ser impróprio para uma criança que vira assassinatos de perto. — Ah, sim, isso mesmo. Mavis e eu somos superamigas.

— Você conversa com ela, pessoalmente?

— Claro que sim!

— E alguma vez ela já veio a esta casa?

— O tempo todo. — Eve enfrentou aquele olhar longo e penetrante, sem uma piscada sequer, e mudou o corpo de posição. Pensou em questões de segurança e procedimentos legais. Sentiu os ossos começarem a arder debaixo daquele olhar. — Escute, se eu conseguir encaixar um horário e Mavis não estiver muito ocupada, vou ver se ela pode passar aqui em casa uma hora dessas. Vocês poderão se conhecer e... sei lá.

— Sério?

— Não, estou de sacanagem! Qual é, garota?

— Você não deve falar palavrões na minha frente — informou Nixie, com um jeito muito recatado.

— Então vire de costas para eu poder xingar sem você ver. Está tudo certo por aqui? — perguntou Eve a Mira, com um leve ar de desespero. — Tenho trabalho a fazer.

— Estamos bem.

— Trueheart, venha comigo!

— Sim, senhora. Vejo você mais tarde, Nixie.

Antes de Eve conseguir chegar à porta, porém, Nixie saiu correndo atrás dela.

— Dallas! Todo mundo chama você de Dallas — comentou, quando Eve olhou para trás. — Menos ela... menos a doutora.

— Isso mesmo. E daí?

— Você vai trabalhar na rua?

— Não, vou trabalhar aqui mesmo no meu escritório, por algum tempo.

— Ok. — Ela voltou até onde Mira estava. — Vou ensiná-la a jogar.

Trabalhar por algum tempo significava horas. Talvez McNab tivesse exagerado ao dizer que seus ouvidos estavam quase sangrando, mas Eve achou que isso talvez fosse acontecer com seus olhos. Pesquisou cada detalhe, fez inúmeras buscas, cruzando nomes e lugares. Quando o sol se pôs e a luz do escritório ficou mais fraca, programou mais café no AutoChef e foi em frente.

— Comida — disse Roarke, assim que entrou. — Você mandou sua equipe para casa para que eles pudessem jantar, descansar, recarregar as baterias. Faça o mesmo por si mesma.

— Deve haver alguma coisa em comum entre tantos dados. *Tem* de haver!

— O computador pode continuar procurando enquanto você come. Vamos descer.

— Por que descer, se... Oh. — Ela passou as mãos pelo rosto. — Certo. Sobre o que vamos conversar com ela hoje?

— Tenho certeza de que pensaremos em alguma coisa.

— Sabe de uma coisa? Ela é meio assustadora. Acho que toda essa raça é. Crianças, eu quero dizer. É como se eles soubessem de coisas que você já esqueceu, e não param de martelar todo mundo com perguntas. Pelo menos ela se empolgou quando Mira lhe contou que eu era amiga de Mavis.

— Ah. — Ele se sentou na quina da mesa. — Uma fã de Mavis. Há muita conversa para ordenhar a partir disso.

— E quer jogar pinball com ela também. Parece que tem uma leve tendência a ser competitiva. Ficou meio chateada por não conseguir ultrapassar sua pontuação no jogo.

— Sério? — O sorriso dele desabrochou. — Eu gostaria disso. Vou levá-la ao salão de jogos para uma partida, depois do jantar. É uma boa alternativa para quem está remoendo sentimentos pessimistas.

Eve não empalideceu, mas seus olhos ficaram vidrados.

— Isso é indireta para mim?

— É irresistível pegar no seu pé. Vamos — convidou ele, estendendo a mão. — Seja uma menina boazinha e venha jantar.

Antes de levantar da cadeira, seu *tele-link* pessoal tocou.

— Um minutinho só — pediu, ao notar o número da residência do comandante na tela. — É Whitney. — De forma inconsciente, endireitou as costas na cadeira e lançou os ombros para trás antes de atender: — Dallas falando.

— Tenente. O abrigo de segurança na rua Noventa e Dois acaba de ser atacado.

— Rua Noventa e Dois? — Sem confiar por completo em sua memória, dançou com os dedos sobre o teclado para puxar os dados. — Preston e Knight estão de guarda lá.

— Ambos foram abatidos.

Ao ouvir isso, ela empalideceu.

— Abatidos como, senhor?

— Mortos no local. — Seu rosto estava sombrio e a voz sem expressão. — A segurança do lugar foi comprometida. Os dois oficiais foram eliminados. Vá para o local imediatamente.

— Sim, senhor. Comandante, quanto aos outros abrigos...

— Unidades adicionais foram encaminhadas para lá. Os relatórios logo estarão chegando. Encontro você no local, tenente.

Quando a tela apagou, Eve permaneceu sentada na posição em que estava. Ficou imóvel até que Roarke rodeou a mesa e pousou a mão sobre seu ombro.

— Eu os escolhi a dedo. Preston e Knight. Designei os dois para essa guarda porque eram tiras bons e confiáveis. Tinham bons instintos. Se havia o perigo de acontecer um ataque a alguns dos abrigos para vítimas, eu queria tiras competentes e com bons instintos para protegê-los.

— Sinto muito, Eve.

— Não foi nem preciso realocar nenhuma vítima ou testemunha desse abrigo. Não havia ninguém lá, mas era um dos abrigos que Meredith Newman conhecia, e precisava ser protegido. Ela está morta também, a essa altura. Com certeza! O total de vítimas fatais já chegou a oito.

Ela se levantou e verificou o coldre.

— Dois bons tiras. Vou caçar esses animais como se fossem cães raivosos.

Eve não recusou quando Roarke avisou que iria com ela. Preferia que ele estivesse no controle do carro, pelo menos até ela se estabilizar.

Enquanto descia as escadas e vestia a jaqueta, Nixie apareceu no saguão.

— Você deve vir jantar, agora.

— Precisamos sair. — Uma tempestade de fúria rugia na cabeça de Eve, mas ela conseguiu transmitir uma sensação de calma.

— Vamos jantar fora?

— Não. — Roarke se colocou diante de Nixie e acariciou de leve os cabelos dela. — A tenente tem um assunto importante para resolver. Vou ajudá-la, mas voltaremos assim que pudermos.

Ela o fitou longamente e depois pousou os olhos em Eve.

— Mais alguém morreu?

Eve pensou em sair pela tangente, até mesmo mentir, mas decidiu que a verdade era a melhor política.

— Sim.

— E se eles vierem aqui enquanto você está fora? E se os bandidos chegarem na hora em que você não estiver aqui? E se...

— Eles não conseguirão entrar aqui — afirmou Roarke, de um jeito tão direto e simples que mostrava que aquilo era um fato. — Escute aqui... — Ele pegou um minúsculo *tele-link* no bolso e se agachou para ficar na altura da menina. — Fique com isso. Se tiver medo, deve contar a Summerset ou a um dos policiais que temos na casa. Mas ser não tiver chance de falar com eles, aperte aqui. Está vendo?

Ela chegou mais perto e os cabelos louros dela roçaram os dele.

— O que isso faz?

— Ele envia um sinal diretamente para mim. Se você apertar aqui, meu *tele-link* vai apitar duas vezes; vou saber que foi você que chamou, e também que está com medo. Mas não use isso para brincar. Use apenas se realmente precisar de ajuda. Entendido?

— Posso apertar agora, para ver se funciona?

Ele virou o rosto e olhou de frente para ela, sorrindo.

— Muito boa ideia. Vá em frente.

Ela pressionou o botão que ele lhe mostrara e o outro *tele-link* que ele trazia no bolso apitou duas vezes.

— Funciona! — Alegrou-se ela.

— Claro que funciona! E cabe direitinho no seu bolso. Pronto. — Ele o guardou para ela e se levantou. — Voltaremos assim que pudermos.

Summerset também estava no saguão, é claro. Supervisionava a cena alguns passos atrás, perto do corredor. Roarke lhe enviou um sinal silencioso ao vestir o paletó.

— Tenente — disse, virando-se. — Estou pronto.

Quando Summerset se aproximou para pegar a mão de Nixie, ela esperou um pouco até a porta se fechar.

— Por que ele a chama de "tenente"? Por que não a chama de "Dallas", como quase todo mundo?

— É uma espécie de apelido terno, coisa entre eles dois. — Deu um aperto carinhoso na mão de Nixie e propôs: — Que tal comermos na cozinha esta noite?

Não era raiva. Eve não tinha certeza do nome que poderia dar para aquilo que lhe apertava a garganta, o estômago, a cabeça e os intestinos quando testemunhava o massacre de homens que enviara para a batalha. Homens que enviara ao encontro da morte. Ser abatido em ação era um risco que todo policial corria. Mas saber disso não aliviava a dor que sentia, muito menos quando fora *ela* a pessoa que lhes dera as últimas ordens.

Os outros tiras permaneciam calados, uma parede silenciosa. A cena do crime fora preservada. Agora, tudo dependia dela.

O abrigo de segurança era um antigo posto de vigia, uma construção remanescente da época das Guerras Urbanas. De custo baixo, não fora erguido para durar muitos anos. Mesmo assim permanecera em pé, como uma espécie de caixa estreita de dois andares espremida entre outras caixas estreitas que pareciam anãs agora, superadas em termos de classe pela tenacidade dos prédios que haviam sobrevivido às guerras, e pela aparência lisa e polida dos que tinham sido erguidos nos tempos tumultuados e rápidos que se seguiram.

Eve sabia que a prefeitura havia comprado muito barato aquela e outras construções do mesmo tipo, e as mantivera com recursos parcos. Mesmo assim, a segurança do local era acima da média, com câmeras panorâmicas e alarmes apoiados por outros alarmes.

Apesar de tanta segurança, os assassinos haviam conseguido entrar. Não só entraram como tiraram a vida de dois tiras experientes.

A arma de Knight ainda estava no coldre, mas a de Preston tinha sido sacada e estava caída agora, inútil, na base da escada em cujos degraus seu dono jazia ensanguentado e esparramado.

O corpo de Knight estava caído de rosto para o chão, a poucos passos da cozinha. Um prato quebrado, o café entornado e o sanduíche de presunto vegetal com pão de centeio estavam espalhados diante dele.

A pequena tela de entretenimento mostrava um jogo de futebol americano, enquanto a câmera de segurança estava preta como a morte.

— Eles pegaram Knight antes. — A voz de Eve estava ligeiramente rouca, mas ela continuou a gravar a cena e suas impressões. — Eles o pegaram no instante em que saía da cozinha. De surpresa.

Se tivessem pego Preston antes, Knight teria saído da cozinha com a arma em punho. Preston surgiu olhando para baixo, pronto para atirar, mas eles o pegaram antes.

Ela se agachou e pegou a arma.

— Mas conseguiu dar uma rajada, pelo menos uma, antes de tombar. Policial, comece a interrogar a vizinhança. Quero saber se alguém ouviu ruídos de armas sendo usadas; se ouviram gritos; se viram nem que tenha sido a porra de uma barata passando por aqui.

— Tenente...

Ela simplesmente virou a cabeça e a expressão em seu rosto fez o policial assentir com a cabeça sem dizer nada além de:

— Sim, senhora.

— Cortaram as gargantas deles, seu joguinho favorito — continuou Eve. — Mas ninguém corta a garganta de um tira sem uma boa luta antes. Devem tê-los incapacitado de imediato. Armas de atordoar de longo alcance — concluiu, analisando a pequena mancha de queimadura na camisa de Preston. — Foi isso que usaram. Não quiseram correr riscos dessa vez. Não foi como matar crianças adormecidas. Portanto, chegaram pela frente. Porra, como foi que passaram pelos alarmes? Como conseguiram comprometer o sistema tão depressa a ponto de pegar dois tiras com as calças arriadas e totalmente desprevenidos?

— O sistema é padrão da polícia — explicou Roarke, baixinho, pois percebeu mais que raiva em sua voz: percebeu dor. — É um bom sistema, mas é padrão para todos os abrigos da polícia. Se eles têm o tipo de conhecimento técnico que supomos, podem ter hackeado, desarmado os alarmes e entrado pela porta da frente. Provavelmente em menos de dois minutos, considerando o equipamento que têm à disposição.

— Estes eram bons tiras — lembrou Eve. — Bons demais para esperar alguém arrombar o abrigo com toda essa calma. Knight estava na cozinha preparando um sanduíche. Há um monitor de presença na casa instalado lá. Há monitores de segurança no andar de cima. Quando a tela apaga, o código vermelho entra em ação. Então ela não apagou. Pelo menos no primeiro momento. Por que Knight estava no andar de cima?

Ela passou pelo corpo, pisando no sangue derramado, e foi até o segundo andar.

Havia dois quartos e um banheiro. Todas as janelas tinham telas de privacidade, eram protegidas por barras de ferro e eletrificadas. Olhou para o *tele-link* do primeiro quarto, foi até o aparelho e repetiu a última mensagem.

Era uma mensagem só de áudio e a voz era dela.

"Aqui fala a tenente Eve Dallas. Os suspeitos foram presos. Repito: os suspeitos foram presos e estão sendo levados para a cadeia. Deixem o abrigo e rumem para a Central de Polícia."

— Que porra é essa? — murmurou Eve.

"Tenente?" Havia um tom de espanto, mas não de alarme na voz de Preston, na gravação que Eve reproduzia. "A senhora ligou pessoalmente para o nosso *tele-link*?"

"Sei disso. Você entendeu as ordens que acabei de dar?"

"Sim, senhora, mas..."

"Dallas desligando."

"Ora, que merda é essa?" A voz de Preston parecia perturbada, agora, e ele não desligou o *tele-link* de imediato, quando a transmissão acabou. "Ei, Knight! Dallas agarrou os canalhas... Não sei como, ela estava tagarela como sempre. Prepare um sanduíche para mim tam..."

Ouviu-se o som de rajada a laser, um grito e o barulho de pés correndo.

— Simulador de voz — informou Roarke, por trás dela. — Havia um jeito metálico nas palavras, e não se nota a inflexão típica no tom de sua voz. Aposto que, se ele tivesse tido mais um ou dois segundos, iria perceber isso e confirmar a ligação com você.

— Um trabalhou no simulador, dois entraram. Atraíram um deles aqui para cima com a ligação e o mantiveram ocupado tempo suficiente. O equipamento de vigilância era bom, talvez com sensores de calor de corpo. Eles sabiam onde pisavam. Um lá em cima, outro aqui embaixo. Pegaram Knight antes de ele ter tempo de piscar, mas Preston ainda teve oportunidade de correr. Mas os dois foram até lá e ele tombou antes de ter chance de avisar ao companheiro que havia algo estranho.

— Se tinham sensores, os invasores sabiam que havia apenas duas pessoas aqui. Dois adultos.

Eve ensacou o tele-link para levar para análise pela DDE.

— Alguns abrigos de segurança são dotados de quartos invisíveis, justamente para enganar esse tipo de equipamento. A pessoa sob proteção poderia estar em um desses cômodos. Não há motivos para não verificar isso quando um invasor chega ao local.

Eve saiu e foi para o andar de baixo. Whitney entrou pela porta da frente quando ela descia os últimos degraus.

— Comandante.

— Tenente. — Ele acenou com a cabeça para Roarke e atravessou a sala até o primeiro corpo. Não disse nada. Depois, continuando a olhar para os homens abatidos, falou com uma voz perigosamente suave. — Eles ainda não conhecem nossa ira. Mas conhecerão. Relatório.

Ela contou tudo passo a passo, relatando detalhes, a gravação falsa e a coleta de dados, enquanto reprimia a tempestade interna.

Ficou ao lado de Morris quando o legista-chefe conduziu seu exame no local.

— Rajada de atordoar. Acertaram no meio do corpo de ambos.

— Preston devia estar no quarto ou quinto degrau de cima para baixo. Conseguiu dar uma rajada neles — acrescentou Eve. — Pode ter atingido um dos dois. Não há marcas nas paredes nem em outra parte da sala. Os peritos examinaram tudo, não há resíduos de rajada dessa arma. Não houve tiros perdidos aqui — notou. — Todos os que atiraram acertaram o alvo.

— Meu palpite é que ele desmoronou, em vez de rolar da escada. Saberei com certeza quando examiná-lo no necrotério, mas as marcas roxas e a posição do corpo indica que ele foi lançado para trás pelo raio de atordoar, depois curvou o corpo e desmontou. Sua garganta foi cortada no local onde ele caiu.

— Eles tiveram de levantar a cabeça de Knight para cortar sua garganta. Quando ele foi atingido, voou para trás; o prato e a caneca pularam de sua mão. Ele caiu no chão e rolou de rosto virado para baixo.

Eve foi novamente até a porta.

— Eles entraram juntos, um alto e outro baixo. Foi o cara baixo que pegou Knight, pelo ângulo da rajada. O mais alto pegou Prestron, pois se move mais depressa e é mais furtivo.

Ela simulou as ações, com a arma na mão e seguindo em frente.

— Um pegou Knight. — Com muito sangue-frio, foi direto até onde o corpo estava, levantou a cabeça pelos cabelos e imitou o movimento da faca que lhe cortou a garganta. — Foi com a mão esquerda dessa vez. Os canalhas são versáteis. Traziam as pistolas de atordoar na mão direita e a faca na mão esquerda.

Morris não disse nada, simplesmente observou.

— O segundo foi direto para Preston, se inclinou para baixo e lhe cortou a garganta. Faca de combate, um único movimento.

Ergueu a cabeça e seu comparsa já estava no andar de cima. Em um lugar pequeno como esse, deu para confirmar que estava vazio em menos de noventa segundos.

— Você já examinou o lado de fora?

— Refiz o percurso completo. Entraram e saíram em menos de três minutos. Seguindo o sangue a partir do chão, bem aqui, refiz o caminho até a cozinha e o toalete; certamente o sangue é de Knight. O do andar de cima deve ser de Preston. Foi sangue que pingou das facas e da roupa de proteção. A trilha e o padrão dos respingos, veja só, mostram que eles se movimentaram muito depressa. Observe aqui...

Eve foi até a porta da cozinha e balançou a arma para a direita e para a esquerda.

— Está vendo o sangue ali? Ele parou, olhou para o aposento e foi em frente.

Eve olhou novamente para a escada.

— Preston não devia ter descido de uma vez só, completamente exposto. Levou dois segundos entre o pensamento e a ação... Pensava no seu parceiro em vez de analisar tudo com instinto de tira... E está morto.

Ela baixou a arma e a guardou no coldre.

— Que foda!

— Palavras bem usadas. Pode deixar que eu cuido deles agora, Dallas. — Morris não a tocou, pois suas mãos estavam manchadas de sangue, mas o olhar que lançou foi tão firme quanto um aperto de mão.

— Vamos enterrar esses canalhas por causa disso, Morris.

— Sim, vamos fazer isso.

Ela saiu. A maioria dos repórteres que haviam se reunido no local já tinham se espalhado, depois de Whitney lhes fazer um comunicado breve. Haviam conseguido alguma coisa para relatar, pensou.

Viu Nadine junto com Roarke, ao lado da viatura. Um pouco da raiva e das garras frias do ódio que sentia lhe penetraram a alma. Eve seguiu na direção deles com passos firmes, pronta para esculhambar com a repórter, e ainda pretendia guardar alguns bons golpes para o marido, mas nesse instante Nadine se virou.

Seu rosto estava banhado em lágrimas.

— Eu os conhecia — disse ela, antes de Eve ter chance de falar. — Eu conhecia os dois.

— Certo. — A raiva que Eve sentia se retraiu na mesma hora, arranhando-a por dentro enquanto se recolhia em seu íntimo. — Certo.

— Knight... Nós costumávamos flertar um com o outro. Nada sério, é claro, nós dois sabíamos que esse jogo de sedução não iria dar em nada, mas fazíamos a dança completa. — Sua voz falhou. — Preston costumava me mostrar fotos de seu garoto. Ele tinha um filhinho.

— Eu sei. Talvez seja melhor você tirar alguns dias de folga, Nadine.

— Só depois de você agarrá-los. — Ela passou os dedos sobre as bochechas. — Não sei por que isso me atingiu tão fundo. Não é a primeira vez que eu conheço alguém que...

— Preston talvez tenha acertado um deles. Estou lhe contando isso de amiga para amiga, Nadine, e não de tira para repórter. Estou contando porque você os conhecia. E também porque eu os conhecia muito bem, e imaginar que Preston pode ter acertado um deles poderá me ajudar a superar.

— Obrigada.

— Preciso encerrar os trabalhos aqui, e depois vou para a Central — disse Eve, olhando para Roarke. — Não sei a que horas chegarei em casa.

— Ligue quando estiver saindo, sim?

— Combinado. — Ela pensou no que ele dissera antes sobre os riscos que ela precisava correr. E em como deveria ser, para ele, ver outros tiras sangrando e mortos.

Foi por isso que, apesar de Nadine, apesar dos outros tiras, dos técnicos e de alguns curiosos que ainda não tinham sido dispersados, ela foi até ele e o abraçou. Depois, colocou as mãos no rosto de Roarke e uniu os lábios aos dele.

— Posso lhe conseguir uma carona em uma das patrulhinhas — ofereceu ela.

— Não há nada que eu desejaria menos. — Ele riu olhando para ela. — Pode deixar que eu cuido do meu transporte. Nadine, eu lhe dou uma carona para onde você for.

— Se eu conseguisse ganhar um beijo desses, não me importaria nem de entrar em órbita, de carona ou não. Mas aceito que você me leve até a emissora. Dallas, se você precisar de alguma pesquisa extra ou outro par de olhos, eu me ofereço. Sem esperar nada em troca.

— Vou me lembrar disso. Até mais. — Ela caminhou pela calçada e tornou a entrar na casa estreita que parecia uma caixa e cheirava a morte.

# Capítulo Onze

A notícia se espalhava rapidamente quando tiras eram mortos. No momento em que Eve chegou à Central de Polícia, a história já havia se espalhado através dos labirintos do prédio, penetrara nos cubículos individuais de trabalho, nos escritórios e gabinetes, e deixara o ar pesado de fúria.

Assim que entrou na sala de ocorrências, parou. Não gostava muito de fazer discursos. Preferia transmitir informações ou dar ordens. Mas ela tinha uma patente alta ali, e os homens mereciam ouvir as novidades de sua boca.

Eles estavam em suas mesas, estações de trabalho, atendendo *tele-links* e redigindo relatórios. Dois deles recebiam declarações de civis que tinham sido vitimados por alguém, ou atacado alguma pessoa.

Havia no ar o cheiro de café ruim, substituto de açúcar enjoativo, suor e o fedor de fritura vindo do jantar engordurado de alguém. Por baixo de tudo, a fúria era quase palpável com seu odor característico, forte, maduro e perigoso.

A maior parte dos ruídos cessou imediatamente quando ela entrou, mas um dos civis continuou chorando, emitindo soluços molhados e gaguejados. Alguns *tele-links* tocaram, mas foram ignorados.

Eve sabia que estava com a roupa manchada de sangue, e tinha consciência de que todos os tiras da sala de ocorrências haviam reparado nisso e imaginavam onde ela se sujara.

— Os detetives Owen Knight e James Preston foram abatidos em ação, aproximadamente às vinte horas e quinze minutos da noite de hoje. Foram mortos enquanto desempenhavam sua função. O detetive Knight deixa mãe, pai e irmã. O detetive Preston deixa esposa, um filho de três anos, pais e avós. Donativos para o Fundo de Amparo aos Sobreviventes poderão ser efetuados em nome deles. Detetive Jannson — pediu Eve —, você pode montar a lista de donativos e coordenar o serviço?

— Sim, senhora — assentiu a detetive com a cabeça. — Já é possível nos informar o status do caso, tenente?

— Acreditamos que os eventos desta noite estão ligados aos homicídios Swisher. Cinco civis, dois deles menores de idade, foram assassinados. Preston e Knight, bem como cada um de nós, estavam empenhados em proteger e servir o povo de Nova York, e também de cuidar de sua segurança. Nós, que trabalhamos na Divisão de Homicídios, somos igualmente responsáveis por servir àqueles cujas vidas foram roubadas, e também devemos perseguir e prender aqueles que roubam vidas. Sempre encerramos todos os casos e também encerraremos este, em nome dos cinco civis que foram mortos, dois deles menores, e das pessoas que ficaram para trás. Agora eles levaram dois dos nossos companheiros, e nós os perseguiremos sem trégua até conseguirmos agarrá-los.

Ela esperou um instante, mas o silêncio continuou imperando.

— Até alcançarmos este objetivo, toda e qualquer requisição de tempo pessoal, férias ou licenças de saúde deverão passar pela minha mesa ou pela do oficial que estiver no comando do plantão. Todos vocês deverão assumir este caso como acréscimo aos casos que investigam, e relatórios individuais deverão ser apresentados diariamente. Sem exceções. Na mudança de cada turno, deverão se apresentar na sala de prontidão para receber informações atualizadas e possíveis missões. Vamos caçá-los e vamos agarrá-los. É isso que eu tinha a dizer.

Eve não ouviu burburinhos nem reclamações sobre a carga adicional de serviço enquanto seguia para sua sala e fechava a porta.

Pegou um pouco de café e se sentou.

Um representante do serviço de relações públicas e um terapeuta do Departamento de Polícia já tinham saído para dar a triste notícia aos familiares dos policiais. Eve foi poupada disso. Mesmo assim, teria de conversar com eles no funeral, e lhes oferecer algumas palavras de condolências.

Gostaria que em seus pêsames estivessem palavras do tipo: "Pegamos os filhos da mãe que fizeram isso; que a deixaram viúva, que mataram seu filho, seu irmão. Que deixaram você sem pai."

Apertou a parte alta do nariz e se levantou para pregar no quadro algumas fotos da cena do crime.

Só então se sentou para redigir o relatório.

Nenhum dos outros abrigos de segurança fora atacado porque eles sabiam que o alvo não estaria lá, refletiu. Isso é fácil de deduzir, depois de encontrar dois tiras armados guardando uma casa vazia.

Matá-los tinha sido apenas um floreio, decidiu. Uma mensagem. Não havia necessidade de executar os policiais depois de deixá-los atordoados, caídos no chão. Mas isso já estava decidido. Era parte da missão. Matar todos que estivessem lá dentro. Mais uma limpeza completa.

E o que havia por trás da mensagem? Por que acrescentar um assassinato de tiras à mistura quando todo mundo sabe que isso acionaria toda a força operacional da Polícia de Nova York? Porque eles *se acham*! Acham que são mais espertos, mais astutos, mais bem equipados. Perceberam que ligamos os pontinhos. Sabem que temos a menina e a querem de qualquer maneira.

Meredith Newman certamente lhes contou que a menina não conseguiria identificá-los. Mas isso é apenas um detalhe, uma falha, um risco que não pretendem correr.

Eu não correria, refletiu Eve. Nada disso. Não me arriscaria a deixar para trás uma ponta solta depois de ser tão cuidadosa no planejamento. A missão não foi perfeita. Deixar escapar por entre os dedos uma criança de nariz escorrendo? Isso é um insulto!

Eles têm orgulho do próprio trabalho. Lançou a cabeça levemente para trás e flexionou os ombros, para massageá-los. É normal ter orgulho do trabalho que se faz quando se é tão bom nele. E a missão não estaria cumprida até Nixie Swisher estar morta.

— E agora, para onde seguir? — perguntou Eve, em voz alta. — O que vocês farão em seguida?

Ouviu-se uma batida seca na porta e Peabody a abriu com força.

— Você não me chamou. Soube de tudo pela porra do noticiário!

— Preciso de você amanhã. Quero que esteja descansada.

— Porra nenhuma!

— Está passando dos limites, detetive — respondeu Eve, sentada onde estava e sentindo o sangue acelerar nas veias.

— Sou sua parceira. Esse caso também é meu. Eu conhecia os dois que morreram.

— Também sou sua tenente, e é melhor ter cuidado com o que fala, para não acabar com um registro de insubordinação na ficha de serviço.

— Foda-se a ficha! E foda-se você também, estou cagando e andando para a ficha de serviço.

Lentamente, Eve se levantou da cadeira. O queixo de Peabody se empinou um pouco mais, seu maxilar endureceu e seus punhos se cerraram.

— Quer sair na porrada, detetive? Vai acabar de bunda no chão e com a cara sangrando antes mesmo de armar o primeiro golpe.

— Talvez.

Durante os quase dois anos que trabalhavam juntas, Eve já tinha visto Peabody revoltada, magoada, triste e pronta para reagir. Mas nunca a vira à beira da erupção, como naquele momento. Uma escolha precisava ser feita, e rápido. Atacar, recuar...

Bem depressa, Eve se decidiu por uma terceira opção. Seus olhos ficaram firmes, a postura rígida, e ela disse:

— Você é linda quando fica zangada.

Peabody piscou uma vez... Depois, duas.

— Dallas...

— Quente, vibrante, lançando ódio pelos olhos. Se eu curtisse mulheres, pularia em você agora mesmo.

O queixo de Peabody perdeu a firmeza e se transformou em um sorriso relutante. Tão depressa quanto veio, a crise passou.

— Eu não a convoquei pelos motivos que acabei de explicar. Mais este... — Estendendo a mão rápida como um chicote, deu um tapa nas costelas de Peabody.

A respiração da detetive foi cortada, seu rosto perdeu toda a cor... e só voltou alguns segundos mais tarde, com um tom levemente esverdeado.

— Isso foi maldade demais, Dallas, até para os seus padrões.

— Sim, e autoexplicativo também. Você ainda não está cem por cento. Se não descansar direito, não vai me servir de nada. — Eve foi até o AutoChef e ordenou uma garrafa de água enquanto

Peabody se apoiava na mesa e tentava retomar o fôlego. — Não posso me dar ao luxo de me preocupar com você, e me preocupo. Não gosto de vê-la sentir dor.

— Isso quase me faz esquecer o soco na costela.

— O fato de você chamar um tapinha afetuoso de soco é bem significativo. — Ela entregou a água a Peabody. — Você quase morreu!

— Por Deus, Dallas.

— Quase morreu, sim senhora — repetiu Eve, e de repente aquilo virou um papo entre tiras parceiras, uma relação mais forte que a maioria dos casamentos. — Tive medo que você morresse, Peabody. Fiquei doente de tanto pavor.

— Eu sei — replicou Peabody. — Saquei isso.

— Aceitei sua volta da licença porque os médicos me garantiram que você poderia enfrentar tarefas simples. Mas a situação não está nada simples. Só não tiro você do caso porque se estivesse em seu lugar... o que nunca aconteceria, é claro, pois prefiro cair dura a usar seus sapatos cor-de-rosa com amortecimento a ar...

— Salmão. — Peabody tentou prender o riso.

— Que foi, bateu fome, agora?

— Não. — Peabody tomou mais um gole de água, riu abertamente, fez uma careta e massageou as costelas. — Os sapatos. Eles são salmão.

— Pior ainda! Até parece que eu usaria sapatos feitos de pele de peixe. Continuando... Puxa, onde é mesmo que eu estava?

— Você não vai me tirar do caso porque...

— Porque, se fosse eu, trabalhar afastaria da minha cabeça as lembranças de quase ter morrido.

— E afasta mesmo. Acordei algumas vezes ensopada de suor nas últimas semanas, mesmo sem fazer a dança do colchão com McNab. Mas estou melhorando aos poucos. Preciso trabalhar.

— Concordo. Além dos motivos citados, não convoquei você ontem à noite porque... — Eve passou por Peabody e fechou a porta. — Fui eu quem os mandou para a morte. Knight e Preston. Eu também os conhecia, enviei-os para lá e agora eles estão mortos. Precisava lidar com isso sozinha. Agora que já me refiz, vamos ao trabalho.

Peabody se sentou.

— Eu não fiquei puta com você, Dallas. Bem, claro que fiquei, mas é que era mais fácil ficar puta com você e focar minha revolta nisso do que...

— Sim, sei disso. Pegue um pouco de café.

— Ei, você acaba de me oferecer café!

— Nada disso, mandei você pegar café para mim, mas pode tomar um pouco, se quiser.

Peabody se levantou devagar e foi até o AutoChef. Enquanto programava a bebida, analisou o quadro montado na parede.

— O que temos até agora?

Eve não levou muito tempo para atualizá-la.

— Você tem uma cópia da transmissão do *tele-link*? Gostaria de ouvir.

Eve selecionou o arquivo e o reproduziu.

Enquanto ouvia, Peabody saboreou o café.

— É meio esquisito, um pouco diferente, mas quase exato. O jeito como a voz diz "sei disso" quando Preston se espanta por você ter ligado pessoalmente para o *tele-link* do abrigo... Eu teria sacado que não era você, mas ele não ouve sua voz todos os dias, portanto, pode ter acreditado. No início. Depois de dez segundos, raciocinou: sinal de vídeo bloqueado... Você não o chamou pelo nome, nem pela patente, e não faz trabalho burocrático. Não seria você a pessoa a se comunicar com os abrigos para passar informações. Estaria ocupada demais à procura dos suspeitos.

— Ele não teve os dez segundos adicionais. Subiu para atender o *tele-link*. Era o único aparelho da casa e estava no andar de cima porque aquele quarto era o mais seguro da casa. É usado unicamente pela polícia e só quando há uma testemunha sob proteção. Os assassinos têm bons equipamentos de espionagem, sabem tudo o que eu descrevi e isso lhes deu uma boa vantagem, pois separou os policiais. Um ficou no andar de baixo, o outro subiu e ficou no *tele-link* durante os segundos finais, para que eles pudessem acabar de hackear o sistema e invadir a casa. Só que Preston não desligou o aparelho depois que eles entraram.

— Quem deu o alarme? Quem avisou que os policiais tinham sido abatidos?

— Eles não fizeram o contato obrigatório depois de cada hora. Uma equipe de apoio foi até lá e os encontrou. Os vizinhos não informaram nada, até agora.

— Esses locais são totalmente à prova de som. Ninguém deve ter ouvido as rajadas.

— A entrada fica ao nível da rua e os invasores devem ter fechado a porta depois de entrar. Não se esqueceram de nenhum detalhe. Uma vez lá dentro, um deles faz barulho. Knight sai da cozinha, grita, mas é atingido antes de ter chance de pegar a arma. Preston responde, reage, mas também é atingido. Eles acabaram o serviço e fizeram uma rápida vistoria no local, pois não queriam perder ninguém dessa vez. Segundos depois, foram embora.

— Devia haver um veículo à espera deles ali perto, dando-lhes cobertura e cuidando dos eletrônicos.

— O terceiro homem, pelo menos mais um. Possivelmente dois. Um para dirigir, outro para cuidar do equipamento. Quando os invasores relatam que o alvo não estava no local, o veículo foi recolhê-los ou voltou para o quartel-general. Nesse caso, os invasores foram embora a pé. Provavelmente saíram a pé, porque alguém poderia reparar em dois caras entrando às pressas em uma van parada diante de uma casa onde, depois se soube, dois tiras tiveram a garganta cortada. Passa muita gente naquela área, andando pelas calçadas, fazendo compras, esperando táxis. Não é um buraco ermo como a rua onde pegaram Meredith Newman.

— Sim, alguém teria notado dois caras entrando em um carro e fugindo do local.

— Isso mesmo. Melhor assim, porque o risco foi menor. Apenas dois pedestres, em vez de dois sujeitos de preto pulando em uma van. Ainda mais depois que a notícia de como Meredith Newman foi raptada apareceu em todos os noticiários. É melhor complicar as coisas do que formar um padrão de ação reconhecível.

— E continuamos sem saber o porquê.

— Trabalhamos com o que já descobrimos. Muitos conhecimentos na área de eletrônica, equipamentos de vigilância e segurança, ataques do tipo comando paramilitar. Vários participantes. Trata-se de uma equipe muito bem treinada que recebeu ordens, talvez de um membro da própria equipe, para atacar a família Swisher. Há uma grande possibilidade de... Que foi?! — gritou Eve, irritada ao ouvir uma batida na porta.

— Desculpe, tenente. — A detetive Jannson abriu a porta, mas não chegou a entrar.

— O que houve, detetive?

— É que eu comecei a recolher donativos para ajudar as famílias dos colegas mortos e...

— Temos de deixar esse assunto para mais tarde.

— Não é isso, senhora. Eu estava na sala de ocorrências quando um dos guardas, ao pegar dinheiro no bolso, comentou que havia uma acompanhante licenciada na carceragem contando que vira algo do que rolou. O guarda comentou isso com muita irritação, pois ela é uma visitante regular da carceragem, trabalha nas ruas e sempre conta histórias estranhas para tentar escapar. Ao ouvir os homens falando de Preston e Knight, parece que quis aparecer e receber um pouco de atenção. É um tiro no escuro, mas seria melhor dar uma olhada, tenente. Ela foi presa na rua Oitenta e Nove Oeste, a poucos quarteirões do crime.

— Traga-a para interrogatório. Vamos levá-la para dar uma volta. Descubra qual das salas está disponível.

— Já fiz isso. A sala A está livre.

— Então, leve-a para lá. Quer participar?

Jannson hesitou, e Eve percebeu um ar de dúvida em seu rosto.

— Três de nós fazendo pressão pode ser demais. Prefiro ficar na sala de observação.

—- Peça ao pessoal para me enviar a ficha dela. Boa caçada, Jannson, parabéns.

Ophelia Washburn parecia mais do que gasta. Pode-se dizer que estava acabada. Era uma mulher negra de quadris largos demais, com seios tão avantajados e volumosos que certamente não lhe tinham sido concedidos por nenhum anjo de Deus. Seu top enfeitado com lantejoulas e penas parecia estar esticado ao máximo para manter as montanhas de carne no lugar.

Seus cabelos formavam uma bizarra pirâmide branca. Eve sempre se perguntava por que prostitutas de rua imaginavam que cabelos volumosos eram um chamariz tão bom quanto seios gigantescos. E por que se preocupar com esses detalhes, já que a maioria dos clientes de rua estava interessada apenas em uma trepada rapidinha ou uma chupada sem compromisso.

Seus lábios eram cheios, grandes, e ela usava um batom na mesma cor do top. Um dente de ouro brilhava entre eles, enquanto o resto do rosto estava pintado de forma tão exagerada e chamativa que parecia gritar: "Sou puta! Pode perguntar o preço."

Mas a pintura excessiva e o apuro no visual não disfarçavam o fato de Ophelia já ter passado há muito tempo do seu auge. Chegando aos cinquenta anos, ainda trabalhava quase uma década depois da idade em que quase todas as acompanhantes de rua desistiam da prostituição e arrumavam empregos como garçonetes irritadiças, viravam frequentadores de sex clubs ou faziam pontas em vídeos pornôs.

— Ophelia. — Eve manteve a voz baixa, quase amigável. — Vejo que você está trabalhando com a licença vencida e tem três registros de infrações só nos últimos dezoito meses.

— Pois é, o lance é o seguinte: o tira que me enquadrou alegou que eu portava drogas ilegais, e eu expliquei que provavelmente algum cliente havia plantado aquilo em mim. Não dá para confiar nos clientes, pode crer. Só que os tiras nunca acreditam nisso e sempre suspendem minha licença. Agora, me conte como eu posso ganhar a vida sem trabalhar? Quem estou incomodando, afinal? Faço todos os meus exames obrigatórios dentro dos prazos, pode ver na minha ficha. Estou limpa.

— Também vi que seu testes para Exotica e Go deram positivo.

— Ora, deve ser algum engano, ou então um cliente que me fez ingerir. Alguns deles esfregam um pouco de Go no pau. Basta uma chupada e pronto, a gente ingere!

Eve virou a cabeça de lado, como se achasse fascinante essa informação.

— Ophelia, sabia que com essa última prisão eles vão cancelar sua licença para sempre?

— Você pode dar um jeito nisso. Sei que vai limpar minha barra porque eu tenho algo que lhe interessa.

— O que tem para mim, Ophelia?

— Primeiro você arruma as coisas.

— Peabody, tenho cara de quem teve o cérebro removido cirurgicamente?

— Não, senhora. E certamente não parece otária o bastante para limpar um único registro dessa ficha extensa sem receber algo relevante em troca.

Ophelia lançou um olhar de deboche para Peabody e perguntou:

— O que significa a palavra *relevante*?

— Ophelia, dois tiras foram mortos. — O tom leve e amigável se tornou mais gelado que Plutão. — Você soube disso. Se resolveu usar o crime para brincar comigo e ter sua ficha limpa, vou cuidar pessoalmente para que sua licença seja não apenas cancelada de vez, mas também para que você seja perseguida tão de perto pelos tiras que não vai conseguir dar chupadas em mais ninguém, nem mesmo em nome dos velhos tempos.

— Puxa, também não precisa ficar pau da vida. — Os lábios grossos de Ophelia pareceram ganhar ainda mais volume quando ela fez beicinho. — Só estou tentando algo bom para nós duas.

— Então abra o bico sobre o que viu. Se a informação ajudar, eu libero você.

— Com minha licença e tudo?

— Com sua licença.

— Beleza! Vamos lá... Eu estava circulando pela rua Noventa e Dois. Minha zona de atuação é o centro da cidade, mas mudei de ponto devido à minha situação legal. Tudo bem, porque a grana é melhor no Upper West Side. A essa hora da noite, um monte de carinhas que trabalham em horário comercial estão indo para casa depois de tomar uns drinques. Eu lhes ofereço uma chupada para encerrar o expediente ou uma trepada rapidinha.

— Na rua?

— Então... É o seguinte: fiz um trato com o dono de uma delicatéssen que tem um quarto nos fundos da loja. Ele fica com uma parte da minha grana e eu consigo um pouco de privacidade para trabalhar.

— Entendi. Continue.

Obviamente satisfeita por não receber mais uma censura pela nova violação, Ophelia sorriu.

— Comecei minha ronda cedo. Consegui um cliente que foi rápido e estava me sentindo ótima. Uma noite gostosa, com muita gente circulando. Muitos clientes potenciais, entende? Foi quando eu vi os dois caras. Hummmm... Grandes e bonitos. Pareciam durões, com um jeito meio rude. Pensei em oferecer um serviço duplo pelo preço de um. Rebolei na direção deles com meus peitos campeões como comissão de frente. — Colocou as mãos nos seios e deu um apertão carinhoso. — Cheguei dizendo: "Que tal uma festa, cavalheiros, por um preço especial?" Parei bem diante deles. É preciso fazer o cliente diminuir a marcha para exibir a mercadoria, senão não há chance. Um deles me lançou um olhar frio e fixo. Mas não foi com jeito de quem queria me comer, e sim com vontade de chutar minha bunda linda e sapatear em cima dela. Quem está na vida há muito tempo conhece esse olhar. Mas nenhum dos dois deu uma única palavra, simplesmente se afastaram um pouco e passaram por mim, um de cada lado. Foi quando eu senti o cheiro.

— Cheiro de quê?

— De sangue. Sangue fresco. Pode acreditar que eles continuaram indo em frente, sem parar, e eu segui na direção oposta o mais rápido possível. Foi por estar tão abalada que eu ofereci meus serviços a um policial à paisana e ele pediu para ver minha licença. Acabei aqui na carceragem e ouvi sobre dois tiras que foram mortos na rua Noventa e Dois. Avisei logo que tinha algumas informações, mas ninguém...

— Vamos voltar a história um instantinho. Você viu sangue nesses homens?

— Não. Senti o cheiro.

— Como sabe que era sangue?

— Ora, porra, você já sentiu cheiro de sangue? Especialmente quando é fresco. Dá quase para sentir o gosto, como se lambesse uma ficha de crédito velha. Meu avô tinha uma fazendinha em Kentucky. Criava porcos. Passei um tempo lá quando era criança, ajudando a matar porcos. Conheço o cheiro de sangue. E sei que aqueles caras tinham estado cobertos de sangue havia poucos minutos, posso apostar toda a minha grana nisso.

Eve sentiu uma espécie de efervescência por baixo da pele, mas manteve o tom calmo.

— Como eles eram?

— Grandes, musculosos. Eram brancos. Tive de erguer a cabeça para ver a cara deles, mas não sou muito alta, mesmo com meus sapatos de trabalho. Mas pareciam ainda maiores porque eram sólidos, firmes, entende?

— Bonitos, você diria?

— Sim, muito pintosos, pelo que pude ver. Mas usavam bonés e óculos escuros. Não vi os olhos deles, mas quando um homem lança um olhar daquele tipo nem é preciso ver seus olhos. Acho que eram parecidos um com o outro, mas a verdade é que os rapazes brancos muitas vezes têm todos a mesma cara.

— O que vestiam?

— Preto. — Ela deu de ombros. — Não prestei muita atenção, mas eles pareciam usar roupas boas, entende? Coisa de qualidade. Percebi que tinham grana. Levavam sacolas também, daquelas com alças compridas. — Afastou as mãos uma da outra uns trinta centímetros. — Compridas assim. Agora que estou pensando nisso, uma das sacolas esbarrou em mim. Era dura, e foi nesse momento que eu senti o cheiro de sangue.

— Para que lado iam, oeste ou leste?

— Oeste, na direção da Broadway. Um deles puxava de uma perna.

— Como assim?

— Andava torto, mancava um pouco. Como se sentisse dor na perna ou estivesse com o sapato apertado.

Você atingiu um deles, Preston, pensou Eve. Provocou um pouco de dor no canalha.

— Cor dos cabelos, alguma marca especial, mais algum detalhe?

— Não sei.

Eve não insistiu. Se forçasse a barra, a mulher inventaria detalhes só para completar os espaços em branco.

— Conseguiria reconhecê-los se tornasse a vê-los?

— Pode ser.

— Gostaria que você trabalhasse com um artista que desenha retratos falados.

— Que porra é essa? Nunca fiz isso antes, e já lhe dei um monte de informações boas.

— Talvez. E, se elas forem boas de verdade, posso conseguir sua licença de volta.

— Você é legal. Mulher não é muito a minha praia, mas se você quiser uma transa uma hora dessas prometo não cobrar nada.

— Vou me lembrar disso. Enquanto isso, preciso que fique aqui mais um pouco até eu lhe trazer o desenhista.

— Vou voltar para a carceragem?

— Não. — Quando levantou, Eve decidiu lhe dar mais uma vantagem. — Ainda não divulgaram uma oferta de recompensa pelos assassinos, mas oferecerão algo desse tipo amanhã de manhã. Existe uma recompensa padrão em casos de assassinatos de tiras. Se as informações que nos trouxe garantirem a prisão de alguém, prometo que a grana irá para você.

— Você tá de sacanagem comigo? — O queixo de Ophelia caiu.

— Agradecemos muito sua cooperação.

No instante em que saíram da sala, Peabody apertou o braço de Eve.

— Isso tudo foi verdade, Dallas. Ela os viu!

— Sim, viu mesmo. Quem diria? Uma prostituta de rua. A gente nunca sabe de onde surgirá ajuda. — Eve acenou com a cabeça para Jannson, que saía da sala de observação. — Bom trabalho, detetive.

— Eu é que agradeço a oportunidade, tenente. A senhora arrancou tudo dela como quem oferece pirulito para uma criança. Vou solicitar o artista.

— Procure Yancy, ele é o melhor. Requisite-o, especificamente. Não quero que nada disso vaze para a mídia, pelo menos por agora. Quanto à acompanhante licenciada, seu nome não deve ser citado em nenhum registro nem relatório.

— Entendido.

Eve se voltou para Peabody.

— Quero que ela fique aqui na Central, não a quero de volta nas ruas. Se eles farejarem algo, certamente irão encontrá-la. E se ela sair, certamente vai contar a novidade para quem quiser ouvir. Nada de abrigos de segurança. Vamos instalá-la em um dos dormitórios lá em cima. Consiga tudo o que ela pedir, desde que sejam coisas razoáveis. Vamos deixá-la feliz por algum tempo.

— Certo — disse Peabody, voltando para a sala de interrogatório.

Ao seguir para sua sala, Eve atendeu o *tele-link* de bolso. O rosto de Roarke encheu a tela tão depressa que ela percebeu que ele já estava à espera dela por algum tempo

— Talvez não vá para casa agora. Consegui uma pista.

— Pode me contar alguma coisa?

— Uma acompanhante licenciada de rua ofereceu seus serviços a dois caras a poucos quarteirões da cena do crime. Depois eu conto a história completa, mas vou mantê-la aqui e pedi a Yancy para trabalhar com ela. Vou ficar mais um pouco e ver se ele consegue um bom retrato falado.

— Há algo que eu possa fazer para ajudar?

— É até engraçado você perguntar isso. — Dessa vez ela caminhou direto pela sala de ocorrências, ignorando os olhares de curiosidade, foi até sua sala e fechou a porta. — Está a fim de encarar trabalho burocrático?

— Prefiro chamar isso de consultoria especializada. Vejo um brilho em seus olhos que me agrada muito, tenente.

— Estou na cola deles. — Ophelia sentira o cheiro de sangue, lembrou Eve. Agora, ela também sentia. — Andei refletindo um pouco... Que tal seguir a teoria de que os Swisher podem não ter sido os primeiros? Acho que a coisa vai numa espécie de crescendo... não é esse o nome que você dá quando me arrasta para salas de concerto, sinfonias e outras merdas?

— Isso mesmo, minha querida e inculta Eve.

— São crescendos que aumentam até chegar ao barulhão. Na maioria das vezes a coisa aumenta de volume lentamente, vai sendo construída. Portanto, talvez eles não tenham sido os únicos. E pode ser que não tenham sido os primeiros.

— Mas você e Feeney já pesquisaram crimes semelhantes no CPIAC, o Centro de Pesquisa Internacional de Atividades Criminais.

— Não procuramos os exatamente iguais, com invasão domiciliar seguida de assassinato de toda uma família. Tenho uma teoria. Se alguém estivesse puto o bastante, ou preocupado o bastante sobre um ou mais dos membros da família a ponto de exterminá-la por completo, pode ser que existam outros indivíduos ou outras famílias que também possam ter deixado esse canalha revoltado. Precisamos pesquisar o passado, fazer uma busca nas conexões lógicas. Vamos começar por essas. Funcionários da escola, por exemplo, ou alguém ligado à escola que tenha morrido ou desaparecido, digamos, nos últimos três anos. Esses caras são pacientes, mas também são exibidos, orgulhosos do trabalho. Não aguentariam esperar muito mais tempo.

— Depois, temos os profissionais da área de saúde e os médicos com quem Keelie ou Grant Swisher tenha trabalhado.

— Você pode ligar os pontinhos. Advogados que processaram um dos Swisher, juízes, assistentes sociais. Procure clientes de um ou de ambos que possam estar mortos ou desaparecidos.

— Nessa mesma janela de tempo?

— É... Não, merda, é melhor ampliar a busca para seis anos, para termos uma margem de folga. Se estou certa e os Swisher representaram o grande evento final, vamos descobrir alguma coisa. O que veio depois foi limpeza, necessária por causa de um pequeno erro. Se conseguirmos uma ligação, isso pode nos levar a outra coisa pendente, até juntarmos as pontas e enfiar tudo na boca deles.

— Que papo sexy!

— Se aparecer alguma novidade, prometo ficar ainda mais sexy. Você é mais astuto que eu para essas coisas.

— Mas, querida, você é uma amazona na cama.

— Estou falando de trabalho burocrático, garotão. — Eve sentia a empolgação lhe acelerar o sangue. — Deixe que eu investigo o ângulo da escola, porque é o menos provável. Se pintar alguma coisa, me avise.

Ela foi em direção ao AutoChef, mas parou antes. Estava excitada em demasia para ingerir mais café. O melhor era lavar um pouco daquela empolgação. Resolveu pegar uma garrafa de água antes de começar a organizar o que precisava levar para a sala de instruções.

Abriu a porta e parou de repente, quase atropelando o comandante Whitney.

— Senhor! Não sabia que estava no prédio.

— Acabei de chegar, depois de oferecer minhas condolências às famílias de Preston e Knight. — Ele olhou para a garrafa na mão dela. — Lançaram café transparente em garrafas?

— Isso é água, senhor.

— O inferno congelou e ninguém me enviou um relatório descrevendo o fato?

— Que relatório? Oh! — Ela fez uma careta para a garrafa. — Pensei em me dar uma folga de cafeína.

— No meu caso, um pouco de cafeína me faria bem.

— Sim, senhor. — Ela pousou as coisas na mesa e foi até o AutoChef.

— Sei que você tem uma reunião marcada para daqui a pouco, Dallas. Não vou levar muito tempo. Soube que você chamou um dos nossos artistas de composição de retratos falados para trabalhar com uma testemunha em potencial.

— Acho que ela é confiável, comandante. Solicitei o detetive Yancy, especificamente. Ainda não redigi meu relatório.

— Estive há pouco com a detetive Peabody e já conheço os principais detalhes. — Ele aceitou o café. — Vou assistir à sua reunião de instruções e certamente saberei do resto nesse momento. Mas gostaria de conversar com você sobre outra coisa, antes.

Quando Whitney fechou a porta, Eve esticou os ombros. Ao fazer isso, se lembrou de como Trueheart ficava diante dela.

— Sente-se, tenente.

Ele escolheu a cadeira de visitas, deixando para o comandante a cadeira em sua mesa, que era um pouco mais confiável, mas ele não se sentou nela. Permaneceu em pé com o café na mão.

— É difícil perder homens. É duro aceitar que foram suas ordens que os colocaram em perigo. — Ele olhou para os quadros montados na parede, com fotos dos dois policiais mortos. — Estes não foram os primeiros homens que eu perdi em ação... Nem você.

— Não, senhor.

— Mas cada vez que acontece é como se fosse a primeira. Cada evento é igualmente difícil e doloroso. Você precisa se livrar desse fardo e dessa culpa, Dallas. Pare de se perguntar se devia ter feito algo diferente. Você fez o que devia fazer, do mesmo modo que seus homens agiram como deveriam ter agido. Podemos perder mais homens na busca pela escória que cometeu esses crimes, e você não deve hesitar se tiver de dar novas ordens; não deve pensar duas vezes sobre o que sabe que deve ser feito.

— Já lidei com o problema, comandante.

— Você certamente já começou a encará-lo. Mas a dor virá novamente quando você fizer um intervalo ou estiver longe do trabalho. A dor vai voltar e você terá de lidar com ela mais uma vez. E afastá-la em definitivo. Se tiver problemas com isso, converse com Mira ou com um dos terapeutas do departamento.

— Vou afastar o problema da mente. Nenhum policial na minha divisão ou neste departamento confiará em mim se eu mesma não confiar. Ou fraquejar. Sabia que iria enfrentar situações desse tipo quando aceitei minha promoção a tenente. E sei que estarei aqui mais uma vez, com rostos de homens que conheço no meu quadro de vítimas.

— Você já deveria ter sido promovida a capitã — afirmou ele, e Eve não disse nada. — Você sabe que existem motivos, a maioria deles políticos, para não terem lhe oferecido a capitania.

— Conheço os motivos, senhor, e os aceito.

— Mas não conhece todos eles. Eu poderia forçar a barra, insistir junto ao secretário de Segurança, pedir apoio de outros nomes de peso.

— Não quero que peça apoio de ninguém a meu favor, comandante.

Ele sorriu de leve.

— Apoio foi inventado para ser usado. Mas não farei isso, pelo menos por enquanto. Para ser franco, Dallas, ainda não estou pronto para ver uma das minhas melhores colaboradoras pilotando uma escrivaninha.

— Também não estou pronta para isso, senhor.

— Nós dois saberemos quando esse momento chegar. Excelente o seu café — elogiou ele, tomando mais um gole. — Verei você na reunião de instruções.

# Capítulo Doze

Em seu escritório doméstico, Roarke se preparou para executar a tarefa que lhe fora designada. A percepção de que curtia tanto realizar as tarefas policiais que recebia era um fato que continuava a surpreendê-lo. Afinal, passara a maior parte da vida evitando os tiras, fugindo deles ou tentando enganá-los.

Agora ele não apenas estava casado com uma tira — e ridiculamente apaixonado por ela —, como também passava grande parte do tempo como consultor civil da Polícia de Nova York.

A vida era um jogo tremendamente estranho.

Por outro lado, talvez a parte lúdica de tudo aquilo representasse um grande entretenimento. O quebra-cabeça que precisava ser montado com fatos, provas e instinto.

Eles formavam uma bela equipe, ele e sua tira, refletiu Roarke, enquanto se servia de um brandy antes de se lançar na pesquisa. Eve tinha os sentidos arraigados de uma boa policial e ele nunca se livrara dos seus instintos criminais, igualmente arraigados.

Só pelo fato de estar afastado dos aspectos mais nebulosos da lei, isso não significava que seus instintos não continuassem em estado de alerta.

Ele já matara pessoas. De forma brutal, fria e sanguinolenta. Sabia como era roubar a vida de alguém e o que levava um ser humano a dar fim à existência de outro.

Eve aceitava isso nele... Sua Eve, sempre em busca de justiça. Talvez não perdoasse o seu passado, mas o aceitava. Até mesmo compreendia, e esse era um dos milagres da vida de Roarke.

No entanto, mesmo em seus momentos mais violentos, ele nunca matara um inocente. E nunca havia tirado a vida de uma criança. Mesmo assim, conseguia compreender o raciocínio de quem fazia isso, tanto quanto Eve. Ambos sabiam que o mal não só existia como florescia, aumentava e se desvairava na perseguição aos fracos e inocentes.

Teve uma súbita e clara imagem de si mesmo vestindo uma camisa imunda, com o nariz sangrando e os olhos duros e desafiadores. Em pé no alto da escada no buraco fedido em que havia morado, em Dublin.

E ali estava seu pai, o grande e robusto Patrick Roarke, ligeiramente cambaleante devido ao excesso de álcool.

*Você acha que pode me trazer só duas carteiras magras como resultado de um dia inteiro de trabalho? Quero o resto do que conseguiu, seu fedelho sem-vergonha.*

Roarke se lembrou do som da bota enquanto seu pai subia a escada. Ainda se lembrava nitidamente do som e de sua tentativa de se desviar do golpe. Não foi rápido o bastante, pelo menos naquele dia. Sentiu-se caindo pela escada como havia caído daquele dia. Uma sensação de vazio no estômago, de saber que o tombo seria feio. Ele tinha gritado? Estranho não se lembrar disso. Será que ele gritara de ódio, xingara de fúria ou simplesmente rolara pelos degraus como um saco de ossos?

O que conseguia se lembrar com clareza total — terrível, isso — eram as gargalhadas de seu pai enquanto o filho despencava escada abaixo. Que idade tinha? Cinco? Seis? Não importa.

Afinal, conseguira aguentar o tombo numa boa, não foi? E considerou que os cortes e marcas roxas tinham valido a grana que escondera.

Nixie nunca tinha sido atirada escada abaixo por um canalha bêbado que, por acaso, tinha o mesmo sangue que ela.

Mesmo assim a menina, agora, já conhecia muita coisa sobre o mal e a crueldade. Pobrezinha.

Olhou para o monitor, onde podia vê-la encolhida na cama, sob as cobertas, em um quarto na casa de estranhos, iluminado com luz fraca.

Talvez entendesse tudo ainda melhor no futuro. Agora havia apenas dor, confusão e luto. Mas ela iria superar e faria as escolhas certas para reconstruir sua vida despedaçada.

Ele conseguira e não se arrependia de nada. Não poderia se arrepender de nada do que o levara até onde estava e, principalmente, lhe trouxera Eve. Só que não queria a mesma trajetória para aquela pequena e frágil sobrevivente.

O melhor que poderia fazer era lhe conseguir algum tipo de justiça.

Deu início a uma série de buscas simultâneas. Uma para cada adulto da casa, e outra pesquisa cruzada para possíveis homônimos. Depois investigou os Dyson. Duvidava muito que Eve aprovasse isso, mas aquele era o casal que provavelmente acabaria criando a menina. A mesma menina que dormia em sua casa e confiava nele para se manter a salvo. Roarke precisava saber se o passado dos Dyson era imaculadamente limpo.

Ao mesmo tempo, continuou a busca por nomes de terroristas conhecidos, membros de grupos paramilitares ou mistos.

Pretendia ir mais fundo, mas precisaria usar o equipamento sem registro para isso. Mesmo assim, a ação seria arriscada, o que tornava tudo mais atraente. Queria achar nomes de agentes em forças táticas especiais e secretas. Agências militares ou governamentais especializadas em eletrônica e trabalho sujo envolvendo derramamento de sangue. Quando chegasse a esses nomes, cruzaria os dados mais uma vez com os registros dos Swisher.

Planejou deixar as tarefas padronizadas rodando no escritório enquanto executava seu plano especial no escritório secreto. Mas olhou mais uma vez para o monitor e percebeu que Nixie se remexia na cama.

Observou com cuidado, torcendo para que o subconsciente dela não lhe estivesse preparando outro pesadelo. Perguntou a si mesmo se teria sido um erro insistir em cuidar pessoalmente do turno da madrugada e liberar Summerset, para que ele descansasse um pouco. Pesadelos eram sua praia, mas, no caso de crianças, ele era um novato patético.

No instante seguinte ela se sentou na cama. Pegou o *tele-link* que ele lhe dera debaixo do travesseiro, analisou-o com atenção e passou os dedos sobre o painel. Então olhou em torno do quarto, parecendo tão miúda, perdida e triste que a imagem despedaçou o coração de Roarke.

Pensou em ir lá para acalmá-la, até ela pegar novamente no sono, mas Nixie se levantou da cama. Talvez precisasse apenas tomar água ou ir ao banheiro, decidiu. Isso era o tipo de coisa que uma menina de nove anos já conseguia resolver sozinha. Torceu por isso.

Em vez de ir ao banheiro, porém, ela foi até o localizador doméstico, na parede.

— Dallas está em casa?

Havia um ar de melancolia em sua voz que o comoveu, ao mesmo tempo que pensava: "Menina esperta."

A tenente Eve Dallas não se encontra na residência no momento.

Nixie esfregou os olhos, fungou, e Roarke se perguntou mais uma vez se não deveria ir até lá.

— Roarke está em casa?

Roarke se encontra em seu escritório principal.

— Não sei onde fica, você vai ter de me explicar.

Roarke se levantou, mas logo tornou a sentar quando o computador informou à menina a localização e o trajeto. Deixe que ela venha até aqui, decidiu. Isso lhe pareceu mais normal do que interceptá-la e lhe mostrar — embora Nixie fosse esperta o bastante para desconfiar disso — que ela estava sendo monitorada até mesmo quando dormia.

Olhou para o trabalho que ainda precisava ser feito e massageou a nuca.

— Computador, continuar as buscas solicitadas, exibir apenas arquivos de texto e salvar os resultados. Nenhuma imagem deverá ser exibida até segunda ordem.

Entendido.

Abriu outro arquivo e começou a reavaliar alguns planos para a construção de um novo setor no Olympus Resort, enquanto Nixie vinha procurá-lo.

Levantou a cabeça, ergueu uma das sobrancelhas e abriu um sorriso quando a menina apareceu na porta.

— Olá, Nixie. Não é um pouco tarde para você estar acordada?

— Perdi o sono. Onde está Dallas?

— Continua no trabalho. Pode entrar aqui, se quiser.

— Não devo andar pela casa no meio da noite. — Sua voz tremeu e ele imaginou que ela devia estar pensando no que havia acontecido na última vez que andara sozinha pela casa durante a madrugada.

— Não me importo de ter companhia, já que acordou. Ou posso acompanhá-la de volta ao quarto, se preferir.

Ela foi até a mesa dele, com seu pijaminha rosa-claro.

— Dallas ainda está com as pessoas que morreram?

— Não. Mas está trabalhando para eles.

— Mas a minha mãe, o meu pai, Coyle, Linnie e Inga morreram antes dos outros todos. Dallas prometeu que encontraria quem os matou. Dallas me disse que...

— Ela está em busca deles. — Lidar com isso está fora da minha esfera. Fora do meu sistema solar todo, refletiu Roarke. — Encontrar quem fez isso é a prioridade dela, a coisa mais importante que está fazendo, no momento. E ela continuará investigando até desvendar tudo.

— E se levar muitos anos?

— Ela nunca desistirá.

— Sonhei que eles não estavam mortos. — As lágrimas transbordaram e lhe escorreram pelas bochechas. — Não estavam mortos e tudo estava como deveria estar: mamãe e Inga estavam conversando na cozinha, papai tentou roubar um petisco e elas riram. Eu e Linnie brincávamos de experimentar roupas, e Coyle não parava de zoar. Ninguém estava morto até eu acordar. Não quero que eles estejam mortos. Eles me deixaram sozinha, e isso não é justo.

— Não, não é nem um pouco justo. — Ele se aproximou e a pegou no colo, e ela pousou a cabeça no ombro dele enquanto chorava. Pelo menos isso, refletiu, era algo que um homem poderia fazer. Poderia segurar uma criança que chorava e sofria. Mais tarde, ele faria todo o possível para ajudá-la a reconstruir a própria vida.

— Eles me deixaram sozinha.

— Não queriam fazer isso. Mesmo assim, suponho que todos estão muito felizes por você não ter se machucado.

— Como podem estar felizes, se estão mortos?

Lógica terrível, pensou Roarke, levando-a até a mesa e colocando-a sentada em seu colo.

— Você não acha que quando uma pessoa morre talvez ela vá para outro lugar?

— Como o céu?

— Sim, algo assim.

— Não sei. Talvez. — Ela virou a cabeça e suspirou. — Mas eu não quero que eles fiquem lá no céu. Quero que eles voltem, como aconteceu no meu sonho.

— Eu sei. Nunca tive um irmão. Como é isso?

— Irmãos podem ser maus, de vez em quando, especialmente quando são maiores que a gente. Mas a gente também pode ser má com eles. Às vezes eles são divertidos, brincam com a gente e contam piadas. Coyle jogava beisebol e eu gosto de ir aos jogos para assistir. Existe beisebol no céu?

— Deve existir. Não seria céu se não fosse divertido.

— Se eu tivesse ficado na cama estaria no céu com eles. Bem que eu gostaria de...

— Não diga isso! — Ele a afastou dele o bastante para que ela pudesse ver seu rosto por inteiro. — Você não deve desejar isso, nem eles gostariam que você desejasse uma coisa dessas. Houve um motivo para você não ir embora com eles. Por mais duro que seja, você precisa viver a sua vida e descobrir qual foi esse motivo. Dói muito estar sozinho, eu sei.

O rosto dela se ergueu de repente.

— Não sabe, não! Você não está sozinho.

— Houve um tempo em que eu estive sozinho. Alguém roubou minha mãe de mim, antes de eu ter idade bastante para conhecê-la.

— Ela está no céu?

— Tenho certeza que sim.

— Mas isso também não é justo. — Ela pousou a cabeça mais uma vez no ombro dele e deu batidinhas de conforto em suas costas, em um gesto de solidariedade e compaixão que o comoveu de forma profunda e surpreendente. Ela conseguia lhe oferecer conforto, pensou Roarke. Mesmo naquela situação, ela ainda tinha necessidade de oferecer conforto. Como conseguia superar o ódio? Seria algo inato ou algo que lhe fora ensinado pelos pais?

— Não vou lhe dizer que sei como você está se sentindo, mas posso lhe dizer que sei o que é estar sozinho, faminto e com medo. E lhe digo também que a coisa vai melhorar. Por mais que você não sinta isso, por agora, a vida vai melhorar.

— Quando?

— Um pouquinho de cada vez, dia após dia. — Ele tocou a cabeça dela com os lábios.

Ela suspirou novamente e então se virou para analisar o quadro na parede. Ele a virou de frente para a pintura, junto com ele, e também analisou o quadro. Roarke e Eve, debaixo de uma árvore florida, no dia do casamento deles.

— Ela não parece uma policial ali.

— Por fora, realmente não parece. Ela me deu esse quadro quando completamos um ano de casados. O local é o jardim aqui desta casa, no dia do nosso casamento. Eu pendurei o quadro ali, mesmo que isso pareça um pouco egoísta, mas é que assim posso olhar para ele sempre que estiver trabalhando aqui. Posso vê-la quando estiver com saudades dela.

— Em nossa casa temos muitas fotos de família.

— Você gostaria que alguém pegasse essas fotos para você?

— Eu poderia olhar para elas.

— Vou providenciar isso.

— Posso ficar aqui um pouco, com você?

— Pode. Quer ver o que estou fazendo aqui? — Ele girou o corpo para que ambos pudessem olhar para o telão. — Aqueles são os planos para a expansão de um resort fora do planeta e um condomínio no qual eu tenho alguns interesses.

— Está escrito Olympus Resort. Já ouvi falar desse lugar. Tem hotéis imensos e parques temáticos, uma praia e pavilhões de jogos eletrônicos. Estávamos planejando ir lá um dia. Talvez.

— Este aqui é um setor diferente dos outros que já foram construídos até agora. Está vendo a primeira tela? São plantas de vilas, imensas casas para férias. Vamos colocar um rio passando por ali.

— Você constrói rios?

— Vou construir esse. — Ele sorriu.

— Como consegue?

— Bem, que tal eu lhe mostrar o que tenho em mente para esse lugar?

Enquanto Roarke mostrava a Nixie como seria possível construir um rio em uma colônia fora do planeta, Eve conversava com Yancy.

— Dê-me uma boa notícia.

— Pode ser uma notícia cautelosamente boa?

Ele era jovem e certamente Peabody o descreveria como um gatinho, mas era o melhor artista para confecção de retratos falados em toda a cidade. Eve o pegou pessoalmente em sua sala, um generoso espaço cheio de monitores, computadores portáteis, imensos blocos de papel e muitos lápis especiais.

— Como assim, cautelosamente?

— Sua testemunha é muito entusiasmada e tem bom olho. Isso conta a nosso favor. Mas também tem propensão ao que eu costumo chamar de dramatização. Adora um bom drama e usa a imaginação para ampliar a percepção das coisas. Dá para trabalhar com isso, estou acostumado e estamos fazendo progressos.

— Onde ela está?

— Já foi dormir. Olá, Peabody!

— Acabei de acomodá-la no berço — contou Peabody, juntando-se ao papo. — Consegui um telão de entretenimento para ela, travesseiros extras, uma boa refeição e um drinque.

— Um drinque? — cobrou Eve.

— Você disse para aceitar pedidos razoáveis — lembrou Peabody. — Isso está dentro da tolerância do regulamento. Ela está feliz, embora tenha reclamado um pouco por ter de entregar seu *tele-link* pessoal e não poder usar outro. De qualquer modo ela já apagou, e coloquei Invansky para ficar de babá.

— Estou me perguntando... só um pensamento que passou pela minha mente... por que será que nossa testemunha foi assistir à tevê em um telão tomando drinques, em vez de estar aqui nos oferecendo uma imagem de dois assassinos radicais?

— Minha culpa, tenente. — Yancy ergueu a mão. — Ela foi sugada a noite toda. Conseguiu nos dar um bom ponto de partida, mas começou a viajar na maionese e exagerar o que viu. Se continuarmos depois que ela estiver descansada, teremos mais chance de obter resultados melhores e mais detalhes.

— Tudo bem, tudo bem. — Eve passou as duas mãos pelos cabelos, lutando contra a própria impaciência. — Mostre-me o que conseguiu.

— Dividir a tela — ordenou Yancy ao computador, afastando-se para que Eve pudesse ver. — Mostrar imagens no estágio atual.

Eve olhou para os esboços dos retratos falados. Muito mais rudimentares, notou, que o trabalho usual de Yancy. Os dois homens tinham rostos e queixos quadrados. Pareciam ter entre quarenta e tantos e cinquenta e poucos anos. As sobrancelhas eram retas e pálidas, os lábios firmes, sensuais e cheios. Gorros pretos cobriam a maior parte da testa de ambos, e a parte superior do rosto estava escondida atrás de óculos escuros largos e envolventes.

— Você vai precisar fazer desaparecer os óculos, com base na estrutura facial. É importante termos precisão nos olhos.

— Entendido. Vou trabalhar a partir daqui, mas terei mais chances de acertar as feições depois de outra sessão com Ophelia.

— Não posso ir para a rua com isso, Yancy.

— Poderia me dar pelo menos até amanhã? Ela tem olho bom, como eu disse, mas se lembra dos traços em estilo impressionista, com descrições genéricas. Vou levar um pouco mais de tempo para arrancar dela dados importantes.

— Quantos desses detalhes importantes ela vai esquecer enquanto se enche de drinques e assiste a vídeos no telão? Estou com dois tiras na porra do necrotério, Yancy!

— Sei o que estou fazendo. — Pela primeira vez, na memória de Eve, Yancy a enfrentou com cara feia. — Só porque eu nunca trabalhei diretamente com Knight e Preston, isso não significa que estou enrolando aqui. Se deseja resultados, tenente, saia da minha cola!

Ela poderia ter dado uma esculhambação nele por causa disso. Quase o fez. Só Deus sabe o quanto precisava descontar em alguém. É só dar um pouco de intimidade para as pessoas e elas começam a se voltar contra os superiores.

— Dê um passo atrás, detetive!

Ele vibrou, os músculos de seu maxilar pareceram latejar, mas recuou um passo.

— Você tem razão — disse Eve. — Conhece o seu trabalho e estou aqui pegando no seu pé. Todos nós estamos abalados pelo que aconteceu. Requisitei você, especificamente, porque o considero o melhor profissional do departamento. Também sei que estava fora do seu horário de trabalho e veio em seu tempo livre.

— Nenhum de nós está com tempo livre, agora. — Os ombros dele relaxaram. — Desculpe minha explosão, Dallas. Para mim, é muito frustrante não conseguir criar esses retratos falados mais depressa. Forcei a barra com a testemunha muito mais do que devia, para a primeira sessão. Foi necessário recuar um pouco.

— Quanto de certeza você tem sobre a estrutura facial desses caras?

— Tanta certeza quanto é possível, no momento. Ela tem um jeito genérico de descrever as feições, mas eu diria que o formato dos rostos está correto, pelo menos para um deles. Se ela estiver certa a respeito de ambos, esses sujeitos poderiam ser irmãos ou primos. Pai e filho, sei lá...

— Envie cópias para mim, por favor. Vou começar com o que eu tenho e tentarei não ficar na sua cola até você me conseguir mais.

— Obrigado. — Ele sorriu de leve.

A casa estava silenciosa quando ela entrou. Por pouco não passou a noite na Central, tirando um cochilo por lá mesmo. Teria feito isso se não tivesse como hóspede uma testemunha de nove anos. Conseguira três tiras para patrulhar a propriedade, e mais três dentro de casa — uma situação que provavelmente Roarke detestava mais do que se houvesse uma queda brusca no mercado de ações.

Tinha construído uma fortaleza para si mesmo, mas não gostava de se sentir em estado de sítio.

Conferiu a situação com os guardas de serviço e confirmou que estava tudo sem novidades, antes de subir.

Imaginou que Roarke já devia estar na cama, pois já eram quase três da manhã. O localizador de pessoas, porém, mostrou que ele ainda estava em seu escritório. Ela passou no dela antes, transferiu alguns arquivos e só então abriu as portas que ligavam sua sala de trabalho à dele.

Não sabia o que pensar ao ver a menina encolhida na cama extra embutida na parede, que Roarke acionava de vez em quando. O dono da casa estava sentado na cama ao lado da menina, com as pernas para cima e os olhos fechados.

Era raro Eve vê-lo dormindo. Geralmente Roarke se levantava antes dela, mas a posição em que estava, com as costas na parede, devia estar muito desconfortável.

Enquanto analisava essas questões, ele falou, sem abrir os olhos.

— Ela estava agitada. Peguei o turno da madrugada e deixei que viesse me procurar, quando acordou.

— Pesadelo?

— Pior que isso, na verdade. Ela disse que sonhou que todos em sua casa ainda estavam vivos. Quando acordou, lembrou que estavam mortos. — Nesse momento ele abriu os olhos penetrantes e muito azuis. — Ficou sentada um pouco comigo, me fazendo companhia, mas me pareceu tão receosa de voltar para o quarto que eu a instalei aqui. Ela me pediu para sentar na cama, ao seu lado. Pelo visto, nós dois cochilamos. Estou rodando algumas pesquisas com o monitor desligado, e ainda não tive tempo de checar.

— Isso pode ficar para amanhã, já que faltam poucas horas para amanhecer. O que faremos com ela? Não podemos deixá-la aqui.

— Bem... — Ele olhou para o lado e analisou Nixie. — Posso tentar pegá-la no colo e levá-la para o quarto. Mas, se ela acordar, vai ser sua vez de ficar com ela.

— Merda. Faça de tudo para que ela não acorde, então.

Ele deslizou para fora da cama em silêncio.

— Normalmente isso funciona com você. — Ele enfiou as mãos por baixo da menina e a ergueu suavemente. Nixie gemeu baixinho e se mexeu de leve. Roarke e Eve se entreolharam, quase em pânico. Então, a cabeça da menina tombou sobre o ombro de Roarke.

— Não respire — alertou Eve, em um sussurro. — Não fale nada. Tente deslizar, em vez de andar.

Ele simplesmente virou a cabeça de lado, apontando para o elevador.

Eve usou os botões em vez do comando de voz, e prendeu a respiração até eles completarem a longa jornada e Roarke colocar Nixie na cama, com suavidade. Os dois recuaram juntos, como se a cama tivesse uma bomba caseira pronta para explodir.

— Quando é que Summerset vai acordar?

— Seis.

— Faltam três horas. Acho que vamos aguentar numa boa.

— Sinceramente eu espero que sim. Preciso dormir um pouco, e você também. — Ele esfregou o polegar nas olheiras que pareciam bolsas escuras sob os olhos dela. — Alguma novidade?

— Yancy está fazendo um retrato falado, mas só vai voltar ao trabalho de manhã. — Ao chegar à suíte principal da casa, Eve tirou a jaqueta e o coldre. — Eu bem que preciso de algumas horas de descanso. Meu cérebro parece um mingau. Quero voltar à Central às sete da manhã. Se você achar alguns nomes promissores na pesquisa, pode mandar direto para lá.

Ela descalçou as botas e se despiu.

— Você também está cansado o bastante para não brigar comigo se eu lhe pedir para trabalhar aqui em casa, amanhã?

— No momento, não pretendo brigar com ninguém — retrucou ele. — Mas pode ser que amanhã eu me empolgue.

— Brigamos amanhã, então.

Quase rastejaram até a cama, o braço dele a envolveu e a puxou para junto dele.

— Combinado — disse ele, antes de apagar.

Ele não acordou antes dela — mais uma surpresa. Um bipe baixo no monitor que ficava do outro lado da suíte a acordou. Ela olhou para o relógio de pulso e confirmou que eram seis em ponto.

O quarto ainda estava escuro, mas dava para vê-lo, e ela conseguiu divisar o contorno do seu corpo. A linha firme da bochecha e do maxilar, os cabelos fartos. Ela se virara de frente para ele em algum momento do seu curto período de sono. Buscando... o quê?, perguntou-se. Conexão, conforto, calor.

Por um momento desejou poder simplesmente fechar os olhos novamente, se aconchegar junto dele, fugir de tudo e mergulhar no profundo silêncio do sono. O corpo dela e seu cérebro pareciam mais pesados, devido à fadiga. Mas ela precisava cavar fundo, mais fundo, para encontrar a energia e a determinação que precisava para enfrentar o dia.

Quando seus olhos se ajustaram melhor à escuridão, conseguiu ver mais dele. Seu nariz reto, sua bochecha, a curva de sua boca. Lindo. E tudo aquilo, cada pedaço de pele, cada linha, cada centímetro era dela.

Sentiu-se mais leve de corpo e mente só de olhar para ele.

— Sei que você está me encarando. — A voz dele era um murmúrio sonolento, mas o polegar e o indicador da mão que repousava sobre o traseiro dela lhe deram um forte beliscão.

— Como é que pode você não estar acordado, ganhando mais um milhão e assolando o mundo dos negócios?

— Estou dormindo. Mais tarde eu ganho esse milhão. Por agora, vou deixar outra pessoa começar o dia assolando o mundo dos negócios.

Sim, ela pensou. Sentia-se cada vez mais leve.

— Por que você está tão cansado?

— Porque tem uma pessoa aqui que não cala a boca para me deixar dormir.

— Está com a bateria fraca, hein? Talvez precise de uma recarga. — Colocou os dedos em torno do membro dele, apertou devagar e sorriu quando o sentiu endurecer na mesma hora. — Humm... Pelo visto, a bateria não estava tão fraca.

— Tenho reservas. Você sabe o que acontece com os predadores sexuais?

— Claro, sou tira. — Ela rolou por cima dele. — Minhas baterias também estão quase no fim. Preciso de uma carga rápida. Sabia que o sexo consegue aumentar a rotação do motor?

— Ouvi rumores sobre isso. — A mão dele acariciou-lhe os cabelos, enquanto ela continuava trabalhando sem parar lá embaixo, e o corpo dele se mostrou em estado de alerta total quando sua boca substituiu os dedos. — Acho que você não está jogando muito limpo, mas pode continuar até ele bater continência.

Ela riu e mordeu-lhe a coxa, dizendo:

— Você nunca teve problema em bater continência com ele.

— E você sempre teve uma boca esperta. — Perdeu o fôlego quando ela tornou a usá-la. — Isso! Você está brilhante!

Ela ergueu o corpo suavemente, se ajeitou um pouco e abriu as pernas para recebê-lo. Do outro lado do quarto uma voz de criança perguntou:

— Onde está Dallas?

— Merda! Puta merda! — Eve pulou como se tivesse molas no corpo, girou de lado e pegou a arma por instinto, mas terminou dando um tapa na própria perna nua. No monitor, viu Nixie em pé no quarto de hóspedes, ao lado do localizador de pessoas. — Caraca, essa garota não dorme nunca?!

— Summerset vai acalmá-la. — Mesmo assim, ele se sentou na cama morna ao lado de Eve, completamente nua, e observou a criança.

— Não podemos fazer sexo picante aqui com uma criança bem ali. É algo... pervertido.

— Não ligo para perversões. O problema é que intimida. Sei que ela não pode ver nem ouvir, mas... o problema é ela estar ali. E agora apareceu Summerset. — Ele suspirou e tirou os cabelos do rosto enquanto observava seu mordomo sargentão acudir Nixie em seu quarto. — Droga! Vamos experimentar o chuveiro. Talvez dê certo debaixo do chuveiro, com a porta fechada e a água correndo.

— Agora, olhando para ele junto dela, a bizarrice da situação me tirou o tesão. Vou tomar uma ducha rápida para acordar e cair dentro no trabalho. Volte a dormir.

Ele se deixou cair de volta nos travesseiros quando ela pulou da cama e correu para o banho e reclamou:

— Certo. Até parece que isso vai acontecer!

Eve foi esperta o bastante para entrar e sair da ducha em um piscar de olhos, sabendo que ele talvez tentasse convencê-la a jogar uma partidinha de sinuca aquática. Já fechava a porta do tubo de secar o corpo quando ele entrou.

— Nixie quer fotos — comentou ele. — Fotos da família. Você consegue algumas para ela?

— Vou cuidar disso. Preciso só conferir algumas coisas na minha sala, antes — acrescentou. — Vou ver se pintou alguma pista enquanto dormíamos. Depois, preciso ir para o centro da cidade.

— Pode deixar que eu verifico os resultados da busca para você... com a condição de que você tome o desjejum.

Ela olhou para ele, que tinha a bunda mais bonita do planeta, entrar debaixo da ducha.

— Eu como alguma coisa no escritório. — Ela saiu do tubo secador e penteou os cabelos com os dedos enquanto pegava um robe. — Posso atualizar você lá mesmo, se preferir.

— Subo assim que me vestir. Podemos tomar café da manhã juntos enquanto você me dá mais detalhes.

— Combinado. — Ela voltou para o quarto, vestiu a primeira calcinha que encontrou, uma calça pega ao acaso e procurou uma blusa. Estava vestindo-a quando o *tele-link* interno tocou.

— Bloquear vídeo. Que foi?

— Já que acordou, Nixie gostaria de trocar algumas palavras com a senhora, tenente — informou Summerset.

— Estou indo para o meu escritório. Estarei lá em um minuto.

— Como nenhuma das duas tomou café da manhã, talvez ela possa acompanhá-la.

Agora ele me deixou encurralada, pensou Eve, quase rosnando para o *tele-link*.

— Eu ainda não estou...

— Posso programar o café. — Era a voz de Nixie, certamente ao lado do mordomo. — Já aprendi como fazer isso.

— Tudo bem, certo, tá legal, faça isso. Estarei lá em um minuto.

Ela abotoou a blusa, calçou as botas e resmungou baixinho sobre ter de manter conversa com uma testemunha antes mesmo de tomar o primeiro café da manhã. Pelo menos uma sessão de sexo teria servido para lhe dar energia instantânea, limpar as teias de aranha do cérebro, mas não!... A garota precisava começar a pentelhar antes mesmo de Eve colocar os pés fora da cama.

Ela prendeu o coldre e saiu do closet em busca de uma jaqueta. Tinha um monte de trabalho para fazer, droga. Trabalho sério, que exigia concentração, mas isso iria acontecer? Não, porque a menina iria fazê-la começar o dia com um daqueles olhares compridos e comoventes. E ela seria obrigada a lhe dizer pela enésima vez que não, ainda não tinha agarrado os canalhas assassinos que tinham destruído sua família.

— Caraca! Puta que pariu! — reagiu ela ao se lembrar de um detalhe.

O quadro com as fotos do crime, pensou Eve, aberto à vista de quem entrasse no seu escritório. Voou pela porta do quarto e correu até o quarto onde Nixie dormia. Ao vê-lo vazio, seguiu em direção à sua sala.

Ainda usando o pijama cor-de-rosa, a menina parecia petrificada, olhando para as imagens cruas de assassinato e morte. Xingando a si mesma, xingando Summerset, Eve entrou ventando pelo escritório e se colocou na frente da menina, impedindo-a de ver o quadro.

— Isso não é para você ver!

— Eu já vi isso antes. Vi quando aconteceu de verdade. Minha mãe e meu pai. Eu os vi antes. Você me disse que eu poderia revê-los.

— Não desse jeito. — Os olhos dela pareciam imensos, Eve reparou. Tão grandes em seu rosto que pareciam engoli-lo todo.

— Eles são minha mãe e meu pai, não são os seus. — Tentou passar por Eve.

Agindo por puro instinto, Eve pegou Nixie no colo e a virou para o outro lado.

— Não ajuda em nada você vê-los assim. Isso não é bom para eles, nem para você.

— Por que você pode vê-los? — Nixie empurrou e tentou se desvencilhar de Eve, chutando e se contorcendo. — Por que tem fotos deles? Por que pode vê-los e eu não?

— Porque esse é o meu trabalho. Pronto! Você tem que aguentar isso. Pare! Mandei parar. Olhe para mim! — Quando Nixie ficou com o corpo mole, Eve a apertou com mais força. Desejou desesperadamente que Roarke aparecesse, Peabody ou até mesmo... minha nossa!... Summerset. De repente, resolveu seguir o treinamento. Sabia como lidar com sobreviventes de chacinas e massacres.

— Olhe para mim, Nixie! — Ela esperou até a menina erguer a cabeça e seus olhos encharcados fitarem os dela. — Se quiser ficar revoltada, pode ficar. Eles roubaram sua família de você. Pode ficar pau da vida. Pode ficar triste, pesarosa ou enfurecida. Eles não tinham o direito. Os canalhas não tinham o direito de fazer isso.

— Mas fizeram! — Nixie estremeceu um pouco.

— Sim, fizeram. E ontem à noite eles mataram dois homens que eu conhecia, homens que trabalhavam para mim. É por isso que eu também estou revoltada.

— Agora você vai matá-los? Quando os encontrar você vai matar os canalhas por eles terem matado seus amigos?

— Vou ter vontade de fazer isso. Uma parte de mim vai querer matá-los, mas esse não é o meu trabalho. A não ser que a minha vida ou a vida de alguém esteja em risco. Se eu tirar a vida deles só por estar revoltada, triste ou pesarosa, isso me colocará no mesmo lugar que eles. Você precisa deixar tudo por minha conta.

— Se eles tentarem me matar você vai matá-los antes?

— Sim.

Nixie olhou fixamente para Eve e balançou a cabeça para frente com ar grave.

— Posso fazer o café — ofereceu. — Já aprendi.

— Seria ótimo. Gosto do meu forte e sem açúcar.

Quando Nixie foi para a cozinha, Eve pegou a manta que estava jogada sobre a poltrona reclinável e a prendeu sobre o quadro. Depois, pressionou os olhos com as mãos.

O dia, pensou, já tinha começado com o pé esquerdo.

# Capítulo Treze

— Isso foi absolutamente bizarro. — Eve foi direto à sua mesa a fim de conferir as mensagens recebidas no instante em que Summerset levou Nixie para fora do escritório.

Roarke se serviu do resto do café que ainda estava no bule antes de se levantar.

— Passar vinte minutos tomando café da manhã é considerado normal em algumas sociedades primitivas.

— E agora estou atrasada. — Ela analisou os relatórios que o Instituto Médico Legal enviara, com os dados de Knight e Preston, além das descobertas preliminares sobre o sistema eletrônico e o esquema de segurança do abrigo. — Preciso dar o fora daqui.

— Antes, deixe-me ver o que consegui para você.

— Roarke... Ela viu o quadro.

— Cacete! Mas quando...

— Eu mandei Summerset enviá-la aqui para cima, então não posso nem colocar a culpa nele. Não raciocinei. Estava meio chateada por ter de lidar com ela antes de ir para o trabalho. E então...

— Balançou a cabeça para os lados. — Quando a ficha caiu, vim correndo para cá, mas era tarde demais.

— Como ela lidou com o que viu? — Roarke colocou o café sobre a mesa e o esqueceu.

— Tem mais coragem do que se espera de uma criança. Só que não vai esquecer a cena. Nunca mais. Preciso contar isso a Mira. — Como não tinha outro alvo disponível, Eve chutou a mesa. — Merda, merda, merda! Como é que pude ser tão burra?

Não foi preciso perguntar como Eve estava lidando com o que viu, refletiu Roarke.

— Não foi sua culpa, pelo menos não toda. A culpa é de todos nós. Não estamos habituados a ter uma criança na casa. Isso também não me passou pela cabeça. Ela poderia ter entrado aqui na sua sala quando vagava pela casa durante a madrugada. Eu nem pensei nessa possibilidade.

— Devíamos ser mais espertos do que somos, não é? Mais responsáveis?

— Acho que *somos* responsáveis. — Ele se perguntou o quanto estaria se culpando se Nixie tivesse entrado no escritório de Eve quando foi procurá-lo durante a noite. — De qualquer modo, isso é como mergulhar de cabeça em uma piscina sem antes aprender a nadar ou, pelo menos, a dar algumas braçadas.

— Precisamos levá-la até os Dyson, porque eles são pessoas que sabem cuidar de uma criança de nove anos. A menina terá um caminhão de problemas psicológicos para superar ao longo da vida. Não quero aumentar essa carga.

— Se você quiser que eles venham para cá, por mim está ótimo — disse Roarke, antes de ela ter chance de retrucar. — E quanto antes melhor, pelo bem dela.

— Vou entrar em contato com eles agora mesmo para pedir que me encontrem na Central.

— Deixe-me pegar as pesquisas que coloquei para rodar ontem à noite.

Ele foi para o escritório ao lado e ordenou que os resultados aparecessem na tela e fossem gravados em disco.

— Dezenove nomes — avaliou. — Mais do que seria de esperar, em minha opinião. Mortes por causas naturais vão fazer a lista encolher um pouco, mas mesmo assim...

— São muitos nomes. — Ela se virou para analisar o telão. — Cinco deles aparecem nas listas do pai e da mãe. Os Swisher não foram os primeiros — reafirmou Eve. — Não há jeito de eu engolir essa possibilidade. Vou pegar esses nomes e fazer uma pesquisa mais profunda.

— Poderei ajudá-la... mais tarde — afirmou ele, olhando para o relógio. — Também estou atrasado. Preciso trabalhar um pouco aqui, e depois tenho algumas reuniões na cidade a partir das nove.

— Você disse que trabalharia em casa, hoje.

— Não. O que eu disse foi que deixaríamos para brigar a respeito disso de manhã. — Ele estendeu a mão e passou o polegar pela covinha do queixo dela. — Meu trabalho não pode parar, tanto quanto o seu, tenente. E se alguém estiver prestando atenção em nós, poderá muito bem especular sobre o porquê de eu estar entrincheirado aqui em casa quando deveria estar na rua, trabalhando. Prometo ser muito cuidadoso, de verdade. Nada de riscos desnecessários.

— Talvez tenhamos definições conflitantes sobre o que são "riscos desnecessários".

— Nem tanto. Venha cá.

— Estou aqui.

— Chegue um pouco mais perto. — Com uma boa risada, Roarke a agarrou e a trouxe para seus braços, bem junto de si.

— Vou me preocupar com você, e você vai se preocupar comigo. — Esfregou a bochecha na dela. — Estamos empatados.

— Se você permitir que algo de mau lhe aconteça, juro que lhe darei um chute na bunda.

— Idem.

Como precisava se satisfazer com o material que tinha em mãos, Eve se consolou enfrentando o engarrafamento no caminho para a Central. Até o céu parecia mais cheio naquela manhã, apinhado de bondes, dirigíveis e ônibus aéreos, além dos jetcópteros do departamento de trânsito, que lutavam para manter o fluxo constante de veículos.

Embora Eve achasse mais rápido usar as rotas aéreas, resolveu ceder ao rastejar do tráfego e ao fedor das ruas.

Arrastou-se rumo à Columbus Circle e caiu em um novo engarrafamento provocado por uma carrocinha de lanches virada no meio da rua. Vários pedestres se serviam da comida e da bebida espalhada que rolava pelo asfalto, enquanto o dono da carrocinha pulava de um lado para outro como se tivesse molas nos pés.

Por um instante, Eve lamentou não ter tempo para mergulhar naquela baderna em potencial. Seria um jeito divertido de começar o dia de trabalho. Em vez disso, emitiu um alerta sobre o incidente e resolveu seu dilema de locomoção ligando a sirene. *Uau! Veja só todos esses manés se atropelando para sair do caminho!* Em seguida, acionou o modo vertical da viatura.

Tudo bem, ela admitia: adorava a nova viatura.

Passou como uma brisa por sobre o engarrafamento e conseguiu vislumbrar o dono da carrocinha protestando e dando socos no ar com os punhos. Aterrissou três quarteirões ao sul em um ponto onde o tráfego terrestre estava um pouco mais razoável. Resolveu ligar o piloto automático enquanto fazia ligações para várias pessoas de sua lista. Deixou mensagens para os Dyson, para Mira, reservou uma sala de conferência para as dez da manhã e deixou mensagens de voz para cada membro da equipe que queria ver na reunião.

Refletiu sobre o quanto daquele trabalho burocrático conseguia evitar nos tempos em que Peabody era sua ajudante, em vez de parceira.

Ao chegar à Central, viu Peabody na entrada da sala de ocorrências, grudada em McNab como se os dois fossem peças de um quebra-cabeça estranho e pervertido.

— Tomei um café da manhã decente antes de sair de casa — declarou Eve, parando ao lado deles. — Mas essa visão é o tipo de coisa capaz de me fazer vomitar.

— Só estou me despedindo do meu amorzinho — explicou Peabody, e fez ruídos exagerados de beijo contra os lábios de McNab.

— Confirmado: essa é uma cena capaz de provocar vômito. Isso é uma central de polícia, e não um sex club. Deixem isso para depois do turno.

— Ainda faltam dois minutos para o turno começar — argumentou McNab, dando um beliscão na bunda de Peabody. — Vejo você mais tarde, She-Body.

— Até, detetive Garanhão.

— Oh, por favor! — Eve apertou a mão contra o estômago, com cara de enjoo. — Quero manter os waffles que eu comi aqui dentro.

— Waffles? — Peabody girou o corpo, apoiada nos calcanhares dos seus tênis em padrão xadrez, com amortecimento a ar. — Waffles no café da manhã! Alguma comemoração especial?

— Só mais um dia maravilhoso. Vamos para a minha sala.

— Fale-me dos waffles — implorou Peabody, saltitando atrás de Eve. — Foram aqueles com morangos e creme batido em volta ou os outros, com calda caramelada escorrendo pelos lados? Estou de dieta... mais ou menos. Tomei um energético de baixas calorias no café da manhã. O gosto é horrível, mas pelo menos minha bunda não vai se expandir de forma descontrolada.

— Peabody, eu já observei, contra a minha vontade e com muita relutância, que a pessoa com quem você resolveu coabitar exibe um gosto especial e pouco natural pela sua bunda.

— Pois é. — Sorriu, com ar sonhador. — Ele curte mesmo, né?

— Então por que... e pergunto isso igualmente contra a vontade e com certa relutância... você demonstra uma obsessão tão grande com o tamanho e o formato dessa parte em particular da sua anatomia?

— Tenho um tipo físico e um metabolismo que me obrigam a ficar de olho, senão será possível servir uma refeição de cinco pratos na prateleira formada pela citada parte da minha anatomia. É uma questão de amor-próprio. Nem todas as mulheres foram designadas para desfilar ao longo da vida magras como uma cobra.

— Agora que esclarecemos esse ponto, quero café.

Eve planejou esperar alguns segundos antes de lançar o Olhar de Destruição na direção de Peabody. Mas sua parceira seguiu lépida rumo ao AutoChef e programou café.

— Acho que o que aconteceu ontem à noite com Knight e Preston fez com que McNab e eu refletíssemos um pouco e apreciássemos o que temos. Saber o que pode nos acontecer torna cada momento mais intenso. Geralmente ele não me acompanha até o departamento.

Entregou o café a Eve e completou:

— Queríamos só mais uns minutinhos juntos.

— Entendido. — Como realmente compreendia o que ela queria dizer, Eve apontou para a cadeira antes de se recostar contra a mesa. — Deixei uma mensagem para você e outra para o resto da equipe. Sala de conferências C às dez em ponto. Vou lhes passar novas instruções, e torcer para Yancy surgir com algum retrato falado melhor dos suspeitos. Enquanto isso, tenho alguns nomes para pesquisar. Pistas em potencial. Morris examinou Knight e Preston ontem à noite. Nada de novo ou inesperado. Receberam uma rajada de atordoar e a faca na garganta os matou. O exame toxicológico deu negativo. Estou esperando pela confirmação do laboratório de que a arma de Preston foi usada antes de ele tombar.

— Tomara que ele tenha dado uma boa rajada no canalha.

— Ophelia disse que um dos dois mancava. Eu diria que Preston teve uma curta alegria antes do fim. A DDE não nos trouxe nada de novo, mas isso estabeleceu um padrão. Vamos ver se encontramos o fio da meada em algum dos nomes na lista de pessoas que os Swisher conheciam e que estão desaparecidas ou mortas.

— Vou dar a partida.

— Sua parte da lista está anexa à mensagem de voz que eu lhe enviei. Se algum sininho fizer "ding" em sua cabeça, preciso saber na mesma hora.

— Fui! — Ela fez menção de sair, mas parou. — E os waffles? Puxa, Dallas, eram cobertos com creme batido ou vinham nadando em calda?

— Calda. Estavam imersos em calda.

— Hummm.

Peabody deu um suspiro e saiu. Para satisfazer a curiosidade, Eve espiou pela porta e a observou indo embora. Não era muito ligada em bunda de mulher, mas a de Peabody lhe pareceu interessante.

Sentando-se, ela puxou a lista.

Jayene Brenegan, trinta e cinco anos na data da morte, no dia 10 de fevereiro de 2055. Era médica no setor de emergências.

Assassinada por múltiplas facadas durante uma tentativa de roubo no estacionamento do West Side Memorial Hospital. Suspeito identificado e preso. O teste para uso de Zeus deu positivo. Atualmente cumpria sentença entre vinte e cinco anos e perpétua na penitenciária de Rikers.

*Brenegan tratou de Coyle Swisher quando ele fraturou o braço em uma queda quando praticava esportes. Também havia testemunhado em um dos casos de Grant Swisher: custódia Vemere versus Trent, maio de 2054, e também no caso de Kirkendall versus Kirkendall, em setembro de 2053.*

O acréscimo era de Roarke, reparou. Seu marido era extremamente meticuloso.

Deu uma olhada em Vemere, em Trent, no casal Kirkendall, e manteve Brenegan na lista de ativos, pelo menos por enquanto. Eve também era meticulosa.

Pedro Cruz, setenta e dois anos, repórter de tribunal. Morreu de ataque cardíaco no dia 22 de outubro de 2058. Registros médicos confirmam a causa da morte.

*Cruz trabalhou como repórter em vários julgamentos em que Grant Swisher participara na vara de família. Keelie Swisher era sua nutricionista.*

Pouco provável, decidiu Eve, e colocou o nome no fim da lista.

Lindi e Hester Hill, idades: trinta e dois e vinte e nove anos, respectivamente. Relação homoafetiva confirmada por casamento. Morreram em um acidente de carro no dia 2 de agosto de 2057. O motorista, Kirk Fein, foi acusado de dirigir sob o efeito de drogas, excesso de velocidade e agravantes por provocar duas mortes. Cumpria pena no Complexo de Reabilitação Weizt.

Que beleza!, pensou Eve. Mate duas mulheres por ser burro e dirigir bêbado e, como castigo, passe dez anos em um country club.

*As duas Hills contrataram a firma Swisher & Rangle para ajudá-las em seus planos para adotar uma criança. Foi no decorrer do processo que foram mortas. Ambas também eram clientes de Keelie Swisher.*

Não havia motivo, pensou Eve, e as cortou da lista.

Amity Mooreland, vinte e oito anos por ocasião da morte, no dia 17 de maio de 2059. Dançarina. Morta por seu parceiro de coabitação em um caso de estupro seguido de homicídio. Jez Lawrence, condenado. Cumprindo prisão perpétua em Attica.

*Mooreland contratou Grant Swisher para ajudá-la a terminar o status de coabitação e processar Lawrence por perda de rendimentos devido a ferimentos. Ela também se consultou com Keelie Swisher sobre nutrição e cuidados de saúde enquanto estava se reabilitando do espancamento, e continuou a ser sua cliente até morrer.*

Jez Lawrence merecia uma olhada mais cuidadosa. Mooreland iria permanecer na lista.

Thomas Moss. Cinquenta e dois anos no dia da morte, 6 de setembro de 2057. Juiz de vara de família. Morto, em companhia do filho Evan Moss, de quatorze anos, devido a uma bomba instalada em seu carro.

— Ding! — murmurou Eve.

*Moss foi juiz em vários casos defendidos por Grant Swisher. A esposa dele, Suzanna, era cliente de Keelie Swisher. O caso continua aberto.*

— Computador, pesquisar e listar todos os casos em que Grant Swisher trabalhou como advogado e teve Thomas Moss como juiz.

Qual o período de tempo para a busca?

— Quero todos os casos.

Entendido. Processando...

Eve se levantou da cadeira e começou a andar de um lado para outro. Bomba no carro. O padrão era diferente, nada de íntimo e pessoal como uma faca na garganta. Mas era uma técnica militar de assassinato. E também uma tática terrorista. Portanto, condizente com o perfil dos assassinos.

Uma criança também fora morta nesse caso. Terá sido planejado ou casual?

Ela se virou para o computador, analisou outras pessoas ligadas à área médica e alguns profissionais de saúde que pudessem estar na lista. Mas logo desistiu. Seu computador estava estranho, apesar de McNab ter dado uma geral nele havia pouco tempo. Eve não confiava em sua máquina para realizar multitarefas.

— Dallas — chamou Peabody, da porta. — Encontrei um "ding". Eu acho. Assistente social ligada a alguns dos casos de Grant Swisher. Estrangulada na cama no ano passado. Os investigadores colaram firme no namorado, porque o casal tinha problemas, mas não conseguiram incriminá-lo. O caso continua aberto. O apartamento dela não mostrou sinais de invasão. Não houve ataque sexual, nem indícios de roubo. O estrangulamento foi manual. Não encontraram traços de mais ninguém no local além da vítima, do namorado e de um colega, ambos com álibis sólidos.

— Quem trabalhou no caso?

— Ahn... — Ela ergueu o tablet. — Detetives Howard e Little, da sexagésima segunda DP.

— Ligue para eles e consiga tudo o que descobriram. Verifique os dados da vítima e veja se ela trabalhou em algum caso de Grant Swisher cujo juiz tenha sido Thomas Moss.

— Você também achou alguma coisa?

— Pelo jeito, sim.

Pesquisa completa.

Eve se virou para a tela.

— Exibir! Vamos lá... Moss e Swisher tinham muitos negócios em comum. Vamos cruzar esses dados com os da sua vítima. Qual é o nome dela?

— Karin Duberry. Tinha trinta e cinco anos quando morreu. Solteira, sem filhos.

— Tenente? Desculpe. — Um dos detetives apareceu na porta. — A senhora tem dois visitantes à sua espera. Uma tal de sra. Dyson e um advogado.

Eve agarrou um tufo de cabelos. Estava na maior pilha, mas não podia adiar isso.

— Leve-os para a sala de estar. Já estou indo. Peabody, cruze os dados. Procure na lista alguém que tenha o tipo de treinamento ou as ligações que buscamos. Volto assim que resolver isso.

Eve ligou para Mira e deixou uma mensagem com a assistente quando esta lhe disse que a doutora estava em consulta. Rangendo os dentes, decidiu que teria de enfrentar a situação sozinha.

Encontrou a sra. Dyson na "sala de estar", apelido carinhoso ou sarcástico inventado pelos tiras. Na verdade, o local estava a um passo da lanchonete no quesito barulho, e as opções de comida para os visitantes eram quase as mesmas. O que, para quem conhecia a lanchonete, não era exatamente um elogio.

Jenny Dyson estava sentada diante de uma das mesas redondas, com a cabeça junto à de Dave Rangle. Ambos demonstravam estar passando por momentos terríveis.

— Sra. Dyson, sr. Rangle. Agradeço que tenham conseguido um tempo para vir aqui.

Jenny Dyson ajeitou o corpo e se sentou reta.

— Eu já tinha planejado vir hoje, antes mesmo do seu recado. Antes de qualquer coisa, gostaria de saber se houve algum progresso na investigação.

— Temos uma ou duas boas pistas, e estamos investigando-as. Na verdade, sr. Rangle...

— Por favor, trate-me por Dave — pediu ele.

— Dave, se eu pudesse conversar com você por mais alguns minutos, depois de acabarmos, agradeceria muito.

— Claro.

Eve se sentou.

— Você está aqui como representante legal da sra. Dyson ou como sócio do sr. Swisher?

— Ambos. Sei, como a senhora também sabe, que Jenny e Matt foram nomeados tutores legais de Coyle e Nixie, no caso de algo acontecer a Grant e Keelie. — Eu... — Balançou a cabeça. — Como ela vai? Como vai Nixie? A senhora poderia nos informar?

— Está tentando lidar com a nova situação. Vem sendo acompanhada por um terapeuta. Está a salvo.

— Por favor, diga a ela, se tiver chance, que ela está em meus pensamentos. Nos meus e nos de todas as pessoas do escritório. Nós... — Ele parou de falar quando Jenny colocou a mão sobre a dele. — Falarei disso mais tarde. Estamos aqui para discutir a guarda de Nixie.

— Não podemos pegá-la! — explodiu Jenny.

— De qualquer modo, pelo bem e pela segurança dela, bem como devido ao sigilo da investigação, eu não poderia entregá-la a vocês agora. Entretanto...

— Nunca.

— Como assim?

— Jenny. — Dave falou gentilmente com ela, e quando seu olhar pousou novamente em Eve, havia dor e pesar em sua expressão. — Jenny me pediu para representá-la em um pedido para cancelar a responsabilidade da guarda de Nixie. Ela e Matt se sentem incapazes de cumprir os termos acordados. Aceitei o que me pediram e entrarei com o processo hoje mesmo na vara de família.

— A menina não tem ninguém.

— Minha filha morreu. — A respiração de Jenny ficou ofegante e falha. — Minha bebê está morta. Meu marido está mais devastado do que eu conseguiria descrever. Vamos enterrar nossa Linnie hoje, e nem sei se ele vai aguentar a cerimônia até o fim.

— Sra. Dyson.

— Não, não. Escute o que eu tenho a dizer.

Sua voz aumentou de volume e ficou tão alterada que atraiu a atenção de outros policiais ali perto, que passaram a acompanhar a cena.

— Não podemos pegá-la, tenente. Não era para as coisas acontecerem desse modo. Se tivesse havido um acidente, certamente aceitaríamos receber Nixie e Coyle, mas...

— Mas como foi assassinato não farão isso?

— Tenente... — tentou Dave, mas foi interrompido novamente.

— Não podemos! Isso está além das nossas forças. Nossa filhinha está morta. — Ela apertou a boca com as duas mãos. — Amávamos Keelie, Grant e as crianças. Era quase como se fôssemos uma bela família.

— Os poucos parentes que Nixie tem estão espalhados por aí, e não demonstraram interesse no seu futuro, nem no seu bem-estar — argumentou Eve. — Havia um motivo para vocês serem indicados como guardiões dela.

— Pensa que não sei disso? — As palavras saíam de sua boca como chicotes. — Acha que não sinto nada por essa criança, apesar da minha dor e do meu luto? Uma parte de mim deseja ir até ela, tomá-la nos braços e confortá-la. Nessa parte de mim, meus braços estão loucos para pegá-la no colo. Só que em outra parte aqui dentro eu mal consigo pronunciar o nome dela. Não suporto a ideia de vê-la ou de tocá-la.

Lágrimas começaram a lhe escorrer pelo rosto.

— Uma parte de mim não consegue parar de pensar que deveria ter sido *ela* a morrer, e não minha filhinha. Seria ela que estaríamos enterrando hoje, e não minha Linnie. Odeio essa parte de mim mesma, tenente, mas ela existe. — Lançou um suspiro entrecortado de lágrimas. — Sempre estará lá. Nunca serei capaz de olhar para ela sem me perguntar o porquê disso, sem desejar que as coisas fossem diferentes. Quanto ao meu marido... acho que isso o levaria à loucura.

— Nada do que aconteceu naquela noite foi culpa de Nixie.

— Ora, mas eu sei disso. Sei perfeitamente. Mas me pergunto quanto tempo levaria, se fizéssemos o que Keelie e Grant queriam, quanto tempo levaria para que eu a fizesse se sentir culpada. Preciso ir embora. — Ela se levantou. — Meu marido precisa de mim.

— Jenny, por favor, me dê só alguns minutos para conversar com a tenente.

— Leve o tempo que quiser. Vou por minha conta para casa. Quero ficar sozinha, agora. Simplesmente quero ficar sozinha.

— Não sei se devia deixá-la ir. — Dave fez menção de se levantar para ir atrás dela.

— Espere! — Eve pegou o comunicador, informou o nome de Jenny Dyson, sua descrição, o local de onde havia saído e solicitou que uma equipe de policiais à paisana a seguisse, para garantir que ela chegaria em casa em segurança.

— Ela é uma pessoa boa, tenente. Sei como tudo isso deve estar parecendo, mas a verdade é que se afastar dessa responsabilidade está sendo muito difícil para ela.

— E deveria, mesmo. As varas de família não resguardam os direitos da criança?

— Elas julgam o que é melhor para a família e resguardam os interesses do grupo. Depois de conversar com Jenny e ver o estado de Matt, já não posso afirmar com certeza que obrigá-los a cumprir o acordo de guarda será o melhor para Nixie.

— Você poderia esperar para entrar com esse pedido por alguns dias. Talvez eles mudem de ideia.

— Preciso preencher os formulários, a pedido dela. Mas posso retardar um pouco o processo. Farei isso. Mas posso lhe garantir que eles não mudarão de ideia. Deixarão a cidade em definitivo, logo depois do funeral. Já fizeram arranjos e planejam se mudar para o norte do estado. Vão para junto da família dela. Matt conseguiu uma licença médica e ela vai fechar o consultório aqui. A situação é...

Ele ergueu as mãos e as deixou cair novamente, derrotado.

— Suas vidas foram destruídas — continuou. — Eles têm o direito de construir outra, e espero que consigam. Mas sei que nunca mais as coisas serão iguais. Nixie é parte do que eles perderam. Não podem, e certamente não vão querer, um lembrete vivo do que aconteceu. Farei tudo o que puder por Nixie. Talvez até aceite uma custódia temporária. Vou conversar com os parentes de sangue que ela tem, para ver se esse é o rumo certo.

— Preciso que me coloque a par de todo e qualquer movimento ou progresso na resolução do problema da guarda da menina.

— Farei isso. Meu Deus, sinto muito. Estou muito mal, completamente arrasado por todos eles. A senhora deseja alguma coisa? Preciso de um pouco de água. Vou tomar um analgésico, pois uma dor de cabeça daquelas está surgindo.

Todos nós estamos com uma tremenda dor de cabeça, pensou Eve.

— Não, obrigada. Vá pegar sua água.

Ele se levantou, foi até a máquina e pegou uma garrafa de água. Ao voltar, engoliu um comprimido e bebeu alguns goles.

— Tenente, os Dyson são pessoas boas. É muito doloroso para Jenny se afastar de Nixie e se esquivar da promessa que fez às pessoas que amava. Nunca se perdoará por isso, mas a verdade é que não lhe restou mais nada. Matt está desmontado, física e psicologicamente. Eu mesmo estou tendo dificuldades para me aguentar em pé.

— Mas é importante que faça exatamente isso. Preciso saber sobre alguns dos casos de Grant Swisher.

— Qualquer coisa que eu possa lhe contar. — Ele bebeu mais um pouco d'água e fechou a tampa da garrafa. — O que eu não souber informar, Sade saberá. Seu cérebro parece uma placa-mãe de computador.

— Casos arbitrados pelo juiz Thomas Moss.

— Juiz Moss? Ele foi morto há alguns anos. Foi uma tragédia horrível. Seu filho morreu também. Uma bomba no carro. Nunca pegaram os responsáveis.

— Sei disso. Consegue se lembrar de algum caso em que Grant Swisher tenha sido o advogado, Moss tenha trabalhado como juiz e uma assistente social chamada Karin Duberry estivesse envolvida?

— Duberry... — Massageou a nuca, tentando se concentrar. — Há algo vagamente familiar, mas não me lembro de ninguém com esse nome. Espere um instante.

Pegou o *tele-link* de bolso. Em poucos segundos, Sade apareceu na tela.

— Alguma vez Grant trabalhou com uma representante do Serviço de Proteção à Infância chamada Karin Duberry?

— Aquela mulher que foi estrangulada no ano passado?

— Não sei se... — Ele olhou para Eve e ela confirmou com a cabeça. — Sim, essa mesma.

— Deixe-me ver... Eles trabalharam juntos em vários casos. Algumas vezes do mesmo lado, outras em lados opostos. Por quê?

— Quantas dessas audiências foram presididas pelo juiz Moss?

— Várias, eu acho. As chances disso são grandes. Qual é o lance, Dave?

— Não sei.

— Você se importa? — perguntou Eve, e antes mesmo de lhe dar chance de responder, pegou o *tele-link*. — Aqui é a tenente Dallas. Sade, você se lembra de possíveis ameaças feitas a algum participante de um caso onde Moss, Duberry e Swisher tenham trabalhado juntos?

— Não me vem nada à cabeça, assim de imediato. Dave tem arquivos de todos os casos. Deve haver anotações lá. Por Deus, isso tem ligação com o que aconteceu? A senhora acha que as pessoas que mataram Grant também explodiram o carro do juiz Moss e mataram a assistente social?

— É isso que estou investigando. Vou precisar de você, caso precisemos tornar a conversar.

— Claro, estou à sua disposição.

Eve devolveu o *tele-link* a Dave.

— Obrigado, Sade — agradeceu ele. Vou me encontrar com você às duas e meia. — Desligou o *tele-link*. — Vamos ao funeral juntos. Escute, tenente, eu mesmo posso tentar me lembrar de alguns desses casos. Quem sabe a lembrança de um comentário ocorrido durante a pausa para o cafezinho. Grant e eu reclamávamos muito dos nossos casos um com o outro, para desabafar. Sabe como são os parceiros...

— Sim, eu sei. Se conseguir lembrar de algo, entre em contato.

— Combinado. Estou me perguntando... Será que a senhora teria como me dar uma ideia de quando posso marcar o funeral deles? Considerava Grant mais que sócio. Eu era amigo da família e gostaria de organizar a cerimônia. Também gostaria de falar com

Nixie e me certificar de que faremos isso de um jeito mais tranquilo para ela, tanto quanto possível.

— Você terá de manter esses planos em suspenso por mais algum tempo. Não posso permitir que ela participe de um funeral até termos certeza de que não corre mais perigo.

— Entendo, mas a senhora poderia, pelo menos... — Ele ergueu a pasta e a abriu. — Esta é a foto que Grant mantinha sobre a mesa de trabalho. Acho que Nixie gostaria de tê-la.

Eve olhou para os quatro rostos sorridentes, a família junta no que parecia ser uma foto comum na praia. O braço do pai vinha pendurado no ombro do filho — a mão estava mais adiante, pousada no ombro da mulher, e sua outra mão puxava a filha para junto dele. A mãe enlaçava a cintura do filho, enganchada nas hastes do cinto do jeans do marido. Sua outra mão segurava a da filha.

Um momento feliz em um descontraído dia de verão, avaliou Eve.

— Fui eu que tirei essa foto, na verdade. Em um dos fins de semana que passávamos na casa deles, na praia. — Eu me lembro de ter dito: "Escutem, deixem-me experimentar minha nova câmera." Eles se juntaram desse jeito. Sorrisos largos. — Ele pigarreou para limpar a garganta. — Foi um bom fim de semana e Grant adorava essa foto. Nossa, como eu sinto falta dele!

Ele interrompeu o fluxo de pensamentos, balançou a cabeça e completou:

— Acho que Nixie gostaria de ficar com ela.

— Pode deixar, cuidarei para que isso chegue às suas mãos.

Depois que Dave foi embora, Eve se deixou ficar sentada ali, olhando para o belo momento de verão, um instante congelado no tempo que mostrava uma família unida e descontraída. Eles não sabiam que esse seria seu último verão.

Como era ter uma ligação assim? Descontração total ao sol, na união de uma família? Crescer sabendo que havia gente ao seu lado que colocava a mão sobre o seu ombro e esticava o braço para pegar sua mão e mantê-la em segurança?

Eve jamais teria essas respostas. Havia crescido sabendo que lá fora havia muita gente que iria machucá-la só pelo prazer disso. Iria espancá-la, estuprá-la e despedaçá-la só porque ela era mais fraca.

Até ela ficar mais forte; até o momento louco em que uma faca apareceria entre seus dedos. E ela a usaria até ficar com a pele, o rosto e as mãos gosmentos de sangue.

— Eve!

Ela deu um pulo, largou a foto e olhou para Mira, que se sentara diante dela no outro lado da mesa e pegou a imagem para analisá-la.

— Uma família linda — sentenciou. — Olhe para a linguagem corporal. Era realmente uma família unida e amorosa.

— Não é mais.

— Você está errada. Eles serão sempre uma família, e momentos como este vão garantir isso. Essa imagem vai servir de conforto para Nixie.

— Foi o sócio do pai que a trouxe. Esteve aqui com Jenny Dyson. Ela e o marido resolveram dissolver o acordo para guarda de Nixie. Não querem ficar com ela.

— Ah... — Um suspiro saiu quando Mira se recostou na poltrona. — Era o que eu temia.

— A senhora esperava algo assim?

— Temia que isso acontecesse — repetiu. — Receava que ela se sentisse incapaz ou relutante em levar Nixie para casa. Ela seria uma lembrança constante da morte da filha.

— Mas que diabos ela poderá fazer, agora? Vai acabar nas mãos do Estado só porque uns filhos da puta decidiram massacrar sua família?

Mira envolveu com a mão o punho cerrado que Eve formara sobre a mesa e afirmou:

— Talvez a melhor solução para Nixie seja levá-la para um lar adotivo, ou deixá-la com um parente próximo. Além de a menina ser um lembrete da perda terrível dos Dyson, eles também teriam o mesmo efeito sobre ela. Nixie ainda terá de superar a culpa de ter sobrevivido, além do choque, do luto e dos medos.

— Sim, jogue-a nas mãos de estranhos e gire a roda — comentou Eve, com amargor na voz. — Talvez tenha sorte e acabe morando com alguém que ligue o mínimo para ela. Mas também pode ser que caia em uma família interessada apenas na grana.

— Ela não é você, Eve.

— Não, por Deus, eu sei disso. Não chega nem perto. Talvez o caso dela seja pior que o meu.

— Como poderia?

— Porque ela teve isto. — Eve apontou para a foto. — E não tem mais. Quando uma pessoa se vê do fundo do poço não há opção, a não ser subir. Ela ainda pode descer muito.

— Mas a foto vai ajudar, no momento. Quanto ao processo de realocá-la, encontrar uma boa família para ela, pode deixar que eu mesma pretendo cuidar do caso. Se eu tiver o seu apoio isso não fará mal, nem um pouco.

— Sim. — Eve lançou a cabeça para trás e por um momento, um instante rápido, fechou os olhos. — Não posso pensar nisso, agora. Tenho algumas pistas que podem ser boas.

— Há mais alguma coisa sobre a qual você queira conversar comigo?

— Preciso, sim, mas também tenho de contar depressa. — Ela se levantou e relatou a Mira sobre o incidente em que Nixie acabou diante das fotos dos assassinatos no quadro de trabalho da equipe.

— Falarei com ela sobre isso em nossa próxima sessão.

— Ótimo, obrigada, doutora. Preciso pegar no pé de Yancy, que está preparando um retrato falado.

— Boa sorte.

Bem que ela precisava, pensou Eve, ao pegar a passarela aérea. Já era hora de uma lufada de sorte surgir em seu caminho.

# Capítulo Quatorze

Eve encontrou Yancy em uma sala revestida de vidro, em seu setor, bebendo café de tiras com Ophelia. A acompanhante licenciada usava as mesmas plumas e pintura pesada que exibia na véspera. Sob as luzes fortes em demasia, tinha o jeito que Eve esperava encontrar em figuras carnavalescas depois que o dia amanhecia: ligeiramente desgastada, espalhafatosa demais e nem um pouco convidativa.

Mas Yancy conversava animadamente com ela, em uma espécie de flerte.

— Então, o babaca me disse que queria que eu cantasse. Avisou que era a única forma de ficar de pau duro. Pediu para eu cantar "Deus salve a América". Pode isso?

— E o que foi que você fez?

— O que você acha? Cantei, ora! Entrei no tom certo, sem desafinar, mas inventei a letra toda, porque não sabia de cor. A essa altura eu já batia umazinha nele, que cantava comigo e consertava os versos errados. Ficamos ali, espremidos em um portal de beco, fazendo um dueto.

— E o que aconteceu depois?

— Ele armou a barraca, entrou e gozou mais ou menos no terceiro refrão. Depois disso virou um cliente regular. Toda terça à noite fazíamos um show. Eu até comprei uma fantasia vermelha, branca e azul, para oferecer um bônus sem aumentar o preço.

— Aposto que você encontra um monte de figuraças em seu trabalho.

— Benzinho, quando uma mulher roda bolsinha há muitos anos, como eu, não há nada que ela não tenha visto. Semana passada mesmo...

— Desculpem. — A voz de Eve era dura como terra batida. — Sinto muito interromper esse bate-papo tão agradável, mas preciso falar com o detetive Yancy por um momento. Pode ser, detetive?

— Volto já, Ophelia.

— Cuidado. Ela me parece pronta para mastigar pedra e cuspir tudo no seu olho — murmurou Ophelia, lançando uma piscadela cúmplice para Yancy. — Tome conta dessa sua bunda linda.

No instante em que eles pisaram no corredor e fecharam a porta, Eve deu início à sessão de esculachos.

— Que diabos você está fazendo? Bebendo cafezinho e batendo papo sobre as grandes aventuras dela como acompanhante licenciada?

— Eu a estava aquecendo.

— Ela dormiu em uma cama macia, curtiu refeições quentinhas e se divertiu muito, tudo bancado pela Polícia de Nova York. Se quer saber, acho que já está tão aquecida que vai começar a suar. Preciso de resultados em seu relatório, detetive, não de histórias curiosas.

— Eu sei o que estou fazendo e você não, Dallas. Se quer me esculhambar, espere até eu acabar o serviço.

— Vou marcar na agenda, mas antes preciso saber quando essa porra de serviço vai ficar pronto.

— Se eu não conseguir nada de novo em mais uma hora, não consigo nunca mais.

— Então caia dentro e corra atrás. Leve o resultado à sala de conferências C.

Seguiram cada um para um lado. Eve se afastou dali a passos largos, ignorando os olhares curiosos que vinham das mesas e dos cubículos.

Quando entrou na sala de reunião, Peabody já havia chegado e organizava a apresentação. Pelo menos não havia negligenciado suas funções de auxiliar.

— Consegui três homens que se encaixam nos parâmetros da pesquisa, Dallas.

— Pelo menos alguém está fazendo o seu trabalho.

Peabody se encheu de orgulho enquanto arrumava os discos etiquetados.

— Um deles ainda mora na cidade; o segundo ainda está na ativa e serve no forte Drum, no Brooklyn. O terceiro é sócio de uma academia de artes marciais no Queens, que também aparece como seu lugar de trabalho e moradia.

— Todos ainda estão em Nova York? Muito conveniente. Qual a relação de cada um com Grant Swisher?

— O primeiro, um sargento reformado, foi cliente. Divorciado, com filhos. Swisher lhe conseguiu um bom acordo de divórcio, aparentemente. Uma divisão justa do patrimônio e das posses obtidas durante o matrimônio, além de visitas liberadas para os filhos.

— E a ex-mulher?

— Mora em Westchester. Tornou a casar. Processou o segundo marido e exigiu custódia dos filhos. Alegou abusos físicos e emocionais, e Swisher o pegou de jeito. Ela obteve custódia única e uma bela porcentagem do salário mensal do sujeito, à guisa de pensão para os filhos. Mudou-se para a Filadélfia e está solteira.

— Ele perdeu a esposa, os filhos, e ainda teve de pagar por isso? Isso deixa qualquer um revoltado. E o último?

— Um caso parecido com o segundo. A esposa, cliente de Swisher, teve de testemunhar em segredo. Relatou abusos regulares pesados ao longo de doze anos. Dois filhos menores de idade. Suas provas eram precárias, mas Swisher conseguiu que ela ganhasse o processo. Foi quando ela se foi com o vento.

— Como assim? Está desaparecida?

— Não há notícias dela nem dos filhos desde o dia posterior à decisão judicial. Ainda não levantei todos os detalhes, mas pelo visto ela fugiu. Ou então...

— Ele a pegou. Algum sinal de seu paradeiro?

— A irmã preencheu um formulário acusando seu desaparecimento e começou a ser perseguida. Essa irmã e a família se mudaram para o Nebraska.

— Nebraska? Quem mora no Nebraska?

— Pelo visto, eles.

— Claro, além de um monte de vacas e ovelhas.

— Seus pais também moram lá. Isto é, os pais dela e da irmã, não os pais das vacas e ovelhas, é claro... Embora certamente existam muitas famílias de animais em Nebraska.

A ideia fez Eve estremecer.

— Não gosto de pensar nessas coisas. Vacas e bois transando nos campos. Bizarro!

— Bem, se eles não fizessem isso, teríamos de nos contentar com carne artificial, e...

— Pode parar! É ainda pior imaginar um cientista maluco criando gado em um laboratório. — Sua voz tornou-se sombria. — Um dia desses, um desses caras cometerá um erro, um erro gigantesco, e um clone mutante de gado vai se revoltar e começar a comer pessoas. Espere só para ver...

— Uma vez eu vi um filme em que porcos mutantes desenvolviam inteligência e começavam a atacar pessoas.

— Olha só! — Eve balançou o dedo no ar. — Da ficção à realidade é um pulo. Deus me ajude, para que eu não precise ir até Nebraska.

— Já estive lá. O lugar é muito bom. Eles têm ótimas cidades e as paisagens rurais são interessantes. Muitos milharais.

— Milharais? Milharais?! Você sabe o que se esconde no meio de milharais? Sabe o que pode estar à espreita entre os pés de milho? Já pensou nisso?

— Não, mas vou pensar, a partir de agora.

— Prefiro um bom beco escuro. Aí, sim! — Eve balançou a cabeça com força e olhou para o quadro do caso que Peabody havia montado na parede. — Vamos conversar com esses três homens que você encontrou. Precisamos falar com os investigadores dos casos do juiz Moss e de Karin Duberry, e também analisar o relatório de desaparecimento e o arquivo do caso. Também vou procurar o investigador principal em um caso de latrocínio. A médica de um setor de emergências foi morta no estacionamento do hospital onde trabalhava. Pegaram o criminoso, mas o nome da vítima também apareceu no caso de custódia do casal Kirkendall. Vamos interrogar mais uma vez todas as testemunhas dos dois casos, e faremos novas averiguações. E se Yancy nos fornecer um bom retrato falado, poderemos compará-lo com as fotos de todos os nomes citados.

— Os retratos falados de Yancy valem ouro — lembrou Peabody. — Se ele conseguir arrancar da acompanhante licenciada uma boa descrição dos assassinos, talvez dê para colocar a imagem no computador e rodar o programa de semelhanças.

— Um passo de cada vez. — Eve olhou para trás ao ouvir alguém chegando. Era Feeney e McNab. Percebeu o olhar sugestivo que McNab lançou para Peabody e tentou ignorá-lo. Eles estavam na fase de aconchegos e carícias, coisa de quem passava a morar junto. O que alguém pensaria de Eve se descobrisse que ela torcia para eles voltarem à fase de bater de frente um com o outro?

— Se você colocar a mão boba ou a boca grande e apatetada na minha parceira, McNab, vou arrancar essas argolas e brincos idiotas com tanta força que pedaços de sua orelha vão voar por toda a sala.

Em um ato reflexo, ele tapou a orelha com a mão, escondendo as quatro argolas azuis brilhantes.

Feeney balançou a cabeça e cochichou para Eve:

— Eles andam com mais tesão do que antes. Bem que eu gostaria que voltassem a se alfinetar como antigamente, porque essa merda está ficando esquisita.

Que bom, refletiu Eve, ter alguém na equipe que demonstrava bom senso. Em um gesto solidário, deu uma batidinha carinhosa nas costas curvadas de Feeney.

Quando Baxter e Trueheart chegaram, pegaram café e se sentaram, para se inteirar das novidades.

— O detetive Yancy virá se juntar a nós daqui a pouco — informou Eve. — Se a testemunha tiver colaborado, teremos rostos. Nesse meio-tempo, encontramos algumas ligações importantes.

Usando o quadro e o telão, Eve revelou à equipe as potenciais ligações entre os Swisher e duas outras vítimas.

— No caso de essa pessoa ou grupo ter matado ou ordenado a morte do juiz Moss, de Karin Duberry e da família Swisher, podemos notar que a janela de tempo entre os homicídios mostra que eles foram não só planejados cuidadosamente, mas também prova que a pessoa ou o grupo por trás de tudo é controlada, paciente e cuidadosa. Não estamos lidando com um psicopata que tem ataques de fúria, e sim com um homem focado no desempenho de uma missão. Alguém com ligações próprias, muita habilidade, dinheiro e recursos para contratar pessoas treinadas para matar. Não trabalha sozinho, e faz parte de uma equipe muito coesa.

— São assassinos de tiras! — reagiu Baxter, sem o seu tom usual de humor.

— Sim, assassinos de tiras — confirmou Eve. — Mas o fato de eles serem tiras era irrelevante para os assassinos. Eram obstáculos, nada mais.

— Não foram danos colaterais — disse Trueheart, e se mostrou surpreso consigo mesmo por ter pensado em voz alta. — O que quero dizer, tenente, é que os detetives Knight e Preston não eram observadores da cena, nem transeuntes casuais, na visão dos assassinos. Eram o que poderíamos chamar de guardas do inimigo, certo?

— Concordo. Essa é uma pequena guerra pessoal, com objetivos específicos. E um desses objetivos ainda não foi alcançado: Nixie Swisher. — Eve colocou a foto da menina no telão.

— Pelo que descobrimos até agora, dá para especular que a sobrevivente não representa uma ameaça para eles. É uma criança que não viu nada que possa levar à identificação dos indivíduos que exterminaram sua família. De qualquer modo, o que viu e sabe já foi relatado a eles. Sua morte não acrescentaria nada à missão. É provável que tenham sido eles que raptaram Meredith Newman. Devem tê-la interrogado, torturado e certamente foram informados de que a sobrevivente não sabia de nada que pudesse levar a polícia aos assassinos.

— Mas eles não dão trégua — afirmou Baxter, analisando a foto da menina. — Não vão em frente, nem consideram a missão cumprida. Em vez disso, montam outra operação para encontrá-la e eliminá-la. E acabam matando dois tiras.

— A missão não está completa porque não foi bem-sucedida. O que eles queriam dos Swisher?

— Suas vidas — respondeu Baxter.

— Sim, sua família. A destruição dela. Você acaba com a minha, eu acabo com a sua. Foi por isso que continuaram a caçar o último membro, mostrando a necessidade de completar a missão de forma perfeita. Trata-se da concretização final do objetivo. Com a morte de Knight e Preston eles enviaram uma mensagem: pretendem enfrentar o inimigo, eliminar os obstáculos e completar a missão.

— Uma ova que eles vão conseguir isso! — afirmou Feeney.

— Uma porra, mesmo. Detetive Peabody?

— Sim, senhora? — Peabody deu um pulo e piscou rápido.

— Informe ao resto da equipe os resultados da sua busca recente.

— Ahn... — pigarreou ela, levantando-se. — Seguindo ordens da tenente Dallas, efetuei uma busca em todos os indivíduos que se encaixam no nosso perfil e estiveram envolvidos em algum julgamento ou caso no qual trabalharam Grant Swisher, o juiz Moss e a assistente social Karin Duberry. Essa pesquisa encontrou três homens. O primeiro é John Jay Donaldson, sargento reformado que pertenceu ao corpo de fuzileiros da marinha americana.

Ordenou que a foto dele aparecesse no telão, ao lado de detalhes sobre o divórcio.

— Tem cara de marinheiro de cabeça raspada, mesmo. — Baxter encolheu os ombros quando Eve lhe lançou um olhar de estranheza. — Era assim que meu avô se referia aos fuzileiros navais. Ele foi do exército durante as Guerras Urbanas.

— Você e Trueheart vão cuidar do marinheiro de cabeça raspada. É possível que ele não tenha ficado satisfeito com a decisão do juiz. Peabody, próximo nome!

— Viktor Glick, tenente-coronel do exército americano, ainda na ativa. Serve no forte Hamilton, Brooklyn

Quando Peabody acabou de recitar todos os dados, Eve apontou para Feeney.

— Você e McNab estão a fim de um trabalho de campo no Brooklyn?

— Deixe conosco — retrucou McNab. — Vou gostar de ver a reação do pessoal do exército diante do uniforme dos funcionários da DDE.

— Peabody e eu vamos cuidar do resto. Pode continuar, detetive.

— O terceiro é o sargento reformado Roger Kirkendall, do exército dos Estados Unidos.

Depois de relatar todos os dados, Peabody se sentou com óbvio alívio.

— Roger Kirkendall — continuou Eve — também tem ligação com Jaynene Brenegan, que foi esfaqueada e morreu no estacionamento do hospital onde trabalhava como médica da Emergência. O responsável pelo crime foi preso, mas merece uma segunda olhada. Baxter, entre em contato com os investigadores do caso e cuide disso. Vamos ver se algo novo surge.

— Acha que eles contrataram alguém para eliminar a médica?

— Não creio. São espertos demais para contratar algum viciado e deixá-lo escapar com vida. Estou apenas cobrindo todas as possibilidades. Vamos precisar de autorizações especiais para ter acesso aos arquivos militares desses três indivíduos — acrescentou Eve. — Para ser franca, isso não vai ser mole. Vou começar a batalhar contra a burocracia. A não ser que eu tenha liberdade total para investigar cada um, vou começar falando com o investigador do caso Duberry.

Eve parou ao ver Yancy entrar na sala.

— Tenente. — Ele se aproximou dela e lhe entregou um disco. — Conforme a senhora ordenou.

— Sente-se, detetive, e nos ofereça um resumo do trabalho.

Ele colocou o disco para rodar e mandou exibir as imagens em duas telas.

Em cada uma delas, um rosto quase idêntico ao outro apareceu. Formato quadrado, rude, sobrancelhas claras, cabelo à escovinha. Os lábios eram firmes e ambos tinham ângulos marcantes nos narizes.

Orelhas muito juntas à cabeça, reparou Eve. Olhos claros e pálidos. Eve avaliou que ambos tinham cinquenta e poucos anos.

— A testemunha foi muito prestativa, e teve chance de dar uma boa olhada nos dois suspeitos. Apesar disso, no início — acrescentou Yancy, olhando de lado para Eve —, teve dificuldade para especificar detalhes. Os dois homens usavam gorros pretos e óculos escuros, como poderemos ver no próximo desenho. Mesmo assim eu consegui projetar os traços fisionômicos com base nas descrições da testemunha. Também trabalhei com o programa de probabilidades para acrescentar certos detalhes como a cor dos olhos. Considerei ainda o tom das sobrancelhas e o formato dos olhos, com base na estrutura óssea das faces.

— O quanto essa imagem é exata?

— Tão exata quanto possível. Rodei várias simulações e probabilidades com base nos dados informados pela testemunha. Cheguei a mais de noventa e seis por cento de acerto. Também criei imagens de corpo inteiro, porque a testemunha descreveu o tipo físico de ambos com detalhes. Exibir próxima imagem!

Eve se viu diante de dois homens musculosos, de estrutura corporal maciça, ombros largos e quadris estreitos. Ambos usavam blusas pretas com gola rulê, calças soltas e largas, botas em estilo militar e sacolas de ginástica com alças compridas atravessadas no peito. Yancy também calculara a altura e o peso de ambos.

Um metro e oitenta e oito, oitenta e sete quilos para o suspeito número um; um metro e oitenta e seis e mesmo peso para o suspeito número dois.

— Você confia nesses dados, detetive?

— Sim, senhora.

— Nenhum dos dois bate com os homens que Peabody descobriu — apontou McNab. — O tipo de corpo chega perto, no caso do terceiro homem citado e o primeiro suspeito, mas os rostos não têm nada a ver.

— Não, realmente não têm. — Aquilo foi um grande desapontamento. — Mas isso não elimina a possibilidade de os suspeitos serem soldados mercenários; talvez eles simplesmente trabalhem sob as ordens de alguém. Um dos homens encontrados pode estar nessa posição de comando. Vamos alimentar o sistema com todas as imagens e os dados, para ver o que ele nos oferece.

Eve hesitou por um instante, mas completou:

— Você pode cuidar disso, Yancy. De todos nós, é quem tem o melhor olho.

— Tudo bem — concordou ele, sentindo os ombros mais relaxados.

— Vamos entrar em campo para trabalhar, então. Você fez um bom trabalho, Yancy, apesar de ter de aturar uma chata pegando no seu pé.

— Essa chata seria a minha testemunha ou a senhora, tenente?

— Pode escolher — cedeu Eve.

Eve foi até o comandante Whitney primeiro, e levou cópias de todos os dados para acompanhar sua apresentação oral.

— Fiz a primeira tentativa para obter a divulgação completa dos dados em todas as unidades militares onde os suspeitos servem ou já serviram. Como já esperava, minha solicitação foi negada. Estou preparando o segundo pedido, senhor.

— Deixe isso comigo — disse Whitney, analisando os retratos falados. — Parecem irmãos. A semelhança entre eles é muito grande. A não ser que sua testemunha tenha projetado essas similaridades.

— Yancy foi muito eficiente. Mostrou-se seguro sobre os retratos que criou. A possibilidade de os assassinos serem irmãos não é distante, senhor, considerando a uniformidade do trabalho de equipe. Gêmeos, como parece ser o caso aqui, muitas vezes têm uma ligação muito próxima, eu diria quase sobrenatural.

— Vamos colocá-los em celas adjacentes quando você os agarrar.

Irmãos. Era isso que eles eram. Uma unidade compacta de crenças, desejos e treinamento. Máquinas. Embora fossem seres humanos, e embora tivessem sangue correndo nas veias, a natureza humana havia desaparecido neles.

A obsessão de um era a obsessão do outro.

Eles se levantavam à mesma hora todos os dias e iam dormir também na mesma hora, em quartos idênticos. Comiam os mesmos pratos e adoravam os mesmos deuses, em um sincronismo de objetivos e muita disciplina.

Compartilhavam um pelo outro o mesmo amor frio e rude que cada um batizaria de lealdade.

Agora, enquanto um se exercitava, com o suor lhe escorrendo pelo rosto ao executar agachamentos e alongamentos punitivos sobre a perna ferida, o outro se sentava junto a um console de comando, e seus olhos claros perscrutavam as telas. A sala onde trabalhavam não tinha janelas e dispunha de uma única porta. O local tinha também uma saída de emergência subterrânea e capacidade para se autodestruir, caso a segurança do local fosse comprometida.

Fora projetado originalmente como uma fortaleza segura, com mantimentos suficientes para manter dois homens isolados por até doze meses. No passado, o plano era usar o local como abrigo e também como posto de comando, para quando a visão fundamental da organização à qual ambos serviam fosse alcançada e a cidade acima deles estivesse em suas mãos.

No momento, porém, o lugar servia de abrigo e posto de comando para um objetivo mais pessoal.

Os irmãos haviam trabalhado juntos pela causa maior por quase uma década, e perseguiam um objetivo pessoal já fazia seis anos, agora. Tinham visto a organização maior se fraturar, desmoronar e dispersar. Mas o objetivo menor e pessoal eles faziam questão de alcançar. Não importava o custo.

O que malhava parou com o suor ainda pingando, e pegou a jarra com água filtrada e eletrólitos.

— Como está sua perna? — perguntou o irmão.

— Oitenta por cento. Amanhã chegarei aos cem. Aquele tira filho da mãe foi muito rápido.

— Mas está morto. Vamos eliminar mais deles e atacar outros alvos, mas isso pode esperar até atingirmos nosso objetivo principal.

Em um dos telões, o rosto de Nixie sorria para o quarto espartano e para os dois homens que queriam lhe tirar a vida.

— Talvez eles a tenham levado para fora da cidade.

— Dallas iria manter a menina em um local próximo — garantiu o outro, balançando a cabeça. — Todas as probabilidades indicam que ela continua na cidade. Há tiras entrando e saindo da mansão da tenente, mas a probabilidade de ela ter levado o alvo para lá é muito baixa. De qualquer modo, ela deve estar por perto.

— Quando pegarmos Dallas, saberemos a localização exata do alvo.

— Ela estará pronta e espera por isso. Não podemos apressar as coisas. O sistema de segurança e de informações de Roarke pode ser tão bom quanto o nosso. Talvez até melhor. Os bolsos dele são mais cheios e ricos, muito mais do que nosso fundo para emergências.

— Mas eles não têm nada que os traga até aqui, e isso nos dá tempo. Se a casa de Roarke fosse invadida, isso, sim, seria um belo golpe. O tipo de evento inesperado que aumentaria o moral e traria a nossa missão principal de volta aos trilhos. Seria ótimo se ele fosse eliminado em sua própria cama, e sua tira raptada. Isso seria o tipo de recado forte o bastante para reagrupar nossos membros, e nos traria as informações necessárias para completarmos nossa missão aqui.

— Vamos ao planejamento tático — propôs o homem que estava no console, virando-se para o monitor.

A academia de artes marciais no Queens parecia mais um palácio, na opinião de Eve. Ou um templo.

A decoração da entrada era sóbria, mas, de algum modo, também resplandecente. Havia um toque asiático no lugar, com tradicionais jardins de areia tipicamente japoneses, algo que Eve nunca conseguira compreender. Também havia gongos, um sopro de incenso no ar e um teto laqueado de vermelho, em forte contraste com as paredes e os pisos brancos.

As mesas eram baixas e os assentos eram almofadões vermelhos decorados com fios de ouro, em bordados que formavam símbolos.

As portas eram enfeitadas com pinturas feitas em papel fino, como as que Eve já vira em restaurantes asiáticos.

A mulher sentada de pernas cruzadas em um dos almofadões, diante de uma minúscula estação de trabalho, acenou com a cabeça, juntou as palmas das mãos em posição de prece e se curvou para frente ao ver Dallas e Peabody.

— Em que posso servi-las?

Usava um manto vermelho com um dragão preto que parecia voar até a parte de baixo. Sua cabeça era raspada, e o formato de seu crânio parecia, de algum modo, tão perfeito e lustroso quanto a sala.

— Roger Kirkendall. — Eve exibiu o distintivo.

Ela sorriu, exibindo dentes muito brancos e perfeitos.

— Sinto muito, mas o sr. Kirkendall não se encontra. Poderia lhe perguntar a natureza de seu interesse?

— Não. Onde ele está?

— Creio que o sr. Kirkendall está viajando. — Apesar da resposta rude, a mulher não alterou o tom de voz. — Talvez a senhora queira falar com o sr. Lu, seu sócio. Devo anunciá-la e avisar ao sr. Lu que a senhora deseja falar com ele?

— Faça isso, por favor. — Eve se virou e analisou o local. — Muito sofisticado para um *dojo*. Esse é o nome pelo qual os lutadores chamam as academias de artes marciais — comentou com Peabody. — Ele deve ter uma clientela abastada. Nada mal para um oficial reformado.

— O sr. Lu virá até aqui para acompanhá-las à sua sala. Aceitam algo refrescante? Chá-verde ou água mineral?

— Não, obrigada, estamos bem. Há quanto tempo você trabalha aqui?

— Estou servindo nesta instalação há três anos.

— Então, certamente conhece Kirkendall.

— Nunca tive o prazer de encontrá-lo.

Uma das telas deslizou para o lado. O homem que surgiu usava um *keikogi* preto com um cinturão também preto, amarrado de um jeito que fez Eve perceber que se tratava de um mestre.

Sua altura não passava de um e setenta e cinco e estava descalço. Assim como a mulher, tinha a cabeça raspada. Também à semelhança dela, juntou as palmas das mãos e se curvou.

— São bem-vindas aqui. A senhora quer saber sobre o sr. Kirkendall. Deseja privacidade?

— Isso não seria mau.

— Por favor, então. — Fez um gesto amplo e apontou para a porta. — Conversaremos no meu escritório pessoal. Meu nome é Lu — apresentou-se, enquanto as levava por um corredor branco e estreito.

— Tenente Dallas e detetive Peabody, da Polícia de Nova York. O que são todos esses aposentos?

— Oferecemos cômodos privativos para meditação. — Ele se curvou para um homem de manto branco que levava um bule branco de chá e dois recipientes parecidos com xícaras sem asas, sobre uma bandeja.

Eve notou que o homem passou silenciosamente pelas telas deslizantes e as fechou com cuidado atrás de si.

Percebeu sons de luta, um pouco mais adiante. O contato de mãos abertas contra a pele, o estrondo de corpos caindo no chão, silvos e respiração ofegante. Sem dizer nada, passou por Lu e seguiu até um dos aposentos, que estava aberto.

O estúdio se espalhava em várias sessões. Em uma das salas, viu uma turma de seis alunos que executavam movimentos rápidos e silenciosos que formavam um *kata* gracioso e elaborado. Em outra sala, muitos alunos de vários níveis lutavam sob a supervisão de mais um mestre faixa preta.

— Damos aulas de tai chi chuan, caratê, taekwondo, aikido — explicou Lu. — Também temos outras formas e métodos. Oferecemos aulas a novatos, além de instrução continuada, reciclagem e prática constante para os mais experientes.

— Nas salas privativas, além do espaço para meditação, vocês oferecem algo mais, além de chá?

— Oferecemos, sim. Água mineral. — Ele não sorriu nem pareceu insultado pela pergunta. — Se a senhora quiser examinar uma das nossas salas para meditação que não esteja sendo usada, esteja à vontade. Tudo o que lhe peço é que remova as botas antes de entrar no local.

— Vamos deixar isso de lado, por enquanto.

Ele a levou por outro portal e entraram em um escritório pequeno, bonito e eficiente. Havia mais almofadões e mesas baixas, ali. Nas paredes espalhavam-se belas telas pintadas com motivos orientais e uma solitária orquídea branca se curvava para fora de um jarro vermelho.

O espaço de trabalho do mestre era rigorosamente limpo e ordenado. Havia um centro de dados e comunicação em modelo compacto e um minúsculo *tele-link*.

— As damas gostariam de se sentar?

— Não, estamos ótimas em pé. Preciso falar com Roger Kirkendall.

— Ele está viajando.

— Para onde?

— Não saberia dizer. Só sei que ele viaja muito, o tempo todo.

— Não sabe como entrar em contato com o seu sócio?

— Receio que não. Aconteceu algum problema que envolva o meu estabelecimento?

— Roger Kirkendall informou este lugar como residência dele, nos registros oficiais.

— Mas não mora neste local. — A voz de Lu permaneceu suave e calma. — Ninguém mora aqui. Suponho que isso seja algum equívoco.

— Qual foi a última vez em que você falou com ele?

— Faz seis anos.

— Seis anos? Você não fala com o seu sócio há seis anos?

— Correto. O sr. Kirkendall entrou em contato comigo e me ofereceu uma oportunidade de negócios que julguei interessante. Nessa época eu era o proprietário de um pequeno *dojo* em Okinawa. Consegui essa academia graças a algum sucesso que obtive em torneios e discos com aulas.

— Lu. O Dragão. Reconheci você.

Ele exibiu um sorriso quase imperceptível e curvou-se de forma discreta, exclamando:

— Fico honrado por isto!

— Você botava pra quebrar quando lutava. Conquistou três medalhas olímpicas de ouro e mantém o título mundial. Eles usam alguns dos seus vídeos na Academia de Polícia.

— A senhora está interessada na Arte?

— Sim, especialmente quando executada por um mestre. Você nunca foi derrotado, Mestre Lu.

— Os deuses me favoreceram.

— Sua tesoura voadora também não prejudicou.

— Ela feria meu oponente, uma ou outra vez. — Um brilho suave de humor cintilou em seus olhos.

— Aposto que sim. Que tipo de oportunidade de negócios Kirkendall lhe ofereceu?

— Sociedade. Ele entrou com a maior parte do capital, uma soma considerável. Ofereceu-me este lugar e me deu liberdade total para operá-lo pessoalmente. Propôs entrar com o dinheiro, eu entraria com minha qualificação, minha perícia e minha reputação. Aceitei a oferta.

— Não achou estranho o fato de ele não vir visitar o lugar há mais de seis anos?

— Ele gosta de viajar e não aprecia ser incomodado por questões de negócios. Diria que é excêntrico.

— Como recebe a parte dele nos lucros?

— Os relatórios, balanços e números lhe são enviados eletronicamente, bem como sua parte nos lucros, que vai para uma conta numerada em Zurique. Eu recebo confirmação do envio. Aconteceu algum problema com o dinheiro ou com a transferência?

— Não que eu saiba, mas... como assim? — espantou-se Eve. — O senhor não fala com ele *nunca*? Não entra em contato com seu sócio nem mesmo através de um intermediário ou representante?

— O sr. Kirkendall foi muito específico quanto às exigências para a nossa sociedade. Como isso me beneficiava e não prejudicava ninguém, concordei com tudo.

— Vou precisar dos documentos, de toda a papelada, dados completos, trocas de informações e comunicados eletrônicos.

— Devo perguntar o motivo disto antes de concordar ou recusar.

— O nome de seu sócio surgiu durante uma investigação de múltiplos homicídios.

— Mas ele está viajando.

— Pode ser, mas talvez esteja mais perto de casa do que você imagina. Peabody, mostre os retratos falados a Lu.

Peabody os pegou na pasta de arquivos e lhe estendeu, perguntando:

— Mestre Lu, o senhor reconhece algum desses homens?

— Parecem gêmeos. Não, eles não me são familiares. — O primeiro sinal de preocupação conseguiu penetrar em sua casca de calma completa. — Quem são eles? O que fizeram?

— São procurados para interrogatório por suspeita de terem cometido sete assassinatos, incluindo duas crianças.

Lu inspirou com força e prendeu a respiração.

— A tragédia! A família sobre a qual ouvi falar há alguns dias. Soube de tudo. Crianças! Tenho um filho, tenente. A mulher que as recebeu é minha esposa, e temos um filho de quatro anos. — Seus olhos já não estavam calmos, mas não exibiam sofrimento. Simplesmente estavam gélidos. — Os noticiários na tevê relataram que a família estava em sua casa, em suas camas, dormindo. Estavam desarmadas e sem defesa. E as gargantas dessas crianças indefesas foram cortadas. Isso é verdade?

— Sim, é verdade.

— Não existe castigo que faça essa balança voltar ao equilíbrio. Nem mesmo a morte.

— A justiça nem sempre traz equilíbrio à balança, Mestre Lu, mas é o melhor que temos.

— Sim. — Ele se manteve imóvel e pensativo por alguns instantes. — A senhora acredita que o homem que é meu sócio esteja, de algum modo, envolvido nessas mortes?

— Há uma possibilidade.

— Vou lhe fornecer tudo o que a senhora solicitou. Farei o que estiver ao meu alcance. Um momento, por favor. — Foi até sua mesa e deu alguns comandos de voz em um idioma que Eve imaginou ser japonês.

— Quando Kirkendall espera notícias suas, para receber um relatório ou pagamento?

— Só no fim de dezembro, quando eu lhe envio o relatório sobre o quarto trimestre.

— Alguma vez o senhor entrou em contato com ele de outro modo? Para lhe fazer uma pergunta ou lhe apresentar algum problema?

— Não é comum, mas já aconteceu.

— Talvez possamos trabalhar a partir disso. Gostaria de enviar alguém da nossa divisão de eletrônicos para escanear sua máquina de dados, e qualquer outro aparelho que tenha sido usado para o senhor se comunicar com Kirkendall.

— Usei apenas este sistema, e a senhora pode mandar o especialista. Ou pode levá-lo com a senhora, se isso agilizar as coisas. Isso vai levar apenas alguns minutos. Arquivei todos os relatórios, comunicações e transmissões desde o início de nossa sociedade.

— Tudo bem. — Ele estava preocupado, notou Eve. Disfarçava bem, mas lutava com a percepção de que poderia estar fazendo negócios há vários anos com um assassino. Sua cooperação poderia muito bem ser a chave principal para o fim da investigação.

— Mestre Lu. — Eve se dirigiu a ele em um tom respeitoso quando seus olhos se ergueram e a fitaram. — É preciso mais que habilidade, até mesmo no seu nível de talento e competência, e também muito treino e disciplina para nunca ter sido derrotado. É necessário ter um dom, ou algo especial para alcançar tantas vitórias sem ter sido derrotado por um oponente, nem uma vez sequer. Como conseguiu isso?

— Treinamento, certamente, acompanhado pela habilidade conseguida por esse treinamento pesado e também por meio de extensa disciplina física e mental. Algo espiritual, se preferir. E também um pouco de instinto para acompanhar tudo. Antecipar os movimentos do oponente e ter a crença profunda de que é possível, na verdade absolutamente necessário, vencer. — Nesse ponto, abriu um sorriso curto e charmoso. — E acontece que eu gosto de vencer.

— Sim. — Eve sorriu de volta. — Eu também.

# Capítulo Quinze

A curta viagem até a Filadélfia encaixava bem na agenda de Roarke. Bastaria, depois, ele trabalhar algumas horas a mais e fazer viagens para outras cidades, a fim de compensar o tempo que gastaria ali. Mas era algo inevitável.

Ele não queria nem iria discutir a situação de Nixie, sua custódia e sua vida através de uma conversa por *tele-link*. Muito menos por um encontro holográfico. De qualquer modo, preferia conhecer Leesa Corday pessoalmente. Esse encontro direto lhe ofereceria uma percepção boa da mulher, certamente melhor do que uma fria análise do seu passado.

O nome dele ajudara a preparar o terreno e lhe garantiu uma reunião imediata com ela. Roarke especulou se ela não planejava oferecer seu serviço e o de sua empresa às Indústrias Roarke. Isso poderia ser facilmente arranjado.

Para ele, seria simples fazer alianças comerciais com a empresa dela, como uma espécie de ajuda adicional para Nixie. Dinheiro tinha suas utilidades, afinal.

A empresa tinha boa reputação no mercado — ele verificara isso, é claro. Embora a natureza de sua visita fosse desconhecida, ele mereceu tratamento VIP e foi recebido no saguão preto e prata pelo assistente de Leesa Corday, que o levou com rapidez e eficiência pelo piso de mármore até um elevador privativo.

O assistente — um rapaz jovem que vestia um terno cinza com corte conservador — lhe ofereceu café, chá ou qualquer bebida que o visitante desejasse. Roarke sabia que o jovem tinha poderes para determinar que as bebidas lhe fossem servidas por um trio de deslumbrantes acompanhantes licenciadas, se isso, ou algo mais, fosse desejo do visitante.

Era o tipo de bajulação que irritava Roarke.

O andar onde ficava a sala de Corday era decorada em vermelho forte e tons pastéis de creme. Havia muitas portas automáticas transparentes e uma imensa estação de trabalho pilotada por mais cinco assistentes.

Foi conduzido por portas que levavam, conforme reconheceu de imediato, aos centros do poder. Corday ainda não chegara ao ápice da sala no canto do andar, mas certamente era a próxima da lista a obter a regalia.

Estava à espera dele, em pé — posição estratégica —, atrás da sua mesa de trabalho em forma de L, e tinha uma magnífica vista da cidade às suas costas.

A foto da identidade conferia com a figura que estava à frente de Roarke. Ele sabia que ela fizera trinta e oito anos recentemente. Conhecia o endereço do salão de beleza que frequentava e da loja onde havia comprado o terninho preto em risca de giz que vestia.

Sabia que Leesa Corday tinha meios financeiros suficientes que lhe permitiriam contratar ajudantes qualificados para cuidar de Nixie, e também para pagar boas escolas para a menina. Se precisasse de algum incentivo, ele se ofereceria para abrir um fundo fiduciário, a fim de ajudar nos cuidados e na educação da menina órfã.

Estava disposto a negociar.

Leesa Corday tinha um rosto muito bonito, com feições suaves que ela tornava ainda mais atraentes com o uso discreto de maquiagem. Seus cabelos tinham um tom castanho-claro e um interessante corte em triângulo na nuca.

O feitio do terninho evidencia um corpo interessante, conforme Roarke reparou quando ela rodeou a mesa e veio cumprimentá-lo com a mão estendida e um sorriso caloroso.

— Sr. Roarke. Espero que tenha feito boa viagem.

— Fiz sim, obrigado.

— O que posso lhe oferecer? Café?

— Aceito, sim, se não for incômodo.

— David! — Ela se afastou do assistente, obviamente sabendo que ele entraria em ação imediatamente.

Um ponto a seu favor, na opinião de Roarke.

Ela apontou para um pequeno recanto com estofados e esperou que ele escolhesse uma das poltronas largas pretas.

— Obrigado por me receber tão prontamente — agradeceu ele.

— É um prazer. O senhor tem outros negócios aqui na Filadélfia?

— Sim, mas não vim por causa deles.

O assistente voltou, muito solícito, com uma bandeja, um bule, xícaras e pires, uma tigelinha com cubos de açúcar e uma jarra pequena com o que parecia ser creme natural.

— Obrigada, David. Atenda todas as minhas ligações enquanto eu estiver aqui. Como gostaria do seu café?

— Puro, obrigado, sra. Corday. Sei que seu tempo é valioso.

O sorriso dela surgiu com facilidade quando cruzou as pernas.

— Estou disposta a investir tanto dele quanto o senhor julgar necessário, sr. Roarke.

— Muito obrigado. — Ele aceitou o café e deu por encerrada a troca de amabilidades. — Na verdade eu vim procurá-la para tratar de um assunto pessoal. Estou aqui representando a sua sobrinha.

Os olhos dela, calmos e castanhos como os cabelos, fitaram-no com interesse. As sobrancelhas se ergueram de leve, em sinal de estranheza.

— Sobrinha? Eu não tenho nenhuma sobrinha.

— Nixie, a filha do seu meio-irmão.

— Meio-irmão? Suponho que o senhor esteja se referindo a... — Roarke percebeu que ela teve dificuldade em se lembrar do nome. — Grant. Meu pai foi casado com a mãe dele por um curto período de tempo. Receio dizer que não o considero meu meio-irmão.

— A senhora foi informada de que ele, sua esposa e o filho do casal foram assassinados recentemente?

— Não. — Ela pousou o café sobre a mesinha. — Não soube, por Deus. Isso é horrível. Como aconteceu?

— Uma invasão ocorreu na residência deles. Foram todos mortos, juntamente com uma menina que tinha ido passar a noite com sua amiga, filha do casal. Nixie não estava em seu quarto, pois fora para outra parte da casa, e conseguiu sobreviver.

— Por Deus, eu sinto muito, sinto imensamente saber disso. Ouvi notícias na mídia sobre esses assassinatos. Receio não ter ligado os nomes às pessoas. Nunca mais vi Grant, nem tive contato com sua família. Isso tudo é chocante!

— Sinto ter sido eu a lhe dar a notícia, mas minha preocupação atual é com Nixie.

— Desculpe, estou um pouco confusa. — Balançou a cabeça e levou os dedos às pérolas cultivadas que lhe enfeitavam o pescoço. — O senhor conhecia Grant?

— Não, nunca o vi. Meu envolvimento com eles teve início após os assassinatos.

— Entendo. — Seus olhos calmos se alteraram sutilmente. — Sua esposa pertence ao Departamento de Polícia de Nova York, certo?

— Isso mesmo. Está cuidando do caso. — Esperou um segundo, mas ela não lhe perguntou como estavam indo as investigações. — No momento, Nixie está protegida em um local não divulgado, sob custódia, a fim de garantirmos sua segurança. Mas não poderá ficar lá indefinidamente.

— Sim, mas certamente o Serviço de Proteção à Infância...

— Seu meio-irmão e a esposa indicaram em juízo quem deveria assumir a guarda da menina no caso da morte deles. Circunstâncias inesperadas, porém, impediram esses guardiões de cumprir o acordo firmado. O resultado disso é que a criança não tem ninguém que conhecesse sua família, ninguém que tivesse ligação com eles ou com ela, e que possa cuidar de sua criação. Estou aqui para solicitar que a senhora considere a ideia de assumir essa responsabilidade.

— Eu?! — Ela lançou a cabeça para trás como se ele a tivesse esbofeteado. — Isso é impossível. Fora de questão.

— Sra. Corday, a senhora é a pessoa mais próxima que a menina tem de uma família, em todo o planeta.

— Não sou nem parente dela.

— Muito bem, então. Digamos que tem uma ligação com a família. Seus pais e seu irmão foram mortos diante dos olhos dela. Nixie é apenas uma criança enlutada, assustada e inocente.

— Olhe, eu estou arrasada, realmente sinto muito pelo que aconteceu, mas essa responsabilidade não é minha, sr. Roarke. Não sou responsável por ela.

— Então quem poderia ser?

— Existe um sistema estabelecido para resolver situações específicas desse tipo. Para ser franca, não compreendo o seu envolvimento nesse assunto, nem o porquê de o senhor vir me procurar para me convencer a assumir uma criança que eu sequer conheço.

Roarke sabia reconhecer quando uma questão estava encerrada, e também o momento certo de desistir. Mas não conseguiu tirar o time de campo e tentou:

— Seu meio-irmão...

— Por que o senhor insiste em chamá-lo assim? — Um tom de irritação surgiu na voz dela. — Meu pai morou com a mãe dele por menos de dois anos. Eu mal tive contato com Grant. Nunca tive interesse em procurá-lo, nem em conhecer sua família.

— A menina não tem ninguém.

— Isso não é culpa minha.

— Não. A culpa é dos homens que invadiram sua casa, rasgaram a garganta dos seus pais, do seu irmão e de sua amiga. E agora ela não tem um lar para onde ir.

— O que é uma tragédia, certamente — concordou Corday, sem demonstrar emoção. — Entretanto, não tenho interesse em subir no palco para salvar a pátria, e não me atrai nem mesmo a possibilidade de me tornar cliente das Indústrias Roarke. Estou ressentida por ver que o senhor veio aqui pessoalmente para tentar me empurrar esse papel.

— Estou vendo. A senhora nem mesmo perguntou se a menina foi ferida durante o ataque.

— Isso não me interessa. — Raiva, ou talvez um pouco de vergonha, fez seu rosto enrubescer. — Tenho minha vida, minha carreira. Se quisesse alguma criança eu a teria providenciado. Não tenho a mínima intenção de adotar a filha de outra pessoa.

— Então eu cometi um erro. — Ele se levantou. — Já gastei muito do seu tempo e também desperdicei o meu.

— A mãe de Grant largou o meu pai quando eu fiz dez anos, e foi apenas uma das várias mulheres que ele teve. Que razão eu teria para assumir a responsabilidade de criar a filha de Grant?

— Aparentemente, nenhuma.

Ele saiu na mesma hora, com mais raiva de si mesmo do que dela.

Eve saiu do *dojo* de artes marciais e observou com muita atenção a rua, investigando com os olhos os veículos estacionados, os pedestres e o tráfego da área.

— Há poucas chances de eles terem seguido nosso rastro — disse Peabody, atrás dela. — Mesmo que tivessem o equipamento certo e muitos homens trabalhando para manter a Central sob vigilância vinte e quatro horas por dia, precisariam de muita sorte para descobrir nossa viatura e nos rastrear até aqui

— Até agora eles têm tido muita capacidade e muita sorte. Não podemos facilitar nesse caso. — Pegou um pequeno scanner no bolso.

— Esse aparelho não é de uso da polícia — estranhou Peabody.

— Não. É de uso de Roarke. Eles certamente esperam um aparelho com os padrões da polícia, e podem ter instalado vários rastreadores tendo essa configuração em mente.

— Puxa, Dallas, você me faz sentir aconchegada e segura, mas estou morrendo de fome. E tem uma delicatéssen aqui ao lado.

— Pretendo ficar longe de delicatéssens por algum tempo. Vou achar que tem alguém recebendo uma boa chupada na sala dos fundos enquanto prepara o picadinho de vegetais.

— Ah, sim, muito obrigada! Agora quem perdeu o tesão por comer em delicatéssens fui eu, e olha que eu nem comi waffles de manhã. Tem um restaurante chinês do outro lado da rua. Que tal um rolinho primavera?

— Tudo bem, mas seja rápida.

Eve usou o *scanner*, em busca de explosivos e equipamentos de fabricação caseira para escutas, enquanto sua parceira atravessava a rua quase correndo. Fez alguns alongamentos na musculatura do ombro e do pescoço, porque o colete à prova de balas, apesar de leve, a incomodava muito. Entrou no carro assim que Peabody voltou.

— Eles não tinham Pepsi.

— O quê? — exclamou Eve, pegando o saquinho de comida para viagem. — Estamos realmente nos Estados Unidos ou fui teletransportada para algum continente atrasado, em um universo paralelo?

— Sinto muito. Trouxe-lhe um refri de limão.

— Isso não está certo — reclamou Eve, saindo com a viatura. — Devia ser ilegal um estabelecimento que vende alimentos não oferecer Pepsi.

— Por falar em estabelecimento para alimentos, sabe o que Ophelia me disse que vai fazer com a recompensa?

— Se ela ganhar esse prêmio, certo?

— Pois é. Se ganhar. Enfim, ela e o carinha da delicatéssen estão planejando morar juntos, se a grana for boa. Se a recompensa pintar, ela vai viver com folga e eles vão abrir um sex club.

— Ah, como se Nova York já não estivesse cheia de sex clubs!

— Sim, mas será um sex club deli. Muito inovador, com serviços à escolha do freguês: saboreie um salame suculento ou aumente o volume do seu salame, tudo em um só lugar.

— Meu santo Cristo, agora mesmo é que eu nunca mais piso em uma delicatéssen.

— Talvez seja um lugar interessante. Mas vamos em frente. — Peabody deu uma mordida em seu rolinho primavera. — Quer que eu peça a Feeney para começar a rastrear as transmissões?

— Não, deixe que eu faço isso. Ligue para Baxter e mande que ele dê prioridade ao caso Brenegan. Depois, entre em contato com o comandante e pergunte se ele conseguiu se livrar da burocracia dos militares. Conte-lhe que Kirkendall é, atualmente, nosso principal suspeito, e avise que Baxter está investigando um caso que talvez tenha ligação com este. Não use o *tele-link* — acrescentou. — Vamos misturar os equipamentos. Use o comunicador pessoal para falar com o comandante. Depois, verifique o status do resto da equipe usando o comunicador oficial.

— Você acha que eles podem estar acompanhando nossa localização através de uma triangulação pelos sinais dos equipamentos?

— Eles certamente são cuidadosos. — Eve usou o equipamento do painel para descobrir o endereço de Sade Tully, o próximo destino da dupla.

Era um prédio modesto que ficava a uma curta caminhada da firma de advocacia. Não havia porteiro, conforme Eve percebeu de imediato. Os equipamentos de segurança eram de nível médio. Bastou passar seu distintivo pelo *scanner* para liberar a porta de entrada. Ligar para vários apartamentos pelo interfone provavelmente lhe daria acesso com a mesma facilidade. No saguão apertado, entrou no elevador, apertou o botão do andar de Sade e, ao saltar, analisou o sistema.

Duas câmeras de segurança — que poderiam estar funcionando ou não. Porta à prova de fogo que levava às escadas. Havia só uma câmera no único elevador do prédio, e as câmeras dos corredores ficavam nas duas pontas do andar.

A porta do apartamento tinha um visor eletrônico e uma fechadura resistente. Eve tocou a campainha e o visor foi ativado segundos depois. Ouviu-se o ruído de trancas sendo abertas e Sade abriu a porta.

— Aconteceu alguma coisa? — quis saber ela, na mesma hora. — Ó Deus, aconteceu algo com Dave?

— Não. Desculpe-nos por deixá-la alarmada. Podemos entrar?

— Sim, claro. — Ela passou a mão pelos cabelos. — Estou uma pilha de nervos, me aprontando para o funeral de Linnie. Nunca fui ao enterro de uma criança. Não deviam existir crianças mortas. A firma não vai ter expediente hoje. Dave deve estar chegando para me pegar.

O apartamento era bonito e muito bem decorado, com um sofá moderno feito de gel, em tons cintilantes de azul e verde; uma pequena área para refeições ficava diante de um par de janelas protegidas por cortinas feitas com tecido. Pôsteres baratos que exibiam locais famosos de Nova York enfeitavam as paredes.

— Dave comentou que você tem boa memória para nomes e detalhes.

— É por isso que eles me pagam tão bem. Gostariam de sentar? Querem... Nossa, nem sei o que tenho para oferecer. Não faço compras desde que...

— Não se preocupe, estamos bem — assegurou Peabody, ajudando a descontrair o clima. — É lindo o seu apartamento. Adorei o sofá!

— Eu também gosto. Não só do sofá, mas do apartamento todo e das vantagens. É um bairro sossegado e fica pertinho do trabalho. Quando estou a fim de um pouco de agito é só pegar o metrô a meio quarteirão daqui, e cair na balada.

— Um apartamento mobiliado nesta área não é barato — observou Eve.

— Tem razão. Mas eu tenho uma amiga que divide as despesas. Quer dizer, tinha! — corrigiu. — Jilly é comissária de bordo, geralmente trabalha na rota Nova York-Vegas II. Fica fora durante tanto tempo que quase não nos encontramos, e nunca incomodamos uma à outra.

— Você disse *tinha*? — lembrou Eve.

— Pois é. Ela entrou em contato faz dois dias. Resolveu morar direto em Vegas agora, então... — Encolheu os ombros. — Isso não vai ser problema para mim. Posso pagar o aluguel inteiro com o meu salário. Grant e Dave não são... droga!... Dave não é pão-duro. A empresa me oferece aumentos de salário regularmente.

Olhou para a própria roupa e perguntou:

— Vocês acham que este é o vestido certo? Talvez seja um pouco mórbido, um terninho preto. É claro que um funeral *é* uma coisa mórbida, mas talvez...

— Para mim, essa parece uma roupa apropriada — tranquilizou-a Peabody. — É respeitosa.

— Certo, certo. Sei que é uma preocupação idiota. Por que eu deveria me preocupar com a roupa certa quando... Puxa, preciso de um pouco d'água. Vocês querem água?

— Não, fique à vontade. — Mas Eve se levantou e foi até a cozinha bem arrumada, pouco mais larga que um corredor. — Sade, você se lembra de um caso no qual Grant trabalhou? Kirkendall. A cliente era uma mulher chamada Dian.

— Deixe-me ver... — Ela pegou uma garrafa de água da pequena unidade de refrigeração e se encostou no balcão vermelho vivo. — Divórcio e custódia dos filhos. O marido costumava espancá-la. Era do exército, embora já estivesse na reserva, por essa época. Era um filho da puta. O casal tinha dois filhos, um menino e uma menina. Dian só tomou uma atitude contra o marido depois que ele começou a bater nas crianças. Mas ainda esperou algum tempo.

Ela abriu a garrafa e bebeu lentamente, enquanto pensava.

— Parece que ele dirigia a casa como se fosse um general. Parecia mais um tirano. Horários rígidos, ordens, muita disciplina. Mantinha a mulher e os filhos apavorados. Por fim, ela foi para um abrigo com os filhos e uma pessoa que trabalhava lá recomendou nossa firma de advogados. A mulher estava completamente aterrorizada. Vemos isso com frequência. Muitas vezes, na verdade.

— O tribunal julgou o caso a favor dela.

— Totalmente. Grant trabalhou muito nesse caso em especial. — Os olhos dela começaram a brilhar; parou de falar para tomar mais um gole de água, lentamente, tentando interromper o fluxo das lágrimas. — Ela sofreu muito ao longo dos anos; muitas mulheres são assim. Não pedia ajuda, e dizia aos guardas que não havia nada de errado quando algum dos vizinhos chamava a polícia. Frequentava clínicas diferentes para tratar os ferimentos, e nunca atraiu a atenção de ninguém para o seu problema. Mas Grant trabalhou muito para ajudá-la. Fez até trabalho gratuito. Procurou médicos, técnicos em clínicas de saúde e avaliações de psicólogos. O marido também tinha bons advogados. Eles argumentaram que Dian era uma mulher psicologicamente instável, alegaram que seus ferimentos eram autoinduzidos ou resultado de casos com outros homens agressivos. Nada disso colou, especialmente quando Grant colocou Jaynene para testemunhar.

— Jaynene Brenegan?

— Ela mesma. — Sade franziu o cenho. — Vocês a conhecem?

— Por que considera o testemunho dela importante para a esposa?

— Era especialista em traumas e arrasou com os advogados canalhas do marido agressor. Deixou bem claro que o exame que fizera em Dian tinha mostrado sinais consistentes de abuso físico de longa data, com ferimentos impossíveis de serem autoinfligidos. Eles não conseguiram desacreditá-la, e isso foi um dos fatores para a reversão do caso a favor da vítima. Ela foi morta há dois... não... já deve fazer três anos. Um viciado imbecil a esfaqueou na saída do hospital. O canalha alegou que ela já estava morta e ele só pegou o dinheiro em sua bolsa, mas eles colocaram o filho da puta na cadeia.

— Dian Kirkendall conseguiu custódia completa dos filhos?

— Isso mesmo. O marido só poderia fazer visitas mensais monitoradas, mas não chegou a fazer nem a primeira. Ela sumiu do mapa um ou dois dias depois da sentença. Grant ficou preocupadíssimo com ela, todos nós ficamos. Temíamos que o marido tivesse conseguido achar a família.

— Acreditavam que ele poderia lhes fazer algum mal?

— Grant dizia que sim. Mas a polícia nunca descobriu o paradeiro dela, nem das crianças.

— Kirkendall fez alguma ameaça a ela ou a Grant?

— Ele era frio demais para isso. Frio como o Ártico. Nunca se descabelou, nem disse nada que pudesse ser interpretado como ameaça. Mas pode crer que ele tinha muito ódio dentro de si.

Eve sinalizou a Peabody para que ela pegasse os retratos falados da bolsa.

— Reconhece estes homens?

Sade pousou a garrafa de água no balcão e deu uma boa olhada, com atenção.

— Não. E me lembraria deles, se os tivesse visto. Assustadores. São esses os homens que... — Parou de falar. — Kirkendall? A senhora acha que ele teve algo a ver com o que aconteceu a Grant e sua família? Aquele canalha, filho da puta!

— Temos perguntas que gostaríamos que ele respondesse.

— Ele bem que poderia ter feito isso, sabia? — comentou ela, baixinho. — Seria capaz de um ato desses. Sabe quando a gente vê alguém ou esbarra em uma pessoa na rua e tudo por dentro fica gelado? Ele é esse tipo de pessoa. Faz seu sangue congelar de medo. Mas, minha nossa, isso aconteceu há tanto tempo! Faz anos! Eu estava havia pouco tempo na firma, morava em um apartamento do tamanho de um ovo que ficava na rua Cem, esquina com a Sétima Avenida.

— Estamos investigando várias pistas — explicou Eve. — Obrigada pelos detalhes precisos. Mais uma coisa, só por curiosidade. Como encontrou este apartamento e a amiga para dividir o aluguel?

— Foram eles que me encontraram, na verdade. Conheci Jilly em uma boate que costumava frequentar. Ela era amiga de uma amiga de uma amiga, esse tipo de coisa. Na mesma hora nos demos bem. Foi então que ela me contou que tinha este apartamento e procurava por uma pessoa com quem pudesse dividir o espaço, já que ficava tanto tempo longe de casa, a trabalho. Queria alguém que morasse lá para que o lugar não ficasse vazio e abandonado durante muito tempo. Topei na hora.

— Isso aconteceu depois do julgamento?

— Logo depois, agora que a senhora mencionou. Duas semanas depois, mais ou menos. — A mão de Sade tremeu um pouco quando ela tornou a pegar a garrafa de água. — Por que pergunta?

— Alguma vez você conversou com Jilly a respeito do seu trabalho? Citou algum caso ou deu detalhes?

— Sim, embora nunca divulgasse nomes nem assuntos confidenciais. Merda, eu conversava, sim. Falava de fatos genéricos, contava algum barraco ou algo engraçado que tivesse acontecido. Cheguei a comentar sobre o caso Kirkendall, mas sem citar nomes. Contei o quanto Grant estava se dedicando por completo ao caso, e o quanto desejava obter o que era certo para essa pobre mulher e seus filhos. Meu Deus, meu Deus! Mas eu e Jilly moramos aqui, no mesmo apartamento, por seis anos. Quase seis anos!

— Gostaria que me informasse o nome completo dela.

— Jilly Isenberry — informou Sade, sem emoção. — Ela frequentava a casa de Grant comigo. Foi lá não sei quantas vezes. Ia a festas, participou de churrascos. Jantou na mesa deles. Contei-lhe os detalhes na época, quando tudo aconteceu, e ela chorou muito. Chorou, mas não vai mais voltar. E fui eu que a levei à casa deles.

— Você não foi a responsável pelo que aconteceu. Pode ser que uma coisa não tenha nada a ver com a outra e, tendo ou não, você continuará não sendo responsável. Tudo o que acabou de nos contar poderá nos ajudar a encontrar os verdadeiros culpados.

Eve se afastou e levou Sade para fora da cozinha.

— Sente-se aqui — convidou. — Fale-nos mais sobre ela.

— É uma mulher com aparência marcante — comentou Peabody. — Pesquisara os dados e uma foto, que colocou na tela do painel da viatura e mostrou para Eve. — Trinta e oito anos, mulata clara, solteira. Não se casou e não há registros de que tenha morado maritalmente com ninguém. Comissária de bordo da Orbital Transportation desde 2053. Seus empregos anteriores foram... Hurra!

— Hurra? — Eve, lutando contra o tráfego, franziu a testa em sinal de estranheza.

— Acho que é uma exclamação ou saudação militar. Talvez. Combina com o que eu descobri. Antes desse emprego na Orbital Transportation ela foi cabo do exército americano. Serviu durante doze anos. Deveria ter sido promovida depois de tanto tempo, não acha?

— Doze anos de vida militar deveriam tê-la preparado para funções mais interessantes do que servir drinques e passar vídeos para *hurros* que viajam para o mundo dos cassinos.

— *Hurros?*

— Deve ser outro termo militar. Vamos solicitar os registros dela no exército. Aposto que essa mulher serviu com Kirkendall em algum lugar, por algum tempo.

— E esse tipo de coincidência...

— Não existe. Ela manteve seus dados, não trocou de nome, nada... Eles acharam que já estariam bem longe, caso alguém conseguisse chegar até aqui. Achamos o nosso "quem", descobrimos o "porquê". Agora, só falta achar o filho da puta. — Atendeu o comunicador que tocou com um tom empolgado: — Dallas falando!

— Uma ajudante jurídica de serviços militares requisitou uma reunião com você — informou Whitney. — Em meu gabinete, o mais rápido possível.

— Estou indo para a Central, senhor.

Eve calculou o tráfego, a distância a percorrer, ligou a sirene e decolou a toda a velocidade.

Peabody ainda estava retomando o fôlego quando elas pegaram a passarela aérea que as levaria ao andar de Whitney.

— Meus olhos já estão de volta ao lugar? Não gosto de entrar em uma reunião com os olhos exibindo apenas a parte branca, devido ao terror extremo. Isso pega mal.

Para não deixar passar a oportunidade, Eve deu uma pancada forte nas costas de Peabody, que quase foi lançada para fora da passarela.

— Pronto! Isso fará seus olhos voltarem ao lugar.

— Não achei nenhuma graça. Ainda mais depois de você quase nos matar três vezes no voo até aqui.

— Foram só duas vezes, e elas resultariam, no máximo, em mutilação. As pessoas não respeitam a sirene da polícia, esse é o problema. Ficam cantarolando ao volante e atrapalham a passagem da viatura.

— O motorista do táxi da Cooperativa Rápido que você quase destruiu não estava cantarolando ao volante. Aquilo eram gritos de terror.

— Sei. — Eve sorriu ao se lembrar da cena. — Já que é assim, ele deveria ter tirado a bunda do meu caminho. — Ergueu e abaixou os ombros duas vezes e completou: — Quer saber? Essa corrida me deixou energizada. Foi quase tão bom quanto café.

Eve e Peabody foram encaminhadas direto para o gabinete de Whitney. O comandante e o resto da equipe já estavam em seus lugares. Junto deles, havia a projeção holográfica de uma mulher toda vestida de branco.

Ela se arrumou dos pés à cabeça para a reunião, pensou Eve, mas não se deu ao trabalho de comparecer pessoalmente.

— Tenente Dallas, detetive Peabody, esta é a major Foyer, representante legal das Forças Armadas dos Estados Unidos. A oficial requisitou argumentos adicionais para liberar os registros militares dos indivíduos em questão.

— Esses registros são confidenciais e pertencem ao governo dos Estados Unidos — explicou Foyer, com um tom ríspido. — Temos o dever de proteger os homens e mulheres que servem nossa pátria.

— E nós temos o dever de proteger os cidadãos desta cidade — rebateu Eve. — Chegaram informações às minhas mãos, durante as investigações de um caso de múltiplos assassinatos, que me levam a crer que Roger Kirkendall, ex-sargento do exército norte-americano, está envolvido nos crimes.

— A divulgação de dados desta natureza exige mais do que a suspeita de uma oficial do setor civil, tenente. A lei Patriota atualizada, implementada em 2040, determina em seu artigo 3, especificamente, que...

— O governo tem carta branca para solicitar e receber dados pessoais de qualquer cidadão, sob o compromisso de manter sigilo. Sei como a lei funciona. Além do mais, quando um membro das Forças Armadas está sob suspeita de atos que vão contra o governo ou contra cidadãos do país, esses registros devem ser entregues imediatamente às autoridades civis e militares que os solicitarem.

— Suas suspeitas, tenente, não bastam para isso. São necessárias evidências...

— Comandante, com a sua permissão...

Ele ergueu as sobrancelhas quando Eve se dirigiu ao computador instalado no gabinete, mas concordou.

Eve ordenou que o sistema buscasse os arquivos do caso Swisher.

— Colocar na tela imagens das vítimas e da cena do crime!

Elas apareceram, cruas e sanguinolentas.

— Ele fez isso — afirmou Eve.

— Tenente, a senhora acredita...

— Eu *sei* — corrigiu Eve. Em seguida, ordenou que imagens de Knight e Preston aparecessem na tela. — Ele também fez isso. Vocês o treinaram, mas a culpa não é sua. Ele desvirtuou o treinamento que recebeu. Porém, saiba que a culpa será, sim, de vocês, caso não cooperem e não ofereçam assistência irrestrita ao Departamento de Polícia nesta investigação. Se atrapalharem, de algum modo, a nossa busca por Roger Kirkendall, a próxima vítima será responsabilidade de vocês.

— Suas evidências estão longe de ser conclusivas, nesse estágio da investigação.

— Então vou lhe dar mais alguns fatos. E como a senhora me parece uma mulher que trabalha direito, major, sei que muita coisa do que vou lhe contar não será novidade. Roger Kirkendall é sócio de uma empresa de sucesso no Queens, mas não se encontra com o outro dono do negócio há mais de seis anos. Grant Swisher representou a esposa de Kirkendall em um processo pela custódia dos filhos, e ganhou. O juiz Moss, que presidiu a sessão, foi assassinado em companhia do filho de quatorze anos, em um atentado a bomba, dois anos atrás. Karin Duberry, assistente social do Serviço de Proteção à Infância que também testemunhou no caso, foi estrangulada em seu apartamento no ano passado. Tenho certeza de que, quando completarmos a investigação sobre a morte da médica que também testemunhou a favor da sra. Kirkendall, vamos descobrir que Roger Kirkendall também foi o responsável pela sua morte.

— Tudo isso é circunstancial.

— Uma ova, major! Jilly Isenberry, ex-cabo do exército dos Estados Unidos era, até pouco tempo atrás, amiga e colega de apartamento de Sade Tully, assistente jurídica da firma de Grant Swisher. Isenberry frequentava a casa dos Swisher e era considerada amiga da família. Essa mesma Jilly Isenberry fez arranjos para conhecer Sade Tully logo após o julgamento de Kirkendall, e veio com a feliz coincidência de lhe oferecer um apartamento simpático pertinho do escritório da firma de advocacia. Ela, bem como Roger Kirkendall, viajam muito. E aposto o meu salário do mês que vem contra o seu que Roger Kirkendall e Jilly Isenberry não só se conheciam desde essa época como também serviram juntos no exército, no passado.

— Um momento, tenente. — A imagem holográfica tremulou e desapareceu.

— Foi verificar tudo isso, não é, sua vaca travada? — Eve tentou se recompor e se virou para Whitney. — Peço desculpas pelo palavreado, comandante.

— Não há necessidade.

— Você andou ocupada, hein? — elogiou o capitão Feeney. — Muito bem, garota!

— Estamos agitando muito e nem precisamos dos registros militares detalhados, no momento, mas não vou deixar que essa mulher dificulte nossos movimentos. Quero pegar todos eles.

— Há alguns buracos no caso da médica da emergência que foi eliminada no estacionamento, se você analisar com atenção — avisou Baxter. — O sujeito que foi preso pelo crime alegou que já a encontrou morta e simplesmente decidiu roubá-la, levando a carteira e alguns objetos pessoais. Manchou-se todo com o sangue dela e se incriminou, mas a polícia nunca encontrou a arma do crime.

— Há algo interessante nas declarações dele? Ele afirma ter visto alguma coisa?

— Estava doidão. Tinha uma arma de atordoar no bolso, mas a vítima não foi atingida. O ladrão era fichado e já tinha sido preso por venda de substâncias ilegais, assalto e roubo de residências. Quando os tiras o encontraram a trinta metros do cadáver, com os documentos e objetos da vítima e sangue nas mãos, não procuraram em outro lugar.

— Quero cópias do processo, do relatório do legista, pacote completo.

— Já fiz isso.

A imagem holográfica tremeluziu e voltou.

— Os registros solicitados serão disponibilizados para a senhora, tenente — informou a oficial.

— Também quero os registros de Jilly Isenberry — exigiu Eve.

— Certo. Também vamos liberar os registros de Jilly Isenberry. Esses oficiais não se encontram mais sob jurisdição militar. Se algum deles ou ambos forem responsáveis por essas mortes, espero que vocês os peguem, comandante.

— Obrigado, major. — Whitney acenou com a cabeça em sinal de agradecimento. — Meu departamento e a cidade de Nova York agradecem a sua ajuda nesse assunto.

— Até logo, comandante. Boa sorte, tenente. — A imagem holográfica desapareceu.

Whitney foi para sua mesa novamente.

— Gostaria de uma atualização sobre o caso enquanto esperamos pelos dados.

Eve contou toda a história para ele e para a equipe.

— Paciência não é a palavra certa para esse sujeito — afirmou Baxter, quase bufando. — Paciência é a virtude de um gato diante do buraco de um rato. Esse cara mais parece uma aranha que não se importa de trabalhar durante muitos anos para montar uma teia que vai do Bronx à rua Bowery. O fuzileiro naval reformado que investigamos parece limpo. Estava fora da cidade na noite em que os Swisher foram assassinados. Participava de um torneio de golfe em Palm Springs. Os dados da companhia aérea e do hotel foram confirmados, e muitas testemunhas o viram lá.

— O outro homem quem investigamos passou a noite participando de manobras militares — informou McNab, estendendo as mãos. — Tem um batalhão inteiro para confirmar isso. Talvez tenham montado álibis sólidos por precisarem de cobertura, mas parecem limpos.

— O nosso homem é Kirkendall. — Mais uma vez, Eve ordenou ao computador do comandante que colocasse a foto do suspeito no telão. — O trabalho de Grant Swisher fez com que ele perdesse a esposa e os filhos. E essa esposa e esses filhos desapareceram em pleno ar logo depois do julgamento.

— Ele os pegou.

— Talvez. Talvez. Mas, se foi isso, por que gastar tantos anos planejando e assassinando as pessoas responsáveis pela perda de sua família? Vingança, talvez, pelo tempo e pelo trabalho gastos? Mas, se ele os pegou de volta e os puniu, por que plantar uma cúmplice morando com a assistente jurídica da firma de Swisher, durante seis anos?

— Porque a mulher e os filhos conseguiram escapar deles — sugeriu Peabody. — Sumiram. Evaporaram.

— Acho que foi exatamente isso que aconteceu — concordou Eve. — Ela provavelmente já tinha planejado fugir com os filhos, independentemente do resultado do julgamento. Isso é de deixar qualquer um revoltado. A mulher conseguiu a custódia e fugiu com os filhos dele. O marido perdeu todo o controle que tinha sobre todos. Então, basta plantar alguém morando com Sade Tully e talvez ela abra o bico por acaso, contando onde eles se esconderam. Só que ela não sabe onde eles estão, e imagina que foram mortos. A única coisa que resta é eliminar o inimigo. As pessoas que se colocaram contra ele e venceram.

— Os dados estão chegando — informou Whitney, olhando para a tela. Depois de remover as imagens, fez aparecer os novos dados.

— Ele serviu durante dezoito anos — leu Eve. — Entrou no exército quando ainda era adolescente. Por que não completou seus vinte anos de serviço? Sim, sim, está bem ali. Passou a atuar nas Forças Especiais, em operações secretas. Alcançou nível cinco.

— Isso lhe garantia autorização para matar — informou Baxter, dando de ombros. — Meu avô reclamava muito desse troço. Autorização para matar mesmo em tempos de paz. Significa que você pode tirar alguém de cena em determinadas situações. E pode receber ordens para assassinar alvos específicos.

— Continue, tenente — disse o comandante. — Dividir tela e apresentar os dados de Jilly Isenberry!

— Eles serviram juntos. Foram designados para a mesma base em Bagdá. Ele aparece como sargento durante o treinamento secreto dela. Aposto que eram bons companheiros. Companheiros de guerra. Jilly e o bom e velho sargento. Os dois largaram as armas na mesma época, também.

— Ambos têm registros de condutas impróprias — apontou Feeney.

— Dallas — interrompeu Peabody. — Não há irmãos listados entre os familiares de Kirkendall. Nem primos.

— Vamos ter de pesquisar mais fundo. Preciso ver o que Yancy conseguiu e tenho uma reunião depois. — Eve olhou para o relógio de pulso. — Feeney, trouxe uma autorização sem restrições de Sade Tully para a DDE verificar todos os computadores e equipamentos de comunicação e dados de sua casa. É pequena a chance de que Isenberry possa ter usado um deles para se comunicar com alguém envolvido no caso. De qualquer modo eu também já requisitei um consultor civil especialista para vasculhar outros traços eletrônicos ocultos nos equipamentos.

— Se for o nosso consultor civil de sempre, não há objeções.

— Baxter e Trueheart, o funeral de Linnie Dyson vai começar daqui a pouco. Participem da cerimônia como representantes do departamento e mantenham os olhos e ouvidos abertos.

— O enterro de uma criança — lamentou Baxter, balançando a cabeça. — Sempre sobram para nós as missões mais leves.

— Nada — disse-lhe Yancy. Não consegui nada acima de setenta e dois por cento de compatibilidade, até agora. Vou continuar pesquisando por mais uma ou duas horas, mas analisei o CPIAC, Centro de Pesquisas Internacional de Atividades Criminosas, e nada no banco global de dados bateu com o que eu tenho.

— Conseguimos cooperação dos militares. Peça a Whitney que entre em contato com eles para pedir uma busca entre os soldados de todas as unidades nas quais Kirkendall serviu. Queremos sujeitos com o mesmo treinamento dele. Ahn, comece com os inativos e com os que já pediram baixa. Os dois homens que procuramos não precisam se levantar da cama para responder ao toque de alvorada.

— Certo. Andei pensando, Dallas. Fazer esse tipo de busca nos oferece muito tempo para pensar e especular. Olhe novamente para esses rostos.

Ele colocou as imagens em um telão secundário.

— São rostos muito parecidos. Praticamente gêmeos.

— Também já pensamos nisso. Parecem, no mínimo, irmãos, mas Kirkendall não tem nenhum irmão. Eles provavelmente foram mercenários contratados para o serviço. — Mas Eve não gostava muito dessa solução. Onde ficava a adrenalina de executar o plano se você pagava a alguém de fora para pô-lo em prática?

— Bem, eu pensei em gêmeos, rostos idênticos — continuou Yancy —, mas eles não têm a mesma altura. Não é exatamente forçar a barra, mas... O que você não enxerga quando olha para eles?

— Humanidade.

— Além disso. Eu passo o tempo todo trabalhando com rostos. O que você não vê nesses retratos falados, Dallas, são rugas, cicatrizes, espinhas ou falhas. Você me garantiu que eles necessariamente passaram por um treinamento intensivo, provavelmente militar. Vivenciaram ação. Mas não vemos ação nesses rostos. Não vemos nem mesmo a ação do tempo na pele das suas faces. Ophelia teria reparado nisso — resmungou, quase para si mesmo. — Ophelia perceberia, porque eu a orientei nessa direção, por instinto. Queria desenhar marcas distintas onde elas não existiam. A não ser pelo fato de que um deles mancava um pouco, eles eram perfeitos.

— Cheguei a considerar androides, mas a probabilidade foi baixa. Dois robôs com esse nível de sofisticação custam caríssimo, e é muito difícil programá-los para trabalho em equipe, executando missões secretas e assassinatos. É por isso que os militares não usam androides para trabalhos intrincados.

— Não estou pensando em androides, mas em cirurgia plástica e escultura facial. Eles só poderiam parecer tão iguais, sem marcas e absolutamente idênticos se tivessem pago por isso.

— Merda. Merda! A altura e o peso do primeiro homem batem com os dados de Roger Kirkendall. A cor da pele também.

— Mas o rosto não — continuou Yancy. — Se ele tivesse de aumentar o volume aqui... — pegou uma cópia da foto da identidade de Roger Kirkendall e começou a modificá-la —, seria preciso alargar o maxilar e torná-lo mais quadrado, além de afinar o nariz e aumentar o lábio inferior. Seria preciso um cirurgião de ponta, *mucho dinero*, mas daria para ser feito. Sei que os olhos não combinam, mas...

— Eles estavam de óculos escuros e você usou o programa de probabilidades.

— Dá para mudar o formato e a cor dos olhos, também.

— Tenho uma amiga que troca a cor dos olhos tantas vezes quanto troca de calcinha. — Eve caminhou de um lado para outro da sala, pensando. — Isso faz mais sentido, para mim. Por que passar por tantos anos de planejamento, de aperfeiçoamentos, curtir tudo por antecipação e depois não participar pessoalmente dos assassinatos?

— Mas, se estamos no caminho certo, quem é o outro homem?

Eve analisou as imagens gêmeas e murmurou:

— Boa pergunta.

# Capítulo Dezesseis

As folhas começavam a ficar secas, quebradiças, e se espalharam pela alameda diante de Eve no instante em que ela atravessou os portões da mansão com a viatura.

Havia um novo conjunto de possibilidades e probabilidades, e as ações exigidas para cuidar de tudo não paravam de circular em sua mente.

— O vento está mais forte — observou Peabody. — Vai chover.

— Obrigada pela previsão do tempo.

— As árvores vão ficar peladas. Eu sempre odeio ver isso acontecer. Elas ficam completamente nuas no frio, pobrezinhas, pelo menos até cair a primeira nevasca.

— Se você está tão preocupada com as árvores, talvez seus parentes seguidores dos princípios da Família Livre possam tricotar alguns agasalhos para protegê-las.

— Eu trabalho melhor em fiação e tear. — O tom de voz de Peabody permaneceu plácido enquanto Eve estacionou diante da casa. — Não trabalho com um tear há muito tempo, mas aposto que ainda não me esqueci como se faz. Talvez devesse me dedicar a isso, à medida que o Natal se aproxima.

— Pode parar! Ainda estamos em outubro.

— Quase novembro. Não vou me deixar atropelar pelo tempo, esse ano. Já comecei a comprar os presentes. Está mais fácil fazer as compras atualmente, porque, sabe como é... ganho salário de detetive, agora.

— Fato que você não cansa de lembrar a mim e a quem estiver por perto ouvindo.

— Dei um tempo nesse papo por ter sido ferida em ação. Mesmo assim, ainda me gabo pelo menos uma ou duas vezes por semana. — Ela saltou do carro e inspirou fundo. — Você não adora esse cheirinho?

— Que cheirinho?

— O ar, Dallas. A atmosfera que diz que é quase novembro, que a umidade começa e se espalhar e abrir os braços por toda parte, prometendo chuva. Tudo fica elétrico e úmido. Aparecem florezinhas asteráceas de todo tipo, especialmente as do tipo maria-sem-vergonha, que dão o ano todo, algumas com cheiro penetrante. Sinto vontade de juntar um monte de folhas secas só para me jogar em cima delas e me esbaldar.

Ouvir isso fez Eve fazer uma careta e ela parou para olhar para Peabody.

— Santo Cristo! — Foi tudo o que conseguiu falar. Caminhou com mais pressa na direção da porta e entrou no saguão.

Summerset estava lá, "o espectro do hall", acompanhado por seu usual uniforme preto de coveiro e o rosto fino com ar de reprovação.

— Vejo que a senhora resolveu nos deleitar com sua presença.

— Foi, sim. Meu próximo deleite vai ser dar um chute em sua bunda medonha para tirá-lo do meu caminho.

— A senhora trouxe uma criança para esta casa. Alguém que precisa e espera um pouco do seu tempo e da sua atenção.

— Eu trouxe uma testemunha menor de idade para esta casa, que precisa e espera que eu descubra quem assassinou sua família. Se você não consegue lidar com ela enquanto eu trabalho, posso trazer um androide especializado em cuidados infantis para cuidar das tarefas ligadas à menina.

— Isso é tudo que a "menina" representa para a senhora? — A voz do mordomo parecia uma lâmina afiada e pontiaguda. — Testemunha, menor de idade? Um androide tem mais sentimentos. Ela é uma criança que, apesar de ainda não ter alcançado a primeira década de vida, enfrentou provações e horrores indescritíveis e já sofreu perdas inomináveis. A senhora precisa passar alguns poucos momentos com ela, pelo menos durante a refeição matinal.

— Sei muito bem o que ela sofreu e vivenciou. — Eve o enfrentou com o mesmo tom de voz, mas seus dedos apertaram com força excessiva o pilar na base da escada. — Fui eu que chapinhei no sangue que os assassinos deixaram para trás. Portanto, não me venha jogar isso na cara, seu filho da mãe. — Começou a subir as escadas, parou, virou-se e o fitou longamente. — Ela não é a sua filha. É melhor se lembrar disso.

Peabody ficou onde estava por mais um momento, respirando o ar que já não estava tão vivo, úmido e calmante.

— Você está enganado — disse, baixinho, atraindo o olhar de Summerset. — Minha política é nunca me colocar no meio de vocês dois, mas você está errado dessa vez. A mente de Dallas não se afasta nem por um segundo daquela criança, de um jeito ou de outro, cada minuto de cada dia.

Seguiu até as escadas e subiu atrás de Eve.

Os passos compridos e duros de Eve a tinham levado muito à frente da parceira. Quando Peabody entrou no escritório, ela já dava voltas no aposento.

— Dallas...

— Não fale comigo!

— Ele estava errado, e faço questão de dizer isso.

— Não fale comigo por alguns minutos.

Eve precisava se livrar da raiva, da sensação de ter sido insultada e da suspeita maldita que se arrastava nas sombras e lhe dizia que talvez o mordomo tivesse razão.

Ela se afastara, teve de recuar bastante para manter a objetividade profissional, e não pretendia se desculpar por isso. Mas também fizera um recuo a mais, em nível pessoal. Isso tinha sido necessário para impedir a projeção de si mesma na testemunha, para se impedir de ver o próprio reflexo na vítima que precisava de proteção. Perdida, sozinha, aterrorizada e ferida.

Era uma situação diferente, diferente, muito diferente, repetia Eve para si mesma, enquanto caminhava de um lado para outro e arrancava a jaqueta, atirando-a com força sobre a poltrona. Mas os resultados não eram igualmente terríveis?

Eles atirariam a menina no sistema do governo, como Eve tinha sido atirada. Poderia ter mais sorte que ela, ou não. E talvez Eve passasse o resto da vida revivendo, em pesadelos, o que Summerset lhe dissera.

Foi até a janela e, ao olhar para fora, não viu a dança das folhas no vento que aumentava, nem as cores lustrosas do outono que já se encaminhavam para o entorpecimento de novembro. Em vez disso, viu o rosto da tira que ficara ao lado de sua cama, quando Eve tinha oito anos.

*Quem machucou você? Qual é o seu nome? Onde estão sua mamãe e seu papai?*

Quero fatos, pensou ela. Quero dados para que eu possa ajudá-la. Não posso me dar ao luxo de sentir demais e ficar arrasada por causa de uma criança destruída, porque preciso fazer meu trabalho.

— Faça uma busca completa em Kinkerdall, em busca de sócios, pessoas ligadas a ele e membros de sua família — disse, sem se virar. — Faça o mesmo com Jilly Isenberry. Se surgirem dados em comum, seguiremos a partir daí.

— Sim, senhora. Deseja café?

— Sim, quero café, já que continuo viva. Obrigada.

Ela se virou no instante exato em que Roarke entrou no escritório. Algo deve ter transparecido no rosto dela, pois ele parou e franziu o cenho.

— O que houve?

— Estou com uma pilha de cadáveres no necrotério. Nada de novo.

— Eve...

— Deixa quieto, pode ser?

Ele pensou em insistir, pois viu a luta interna que ela travava. Mas resolveu simplesmente assentir com a cabeça e disse:

— Certo, então. Qual minha próxima tarefa?

— Estamos bem cobertos aqui. O suspeito é Roger Kirkendall, ex-sargento do exército. Swisher representou a esposa dele em um processo de custódia infantil e venceu. O juiz do caso foi morto há dois anos. Uma bomba foi colocada no seu carro. A assistente do Serviço de Proteção à Infância foi estrangulada enquanto dormia. A médica que testemunhou no caso foi esfaqueada, mas parece que um idiota que a polícia prendeu era apenas um otário que estava no lugar errado, na hora errada.

— Então encontramos o seu homem, pelo visto.

— Só quando ele estiver dentro da jaula. Ele é um dos donos de uma academia de lutas marciais no Queens, um lugar bem conceituado. O outro sócio é Mestre Lu.

— Lu, o Dragão?

— Esse mesmo. — Ela conseguiu sorrir, embora o ar alegre não tenha chegado aos olhos. — Quem foi que disse que nós dois não temos nada em comum? Você assistiu àquela final em que ele limpou o chão com a cara do coreano e ganhou seu terceiro ouro olímpico?

— Claro! Da primeira fila.

— Tudo bem, não temos tanto em comum, afinal, pois eu assisti à luta no telão de um bar em Hell's Kitchen. De qualquer modo, Lu está limpo. Ele só se relaciona com Kinkerdall pela magia dos meios eletrônicos. Trocam contratos, documentos e lucros pela internet. Ele diz que não vê o sócio há seis anos. Acredito nele.

— Quer que eu faça um rastreamento das transmissões, depósitos e transferências?

— Isso mesmo. O computador de Lu está no seu laboratório de informática. O policial que o confiscou acaba de confirmar a entrega.

— Vou cair dentro. — Antes disso, porém, foi até ela e acariciou-lhe o rosto. — Não gosto de ver você triste assim.

— Vou abrir um sorriso feliz e cheio de dentes quando encerrar este caso.

— Vou cobrar isso, tenente. — Ele a beijou de leve.

Muito discreta, Peabody esperou que Roarke saísse antes de voltar com o café.

— Quer que eu trabalhe no seu computador auxiliar, Dallas?

— Quero — aceitou Eve, pegando o café. — Vou analisar a teoria de Yancy. Se Kinkerdall se submeteu a alguma cirurgia plástica de grande porte, será que ele não procuraria um cirurgião militar? Com uma operação que custa quase vinte mil dólares, não me parece que um cara desse tipo iria procurar um cirurgião civil.

— Esse tipo de mudança de rosto precisa ser registrada — ressaltou Peabody. — Não dá para mudar radicalmente sua aparência sem solicitar novos documentos de identidade. Se Yancy está certo e ele fez isso, não foi com um cirurgião renomado.

— Em casos de operações secretas, os militares passam por alterações no rosto. Algumas temporárias, outras permanentes. Vamos investigar se ele se submeteu a alguma cirurgia desse tipo e quem fez o serviço.

Eve se sentou diante da mesa, pediu os dados militares de Kirkendall e, nesse instante, Mira entrou.

— Desculpe interrompê-la — disse ela.

— Tá bom, tá bom, tudo bem. — Com os dentes cerrados em sinal de frustração, Eve se recostou e ergueu as mãos. — Que foi?

— Preciso conversar com você a respeito de Nixie.

— Escute doutora, a senhora está encarregada da terapia. Se quiser marcar uma sessão com a menina, está livre para escolher o aposento mais adequado. Desde que não seja aqui.

— Acabamos de terminar uma sessão. Ela está num dia difícil.

— Eu sei, essa fila está imensa.

— Eve, por favor!

— Estou fazendo tudo que é preciso. — A raiva que sentiu mais cedo ameaçou voltar com força total. — Mas não posso realizar meu trabalho se tiver sempre alguém me jogando na cara que eu preciso dar tapinhas carinhosos na cabeça da garota, para consolá-la. Não posso ficar...

— Tenente! — exclamou Mira.

A salvo do outro lado do escritório, Peabody encolheu os ombros. Aquele era o mesmo tom que sua mãe usava para paralisar de medo cada um dos seus filhos.

— Certo. Que foi? Pode falar. Sou toda ouvidos!

Uma resposta tão atrevida, pensou Peabody, se encolhendo um pouco mais na poltrona, resultaria em completa aniquilação, caso ela ou um de seus irmãos ousasse falar nesse tom com a própria mãe.

— Espero que seja uma catarse, para você, descontar suas frustrações em mim — retrucou Mira.

Se tivesse certeza de que ninguém notaria sua ausência, Peabody teria escolhido esse exato momento para sair de fininho.

— Entretanto — continuou a médica, com a voz tão fria que daria para congelar o ar úmido junto da vidraça —, estamos discutindo uma criança que está sob seus cuidados, Eve, e não sua falta de educação.

— Ora, cacete, estou só...

— Voltando à menina — interrompeu Mira. — Ela precisa ver a família.

— A família dela está na porra do necrotério.

— Estou ciente disso, e Nixie também. Só que ela precisa vê-los, para começar a se despedir deles. Você e eu sabemos o quanto esse momento é importante para os sobreviventes. As etapas do luto exigem que essa fase seja cumprida.

— Eu prometi a ela que arrumaria um jeito para ela vê-los e se despedir deles. Só que, pelo amor de Deus, não desse jeito! A senhora quer levar a menina para o necrotério para que ela veja a família sendo puxada para fora em uma das gavetas do freezer?

— Isso mesmo.

— Com as gargantas cortadas.

Um ar de impaciência surgiu nos olhos de Mira.

— Já falei com Morris, o chefe dos legistas. Conforme você sabe muito bem, existem meios de disfarçar marcas e ferimentos dos mortos, para poupar os entes queridos do choque. Morris concordou com isso. Sei que não é possível que ela compareça a nenhum tipo de funeral ou homenagem para a sua família até ela estar completamente segura e o caso encerrado, mas Nixie precisa vê-los.

— Estou mantendo-a isolada do mundo exatamente por segurança. — Eve enterrou os dedos por entre os cabelos ao ver que Mira continuava em pé, impassível, com o mesmo olhar frio. — Tudo bem, tudo bem! Posso providenciar transporte seguro para vocês, ida e volta, mas preciso coordenar essa operação com Morris. Vamos entrar com ela no necrotério pela porta dos fundos, sem registros nem identificação eletrônica. Ele vai esvaziar a área para que ela seja levada direto ao local do encontro. Depois, vai sair do mesmo jeito que entrou. E tudo deve ser rápido. Dez minutos.

— Um período de tempo aceitável. Você deverá ficar ao lado dela.

— Ei, espere um instante, qual é?!

— Quer lhe agrade ou não, você é a única referência de mundo que lhe sobrou. Era você que estava lá quando ela os viu pela última vez. É você que ela sabe que vai prender os responsáveis pelo crime. Precisa da sua presença para se sentir segura. Estaremos prontas para partir assim que você providenciar um transporte seguro.

Eve se sentou na cadeira, tão atônita que não conseguiu exibir sua indignação quando Mira saiu.

Resolveu utilizar o jetcóptero de Roarke. Seria mais rápido e não levantaria suspeitas, pois era comum ele sair de casa por via aérea para uma reunião importante. Eve teria de tirá-lo da sua tarefa atual, pois não confiava em mais ninguém para levá-las até o necrotério e voltar sem incidentes. Não temia apenas problemas físicos ou acidentes, como os que evitava imaginar sempre que zunia pelo céu a oitenta metros do chão, mas, principalmente, queria escapar dos perigos de um ataque inimigo, ao seguir o decreto ditatorial de Mira.

— Os riscos são mínimos — informou Roarke quando o jetcóptero pousou com suavidade no gramado diante da casa. — Vou erguer os escudos de privacidade e ligar os equipamentos que evitam o radar. Mesmo que eles estejam nos vigiando, não conseguirão hackear o sistema da aeronave em um espaço de tempo tão curto, e não serão capazes de detectar que a menina está a bordo.

Eve franziu o cenho, com ar pessimista ao olhar para o céu, que começava a escurecer com nuvens de chuva, conforme Peabody tinha previsto mais cedo.

— Pode ser que eles simplesmente ataquem o jetcóptero em pleno ar.

Roarke sorriu ao ouvir essa previsão pessimista.

— Se você achasse que isso é possível, não permitiria que Nixie fosse até lá.

— Tem razão, não permitiria, mesmo. Só quero acabar logo com esse inferno.

— Vou monitorar tudo e saberei se alguém está tentando nos rastrear ou hackear os equipamentos. Faremos tudo em trinta minutos, ida e volta. Isso não vai provocar um atraso muito grande no seu cronograma.

— Então vamos logo com isso. — Eve fez sinal para Mira trazer Nixie para fora. Roarke trocou um olhar rápido com o piloto, que saiu do banco e deixou que o patrão assumisse os controles.

— Nunca andei de jetcóptero — disse Nixie. — É supermag! — Mesmo assim, sua mãozinha rastejou pelo assento até encontrar a mão de Mira.

Roarke olhou por sobre o ombro, sorriu para ela e perguntou:

— Pronta?

Quando ela concordou com a cabeça, ele fez com que o aparelho se elevasse.

De forma muito mais suave, conforme Eve reparou, do que quando ela era a única passageira. Roarke gostava de corcovear, sacudir, acelerar, dar rasantes e mergulhos frenéticos só para deixar Eve maluca. Dessa vez, porém, ele pilotava o jetcóptero com cuidado e graça, como se levasse uma carga muito preciosa, apesar da alta velocidade.

Era cuidadoso, refletiu ela. Pensava nos detalhes. Será que era isso que faltava a ela? Essa capacidade de considerar a compaixão, depois de passar tanto tempo focada na brutalidade?

Trueheart brincava com a menina; Baxter lhe contava piadas; Peabody não tinha dificuldade para encontrar sempre as palavras e o tom certo ao lidar com Nixie. Até Summerset — o demônio com cara de sapo rugoso acabado de chegar do inferno — cuidava dela com naturalidade, alimentava-a e tratava de Nixie sem sobressaltos.

E ali estava Roarke sendo ele mesmo, por mais que repetisse que a criança o assustava e intimidava. Na verdade, interagia com ela de forma tão suave como pilotava a porcaria do jetcóptero.

Enquanto isso, Eve admitiu para si mesma, toda vez que ela se via a menos de um metro da menina, tinha vontade de desviar para o outro lado. Não sabia como lidar com a realidade de uma criança. Simplesmente não tinha os instintos para essa façanha.

No fundo, não conseguia anular o terror das recordações de sua própria infância que a menina lhe trazia.

Olhou para trás e viu que Nixie a observava.

— Mira me explicou que eles precisam ficar guardados em um lugar muito gelado — afirmou a menina.

— Isso mesmo.

— Mas eles não sentem mais frio, então está tudo bem.

Eve quase concordou com a cabeça, mas desistiu de fazer isso. Por Deus, pensou, interaja com ela. Por fim, disse:

— Morris, isto é, o dr. Morris — corrigiu Eve —, está cuidando deles com muita atenção. Não existe ninguém melhor que o dr. Morris, então você tem razão, Nixie, está tudo bem.

— Alguém está nos rastreando — informou Roarke com voz suave, e Eve se virou para ele.

— O quê?

— Rastreando. — Ele apontou para um indicador no painel, onde se via linhas verdes e vermelhas. — Na verdade estão tentando nos acompanhar, mas não conseguiram focar o alvo até agora. Puxa, isso deve ser frustrante!

Eve analisou o indicador e tentou decifrar os símbolos.

— Você consegue descobrir a fonte desses sinais?

— É possível. Liguei o equipamento de busca antes de decolarmos, e o sistema está tentando localizar a fonte. Ela está se movendo, disso eu tenho certeza.

— Estão no chão ou no ar?

— No chão. Muito espertos... Estão tentando clonar meu sinal. Acabam de descobrir que eu estou tentando a mesma coisa com o sinal deles. Desligaram o equipamento. Podemos dizer que essa partida terminou empatada.

Mesmo assim, Roarke fez um desvio amplo com o jetcóptero e passou alguns minutos voando sem rumo determinado, para ver se eles tentariam localizá-los novamente. O equipamento continuava a indicar frequências livres quando ele pousou no heliporto do necrotério.

Conforme o combinado, foi o próprio Morris que abriu as portas lacradas de um elevador que levava ao interior do prédio, e tornou a fechá-las assim que todos entraram.

— Muito prazer, Nixie — disse ele, estendendo a mão. — Sou o dr. Morris. Sinto imensamente pelo que aconteceu à sua família.

— Não foi o senhor que os feriu.

— É verdade. Vou levá-los até onde eles estão. Nível B! — ordenou ele ao sistema, e o amplo elevador começou a descer lentamente. — Sei que a dra. Mira e a tenente Dallas já lhe explicaram como tudo funciona, mas se você tiver alguma pergunta pode fazer.

— Eu assisto a um seriado em que um homem trabalha com cadáveres. Minha mãe proíbe que eu assista a filmes desse tipo, mas Coyle pode ver, e de vez em quando eu espio, escondida.

— Você assiste ao Dr. Morte? Eu também gosto desse seriado. — As portas se abriram para um corredor comprido e branco. — É um bom entretenimento, mas há algumas diferenças entre o filme e a vida real. Eu não persigo os bandidos, por exemplo. Deixo isso nas mãos de pessoas mais capazes, como a tenente Dallas.

— Às vezes é preciso abrir o corpo deles.

— Isso mesmo. Para tentar encontrar algo que possa ajudar a polícia.

— Você achou alguma coisa na minha mãe, no meu pai e no meu irmão?

— Tudo o que Morris fez foi de muita ajuda — acudiu Eve.

Todos pararam diante das portas duplas com janelas redondas para observação ainda fechadas. Nixie buscou as mãos de Eve, que estavam enterradas nos bolsos. Conseguiu segurar as de Mira.

— Eles estão aí dentro? — quis saber a menina.

— Estão, sim. — Morris fez uma longa pausa. — Você está preparada para entrar?

Ela simplesmente assentiu com a cabeça.

Certamente Nixie conseguiria sentir o cheiro, percebeu Eve. Por mais desinfetantes e esterilizantes que os funcionários usassem no local, nada mascarava por completo o cheiro da morte, dos fluidos, da carne e dos líquidos corporais.

Ela iria sentir aquele fedor e nunca mais o esqueceria.

— Posso ver meu pai antes? Por favor?

Sua voz estremeceu de leve. Quando Eve olhou para baixo, notou que Nixie estava pálida, mas tinha o rosto marcado por uma determinação concentrada.

Foi por isso que Eve percebeu que ela também não esqueceria. Jamais conseguiria apagar da memória o tipo de coragem que uma criança precisava ter para esperar com firmeza enquanto o corpo de seu pai — não um monstro, mas um pai — era retirado da gaveta de aço de um freezer.

Morris tinha disfarçado o ferimento da garganta com a magia da maquiagem. Vestira o corpo com um camisolão branco muito limpo. Mas um morto era um morto.

— Posso tocá-lo?

— Pode. — Morris colocou um banco alto ao lado da gaveta, ajudou a menina a subir nele e permaneceu ao seu lado, com a mão pousada de leve em seu ombro. Ela roçou os dedos com a fragilidade de um carinho pelas bochechas do pai.

— Ele tem um rosto áspero. Às vezes ele o esfrega em mim, como uma lixa, para me fazer cócegas. É escuro dentro da gaveta.

— Eu sei, mas acho que o lugar onde ele está é claro.

Ela concordou, e lágrimas silenciosas lhe escorreram pelo rosto.

— Ele deve estar no céu, embora não quisesse ir para lá agora. — Quando a menina se inclinou e roçou o rosto frio do pai com seus lábios trêmulos, Eve sentiu na boca do estômago o aperto de uma bola quente de lágrimas não vertidas.

— Pode guardá-lo de volta. — A menina desceu do banco alto e pegou um lenço de papel que Mira ofereceu. — Acho que vou ver Coyle, agora.

Ela tocou os cabelos do irmão, e analisou seu rosto sereno com tanta atenção que Eve supôs que ela estivesse tentando vê-lo com vida novamente.

— Talvez ele possa jogar beisebol o tempo todo agora — murmurou a menina. — É o que ele mais gosta de fazer.

Em seguida, pediu para ver Inga e também lhe tocou os cabelos.

— Às vezes ela preparava cookies cobertos de açúcar para mim. Fingia que era um segredo entre nós, mas eu sabia que mamãe tinha permitido.

Ela saltou do banco alto mais uma vez. Seu rosto já não parecia pálido, mas estava encharcado de lágrimas. Eve só percebeu o esforço que ela fazia para evitá-las ao reparar em seu peito, que tremia em descompasso.

— Sei que Linnie não está aqui. Eles já a levaram. Não deixaram que eu me despedisse dela. Sei que estão furiosos comigo.

— Não estão, não — disse Eve, com firmeza, quando Nixie olhou para ela. — Estive com a mãe de Linnie hoje mesmo, e ela não está furiosa com você. Está muito triste e chateada, como você também está. E perguntou como você vai. Quer ter certeza de que vai ficar bem.

— Ela não está furiosa comigo? Jura?

A barriga de Eve parecia queimar por dentro, mas ela manteve os olhos firmes. Se a menina conseguia segurar as pontas, por Deus, ela também conseguiria.

— Ela não está furiosa com você. Juro. Eu não permiti que você se despedisse de Linnie, mas a decisão foi minha. Não seria seguro, e a culpa por você não vê-la é toda minha.

— Por causa dos bandidos?

— Isso mesmo.

— Então a culpa é deles — explicou Nixie, com simplicidade. — Quero ver minha mãe agora. Você pode ir comigo?

Ai, meu Cristo, pensou Eve, mas tomou Nixie pela mão e seguiu na direção da última gaveta que Morris puxou.

Eve já conhecia bem aquele rosto. Uma bela mulher de quem a filha herdara o formato da boca. Branca como cera, com um leve tom sobrenatural de azul e a pele estranhamente macia, como a dos mortos costuma ficar.

Os dedos de Nixie estremeceram de leve e apertaram ainda mais os de Eve, mas logo a menina esticou o braço e tocou no rosto muito branco e macio. O som que a menina emitiu ao pousar a cabeça sobre o lençol que cobria os seios da mãe foi um choro de cortar o coração.

Quando o pranto se transformou em soluços esparsos, Mira deu um passo à frente e acariciou os cabelos de Nixie.

— Ela ficaria feliz em saber que você veio até aqui para vê-la, e muito orgulhosa de ter tido tanta coragem para isso. Podemos dizer adeus a ela agora, Nixie?

— Não quero fazer isso.

— Oh, querida, eu sei, e ela também não quer se despedir. É duro dizer adeus.

— O coração dela não bate. Quando eu me sentava em seu colo e encostava o ouvido aqui, dava para ouvir seu coração batendo. Agora ele está calado. — A menina ergueu a cabeça, sussurrou um "adeus" com a voz entrecortada e desceu do banco alto mais uma vez.

— Obrigada por cuidar tão bem deles — agradeceu a Morris.

Ele simplesmente assentiu com a cabeça, foi até a porta da sala para visitantes e a abriu lentamente. Quando Eve passou, atrás de Mira e de Nixie, ele murmurou:

— A gente pensa que aguenta qualquer tranco quando tem um trabalho como este. — Sua voz era áspera e grossa. — Acha que já viu de tudo e já encarou o pior que pode existir. Mas, por Deus, Dallas, essa menina quase me derrubou no chão de tanta dor.

— "A graça estava em todos os seus movimentos, o céu morava nos seus olhos, e em todos os seus gestos havia dignidade e amor."

Olhando para Roarke, que dissera essas palavras, Morris conseguiu exibir um sorriso leve.

— Muito bem dito — elogiou. — Vou levá-los até a saída.

— De que livro é essa citação? — quis saber Eve. — Esse verso que você acabou de declamar?

— *Paraíso perdido.* Foi escrito por um poeta chamado John Milton. Pareceu-me apropriado, pois o que acabamos de presenciar foi uma forma avassaladora de poesia.

— Vamos levá-la para casa — reagiu Eve, respirando fundo.

Quando chegaram, Mira entregou Nixie a Summerset, para que ele a levasse para o andar de cima, e avisou que iria subir em seguida.

Aproveitando a chance, Roarke se desculpou e voltou ao trabalho.

— Sei o quanto isso foi difícil para você, Eve — começou Mira.

— Não se trata de mim.

— Cada caso que você investiga tem a ver com você, de certo modo. Se assim não fosse, você não seria capaz de realizar tão bem o seu trabalho. Você tem o dom de combinar objetividade com compaixão.

— Não é o que costumo ouvir por aí.

— Nixie precisava do que você lhe proporcionou. Ela vai se curar. É forte demais. Mas precisava desse primeiro passo para dar início ao processo de cura.

— E vai precisar de muito mais, já que os Dyson resolveram que não vão aceitá-la.

— Eu ainda alimentava alguma esperança... Por outro lado, talvez seja melhor para ambas as partes. Nixie iria sempre lembrá-los de sua perda e vice-versa.

— Mas também não é bom que ela termine numa enfermaria do estado ou em algum orfanato, doutora. Talvez eu consiga algo diferente. Conheço pessoas que estão qualificadas para recebê-la. Pensei em entrar em contato com Richard DeBlass e Elizabeth Barrister.

— É uma boa ideia.

— Eles ficaram com o menino que encontramos em uma cena de assassinato, no ano passado. — Eve mudou o peso do corpo de um pé para outro, sentindo-se pouco à vontade no papel de organizadora familiar. — Acho que eles aceitaram abrigá-lo por terem visto a própria filha assassinada.* Apesar de ela já ser adulta e...

— O filho de alguém é sempre uma criança, não importa a idade.

— Se a senhora diz... De qualquer modo, acho que eles quiseram ter uma nova chance para... Não entendo dessas coisas. Sei que Roarke teve dificuldades com o menino, Kevin. Forçou um pouco a barra com os Barrister para que eles o aceitassem. Pelo que sei, a coisa funcionou bem, até agora. Como eu disse, eles são qualificados para a tarefa. Talvez aceitem outra criança para criar.

— Acho uma excelente ideia. Vou conversar com eles.

Terreno perigoso, pensou Eve.

— Ahn... Tenho de conversar com Roarke sobre isso antes, doutora, porque ele conhece melhor o casal. Para os pais, sou apenas a tira que encerrou o caso do assassinato da filha deles, e acabei desenterrando terríveis segredos de família para desvendar tudo. Roarke é muito amigo deles. Se tudo der certo, precisarei que a senhora dê uma força junto ao Serviço de Proteção à Infância.

— Vejo que andou pensando muito nisso tudo.

— Não muito, mas essa foi a melhor opção que pintou desde que a sra. Dyson soltou a bomba em mim, hoje de manhã. Nixie tem sofrido muito. Não quero que ela sofra ainda mais por causa do sistema que, supostamente, deveria protegê-la.

— Depois que conversar com Roarke, me avise. Vamos fazer o que for melhor para Nixie. Agora, é melhor eu subir para ficar um pouco com ela.

---

* Ver *Nudez Mortal.* (N.T.)

— Ahn, só mais uma coisa, doutora. — Eve pegou a foto que Dave Rangle lhe dera. — O sócio do pai pediu que eu entregasse isso a Nixie. Grant Swisher mantinha essa foto sobre a mesa de trabalho. O sócio achou que Nixie gostaria de ficar com ela.

— Que família linda — disse Mira, pegando a foto. — Sim, ela vai gostar. E isso não poderia acontecer em um momento mais adequado. Ela vai analisar a foto da família e vai imaginar e se lembrar deles desse jeito, e não como os viu no necrotério.

Mira ergueu os olhos para Eve.

— Você não gostaria de lhe entregar essa foto pessoalmente? — Quando Eve balançou a cabeça para os lados, Mira concordou. — Tudo bem, então. Pode deixar que eu levo.

Mira se virou na direção da escada, mas parou diante do primeiro degrau.

— Nixie não sabe o quanto foi difícil, para você, permanecer ao seu lado enquanto ela se despedia da família. Mas eu sei.

No andar de cima, Summerset estava sentado com Nixie no colo.

— Eles não pareciam estar dormindo — contou ela, com a cabeça aninhada no peito do mordomo e o coração dele batendo junto ao ouvido da menina. — Pensei que fossem parecer adormecidos, mas dava para ver que não estavam.

Os dedos muito compridos e finos de Summerset acariciavam os cabelos dela e ele disse:

— Algumas pessoas acreditam, e eu sou uma delas, que quando morremos a nossa essência, ou espírito da alma, tem escolhas.

— Como assim?

— Algumas dessas escolhas dependem de como levamos nossas vidas. Se tentamos sempre fazer o bem e dar o melhor de nós mesmos, conquistamos a escolha de ir para um lugar onde existe paz.

— Como anjos em uma nuvem.

— Talvez. — Ele continuava a acariciar os cabelos dela quando o gato surgiu lentamente pela porta e se juntou a eles, pulando e se aboletando no braço da poltrona. — Ou, quem sabe, um jardim onde podemos caminhar e brincar, junto de pessoas que fizeram as mesmas escolhas que nós.

Nixie estendeu a mão e deu tapinhas carinhosos no dorso largo de Galahad.

— Será um lugar onde Coyle poderá jogar beisebol?

— Claro. Mas talvez algumas pessoas prefiram voltar, tornar a nascer e começar uma nova vida desde o início, dentro de um útero. Pode ser que elas decidam desse modo para fazer as coisas de um jeito melhor do que as que fizeram antes, ou consertar algum erro do passado. Ou simplesmente não se sentem prontas para ir de vez para o lugar de paz.

— Quer dizer que elas resolvem voltar na forma de bebês? — A ideia a fez sorrir de leve. — Será que eu vou reconhecê-los, se me encontrar com um deles sob a forma de bebê, algum dia?

— Creio que sim, em alguma parte do seu coraçãozinho. Mesmo sem perceberem, as pessoas se *reconhecem* no fundo do coração. Você compreende isso?

— Acho que sim. Alguma vez você reconheceu alguém que tinha morrido e tornou a nascer?

— Acho que sim. Mas existe uma pessoa que eu torço muito para poder reconhecer, um dia. — Ele pensou em sua filha perdida, sua linda Marlena. — Até agora eu não a encontrei.

— Pode ser que ela tenha escolhido ir para o jardim de paz.

— É, pode ser. — Ele se inclinou e tocou com os lábios os cabelos de Nixie.

Summerset esperou quase uma hora, monitorando o escritório de Eve, até perceber que Peabody tinha saído. Torceu para que a tarefa que a detetive recebeu fosse levar bastante tempo, para ele ter a chance de terminar o que pretendia fazer.

Ao entrar na sala de Eve, viu que ela saía da cozinha com mais uma caneca de café na mão. A mão dela estremeceu de leve e um pouco do líquido quente transbordou pela borda.

— Ah, não fode! Considere esta área uma propriedade restrita da polícia, um local terminantemente proibido para babacas de bunda travada que eu não quero por perto. Como você!

— Preciso apenas de alguns minutos do seu tempo. Gostaria de me desculpar.

— Gostaria de fazer o quê?

A voz dele era tão firme quanto a dela, e se tornou ainda mais ríspida.

— Peço desculpas pelas observações que fiz hoje, mais cedo. Elas estavam incorretas.

— No que me diz respeito, suas observações são *sempre* incorretas. Mas tudo bem. Agora caia fora, por favor, estou trabalhando! — Ele bem que podia acabar com aqueles horrendos grasnidos de corvo, pensou Eve, mas isso não aconteceu.

— A senhora trouxe a criança aqui para protegê-la e tem feito de tudo para atingir este objetivo. Estou ciente de que vem trabalhando de forma incansável para identificar e capturar as pessoas que assassinaram sua família. É facilmente observável a forma como tem dedicado muito tempo e esforço para alcançar esse objetivo, pois a senhora está cheia de olheiras e seu mau humor usual me parece ainda mais desagradável, devido à sua falta de repouso e nutrição adequada.

— Vá enxugar gelo!

— Seus insultos inteligentes também parecem estar sofrendo sérias consequências.

— Que tal isto como insulto inteligente? — Ergueu apenas o dedo do meio, em um gesto obsceno.

— Serve para confirmar o que eu disse. — Ele quase se virou e saiu. Quase... Não conseguiu esquecer o que Nixie lhe contara: Eve tinha ficado o tempo todo ao seu lado enquanto ela se despedia da mãe morta.

— A menina teve um dia muito difícil, tenente — continuou ele. — Seu pesar é insuportável. Quando eu a convenci a tirar um cochilo, teve outro pesadelo. Perguntou pela senhora, mas a senhora não estava aqui... Isto é, não pôde estar presente — corrigiu. — Eu me vi em estado de completo desatino quando a senhora chegou e procedi de forma incorreta.

— Tudo bem, esqueça o que aconteceu.

Quando ele se virou para sair, Eve respirou fundo. Fazia questão de se mostrar irredutível quando se tratava de picuinhas, mas isso era difícil em momentos de desculpas e reconciliação, como aquele. Se ela não cedesse, isso iria incomodá-la e tiraria seu foco do trabalho.

— Escute! — disse Eve, e o mordomo se virou. — Eu a trouxe para cá por entender que este seria o lugar mais seguro para ela. E também porque sabia que havia uma pessoa aqui em casa com condições de cuidar bem de uma menina de nove anos. Ter a certeza de que ela se sente confortável com você me dá o espaço e a tranquilidade tão necessários para realizar meu trabalho e fazer o que precisa ser feito.

— Compreendo. Vou deixá-la em paz, agora.

Já era tempo de alguém deixá-la em paz, pensou Eve, quando ele saiu. Alguns instantes depois, sentou-se na cadeira, colocou os pés na mesa, tomou o café lentamente e analisou, com muito cuidado, o quadro que montara sobre o crime, enquanto o computador fazia as buscas solicitadas.

# Capítulo Dezessete

Eve fez anotações baseadas nos resultados das pesquisas, rodou o programa de probabilidades e continuou a anotar dados. Estava cansada de pilotar escrivaninha desde o início do caso. Queria ação. Precisava se movimentar.

Em vez disso, girou ou ombros, flexionando-os com força, e voltou para as anotações.

Kinkerdall versus Kinkerdall, e daí para Moss.

Para Duberry. Para, muito provavelmente, Brenegan.

Depois, para Swisher, Swisher, Swisher, Dyson e Snood.

Para Newman.

Para Knight e Preston.

Kinkerdall e Isenberry.

De Isenberry para Tully e de Tully para Rangle.

Não houve danos no caso de Tully e de Rangle, apesar das inúmeras oportunidades.

O alvo foi específico.

E tudo a levava de volta a Kinkerdall versus Kinkerdall.

— Que horas são em Nebraska?

— Ahn... — Peabody piscou os olhos cansados e os esfregou com força. — Deixe ver. São cinco e vinte da tarde aqui, então deve ser uma hora mais cedo lá, eu acho. Eles têm horário de verão? Acho que sim. Está uma hora mais cedo em Nebraska. Provavelmente.

— Por que é preciso ser uma hora mais cedo lá e uma hora mais tarde aqui? Por que todas as pessoas não podem seguir o mesmo horário, para acabar com essa loucura?

— Isso tem a ver com a Terra, que gira sobre o próprio eixo; quando orbita em torno do Sol, o planeta... — Parou de falar ao perceber o olhar de Eve, frio como aço. — Tem razão! Todo mundo deveria seguir o mesmo horário: o horário de Dallas. Eu voto a favor disso. Vamos visitar Nebraska?

— Vou fazer tudo o que estiver ao meu alcance para evitar esse passeio. — Trabalhar em campo não significava que ela teria, *literalmente*, de visitar o campo. Ainda mais com todo aquele feno, grama e milharais fantasmagóricos. — Primeiro, vamos testar as maravilhas do *tele-link*.

Abriu os dados de Dian Kinkerdall e procurou os dados de sua irmã.

— Roxanne Turnbill, quarenta e três anos. Casada com Joshua, mãe de Benjamin e Samuel. Trabalha como mãe profissional. É isso aí, Roxanne, vamos ver o que você sabe sobre o seu cunhado.

O rosto que apareceu na tela era de uma criança — um menino, pareceu a Eve, apesar do halo de cachos dourados em torno da cabeça. O menino tinha uma expressão pura e aberta, com deslumbrantes olhos verdes.

— Olá. Meu nome é Ben. Quem é você?

— Sua mãe e seu pai — ou qualquer outro adulto racional — estão em casa?

— Mamãe está aqui, mas você deveria dizer seu nome antes, e depois perguntar se pode, ou se *poderia* — corrigiu —, falar com alguém.

Agora as crianças estavam lhe ensinando boas maneiras. O que havia acontecido com o mundo?

— Meu nome é Dallas. Eu poderia falar com sua mãe, por favor?

— Tá legal! — Viu-se um borrão, uma trepidação na imagem e ouviu-se um grito estridente: — Mãããe! Dallas quer falar com você. Posso comer um cookie, agora?

— Um cookie só, Ben. E não grite perto do *tele-link*, que isso é falta de educação. — A mãe tinha os cachos do filho, só que num tom mais escuro, quase preto. Seu sorriso não era tão aberto, apenas educado, e ela parecia levemente irritada. — O que deseja?

— Sra. Turnbill?

— Sim. Escute, não atendemos telemarketing. Se esse for o caso, sinto muito, mas...

— Sou a tenente Dallas do Departamento de Polícia da cidade de Nova York.

— Oh. — Até mesmo o sorriso polido desapareceu. — De que se trata, tenente?

— Estou ligando sobre um assunto relacionado com seu ex-cunhado, Roger Kinkerdall.

— Ele morreu?

— Não que eu saiba. Preciso localizá-lo para obter informações sobre um caso que estou investigando. A senhora conhece o seu paradeiro?

— Não. Infelizmente não posso ajudá-la. Estou muito ocupada e...

— Sra. Turnbill, é muito importante que eu localize o sr. Kinkerdall. Se a senhora pudesse me informar se teve algum contato com ele ultimamente, ou se...

— Não tive nem quero contato com ele. — Sua voz ficou tensa como uma corda esticada em demasia. — Como posso saber que a senhora é quem diz ser?

Eve exibiu o distintivo para a câmera.

— Consegue ler o número da minha identidade e o código do distintivo, aqui embaixo?

— Consigo, mas...

— A senhora poderá confirmar esses dados entrando em contato com a Central de Polícia, em Manhattan. Posso lhe fornecer o número, e a ligação é gratuita.

— Eu consigo o número. Espere um instante, por favor.

— Cuidadosa em excesso — comentou Peabody, quando a tela ficou azul. — E está meio irritada.

— Mais que cuidadosa e irritada, ela está com algum receio. — Enquanto esperava, Eve analisou a situação que tinha à sua frente. Começou a calcular quanto tempo levaria uma viagem de ida e volta a Nebraska, incluindo uma longa conversa.

Roxanne apareceu novamente na tela.

— Tudo certo, tenente. Verifiquei seus dados. — Seu rosto parecia mais pálido. — A senhora trabalha na Divisão de Homicídios.

— Exato.

— Ele matou alguém, não foi? Dian... — Fez uma pausa súbita e mordeu o lábio inferior, como se quisesse impedir o fluxo de palavras. — Quem ele matou?

— Precisamos interrogar o sr. Kinkerdall sobre o assassinato de sete pessoas, incluindo dois policiais.

— Em Nova York? — perguntou ela, cautelosa. — Ele matou essas pessoas na cidade de Nova York?

— Ele será interrogado sobre crimes cometidos em Nova York.

— Entendo. Sinto muito, sinto realmente. Não sei onde ele está, nem o que anda aprontando. Para ser franca, nem quero saber. Se soubesse algo, eu lhe contaria. Não posso ajudá-la e não quero falar mais nada sobre o assunto. Preciso cuidar dos meus filhos, agora.

A tela apagou.

— Ela continua apavorada com ele — sentenciou Peabody.

— E como! E a irmã dela continua viva. Foi isso que ela pensou por um instante: Por Deus, ele conseguiu matar Dian. Pode ser que saiba mais do que ela mesma supõe. Precisamos encontrá-la frente a frente.

— Vamos até Nebraska?

— Não, *você* vai.

— Eu? Sozinha? Tão longe, na roça, onde Judas perdeu as botas?

— Leve McNab. Ele servirá de apoio e lastro. — E também evitaria, pensou Eve, que Peabody ficasse exposta demais. — Quero vocês dois de volta hoje mesmo, à noite. Você faz o tipo maternal, compreensiva, moça de família, muito melhor do que eu. Ela confiará mais em você.

Eve usou o *tele-link* doméstico e interrompeu Roarke, que trabalhava no computador.

— Preciso de um transporte rápido e seguro.

— Aonde vamos?

— Só Peabody vai. Nebraska. Vou mandar McNab com ela e preciso de uma aeronave para dois passageiros. Pequena e veloz. Eles precisarão de pouco mais de duas horas. Vou lhe passar a localização exata.

— Certo. Vou providenciar tudo, me dê só um minuto.

— Uau, simples assim! — Peabody soltou um suspiro. — Como é ser mulher de um cara que estala os dedos e lhe consegue tudo o que você deseja?

— Conveniente. Apele para a irmã, se for preciso. Mostre-lhe as fotos das crianças mortas.

— Jesus Cristo, Dallas!

— Ela tem filhos e isso vai ajudar a dobrá-la, se estiver escondendo algo. Não podemos jogar limpo. Faça com que McNab pareça durão. Ele consegue bancar o tira mau?

— Ele se sai muito bem em fantasias íntimas, quando eu sou a testemunha relutante.

— Ah, merda! — Eve pressionou os dedos nos olhos e rezou para que nenhuma imagem se formasse em seu cérebro. — Arranque as informações, Peabody. Ela deve saber aonde anda a irmã. A ex-esposa de Kinkerdall seria uma ferramenta valiosa nesta investigação.

Roarke entrou e entregou a Peabody um minitablet.

— Aqui está a autorização. O piloto já está à sua espera.

— Obrigada. — Ela pegou a bolsa. — Vou ligar para McNab e pedir que ele me encontre lá.

— Quero ser avisada quando vocês chegarem lá, quando partirem e quando estiverem de volta — avisou Eve.

— Sim, senhora.

— Boa viagem! — desejou Roarke, e se virou para Eve quando Peabody saiu. — Encontrei informações e fragmentos esparsos, mas preciso usar o equipamento sem registro para juntar as peças.

— Mostre-me o que conseguiu.

— Vamos direto para lá. — Ele acariciou o braço dela enquanto caminhavam. — Você está cansada, tenente.

— Um pouco.

— Foi um dia estressante, com muitas emoções.

Ela ergueu um dos ombros quando Roarke destrancou a sala secreta com sua identificação palmar e vocal.

— Como está Nixie? — perguntou ele, em seguida.

— Mira passou por aqui quando saiu do trabalho. Disse que a menina está um pouco melhor e que a visita ao necrotério... Nossa! — Ela cobriu o rosto com as mãos. — Por Deus, pensei que não fosse conseguir me segurar naquela hora.

— Eu sei.

Ela balançou a cabeça para os lados, lutando para se manter firme.

— O jeito como ela olhou para o pai e tocou o rosto dele! Os olhos dela ao fazer isso! Havia dor, luto e muito mais. Dava para ver o quanto ela o amava. Dava para perceber que nunca teve medo dele, nunca teve de se preocupar com a possibilidade de ele magoá-la. Não sabemos como é sentir isso. Não temos como saber. Posso encontrar o homem que fez isso, mas jamais conseguirei entender o que ela sente. Se não posso entender, como fazer a coisa certa?

— Isso não é verdade. — Ele passou os dedos no rosto dela, de leve, para enxugar as lágrimas. — Por quem está chorando nesse momento, senão por ela?

— Não sei. Realmente não sei. Nixie não faz ideia do que vai ser da sua vida, mas vai sobreviver. Eu não entendo nada disso, esse tipo de ligação afetiva. É muito diferente do que nós tivemos na infância. Tem de ser. A relação filha com pai, pai com filha. Isso foi roubado dela.

Ela ergueu as mãos e também enxugou algumas lágrimas.

— Eu fiquei ao lado do meu pai morto, coberta pelo sangue dele. Não consigo me lembrar muito bem quais as emoções que vivenciei na hora. Alívio, prazer, terror... Tudo ao mesmo tempo, ou talvez nada. Ele volta à minha mente, ou nos meus pesadelos, e me avisa que essa história ainda não acabou. Ele tem razão, não acabou mesmo, nunca vai acabar. Nixie me fez ver isso.

— Eu sei. — Ele limpou uma última lágrima errante dela, com o polegar. — Entendo muito bem, querida. Isso está deixando você esgotada, dá para notar. Mas não há nada que possamos fazer. Você não aceitará repassar o caso para outro policial. — Ele ergueu-lhe o queixo antes de ela ter chance de responder. — Não vai fazer isso, nem eu gostaria que fizesse. Nunca se perdoaria por cair fora por causa de envolvimento pessoal excessivo. E nunca mais confiaria em si mesma como é necessário. Pelo menos, não de todo.

— Eu vi a mim mesma quando a encontrei. Vi a mim mesma, em vez de vê-la... Toda enrolada ali no chão, como se fosse uma bola, banhada em sangue. Não só pensei nisso como vi! Foi como um flash, e durou só um segundo.

— E mesmo assim a trouxe para a própria casa e enfrentou a dor. Querida Eve... — A voz dele era como um bálsamo sobre uma queimadura. — Aquela menina não é a única que espalha graça por onde anda.

— Graça não tem nada a ver com isso, Roarke. — Ela conseguia se abrir com ele. — Em dias como o de hoje, uma parte de mim deseja voltar àquele quarto em Dallas, só para olhar para ele novamente, com seu sangue me cobrindo e a faca em minha mão.

Ela fechou o punho como se segurasse o cabo da faca e completou:

— Só para matá-lo novamente, dessa vez podendo sentir em detalhes como é fazer isso, porque talvez assim a história se encerre. Mesmo que não acabe, gostaria de sentir mais uma vez o momento em que a faca penetrou nele. Não sei no que isso me transforma.

— Pois eu, em dias como os de hoje, sinto vontade de voltar àquele quarto em Dallas e ter a faca e o sangue dele em minhas mãos. Sei exatamente como me sentiria. Isso simplesmente nos transforma no que somos agora, Eve.

Ela deu um longo suspiro.

— Não sei por que pensar nisso me ajuda quando, na verdade, deveria me apavorar. Nixie não vai se sentir desse jeito porque teve uma base sólida. Pôde pousar a cabeça sobre o coração sem vida da mãe, para chorar. Terá pesares, lamentos, e enfrentará noites de muito medo, mas se lembrará do motivo de ter sido capaz de tocar o rosto do pai, os cabelos do irmão e chorar sobre o seio da mãe.

— E vai se lembrar de uma tira que ficou ao lado dela segurando sua mão quando ela fazia tudo isso.

— Eles vão jogá-la na máquina do governo, Roarke. Às vezes isso representa a salvação e pode ser bom, mas não para ela. Não quero que Nixie seja apenas um caso arquivado e refaça o circuito que eu fiz. Tive uma ideia sobre o que poderia ser feito com ela, mas queria conversar sobre isso com você, antes de qualquer coisa.

— Que ideia? — O rosto dele ficou absolutamente em branco, sem expressão.

— Pensei em procurarmos os seus amigos Richard DeBlass e Elizabeth Barrister.

— Ah. — Dessa vez foi Roarke quem soltou um longo suspiro. — É claro! Richard e Beth, muito bem-pensado. — Ele se afastou de Eve, foi até a janela e ficou olhando para fora.

— Se acha uma boa ideia, por que ficou chateado?

— Não estou chateado. — Ou será que estava? Não tinha como descrever a sensação. — Eu devia ter pensado nisso antes. Devia estar raciocinando com mais clareza.

— Você não consegue pensar em tudo.

— Pelo visto, não.

— Há algo errado, acertei?

Ele tentou negar, mas desistiu e reconheceu que isso seria outro erro.

— Não consigo tirar essa menina da cabeça. Não exatamente ela, mas a história em si, desde que entrei naquela casa com você e fiquei em pé, analisando os lindos quartos onde aquelas crianças dormiam quando morreram.

— É mais difícil de enfrentar quando as vítimas são crianças. Eu devia ter pensado nisso quando pedi para você entrar comigo.

— Não sou novato nesses assuntos. — Ele girou o corpo e seu rosto se acendeu de fúria. — Não sou tão molenga que não consiga. Ah, isso é foda! — reagiu ele, passando as mãos pelos cabelos.

— Ei, ei, ei! — Obviamente alarmada, Eve atravessou o quarto depressa, foi até onde ele estava e lhe massageou as costas. — O que está acontecendo com você?

— Eles estavam dormindo! — Santo Cristo, será que esse era o detalhe que sempre o incomodaria mais? — Eram inocentes. Tinham o que todas as crianças deveriam ter: amor, conforto e segurança. Entrei naqueles quartos, vi o sangue deles e isso me rasgou a alma; destruiu minhas entranhas; me fez lembrar dos meu anos de juventude. Nunca tinha pensado nisso. Por que deveria pensar, droga?

Eve não perguntou nada, pois conseguia ler tudo no rosto dele. Pouco tempo antes, Roarke lhe dissera o quanto odiava vê-la triste. Como ela poderia descrever, agora, o quanto a afetava vê-lo tão devastado?

— Talvez seja melhor nos sentarmos por alguns instantes.

— Porra, que inferno de vida! — Ele foi a passos largos até a porta do quarto e a fechou com um chute. — Não podemos esquecer o que passou e não conseguimos conviver com isso. Preciso resolver essa questão. *Devo* fazê-lo e geralmente faço. O passado não me abala tanto quanto abala você.

— Talvez por isso, quando acontece, a dor seja mais forte.

Ele apoiou o corpo na porta fechada e olhou para ela fixamente.

— Eu me vejo caído em uma poça do meu próprio sangue, vômito e mijo depois de meu pai me espancar até me deixar desacordado. Apesar disso estou aqui, não estou? Um tremendo terno de grife, uma casa imensa, uma esposa que eu amo mais que a vida. Ele me deixou lá, provavelmente torcendo para que eu morresse. Nem se deu ao luxo de se livrar do corpo, como fez com minha mãe. Eu não valia tanto trabalho. Por que eu deveria ligar para essa porra agora, depois de tanto tempo? Mas fico me perguntando: em nome de Deus, qual o propósito de tudo isso, Eve? Qual o propósito das coisas quando elas chegam a esse ponto e aquelas crianças estão mortas? Quando a única que sobrou não tem nada, nem ninguém?

— Nós não damos as cartas — disse ela, falando devagar. — Simplesmente jogamos. Não faça isso consigo mesmo.

— Eu traí, roubei e fui cúmplice de muitos crimes para chegar aonde cheguei, ou pelo menos até a base de onde estou. Não era um pobre inocente largado naquele beco.

— Conversa fiada. Isso é conversa fiada!

— Eu poderia tê-lo matado. — Seus olhos não pareciam devastados agora, e se tornaram frios como gelo. — Se alguém não tivesse feito isso antes de mim, quando fiquei mais velho e mais forte eu teria ido atrás dele. Teria acabado com ele. Mas também não posso mudar isso. Tudo bem — suspirou ele, pesadamente. — Isso tudo é inútil.

— Não é não. Você não acha inútil quando eu despejo tudo em cima de você? Gosto do seu pau, Roarke, gosto muito, mas é irritante quando você pensa com ele.

Roarke abriu a boca, soprou o ar com força e soltou uma gargalhada meio abafada.

— Também é muito irritante quando você me lembra disso. Tudo bem, para acabar com essa história, devo lhe contar que fui até a Filadélfia hoje à tarde.

— Filadélfia? Para quê? — A voz de Eve ficou mais ríspida. — Eu lhe disse que precisava saber os lugares onde você estava!

— Não pretendia contar, e não exatamente para me poupar da sua fúria, tenente. Não ia contar porque seria uma perda de tempo. Pensei que dava para consertar tudo. Sou bom em consertar as coisas, ou comprá-las quando o conserto não dá certo. Quis visitar a irmã de criação de Grant Swisher. Fui pedir que ela adotasse Nixie, agora que a guarda legal da menina ficou vaga. Ela não poderia ter demonstrado menos interesse.

Ele largou o corpo, pesadamente, no braço da poltrona.

— Decidi tornar tudo isso um interesse pessoal — continuou.

— Como eu sou magnânimo!

— Pare com isso! Ninguém tem o direito de esculhambar você, a não ser eu mesma. — Ela foi até ele, tomou-lhe o rosto nas mãos e o beijou. — E não estou esculhambando você porque, mesmo fazendo essa viagem não programada sem me avisar, estou orgulhosa por tentar ajudar. Eu nem pensei em fazer isso.

— Eu poderia tê-la comprado, se ela tivesse me dado essa opção. Dinheiro conserta tudo, e de que adianta ter tanta grana se eu não puder comprar o que bem entender? Como uma bela família para uma menininha órfã, por exemplo? Já tinha eliminado os avós da lista de possíveis tutores. Por falar nisso, encontrei o avô, mas o eliminei com base nos meus elevados padrões morais. O problema é que a pessoa que eu elegi, aquela que escolhi a dedo, não topou.

— Se ela não quer a menina, Nixie certamente vai ficar bem melhor em outro lugar.

— Eu sei. Eu poderia ter ficado enojado com a frieza dessa mulher, mas acabei furioso comigo mesmo por imaginar que bastava eu estalar os dedos para encaixar tudo no lugar. E mais furioso ainda por não conseguir fazer isso. Se tudo se encaixasse eu não precisaria sentir culpa, certo?

— Culpa pelo quê?

— Por não considerar nem me passar pela cabeça a ideia de Nixie ficar conosco.

— Conosco? Aqui? Nós?!

Ele riu mais uma vez, mas o som foi de cansaço.

— Bem, nesse ponto concordamos. Não podemos fazer isso. Não somos as pessoas certas para a função, nem para ela. A casa imensa e toda essa grana não valem porra nenhuma porque não somos as pessoas certas.

— Nisso estamos de acordo.

Ele sorriu para ela.

— Eu sempre me pergunto se seria um bom pai. Acho que seria. Suponho que eu seria bom nesse papel, apesar... ou *por causa* do lugar de onde vim. Talvez as duas coisas. Mas não agora. Não essa menina. A coisa vai acontecer quando sentirmos que seremos bons para essa função.

— Não há razão para culpa.

— E de que forma isso me torna diferente de Leesa Corday, a irmã de criação de Grant Swisher?

— No seu caso, você tentou fazer a coisa certa. E vai ajudar a descobrir a coisa certa a ser feita.

— Você me dá firmeza — murmurou ele. — Eu nem sabia o quanto eu estaria desequilibrado a essa altura do campeonato, mas aqui está você, pronta para me equilibrar. — Ele tomou as mãos dela e as beijou. — Quero ter filhos com você, Eve.

O som gutural que ela emitiu provocou nele um sorriso rápido e descontraído.

— Não precisa fazer essa cara de pânico, querida. Não estou falando hoje, nem amanhã, nem daqui a nove meses. Ter Nixie por perto tem sido muito instrutivo. Criar filhos dá uma trabalheira danada, concorda?

— E como!

— Seria um trabalho gigantesco em termos emocionais e físicos, além de sugar todo o nosso tempo. É claro que isso também nos traria recompensas surpreendentes. Essa ligação que você descreveu, Eve... nós merecemos vivenciar isso. E alcançaremos esse prêmio, quando chegar o momento certo. Sei que ainda não estamos prontos, longe disso. Também não temos condições de criar uma menina de quase dez anos. Para nós, seria como dar início a uma façanha trabalhosa e tortuosa, ainda que fascinante, mas começando pelo meio do caminho e sem tempo para aprender a fazer as curvas da estrada.

Ele foi novamente até onde ela estava e pousou os lábios suavemente em sua testa.

— Mas eu quero ter filhos com você, minha adorada Eve. Um dia...

— Um dia *beeem* distante no futuro. Tipo, sei lá... daqui a uns dez anos, quando... Ei, espere um instante, *filhos* é plural!

Ele se afastou dela, sorriu novamente e elogiou:

— Acertou. Nada escapa à extrema sagacidade da minha tira.

— Você acha realmente que eu vou permitir que você plante essa sementinha em mim? Bebês são parecidos com alienígenas, têm mãozinhas e pezinhos que começam a crescer sem parar. — Ela estremeceu. — É de causar arrepios. Você acha que, se algum dia eu topar fazer isso e expelir um bebê... um processo provavelmente tão prazeroso quanto ter os globos oculares arrancados por pinças quentes e envenenadas, eu diria: "Que legal! Vamos repetir a dose"? Levou alguma pancada na cabeça, recentemente?

— Não que eu me lembre.

— Pois isso pode acontecer. A qualquer instante!

Ele riu e tornou a beijá-la.

— Eu amo muito você, amo de verdade. O resto é vago e distante, ainda envolto nas brumas do futuro. De qualquer modo, estamos falando de uma criança em particular. Acho que Richard e Beth são uma excelente escolha.

Ele afastou o resto da conversa para o fundo da mente, onde esperava deixar aquele assunto trancado num cofre escuro, e comentou:

— Eles se interessaram por aquele menino no ano passado.*

— Sim, eu me lembro: Kevin. Recentemente eles terminaram o processo de adoção dele.

— Pois é, agora que você mencionou... Aquele menino passou por poucas e boas. É resistente, mas passou por muito sufoco. Tinha uma mãe que era acompanhante licenciada e viciada, ainda por cima. Espancava-o toda hora e o abandonou. Eles devem saber como lidar com crianças traumatizadas, portanto...

— Talvez realmente sejam uma boa escolha para Nixie. Vou conversar com eles hoje mesmo, se tiver chance. Richard e Beth precisarão se encontrar com Nixie, e ela deverá conhecê-los antes de darmos qualquer passo.

— Você pode dar um empurrãozinho, então. Com os Dyson tirando o corpo fora, o Serviço de Proteção à Infância vai nos incomodar em breve, exigindo um lar adotivo para ela. Tudo bem, vamos em frente. O que você conseguiu para mim?

— Uns nomes que desencavei e que têm relação, de um jeito ou de outro, com Kinkerdall e Isenberry. — Ele seguiu até o console, enquanto falava. — Alguns deles têm ligação com a CIA, outros com a OSP, a Organização para Segurança da Pátria. — Ele olhou para Eve e percebeu que aquilo seria um golpe para o equilíbrio emocional dela. — Você vai se sentir à vontade falando sobre isso?

— E quanto a você?

— Eu fiz as pazes com esse passado, na medida do possível. Aqueles agentes testemunharam uma criança inocente e desesperada sofrer abusos porque achavam que sua luta era por uma causa maior. Não esqueci o assunto, mas resolvi deixar isso quieto.**

---

* Ver *Vingança Mortal.* (N.T.)

** Ver *Dilema Mortal.* (N.T.)

— Pois eu também não esqueci — disse Eve, baixinho. Sabia que foi o amor que Roarke tinha por ela que o tinha feito desistir da vingança contra os agentes da OSP que testemunharam o abuso que ela sofreu em criança, tantos anos antes, em Dallas. Eles sabiam que um homem espancava e violava a própria filha e não fizeram nada para impedi-lo. — Também não me esqueci do que você fez por mim.

— O que eu *não fiz* seria a expressão mais adequada. De qualquer modo, forcei um pouco a barra para acessar os dados pessoais dessas figuras e suas respectivas organizações, pois vou precisar disso. Aqui é Roarke falando! — anunciou ele, colocando a palma da mão na placa de identificação. — Dar início às operações.

Roarke... Identificação confirmada, comando aceito.

O console se acendeu, muitas luzes começaram a piscar ao mesmo tempo e o equipamento secreto emitiu um zumbido grave e constante. Eve deu a volta no console para ficar ao lado de Roarke. E reparou na foto que ele mantinha ali. Um bebê com olhos muito azuis, cabelos espessos e muito pretos, no colo da jovem mãe com marcas roxas no rosto e a mão enfaixada.

Aquilo também era muito pessoal, pensou Eve, e por isso era guardado na sala secreta. Um momento do passado de Roarke com o qual ele ainda buscava reconciliação e paz.

— Tem mais uma coisa que achei interessante — avisou ele. — Dê uma olhada aqui.

Ele lançou uma ordem e uma imagem apareceu no telão da parede.

— Isaac P. Clinton, Exército dos Estados Unidos, reformado. Sargento. Ele se parece com Kinkerdall — comentou ela. — Os mesmos olhos, a boca, o mesmo tom de pele.

— Sim, isso me chamou atenção. Ainda mais quando eu reparei em sua data de nascimento. — Ele dividiu a tela em dois e colocou os dados e a foto de Kirkendall.

— Mesma data? Nasceram na mesma maternidade. Filho da mãe! Os pais são diferentes, mas os dados dos nascimentos podem ter sido alterados. E se...

— Achei que algo não cheirava bem e decidi hackear os registros da maternidade.

— Adoção ilegal? Gêmeos separados ao nascer? Será que é algo tão bizarro assim?

— Bizarro — concordou Roarke —, mas muito lógico.

— Eles sabem a verdade. Acabaram servindo no mesmo regimento, tiveram o mesmo treinamento. Quando um sujeito tem a cara igual à sua, ou é tão parecido que todo mundo repara e pergunta, você sai à procura da verdade.

— Suponho que essa seja minha próxima tarefa.

— Vá em frente.

— Não vai levar muito tempo.

Ele se sentou e começou a trabalhar por comando de voz, enquanto digitava no teclado. Eve caminhava de um lado para outro.

Irmãos, refletiu ela. Trabalho de equipe. Gêmeos separados que se encontraram mais tarde. Por obra do destino? Sorte? O cruel senso de humor de alguém com poder maior?

Será que isso tornaria os laços mais fortes, entre eles, de algum modo? A raiva seria mais profunda? Os assassinatos mais pessoais? Tiveram os direitos de nascença negados no instante em que chegaram ao mundo, talvez por tribunais.

A vida não presta, então você mata.

— Esse Clinton alguma vez se casou?

— Shh — foi a resposta de Roarke, então ela foi olhar por si mesma.

— Temos muitos paralelos aqui — reparou. — Ele se casou no mesmo ano que Kinkerdall. Teve um filho. Tanto o filho quanto a mulher estão na lista de desaparecidos, e isso aconteceu um ano antes de o saco de pancadas de Kinkerdall também sumir, carregando os filhos dele. Será que escaparam? — perguntou-se em voz alta. — Ou não tiveram chance?

— As mães listadas nos registros da maternidade são as mesmas dos outros dados — disse Roarke, enquanto trabalhava.

— Pesquise mais, descubra outros nomes nos registros desse dia. Gêmeos que nasceram mortos ou algo assim.

— Estou chegando lá, tenente, só um instantinho. Pronto, aqui está! Jane Smith, a mãe original, deu à luz dois meninos natimortos. Suponho que a maternidade e o médico que registrou o caso ganhou uma bolada para declarar isso.

— Foram vendidos. Sim, aposto que foi o que a mãe fez. Isso acontecia muito. Continua acontecendo — corrigiu. — Mesmo com as leis que punem mulheres que se deixam inseminar e incubam fetos em troca de muita grana, isso ainda é relativamente comum.

— Os casais que recorrem a isso e têm bala na agulha podem até determinar as características físicas que mais lhes agradam, a etnia e assim por diante, desviando-se das rotas legais, que são cheias de exames e regulamentos. — Roarke concordou com a cabeça. — Sim, recém-nascidos saudáveis são sempre uma mercadoria valiosa no mercado negro.

— Essa tal de Jane Smith acertou na loteria quando teve gêmeos. Os Kinkerdall e os Clinton saíram da maternidade com belos e robustos bebês, o intermediário recolheu a grana e dividiu o lucro com os comparsas. Vou repassar esses dados para o Serviço de Proteção à Infância. Eles certamente vão querer investigar mais a fundo, para encontrar a mãe verdadeira e os corretores da transação. É um tiro a longa distância, já que se passaram cinquenta anos, e não tenho tempo a perder, a não ser que isso me leve a Kinkerdall. Puxa, vender crianças. É muita baixaria!

— É melhor ser uma criança desejada, mesmo tendo sido comprada, do que ser indesejada e descartada.

— Mas existem agências reguladoras legítimas para esse tipo de ato. Existem até meios de uma mulher ter filhos, se é o que deseja, mesmo sofrendo de limitações físicas. Pessoas que fazem isso buscam atalhos e ignoram a lei e o sistema achando que protegem a criança.

— Pois é. Eu diria que em casos como esses os filhos comprados, ao descobrir tudo, reagem muito mal.

Eve continuou a caminhar e raciocinar.

— Eu tinha um irmão e você o roubou de mim. Vivi uma mentira sobre a qual não tive controle. Vou resolver as coisas por minha conta. E temos dois sujeitos revoltados, treinados na vida militar com os impostos que o povo paga. Irmãos com lealdade fraterna, seguindo o velho lema do exército... *Semper fi*... Sempre fiel.

— Esse lema é dos fuzileiros navais, não do exército.

— Tanto faz. Eles se encontraram em algum momento de suas vidas e sacaram tudo. Ou um deles descobriu e procurou o outro. Acabamos com os dois lados da mesma moeda, ambos péssimos. Eles modificaram os próprios rostos. Não só para evitar a prisão, e sim para parecer ainda mais parecidos um com o outro. Para quê? Honrar sua herança genética? Não são mais apenas gêmeos fraternos, e sim idênticos. Ou o mais perto possível disso. Dois corpos, uma mente. É isso que eu acho que rolou.

— Os arquivos que encontrei de ambos, bem como os de alguns outros, indicam missões para a CIA e a OSP, e também serviços em Operações Especiais do governo.

Agora eu vejo e *conheço* vocês, pensou Eve. E vou encontrar os dois.

— Quanto tempo você vai levar para ligar todos os pontos? — quis saber ela.

— Estou quase lá. Você me parece inquieta, tenente.

— Eu preciso... — Ela flexionou os ombros. — De alguma atividade física violenta. Uma boa sessão de malhação. Não consigo tempo para isso há vários dias. Estou louca para socar alguém já faz alguns dias. Alguma coisa que reaja e me ataque de volta.

— Posso ajudá-la nisso.

— Quer sair na porrada, garotão? — Ela ergueu os punhos cerrados.

— Na verdade, não, mas me dê só mais um minuto para eu completar o que estou fazendo. — Ele deu ordens às máquinas no jargão eletrônico que Eve nunca conseguia traduzir. — A pesquisa completa pode começar sem mim, e depois eu volto para encerrar tudo. Venha comigo.

— O programa vai rodar mais depressa com você no comando.

— Uma hora a mais ou a menos não vai fazer diferença. — Ele a levou para o elevador e ordenou: — Salão holográfico!

— Vamos ao salão holográfico? Para quê?

— Tenho um programinha novo, com o qual venho brincando. Acho que você vai gostar. Especialmente se considerarmos sua recente conversa com Mestre Lu e nossa admiração pelas artes marciais.

Roarke pisou com Eve no quadrado vazio que ficava no centro do salão holográfico.

— Iniciar programa de artes marciais 5A — ordenou ele, com um leve sorriso em torno dos lábios. — Eve Dallas será a oponente.

— Eu pensei que você tinha dito que não queria...

A atmosfera do salão pareceu estremecer, piscou e as paredes se transformaram em uma academia completa, incluindo uma parede com armas e um brilhante balcão de madeira pesada. Eve olhou para si mesma e se viu vestindo um tradicional quimono preto.

— Que legal! — foi só o que lhe passou pela cabeça.

— Qual o nível de adversários que você quer enfrentar?

Ela girou os calcanhares e empinou o corpo.

— Implacáveis e suados.

— Acho que tenho o que você quer. Ameaça tripla! — ordenou ele. — Ciclo completo. Divirta-se — acrescentou, quando três figuras apareceram.

Dois homens e uma mulher. A mulher era baixinha e seus cabelos ruivos em tom berrante vinham presos em um rabo de cavalo, o que ressaltava os traços exóticos do seu rosto. Um dos homens era negro, com mais de um metro e oitenta e cinco, músculos sólidos e aparente flexibilidade. O segundo era asiático, olhos pretos como bolinhas de gude e um corpo magro com músculos definidos, o que lhe dizia que ele era esperto e rápido como um lagarto.

Eles esperaram que Eve avançasse e então, com um movimento uniforme em seus quimonos, se curvaram. Eve imitou o gesto e se colocou em posição de luta quando os oponentes começaram a girar à sua volta.

A mulher atacou de imediato, dando um salto mortal gracioso seguido de uma tesoura voadora que passou a poucos centímetros do rosto de Eve. Para compensar, Eve esticou as pernas e aplicou o primeiro golpe no asiático. Retomou o equilíbrio assim que caiu, girou o corpo e bloqueou a reação dele com o antebraço.

E sentiu o impacto de pele com pele vibrar por todo o corpo.

Testou mais alguns movimentos: um golpe com as costas da mão, um pulo com chute, um giro no corpo e um soco.

Ao mesmo tempo em que se desviava dos golpes, percebeu um movimento com o canto do olho e girou o corpo, dando uma pisada forte no peito do pé da oponente de cabelos ruivos, seguida de uma cotovelada no seu queixo.

— Muito bem! — entusiasmou-se Roarke, encostando-se à parede para apreciar melhor.

Eve recebeu um golpe tão forte que a fez perder o rumo de casa, mas colocou as mãos nos quadris com determinação e deu uma cambalhota para trás, antes do ataque seguinte. Só que o asiático também girou o corpo e a atingiu com um chute alto nos rins que a fez cair e deslizar pelo chão de barriga.

— Ai! — exclamou Roarke. — Essa deve ter doído.

— Só me deixou mais ligada. — Respirando com dificuldade pelos dentes cerrados, ela se impulsionou com os braços, chutou de volta e derrubou o negro, pulando no agressor com os dois calcanhares apontados para o espaço entre as pernas dele, acertando-o em cheio.

— Ai, essa doeu mais ainda — decidiu Roarke, e serviu-se de um cálice de cabernet no AutoChef.

Bebeu lentamente, saboreando o vinho e a luta da sua mulher. Ela estava em óbvia inferioridade e era mais leve que dois dos três oponentes, mas parecia se aguentar bem. Certamente precisava muito desse desafio físico extremamente puxado para ajudá-la a dissipar os golpes emocionais duríssimos que andava recebendo.

Mesmo assim, sugou o ar em solidariedade dolorosa ao vê-la levar um soco na cara.

Talvez, refletiu Roarke, ela estivesse se aguentando só mais ou menos, afinal.

Os três vieram para cima dela ao mesmo tempo, mas Eve bloqueou um deles lançando-o de costas em um voo inesperado e se livrou da oponente com um desvio rápido do ombro, mas o terceiro atacante a pegou com um chute curto e certeiro com o peito do pé, que a derrubou mais uma vez no chão.

— Talvez seja melhor eu diminuir a violência deles — sugeriu Roarke.

Ela se levantou com os olhos vermelhos de raiva e avisou:

— Se fizer isso eu chuto a sua bunda assim que acabar com eles.

— Você é quem sabe, querida — desistiu ele, encolhendo os ombros e tomando mais um gole.

— Vamos lá! — Ela balançou os braços com força e andou de lado em círculos, como seus atacantes faziam; percebeu que a mulher ruiva mancava de leve da perna esquerda e o negro ficara muito ofegante. — Vamos acabar com essa festa.

Escolheu o negro. Talvez ele fosse o maior dos três, mas o chute no saco o deixara muito mal. Usando a mulher como isca, Eve lançou o corpo em um giro duplo, acertando-lhe um chute na lateral do corpo. Esse golpe foi bloqueado com facilidade, mas lhe deu o momentum certo para levar a oponente pelo ar e lançá-la para frente. Sua cabeça, tronco e punhos se chocaram ao mesmo tempo com o saco do negro, já prejudicado.

Dessa vez ele caiu de cara no chão e permaneceu imóvel.

Eve bloqueou golpes adicionais com os antebraços, os ombros e ganhou terreno, mantendo-se na defensiva e chamando os dois oponentes que haviam sobrado para mais perto.

Um curto de direita no queixo da ruiva lançou-lhe a cabeça para trás com violência, e a cotovelada final que Eve lhe aplicou na garganta a derrubou de vez.

Segurando o corpo da mulher que caía, Eve o atirou contra o último oponente.

Ele girou o corpo com agilidade e voltou a atacá-la. Ambos colocavam os bofes para fora a essa altura da luta, e o suor provocava ardência nos olhos de Eve. Ela dobrou o corpo para a frente quando o pé do asiático acertou-lhe o estômago. Ele era ágil, mas não foi rápido o bastante para retomar o equilíbrio antes de ela agarrá-lo pelo tornozelo e lançá-lo longe.

Mas ele usou o impulso para dar uma cambalhota e cair em pé com uma graça que Eve admirou, enquanto se lançava contra ele em um chute voador. Seu calcanhar o atingiu na parte alta do nariz, e ela ouviu o som agradável de ossos se quebrando.

— Fim de luta — anunciou Roarke. — Encerrar o programa!

As figuras desapareceram no ar e a academia foi se desfazendo aos poucos. Eve se viu em pé, novamente com suas roupas de trabalho e quase sem fôlego.

— Foi uma boa luta — conseguiu dizer, ofegante.

— É, até que não foi mal. Você acabou com eles em vinte e um minutos e quarenta segundos.

— Puxa, o tempo voa quando a gente está se divertindo. Ai! — Ela massageou a parte interna da coxa direita. — Isso é para eu aprender a fazer aquecimento antes.

— Você distendeu algum músculo?

— Não. — Ela se inclinou e fez um alongamento com a perna. — Ficou só um pouco dolorido. — Soprou os cabelos que lhe caíam sobre a testa e estreitou os olhos ao fitar Roarke. — Vinte minutos?

— Vinte e um e quarenta segundos. Não foi o melhor resultado. Eu os derrubei em dezenove e vinte e três.

Ela levantou a cabeça e apertou os olhos ainda mais enquanto erguia o calcanhar do pé direito até a nádega, em um novo alongamento.

— Menos de vinte minutos na primeira vez?

— Tudo bem, não foi logo de cara. Na primeira vez eu levei vinte minutos e alguns segundos.

— Quantos segundos?

— Cinquenta e oito. — Ele riu.

— Essa diferença em relação ao meu desempenho não vale porque foi você que programou o jogo. Quero um gole disso aí.

— Está se sentindo melhor? — perguntou ele, estendendo o cálice.

— Estou. Nada como socar a cara de alguém para alegrar o dia. Não sei o que isso diz de mim, mas não ligo a mínima.

— Então, vamos partir para outro jogo. A hora do recreio ainda não acabou — anunciou ele, antes de ela ter chance de protestar. — Iniciar programa Ilha-3

Subitamente, eles se viram em uma praia de areia branca que se estendia até uma orla de água cristalina e muito azul. Havia flores a toda a volta em tons de magenta, branco e cor-de-rosa, que seguiam ao longo da orla. Pássaros em cores de pedras preciosas voavam, tendo como pano de fundo um céu límpido, muito azul e claro como uma tigela de vidro.

Flutuando tranquilamente no mar estava um imenso colchão branco.

— Tem uma cama na água.

— Nunca fizemos amor flutuando na água. Já fizemos dentro d'água e debaixo d'água, mas nunca sobre ela. Você gosta de praia. — Ele ergueu as mãos dela e as beijou. — E eu gosto da ideia de flutuar para bem longe com você.

Ela olhou para ele. Roarke usava agora uma camisa branca fina completamente desabotoada, e as pontas dela se agitavam na brisa por sobre a calça preta. Estava descalço, assim como ela.

Ela notou que ele a programara para usar branco também. Vestia um vestido branco leve com alças finíssimas. Havia flores em seus cabelos. Uma roupa muito diferente do quimono preto e dos punhos voadores.

— Do combate para o romance?

— Consegue imaginar algo que combine mais com a gente?

— Acho que não. — Ela riu. — Há menos de dois anos, eu não conseguiria me afastar do trabalho durante uma hora. Espero que essa mudança tenha sido para melhor.

Pegou a mão dele e caminhou ao seu lado na direção da água morna e translúcida. E riu quando eles se jogaram e rolaram no colchão.

— Isso parece uma jangada sexy.

— Só que infinitamente mais confortável. — Ele roçou os lábios nos dela. — Eu sempre me afastei do trabalho quando bem entendi, mas nunca fui capaz de relaxar tão completamente quanto nos momentos que passo com você. Essa mudança certamente foi para melhor.

Em outro mundo havia morte, dor e ódio. Ali, porém, havia apenas amor. A areia branca e a água azul podiam ser fantasias, mas o mundo interior deles era tão real quanto o que estava lá fora. E por ser real, isso os tornava igualmente verdadeiros.

— Vamos soltar nossas amarras, então, e flutuar para bem longe daqui.

Ele a puxou para junto dele, boca na boca, coração no coração. O colchão afundou um pouco sobre a água azul e a inquietude que Eve sentia diminuiu.

Sentiu o gosto do vinho nele, forte e denso; sentiu o ar morno e úmido banhar-lhe a pele, enquanto ele a alisava.

Um momento de sonho, ela pensou. Sem a realidade dura do mundo lá fora. Sem a dor, sem o sangue e sem a incessante violência do dia a dia. Um instante de calma e alívio, um estímulo suave que lhe acalmava o coração e nutria a alma.

Quando ela o segurava assim, quando sua boca buscava a dele e tudo terminava em um longo e interminável beijo, Eve conseguia esquecer como era estar faminta e ferida. Amparada daquele jeito, ela conseguiria voltar mais forte para o mundo de dor.

Ela despiu a camisa dele lentamente, deixando que ela lhe escorresse pelos ombros largos; permitiu que suas mãos explorassem sua pele quente, seus músculos firmes, e se deixou flutuar ao sabor das águas quando ele baixou as alças finas do seu vestido.

A guerreira era dele. A mulher que minutos atrás travara um terrível combate e derrotara adversários com uma violência concentrada e temível estava largada debaixo dele, mansa, ávida e incrivelmente doce.

Ela travaria outras lutas, derramaria outros sangues e também sangraria. No entanto, miraculosamente, acabaria sempre voltando para ele depois de cada batalha; suave, mansa e ávida.

Ele murmurou algo em irlandês. *Meu amor.* E pontilhou de beijos aqueles ombros fortes e os braços longos com músculos entalhados em alabastro. Então, pegou uma flor do cabelo dela e refez com as pétalas o mesmo caminho de seus lábios, fazendo-a estremecer.

— Isso é algo muito especial — disse ele.

— Essa flor?

— Sim, a flor. Algo único. — Ele girou a flor pela haste enquanto a fitava. — Você confiará sempre em mim?

— Eu já confio.

— Quero lhe dar isto. Dar a nós dois, na verdade.

Ele deslizou as pétalas sobre os seios dela e repetiu o gesto com a língua, saboreando-os.

Ela arqueou as costas, sentindo-se flutuar além, no crescendo de uma onda de calor que pareceu erguê-la ainda mais. O desejo tremulou dentro dela como o vinho. Ouviu o canto dos pássaros exóticos e tudo se tornou uma sinfonia erótica pontuada pelo som das ondas suaves, quebrando na praia. Ouviu a voz dele ao fundo, no instante em que ele lhe arrancou o vestido branco e o atirou longe

Sol, mãos ágeis e lábios, tudo inundou sua pele, que se roçou contra a dele. O colchão foi embalado pelas águas, suaves como um acalanto.

Então ele passou as pétalas entre as pernas dela.

A sensação fez com que ela enterrasse as mãos nas costas dele.

— Por Deus!

Ele a observou longamente e saboreou a expressão de prazer desnorteado que lhe percorreu o rosto todo. Aquela era a sua tira, a sua guerreira, que se mostrava estranhamente inocente ao descobrir os próprios prazeres.

— Esta flor se chama botão de Vênus; só cresce em uma colônia espacial do complexo Green One. É uma planta híbrida — explicou ele, continuando a pincelar-lhe o púbis enquanto observava seus olhos se enevoando lentamente. — Tem propriedades especiais que ampliam e reforçam as sensações de quem a toca.

Os seios dela formigavam de desejo, como se os nervos estivessem expostos, à flor da pele. Quando os lábios dele lhe cobriram os seios e seus dentes lhe mordiscaram o mamilo, o choque do prazer a fez gritar. Ele pressionou a flor com mais força contra sua vagina e sugou-lhe o mamilo sem parar.

O corpo dela entrou em erupção.

Ela pareceu perder a razão. Era impossível raciocinar em meio à barragem aberta de sensações e prazeres indescritíveis. O choque daquilo tudo fez seu corpo pulsar e se precipitar no vazio, enquanto um orgasmo devastador a rasgava por dentro.

— Quando eu estiver dentro de você... — A voz dele estava carregada de sotaque irlandês e seus olhos ficaram ainda mais selvagens e azuis. — Quando estiver lá no fundo de você, Eve, também vou sentir esse mesmo prazer. Saboreie tudo isso. — Os lábios dele esmagaram os dela e sua língua invadiu-lhe a boca. — Sinta! — gemeu ele, pressionando-lhe a vagina novamente com a flor. — Goze novamente. Quero ver você gozar mais uma vez enquanto eu observo.

Ela corcoveou, cavalgando a tempestade, estranhamente alerta, sentindo cada célula do corpo e o prazer que a inundava.

— Quero você dentro de mim — pediu, agarrando-o pelos cabelos e puxando seus lábios por sobre os dela mais uma vez. — Quero que você sinta o que estou sentindo.

Ele a penetrou lentamente. Tão devagar que ela percebeu, pelo tremor do corpo dele, a rigidez com que ele tentava se controlar. Foi então que ele prendeu a respiração por um instante e seus olhos maravilhosos pareceram ofuscados.

— Cristo! — gemeu ele.

— Não sei se sobreviveremos a isso — ela conseguiu balbuciar, enlaçando a cintura dele com as pernas. — Mas vamos descobrir. Não se segure!

Ele não sabia se conseguiria se segurar naquele momento, com as sensações que o golpeavam, ainda mais seguidas pelas palavras de incentivo que lhe soavam nos ouvidos. Ele deixou a corrente rebentar e cavalgou o prazer liberto dentro dela, conquistando cada uma das ondas quentes que os engolfaram.

Quando o último espasmo arrefeceu, ambos se largaram, completamente exaustos.

Eve não sabia se conseguiria ter o fôlego de volta, muito menos se seria capaz de retomar as funções dos membros flácidos de cansaço. Seus braços haviam se soltado dele, absolutamente frouxos, e as pontas dos seus dedos tocaram as águas.

— Esse troço está dentro da lei?

Ele ainda estava largado por cima dela, respirando pesadamente como um homem que tivesse escalado uma montanha altíssima e depois despencado lá de cima. Sua gargalhada retumbou sobre a pele dela.

— Por Deus, só você mesma para perguntar isso!

— Tô falando sério.

— Precisamos pedir a Trina que faça uma tatuagem permanente do seu distintivo no seio. Está legalizado, sim. Foi testado, aprovado e licenciado. Ainda é difícil de comprar e, como você pode perceber, os efeitos são transitórios.

— Ainda bem. Mas é supereficiente.

— É erótico, excitante e intensifica as sensações sem interferir na vontade, nem no poder de escolha. — Ergueu a flor mais uma vez, girou-a nos dedos e então a atirou na água, onde ela flutuou de forma elegante. Ainda por cima é bonita.

— Todas as flores deste lugar são assim?

— Não, só essa. — Ele tornou a beijá-la, saboreando o restinho de calor nos seus lábios. — Mas posso conseguir mais.

— Claro que sim. — Ela começou a se espreguiçar e fez uma careta ao ouvir o som de um bipe.

— Ah, ultrapassamos os primeiros níveis da busca e o sistema está solicitando minha intervenção.

Ela se sentou e ajeitou os cabelos. Deu uma última olhada na água azul e nas flores espalhadas como joias na orla.

— Acabou o recreio.

— Encerrar programa — ordenou ele, assentindo com a cabeça.

# Capítulo Dezoito

Eve se sentou diante de um dos consoles secundários da sala secreta e começou a fazer algumas pesquisas próprias sobre as histórias de vida de Kinkerdall e Clinton. Eles certamente precisavam de uma base para as operações, um local para preparação, para estocar equipamentos, planejar estratégias e testar simulações.

Um lugar onde pudessem levar alguém como Meredith Newman.

Começou as buscas pela infância de Kinkerdall, em New Jersey e Clinton, no Missouri. Acompanhou a mudança de Kinkerdall para Nova York com seu pai adotivo, aos doze anos. Clinton também se mudara para Ohio, mais ou menos com a mesma idade. Ambos se alistaram no exército aos dezoito anos. Ambos tinham sido recrutados para as Forças Especiais aos vinte.

Tanto o cabo Kirkendall quanto o cabo Clinton tinham sido treinados em Camp Powell, Miami.

— Um parece o espelho do outro — murmurou Eve. — Ou melhor: ímãs. Eles passaram a vida replicando os movimentos um do outro até ficarem juntos de vez.

— Silêncio! — reclamou Roarke.

Eve fez uma cara feia para ele. Com as mangas arregaçadas e os cabelos presos, ele batucava em um teclado com uma das mãos e dava tapinhas em ícones na tela do monitor com a outra. Ao longo dos últimos dez minutos, resmungava uma combinação estilosa de galês, antigo idioma celta que dera origem ao irlandês moderno — pelo menos era o que Eve supunha —, misturado com palavrões e estranhas gírias em irlandês às quais Roarke apelava quando se via energizado demais.

Porra isso, caralho aquilo, foda aqui, merda acolá, e um pesado arsenal de *que-se-foda* que ele parecia pronunciar *foooda* à medida que ficava mais nervoso.

— Silêncio por quê? Você está falando!

— *Feisigh do thoin fein!* — reagiu ele, atropelando as palavras, recostando-se na cadeira por um instante e analisando o quadro que montara na tela. — O quê? Não estou falando, só conversando comigo mesmo. Ah, te peguei! Aí está você, seu safado!

Conversando consigo mesmo, pensou Eve, voltando ao próprio teclado. Ele que me espere na esquina. Mas acabou se concentrando no trabalho. Se não tomasse cuidado, ela ia acabar perdendo tempo ali, observando-o atentamente. Roarke era uma obra de arte quando trabalhava focado daquele jeito.

O exército os tinha transferido de um lado para outro ao longo dos anos que se seguiram. Eles moraram sempre em conjuntos residenciais para militares, mesmo depois de terem se casado, com três meses de diferença um do outro. Quando deram baixa da vida militar e foram trabalhar como civis, compraram casas no mesmo condomínio.

Eve pesquisou para frente e para trás no tempo, avaliando locais, vida financeira, acrescentou Isenberry à mistura e continuou pesquisando no seu canto da sala.

Quando o *tele-link* interno tocou atrás dela, Eve teve vontade de xingar em galês.

— O detetive Baxter e o policial Trueheart acabaram de chegar e gostariam de falar com a senhora — informou o mordomo.

— Peça-lhe para esperar no meu escritório. — Ela desligou, depois de enviar os dados e anotações que fizera para seu computador pessoal. — Tenho uns assuntos a resolver — avisou ela, olhando para Roarke.

— Eu também. Estou analisando os registros de Kinkerdall na CIA, nesse exato momento. Ele andou muito ocupado, nos últimos anos.

— Conte-me uma coisa: essas agências governamentais pagam remuneração extra para trabalho sujo ou missões especiais?

— Parece que sim. Achei vários valores listados como "honorários operacionais" em seu arquivo. O pagamento mais elevado que ele recebeu foi meio milhão de dólares para exterminar um cientista em Belingrad. Cobrava muito barato.

— Como e que dá para viver no mesmo mundo de um cara que acha que meio milhão de dólares é barato?

— O verdadeiro amor faz milagres. O fato é que freelancers conseguem faturar o dobro disso por um assassinato. Molinho. — Ele ergueu a cabeça e olhou para ela. — Alguém me ofereceu essa quantia quando eu tinha apenas vinte anos. Bastava eu eliminar o rival de um traficante de armas. Foi um pouco doloroso recusar um dinheiro rápido desses, mas matar por dinheiro sempre me pareceu deselegante.

— Deselegante?

— Pode deixar que eu continuo — disse ele, sorrindo para ela. — Também vou levantar os dados secretos de Clinton e de Isenberry. Não vai levar muito tempo, agora que eu consegui entrar no sistema.

— Estarei em minha sala. Só por curiosidade, o que significa... — Ela parou para tentar lembrar a frase e repetiu, com pronúncia sofrível: — *Feisigh do thoin fein*?

Um ar de genuína surpresa surgiu no rosto dele, que colocou a cabeça de lado e perguntou:

— Onde foi que você ouviu isso?

— Aqui mesmo, saindo da sua boca, há alguns minutos.

— Eu disse essas palavras? — Ele pareceu levemente chocado e, se Eve não estava enganada, um pouco envergonhado. — Puxa, às vezes a gente fala coisas sem perceber. É uma expressão dos meus tempos de garoto. De baixíssimo calão, por sinal.

— Ah, claro. Como eu sou apenas uma tira que trabalha pelas ruas limpas e delicadas de Nova York há mais de onze anos, certamente ficaria chocada com a grosseria da expressão.

— É de baixíssimo calão — repetiu ele, mas logo encolheu os ombros. — Basicamente é o equivalente ao nosso "Vá tomar no cu!"

— É mesmo? — Ela se animou. — Como é que se pronuncia com o sotaque certo? Eu poderia usá-la para falar com Summerset.

Ele riu, balançou a cabeça e aconselhou:

— Vá trabalhar!

Ela saiu, murmurando a frase várias vezes.

Entrou no escritório a tempo de ver Baxter abocanhando com muita disposição um belo hambúrguer. Como sobre a mesa não havia nenhuma sacola de sanduíches para viagem e o cheiro era de carne de verdade, Eve deduziu que a comida tinha vindo do seu AutoChef.

— Sirvam-se à vontade — ofereceu ela.

— Obrigado. — Baxter sorriu, continuou mastigando e apontou para Trueheart, que também atacava um gigantesco hambúrguer, mas teve, pelo menos, a gentileza de parecer levemente envergonhado. — Não tivemos chance de parar para encher o tanque, senhora. E a comida aqui é muito melhor.

— Vou transmitir seus elogios ao chef. Vocês pretendem me apresentar o relatório ou vão continuar mastigando vacas mortas?

— As duas coisas. Entrei em contato com o investigador principal dos casos do juiz Moss e de Duberry. A equipe que investigou a morte de Moss cruzou todos os dados e revirou muitas pedras. Não acharam nada. Nenhuma ameaça específica. Moss não havia citado nenhum receio, nem conversado sobre ameaças com a esposa, nem com os sócios, nem com amigos ou vizinhos. Ele e o filho costumavam ir de carro, em média um fim de semana por mês, até um chalé que a família tinha no norte do estado. Era um momento pai e filho, programa de homem, entende? Pescar, conversar, esse tipo de coisa. O veículo dele costumava ficar guardado em um estacionamento particular equipado com câmeras de segurança vinte e quatro horas por dia e patrulhada por androides. Um dos androides de serviço não tinha indícios de ter sido hackeado, mas foi registrado um buraco de trinta minutos no seu disco de memória. O mesmo aconteceu com as câmeras de segurança.

— Que tipo de chalé era esse?

Baxter concordou com a cabeça, pegou uma das batatas fritas ao lado do hambúrguer e disse:

— Pensamos a mesma coisa. Por que se dar a todo esse trabalho quando seria muito mais fácil eliminar o juiz nesse chalé afastado? O que acha disso, Troy?

Trueheart engoliu tudo com pressa e respondeu:

— O chalé fica em um lugar fechado, uma comunidade recreativa, e a segurança é muito boa. Os investigadores acreditam que, considerando a natureza do dispositivo explosivo utilizado e a capacidade de misturar os sinais e hackear o estacionamento, a possibilidade mais provável era a de terrorismo urbano. Vários outros veículos foram destruídos na explosão e o estacionamento sofreu sérios danos estruturais.

— Pois é — murmurou Eve. — Foi mais esperto assim, adicionando o elemento de terrorismo urbano para turvar as águas.

— Não foram encontradas provas de que Moss era o alvo específico, mas, no decorrer da investigação, a polícia concluiu que foi por ele ser juiz, e não devido a um caso em particular. Moss também vinha sendo sondado para se candidatar a prefeito, e a equipe investigativa considerou ainda a possibilidade de um ataque político.

Ele pigarreou para limpar a garganta e foi em frente quando ninguém comentou nada do que dissera.

— Não havia pistas, provas nem motivos para eles investigarem Kirkendall na época. Ele não fizera ameaças, e seu caso tinha sido solucionado três anos antes do incidente. Com o que temos agora, podemos olhar para Kinkerdall, seu padrão de atuação e sua patologia, e concluir que ele eliminou Moss em plena cidade, em vez de escolher o chalé afastado, porque isso... ahn... Turvava as águas. Além de ser um desafio extra. Foi uma espécie de declaração pessoal.

— Concordo — disse Eve, e notou que trueheart respirou aliviado. — E quanto ao dispositivo?

— Bem, essa parte é muito interessante — afirmou Baxter, balançando o hambúrguer. — E mais um motivo que levou o investigador primário e sua equipe à conclusão de que tinha sido um ataque de terrorismo urbano. Pelo que conseguiram recolher da cena e pela simulação subsequente, tudo indicava um dispositivo militar. Não foi uma bomba caseira que algum maluco montou no porão por estar puto com um juiz que o fez pagar pensão. Os rapazes do laboratório desnataram o troço... palavras do investigador primário, e descobriram que a base da bomba era de plaston, um material caríssimo. O gatilho eletrônico foi projetado para explodir quando o motor fosse ligado e — fez um gesto largo, abrindo os braços — de dentro para fora, para provocar danos adicionais.

Uma possibilidade surgiu na expressão de Eve.

— Certo, mas como é que eles poderiam ter certeza de que era Moss quem ligaria o motor? Poderia ser a mulher dele.

— Ela não dirige.

— Essa desculpa não cola. Muitos estacionamentos particulares fazem uma grana por fora alugando veículos de forma ilegal. É preciso levar isso em conta. Kinkerdall faria questão de uma taxa de probabilidade de cem por cento de sucesso. Quero que os técnicos do laboratório deem mais uma olhada nessas perícias. Aposto que havia um mecanismo à prova de falhas. Ele tinha controle de tudo e poderia detonar mais cedo ou abortar a explosão remotamente, se necessário. Clinton é o responsável pela parte eletrônica dos planos — garantiu. — Essa é a especialidade que apareceu nos seus dados, mas Kinkerdall iria exigir o controle da operação.

— Vou dar um toque no pessoal do laboratório — concordou Baxter. — Também conversamos com o investigador primário no assassinato Duberry, um cara que pesquisou o caso a fundo.

— Qual a opinião dele?

— Foi o ex-namorado. Ele achava isso e continua achando. É possível que ele tenha comido alguma mosca durante a investigação, mas vou rever tudo pessoalmente. O fato é que ele focou no ex-namorado da vítima e não arredou pé.

— E esse namorado tem álibi?

— Forte e comprovado. Ouça só... — Ele balançou uma batata e a partiu ao meio. — O suspeito estava em casa sozinho; como as câmeras de segurança do prédio são uma bosta, a gente pensa... puxa, ele poderia dar uma escapada rápida, acabar com a vítima e voltar numa boa. Só que no apartamento que fica em cima do dele mora um cara com uma cama d'água gigantesca, instalada fora dos regulamentos do prédio, que proíbem equipamentos desse tipo devido ao peso: mais de uma tonelada. Para piorar as coisas, o cara gostava de dar festas. Contratou duas mulheres tamanho GG para uma brincadeira a três. Enquanto estavam surfando na cama d'água, devem ter ficado muito entusiasmados, porque o troço estourou e virou um oceano em fúria. A água desceu pelo teto como uma cachoeira e quase afoga o suspeito no andar de baixo. Houve um barraco memorável entre os caras dos dois andares. Tudo foi devidamente testemunhado pelos vizinhos e aconteceu no momento exato em que Duberry estava sendo estrangulada.

— É. — Eve deu um passo à frente e roubou uma das batatas fritas de Baxter.

— O investigador primário tem certeza de que o ex-namorado planejou tudo. Quando pinta um caso de uma mulher morta que não tinha inimigos conhecidos, levava uma vida comum, não sofreu ataque sexual nem houve latrocínio, o detetive quase sempre acha que a coisa foi pessoal.

— Mas o ex-namorado iria estuprá-la, muito provavelmente — comentou Eve. — E também faria um estrago no rosto dela. *Isso*, sim, seria absolutamente pessoal.

— Pois é, mas o investigador acha que o ex-namorado contratou alguém para matá-la. Só que o cara não tem bala na agulha para isso. Mal conseguia pagar o aluguel, e esse foi um supercrime. Além do mais, ele não tinha antecedentes criminais e nenhuma ligação com o submundo. Ele não participou do lance, Dallas. Começamos os interrogatórios novamente. Não achamos ninguém com motivos, ninguém se lembra da vítima comentando sobre ameaças, preocupações ou com medo de violência. Seus equipamentos de dados e comunicações já foram recolhidos há muito tempo, mas a DDE fez alguns exames e não descobriu nadinha.

— Tudo bem, estão dispensados por hoje. Peabody e McNab foram interrogar a ex-cunhada de Kinkerdall. Reunião aqui nesta sala com toda a equipe às oito da manhã.

— Certo. Escute, Dallas... Trueheart e eu pensamos em passar o turno da madrugada aqui na sua casa, cuidando da garota. Podemos dormir em qualquer canto. — Ele encolheu os ombros quando Eve fez cara de estranheza diante do oferecimento. — Nixie é uma gracinha, e isso tudo comove a gente. Além do mais, ela teve um dia pesado. Pensamos em dar um tempo aqui para distraí-la um pouco.

— Conversem com Summerset sobre as acomodações para vocês. Agradeço a dedicação extra.

— De nada. — Ele ergueu o hambúrguer para levá-lo à boca novamente, mas parou no meio do caminho. — Onde é que Peabody foi para conversar com a ex-cunhada?

— Nebraska.

— Nebraska?! — Ele mordeu o hambúrguer e mastigou lentamente, enquanto pensava. — Tem gente de verdade morando lá? Pensei que fosse um mito esse papo de haver gente morando em um lugar tão remoto. Como Idaho, por exemplo.

— Há muitas pessoas morando em Idaho também, senhor — garantiu Trueheart.

— Ah, cai fora, garoto! — Baxter riu e mergulhou uma batata frita no ketchup. — Cada dia a gente aprende uma coisa nova.

O jatinho para dois pousou em uma pequena estação de carga e descarga em North Platte. Conforme a indicação do minitablet que Roarke lhes entregara, haveria um veículo à espera deles ali, para completar a última etapa da viagem.

Peabody e McNab saíram no ar noturno quase congelante e olharam para a joia preta sofisticadíssima que estava diante deles.

— Ai, meu Jesus Cristinho! E eu achei que o jato era supermag! — Com o coração aos pulos, Peabody circundou o veículo. — As poltronas reclináveis, as estações de trabalho, o cardápio do AutoChef...

— A velocidade — acrescentou McNab, com um sorriso bobo.

— Pois é. — Peabody lhe lançou um olhar igualmente tolo. — Estava tudo mais que demais, como diz a Mavis, mas este carro...

— Não é um carro, gata, o nome é *máquina*. — McNab passou os dedos com carinho pelo revestimento da carroceria. — Cara, essa belezinha deve voar baixo!

— Pode apostar sua bundinha nisso.

Quando ela tentou abrir a porta do motorista, ele agarrou-lhe o braço.

— Alto lá! Quem é que disse que é você quem vai pilotar?

— Minha parceira é a investigadora principal do caso.

— Isso não basta.

— Foi o marido dela que providenciou o transporte.

— Continua longe — disse ele, abanando a cabeça. — Tenho uma patente superior à sua, detetive Gata.

— Bem que você queria!

Ele riu e enfiou a mão em um dos muitos bolsos vermelhos em suas calças cargo.

— Proponho resolvermos o impasse no cara ou coroa.

— Mas deixe-me ver essa ficha de crédito, antes.

— É muito triste esse seu baixo nível de confiança em mim, sabia? — reclamou ele, mas entregou a ficha a Peabody.

Ela analisou a ficha com atenção, virando-a de um lado para outro e aceitou.

— Tudo bem... Você escolhe, eu jogo a ficha para cima.

— Escolho cara, pelo fato de gostar tanto da sua — propôs ele.

— Ótimo. Eu escolho coroa, pelo fato de você ser muito mais velho do que eu. — Ela lançou a ficha, pegou-a em pleno ar e colocou-a nas costas da mão. — Droga!

— Éééé! — comemorou ele. — Prenda bem o cinto, Peabody, porque vamos entrar em órbita.

Ela fez cara de irritada ao dar a volta no carro para se sentar no banco do carona. O carro era fodástico, mesmo sem ela estar ao volante. O banco se moldou ao traseiro que McNab tanto admirava como se fossem as mãos de um amante, e o painel tinha uma curva muito arrojada e brilhante, além de ser equipado com tantas gadgets que Peabody refletiu que, se o veículo realmente entrasse em órbita, ela não se espantaria.

Ainda de bico armado, ligou o GPS e programou o destino desejado. O sistema lhe informou, com uma melodiosa voz masculina, que a rota mais direta, cumprindo os limites de velocidade, seria de vinte minutos.

Ao lado dela, McNab colocou óculos escuros muito estilosos, com lentes vermelhas.

— Vamos chegar ao destino em muito menos de vinte minutos — prometeu.

Tinha razão, Peabody pensou, quando o carro saiu. A "máquina" parecia ter asas. A expectativa da corrida a deixou tão empolgada que ela resolveu abrir o teto solar.

— Escolha a música — gritou McNab, em meio ao ronco do motor e o rugir do vento — e coloque o volume no máximo!

Peabody escolheu *trash rock*, porque parecia o estilo mais adequado, e acompanhou a letra das músicas aos gritos enquanto eles seguiam para o sul a toda a velocidade.

O maluco do McNab conseguiu cortar o tempo da viagem pela metade. Peabody aproveitou o tempo que sobrou para abaixar o ninho em que seus cabelos haviam se transformado. Penteou-se com cuidado e devolveu aos fios o famoso penteado em forma de tigela, com franjas retas. McNab pegou uma escova de cabelos dobrável em outro bolso e ajeitou seu rabo de cavalo embaraçado.

— Que lugar legal! — comentou ele, olhando em torno do terreno e do milharal que seguia ao longo da casa. — Para quem gosta de paisagem rural, é claro.

— Eu gosto. Para visitar, pelo menos. — Peabody analisou o celeiro pintado de vermelho, o depósito menor, também muito bem cuidado, e o pasto, onde algumas vacas malhadas pastavam placidamente. — Alguém toma conta desse lugar com muito carinho.

Saltou do carro, olhou para o estreito caminho de grama, os canteiros ordenados enfeitados com flores que começavam a desbotar. Tudo levando a uma casa de dois andares com uma varanda coberta.

Havia abóboras festivas com faces sorridentes esculpidas, aos lados dos degraus, lembrando que o Halloween se aproximava.

— Eles produzem leite — observou ela. — E plantam milho e outras coisas. Provavelmente têm algumas galinhas nos fundos.

— Como é que você sabe?

— Conheço esse ambiente. A fazenda da minha irmã é maior que esta, e ela ganha uma boa grana. É trabalho pesado, e a pessoa precisa gostar do que faz, na minha opinião. No caso de um lugar menor, como este aqui, dá para notar que é pequeno, mas muito bem cuidado. Rende apenas o bastante para autossustento, mas talvez sobre alguma coisa da colheita e seus subprodutos para vender no mercado ou trocar por combustível. Talvez eles tenham uma pequena estufa com água nos fundos, para conseguir colher alguma coisa mesmo no inverno. O marido e a mulher devem estar ganhando, cada um, o dobro da nossa renda mensal.

— Agora que estão trabalhando numa fazenda no Nebraska, mas a renda da família despencou — concordou McNab. — Já entendi.

— Alguém percebeu que estamos aqui.

— Já, sim. — Atrás do vidro, o olhar de McNab acompanhou um pontinho amarelo que piscava, na janela que ficava acima da porta. — Eles têm sensores de movimento e câmeras, e aposto que usam um scanner de trezentos e sessenta graus. Tem mais sensores nas fileiras de cercas a leste e oeste. Um sistema de segurança muito avançado para uma pequena fazenda que fica depois do cu do judas, em Nebraska.

Eles foram até a porta e bateram. Reforço de aço nos portais, observou McNab, e percebeu uma tremulação no ar diante das janelas. Alarmes com trava automática.

— O que desejam? — A voz que saiu do interfone era feminina, com tom firme.

— Sra. Turnbill? Somos policiais. Detetives Peabody e McNab. Trabalhamos para a Secretaria de Segurança, Polícia de Nova York.

— Aquela não é uma viatura da polícia.

— Não senhora, é um carro particular. — Peabody ergueu o distintivo. — Gostaríamos de conversar com a senhora, e podemos esperar enquanto a senhora confirma nossas identidades.

— Eu não...

— A senhora conversou com minha parceira hoje de manhã. O nome dela é tenente Eve Dallas. Compreendo seu excesso de precaução, diante das circunstâncias, sra. Turnbill, mas é muito importante que conversemos por alguns minutos. Se a senhora se recusar a isso, entraremos em contato com as autoridades locais para solicitar um mandado. Não quero fazer isso, pois tivemos um trabalhão para manter esta visita em segredo, a fim de garantir sua segurança.

— Esperem um instante.

Imitando Peabody, McNab manteve seu distintivo à vista e viu quando uma luz vermelha fina tremulou, escaneando tudo. Alguém está apavorado, pensou ele. Isso tudo é muito mais do que cautela, e eles estão se cagando de medo.

A porta se abriu.

— Vou conversar com vocês, mas não sei nada mais além do que já informei à tenente Dallas. — Enquanto ela falava, um homem desceu do segundo andar. Seu rosto estava fechado e seus olhos eram frios.

— Por que vocês não conseguem nos deixar em paz?

— E as crianças? — quis saber a esposa.

— Estão bem. Mandei que eles ficassem lá em cima.

Ele era corpulento, pensou Peabody, como uma pessoa que faz trabalho manual pesado rotineiramente. Seu rosto estava bronzeado e pés de galinha lhe saíam das laterais dos olhos; seus cabelos estavam descorados por exposição ao sol.

Seis anos, refletiu ela, o tinham transformado em um verdadeiro fazendeiro e apagado o ar de homem da cidade grande. O jeito como  mantinha a mão em um dos bolsos do macacão mostrava que ele estava armado.

— Sra. Turnbill, fizemos uma longa viagem, e não foi para molestá-la. Roger Kinkerdall está sendo procurado para averiguarmos sua possível ligação com sete homicídios.

— Só sete? — Os lábios do marido formaram um sorriso leve. — Vocês estão muito longe do número certo.

— Pode ser, senhor, mas são esses sete que estamos investigando, no momento.

Aproveitando a dica, McNab manteve a voz tão rígida quanto a de Turnbill e pegou fotos da cena do crime em sua pasta de trabalho.

— Aqui estão alguns deles, para começar.

Ele pegara as fotos das crianças. Percebeu, pela súbita palidez no rosto de Roxanne, que fizera a jogada certa.

— Essas crianças estavam dormindo quando tiveram suas gargantas rasgadas — continuou ele. — Poderíamos chamar isso de ato de compaixão.

— Ó Deus! — Roxanne apertou a barriga com as duas mãos. — Ó meu Deus!

— Vocês não têm o direito de vir até aqui fazer isso — reagiu o marido.

— Temos sim! — garantiu McNab com olhos implacáveis, encarando Turnbill. — Temos todo o direito!

— McNab! — ralhou Peabody, baixinho, estendendo a mão e recolhendo as fotos na mesma hora. — Desculpem. Sinto muito por perturbá-los e preocupá-los, mas precisamos de sua ajuda.

— Não sabemos de nada. — Turnbill colocou o braço em torno dos ombros da esposa. — Queremos apenas que nos deixem em paz.

— Vocês abandonaram empregos de alto nível, com salários altíssimos, seis anos atrás — insistiu McNab. — Por quê?

— Isso não é da sua...

— Joshua... — interrompeu Roxanne, balançando a cabeça para os lados. — Preciso me sentar um pouco. Por favor, vamos entrar e nos sentar. — Ela se virou para uma sala de estar onde se via o ambiente caótico de crianças pequenas e a bagunça confortável de uma família. Roxanne se sentou e agarrou as mãos do marido. — Como é que vocês sabem que foi ele quem fez isso? Depois que escapou impune durante tanto tempo, como é que vocês podem saber?

— Temos evidências que o ligam a estes crimes. Essas crianças, seus pais e a empregada doméstica da casa foram mortos na cama enquanto dormiam. Grant Swisher, o pai, foi advogado da sua irmã durante o divórcio dela e o pedido de custódia dos filhos.

— Faz seis anos! — replicou Roxanne. — Tudo bem, ele conseguiria esperar seis anos. Seria capaz de esperar até sessenta.

— A senhora tem ideia de onde ele está?

— Nenhuma. Ele agora nos deixou em paz. Finalmente em paz. Já não somos importantes para ele. Nem queremos ser.

— Onde está sua irmã? — exigiu McNab com voz firme, e Roxanne se assustou.

— Ela está morta. Ele a matou.

— Sabemos que ele seria capaz de fazer uma coisa dessas. — Peabody manteve os olhos fixos em Roxanne. — Mas não o fez. Pelo menos por enquanto. E se ele encontrá-la antes de nós o pegarmos? E se a senhora souber de algo importante, se recusar a cooperar conosco e atrasar a investigação por tanto tempo que ele acabe encontrando-a?

— Não sei onde ela está. — Lágrimas de cansaço quase transbordaram dos olhos de Roxanne. — Não sei dela, nem do meu sobrinho, nem da minha sobrinha. Não os vejo há seis anos.

— Mas a senhora sabe que ela está viva. Sabe que ela conseguiu escapar dele.

— Pensei que ela estivesse morta durante mais de dois anos. Fui à polícia, mas eles não puderam nos ajudar. Eu achei que ele os tivesse matado. Só que um dia...

— Você não precisa fazer isso, Roxie. — Seu marido a apertou com mais força, carinhosamente. — Não precisa passar por tudo novamente.

— Não sei mais o que fazer. E se ele aparecer aqui? E se resolver voltar, depois de tantos anos. E nossos filhos, Joshua?

— Estamos a salvo aqui.

— Vocês têm um sistema de segurança excelente. — McNab atraiu a atenção de Turnbill ao dizer isso. — Os Swisher também tinham. Esse era o nome da linda família do Upper West Side que

Kirkendall massacrou. O sistema de segurança deles era de última geração, mas não lhes serviu de nada.

— Nós iremos ajudar vocês — garantiu Peabody. — Providenciaremos proteção policial para vocês e toda a família. Conseguimos sair de Nova York em um avião particular sem sermos detectados. Ele não sabe que estamos aqui. No momento, nem sabe que estamos à caça dele. Quanto mais tempo levar para descobrimos onde ele está, maiores serão as chances de ele perceber que está sendo procurado.

— Quando tudo isso vai acabar?

— Quando nós o pegarmos. — McNab baixou o tom de voz por compaixão, ao ver as lágrimas que escorriam pelo rosto de Roxanne. — E nós o encontraremos mais depressa com a sua ajuda.

— Joshua. Por favor, você poderia me trazer um copo d'água?

Ele analisou o rosto dela, concordou com a cabeça e perguntou:

— Tem certeza? — Levantou-se para ir à cozinha e tornou a perguntar: — Roxie, tem certeza de que é isso que você quer?

— Não. Só sei que não quero mais viver desse jeito. — Ela respirou lentamente, para se acalmar, quando o marido saiu da sala. — Acho que para Joshua é pior. Muito pior. Ele trabalha tanto para conseguir tão pouco. Éramos muito felizes em Nova York. É uma cidade excitante, cheia de energia. Nós dois tínhamos belas carreiras, que adorávamos. Éramos bons no que fazíamos. Tínhamos acabado de comprar uma casa nova porque eu estava grávida. Minha irmã...

Ela fez uma longa pausa e conseguiu exibir um sorriso quando o marido lhe entregou a água.

— Obrigada, querido. Minha irmã era maltratada, acho que é o termo que se usa. Ele a espancava. Foram vários anos de abusos físicos, emocionais e psicológicos. Tentei fazer com que ela o largasse e buscasse ajuda. Conversávamos muito, mas ela vivia apavorada demais, ou entrincheirada demais, talvez, e me considerava a irmã caçula que não entendia como as coisas eram. Na sua cabeça, tudo aquilo era culpa dela mesma. Naquela época eu pesquisei muito sobre mulheres que sofrem abusos, e certamente vocês conhecem o assunto.

— Bem demais, até — concordou Peabody.

— Ele era pior que tudo ou qualquer outra pessoa. Não digo isso só porque ela era minha irmã. O problema não era ele gostar de provocar dor e ferir as pessoas. O mais grave é aquilo não significar absolutamente nada para ele. Roger seria capaz de quebrar o dedo mindinho dela se o jantar fosse servido dois minutos mais tarde, segundo seu cronograma. Depois, se sentava para comer sem um único lampejo de emoção nos olhos. Consegue imaginar uma vida dessas?

— Não, senhora — afirmou Peabody. — Não consigo.

— Ele a considerava propriedade dele; tanto Dian quanto as crianças. Foi quando ele começou a ferir as crianças que minha irmã conseguiu acordar e resolveu planejar sua saída dessa lama. Ele também já tinha maltratado as crianças antes, mas ela achava que era para protegê-los e manter a *família* unida. Ele era muito bruto com os filhos, dava castigos violentos, chamando de disciplina. Confinamento na solitária, ele chamava. Às vezes, ele os obrigava a ficar debaixo do chuveiro gelado por uma hora, ou lhes negava comida por dois dias. Um dia, tosou os cabelos da minha sobrinha por ela ter levado tempo demais passando escova neles. Foi então que começou a espancar Jack, meu sobrinho. Para enrijecer seu caráter, ele explicava. Um dia, quando Roger estava fora, minha irmã encontrou o filho com a arma de atordoar de Roger. Ele havia colocado a pistola em nível máximo e a segurava bem aqui... — Apertou a própria jugular. — Ele ia se matar.

Um menino de oito anos planejava tirar a própria vida para não enfrentar mais um dia com aquele monstro. Foi isso que fez minha irmã acordar. Ela fugiu levando os filhos e mais nada. Nem fez as malas, saíram com a roupa do corpo. Havia abrigos sobre os quais eu lhe falara, e ela correu para um deles.

Roxanne fechou os olhos e bebeu mais alguns goles, bem devagar, antes de continuar.

— Não sei se ela teria aguentado ir em frente se não fossem as crianças. Quando tomou a decisão, foi uma espécie de milagre. Ela conseguiu se recompor e, algumas semanas depois, contratou um advogado. Foi horrível enfrentá-lo nos tribunais, mas ela conseguiu. Dian se manteve firme contra ele e ganhou a causa.

— Provavelmente nunca pretendeu aceitar as condições do divórcio, permanecer em Nova York e permitir que ele visitasse os filhos — disse Peabody.

— Não sei, ela não me disse nada, nunca sequer insinuou que iria escapar, mas creio que, na verdade, não pretendia ficar na cidade. Acho que planejava fugir desde o início. Não sei se haveria outro modo de ela conseguir escapar das garras dele.

— Mas existem vários locais seguros e secretos para pessoas na situação dela.

— Sim, eu não sabia disso, na época. Quando ela desapareceu, eu tinha certeza de que ele havia matado tanto ela quanto as crianças. Não só é capaz disso como tem os meios e o treinamento. Mesmo quando ele me levou, eu pensei que...

— Ele raptou a senhora?

— Eu estava no metrô voltando do trabalho para casa, um dia, e senti uma picada no braço. — Ela envolveu o bíceps com a mão. — Eu me senti enjoada e zonza, na mesma hora, não me lembro muito bem. Só sei que acordei ainda com vontade de vomitar. Tinha sido levada para uma sala grande, sem janelas. Havia apenas uma luz fraca e suja, meio esverdeada. Ele tinha tirado as minhas roupas, todas elas.

Roxanne apertou os lábios com tanta força que eles ficaram brancos, e esticou as mãos, às cegas, para o marido.

— Eu estava no chão com as mãos algemadas. Assim que acordei fui suspensa por correntes presas em roldanas. Fui erguida e tive de ficar na ponta dos pés. Estava grávida de seis meses de Ben.

Turnbill apertou o rosto contra o ombro da mulher, e Peabody percebeu que ele chorava.

— Ele apareceu diante de mim. Tinha um bastão na mão e perguntou: "Onde está minha esposa?" Antes de eu ter tempo de responder, pressionou o bastão bem aqui. — Ela colocou a mão entre os seios. — Foi uma dor horrível, um choque elétrico. Ele me disse, com toda a calma do mundo, que o bastão estava na potência mínima, e que iria aumentar a carga cada vez que eu mentisse.

— Eu lhe disse que sabia que ele a tinha matado e ele me atingiu com um novo choque. E de novo. E mais uma vez. Eu implorei, gritei, supliquei por mim e pelo meu bebê. Ele me deixou ali não sei por quanto tempo. Depois voltou e fez tudo de novo.

— Ele a manteve em cativeiro por mais de doze horas. — Turnbill sugou o ar com força e ignorou as lágrimas que lhe escorriam pelo rosto. — A polícia, como vocês sabem, não registra o desaparecimento de uma pessoa em tão pouco tempo. Eu bem que tentei, mas eles disseram que eu precisava esperar um período mínimo, quando fui dar queixa. Mas aquelas doze horas pareceram uma eternidade para nós dois. Foi um milagre Roxanne não ter sofrido um aborto. Quando acabou com ela, ele a jogou em uma calçada em Times Square.

— Ele finalmente acreditou em mim. Devia saber que eu lhe contaria qualquer coisa, só para acabar com a dor. Foi por isso que acreditou em mim. Antes de me apagar mais uma vez, porém, me avisou que, se eu fosse dar queixa à polícia ou envolvesse o nome dele naquilo, de algum modo, voltaria para me pegar. Disse que tiraria o pirralho da minha barriga e rasgaria a garganta dele.

— Roxanne. — Peabody manteve a voz calma. — Sei que isso tudo é muito difícil de recordar, mas eu preciso saber: Kinkerdall estava sozinho quando fez isso com você?

— Não. Aquele outro canalha estava com ele. Eles pareciam gêmeos siameses, e se diziam irmãos de verdade. Isaac Clinton era o seu nome. Serviram no exército juntos. Ele estava sentado em uma espécie de console, controlando tudo, não sei bem. Acho que ele analisava algumas leituras. Havia eletrodos ligados em mim, como em um hospital. Ele permaneceu sentado o tempo todo, enquanto Roger me torturava, e não deu uma única palavra. Pelo menos enquanto eu estava consciente.

— Havia mais alguém lá?

— Não tenho certeza. Às vezes eu ouvia sussurros, talvez uma voz feminina. Mas estava completamente fora de mim. Não vi mais ninguém, estava inconsciente quando ele me raptou e depois também, quando me jogou de volta na rua.

— A senhora não relatou à polícia que sabia o nome do homem que a raptara?

— Quando acordei, estava no hospital. Temi pela minha vida e pela vida do meu bebê. Não contei nada. Disse apenas que não conseguia me lembrar de coisa alguma.

— O que vocês esperavam... — começou Turnbill, mas Peabody lhe lançou um olhar tão solidário que ele não completou a frase.

— Eu teria feito exatamente o mesmo — disse-lhe ela. — Sei que meu primeiro pensamento seria o de proteger o meu filho, o meu marido, a mim mesma.

— Não contamos nada — continuou Roxanne, com a voz um pouco mais forte.

— Saímos de Nova York, abandonamos nossas vidas lá e viemos para cá — continuou ela. — Meus pais moram perto e viemos para Nebraska. Eu percebi que Dian tinha conseguido fugir, mas tinha certeza que ele a encontraria para matá-la. Passaram-se dois anos e eu tinha certeza de que ela estava morta. Até que, um dia, atendi ao *tele-link*. Dian havia bloqueado o sinal de vídeo, mas disse meu nome e contou que eles estavam a salvo. Apenas isso, e desligou. Recebi mais dessas ligações curtas, com intervalos de alguns meses entre uma e outra, às vezes mais de um ano. Ela nunca me disse mais nada, além disso: "Estamos a salvo, estamos bem."

— Quando foi a última vez em que ela entrou em contato?

— Faz três semanas. Não sei onde ela está, e se soubesse não contaria, pelos mesmos motivos pelos quais permaneci calada após o rapto. Construímos uma vida nova, aqui. Temos dois filhos que estão muito felizes. Esta é a casa deles. Mesmo assim, moramos em uma prisão por causa daquele homem. Acordo com medo todo dia. *Todo santo dia!*

— Vamos encontrá-lo, Roxanne. Quando fizermos isso, vocês não precisarão mais ter medo. Conte-me mais coisas sobre a sala onde ele a manteve presa — pediu Peabody. — Todos os detalhes que conseguir lembrar.

# Capítulo Dezenove

Eve já estava de volta à sua mesa quando Roarke entrou no escritório. Na mesma hora ele ergueu o nariz e cheirou o ar.

— Você comeu um hambúrguer?

— O quê? Não, Baxter e Trueheart é que comeram. Não se pode deixar tiras perto de comida que eles parecem dez cães lutando por um osso. Eles deviam ter um lugar só para eles na cidade, não acha?

— Baxter e Trueheart? Existe algo no relacionamento deles que me escapou?

— O quê?

— Você só sabe falar "o quê"? Precisa comer alguma coisa.

— Não estou falando de Baxter e Trueheart — disse ela, a mente espairecendo um pouco quando ele foi para a cozinha.

— Sei perfeitamente disso, estava brincando. Quanto ao que você sugeriu, eu concordo. Kinkerdall e seus comparsas deviam ter um esconderijo aqui em Manhattan. Por que se arriscar a ficar preso no tráfego ou ser parado por algum guarda de trânsito?

— Aposto que fica no Upper West Side.

— Concordamos mais uma vez. — Ele voltou com dois pratos, e dessa vez foi Eve quem cheirou o ar.

— O que é isso?

— Lasanha. — Lasanha verde, pensou. Uma das formas mais fáceis de fazê-la ingerir algo verde que não fosse uma jujuba era disfarçar o vegetal em um prato de massa.

— Por que seu palpite é esse? O Upper West Side?

Ele colocou um dos pratos diante dela e o outro em frente, na escrivaninha. Foi pegar uma cadeira para ele e voltou com duas taças de vinho. Quando um homem queria fazer uma refeição em companhia da esposa e essa esposa era Eve, pensou Roarke, era obrigado a fazer concessões.

— Eles dedicaram muito tempo e esforço para vigiar a residência dos Swisher. Não só os eletrônicos, mas todo o estilo de vida da família. Sabiam por onde entrar e quando entrar. Portanto...

Ele serviu o vinho e brindou batendo com a sua taça na dela, antes de se sentar e continuar.

— Seria mais eficiente estarem num local próximo do alvo. Para passar de carro pela frente da casa, fazer caminhadas, testar os misturadores de sinal, analisar os pontos fracos do sistema de segurança da casa e assim por diante. Certamente era importante observá-los de perto.

Ela o analisou enquanto ele cortava a lasanha ao meio.

— Porque era importante vê-los vivos antes de vê-los mortos — completou Eve.

— Ah, com certeza! Foi um ato pessoal. Apesar de o assassinato ter sido limpo e rápido, é importante sentir a adrenalina por antecipação. Olhe só para essas pessoas, não sabem que eu tenho o poder de acabar com a vida delas na hora e do jeito que quiser.

— É meio estranho estar casada com um cara que sabe pensar como um assassino.

— Posso dizer o mesmo — retrucou ele, erguendo o garfo. — Aposto uma grana preta como os seus pensamentos correm sempre paralelos aos meus, querida.

— É, esse round você ganhou. — Ela experimentou a lasanha. Algo ali tinha gosto de espinafre. Mas até que não estava mau. — Descobriu mais alguma coisa para mim?

— Fico ofendido com essa pergunta. Coma primeiro. Teve notícias de Peabody?

— Eles estão voltando. Quer ouvir o resumo?

— Claro.

Ela contou tudo enquanto comiam.

— Torturar uma mulher grávida — comentou Roarke. — O nível está baixando mais a cada momento. Ele deveria tê-la matado, analisando em retrospecto. Pelo visto, a esposa sofredora há tantos anos aprendeu o bastante sobre o ex-marido para manter seu esconderijo ou esconderijos em segredo total. Deve ter sido esperta o bastante para se mudar a cada dois ou três meses. Ele só manteve a irmã viva porque imaginou que a esposa iria, em algum momento, correr para junto da família.

— Nesse ponto, todos se tornariam dispensáveis. Estou louca para colocar as mãos nesse cara.

Prontamente, Roarke estendeu o braço e colocou a mão sobre a dela, dizendo:

— Eu sei.

— Será que sabe? Ele não é igual ao meu pai. Há um mundo de diferenças. No entanto, de algum modo, eles são exatamente iguais.

— Brutalizando os filhos dia após dia. "Treinando-os" de um jeito particular e doentio. Quebrando a fibra deles, destruindo sua inocência, levando um menininho a contemplar a ideia de suicídio. A diferença entre ele e seu pai, Eve, é que Kinkerdall teve mais capacitação, treinamento e um cérebro mais aguçado. Por dentro, porém, não poderiam ser mais idênticos.

Ajudava muito saber que ele via tudo isso e compreendia o motivo de a mente dela dar voltas e retornar sempre a esse ponto.

— Preciso esquecer isso ou vou meter os pés pelas mãos. Localização! — exclamou ela, acenando com a cabeça para o mapa no telão. — Existem muitas propriedades de alta classe no Upper West Side. Precisamos achar espaços ocupados por solteiros. Ele pode bancar isso. Tem um monte de honorários polpudos na conta bancária, combinados com os bônus igualmente polpudos do irmão, e possivelmente de Isenberry. Investimentos como o que ele fez na academia de artes marciais mostra que gosta de negócios, de usar o dinheiro para gerar mais dinheiro. É um cara de gostos caros. Você teve algum sucesso no rastreamento da grana dele?

— Você está ferindo meus sentimentos novamente.

— Pode me dar um soco na cara, meu chapa, mas quero ver o que conseguiu.

Ele lançou um olhar significativo para a comida que continuava no prato dela.

— Puxa! — Ela pegou uma garfada imensa, comeu tudo de uma vez e falou de boca cheia. — Abra o bico!

— Kinkerdall tem o que chamamos de conta de despejo, que bate com os lucros que obtém no *dojo* de artes marciais. É um saldo gordo, mas não o bastante para financiar uma operação dessa envergadura.

— Então ele tem outras contas?

— Certamente. Não deposita nada nessa, só faz saques e transferências. Descobri que ele manda tudo para uma firma de advogados em Éden.

— Éden? O jardim de Adão e Eva?

— Sim, a ideia do lugar tem isso como base. Éden é uma ilha artificial no Pacífico Sul construída de forma ostensiva para recreação, mas que é, na realidade, um oásis fiscal para evasão de impostos e lavagem de dinheiro. São necessários bons contatos para ultrapassar os bloqueios legais e entrar lá para obter informações. Também é preciso uma fortuna considerável para abrir uma conta no local ou utilizar qualquer das muitas proteções legais que eles oferecem.

— Você já fez isso.

— Na verdade, ajudei a criar o lugar. Isso aconteceu antes de eu ver a luz da verdade e da justiça, é claro. — Ele riu enquanto ela o fitava de forma implacável. — Vendi todos os meus interesses lá, antes de nos casarmos. Entretanto, como participei do projeto, tenho meios de conseguir informações secretas. Kinkerdall sempre protegeu muito bem seus lucros. Sua firma de advocacia lá remete o dinheiro para outra financeira fora do planeta, que leva a... Você quer ouvir a história completa?

— Só a versão resumida, por enquanto.

— O dinheiro volta para várias contas numeradas. Cinco, no total. Todas elas com ar de respeitabilidade, abertas sob nomes falsos. A mais interessante dessas movimentações é um depósito de pouco menos de vinte milhões de dólares.

— Milhões? De dólares?

— Um pouquinho menos. Fazendo as contas, porém, dá para ver que o valor está muito acima dos ganhos de cada uma das missões que eu descobri até agora, incluindo o dinheiro que está nas outras contas, que batem com as remunerações e despesas de cada missão.

— Então ele recebeu grana de outras agências e organizações, além das governamentais?

— Existem outras contas, ainda não vasculhei todas, pois isso vai levar tempo. Mas esta conta em especial é interessante por duas razões: uma delas é o saldo em caixa. Dê uma olhada nisso aqui.

Ele pegou um pen drive no bolso e o colocou no computador, ordenando:

— Apresentar dados no telão!

Eve analisou as informações que apareceram em outro arquivo de Kinkerdall na CIA.

— "Suspeito é considerado pouco confiável, devemos pegá-lo" — leu ela em voz alta. — Que legal! Treinamos um assassino, mas de repente... Opa, ele não é mais tão confiável. A mais recente avaliação psicológica do demente foi feita há dezoito meses. "Tendências à sociopatia"... Puxa, que surpresa! "Suspeito tem ligação com o grupo Juízo Final, formado por tecnoterroristas"... Nossa, as surpresas continuam aparecendo! "Também tem ligação com o grupo Cassandra."

Grupo Juízo Final, ela pensou. Uma organização de tecnoterroristas que ela enfrentara em um caso recente. O grupo Cassandra, porém, tinha sido mais abrangente no jogo de terrorismo, e o envolvimento de Eve com eles tinha sido muito mais pessoal.

Eles quase tinham conseguido matar Eve e Roarke, em sua missão louca de destruir pontos emblemáticos da cidade de Nova York. E obtiveram sucesso em acabar com alguns deles, lembrou Eve, com amargor. Mas os líderes acabaram presos.*

— As informações batem. — Eles o mantêm em atividade tanto para vigiá-lo quanto para utilizar suas habilidades. Observe as épocas. — Roarke apontou com o garfo. — Repare na data em que eles o perderam de vista. O dia em que ele passou a ser perigoso e foragido, segundo esse registro e o histórico que eu desencavei na Organização para a Segurança da Pátria. Aliás, isso tudo também bate com as entradas nos arquivos do irmão dele e de Isenberry.

---

* Ver *Dilema Mortal* e *Lealdade Mortal.* (N.T.)

— Setembro do ano passado. Poucos meses antes de recebermos a primeira carta ameaçadora do grupo Cassandra e os lugares começarem a explodir pela cidade.

— Repare na data do depósito polpudo.

— Foi depois que desmantelamos o grupo. Pegamos os líderes, pelo menos a maioria deles, mas nunca dá para agarrar todos os ratos que fogem de um barco que afunda. Ele ficou com boa parte do dinheiro, mas aquela era uma organização terrorista muito rica.

— Pelo visto, Kirkendall raspou o fundo do tacho ou recebeu a grana para guardar em lugar seguro.

— Mais um motivo para o agarrarmos. Não gosto de deixar ratos fora da gaiola.

— Ele se tornou perigoso — ressaltou Roarke. — Todos três aparecem nas listas de procurados de várias agências. Mas repare que seu histórico foi arquivado depois do desmantelamento do grupo Cassandra. E não encontrei nenhuma pista de que ele tenha feito cirurgia facial.

— Havia médicos em Cassandra. Vou pegar esses registros para analisá-los com mais calma. Ele certamente deixou rastros. Todo mundo deixa. — Quando Roarke pigarreou baixinho, ela desviou os olhos e os pousou nele. — Até você deixa rastros, garotão. Se eu quisesse achar os seus, bastaria colocá-lo como consultor.

Isso o fez rir.

— Sim, suponho que eu conseguiria encontrar a mim mesmo, se tentasse com vontade. Vou devolver a piada, pode deixar. Devo dizer que as entradas, saídas e ligações desse caso são fascinantes.

— Descubra a ligação de um desses nomes falsos com algum prédio de Manhattan, especialmente no Upper West Side, e eu lhe prometo um grande bônus.

— À minha escolha? — Seus olhos azuis exibiram um ar malicioso.

— Pervertido. — Ela voltou ao computador.

— Eu peguei o jantar, você lava a louça. — Ele se levantou, mas parou ao ouvir o comunicador de Eve tocar.

— Aqui fala Dallas.

*Emergência para a tenente Eve Dallas. O corpo de uma mulher identificada como Meredith Newman acaba de ser encontrado. Dirija-se à Fordham Street na altura da Broadway e se apresente como investigadora principal do caso. O lugar já foi cercado e protegido.*

— Entendido, Dallas desligando. Já estamos com onze vítimas... doze, se contarmos Jaynene Brenegan — disse ela, levantando-se da cadeira. — Esse endereço fica no Bronx.

— Vou com você.

— Não. O corpo dela só foi encontrado porque ele quis isso. Afasta os homens do caso Swisher. Não importa muito juntarmos os pontinhos, porque isso não o liga à morte de Moss e Duberry, nem Brenegan. Pelo menos isso é o que ele pensa. Preciso de você trabalhando aqui. Vou levar Trueheart. Vai ser uma boa oportunidade de treinamento para ele. Prefiro que Baxter fique aqui com a menina.

— Ele sabe que você vai aparecer lá. É a investigadora principal dos assassinatos Swisher e Meredith Newman é a assistente social ligada ao caso. Pode ser que ele esteja de tocaia, à sua espera.

Ela foi até o closet e pegou um colete à prova de balas. Despiu a blusa e o colocou.

— Tomara que sim! — exclamou ela. — Não vou chegar lá às cegas — acrescentou, tornando a vestir a blusa. Foi até sua mesa, pegou a arma e a prendeu em um coldre no tornozelo. — Espero que ele esteja planejando me dar um teco.

— Então, certifique-se de que ele não vai conseguir fazer isso. — Ele deu dois passos e abotoou a blusa dela pessoalmente. — E volte para casa em segurança.

— Voltarei. — Ela prendeu a arma no coldre do cinto, voltou à mesa e brincou. — Má sorte, essa sua. Agora você vai ter de lavar os pratos.

— Você tem olhos bons — disse Eve a Trueheart. — Use-os. Os suspeitos do crime podem estar observando toda a cena. Talvez estejam misturados entre os curiosos, ou escondidos em algum local portando armas com mira de longo alcance. Se você perceber alguma coisa que lhe provoque formigamento, quero ser informada.

Ela saiu da viatura e deu uma olhada nele por cima do teto do carro e completou:

— Nesse momento, Baxter acrescentaria: "Especialmente se o formigamento for provocado por uma gata circulando pela área, ávida para distrair dois policiais que trabalham demais."

Esperou um instante e viu que seu auxiliar ficou vermelho.

— Informo que não estou interessada nesse tipo de formigamento, Trueheart.

— Sim, senhora. Isto é, claro que não, senhora.

Eve notou que a cena estava protegida por fitas e cavaletes da polícia. Como era de esperar, já se formara um grupo de curiosos. Naquela área, pensou, analisando os rostos do povo nas calçadas, janelas e telhados, boa porcentagem dos curiosos era formada por batedores de carteira; muita gente ali voltaria para casa com os bolsos habilmente esvaziados.

Problema deles.

Ela prendeu o distintivo no cinto e se dirigiu na direção dos cavaletes.

— Chefia na área! — gritou um dos guardas, e Eve parou de andar na mesma hora.

Virou-se lentamente, fitou o guarda com frieza e ordenou:

— Nunca mais me chame de "chefia".

Ela o deixou encolhido de vergonha e seguiu rumo ao corpo dobrado de Meredith Newman.

— Você foi o primeiro a chegar a este local? — perguntou ao guarda que estava em pé ao lado do corpo.

— Sim, senhora. Meu parceiro e eu respondemos a uma ordem para vir até aqui, pois alguém informou sobre um corpo encontrado neste beco, entre os prédios. Uma das donas do restaurante foi até o beco em seu intervalo de trabalho e viu o que parecia ser um corpo. Quando atendemos ao chamado, constatamos que...

— Tudo bem, já entendi. Protegeu a testemunha?

— Sim, senhora, bem como os outros empregados da cozinha do estabelecimento, que acorreram ao ouvir os primeiros gritos da testemunha.

Eve soprou as bochechas com força ao olhar em torno do beco.

— Quantas pessoas pisotearam aqui, em volta do corpo descartado?

— Pelo menos seis, tenente. Desculpe, mas todos já haviam saído do estabelecimento quando eu cheguei. Já tinham olhado em torno e moveram o corpo. Mandamos os civis de volta para o restaurante e protegemos a cena o melhor que conseguimos.

— Tudo bem. — Eve analisou o espaço novamente. Curto e estreito, o beco sem saída dava em uma parede grafitada. Excesso de confiança e arrogância, mais uma vez. Eles poderiam tê-la descartado em qualquer lugar, ou simplesmente destruído o corpo. Por outro lado, não havia câmeras de segurança em nenhuma das portas que davam para o beco. Foi só chegar, desovar, partir. E esperar que alguém tropeçasse no que sobrou da vítima.

— Proteja as mãos e os pés com spray selante, Trueheart — ordenou ela, e continuou a examinar o corpo enquanto pegava a própria lata de Seal-It. — Ligar a filmadora. O que vê aqui?

— Sexo feminino, trinta e poucos anos, suas roupas foram removidas.

— Pode dizer "nua", Trueheart. Você já é maior de idade.

— Sim, senhora. Marcas de cordas ou algemas nos pulsos e nos tornozelos. Marcas de queimadura nos ombros, torso, braços e pernas indicam tortura. A garganta foi rasgada com um corte profundo. Não há sangue no local. Ela não foi morta aqui, apenas desovada neste beco.

Eve se agachou e virou uma das mãos da morta para cima, a fim de analisar o pulso.

— Ela está gelada. Parece que acabou de sair de um freezer. Eles a deixaram estocada. Está morta desde o dia em que a agarraram.

Mesmo assim, pegou o medidor para analisar a hora da morte, que foi confirmada.

— Há marcas e arranhões nas costas e nas nádegas. Os arranhões devem ter acontecido quando a trouxeram para cá. São condizentes com o corpo encostando e sendo arrastado sobre o asfalto. Muito depois da hora da morte.

Ela colocou os micro-óculos e examinou a área em torno da boca e dos olhos.

— Parece que a amordaçaram e vendaram. A pele está mais vermelha aqui, mostrando um padrão que parece o de fita adesiva larga, mas não há resíduos do material.

Ela continuou de cócoras e se apoiou nos tornozelos.

— O que mais você vê, Trueheart?

— O local da desova é...

— Não, no corpo. Foque a atenção nela. Esta mulher está morta há vários dias. Há evidências de que foi torturada. Teve a garganta cortada e, segundo o padrão dos crimes anteriores, ainda estava viva quando a faca entrou. O que você vê nela?

Um ar de concentração se instalou em seu rosto, mas logo ele balançou a cabeça para os lados.

— Desculpe, senhora, não vejo mais nada.

— Ela está limpa, Trueheart. O que uma pessoa faz quando alguém queima sua pele a ponto de marcá-la tão fundo? Ela não só grita a plenos pulmões como também implora por misericórdia, se mija toda, se arrasta no chão, vomita as tripas. Seu corpo entra em curto e ela evacua. Mas veja como essa mulher está limpa. Alguém a lavou cuidadosamente, a ponto de remover resíduos do material usado para vendá-la e amordaçá-la. Não vamos achar nenhum traço do que foi usado nela.

Ela se inclinou um pouco e cheirou o ar.

— Fedor de hospital. Pode ser antisséptico. Talvez os peritos descubram o líquido usado para limpá-la. Se é que isso vai servir de alguma coisa. Ela chegou a morder os lábios — observou Eve, e só então se levantou.

Colocou as mãos nos quadris e analisou o lugar mais uma vez, com atenção. Havia os recicladores de lixo de sempre, mas tudo estava muito limpo, em se tratando de um beco escuro. Alguns grafites nas paredes, do tipo artístico, mas nenhum dos restos nojentos geralmente abandonados nos becos por moradores de rua, viciados ou até mesmo por acompanhantes licenciadas de rua e seus clientes.

Ela se virou para o primeiro guarda a chegar ao local.

— O que descobriu sobre este lugar? O restaurante e a loja do outro lado?

— Na verdade, este é um local utilizado pelos seguidores da Família Livre. Há alguns centros para aulas de artesanato, pintura e coisas assim. O restaurante é gerenciado pelo grupo. Eles plantam no Greenpeace Park muitos dos ingredientes que utilizam no preparo dos pratos, e trazem outros produtos de algumas de suas comunidades rurais. O lugar é imaculadamente limpo e muito agradável, apesar de só servir comida saudável.

— O beco também é muito limpo.

— Demais, até... Isto é, muito limpo, sim senhora. Não costumamos receber muitas chamadas para este local.

— A mulher que encontrou o corpo, como ela se chama?

— Leah Rames — disse ele, depois de consultar o tablet.

— Trueheart, fique por aqui, pois os peritos chegarão a qualquer momento.

Eve entrou no restaurante pelo depósito, deu uma rápida olhada nas arrumadas prateleiras de suprimentos e seguiu para a cozinha, que ficava adiante.

"Capricho" era a palavra-chave ali também. Algo cozinhava no fogão, que era imenso e tão limpo que brilhava. Os balcões eram simples, brancos, cobertos por iguarias em diversos estágios de preparação. Quem poderia imaginar que era preciso tanta tralha para preparar comida? Havia freezers e geladeiras, uma espécie de forno colossal e nenhum dos modernos e civilizados AutoChefs.

Várias pessoas, todas vestindo aventais brancos compridos, estavam sentadas diante de um balcão localizado bem no centro da cozinha. Algumas picavam alimentos com facas ameaçadoramente afiadas. Outras simplesmente olhavam. Todas se voltaram para Eve quando ela entrou.

— Leah Rames?

Uma mulher na casa dos quarenta anos, muito magra e com cabelos cor de areia presos em uma trança apertada, ergueu a mão como se estivesse numa sala de aula. Seu rosto estava pálido como cera.

— Sou eu. A senhora sabe o que aconteceu com aquela pobre mulher?

A garganta rasgada devia servir de pista, mas algo na pergunta simples e no ambiente honesto da cozinha impediu Eve de responder com sarcasmo.

— Meu nome é tenente Dallas, do Departamento de Homicídios. Sou a investigadora principal desse caso.

— A senhora é chefe da Dee... Isto é, parceira — corrigiu Leah, tentando exibir um sorriso. — Ela está com a senhora?

— Não, está participando de outra missão. Você conhece a detetive Peabody?

— Sim, e toda a sua família. Meu companheiro e eu morávamos perto dos Peabody até nos mudarmos para Nova York. — Ela esticou o braço e afagou a mão do homem sentado ao seu lado. — Abrimos nosso centro de convivência e restaurante faz oito meses. Peabody e seu namorado já vieram jantar conosco uma ou duas vezes. A senhora pode nos contar o que aconteceu? Conhecemos todo mundo que mora nessa área, fazemos questão disso. Sei que há figuras perigosas por aí, mas não posso acreditar que alguém deste bairro possa ter feito isso.

— Vocês não têm câmeras de segurança nas saídas que dão no beco — afirmou Eve.

— Não, senhora. — Foi o homem quem tomou a palavra. — Acreditamos em confiança e retribuição do bem.

— E também em boas relações comunitárias — acrescentou Leah. — Fornecemos comida aos necessitados no beco depois de fecharmos as portas, todas as noites. Avisamos a todos que continuaríamos a fornecer esse benefício desde que o beco fosse mantido limpo, e que ninguém o usasse para ingerir drogas ilegais, ferir alguém ou despejar lixo. As primeiras semanas foram problemáticas, porque era pegar ou largar, e a maioria desistia. Por fim a comida oferecida de graça fez reverter a maré. Atualmente...

— Por que você foi até o beco?

— Pareceu-me ter ouvido algo. Um baque surdo. Eu estava no depósito, pegando ingredientes. Às vezes algumas pessoas chegam antes de fecharmos e batem na porta. Abri pensando em ajudar antes do tempo, caso a pessoa estivesse muito faminta, e a mandaria voltar mais tarde, caso me parecesse bem. A mulher estava caída na porta, nua e de bruços. A primeira coisa que pensei foi:

Pelo amor da deusa, alguém estuprou esta pobre mulher. Eu me agachei e falei com ela, talvez tenha tocado no seu ombro. Toquei, sim, tenho certeza, pois percebi que sua pele estava muito fria. Não pensei que estivesse morta, pelo menos no primeiro momento. Simplesmente pensei: Pobrezinha, deve estar com muito frio, e virei o corpo, chamando por Genoa.

— Ela me chamou — confirmou o companheiro da testemunha, assumindo a conversa. — Dava para perceber que havia algo errado pelo tom da voz de Leah. Larguei o que estava fazendo na mesma hora e vim para cá. Ela começou a gritar antes mesmo de eu chegar ao depósito. Várias pessoas correram para acudir. Pensei que a mulher estivesse ferida e tentei erguê-la. Foi quando percebi que estava morta. Liguei para a polícia e fiquei junto dela, de vigília, até os guardas chegarem. Achei que alguém devia ficar ao lado da pobre moça.

— Você viu mais alguém no beco? Algum veículo ou pessoa saindo do local? — perguntou Eve, olhando para Leah.

— Vi as luzes traseiras de uma van. O carro saiu com muita pressa, e só deu para ver as lanternas traseiras, quadradas.

— Quadradas?

— Sim, dessas modernas, grandes e quadradas. Eram três lanternas vermelhas de cada lado da van. Só vi de relance, desculpe. Não teria visto nem isso se tivesse olhado para baixo assim que abri a porta, em vez de olhar para a saída do beco.

— Quer dizer que eles entraram e saíram do beco de carro?

— Só pode ser, não tenho certeza. Trabalhamos ouvindo música. Eu estava no depósito havia poucos minutos, cantarolando alguma coisa. Dá para ouvir o tráfego da rua, mas a gente apaga isso da mente, entende? A gente escuta os sons, mas se abstrai. Acho que percebi o motor de um carro no beco pouco antes de ouvir o baque surdo, seguido do som de um carro se afastando. Tenho quase certeza disso, pensando bem.

— Você já viu este homem? — Eve exibiu o retrato falado de Kirkendall.

— Nunca vi, sinto muito. Foi ele que...

— Passe a imagem por todos os seus funcionários — interrompeu Eve —, e veja se alguém reconhece este homem. Ou esta mulher. — Entregou uma cópia da foto da carteira de identidade de Isenberry.

Ao sair, apontou para a multidão e perguntou a Trueheart:

— Sentiu algum formigamento?

— Não, senhora. Até agora não achamos ninguém que tenha visto um veículo entrando ou saindo do beco.

— A testemunha ouviu o som do corpo sendo jogado no chão e viu as lanternas traseiras de uma van na saída do beco. Três lanternas quadradas grandes e vermelhas de cada lado. São peças importantes. Se a testemunha não estivesse no depósito perto da porta, não teria visto nem isso.

— Má sorte para eles — comentou Trueheart.

— Sim, péssima sorte. Vamos esperar a análise dos peritos para ver o que mais eles vão descobrir. Faremos o relatório da ocorrência no meu escritório de casa. Temos mais uma foto para prender no painel de vítimas, Trueheart.

Ela olhou para o saco preto sendo levado para o camburão do IML.

— Má sorte para ela — comentou Eve.

— Desculpe, tenente. Quando eu disse "má sorte", agora há pouco, não quis ser desrespeitoso.

— Não vi nenhum desrespeito. — Ao voltar para a viatura, Eve olhou em volta, como fizera antes. Rua, calçadas, janelas, telhados, muitos rostos. — Meredith Newman já estava morta a partir do instante em que ele colocou as mãos nela. Não havia nada que pudéssemos fazer para impedi-lo. Mas podemos ajudá-la agora.

— Alguns detalhes da cena do crime não deveriam ter me escapado — lamentou Trueheart. — O fato de o corpo ter sido limpo e desinfetado, por exemplo.

— É, não deveriam. Mas da próxima vez você vai se ligar nisso. — Eve entrou no carro e saiu dirigindo lentamente no rumo sul. — Está aprendendo alguma coisa nova, trabalhando com Baxter?

— Ele vasculha todos os detalhes e é muito paciente. Sou grato por a senhora me dar a oportunidade de trabalhar no Departamento de Homicídios, tenente, e fazer meu treinamento sob o comando de Baxter.

— Pelo menos ele ainda não conseguiu estragar você. — Ela tomou a direção leste e acelerou.

— Baxter diz que está tentando fazer exatamente isso — informou Trueheart, com um sorriso curto. — Ele tem muito respeito pelo seu trabalho, tenente. Sei que brinca o tempo todo, é o jeito dele, mas tem uma admiração muito grande pela senhora.

— Se não fosse assim ele não estaria nesta equipe de investigação. — Eve olhou pelo retrovisor, virou-se para o lado e novamente para frente. E voltou a tomar o rumo sul. — E se eu não pensasse o mesmo do trabalho dele, Baxter certamente não estaria na minha equipe.

Parou diante de uma loja de conveniência e pegou algumas fichas de crédito.

— Entre ali e pegue uma lata de Pepsi para mim. Compre o que quiser para você.

O fato de Trueheart não achar o pedido estranho mostrou a Eve que Baxter costumava mandá-lo em missões daquele tipo rotineiramente. Enquanto ele saía do carro e entrava na loja, Eve ficou sentada observando tudo e dando tapinhas na coronha da arma.

Trueheart voltou com a lata de Pepsi e um refrigerante de cereja para ele. Eve esperou que ele prendesse o cinto de segurança, antes de colocar o carro em movimento.

— Vamos passar em algum outro lugar, senhora? — quis saber ele depois de alguns segundos.

— Por que pergunta?

— Estamos nos afastando da sua casa.

— Isso mesmo. Continue a beber esse troço vermelho, Trueheart, e olhe para frente, mas observe pelo espelho lateral. Está vendo uma van preta uns quatro veículos atrás de nós?

— Sim, senhora — confirmou ele.

— Está na nossa cola desde que saímos da cena de desova do corpo. Não apareceu logo de cara, esperou que estivéssemos quatro quarteirões do local, antes de começar a nos seguir. Foi para lhes dar a chance de chegar mais perto que eu parei e mandei você comprar refrigerantes.

— Foi mesmo, senhora?

— Eles não morderam a isca, ficaram na deles. Estão só de olho, tentando captar alguma transmissão nossa, ou achando que eu vou conduzi-los até onde a menina está escondida. São cuidadosos, muito cuidadosos. Eu é que estou ficando de saco cheio de esperar.

— Vou dar o alarme.

— Não! Estão perto demais e podem interceptar a transmissão. Não faça nada até eu mandar. E aperte muito bem esse cinto, Trueheart.

— Sim, senhora.

— Ótimo. Agora, segure com força a sua bebida.

Ela já estava na Segunda Avenida. Ao chegar a uma esquina, deu um golpe de direção brusco, embicou subitamente e saiu do chão para dar um giro amplo de trezentos e sessenta graus e se posicionar atrás deles.

— Ligue a sirene! — ordenou ela. — Volume máximo! Peça reforço por terra e ar. Van preta com placa de Nova York Abel-Abel-Delta-4-6-1-3. E vamos partir para cima deles!

A van acompanhou os movimentos da viatura, subindo bruscamente como um canhão e acompanhando-a pela Segunda Avenida. Uma luz branca ofuscante explodiu na frente do para-brisa de Eve e fez o carro estremecer como se tivesse sido atingido por um raio.

— Puta merda, eles têm rifles a laser. Os canalhas estão armados e são perigosos. Atenção, todos os carros! Eles estão indo na direção sul pela Segunda Avenida, na altura da rua Setenta e Oito. Cerquem-nos pela Setenta e Sete, vindo pelo parque. Olhe como os canalhas *voam*!

— Estão acelerando. — A voz de Trueheart era calma e ele informou aos reforços a direção dos perseguidores, mas sua voz estava uma oitava mais alta.

A van tornou a atirar e desceu para o nível da rua, acelerando ainda mais em meio a uma chuva de fagulhas quando o veículo entrou em contato com o asfalto, entrou na Quinta Avenida e seguiu rumo ao sul.

Eve percebeu que duas patrulhinhas cortaram a van, vindo do oeste na altura da rua Sessenta e Cinco, tentando interceptá-la. Os pedestres se espalharam em pânico e alguns voaram com o deslocamento de ar, quando a van tornou a atirar. Uma das patrulhinhas foi atingida e também voou em um movimento espiralado.

Eve se viu forçada a decolar mais uma vez para evitar atropelar os civis apavorados. Perdeu quase um quarteirão de distância antes de tornar a acelerar. E seguiu a toda a velocidade na direção do centro da cidade. Agora era ela que estava na cola das lanternas quadradas vermelhas na van preta.

Outra rajada de laser a jogou para trás, e Eve teve de fazer manobras radicais para manter o controle do veículo. Um líquido vermelho se espalhou sobre o painel, mas ela ganhou velocidade.

As lojas iluminadas do centro eram apenas borrões, mas a viatura continuava no rumo sul, meio torta. Brilhos e anúncios luminosos eram só riscos de luz.

Acima dela, um dirigível publicitário apregoava uma promoção de casacos de inverno: "Compre um e leve o segundo pela metade do preço."

Continuou colada na van, costurando no trânsito, desviando e imitando-a, manobra após manobra, enquanto os bandidos tomavam novamente o rumo oeste. Foi quando ouviu o barulho de várias sirenes, além da sua.

Mais tarde ela reviveria a cena e pensaria que talvez pudesse ter previsto o que iria acontecer.

O maxiônibus seguia como uma lesma pela pista da direita. A rajada de laser da van o atingiu em cheio, fazendo-o capotar e deslizar pela rua como se fosse uma tartaruga, as rodas para cima. Quando Eve escapou do veículo gigantesco e decolou novamente, o monstro, ainda girando de ponta-cabeça, atingiu um táxi da Cooperativa Rápido, que foi lançado no ar como uma imensa bola amarela.

Xingando alto, Eve virou à direita, mergulhou e conseguiu se espremer entre o maxiônibus, o táxi e um grupo de pessoas na calçada, que assistiam aparvalhadas ao show grátis, com olhos muito arregalados e bocas escancaradas.

— Abortar medidas padronizadas de segurança! — ordenou ela ao sistema, aos berros, torcendo para que o computador do carro agisse com rapidez. — Anular o sistema de air bags e o gel de amortecimento de impacto, porra! — Um segundo depois, aterrissou com os pneus na calçada, e o impacto foi tão grande que ela sentiu os ossos estremecerem.

Medidas de segurança abortadas. Favor reiniciar o sistema.

Eve estava ocupada demais, xingando e colocando a viatura em ré. Mas quando chegou à Sétima Avenida, viu apenas o caos que se instalara e nenhum sinal da van.

Abriu a jaqueta para exibir o coldre, saiu para a calçada e socou o teto da viatura.

— Filho da mãe! Diga-me que o reforço aéreo continua perseguindo os safados. Diga-me que alguma das patrulhinhas ainda está no encalço dos canalhas.

— Negativo para as duas hipóteses, senhora.

Ela olhou para o maxiônibus de rodas para cima, os carros destruídos e os pedestres que continuavam a gritar. Ia passar por um verdadeiro inferno para tentar acalmá-los.

Eve olhou para Trueheart e sentiu o próprio coração falhar uma batida, com o susto. O rosto dele, a farda e os cabelos estavam cobertos por um líquido vermelho que escorria.

Só então ela soltou o ar e reclamou:

— Não mandei você segurar essa porra de refrigerante?

# Capítulo Vinte

Summerset ergueu os olhos do livro quando Roarke bateu de leve no portal da sua sala de estar, que estava aberta. Como era raro Roarke visitar o mordomo em seus aposentos particulares, ele deixou o livro de lado na mesma hora e se levantou.

— Não, não se levante, eu só... Você tem um minuto?

— É claro. — Olhou para o monitor e viu que Nixie estava em sua cama, dormindo. — Estava me preparando para pegar um brandy. Você aceita uma dose?

— Aceito, sim. Obrigado.

Enquanto pegava o recipiente, Summerset ponderou sobre o fato de que Roarke continuava em pé, com o rosto tenso e atribulado.

— Há algo errado?

— Não. Sim. Não exatamente. — Roarke soltou uma risada frustrada. — Puxa, parece que ando tropeçando nas próprias pernas, nos últimos dias. Tenho algo a lhe dizer, mas não sei exatamente como começar.

Com o corpo mais rígido, agora, Summerset entregou ao patrão uma taça de brandy.

— Sei que a tenente e eu temos muitas dificuldades de relacionamento. Entretanto...

— Por Cristo, não, isso não tem nada a ver com o problema. Se eu viesse aqui cada vez que vocês dois enganchamos chifres um com o outro para lutar eu teria de instalar a porra de uma porta giratória na casa. — Ele olhou para o brandy por alguns instantes e decidiu que talvez se saísse melhor se conversasse sentado.

Escolheu uma poltrona e girou o brandy no fundo da taça, enquanto Summerset fazia o mesmo. E o silêncio se arrastou.

— Ahn... bem. — Roarke ficou irritado ao ver que precisou pigarrear com força para limpar a garganta, antes de falar. — Esses assassinatos. Essas crianças, as crianças mortas, me fizeram pensar em coisas que preferia esquecer. Coisas que geralmente faço questão de não lembrar. Meu pai, por exemplo, e meus anos de infância e adolescência.

— Eu também voltei ao passado em pensamento algumas vezes nos últimos dias.

— Você pensou em Marlena. — A filha de Summerset, a jovem linda e que fora assassinada. Estuprada, torturada e morta. — Eu disse a Nixie que a dor diminui com o tempo. Mas ela nunca desaparece por completo, não é?

— Deveria?

— Não sei. Continuo de luto por causa da minha mãe. Nem mesmo a conhecia, mas continuo enlutado, mesmo achando que já teria superado tudo a essa altura. Fico me perguntando por quanto tempo o pesar daquela menina vai fazê-la sofrer.

— A dor vai permanecer para sempre em algum canto de sua mente, mas ela seguirá em frente.

— Ela perdeu muito mais do que eu perdi, em toda a minha vida. Sinto mais humildade quando percebo isso. Não sei como explicar... Você salvou minha vida, Summerset. — Roarke se abriu, por fim, atropelando as palavras. — Não diga nada, pelo menos até eu conseguir terminar o que vim dizer. Pode ser que eu tivesse sobrevivido àquele último espancamento, o que meu pai me infligiu antes de você me encontrar. Talvez eu tivesse sobrevivido fisicamente. Mas você me salvou naquele dia e nas semanas subsequentes. Levou-me para sua casa e cuidou de mim. Ofereceu-me um lar quando não tinha obrigação nenhuma de fazer isso. Ninguém me queria, e então... você me aceitou. Sou-lhe muito grato por isso.

— Se havia algum débito, ele já foi pago há muito tempo.

— Isso nunca será pago. Eu poderia ter sobrevivido àquela surra, e à seguinte, e à que viesse depois daquela. Mas não seria o homem que sou hoje, sentado aqui. Essa é uma dívida que eu não tenho como pagar, nem que você deva esperar receber.

Summerset tomou dois goles lentos de brandy e disse:

— Eu estaria completamente perdido sem Marlena. Essa é uma dívida com você que eu nunca terei como pagar.

— Sinto um peso na alma — confessou Roarke, baixinho —, desde que tudo isso começou; desde que me vi face a face com o sangue de crianças que eu não conhecia. Poderia deixar tudo isso de lado, fazer o que é necessário, mas a dor continuou voltando. Achei que, assim como acontece com o luto, a sensação desaparecia depois de algum tempo. Tudo bem, desabafar já fez a dor diminuir, agora.

Ele tomou o brandy de um gole, se serviu de mais um pouco e se levantou, desejando:

— Tenha uma boa noite.

— Boa-noite. — Quando se viu sozinho, Summerset foi até o quarto, abriu uma gaveta e pegou uma fotografia tirada há muito tempo.

Marlena, linda e doce, sorria para a câmera, Roarke, jovem e com pinta de durão, tinha o braço sobre o ombro da jovem e estampava no rosto um sorriso exibido.

Algumas crianças era possível salvar e manter, refletiu ele. Outras, simplesmente não.

Eve voltou para casa tão tarde que chegou a considerar a possibilidade de simplesmente subir para o quarto e se jogar na cama de roupa e tudo. Uma dor de cabeça poderosa havia se instalado na parte de trás do pescoço e enterrava suas garras afiadas na base do crânio. Para evitar piorar a dor por pura irritação extra, empurrou Trueheart para cima de Summerset no minuto em que passou pela porta.

— Faça algo com a farda dele — ordenou ela, já seguindo em direção às escadas. — E coloque-o para dormir. Quero-o descansado como uma flor desabrochada às sete da manhã em ponto.

— Sua jaqueta, tenente.

Ela despiu a jaqueta sem parar de andar e a atirou para trás por cima do ombro. Summerset provavelmente tinha alguma substância mágica específica para tirar manchas de refrigerante de cereja entranhadas em couro.

Ao chegar ao andar de cima, pretendia ir direto para o quarto, mas ficou em pé por alguns segundos esfregando a nuca, tentando dissolver os nós duros que já formavam uma cordilheira de calombos dali até os ombros. A cama estava vazia. Se Roarke ainda estava trabalhando, provavelmente tratando de assuntos dela, não dava para rastejar até o colchão e puxar as cobertas sobre a cabeça até amanhecer.

Virou-se rápido para trás com a mão automaticamente posicionada na arma quando pressentiu uma sombra se movendo às suas costas.

— Meu Santo Cristo de skates aéreos, garota! — exclamou ela. — Que mania é essa de você ficar se esquivando pelas sombras?

— Ouvi você chegar. — Nixie estava em pé, imóvel. Vestia uma camisola amarela e continuou com os olhos de quem dormia pouco grudados nos de Eve.

— Não, ainda não. — O olhar da menina baixou na mesma hora para o chão, desapontada, e Eve não decidiu se seria melhor praguejar ou simplesmente suspirar. — Mas eu já descobri quem são eles.

— Quem são? — Os olhos de Nixie se ergueram novamente, com interesse.

— Não os conheço, só sei quem são. E sei os motivos de terem feito aquilo.

— Qual foi o motivo?

— Seu pai era um homem bom que fazia um bom trabalho. Como ele era muito bom e essas pessoas não são nada boas, quiseram ferir a ele e a todas as pessoas que ele amava.

— Não compreendo.

Ela parecia, pensou Eve, um pequeno anjo ferido com os cabelos louros emaranhados em torno de um rosto devastado pela fadiga e por outras coisas piores.

— Não dá para compreender, mesmo. Ninguém consegue entender o porquê de certas pessoas decidirem roubar a existência de outras, em vez de levar a própria vida em paz e de forma decente. Mas é assim que as coisas são. O que você deve ter em mente é que seu pai era um homem bom e sua família era maravilhosa. As pessoas que fizeram isso com eles são más e agiram errado. Você deve entender que eu os encontrarei e os colocarei na maldita de uma jaula onde eles passarão o resto de suas vidas miseráveis e egoístas. Isso deve bastar, porque é tudo o que temos.

— Isso vai acontecer em breve?

— Será muito mais rápido se eu fizer meu trabalho, em vez de ficar de papo com você na droga do corredor.

Um sorriso quase imperceptível surgiu nos lábios de Nixie.

— Você não é tão má quanto diz.

Eve enfiou os polegares nos bolsos da frente das calças e afirmou:

— Sou má, sim senhora! Malvada como uma bruxa, nunca se esqueça disso.

— Não é não! Baxter diz que você é durona e, às vezes, apavora todo mundo, mas isso acontece porque você se importa com as pessoas e quer ajudá-las mesmo depois que elas já morreram.

— Ah, é? Baxter não sabe de nada! Volte para a cama.

Nixie se virou para voltar para o quarto, mas logo parou.

— Acho que quando você agarrar os bandidos e os colocar na maldita jaula, minha mãe, meu pai, Coyle, Inga e Linnie vão ficar muito felizes. É isso que eu penso.

— Então é melhor eu colocar a mão na massa.

Eve esperou até Nixie entrar no quarto e saiu dali.

Encontrou Roarke ainda trabalhando no equipamento secreto. Com um grunhido baixo à guisa de cumprimento, atravessou a sala para pegar o café sobre o console e tomar um gole revigorante.

Um segundo depois, tossiu com força e devolveu a taça.

— Merda! Isso é brandy!

— Se tivesse me perguntado eu teria avisado. Você me parece caidaça, tenente, está com péssimo aspecto. Um pouco de brandy talvez seja uma boa ideia.

Ela balançou a cabeça para os lados e se serviu de uma caneca do bom, velho e forte café, sem aditivos nem açúcar.

— Como vão as coisas por aqui?

— Ele é muito bom — elogiou Roarke. — Pelo menos um deles é muito bom. Toda ponta solta que eu puxo leva a mais um nó, de onde partem um monte de fios e pistas. Vou desembaraçar tudo, pois estou mais determinado que nunca, mas não vai ser rápido. Enquanto estava seguindo cada uma dessas pistas, me ocorreu um pensamento interessante: como será que ele se sentiria se todos os seus fundos bancários fossem bloqueados?

— Não tenho base legal para pedir isso a um juiz, pois nenhum dado sólido o liga aos assassinatos. Tudo que tenho é um retrato falado criado a partir das lembranças de uma acompanhante licenciada de rua, e a imagem nem se parece com ele. Sei que é o cara certo, mas não conseguirei os dados irrefutáveis para congelar seus recursos financeiros com base apenas no meu instinto.

— Para mim seria muito simples, nesse ponto, fazer algumas retiradas de peso de todas as suas contas.

— Roubar o dinheiro?

— Digamos... transferi-lo. Roubar é uma palavra muito... Bem, na verdade eu acho a palavra ótima, mas "transferência" ficaria mais de acordo com o seu gosto.

Eve refletiu sobre a ideia. Era tentador, tentador, muito tentador. Só que esse ato não apenas estava fora do livro de regulamentos da polícia como mandava todas as regras para o espaço.

— Nixie me cercou no corredor, para variar. Disse que sua família vai ficar bem melhor depois que eu pegar esses bandidos e colocá-los na maldita de uma jaula.

— Sei.

— Acho que ela não devia praguejar. Tudo bem, talvez eu seja uma má influência para a menina, pode me dar uma surra por isso, mas é que... — Parou de falar quando percebeu o sorriso largo que tomou conta do rosto dele, e Eve se viu rindo também. Cobriu o rosto e massageou as têmporas. — Pode parar! Confesso que essa ideia de roubo me dá uma vontade danada de ultrapassar os limites — acrescentou, olhando em torno da sala. — Digamos que você faça isso. Digamos que isso deixe o canalha puto o bastante para cometer o tipo de erro que o trará direto para os meus braços. Hip-hip-hurra para o nosso lado. Por outro lado, ele pode ficar puto a ponto de sair por aí matando alguns banqueiros suíços antes de ser pego, ou torturando um dos advogados daquele lugar, como é que chama?... Éden. Vamos deixar essa opção de lado, por enquanto.

— Tem razão.

— Sabe de uma coisa? O dia de hoje foi uma bosta. — Ela se largou na poltrona e esticou as pernas. — Estamos progredindo, dá para sentir, mas todo o caso ainda está complicado, com toneladas de cocô saindo por todos os lados. Aliás, acabo de ser soterrada por um caminhão de merda.

— Será que isso teria a ver com sangue espalhado nas pernas da sua calça?

Ela olhou e viu as marcas, riscos e respingos vermelhos.

— Não é sangue, foi refrigerante de cereja.

Ela bebeu o café em longos goles e começou a contar toda a história a Roarke.

— Quando eu saquei que eles estavam à espreita, estacionei diante de uma loja de conveniência, mandei Trueheart pegar dois refrigerantes e...

— Para tudo! Pode parar! — Ele ergueu a mão. — Quer dizer que você percebeu que uma ou mais dessas pessoas, gente responsável por vários assassinatos e que está, muito provavelmente, a fim de acabar com a sua raça, a estava seguindo e resolveu mandar seu ajudante comprar refrigerantes?

Ela não recuou nem se contorceu diante do olhar de fúria que ele lançou. Um olhar certamente reservado para subalternos que fazem cagadas e são destruídos pela ira gélida e implacável do poderoso patrão.

Ou algo próximo disso.

— Eu queria saber o que eles iam fazer em seguida — argumentou ela.

— Você queria que eles fossem atrás de você e achou melhor deixar Trueheart a salvo, fora do rolo.

— Não exatamente. Você chegou perto, mas...

— Eu lhe pedi uma coisa em nosso casamento, Eve, uma única coisa! Quando você decidir usar a si mesma como isca, deve me avisar.

— Eu não planejei, foi uma ideia de momento. — Ela fez uma pausa ao sentir que a dor de cabeça se moveu da base do crânio e se localizou no alto da cabeça. — Pronto, agora foi você que ficou puto comigo!

— O que a fez desconfiar disso?

— Pois você vai ter de aguentar o tranco e ficar puto do mesmo jeito. — Levantou-se com raiva e começou a vagar pela sala. — Vai ter de aguentar porque eu não posso comunicar a você cada movimento que faço quando estou lá fora. Não posso parar e dizer: "Humm, será que Roarke aprovaria essa minha ação?", ou: "Puxa, não seria melhor ligar para Roarke e perguntar se eu posso fazer isso?"

— Não deboche das minhas preocupações como se elas fossem mosquitos zumbindo no seu ouvido. — Ele também se levantou. — Não ouse fazer pouco caso delas, Eve, nem do quanto é difícil, para mim, ficar aqui sentado, esperando.

— Não estou debochando de nada. — É claro que estava, em um óbvio mecanismo de defesa. Antes de ter a chance de dizer mais alguma coisa, ele voltou a atacar:

— Eu enterro meus instintos o máximo que consigo para não pegar no seu pé com minhas preocupações. Para não pensar, a cada minuto do dia, e que esta talvez seja a noite em que você não vai voltar para casa.

— Você não pode pensar essas coisas. Afinal, se casou com uma tira e aceitou o pacote completo.

— Eu sei, aceitei mesmo.

Agora não era gelo que ela via nos olhos dele. Era fogo, forte e azul. E algo pior.

— Então pronto! — teimou ela.

— Alguma vez eu pedi para você mudar seu jeito de ser ou o que faz? Alguma vez reclamei quando você é acionada no meio da noite, ou quando volta para casa fedendo a morte?

— Não. Você é melhor nisso do que eu no seu mundo, com os flashes da mídia.

— Porra nenhuma! Nós dois conseguimos nos acertar e aguentar um ao outro já faz quase dois anos, e muito bem, por sinal. Só que, quando você me dá sua palavra, eu espero que a cumpra.

A dor de cabeça já havia passado para trás dos olhos, e duas garras lhe cutucavam o cérebro com alegria.

— Acho que o caminhão de cocô ainda não terminou de despejar a merda toda em cima de mim. Você tem razão, eu descumpri minha promessa. Não foi intencional, só um impulso de momento. Estava errada e me deixei levar. A menina, o corpo no beco, tiras mortos, crianças assassinadas em suas camas. Deixei tudo entalado na garganta e não devia.

Massageou as têmporas com a base das mãos em uma tentativa desesperada de aliviar a pressão.

— Valeu o risco, pelo menos é o que eu acho, só que foi uma estratégia errada. Você não é o primeiro a me esculachar pelo que aconteceu. O comandante Whitney já me arrancou uns bons pedaços de pele.

Sem dizer mais nada, Roarke foi para trás do console e apertou um botão. Pegou um frasco na gaveta que apareceu e colocou dois comprimidos azuis na palma da mão. Depois se serviu de uma garrafinha de água na miniunidade de refrigeração que ficava atrás de um painel.

— Tome esses analgésicos. Não reclame! — completou, quando ela abriu a boca para falar. — Mesmo aqui de longe dá para ver sua cabeça latejando de dor.

— Isso é pior que uma simples dor de cabeça. Parece que meu cérebro está sendo esmagado e vai sair pelas orelhas a qualquer momento. — Tomou os comprimidos, largou-se de volta na poltrona, inclinou-se para frente e colocou a cabeça entre as mãos. — Eu fodi tudo. Estraguei a porra inteira! Temos tiras e civis no hospital, peças de propriedade pública e privada voaram pelos ares; e três suspeitos de assassinato continuam à solta porque eu agi da forma errada.

— Deve ser por isso que a chamam de "tenente" em vez de "Deus". Recoste-se na poltrona e relaxe um pouco.

— Não tente me paparicar, porque eu não mereço. Nem quero. Eles estavam perto demais do meu carro. Eu devia ter imaginado que eles só chegaram tão perto porque pretendiam monitorar minhas comunicações. A van deles tinha vidros escuros, mas eu devia ter sacado que eles estavam bem equipados e só deixaram que eu os visse porque havia algum motivo. É claro que para me rastrear e monitorar minhas transmissões eles precisavam estar na minha cola, mas eu não quis me arriscar e não acionei o reforço na hora.

— Isso tudo me parece razoável e lógico.

— É. Parece. Se eu desse o alarme eles iriam captar o sinal e desaparecer em pleno ar. Foi por isso que eu estacionei e mandei Trueheart à loja de conveniência, como se fosse um motivo plausível, algo casual. Só para ver o que eles iriam fazer. Eles passaram por mim, deram a volta no quarteirão e se posicionaram novamente alguns carros atrás. Quando saquei tudo, eles se transformaram na caça e eu resolvi embicar para cima, fazer um círculo de trezentos e sessenta graus, chegar por trás deles, pedir reforços enquanto me mantinha na cola deles e encurralá-los em algum lugar, ou derrubá-los. Só que, caraca, aquela van tem a velocidade de um foguete! Não sei quanto alcançaram, mas chegaram quase a duzentos por hora, pelo ar. Foi então que apareceram os rifles a laser e as outras armas. Derrubaram duas patrulhinhas, um monte de carros particulares, um táxi e um maxiônibus. E eu os perdi.

— Você tentou pegá-los sozinha?

— Era minha chance, mas deu tudo errado. O melhor que fiz foi conseguir a marca e a placa da van. Quando verificamos, a placa pertence a uma van preta, mas não a deles. A placa é clonada, e eles foram espertos o bastante para clonar uma placa do mesmo modelo, marca e cor do veículo original. O dono do carro verdadeiro é um faz-tudo domiciliar licenciado, e o carro estava estacionado legalmente diante de sua oficina. Ele está limpo, estava em casa assistindo à tevê com a mulher na hora do incidente.

Ela bebeu um gole grande de água e completou:

— Resumão: temos feridos, destruição de propriedade pública e privada, possíveis processos civis contra o Departamento de Polícia, um inferno! E agora os suspeitos sabem que conhecemos o carro deles.

— E Whitney lhe deu um esporro completo.

— Bota completo nisso!

— Duvido muito que ele agisse diferente de você, nas mesmas circunstâncias.

— Talvez não agisse diferente. Provavelmente não. Mesmo assim, foi uma ação que deu errado. O prefeito deu esporro no secretário de Segurança, o secretário deu esporro no comandante, e sobrou para mim. Não tenho ninguém abaixo para passar o esporro adiante, na cadeia de comando. A mídia vai se fartar com essa história.

— Tudo bem que você levou uns chutes no traseiro, mas uma boa surra, de vez em quando, fortalece o caráter.

— Porra nenhuma! Só serve para deixar o espancado com a bunda dolorida. — Ela suspirou fundo. Fiz um levantamento de todas as pessoas que compraram essa van. É um carro que vende muito. Deixei a cor de fora, porque é fácil mandar pintar um carro, mas não espero que desse mato saia algum coelho. Se fosse eu, teria comprado esse carro em outra cidade. Ou furtado um veículo pouco usado pelo dono em algum estacionamento fora de Nova York. Não vamos achar registro do furto, nem uma nota de venda.

— Você está desanimada. — Roarke detestava vê-la assim. — Não deveria estar.

— Que nada, estou só meio arrasada pelo dia de hoje. Desculpe por ser digna de pena.

— Vá dormir um pouco e comece o dia com a bateria recarregada.

— Você não fará isso.

— Na verdade farei, sim. — Deu comandos para salvar as pesquisas, desligar o sistema e apagar as luzes.

— Você tem compromissos amanhã, nas suas indústrias.

— Adiei algumas reuniões. — Ele a acompanhou até fora da sala secreta e lacrou a porta. — Conversei com Richard e Beth. Eles vêm conhecer Nixie amanhã.

— Amanhã! Pedi rapidez, mas não pensei que fosse acontecer tão depressa.

— É interessante. Eles andavam pensando em adotar outra criança, e já tinham até preenchido alguns formulários. Richard me confessou que Beth torcia por uma menina, dessa vez. Ambos viram a proposta como uma espécie de sinal.

Ele colocou a mão na base do pescoço de Eve enquanto seguiam para o quarto e massageou a dor entorpecedora com seus dedos mágicos.

— O destino é volúvel e às vezes insensível, não é? — comentou ele. — Apesar disso, há momentos em que dá para vê-lo trabalhando. Se a filha deles não tivesse sido assassinada, eles nunca pensariam em adotar uma criança. Se uma amiga minha não tivesse sofrido o mesmo fim, eu não teria encontrado aquele menino, ou talvez não tivesse prestado atenção nele, nem sugerido que eles o adotassem.*

— Se Grant Swisher não tivesse ajudado Dian Kinkerdall, ele e sua família ainda estariam vivos.

— Falta de sensibilidade pensar assim, mas é a pura verdade. De qualquer modo, agora Nixie tem a oportunidade de retomar sua vida com Richard e Beth. Ela vai crescer sabendo que existe gente no mundo que tenta equilibrar a balança da justiça.

— Você não disse que se Sharon DeBlass não tivesse sido assassinada nós também não teríamos nos conhecido, para início de conversa.

— Porque acho que teríamos nos conhecido, sim. Em outro dia, em outro lugar. Todos os passos que dei na vida me levaram até você, Eve. — Ele se virou e a beijou na testa — Mesmo os que eu dei pelas estradas escuras da vida.

— Foi a morte que nos uniu.

— Não. Isso é papo negativo. Foi o *amor* que nos uniu. — Ele desafivelou o coldre dela com mãos carinhosas. — Vamos lá, você está dormindo em pé. Vá para cama agora mesmo!

Ela despiu as roupas, subiu na plataforma elevada onde a cama ficava e se deitou encolhida. E, quando o braço dele a envolveu, fechou os olhos.

— Eu teria encontrado você — murmurou ela — mesmo nas estradas mais escuras da vida.

---

* Ver *Nudez Mortal* e *Vingança Mortal.* (N.T.)

O pesadelo chegou à sua mente e a invadiu aos poucos, na ponta dos pés. Eve viu a si mesma, uma criança miúda e ensanguentada, presa em uma sala de luzes brancas e ofuscantes, ao lado de outras crianças também pequenas e ensanguentadas. Medo e desespero, dor e exaustão profunda preenchiam o ar da sala, ao mesmo tempo que chegavam mais crianças pequenas e sangrando.

Nenhuma delas dizia nada, ninguém chorava. Simplesmente ficavam ali, em pé, com os ombros feridos, coladas umas às outras, à espera do seu destino.

Uma a uma, começaram a ser levadas por adultos de feições rígidas e olhos mortos; foram transferidas sem protestos nem lamúrias, como cães levados por pessoas encarregadas de acabar com seus sofrimentos.

Ela via tudo isso e esperava pela sua vez.

Mas ninguém veio buscá-la. Ela ficou sozinha na sala branca, com o sangue que jorrava, manchava seu rosto, suas mãos, seus braços e pingava em gotas quase musicais no chão.

Ela não demonstrou surpresa quando ele entrou na sala. Ele sempre aparecia, aquele homem que ela matara. O homem que quebrara seu braço, a rasgara por dentro e a espancara sem pena, transformando-a em um animal trêmulo.

Ele sorriu e ela sentiu o cheiro dele. Uísque e bala de hortelã.

*Eles só querem as mais bonitas*, informou ele. *As crianças boas e doces. Deixam as meninas como você para mim. Ninguém jamais vai querer você. Por acaso se pergunta para onde elas vão quando são levadas daqui?*

Ela não queria saber. As lágrimas finalmente começaram a lhe escorrer pelo rosto, misturadas com sangue. Mas ela não deu um pio. Se ficasse calada, bem quietinha, talvez ele fosse embora; quem sabe outra pessoa poderia aparecer. Qualquer uma.

*Eles levam todas para o buraco no chão, eu não lhe contei, garotinha? Não lhe avisei que se você me sacaneasse eles a jogariam no buraco fundo, junto com as aranhas e as cobras? Eles dizem: "Oh, deixe-me ajudá-la, menininha." Mas o que fazem é comer você viva, devorá-la pedaço por pedaço. Mas não querem você. É muito magricela para eles, esquelética demais. Acha que eles não sabem o que você fez?*

Ele chegou mais perto, e agora ela conseguia sentir outro cheiro. Um cheiro de podre. Começou a ficar ofegante e lutou para se controlar.

*Uma assassina. Uma homicida. Deixaram você para mim.*

Quando ele se lançou em sua direção, ela gritou.

— Não, Eve, não. Shhh...

Lutando para conseguir respirar, ela prendeu os braços em torno dele com força.

— Aguente firme. Segure-se em mim com força. Já peguei você. — Ele apertou a bochecha contra a dela. — Fique calma, agora. Pode deixar que eu não vou soltá-la.

— Eles me deixaram sozinha e ele veio me buscar.

— Você não está sozinha. Eu nunca deixarei você sozinha.

— Eles não me quiseram. Ninguém nunca me quis. Só ele.

— Eu quero você. — Ele acariciou-lhe os cabelos e as costas, para acalmar seus tremores. — Desde o primeiro momento em que coloquei os olhos em você, eu a quis para mim.

— Havia tantas outras crianças onde eu estava. — Ela afrouxou um pouco o aperto e deixou que ele a recostasse e a abraçasse ao mesmo tempo. — Depois, só sobrou eu; fiquei sozinha, e sabia que ele viria. Por que ele não me deixa em paz?

— Ele não vai voltar esta noite. — Roarke segurou a mão dela e a apertou contra o próprio peito, para que ela sentisse o coração dele batendo com força. — Ele não vai voltar porque estamos juntos aqui, e ele é covarde demais.

— Juntos aqui — repetiu ela, e deixou a mão colada ao coração dele quando voltou a dormir.

Roarke já estava acordado, em pé e completamente vestido quando ela acordou. Monitorava as cotações da bolsa de valores na tela do monitor, na saleta de estar da suíte, tomando uma xícara de café. Ela se arrastou e saiu da cama.

— Como você está? — ele quis saber.

— A meio caminho de ficar numa boa. Acho que depois que tomar uma ducha vou chegar nos setenta e cinco por cento.

Ela começou a caminhar na direção do banheiro, mas parou de repente, mudou de direção e foi até onde ele estava. Inclinou-se para frente e beijou-lhe a testa de leve em um gesto de afeto tão simples que o deixou comovido e intrigado.

— Você está comigo até quando não aparece no sonho. Obrigada por isso.

— De nada.

Ela seguiu até o banheiro e olhou para ele por cima do ombro.

— Às vezes o fato de você estar por perto me irrita. Mas na maior parte das vezes não é assim.

O ar preocupado desapareceu do rosto dele. Com uma gargalhada, Roarke voltou ao noticiário financeiro e acabou de tomar o café.

Pouco antes das sete, Eve abriu a porta do escritório e encontrou Baxter sentado à sua mesa, apreciando o que lhe pareceu um farto café da manhã.

— Detetive Baxter, sua bunda, por algum motivo que escapa à minha compreensão, acabou colada na minha cadeira. Gostaria que você a removesse dali para que eu possa chutá-la com força e repetidas vezes.

— Assim que eu acabar de comer — aceitou ele. — Sabia que isso aqui é presunto de verdade coberto por ovos também de verdade, vindos de uma galinha? — Esticou o queixo na direção do telão, onde os relatórios atualizados estavam expostos. — Você não dorme muito, não é verdade, Dallas? Acho que teve uma noite cheia, viu? Já soube que você levou meu garoto para um tremendo passeio.

— Seu garoto reclamou?

— Ei, qual é? Trueheart não é nenhum resmungão.

A defesa instintiva que Baxter fez do ajudante ajudou a esfriar a raiva de Eve.

— Tudo bem. Acho que o confundi com você.

— Deve ter sido uma perseguição sensacional.

— É, foi divertido enquanto durou. — Como ele tinha sido gentil o bastante, ou guloso o bastante para programar um bule inteiro de café no AutoChef, ela se serviu de uma xícara. — Whitney ainda me deu umas belas chicotadas para alegrar ainda mais a noite.

— Ele está fora das ruas há muito tempo. Você teve uma ideia e seguiu seu instinto.

— Talvez ele tivesse feito a mesma coisa se estivesse lá, e deve imaginar que eu repetirei o feito, se surgirem as mesmas circunstâncias. Mas foi uma cagada federal e o esporro foi tenso. Pelo menos, não vai sobrar para Trueheart.

— O garoto saberia lidar com o lance, caso respingasse merda em cima dele. Obrigado por evitar que isso acontecesse. Que castigos você vai receber?

— Relatórios escritos e orais, todos muito detalhados e apresentados diante de uma comissão de inquérito. É foda! Pode ser que ganhe uma moção de censura departamental no meu histórico.

Tenho condições de justificar meus atos e as decisões que tomei, mas eles não vão gostar, e vão curtir menos ainda quando os processos dos civis começarem a aparecer.

— Quando você condenar três terroristas mercenários responsáveis pela morte de doze pessoas, incluindo tiras, a pressão vai diminuir.

— É, mas se eu não agarrá-los logo a pressão vai aumentar. Tudo bem, eu aguento o tranco, também não sou resmungona. Mas quero pegar esses filhos da puta, Baxter.

Ela se virou para a porta quando ouviu o resto da equipe, que vinha chegando.

— Se pretendem encher a pança, sirvam-se e comam rápido — ordenou. — Temos muita coisa para resolver em pouco tempo.

Deram início aos trabalhos conversando sobre resumos, relatórios, batendo papos de tira e tomando muito café. Mas a conversa cessou como se tivesse sido cortada por uma faca no instante em que Don Webster, da Corregedoria, entrou no aposento.

— Bom-dia, meninos e meninas. Dallas, você deveria ter vendido ingressos para o show de ontem à noite.

— Pensei que esta reunião fosse reservada apenas para tiras de verdade — reagiu Baxter.

Ao ouvir o comentário de seu auxiliar, Eve balançou a cabeça, impedindo-o de continuar. Depois do que aconteceu na véspera, ela já esperava que o Departamento de Assuntos Internos e a Corregedoria viessem meter o nariz comprido naquele caso. Se precisava enfrentar isso, Webster era um mal menor. Eve confiava nele, o que não podia dizer de mais ninguém na Corregedoria. O problema é que Eve e Webster tinham uma história pessoal de risco, pois havia rolado um clima entre ambos, há alguns anos. Eve não precisava do ex-amante batendo de frente com Roarke mais uma vez.

— Existem dados neste caso que só devem ser divulgados aos envolvidos na investigação, Webster — avisou ela.

— A Torre — rebateu ele, referindo-se ao gabinete de Tibble, secretário de Segurança — decidiu que eu devo saber de tudo. Você provocou desastres consideráveis ontem à noite, Dallas. Civis sofreram ferimentos múltiplos, houve danos ao patrimônio público e a propriedades particulares. Há muitos civis mortos desde o início do caso, além de dois tiras.

Ele aguardou por um instante e olhou lentamente para todos os rostos, antes de continuar.

— Você anda questionando a investigação que alguns colegas realizaram em outros casos, um dos quais já encerrado. A Corregedoria precisa conhecer os detalhes. Vou dizer uma coisa só para vocês, aqui e agora, antes de começar a registrar tudo: não vim até esta sala para chutar o saco de ninguém, nem por vocês fazerem o que precisa ser feito para agarrar os responsáveis pela morte de Knight e Preston. Mexi alguns pauzinhos para receber esta missão. Já trabalhei no Departamento de Homicídios, já trabalhei com você — ressaltou, olhando para Eve. — Você pode escolher entre mim e alguém que nunca viu mais gordo.

— É melhor enfrentar o diabo que a gente já conhece — disse Eve.

— Isso mesmo.

— Sente-se. Tente acompanhar nosso ritmo.

Ela continuou a reunião, pisando no terreno com cuidado ao mencionar dados que Roarke havia obtido.

— Acreditamos que Kirkendall, Clinton e Isenberry executaram indivíduos em missão freelance para várias agências governamentais secretas. Temos motivos para acreditar que eles também têm ligação com o grupo terrorista Cassandra.

— Como foi que chegaram a essa conclusão? — quis saber Webster.

Eve hesitou por um décimo de segundo, mas Feeney entrou no papo e tomou a palavra:

— Por meio de dados que conseguimos extrair dos arquivos militares aos quais tivemos acesso — explicou ele, com toda a calma do mundo. — A DDE sabe fazer seu trabalho, e esta equipe sabe montar um caso com muita competência.

— Através da ligação com o grupo Cassandra — continuou Eve —, esses indivíduos tiveram acesso a armas, equipamentos eletrônicos e financiamentos diversos. A filosofia do grupo Cassandra, que é criar uma nova ordem mundial, tem relação direta com a filosofia pessoal exibida por Kirkendall. Sua própria família era obrigada a agir e se comportar de acordo com duras especificações e ordens, ou era severamente punida. Soubemos, através de declarações dadas aos detetives Peabody e McNab por Roxanne Turnbill, ex-cunhada de Roger Kirkendall, que ela foi raptada e torturada por ele após o desaparecimento de sua irmã, que era esposa do suspeito. O intervalo de tempo nos faz crer que é possível que ela tenha sido levada para um local aqui em Manhattan ou perto da cidade. Cassandra operava e tinha uma base em Nova York até o ano passado.

— Os atuais assassinatos não parecem ser parte de uma ação terrorista — argumentou Webster.

— Não, eles são pessoais, do tipo "não me sacaneie, senão eu farei mais do que isso: matarei você e toda a sua família". Mas não se trata de vingança, é orgulho. Quem feriu esse orgulho?

— Todas as pessoas que ele matou tiveram uma parcela de culpa nisso — comentou Peabody.

— Não, nem todas.

— Bem, a menina certamente não teve. — McNab olhou na direção da porta como se ela pudesse estar ouvindo do lado de fora.

— Não. Ele a quer morta porque sua missão não estará completa até esse momento. O alvo maior é sua esposa. Foi ela que ousou se opor às suas diretrizes, teve a ousadia não só de fugir carregando os filhos dele como o fez passar a vergonha de um julgamento de custódia. Que ela venceu. Para depois fugir sem punição.

— Agora ele não consegue encontrá-la. — Peabody espalmou as mãos. — Nem nós.

Eve pensou em Roarke. Ele conseguiria achá-la, se tivesse algum tempo para trabalhar nisso. Mas Eve não pretendia colocar em risco a vida de outra família.

— Precisamos fazer com que ele pense que nós a temos. Basta um tempinho para montar um esquema. Achar uma tira que consiga se passar por ela, que tenha mais ou menos o mesmo tipo físico. Podemos usar maquiagem, disfarces, mas ela não precisa parecer idêntica. Se ele pode fazer cirurgias plásticas, vai aceitar que ela também poderia ter feito isso. Teríamos de ter a informação vazada, mas de um modo que ele não suspeite que é uma armadilha. Temos de deixar "escapar" a dica.

— Precisamos de um local. — Feeney apertou os lábios enquanto refletia sobre o assunto. — Que seja seguro a ponto de ele acreditar que nós a estamos protegendo lá. Depois é só atraí-lo, cercá-lo e tirá-lo de circulação. Com o equipamento e o know-how deles, você tem um tremendo ardil nas mãos para montar, Dallas.

— E vamos armar. Quero tudo pronto em trinta e seis horas, com mais doze para simulações. Quando a armadilha estiver pronta, quero pular direto na jugular deles. Feeney, você e McNab montem tudo no laboratório de computação.

— Vamos cair dentro.

— O resto de vocês, me dê cinco minutos com o tenente Webster.

Ela esperou até que a sala se esvaziasse e trancou a porta.

— Esta investigação e os eventos que aconteceram ontem à noite são exclusiva responsabilidade minha. Se o secretário de Segurança, a Corregedoria ou o próprio Deus quiserem entrar com uma queixa, foi tudo minha culpa.

— Entendi e registrei. Já disse que não estou aqui para explodir as bolas de ninguém, e falei de coração. Quanto ao caso Duberry, dei uma olhada nos relatórios. Não posso dizer que a investigação foi desleixada, mas não foi exatamente precisa. Quanto ao caso Brenegan. Pareceu-me um assassinato comprovado que resultou numa condenação merecida. Mas reconheço que os outros dados que você levantou questionam isso.

— Os tiras responsáveis por esses casos reclamaram à Corregedoria, por acaso?

— Tiras não reclamam à Corregedoria — devolveu ele, com um leve sorriso de deboche. — Vocês nos evitam como se fôssemos gonorreia. Mas as pessoas comentam, aqui e ali. O fato, Dallas, é que se o investigador primário no caso Duberry tivesse feito um trabalho meticuloso e descobrisse a ligação com a morte do juiz Moss, e depois com Brenegan, essa caça teria tido início um ano atrás.

— Deduzir que existe uma ligação entre um estrangulamento e um atentado a bomba contra um carro é lançar a rede muito longe.

— Você lançou.

— Tive mais informações. Se você quer que eu lhe ofereça combustível contra outro tira, não vai conseguir.

— A punição vai depender dos superiores dele, não da Corregedoria. Quanto à mídia, ela já começou a explorar o incidente de ontem à noite. Seu lance foi bom e suas ligações com a mídia são excelentes, e tudo vai ser mostrado pelo ângulo positivo. Tira heroica arrisca a própria vida para proteger a cidade de assassinos de crianças.

— Ah, não fode!

— E você acha que não é exatamente essa a versão que Tibble vai tirar da manga? Não é apenas o seu traseiro que vai ficar na reta se você não sair com honras dessa história. Vire a maré a seu favor e mostre esse rosto sexy e durão para as câmeras. Tire esse peso dos ombros para poder voltar ao trabalho.

— Eu estou trabalhando. — Mas ela considerou as palavras dele. — Essa mudança de foco vai tirar a pressão do resto da equipe e da investigação também?

— Mal não vai fazer. Também não seria ruim os seus auxiliares me darem um tempo e um voto de confiança. Fui um bom tira quando trabalhei na Divisão de Homicídios.

— É verdade, foi uma pena você não continuar sendo um bom tira.

— Essa é a sua opinião. Posso ajudar, e é por isso que estou aqui. Não pretendo pressioná-la mais, Dallas, e não faço isso só porque ainda tenho um restinho de fogo ardendo por você. Se bem que essa chama anda bem mais fraca, ultimamente — completou ele, com um sorriso fácil.

— Ah, qual é? Corta essa!

A porta entre os dois escritórios se abriu. Embora Roarke estivesse encostado no portal, parecia tão descontraído quanto um lobo prestes a atacar a presa.

— Olá, Webster — cumprimentou ele, com um tom gelado.

Nesse instante, Eve teve uma recordação súbita dos dois arrancando o couro um do outro bem ali onde ela estava.* No instante em que se colocou entre os dois, sentiu um formigamento no fundo da garganta que talvez fosse pânico.

— O tenente Webster está aqui por ordem do secretário Tibble e representando a Corregedoria, com o objetivo de...

---

* Ver *Julgamento Mortal.* (N.T.)

— Por Deus, Dallas, eu posso falar por mim mesmo. — Ele ergueu as mãos, com as palmas para fora. — Não toquei nela, Roarke, nem pretendia fazê-lo.

— Ótimo. Ela está cuidando de um caso difícil, como certamente você já percebeu. Não precisa de nenhum de nós para complicar ainda mais as coisas.

— Não vim aqui para complicar as coisas, nem para ela nem para você.

— E fique parado aí — reclamou Eve, olhando para Roarke. — E pode parar de falar de mim como se eu não estivesse presente.

— Estou apenas arejando as ideias, tenente. — Roarke a cumprimentou de leve com a cabeça e também acenou para Webster. — Vou deixá-los voltar ao trabalho.

— Espere um minuto — murmurou ela, e seguiu para o escritório atrás dele, fechando a porta com um clique decisivo. — Roarke...

Ele a interrompeu pressionando os lábios contra os dela e só então recuou.

— Gosto de atiçá-lo — explicou ele. — E atiçar você também. É mesquinho reconhecer, mas é assim que as coisas são. Sei perfeitamente que ele não vai tentar cantar você, e se ele pirasse a ponto de fazer isso, você o faria sangrar. Isto é, a não ser que eu chegasse antes o que espero não aconteça. Para ser franco, como já lhe disse uma vez, eu gosto dele.

— Você gosta dele?

— Gosto. Tem um bom gosto soberbo para escolher mulheres e um excelente cruzado de esquerda.

— Legal. Que ótimo. — Ela balançou a cabeça para os lados. As mulheres acham que sabem o que incomoda os homens, mas sempre erram. — Vou voltar ao trabalho.

# Capítulo Vinte e Um

Franzindo o cenho e exibindo uma careta, Eve deu uma olhada geral no laboratório de computação de Roarke. Várias máquinas estavam ligadas e funcionando a toda a velocidade. Muitas telas tinham palavras, códigos, símbolos estranhos que pareciam hieroglifos e rolavam entre zumbidos. Vozes computadorizadas entoavam ladainhas e declarações incompreensíveis, e também faziam perguntas e comentários.

Feeney, com seus cabelos despenteados, e McNab, que parecia um anúncio ambulante em néon, circulavam de um lado para outro, sentados em cadeiras com rodinhas. De algum jeito miraculoso, conseguiam evitar a colisão um com o outro e com as estações de trabalho. Pareciam dois meninos brincando de um jogo muito, muito estranho.

Entrar naquele aposento era, para Eve, o equivalente a visitar um universo paralelo.

— Oi, garota! — Feeney apontou para algo com o dedo e depois deu tapinhas nos ícones de uma das telas que estava sobre um balcão lateral. — Estamos agitando algo importante aqui.

— Sei. Suponho que não seja uma partida de Maximum Force 2200.

— Ei! — McNab olhou para ela por sobre o ombro. — Você curte jogar MF 2200, Dallas?

— Não. — Bem, talvez ela já tivesse jogado aquele game algumas vezes, mas só para testar suas habilidades na área. — O que descobriram?

— O que temos aqui é um diagnóstico sobre o sistema de segurança da casa dos Swisher. Verificamos os parâmetros usuais e depois desmontamos tudo. Um sistema excelente, por falar nisso.

— Já descobrimos que ele foi hackeado a distância. Ultrapassamos os circuitos de segurança e backups.

— Isso mesmo, mas não descobrimos como nem que aparelho usaram — completou Feeney. — Estamos chegando lá. Se trabalharmos tentando refazer o caminho todo, código por código, sinal por sinal, talvez consigamos reconstruir o esquema completo, até chegarmos ao equipamento onde tudo começou.

— Eles conseguiram os aparelhos em algum lugar — concordou Eve. — Mesmo que tenham reconfigurado tudo, adicionado peças e feito adaptações, devem ter comprado o equipamento básico em algum lugar.

— É. Também estamos dissecando o sistema de segurança instalado no estacionamento do hospital onde Jaynene Brenegan foi atacada, e também o sistema do prédio onde Karin Duberry foi morta. Até agora as correlações estão batendo. Deve ter sido o mesmo aparelho, ou um equipamento configurado do mesmo jeito. Quando você os agarrar, isso tudo vai ajudar a queimá-los mais depressa.

— Vocês têm espaço para mais uma tarefa?

— Manda!

— Preciso que alterem meu comunicador. Quero um defeito, mas nada tão óbvio que eu, que não sou tira da DDE, conseguisse detectar. Apenas uma instabilidade, um bug por onde alguém que esteja tentando monitorar minhas transmissões possa penetrar.

— Você quer vazar dados?

— Mais ou menos. Quando formos planejar a armadilha, escolher o local e montar a operação, quero que eles sejam capazes de monitorar meu comunicador. Armem algo nebuloso, mas que dê para eles pegarem alguns detalhes das conversas. Como se o comunicador estivesse me deixando na mão, com os escudos contra hackers falhando de vez em quando. Isso pode acontecer, certo?

— Pode, sim, mas você sabe que existe um alerta padrão para esse tipo de defeito.

— Mas não seria a primeira vez que um equipamento da polícia falha. Vocês precisam ver a bosta que é o meu computador.

— Continua lhe dando problemas? — quis saber McNab.

— Está segurando as pontas. Não acessei nenhum pornô estrangeiro quando buscava um arquivo. Pelo menos ultimamente.

— Traga-o para cá. — Feeney estendeu a mão e apontou para a bancada. — Vamos dar um jeito nele. Você tem backup dos dados?

— Tenho. — Ela pegou tudo no bolso. — Trabalhem com o comunicador, antes. Dá para fazer com que o sinal que chega a ele continue protegido por escudos? Para que eles consigam apenas pedaços das informações que eu transmitir?

— Vamos agitar tudo que você pediu.

Na mansão havia aposentos suficientes para abrigar um batalhão. Era arriscado colocar Webster trabalhando na mesma sala que Baxter, mas Eve não queria ninguém da Corregedoria circulando livremente pelo seu escritório particular. Já que ele queria observar e acompanhar tudo, pensou, poderia fazer isso ao lado de Baxter e Trueheart. Antes de convocar

Peabody, Eve foi para o seu quarto de dormir, a fim de fazer uma ligação pessoal.

— Que tal brincarmos de trocar favores? — perguntou ela quando Nadine apareceu na tela. — Preciso de uma leve distorção em uma história, ou algo assim. Aconteceu um incidente ontem à noite...

— Você está falando do seu show em pleno centro da cidade, Dallas? — Nadine soltou uma gargalhada cruel. — Temos cenas maravilhosas do sufoco. O material nos foi entregue por um turista de Tóquio. Já colocamos a filmagem no ar duas vezes, só agora de manhã.

— Que maravilha!

— Está sofrendo algum tipo de pressão? Você nunca foi de se preocupar com um pouco de calor no traseiro.

— Eles me soltaram os cães da Corregedoria, e isso pode atrapalhar os rumos da investigação. Trueheart estava comigo, e um pouco de merda sempre respinga, mesmo quando se tenta conter. Fui aconselhada a modificar o ângulo de abordagem e virar a tira corajosa perseguindo os assassinos de crianças. Arriscando a vida e a cabeça para prender assassinos de tiras e proteger todo o universo conhecido.

— Nossa, essa versão deve estar matando você de indignação. — Mas Nadine olhou meio de lado. — Cá entre nós: era exatamente isso que você estava fazendo, certo?

— O problema é que esse tipo de ação não pega bem para a imagem do departamento.

— Mas eles farão um sacrifício, se for necessário.

— Pode sobrar para Trueheart, Nadine. Eles vão me dar uns tapas, talvez uma censura na minha ficha, mas se tiverem de queimar alguém será ele, que é mais descartável. Coloquei a bunda de Trueheart como alvo.

— Então você quer que eu reconte a história para que a merda não atrase o ritmo da investigação e o policial gatinho não fique com sua bunda linda na reta.

— Essa é a ideia. Como recompensa...

— Não me conte! — Nadine se recostou e ergueu as duas mãos. — Vou ficar revoltada comigo mesma por recusar a oferta.

— Escute, Nadine, não vai ser preciso distorcer tanto o evento.

— Obviamente você não assistiu à vigorosa e perspicaz versão que eu apresentei no noticiário da manhã. Está tudo sob controle. A tenente Dallas, com seu usual sangue-frio, acompanhada pelo jovem e dedicado ajudante Trueheart e valorosos colegas da força policial arriscaram suas vidas ao perseguir cruéis assassinos de crianças. Vilões capazes de descarregar suas armas sem pensar no bem-estar ou na segurança de inocentes pedestres... Homens, mulheres e crianças que moram aqui ou visitam nossa bela cidade. E assim por diante.

— Certo. Estou lhe devendo mais uma.

— Esqueça isso, estamos no zero a zero. Essa versão foi mais interessante, jornalisticamente falando. Além do mais, as filmagens mostraram as rajadas saindo da van preta. Todas as emissoras concorrentes trabalharam o mesmo ângulo, mas algumas levantaram questões sobre a escalada do terrorismo urbano, a falta de segurança nas ruas e nas casas etc.

— Um bom debate. Será que isso acontece porque uma parte da sociedade simplesmente não presta?

— Posso copiar essa frase? Melhor ainda, que tal uma entrevista rápida com você dizendo isso pessoalmente?

Eve analisou a proposta, mas decidiu diferente.

— Que tal você dizer: "Ao ser procurada, a tenente Dallas declarou que todos os membros da polícia de Nova York trabalharão de forma incessante para identificar e prender os responsáveis pelas mortes dos dois colegas policiais, e também de Grant, Keelie e Coyle Swisher, de Inga Snood e de Linnie Dyson. Servimos a eles, como servimos a toda a população de Nova York. E também servimos a Nixie Swisher, porque sobreviver à brutalidade que invadiu sua casa não é o bastante. Ela merece justiça, e vamos conseguir isso para a menina."

— Ótimo, gravei tudo. Quanto à dívida... Queimar o filme desse canalhas aproveitando o fato de trabalhar na mídia é o que eu faria, de qualquer modo. Mesmo que fosse apenas por Knight e por Preston. Aliás, o funeral deles é amanhã.

— Vamos nos encontrar lá, então. — Eve hesitou. — Nadine, uma fonte anônima da Central de Polícia confirmou a você que o rapto e o assassinato de Meredith Newman têm relação direta com a recente invasão domiciliar seguida pelo assassinato de cinco pessoas, inclusive duas crianças, no Upper West Side. Meredith Newman trabalhava como assistente social no Serviço de Proteção à Infância e foi raptada porque... Escreva o resto da história você mesma.

— Posso divulgar que a assistente social Newman foi designada para proteger a sobrevivente Nixie Swisher, de nove anos?

— Sim, pode pôr a boca no trombone. Acrescente que as múltiplas queimaduras encontradas no corpo da vítima foram feitas antes da morte, o que indica que ela foi torturada antes do fim, e sua garganta foi cortada no mesmo estilo dos cortes das vítimas da residência dos Swisher. O corpo da srta. Newman foi descoberto em um beco e...

— Sim, o resto nós já divulgamos.

— Então repita tudo. Ressalte que o corpo da vítima estava completamente despido, com a garganta rasgada e coberto por queimaduras feitas por um dispositivo elétrico; ele foi descoberto depois de ter sido desovado em um beco. As testemunhas viram uma van preta com placa falsa, número AAD-4613, saindo do beco segundos antes de o corpo ser achado. A tenente Eve Dallas, investigadora principal do caso e o policial Troy Trueheart, atuando como seu ajudante, enfrentaram a citada van ao sair do local da desova.

— E a perseguiram de forma implacável — disse Nadine —, o que nos leva ao show aéreo. Muito bom, uma história sólida. Obrigada. Quantas testemunhas?

Só uma, refletiu Eve, e ela só viu as lanternas traseiras, mas não valia a pena titubear.

— Ao ser procurada, a tenente Dallas não confirmou nem negou estas informações.

— Uma entrevista exclusiva fecharia esse pacote em estilo "mamão com açúcar".

— Estou cortando o açúcar, Nadine. Até mais!

Fazendo malabarismos com os planos na cabeça, Eve seguiu até o seu escritório, mas desviou no corredor e foi até o de Roarke. Deu uma batida de leve na porta e entrou, mas logo recuou, arrependida.

A sala estava cheia de gente. Mais precisamente, havia um monte de pessoas em uma elaborada projeção holográfica diante de Roarke. Sua assistente, Caro, estava sentada em um canto, com seu jeito impecável e as mãos cruzadas sobre o colo. Dois homens com paletós sem gola de ombreiras quadradas e três mulheres vestindo roupas semelhantes, em estilo gente de negócios, analisavam uma holografia imensa de um projeto lindamente elaborado, onde se viam um rio serpenteante e uma torre alta de onde saíam muitos escorregas.

— Desculpem. — Eve fez menção de se retirar, mas Roarke ergueu a mão.

— Caras damas e cavalheiros, esta é minha esposa.

— Todos olharam na direção dela. Eve percebeu, com clareza, que as mulheres a analisaram de cima a baixo com reações de perplexidade e até de diversão. Ela conseguia entender a reação. Ali estava Roarke, alto, magro, elegante e estonteantemente lindo em seu terno preto, cercado de uma aura de poder.

E ali estava Eve, com botas estouradas, cabelos que ela nem se lembrava se tinha ou não penteado com os dedos naquela manhã e o coldre com a arma preso de forma displicente, por cima da blusa.

— Estamos encerrando a reunião, querida — avisou Roarke, e se voltou para o grupo. — Se vocês tiverem mais alguma dúvida, por favor, conversem com Caro. Quero que todas as mudanças que discutimos aqui sejam implementadas até amanhã. Muito obrigado. Caro, fique mais um instante, por favor.

Os hologramas, com exceção do de Caro, desapareceram no ar. A assistente se levantou e cumprimentou Eve.

— Olá, tenente Dallas. É muito bom revê-la.

— Prazer em vê-la, também. — Pronto, pensou Eve, agora ela teria de bater um papo rápido e educado. — Como vai Reva?

— Está ótima. Resolveu voltar a morar em Manhattan.

— Puxa, que bom. Diga-lhe que eu mandei lembranças.

Caro se virou para Roarke e informou:

— A reunião com os engenheiros deste projeto está remarcada para amanhã às onze. À uma da tarde havia uma conferência com Yule Hiser, que vamos realizar via *tele-link*. Às duas horas, teremos Ava McCoy e sua equipe. Depois, estaremos livres até as cinco da tarde. A reunião com a Fitch Communications está marcada, provisoriamente, para as nove da noite, por via holográfica.

— Obrigado, Caro. Se aparecer qualquer coisa urgente, você sabe onde me encontrar.

Ela assentiu com a cabeça.

— Até logo, tenente — despediu-se, e sua imagem desapareceu no ar.

— Quem eram aqueles executivos? — quis saber Eve.

— Arquitetos. Ainda estou planejando melhoramentos em um novo empreendimento para o Olympus.

— Seis arquitetos para um único empreendimento?

— O projeto é grande e complexo; inclui prédios, paisagens, água, interiores... Sei que você não se interessa por nada disso.

Eve sentiu uma fisgada de culpa na espinha, entre as omoplatas.

— Não muito, mas também não é o caso de eu me desinteressar por completo. Eu me interesso sim, e sempre procuro apoiar você.

— O que quer de mim? — reagiu ele, rindo.

A irritação cobriu a culpa.

— Só porque eu disse que tinha interesse e apoiava seus projetos, isso não significa que eu preciso de algo específico.

— Não significa, tem razão. — Ele se recostou na cadeira. — Mas você veio aqui porque precisa de alguma coisa. Não precisa se sentir culpada, nem se preocupar por eu estar deixando de lado meus projetos para ajudá-la. Eu não faria isso se não quisesse.

— Então tá... Que tal me ofertar um prédio no centro da cidade?

— Qual você escolhe?

— Exibido — disse Eve, sem conseguir conter o riso. — Você tem algum lugar no centro que não esteja alugado e que nós possamos blindar e encher de câmeras e grampos em menos de vinte e quatro horas?

— Acho que posso achar algum lugar assim. É para a sua armadilha? Por que no centro da cidade?

— Porque eu sei que a base deles fica aqui, na parte norte. Quando forem pegos, quero que o lugar seja o mais distante possível da menina, mas é preciso que seja aqui na cidade. Preciso de um local onde eu possa instalar dez ou doze homens, e que me ofereça espaço para posicionar atiradores de elite e acompanhamento técnico a distância, em locais selecionados. É preciso que o lugar pareça um abrigo blindado para testemunhas, com tiras nas portas e janelas. É importante que eu consiga isolar o prédio assim que eles estiverem lá dentro.

— Vou lhe apresentar algumas possibilidades ainda hoje, à tarde. Isso é rápido o bastante?

— Sim. Tem mais um detalhe: você disse que Richard e Elizabeth vêm aqui em casa hoje.

— Sim, às quatro da tarde. Pode deixar que eu cuido de tudo.

— Por mais que me agrade jogar esse assunto em cima de você, isso não está correto. — Eve não precisava de ninguém que a lembrasse que as reuniões que Caro andava trocando de horário como uma malabarista não eram todos os problemas corporativos que estavam à espera de soluções sobre a imensa e brilhante bandeja das Indústrias Roarke. — Eu trouxe a menina para cá e preciso fazer minha parte. Suponho que você já tenha cuidado da segurança deles, ao trazê-los para cá.

— Tudo resolvido.

— Vou convidar Mavis.

— Sério?

— Nixie é louca por Mavis, tipo fã de carteirinha. Ela se empolgou muito quando soube que eu sou amiga de Mavis e, antes de eu mesma perceber, já tinha concordado em que elas poderiam se conhecer pessoalmente. De qualquer modo, me pareceu uma boa ideia convidar Mavis. Mira também deverá estar presente para dar sua opinião sobre a reação da menina aos possíveis pais adotivos. Fazendo assim, tudo vai parecer mais casual. Será como se estivéssemos recebendo convidados para um coquetel.

O computador dele zumbiu e apitou. Luzes se acenderam, sinalizando a chegada de dados. Eve se perguntou como é que ele aguentava tantas interrupções. Ela, inclusive, era uma delas.

— Eu sei que, no mundo real da luta entre o bem e o mal, o bem não promove festas quando suspeita que o mal possa atacar — disse Eve.

Ele lançou um sorriso fácil e afirmou:

— Mas isso dará a impressão de que não há nenhuma garotinha aqui na qual os vilões queiram colocar as mãos.

— Estou tentando matar vários coelhos com uma cajadada só. Leonardo está em Milão, Paris ou um desses lugares por lá. — Eve apontou vagamente para a possível direção da Europa. — Se eu trouxer Mavis para cá, será melhor hospedá-la aqui. Só por precaução.

— Para mim, quanto mais gente, mais diversão. E com Mavis por perto a diversão será ainda maior. O problema é que "diversão" não é exatamente a palavra que me vem à cabeça quando esta casa fica com tiras transbordando pelas janelas.

A culpa voltou a atacar, dessa vez com mais força.

— Vou tirá-los daqui o mais breve possível.

— Eu sei, conto com isso. A propósito, assisti ao seu show aéreo no noticiário, pouco antes de começar a reunião.

— Pois é, me contaram que eu apareci em todas as telas do país.

— Você executou manobras impressionantes, tanto no ar quanto em terra. Mesmo assim, teve sorte de não bater de frente em um prédio alto com aquela sua viatura recém-entregue.

— Não podia me dar ao luxo de fazer isso. Se eu acabar com outra viatura tão depressa, não consigo nem mesmo um skate aéreo do Departamento de Requisições, mesmo que Peabody ofereça a eles uma variedade de favores sexuais pervertidos e possivelmente ilegais.

— Favores sexuais pervertidos e possivelmente ilegais lhe garantiriam a obtenção de qualquer veículo comigo mesmo.

— Peabody não precisa desse incentivo. Ela normalmente já é louca para pegar você.

— Muito lisonjeiro, mas estava pensando em minha esposa quando me referi a esses favores, querida. De qualquer modo, tenho certeza de que Peabody e eu conseguiremos planejar algo em conjunto.

— Puxa, eu odiaria ter de mandá-la de volta ao hospital tão depressa. A gente se vê às quatro.

Em companhia de sua parceira, Eve fez questão de revisitar as cenas de todos os crimes atribuídos a Kirkendall. Ficou parada na calçada e analisou o prédio onde o juiz Moss e sua família moravam na época de sua morte. Agora, outra família habitava a linda casa de tijolinhos.

Será que eles sabiam sobre o que acontecera ao antigo dono da casa? Conversavam a respeito? Contavam aos amigos essa história de horror?

— Baxter e Trueheart tornaram a interrogar toda a vizinhança — informou Peabody. — Mostraram os retratos falados e as fotos que pegamos nos registros militares dos suspeitos. Ninguém se lembra de tê-los visto aqui na área. Como já se passaram dois anos — acrescentou —, a chance era muito pequena.

— Ele não matou a mulher do alvo dessa vez. Podemos supor que estava mais focado no juiz. Ou então optou por deixá-la viver para que sofresse mais. Mas certamente conhecia a rotina da família e os observava. — Eve fez um giro completo com o corpo. — Há muitos apartamentos por aqui que um sujeito poderia alugar ou comprar, para então se instalar com toda a calma e ficar de tocaia. Jilly Isenberry deve ter cuidado dessa parte. Isso seria a opção mais inteligente. Os policiais que cuidaram do caso provavelmente a interrogaram. Vamos analisar mais uma vez as entrevistas com os vizinhos para ver se descobrimos algo suspeito.

Eve voltou ao carro e dirigiu até a casa dos Swisher.

— Uma propriedade nessa área é um bom investimento. Ele gosta de bons investimentos. Talvez tenha comprado algum apartamento perto da casa do juiz Moss, ficou com ele algum tempo e agora o colocou para alugar. Se ele montou sociedade com Mestre Lu visando lucros, por que não investir em imóveis?

— Para variar a carteira de investimentos?

— Sim, vamos seguir esta linha de raciocínio. Quem sabe encontramos um imóvel comprado depois do julgamento e antes do atentado a bomba? Pode ser que isso não nos leve a ele, mas as evidências vão aumentar. Quando esses canalhas forem a julgamento, vou costurá-los com uma mortalha de titânio. Merda! — Ela pisou fundo no acelerador assim que viu a casa dos Swisher. — Veja aqueles garotos idiotas!

Um trio de delinquentes, todos adolescentes, estavam encurvados junto do lacre da polícia instalado na entrada principal. A sentinela deles, uma figura curvilínea usando um macacão preto colante e óculos escuros soltou um grito e decolou em um skate aéreo prateado.

Os garotos se espalharam, um deles pulando feito um cabrito e os outros dois fugindo em outro skate, mergulhando nos arbustos que margeavam a rua e fugindo pela calçada e pelo asfalto, entre veículos que frearam bruscamente e buzinaram com alarde.

Eve ouviu risos altos e tolos quando eles desapareceram na esquina, logo adiante.

— Você não vai atrás deles para esmagá-los como se fossem insetos? — quis saber Peabody, ao vê-los desaparecer na curva.

— Não. É capaz de um deles ser atropelado por um táxi quando eu o estiver perseguindo. Imbecis! — Ela saiu do carro batendo a porta com força e correu até a entrada da casa. — Mexeram no lacre, mas não conseguiram ir muito longe, porque o alarme não disparou. Instale um lacre novo, Peabody. Que garotos babacas! O que planejavam fazer? Invadir o lugar e curtir uma festa na casa da morte? Por que não estão na escola, ou em algum abrigo para delinquentes juvenis?

— Sábado.

— Como assim?

— Hoje é sábado, Dallas. Não há aulas no fim de semana.

— Pois devia haver — disse ela, com ar sombrio. — Devia ter aula vinte e quatro horas por dia, sete dias por semana para vermes irreverentes como eles. É só terem um dia de folga e eles saem por aí fazendo merda.

— Você estaria mais empolgada se tivesse corrido atrás deles, para esmagá-los como insetos.

— Com certeza! — Expirou com força. — Na próxima vez eles não me escapam. — Ela se forçou a deixar o problema de lado. — Vamos interrogar todo mundo dessa área mais uma vez. Sabemos que Jilly Isenberry usou uma assistente jurídica para entrar e se aproximar da família. Sabemos que os assassinos saíram a pé e seguiram no rumo sul, em vez de se esconderem em algum prédio da área. Mesmo assim, quero trabalhar melhor a ideia de investimentos imobiliários por aqui. Pode ser que eles tenham comprado ou alugado um local como base para ficar de tocaia, antes do crime.

A última parada delas foi o estacionamento do hospital.

— Essa vítima não recebeu um corte rápido e profundo. Foram múltiplas facadas, e havia várias feridas defensivas. Ela lutou, ou pelo menos tentou lutar. A agressão foi mais leve, acompanhada de um soco aqui, outro ali. Aposto que foi mulher contra mulher. Eles deixaram Isenberry eliminar esta vítima. Seu arquivo diz que ela gosta de uma boa confusão; já Clinton prefere uma morte silenciosa. Sua especialidade é o estrangulamento. Kirkendall deixou seu irmão executar um dos assassinatos, mas as outras mortes foram obra dele. Frio e limpo. E todo mundo saiu ensanguentado. Você confia mais nos seus camaradas quando eles também se sujam de sangue.

— Foi mais fácil eliminá-la aqui. — Peabody franziu o cenho ao analisar o estacionamento e o hospital, ao longe. — Bastou vir até o local, descobrir os horários dela ou simplesmente circular a esmo para sentir o ambiente. Ninguém repara nisso, mesmo. Ela fez as duas coisas, provavelmente. A vítima saiu no fim do plantão, bem tarde. E quando outra mulher aparece caminhando em sua direção, ninguém fica alarmado. Trocaram acenos educados, ou quem sabe Isenberry a parou para perguntar alguma coisa ou pedir informações. Por onde eu chego ao centro cirúrgico? A vítima se vira e a faca aparece. Depois de atingida a primeira vez, ela tenta bloquear os outros golpes ou fugir, e recebe um soco. A agressora leva-a para os fundos do estacionamento, ainda mais longe do hospital. Algumas das feridas são rasas, outras são profundas e cruéis. Ela acaba com a outra lá atrás. Um encontro rápido e ela estava liquidada.

Sim, pensou Eve, tinha sido exatamente assim.

— Os outros dois, Kinkerdall e Clinton, deviam estar assistindo a tudo. Ou estavam perto o bastante para acompanhar a ação ou Isenberry tinha uma filmadora de lapela. Você não se sente parte do assassinato, a não ser que testemunhe a ação. Quando encontrarmos a base dele, encontraremos gravações de todos os assassinatos. Eles estudam as cenas todas, como os jogadores sérios de games violentos costumam fazer. Buscam falhas, movimentos errados, formas de aprimoramento.

— Que doença! Nossa, Dallas, já são três horas!

— E daí?

— Ficamos de pegar Mavis às três da tarde.

— Certo, tô sabendo. — Ela girou o corpo sobre os calcanhares e analisou o ponto exato onde o corpo de Brenegan foi encontrado, quatro anos antes. — Sei que estamos perto. Se fizermos a coisa do jeito certo e os atrairmos para a armadilha, vamos pegá-los na boa, e vai ser o fim do Trio Calafrio. Eles são inteligentes e habilidosos, mas se tornaram vulneráveis por decidirem não cair fora até acabarem com a última vítima. Preferem falhar a fugir sem completar a missão.

— É difícil parar a investigação, mudar de rumo e cuidar de outros assuntos.

— Tem razão, isso corta o ritmo, mas vamos logo pegar Mavis.

Eve já tinha assistido a vários shows de Mavis. Já estivera nos bastidores e achou curiosa a forma como se comportavam os fãs mais radicais que tinham a sorte de conseguir admissão no camarim. Mas nunca tinha visto uma menina de nove anos perder completamente a voz simplesmente por se ver diante de sua amiga.

Não que essa visão extravagante não fizesse qualquer um perder a fala de espanto. Mavis usava os cabelos espalhados em centenas de argolinhas e cachos finíssimos em ouro cintilante e verde brilhante, que desciam e lhe emolduravam o rosto, formando uma espécie de esfregão elétrico. Seus olhos também estavam dourados naquele dia, e longuíssimos cílios verdes tornavam a imagem ainda mais marcante. Vestia um casacão cor de roxo-batata que despiu assim que adentrou o saguão da casa como quem pisa num palco, revelando uma microssaia feita de tiras roxas e douradas que mal lhe cobriam o púbis. Suas meias-calças verdes vinham enfeitadas com braceletes na altura dos joelhos e dos tornozelos, e ela calçava um par de sandálias douradas com saltos altíssimos e transparentes, cheios de tiras espiraladas nas mesmas cores do resto da roupa.

Sua gravidez avançara tanto que sua barriga já apontava com determinação por meio das tiras coloridas, formando um calombo não muito grande, mas firme e redondo.

Os braceletes no joelho, nos tornozelos e nos pulsos tilintaram como sinos quando ela saiu quase dançando pela sala em direção a Nixie, que continuava boquiaberta.

— Oi! Sou a Mavis.

Nixie simplesmente fez que sim com a cabeça, balançando-a com força, como uma marionete.

— Dallas me contou que você curte as minhas músicas.

Ao notar a nova confirmação mecânica, Mavis riu de orelha a orelha.

— Acho que você vai gostar de assistir a isso. — Pelo visto, havia um bolso em algum lugar das cintilantes tiras, pois Mavis tirou um disco minúsculo ali de dentro. — É o clipe da minha nova música, "Dentro, fora e em volta de você". Só vai ser lançado no mês que vem.

— Posso ficar com ele?

— Claro! Quer assistir agora? Podemos colocá-lo no telão, Dallas?

— Fiquem à vontade.

— Isso é muito mais que demais! — exclamou a menina. — Muitíssimo mais que demais. Linnie e eu... — Nixie parou de falar e ficou olhando para o disco, alheia ao mundo. — Linnie é minha melhor amiga. Nós assistimos aos seus clipes o tempo todo. Só que ela...

— Eu sei. — A voz de Mavis se tornou mais carinhosa. — Sinto muito, de verdade. Dallas também é minha melhor amiga, e eu me sentiria péssima se algo acontecesse com ela. Sei que isso iria me machucar durante muito tempo. Acho que eu precisaria me lembrar e reviver toda a diversão que tivemos juntas sempre que tivesse chance, para a dor machucar menos.

A menina assentiu com a cabeça e disse:

— Você vai ter um bebê. Posso tocá-lo?

— Lógico! Às vezes ele chuta bem aqui. É ultramag. — Mavis colocou a mão sobre a de Nixie. — Mas ele ainda precisa ficar no forno por mais algum tempo. Nesse novo clipe eu faço uma pintura na barriga que é supermais que demais. Por que não liga o aparelho? Vá, que eu já estou indo para assistir a tudinho junto com você.

— Legal, valeu. — Nixie olhou para Eve. — Você prometeu trazer Mavis e cumpriu a promessa. Obrigada.

Quando Nixie disparou em direção à sala de estar, Eve avançou um passo e colocou a mão no ombro da amiga.

— Muito obrigada, Mavis.

— Pobrezinha. Puxa, fiquei com os olhos cheios d'água. — Colocou a mão na barriga e piscou rapidamente seus imensos cílios cor de esmeralda. — Olhe, se eu puder dar a ela algumas horas de diversão, é isso que importa. Ei! Nossa, que chute! — Ela agarrou a mão de Eve e a colocou na lateral da barriga.

— Por Deus, não faça... Uau! — Eve estremeceu ao sentir alguma coisa lhe atingir a palma da mão.

— Isso não é o máximo dos máximos ou o quê?

— O quê.

Mas a curiosidade fez com que Eve analisasse a barriga de Mavis, que parecia uma bola, enquanto os chutezinhos continuavam. Era meio... Eve não sabia o que pensar. Parecia uma batucada feliz, nada tão aterrorizante quanto imaginava.

— Que diabos a coisinha está fazendo aí dentro? Dançando?

— Dançando, nadando, fazendo alongamentos e passeando de um lado para outro. Estou tão grávida que as narinas dele já estão se abrindo. Ele já está com os pequenos saquinhos de ar quase formados e...

Eve tirou a mão depressa e a guardou com segurança, colada nas costas, enquanto Mavis se acabava de rir. Suas mãos acariciaram a própria barriga com carinho, enquanto olhava para a escada e cumprimentava:

— Olá, dra. Mira.

— Como vai, Mavis? Eu diria que você está resplandecente, mas a verdade é que nunca a vi de outro jeito. Então, prefiro afirmar que sua aparência está maravilhosamente saudável.

— Estou me sentindo totalmente ACN, ultimamente... Afinada com a Natureza.

— Não sabia que a senhora já estava aqui, doutora — disse Eve, à guisa de cumprimento.

— Cheguei alguns minutos antes de vocês. Estava lá em cima conversando com Roarke. Ele já vai descer. A sra. Barrister, o sr. DeBlass e seu filho acabaram de ser liberados e passaram pelos portões principais da propriedade.

— Vou manter Nixie distraída. — Mavis deu um tapinha carinhoso de apoio no braço de Eve e seguiu rebolando na direção da sala de estar. — Som na caixa, Nix! — gritou ela, e ouviu-se uma explosão do que poderia ser chamado, em algumas culturas, de música.

– Acho que o show vai começar — declarou Eve, e dirigiu-se à porta da frente.

# Capítulo Vinte e Dois

Aquele era um grupo singular sob quaisquer circunstâncias, imaginou Eve. O mais estranho de tudo era ela estar ali, tentando prestar atenção às conversas, observando a menina para analisar suas reações, ao mesmo tempo que montava uma operação policial gigantesca, coordenava sua equipe e bancava a anfitriã.

Richard e Elizabeth, pelo visto, tinham resistido à tormenta de assassinato, escândalo e horror que havia destruído sua família, e pareciam mais fortes depois que o terremoto passara. Eve notou que ambos puxaram conversa com Nixie juntos e, depois, separadamente. A menina se comportou de forma educada e se distraiu um pouco, conforme Eve reparou, não só por causa de Mavis, mas também por ter por perto outra criança com mais ou menos a sua idade.

Era um grupo esqusito, porém, pelo tom das conversas, Eve parecia a única a pensar assim.

Depois de algum tempo, saiu de fininho para conferir o progresso de Peabody na pesquisa dos imóveis. Para Eve, era uma prova de força de caráter e determinação abandonar o conforto do trabalho de tira para participar de uma animada atividade social.

Elizabeth Barrister a seguiu até o saguão.

— Ela é uma criança linda.

— Sim, e muito corajosa.

— Deve ser mesmo, e vai precisar dessa qualidade à medida que o tempo passar. A dor do luto ataca em ondas. Quando a pessoa pensa que escapou de vez, aparece outra onda que quase a afoga.

Elizabeth Barrister, refletiu Eve, conhecia muito sobre luto.

— É muita coisa para vocês absorverem em um período tão curto de tempo.

Elizabeth balançou a cabeça para os lados ao olhar para a sala de estar.

— Cometemos muitos erros, Richard e eu. Muitos erros, talvez demasiados. E aceitamos o fato de que nossa filha pagou por eles.

— O senador DeBlass foi o responsável pelo que aconteceu.

— Analisando do seu ponto de vista, sim — concordou Elizabeth. — Mas Sharon era a nossa menina, e cometemos muitos erros com ela.* Somos gratos por ter tido outra chance com Kevin. Ele iluminou nossas vidas.

Disso Eve não teve dúvida, pois bastou mencionar o nome do menino para o rosto de Elizabeth se acender de felicidade.

— Nós daremos um lar para Nixie, se ela desejar. Vamos lhe dar a chance de se curar. Acho que seremos bons para ela. Kevin certamente será. Eles já estão fazendo amizade. Nixie contou a Kevin sobre o salão de jogos da sua casa que, pelo que ela disse, é de última geração. Será que eu poderia levá-los até lá um pouco?

— Claro! Eu lhe mostro onde é.

---

* Ver *Nudez Mortal.* (N.T.)

Eve se lembrou que Kevin era um menino franzino de seis anos com roupas muito gastas e um gato magérrimo a tiracolo. Ele ganhara peso, estava limpo, crescera vários centímetros e exibia um sorriso banguela enquanto acariciava Galahad, que carregava no colo.

— Esse gato é gordo — comentou ele, alegremente —, mas o pelo dele é muito macio.

— É, pois é... — Galahad virou os olhos bicolores para Eve de um jeito que prometia vingança por aquela indignidade. — Escute, você não precisa carregá-lo no colo.

— Mas eu gosto. Tenho um gato chamado Dopey, e agora também tenho um cãozinho chamado Butch. Frequento a escola e como mais que um cavalo.

— Ah, isso é verdade! — Elizabeth riu, atrás dele.

— Se ao menos eu também tivesse um cavalo... — Pelo jeito como Kevin olhou para a mãe, Eve percebeu que ele sabia como conseguir as coisas. — Poderia cavalgar como um caubói.

— Um passo de cada vez, rapazinho. Vamos ver como cuida de Butch. Você gosta de cavalos, Nixie?

— Costumava fazer carinho no cavalo que puxava nossa charrete pelo parque. Era muito legal.

Ao primeiro contato com o salão de jogos de Roarke, que era um nirvana, Kevin deu um grito de empolgação, largou Galahad no chão e correu para a máquina mais próxima.

— Pode deixar que eu assumo a partir daqui — disse Elizabeth. — Virei especialista nessa área.

Com alívio considerável, Eve os deixou e aproveitou a chance para subir até o segundo andar.

Dessa vez, Webster estava debruçado, olhando por cima do ombro de Peabody.

— Pare de assediar minha parceira — repreendeu Eve.

Webster se empinou na mesma hora, mas não cedeu terreno.

— Preciso ir ao centro daqui a pouco, para apresentar meu relatório.

— Cuidado para não tropeçar ao sair daqui. O que conseguiu? — perguntou a Peabody.

— Parece que você acertou em cheio na questão dos imóveis, Dallas. Achei uma residência revestida em pedra no quarteirão onde o juiz Moss morava. Foi comprada três meses depois do julgamento de custódia, em nome do Grupo Triângulo. Não houve financiamento e eles desembolsaram uma grana considerável na compra. A casa não gerou renda até seis semanas depois da morte de Moss, quando foi alugada e permanece com locatários fixos até hoje. Os inquilinos estão limpos e não têm ligação com os crimes, até onde eu pesquisei. O Grupo Triângulo também é dono, desde março de 2054, de uma residência de dois andares que fica a dois quarteirões ao sul do hospital onde Brenegan foi morta. Os inquilinos entram e saem a cada seis meses, com a precisão de um relógio. Acho que talvez encontremos os nomes de alguns dos inquilinos entre os membros dos grupos terroristas Cassandra e Juízo Final.

— Kirkendall, Clinton, Isenberry, Grupo Triângulo. Que gracinha! Vamos conseguir ligar todos eles aos crimes, numa boa.

— Mas o emaranhado é grande, Dallas.

Eve andou pela sala de um lado para outro. Webster era de confiança, ela sabia disso. Mesmo assim, pertencia à Corregedoria. As horas extras do pessoal de sua equipe estavam começando a extrapolar, e o que mais fazia felizes o comitê de avaliação, os chefes de polícia e o pessoal que gostava de derrubar os colegas eram horas extras não autorizadas.

Mas havia maneiras de contornar o problema.

— Seu turno já acabou, Peabody — avisou Eve. — Você e o resto da equipe podem ir descansar.

— Mas ainda precisamos...

— O turno acabou! — Ela sorriu de leve para Webster, enquanto falava. — O que os membros da minha equipe fazem no tempo livre, no aconchego dos seus lares, não diz respeito a mim, nem ao departamento. Se quiser fazer algo útil — completou, virando-se para Webster —, vá preparar seu relatório e deixe-os longe da minha cola pelas próximas quarenta e oito horas.

— Consigo fazer isso. Fique à vontade para dar as ordens que quiser à sua parceira. Fiquei súbita e estranhamente surdo.

— Envie esses dados para seu computador pessoal, Peabody, e depois vá à Central.

— Você vai querer invadir esses locais?

— Amanhã. Tente descansar por, pelo menos, seis horas. Vamos montar o abrigo falso amanhã de manhã. Antes, porém, vamos transferir a equipe para a Central de Polícia, para evitar questionamentos da Corregedoria sobre nossos métodos e que diabos estamos fazendo aqui, trabalhando em minha casa. Agende uma sala de conferências para as sete da manhã. Avise ao resto da equipe para continuar as pesquisas em suas próprias casas, se eles assim desejarem.

Eve já antevia toda a ação na cabeça, e sua mente já montava estratégias.

— Comece procurando por outros imóveis em nome dessas companhias ou algo similar. Elas também podem estar no nome de um dos inquilinos que morava no prédio que fica perto do hospital. Se descobrirmos onde fica a base de operações deles, modificaremos a operação e atacaremos direto lá.

— Você vai trabalhar daqui mesmo?

— Sim, pesquisando os mesmos dados. Quero seu computador em rede com o meu. Se algo aparecer, vou para a Central. Entendeu tudo?

— Entendi.

— Agora, expulse esse bando de tiras da minha casa.

— Dallas. — Webster a fez parar quando ela já seguia para a porta. — Não é da conta de ninguém o que eu faço no meu tempo livre. Se, por acaso, eu conseguisse cópias dos dados que a detetive Peabody está investigando, poderia me distrair tentando vencer sua equipe nessa disputa e descobrir algo relevante antes deles ou de você.

— Peabody, você tem algum problema em disputar uma corrida com um sujeito da Corregedoria?

— Não. Adoro competições.

— Então vá em frente e faça-o comer poeira.

Tenho uma ideia melhor, pensou Eve, ao sair. Pediria a Roarke para desenrolar aquele novelo de dados. Trabalharia com ele e, juntos, ganhariam essa disputa. Havia civis na casa em número suficiente para assumir o controle e cuidar de duas crianças enquanto ela trabalhava.

Passou no laboratório de computação e depois seguiu para a sala onde Baxter e Trueheart estavam instalados, retransmitindo os dados para todos os outros.

— Verifiquem quem eram os donos dos imóveis antes da venda — ordenou. — Vejam se há pessoas ligadas aos suspeitos: militares, paramilitares, irmãos, cônjuges ou filhos. Consigam a situação atual de cada um. Vamos tentar desencavar algum informante, mas façam isso de suas casas. Oficialmente, o turno de hoje acabou.

Eve desceu as escadas, mas Summerset a interceptou quando chegou ao último degrau.

— Tenente, seus convidados merecem um pouco de atenção.

— Enfie suas lições de etiqueta no rabo. Avise a Roarke que vou trabalhar no escritório dele e mereço um pouco da atenção dele. Agora!

Satisfeita por ganhar tempo e, ao mesmo tempo, mandar Summerset enfiar algo no lugar certo, tornou a subir a escada e se instalou à mesa de Roarke.

— Ligar computador.

Um momento, por favor, enquanto o sistema verifica sua autorização por reconhecimento de voz... Devidamente verificado, querida Eve. Sistema ligado.

— Nossa, se alguém da minha equipe estivesse ouvindo isso seria um tremendo mico. Você não sabe que temos um monte de tiras em casa? Pesquisar todos os dados relacionados ao Grupo Triângulo.

Processando... Grupo Triângulo, imobiliária registrada, subsidiária da Corporação Cinco x Cinco.

Localização da sede ou do quartel-general do Grupo Triângulo.

Processando... O Grupo Triângulo também aparece como nome de uma empresa de eletrônica com sede na avenida Pensilvânia, número 1.600. Washington.

Apresentar mapa de Washington, ressaltando o endereço informado.

Mapa em exibição. O endereço informado é a Casa Branca.

— Sim, até eu já sabia disso. Tremenda egotrip a desses caras. Buscar dados sobre a Corporação Cinco x Cinco.

Ela se recostou enquanto o sistema lhe apresentava os dados e ergueu os olhos ao perceber que Roarke tinha chegado.

— Precisa de algo?

— Kirkendall adquiriu imóveis próximos a dois dos alvos. Alto luxo, um bom negócio. Pelo visto, ele os manteve em sua carteira de investimentos. Usou algumas empresas de fachada para comprá-los. Encontramos duas delas, até agora: Grupo Triângulo, subsidiária da Corporação Cinco x Cinco.

— Triângulo... — Ele foi até onde ela estava e a expulsou de sua cadeira. — Esse nome me parece lógico. Cinco x Cinco? Será que essa é uma indicação de que existem mais duas pessoas envolvidas nesses assassinatos?

— Esse x significa "vezes". É Cinco vezes Cinco.

— Vinte e cinco?

— Não, nada de multiplicação. É um termo militar antigo.

— Nessa você me pegou.

— Significa "alto e claro". Tipo "ouço você muito bem", "está tudo firme" e coisas desse tipo.

— Ah, entendi. — Ele analisou os dados que ela já havia levantado. — Casa Branca? Puxa, eles realmente "se acham", hein? A organização principal ostenta várias filiais com endereços importantes como os do Pentágono, ONU e... Acho que este aqui é o Palácio de Buckingham. Por mais que tenham delírios de grandeza, não obtiveram muita credibilidade no mundo dos negócios. Nunca ouvi falar em nenhuma dessas empresas. Vamos ver o que descobrimos.

— Posso deixar você cuidando disso por um instante? Preciso atualizar o comandante. Isso talvez ajude a deixar a Corregedoria longe do meu traseiro por mais um pouco.

— Pode ir, mas dê uma passadinha lá embaixo e veja se está tudo bem. Deixei Mavis bancando a anfitriã, e só Deus sabe o que ela poderá aprontar.

Eve ligou para o comandante e adiou por mais alguns minutos suas obrigações sociais para se despedir de Feeney, que já se preparava para ir embora.

Ao descer, encontrou apenas os adultos, inclusive Elizabeth, na sala de estar.

— As crianças estão bem — informou Elizabeth. — Estavam se divertindo tanto que eu os deixei juntos mais um pouco para eles se "enturmarem melhor", como diz Kevin.

— Bom. Ótimo. Tudo bem, então.

— Não se preocupe conosco — avisou Mira. — Você, obviamente, tem algo urgente para resolver. Podemos nos distrair sozinhos por mais algum tempo.

— Melhor ainda.

No salão de jogos, Nixie e Kevin deram um tempo nas máquinas de simulação e nos videogames. A menina gostou de ter outra criança por perto, mesmo sendo um menino. Além disso, a mãe e o pai dele pareciam pessoas muito legais. A mãe de Kevin chegou até mesmo a jogar Intergalactic War com eles, e quase ganhou!

Mas Nixie ficou feliz por ela sair do salão por alguns instantes. Havia coisas que não dava para conversar com adultos por perto.

— Por que você não fala do mesmo jeito que a sua mãe e o seu pai? — quis saber Nixie.

— Como assim? Eu falo igual a todo mundo.

— Mas eles têm um sotaque diferente. Por que você não tem?

— É que antes eles não eram minha mãe e meu pai o tempo todo, mas agora eles são.

— Quer dizer que eles adotaram você?

— Sim, e fizemos uma festa quando isso aconteceu. Foi quase uma festa de aniversário, com bolo de chocolate e tudo!

— Que legal! — Ela realmente achou interessante, mas sentiu uma fisgada no estômago. — Alguém também matou seu pai e sua mãe verdadeiros?

— Você quer dizer minha outra mãe? — corrigiu ele. — Porque eu tenho uma mãe verdadeira e ela está viva. Tem de ser assim para a criança ser adotada.

— Estou falando dessa, a verdadeira. Ninguém a matou?

— Não! — Kevin começou a acariciar Galahad, que se dignou a ficar quieto para ter sua barriga coçada. — É que às vezes ela saía, me deixava sozinho e eu ficava com fome. Tinha dias em que ela era legal, mas outras vezes batia em mim e dizia "vou arrancar seu couro, seu pestinha". — Ele riu ao contar isso, mas não foi uma expressão agradável, e sim uma careta. — Era essa a cara que minha mãe fazia quando batia em mim. Minha mãe de agora nunca me bate e não mostra a cara com dentes arreganhados. Nem meu pai. Às vezes eles fazem uma cara assim... — Ele juntou as sobrancelhas e tentou parecer severo e irritado. — De qualquer modo, na maior parte do tempo isso não acontece. Eles nunca saem de casa nem me deixam sozinho, e eu não fico mais com fome, como acontecia antes.

— Como foi que eles encontraram você?

— Eles foram me pegar em um local aonde as crianças vão quando não tem mãe, nem pai, nem ninguém. Dá para comer nesse lugar, e eles têm um monte de videogames, mas eu não gostava de ficar lá, e não precisei ficar por muito tempo. Meus pais de agora apareceram e me levaram para morar na Virgínia. Temos uma casa grande. Não tão grande quanto esta — reconheceu ele, com sinceridade. — Mesmo assim é bem grande, eu tenho um quarto só para mim e Dopey, o meu gato, também foi conosco.

Nixie passou a língua pelos lábios, receosa.

— Eles vão me levar para a Virgínia? — Nixie tinha mais ou menos ideia de onde ficava esse lugar. Sabia até o nome da capital, Richmond, porque precisava aprender, na escola, os nomes de todos os estados e suas capitais. Mas Virgínia não era Nova York. Não era ali. Não era a sua casa.

— Não sei. — Obviamente intrigado com a possibilidade, Kevin colocou a cabeça de lado e analisou a menina. — Você não mora aqui?

— Não. Eu não moro em lugar nenhum. Umas pessoas entraram na minha casa e mataram minha mãe e meu pai.

— Mataram como? Eles estão mortos de verdade? — Os olhos de Kevin se arregalaram muito. — Como foi?

— É que meu pai era bom e as pessoas que entraram na casa eram más. Foi o que Dallas me disse.

— Que sufoco! — Ele deu uma batidinha de consolo no ombro da menina, como tinha feito com Galahad. — Você teve medo?

— O que você acha? — reagiu ela, mas a solidariedade estampada no rosto de Kevin não desapareceu.

— Acho que eu ficaria tão apavorado que não conseguiria nem respirar.

A súbita expressão de raiva que tinha surgido no rosto de Nixie se dissolveu.

— Foi como eu fiquei — contou ela. — Eles mataram todo mundo, mas não conseguiram me matar, e eu preciso ficar aqui para ter proteção. Dallas vai agarrá-los e colocá-los na maldita de uma jaula.

Kevin tapou a própria boca com as mãos e olhou depressa para a porta.

— Você não pode dizer "maldita" — cochichou ele. — Minha mãe fica com aquele olhar zangado quando eu me esqueço e solto essa palavra.

— Mas ela não é minha mãe!

Quando as lágrimas cintilaram no rosto de Nixie, Kevin a puxou para junto de si, passou o braço sobre o ombro da menina e disse:

— Ela também poderá ser sua mãe, se você quiser.

— Quero minha mãe de verdade.

— Mas ela morreu.

Nixie se sentou, encolheu as pernas e pousou a cabeça sobre os joelhos.

— Eles não me deixam voltar para a minha casa, nem me deixam ir à escola. E eu nem sei exatamente onde fica Virgínia.

— Nós temos um quintal grande e também um cãozinho. Às vezes ele faz xixi no chão, é muito engraçado.

Nixie suspirou e repousou a bochecha sobre os joelhos.

— Vou perguntar a Dallas se eu tenho de ir para a Virgínia. — Enxugou as lágrimas, se levantou, ligou o scanner da casa e perguntou: — Onde está Dallas?

Dallas se encontra no escritório de Roarke.

— Escute, você precisa usar isto aqui. — Com muito cuidado, soltou o localizador pessoal da blusa e o prendeu na camisa de Kevin. — É assim que Summerset descobre onde eu estou. Só quero conversar com Dallas, com mais ninguém. Você precisa ficar aqui jogando videogames até eu voltar.

— Tudo bem. Quando você voltar, poderemos procurar Virgínia no mapa, se você quiser saber onde fica.

— Pode ser.

Nixie conhecia a casa ou, pelo menos, as partes que Summerset lhe mostrara. Para evitar passar pela sala de estar, subiu um andar pelo elevador, seguiu por um corredor comprido e desceu um lance de escada.

Uma parte dela sentiu vontade de fugir dali para sempre, mas para onde poderia ir? Não queria ficar sozinha. Sabia que, às vezes, as crianças ficavam sozinhas. Coyle lhe contara que havia lugares como Sidewalk City onde as crianças que ninguém queria moravam em caixas de papelão e precisavam mendigar para conseguir comida. Ela não queria morar em uma casa de papelão, mas também não era certo nem justo que eles quisessem mandá-la para longe dali. Ninguém nem perguntou se ela queria ir!

Caminhando pé ante pé, passou por uma porta e parou para ouvir.

Não conseguiu perceber som algum vindo do interior e olhou em torno para se localizar. Aquele era o escritório de Dallas, mas não havia ninguém lá dentro.

Rastejou até a porta seguinte.

— Temos de agarrar esses filhos da puta. Olhe só a lista imensa de inquilinos! A dois quarteirões da cena do crime, no caso de Brenegan, temos um local com mais rotatividade de pessoas que uma porra de uma porta giratória.

Havia um tom diferente na voz de Dallas, observou Nixie. Uma espécie de raiva ou maldade, mas também um pouco de empolgação. Como o tom que percebia na voz dos meninos maiores, na hora do recreio, quando alguém planejava bater em outro menino.

— Dois desses nomes na lista de inquilinos são pseudônimos de discípulos do Grupo Cassandra. Um deles é um conhecido escultor de rostos que já morreu. Pode apostar sua bunda linda que foi ele que fez a cirurgia plástica em Kirkendall e Clinton. Outro sujeito dessa lista está, atualmente, numa prisão fora do planeta, cumprindo prisão perpétua. Vou ter de pressioná-lo, e detesto viajar para fora do planeta.

— Se tivermos sorte nessa pesquisa, talvez você não precise ir até lá. Todas as propriedades ou companhias que eu encontro nos levam mais perto da base deles. Chegue um pouco mais para o lado, tenente.

— Certo, certo.

Nixie ouviu os passos de Eve pelo aposento e se agachou num canto.

— Pare de andar de um lado para outro — pediu Roarke. — Isso é irritante. Por que não me deixa fazendo isso por meia hora e desce para fazer sala junto aos convidados? Ou então vá perturbar outra pessoa, pelo menos.

— Mandei toda a minha equipe para casa. Você foi o único que sobrou para eu perturbar.

— Puxa, que sorte a minha!

Ouviu-se um bipe, seguido por um palavrão que só de Nixie pensar em pronunciar já lhe garantiria um mês de castigo.

— Dallas falando.

*Emergência para a tenente Eve Dallas. O lacre policial da entrada principal da cena do crime da família Swisher foi rompido.*

— Malditas crianças.

*Uma patrulhinha já foi enviada para o local. Confirme que a mensagem foi recebida e compreendida.*

— Confirmado. Peça à patrulhinha para cercar e vigiar o local atentamente. Faça com que os policiais usem coletes à prova de balas, por medida de precaução. Vou verificar o local pessoalmente. O tempo estimado de chegada é dez minutos.

*Entendido. O lacre deverá ser substituído. Emergência desligando.*

— Se já mandaram uma patrulhinha para o local, é desnecessário você ir até lá.

— Encontrei um bando de adolescentes lá, hoje à tarde. Devia tê-los perseguido e chutado suas bundas, mas não queria correr o risco de participar de outra perseguição. Se eles ainda estiverem lá dentro, quero consertar meu erro pessoalmente. E se tiverem saído e continuarem pelas redondezas, quero tirar um tempinho para caçá-los e distribuir umas porradas.

— Nesse caso, vou com você.

— Por Deus, Roarke, é um simples caso de distribuição de porradas, consigo lidar com isso sozinha. — Houve uma longa pausa, seguida por um silvo de raiva. — Tá bom, tá legal, não vou correr riscos desnecessários. Vou chamar Baxter e levá-lo comigo. Preciso que você fique aqui para coordenar as pesquisas com Peabody, quando ela chegar à Central.

— Coloque seu colete de proteção.

— Ai, caraca! — Ouviu-se o barulho de um chute em algum móvel. — Está bem, mamãe!

— Mais tarde, quando eu despir esse seu colete, você vai me chamar de outro nome completamente diferente.

— Ah-ah! Dez minutos para ir, dez para voltar, dez para distribuir porrada nos garotos. Estarei de volta em meia hora.

No canto do aposento, Nixie saiu de fininho. Com o coração martelando, desceu as escadas, entrou no elevador e ordenou que ele fosse para a biblioteca do andar térreo.

Lá havia uma porta para fora da casa e Nixie sabia que carro Dallas usava para trabalhar.

Eve se encontrou com Baxter na escada.

— Preciso que você faça uma batida comigo. O lacre foi quebrado na casa dos Swisher. Hoje à tarde eu coloquei um bando de adolescentes para correr de lá. Pelo visto, eles voltaram. Trueheart, pegue a viatura de vocês e vá para casa. Prometo enfiar seu parceiro num táxi depois de dar porrada nessas crianças. — Entregou um colete de proteção a Baxter. — Vista isto, não quero correr riscos.

Ele começou a despir o paletó.

— Troque de roupa lá em cima. Qual é, você acha que eu quero ver o que você chama de peito másculo? — Ela pegou um controle remoto no bolso e digitou um código.

— O que é isso? — perguntou Baxter.

Eve sentiu um calor lhe subir pela nuca, mas respondeu·

— É um controle remoto que traz minha viatura até a porta automaticamente.

— Que beleza, deixe-me ver...

Eve enfiou o aparelho de volta no bolso.

— Vá se vestir, Baxter. Quero me livrar logo desse problema irritante para poder voltar ao trabalho.

Ela esperou algum tempo e fez sinal para Mavis, chamando-a da sala de estar.

— Escute, preciso dar uma saída e vou ficar superatarefada quando voltar. Dá para você distrair todo mundo e deixá-los felizes?

— É o que eu sei fazer de melhor. Tive uma ideia: vou levar todo mundo para um mergulho na piscina, antes de comermos. Que tal?

— Ótima ideia. — Eve tentou imaginar Mavis pulando na água com Elizabeth e Mira e completou: — Não se esqueça de vestir uma roupa de banho, tá legal?

Do lado de fora, Nixie correu e se escondeu atrás de uma árvore quando ouviu um barulho de motor. Observou e ficou mais ofegante quando o carro de Dallas passou diante dela, sem motorista, e estacionou sozinho diante da casa. Viu quando o motor foi desligado e percebeu que as travas se abriram.

Aquilo era errado. Ela não devia fazer uma coisa dessas. Mas queria voltar para casa, mesmo que fosse só por alguns instantes. Antes de eles a mandarem embora de Nova York. Antes de eles a obrigarem a ter outra mãe e outro pai.

Olhou uma última vez para a casa, correu na direção do carro, abriu a porta de trás e deslizou silenciosamente para o chão da viatura. Bateu a porta do carro um segundo antes de a porta da casa se abrir. Ficou deitada ali com os olhos fechados, bem apertados.

— Você conseguiu um tremendo carro dessa vez, Dallas.

A voz de Baxter. Ele era legal e engraçado. Não ficaria muito bravo se eles a encontrassem ali.

— Não mexa nos controles do painel. Depois de resolvermos isso, preciso que você cole em Peabody e continue pesquisando os dados sobre os imóveis. Aposto que vamos localizá-los no Upper West Side. Merda, a base deles pode ficar a um quarteirão daqui desta casa.

— A vizinhança vai perder qualidade. Estamos saindo para essa balada às escondidas por causa do farejador da Corregedoria?

— Não, Webster é um cara legal. O problema é que eu precisava dispensar a equipe no final do turno, oficialmente. Trabalhar a partir da minha casa torna o caso ainda mais nebuloso para eles. Os políticos reclamam e a Corregedoria não gosta de áreas cinza, a não ser que o cinza tenha sido pintado por eles mesmos. Temos tiras mortos, tiras feridos, estamos bisbilhotando os casos de outros tiras, um deles encerrado, com um cara cumprindo pena pelo crime. Na visão deles, estou mais lenta do que deveria, e não quero lhes dar motivo para pedir meu afastamento do caso.

— Trazer a menina para sua casa a deixou com a retaguarda aberta.

— Eu sei — disse Eve, enquanto dirigia.

— Você fez a coisa certa, Dallas. Foi o melhor para ela. A menina não precisava só de proteção. Também precisava ser confortada.

— O que ela precisa é que eu encerre este caso e não posso fazê-lo se perder tempo com abobrinhas. Por isso é que o melhor é ficar em cima do muro enquanto Webster mantém os figurões longe dos nossos traseiros até darmos o bote. Olha lá, a patrulhinha já chegou à casa, vamos resolver logo isso.

Eve saltou e caminhou a passos largos até onde os dois policiais estavam.

— Algum de vocês entrou na casa?

— Não, senhora. Recebemos ordens para ficar de prontidão aqui. A luz estava acesa na janela da frente do segundo andar — informou um deles, apontando com a cabeça para a casa. — Apagaram a luz assim que chegamos, mas ninguém saiu do local.

— Já verificaram os fundos?

— Recebemos ordens para esperar aqui.

— Cristo santo, nenhum de vocês dois tem um cérebro dentro do crânio, não? Os garotos provavelmente já se espalharam por aí. Baxter, vá verificar lá atrás, eu entro pela frente. Vocês dois fiquem parados aqui e finjam que são policiais.

Ela se aproximou da porta e examinou o lacre e o cadeado eletrônico. Ambos tinham sido arrebentados e desativados. Tudo levava a crer que era obra de adolescentes, mas Eve seguiu o instinto e a fisgada na base da espinha. Sacou a arma antes de arrombar a porta com um chute.

Vasculhou tudo com os olhos. Viu o saguão, observou a direita, a esquerda e olhou novamente em frente. Mandou que as luzes se acendessem e ouviu atentamente. Havia alguns destroços espalhados. Garrafas de bebida largadas, sacos vazios de salgadinhos de soja. Restos de lanches já muito pisados cobriam o chão. Tudo indicava adolescentes, falta de respeito, festa secreta.

Quando ouviu um estalo forte no piso do andar de cima, correu para a escada.

Como não conseguia ouvir mais ninguém, encolhida no piso do banco de trás, Nixie se arriscou a erguer um pouco a cabeça para dar uma espiada no lado de fora da janela. Viu dois policiais na rua e mordeu o lábio inferior quando seus olhos se encheram de lágrimas. Eles não a deixariam entrar na casa. Se tentasse passar, eles a veriam.

No instante em que refletia sobre isso, viu clarões ofuscantes. Os dois policiais voaram para trás e caíram junto dos degraus do escritório onde sua mãe trabalhava. Tão furtivos que pareciam quase invisíveis, duas figuras vestidas de preto correram pela calçada e entraram na casa.

As sombras.

Nixie quis gritar, gritar bem alto, mas nenhum som saiu de sua garganta, e ela se espremeu no chão do carro novamente. As sombras matariam Dallas e Baxter, do mesmo jeito que tinham matado todo mundo. E ela escondida, ali. Eles cortariam as gargantas deles enquanto ela estava escondida.

Foi então que se lembrou do que trazia no bolso e pegou, meio desajeitada, o *tele-link* portátil que Roarke lhe dera. Apertou o botão com força e começou a chorar enquanto deslizava para fora do carro, dizendo:

— Você tem que vir aqui para ajudar. Eles chegaram e vão matar Dallas. Venha correndo!

Desligou o aparelho e correu na direção da casa.

Sentado diante de sua mesa, Roarke sentia a satisfação de quem consegue passar a perna em um adversário importante. Estava desmontando todos os arquivos encriptados, camada por camada. Ainda não alcançara o núcleo principal, pelo menos até agora, mas isso era apenas uma questão de tempo. Bastava cavar mais adiante, porque sempre havia rastros no fundo da lama. Ele conseguiria segui-los, agora. Do Grupo Triângulo, foi para a Corporação Cinco x Cinco; dali para a empresa Ação Unificada — outro termo militar. E descobriu pistas que se entrecruzavam. Encontrou o nome de Clarissa Branson registrada como presidente da Ação Unificada. Um clarão do passado veio à sua mente.

Clarissa era uma das agentes de mais alto nível do grupo terrorista Cassandra.

Eve conseguira prendê-la, lembrou ele. Antes disso, porém, a louca enfurecida e seu comparsa quase tinham matado eles dois e por pouco não explodiram a Estátua da Liberdade.* Clarissa e William Henson, o homem que a treinara. Ambos estavam mortos, agora. Mas e se...

Ele abriu outro programa e ordenou uma busca completa nos imóveis em Nova York que tinham como dono Clarissa Branson, William Henson ou qualquer combinação desses nomes.

Conferiu o relógio e imaginou que Eve devia estar chegando naquele momento à casa dos Swisher. Não valia a pena interromper a diversão dela, decidiu. Esculhambar e fichar um monte de delinquentes juvenis idiotas seria uma ação certamente divertida, por mais que ela negasse.

— Ah, aí estão vocês, seus canalhas filhos da puta. Branson Williams, rua Setenta e Três Oeste. Minha tira estava com a razão mais uma vez. Talvez valha a pena interromper a diversão dela, afinal.

— Roarke. — Summerset, normalmente o mais comedido dos homens, entrou correndo no escritório sem bater na porta. — Nixie desapareceu.

— Como assim? Seja mais específico.

— Ela não está nesta casa. Tirou o localizador da blusa e o prendeu no garoto. Disse a ele que precisava conversar com a tenente e o deixou sozinho no salão de jogos. Verifiquei em todos os scanners domésticos. Ela não está na casa.

— Bem, ela certamente não conseguiria sair da propriedade. O mais provável é que tenha simplesmente... — Ele pensou em Eve saindo com Baxter. — Ah, maldição!

---

* Ver *Lealdade Mortal.* (N.T.)

No instante em que se virava para o *tele-link* da mesa o outro aparelho, em seu bolso, tocou. Ele atendeu e ouviu a voz da menina.

— Convoque reforços! — ordenou ele com a voz apressada, enquanto digitava o código secreto que abria uma gaveta. — Entre em contato com Peabody e o resto da equipe e explique a todos o que aconteceu — ordenou a Summerset.

— Farei isso no caminho, porque vou com você. Aquela criança é responsabilidade minha.

Em vez de discutir, Roarke verificou a arma que pegara na gaveta, lançou-a para Summerset, escolheu outra para si mesmo e avisou:

— Você terá de correr para me acompanhar.

# Capítulo Vinte e Três

Assim que chegou ao pé da escada, Eve tirou o comunicador do bolso. Digitou um código e mandou que Baxter entrasse na casa para lhe dar apoio. Como não recebeu resposta, praguejou mentalmente. Ligou para a emergência e digitou o código de policial abatido e necessitando de assistência. Se tudo não passasse de um jogo de esconde-esconde promovido por garotos, ela sobreviveria à humilhação.

Recuou e seguiu silenciosamente para os fundos da casa, onde ligaria mais uma vez para Baxter e usaria a escada da empregada para alcançar o segundo andar.

Tinha acabado de entrar na cozinha quando todas as luzes da casa se apagaram.

Ela se agachou no escuro e, apesar de seu coração bater mais forte e acelerado, manteve a mente focada. Talvez eles acionassem a ratoeira a qualquer momento, mas ela tentaria pegar o queijo e escapar.

Digitou novamente no comunicador, planejando pedir reforço armado, mas viu que o aparelho em sua mão tinha sido desativado.

Todos os eletrônicos da casa tinham sido hackeados e desligados. Espertos, muito espertos. Mesmo assim, eles ainda teriam de encontrá-la antes de ela encontrá-los. Pensou mais uma vez em Baxter e bloqueou as emoções. Ele tinha sido abatido, disso não havia dúvidas. Os policiais na porta também.

Então somos apenas eu e vocês. Vamos ver quem ataca antes.

Permaneceu agachada e, com os olhos se ajustando à escuridão, se arrastou até o quarto da empregada. Um movimento às suas costas a fez girar o corpo e o dedo estremeceu no gatilho.

Reconheceu Nixie pelo cheiro antes mesmo de ver a silhueta miúda da menina. Murmurando palavrões, colocou a mão sobre a boca da menina e a arrastou com ela para a saleta de estar junto do quarto de Inga.

— Você ficou maluca, porra? — cochichou Eve.

— Eu os vi, eu os vi. Eles entraram na casa e subiram a escada.

Aquele não era o momento de fazer perguntas.

— Escute o que vou dizer. Esconda-se aqui, muito bem escondida. Não faça barulho, não dê nem um pio. E não saia daqui até eu mandar.

— Eu chamei Roarke. Liguei para ele pelo meu *tele-link*.

Por Deus, onde é que ele iria se enfiar?, pensou Eve.

— Tudo bem. Não saia daqui do quarto até que eu ou ele mande você sair. Os bandidos não sabem que você está aqui e não vão encontrá-la. Preciso subir.

— Não pode fazer isso, eles vão matar você!

— Nada disso, não vão me matar, não. Preciso subir porque meu amigo foi ferido. — Ou está morto. — Este é o meu trabalho. Faça o que eu mando, sem discutir.

Ela praticamente arrastou Nixie pelo quarto e a enfiou debaixo do sofá.

— Fique aqui e permaneça caladinha, senão vou encher você de porrada.

Eve abriu a porta que dava para a escada e soltou um suspiro de alívio ao notar que a empregada mantinha as dobradiças muito bem lubrificadas, e a porta não rangeu. Leve a ação para o segundo andar, ordenou a si mesma. Longe da menina. Leve a ação para onde eles estão.

Roarke pediria reforços, isso era certo. Assim como era certo que ele já estava a caminho dali, provavelmente tentando afastar a preocupação com ela. E talvez não conseguisse se livrar dessa preocupação por completo.

Subiu os degraus como uma sombra e colou o ouvido na porta do segundo andar.

Nenhum som, nem o de alguém respirando. Eles estavam usando óculos de visão noturna, obviamente. Já deviam ter se espalhado pela casa, à procura dela. Fechariam as saídas e varreriam cada cômodo até encontrá-la. Tinha mentido para Nixie. Eles a encontrariam, sim. Fariam isso porque estavam em busca de uma tira e olhariam com cuidado em todos os cantos da casa.

A não ser que ela se mostrasse antes.

Os canalhas achavam que ela procurava adolescentes, e certamente não esperavam vê-la com a arma em punho e, menos ainda, preparada para atacá-los.

Era hora de lhes fazer uma surpresa.

Flexionou os ombros e entrou pela porta subitamente, agachada e atirando em semicírculo, para a direita e para a esquerda.

Viu que houve resposta ao seu ataque, vindo pelo lado esquerdo, mas a rajada foi alta e ela já estava deitada, rolando o corpo pelo chão. E atirou na direção da origem do clarão.

Viu a sombra e ouviu o baque surdo quando a rajada lançou um deles de costas na parede.

Pulou para frente e olhou com atenção. Era um dos homens, mas não dava para ver qual. Fora devidamente atordoado e abatido. Ela arrancou os óculos de visão noturna que ele usava e confiscou sua arma e sua faca de combate. E correu para se esconder quando ouviu passos fortes subindo a escada da frente.

Prendeu os óculos na cabeça e piscou ao ver a luz verde e distorcida do equipamento, que tonava tudo surreal. Prendeu a faca no cinto, empunhou as duas armas de atordoar, uma em cada mão, e saiu atirando.

Mal percebeu o movimento às suas costas e ainda conseguiu girar o corpo no próprio eixo, mas não foi rápida o bastante para evitar o golpe da faca. A lâmina atravessou o couro da sua jaqueta, passou ao lado do colete e rasgou-lhe o músculo do ombro.

Usando o momentum do próprio movimento e a dor, Eve girou o punho e ouviu o agradável som de cartilagem quebrando.

Atirava novamente na direção da escada — é preciso mantê-lo longe de mim! —, quando sua agressora tornou a pular em cima dela.

O chute atingiu Eve em cheio no esterno e lhe tirou a respiração, fazendo com que as duas armas lhe escorregassem pelos dedos como sabonetes molhados.

Conseguiu ver o rosto de Jilly Isenberry. O sangue lhe escorria pelo nariz, mas ela sorria. Sua arma de atordoar continuava no coldre, e sua faca de combate estava na mão.

Ela gosta de festa, pensou Eve. Gosta de brincar.

— Inimigos chegando! — gritou o comparsa de Isenberry, que voltara ao andar de baixo. — Abortar a missão!

— Porra nenhuma, eu a peguei! — O sorriso se ampliou. — Estava louca por esse momento. Levante-se, sua vaca.

Pegando a faca no cinto, Eve aguentou a dor e se levantou, dizendo:

— Tenente Vaca. Quebrei a porra do seu nariz, Jilly.

— Pois vai pagar caro por isso, agora.

Ela pulou com o punho em riste, girou o corpo e deixou de acertar o rosto de Eve por poucos centímetros. Mas a faca desceu na direção do peito de Eve e rasgou sua blusa, Felizmente, o golpe foi aparado pela malha de metal.

— Colete de proteção? — reagiu Isenberry, colocando-se em pé. — Eu sabia que você era uma mocinha.

Eve simulou um soco pelo alto, mas atacou por baixo com o outro punho e acertou em cheio o sorriso de Isenberry e avisou:

— Ofensas não ferem, machona.

Furiosa, Isenberry tentou pegar a arma. Eve ficou na ponta dos pés para tomar um bom impulso. Nesse instante as luzes se acenderam, deixando ambas cegas.

Roarke entrou pela porta da frente com a rapidez de um relâmpago, rolou para a esquerda um décimo de segundo antes de a rajada ser lançada, e dois décimos de segundo antes de Summerset ligar as luzes.

Viu o homem arrancando os óculos de visão noturna ao mesmo tempo em que girava o corpo e desaparecia atrás de um portal.

Roarke conseguiu ouvir o som de combate no andar de cima. Eve estava viva e lutava com alguém. O medo gélido que lhe apertava o coração diminuiu sua força. Ele lançou outra rajada e rolou na direção oposta.

— Vá ajudar Eve! — ordenou a Summerset, e pulou pela porta para interceptar sua presa.

As luzes estavam ofuscantes, agora. Roarke apurou os ouvidos em busca de qualquer som, por mínimo que fosse. Ouviu sirenes ao longe. Aquilo era bom, ele sabia. Mas sentiu dentro de si a vontade fria e dura de quem queria lutar e fazer alguém sangrar.

Seguindo com a arma em punho, já chegava à curva do corredor quando os gritos e o barulho abafado de corpos que pareciam despencar por uma escada tirou sua concentração por um breve instante.

Nesse curto momento de distração, a rajada passou de raspão pelo alto do seu ombro, queimando-lhe a pele e provocando-lhe uma dor de enlouquecer. Sentiu cheiro de sangue, de carne queimada e — segurando a arma com a mão esquerda, agora —, disparou rajadas a esmo enquanto lançava o próprio corpo para o ar em um salto mortal.

Vidraças explodiram e os cacos voaram em todas as direções. Roarke viu que seu oponente foi lançado para trás e pulou em cima dele como um cão raivoso.

Eve estava parada junto à base da escada que dava na entrada dos aposentos de Inga. Seu corpo vibrava de dor e suas mãos estavam pegajosas de sangue. A faca continuava em sua mão, os dedos agarrados com firmeza ao cabo, como se estivessem soldados. Jilly Isenberry estava debaixo dela, seus rostos tão colados que Eve conseguiu ver que a vida se esvaía dos olhos da oponente.

Ouviu a criança debaixo do sofá chorando baixinho, mas tudo parecia um sonho. Sangue, morte, a faca em sua mão.

Ouviu alguém descendo a escada às pressas e se forçou a sair de cima de Isenberry.

A dor lhe lançou fisgadas por todo o ombro e o corpo, e sua visão ficou enevoada. Viu a si mesma em um quarto banhado de luz vermelha e se ouviu implorando por misericórdia.

— Tenente! — Summerset, agachado, se curvou até que ela conseguisse ver seu rosto. — Deixe-me examiná-la, para ver se está ferida.

— Não me toque! — Ela ergueu a faca e exibiu a lâmina. — Não toque em mim.

Foi então que ela viu a menina encolhida debaixo do sofá, seu rosto branco como uma vela. Tão pálida que um pouco do sangue que havia espirrado para todos os lados durante a queda da escada pontilhava seu rosto como sardas vermelhas.

Viu os olhos da menina, vidrados de choque. De algum modo, Eve percebeu que aqueles olhos eram os dela.

Obrigou-se a se levantar e foi, cambaleando, até a cozinha.

Ele estava vivo. Cheio de sangue no corpo, como ela. Mas, que diabos, sempre havia sangue, mesmo. O fato é que Roarke estava vivo, parado em pé, e se virou na direção dela.

Eve balançou a cabeça para os lados e caiu de quatro quando sua mente girou e seus joelhos cederam. Rastejou os últimos centímetros até chegar ao local onde Roger Kirkendall estava esparramado no chão.

O canalha também estava coberto de sangue. Mas não estava morto. Ainda não. Ainda não. Ela girou a faca na mão e apertou o cabo com mais força.

Será que seu braço estava quebrado? Por que ela tinha ouvido um estalo, quando caiu? A dor continuava ali, mas parecia uma lembrança antiga. Se enfiasse a faca nele, se a girasse dentro dele com força e o esfaqueasse de novo, de novo e mais uma vez, sabendo o que fazia e *sentindo* essa emoção, será que a dor iria embora?

Observou as gotas de sangue que pingavam dos seus dedos e sabia que seria capaz de fazer isso. Conseguiria fazê-lo, e talvez isso encerrasse o assunto.

Assassino de crianças, violador dos mais fracos. Por que simplesmente colocá-lo numa cela não lhe parecia o bastante?

Encostou a ponta da faca na pele sobre o coração dele e sua mão estremeceu. Até que o braço também estremeceu, e logo depois o próprio coração. Só então afastou a mão dali.

Ficando de joelhos, conseguiu recolocar a faca no cinto e informou:

— Alguns dos meus homens foram abatidos, preciso dos paramédicos aqui.

— Eve.

— Agora não. — Havia um soluço, ou talvez um grito, que tentava se arrastar para fora da sua garganta. — Baxter entrou pelos fundos e foi derrubado. Não sei se ainda está vivo.

— Os tiras que estavam na porta da frente foram atingidos por uma rajada de atordoar. Não sei a gravidade do seu estado, mas estão vivos.

— Preciso verificar como está Baxter.

— Daqui a pouco. Você está sangrando.

— Ele... — Não, não tinha sido ele. — Ela me agarrou e o tombo pela escada foi feio. Acho que desloquei o ombro.

— Deixe-me dar uma olhada. — Ele foi gentil e a ajudou a se levantar, mas Eve ficou subitamente pálida.

— Estou me aguentando — informou ela, olhando para ele.

— Querida, é melhor você tomar um analgésico potente antes de qualquer coisa.

— Estou me aguentando — repetiu ela, balançando a cabeça, e agarrou a mão dele com toda a força, soprando três silvos de dor ao fitar aqueles olhos lindos.

*Muito azuis, selvagens e focados.*

Com um puxão violento que jogou o estômago de Eve na garganta e a fez ver estrelas cintilantes, Roarke colocou o ombro dela no lugar, com um estalo firme.

— Merda. Merda. Merda! — Ela tentou retomar o fôlego, tombou levemente a cabeça e agradeceu por ele continuar segurando-a com firmeza. — Tudo bem, tudo bem. Agora está melhor.

Ela precisava muito daquele puxão violento, pensou, não apenas para acabar com a dor no ombro, mas também para trazê-la de volta por completo à realidade do lugar onde estava.

— A garota? — quis saber ela.

— Está com Summerset.

Ele saiu do quarto com Nixie no colo, agarrada com força ao seu pescoço.

— Ela não está ferida — informou ele, com um leve tremor na voz. — Apenas assustada. Precisa ser levada para longe daqui.

— Eu quero ver a cara dele. — A voz de Nixie estava pesada quando ergueu a cabeça do ombro de Summerset. Suas bochechas estavam molhadas e seus olhos ainda brilhavam muito. Mas ela olhou fixamente para Eve. — Quero ver a cara do homem que matou minha família. Dallas me disse que eu poderia ver.

— Traga-a aqui.

— Acho que não é bom... — começou Summerset.

— Não estou perguntando o que você acha. — Foi até onde ele estava. Quando a menina se contorceu para sair do colo do mordomo, Eve pegou uma das suas mãos miúdas e a colocou em sua mão ensanguentada. — A mulher morreu — informou ela, com a voz sem expressão. — Quebrou o pescoço quando despencamos escada abaixo.

O estalo não foi do meu braço, afinal, pensou Eve, embora seu ombro doesse mais que um dente podre.

— Tem mais um no andar de cima — completou ela.

— Está inconsciente. Já o desarmei e amarrei — informou Summerset.

— Esse aqui está muito ferido — continuou Eve —, mas vai resistir. E vai viver ainda por muitos anos, quanto mais melhor, porque nunca mais verá a liberdade novamente. Vai comer, mijar e dormir quando e onde mandarem. O lugar para onde ele vai... Está ouvindo isso, Kirkendall? — gritou ela. — O lugar para onde você vai se parece com a morte. Só que você terá de aturar essa morte, dia após dia, após dia.

Nixie olhou para baixo e seus dedos apertaram os de Eve com mais força.

— Ela vai colocar você na maldita de uma jaula — disse a menina, com a voz firme. — Depois, no dia em que morrer, você vai direto para o inferno!

— Isso mesmo — confirmou Summerset, correndo até Nixie e pegando-a no colo mais uma vez. — Agora vamos sair e deixar a tenente completar o seu trabalho.

Peabody entrou correndo, alguns passos à frente de um exército de tiras.

— Meu santo Cristo! — exclamou.

— Baxter foi derrubado. Está caído, provavelmente nos fundos da casa. Vá até lá para ver se ainda está vivo. — Eve se virou para um policial, quando Peabody saiu. — Temos mais um suspeito caído no segundo andar, inconsciente e amarrado. Há uma terceira suspeita na porta do quarto ali atrás, morta. Portanto, temos três bandidos para levar daqui. Quero os paramédicos, a equipe de peritos para registrar tudo, o médico legista, os técnicos e o capitão Feeney, da DDE.

— Tenente, a senhora não me parece muito bem.

— Vá cumprir essas ordens e deixe que eu mesma me preocupe com minha aparência. — Foi até os fundos da casa para verificar por si mesma como Baxter estava, e o viu caminhando, um pouco cambaleante, amparado por Peabody.

Os joelhos de Eve quase derreteram de alívio.

— Eu devia saber que esse safado não estaria morto. Onde é que está o apoio que eu pedi, Baxter?

— Eles me deram uma rajada, que foi aparada pelo colete. Deve ter sido isso. — Passou a mão na parte de trás da cabeça e exibiu os dedos cheios de sangue. — Isso me lançou para trás com violência e eu bati com a cabeça na porra do cimento. Agora, estou em companhia da mãe de todas as dores de cabeça.

— Ele sofreu concussão — informou Peabody. — Precisa ir para o centro médico

— Cuide da remoção dele.

— Que diabos aconteceu aqui? Alguém morreu? — quis saber ele.

— Um deles — informou Eve.

— Que ótimo. Mais tarde você me conta tudo. Peabody, minha linda, veja se consegue algumas drogas contra a dor.

Roarke tocou de leve as costas de Eve e sugeriu:

— Vamos aproveitar para dar uma olhada cuidadosa nesse braço e no resto de você.

— Ela me acertou alguns socos bem dados, mas eu devolvi todos. Olho por olho, dente por dente.

— Seu nariz está sangrando.

— O dela está quebrado — respondeu Eve, de pronto. — Veja quem é a mocinha, agora. Chutei a bunda da vadia porta afora, mas ela foi rápida com os braços e me arrastou com ela escada abaixo. A queda... acho que foi a queda... a fez quebrar o pescoço. Já estava morta quando aterrissou.

Ela massageou com a mão o ombro que ainda sangrava e se virou de frente para ele. Só então prestou atenção no estado em que ele estava.

— Você foi atingido. O ferimento é grave?

— Pois é, ele também me acertou — disse Roarke, e sorriu. — Posso lhe garantir que também dói pra cacete.

Ela tocou o rosto dele com os dedos manchados de sangue e avisou:

— Você vai ficar com o olho roxo.

— Ele ficou em estado pior. Por que nós não... puxa, assim é exagero! — exclamou Roarke quando Eve arrancou de uma vez só a manga rasgada da camisa dele.

— Já ia para o lixo, mesmo. — Ela apalpou e cutucou o ferimento e o fez praguejar em dois idiomas. — Seu ombro ficou muito estourado.

— Tanto quanto o seu. — Ele ergueu as sobrancelhas quando dois paramédicos chegaram. — Damas primeiro!

— Não, civis primeiro. E eu não sou uma dama.

Ele riu e a beijou com força na boca.

— Você é *minha* dama. Mas, tudo bem, vamos aguentar os primeiros socorros juntos.

Aquilo pareceu justo a Eve, mas ela reclamou com os paramédicos e ameaçou todos por antecipação, para o caso de eles a colocarem para dormir. Ainda precisava coordenar as várias equipes e gravar um relatório preliminar, enquanto observava os três assassinos — dois vivos e uma morta — serem carregados dali.

Interrogaria os vivos na manhã seguinte.

— Vou para a Central cuidar da papelada — disse Peabody. — Tem um monte de tiras se apresentando como voluntários para agilizar as coisas. Um deles se ofereceu para dar uns chutes nos suspeitos por conta do que aconteceu a Knight e Preston.

— Vamos fazer os interrogatórios de amanhã com os dois separados.

— É melhor enviar uma equipe para isolar este endereço hoje à noite. Rua Setenta e Três Oeste. — Roarke informou o local a Eve. — Acho que vocês encontrarão o quartel-general deles lá.

Eve pegou o endereço e, vestindo apenas a camiseta ensanguentada, sorriu.

— Eu *sabia*! Peabody, escolha policiais de confiança e coloque-os para vigiar Kirkendall e Clinton. Convoque a equipe e que se danem as horas extras. Vamos encerrar o caso esta noite.

— Beleza!

— Mande os detetives eletrônicos na frente — acrescentou Eve. — Quero, deixe-me ver, Jules e Brinkman da Divisão de Bombas e Explosivos. Não sei se eles deixaram o lugar protegido ou se existem armadilhas por lá. Quero todo mundo de coletes de proteção e equipamento antitumulto completo. Pode haver mais de três pessoas envolvidas nessa história. Vou entrar em contato com o comandante para conseguir as autorizações.

Ela se virou para Roarke.

— Você pode participar, se quiser.

— Não consigo imaginar um jeito mais divertido de encerrar a noite.

— Espere só cinco minutos. — Ela se afastou, com o comunicador na mão. — Ei, essa é a minha arma, seu mané — reclamou, e pegou a pistola que estava na mão de um dos técnicos que analisavam a cena. — Devolva isso pra mim!

— Desculpe, senhora, mas ela precisa ser examinada.

— Droga, você sabe quanto tempo leva para conseguir... Comandante, temos dois suspeitos em custódia e um morto no local.

— Estou indo para a cena do crime agora. Acabei de saber que quatro policiais foram feridos e um deles é você.

— Os paramédicos já cuidaram de mim, senhor, os outros três estão sendo levados para o hospital. Os suspeitos já estão devidamente imobilizados. Descobrimos a localização do que julgamos ser a base de operações do grupo. Convoquei minha equipe e dois especialistas em bombas e explosivos. Como minha casa fica mais próxima da cena do crime e da provável base, vou coordenar todas as manobras de lá. Com sua permissão, senhor.

— Eu a encontro em sua casa, então. Qual a extensão dos seus ferimentos, tenente?

— Vou sobreviver, senhor.

— Sim, sei que vai.

— Muito bem, então — murmurou Eve, quando ele desligou na cara dela. — Quero as evidências e este local limpo a ponto de alguém poder comer no chão — anunciou em voz alta, para que todos os técnicos responsáveis pelos registros da cena do crime pudessem ouvi-la. — E quero o lugar isolado de tal forma que nem a porra de uma pulga conseguirá passar por baixo da porta. Quem fizer merda será enrabado no café da manhã.

Acenou para Roarke, que se juntou a ela, acompanhando seu ritmo.

— Adoro quando você rosna e faz ameaças, querida. Isso me excita demais!

— Você ficará ainda mais excitado antes que a noite termine. Ela saiu na calçada e achou divertido quando Roarke usou o casaco de couro dela, arruinado, para lhe proteger os ombros.

Mas o sorriso desapareceu ao ver Summerset sentado em um dos carrões de Roarke com Nixie nos braços. A janela desceu quando ela se aproximou.

— Tive de prometer à menina que não iríamos embora sem ela conversar com a senhora — disse Summerset.

— Não tenho tempo para... — Parou de falar quando Nixie ergueu a cabeça. — Que foi?

— Posso falar com você só por um minuto? Por favor.

— Sessenta segundos, no máximo. Vamos lá.

Quando Nixie saiu do carro, Eve começou a caminhar pela calçada, e emitiu um rosnado ao ver a cambada de curiosos que já se acotovelavam diante do perímetro de segurança montado pelos guardas. Roarke teria apreciado. Mudou de rumo, seguiu para sua viatura e mandou que Nixie entrasse junto com ela.

— Você se escondeu no banco de trás?

— Hum-hum — confirmou a menina, com a cabeça.

— Eu devia socar cada centímetro do seu corpo. Só não faço isso porque meu braço ainda está doendo muito e porque... talvez sua burrice tenha nos ajudado um pouco. É claro que eu conseguiria dominar os três — ela pressionou a mão sobre o ombro, que latejava —, mas foi conveniente que Roarke tenha derrubado o terceiro.

— Eu queria voltar para casa.

Eve recostou a cabeça no encosto do banco. Derrotar três adversários armados e perigosos era muito mais fácil que caminhar pelo campo minado das emoções de uma criança.

— Queria voltar? E o que encontrou aqui? Este se tornou um lugar desolado, o pior de todos. Não é mais o seu lar.

— Queria vê-lo mais uma vez.

— Tá, eu entendi. Mas esse lugar não passa de uma casa... Materiais de construção empilhados. O que importa de verdade é o que você tinha ali, antes de as coisas ruins acontecerem. Pelo menos é assim que eu vejo.

— Você vai me mandar embora da sua casa?

— Estou lhe oferecendo uma chance, a melhor que eu consegui. — Eve ajeitou a cabeça e se remexeu no banco. — Você sofreu golpes muito violentos. Pode se levantar ou continuar no chão. Eu acho que você vai se levantar. Elizabeth e Richard são gente boa. Sabem lidar com coisas assim porque também já receberam golpes violentos da vida. Querem lhe dar um novo lar, uma família. Não vai ser tão bom quanto era antes, mas também poderá ser bom e diferente. Você poderá transformar isso em algo melhor, sem precisar esquecer como as coisas eram na sua antiga casa, antes de as coisas ruins acontecerem.

— Tenho medo.

— Então você não é tão burra quanto eu pensei. Covarde é outra coisa que você não é. É importante que você dê uma chance a isso, para ver o que acontece.

— Virgínia é muito longe daqui?

— Não muito.

— Vou poder visitar você, Roarke e Summerset, de vez em quando?

— Sim, acho que sim. Mas só se estiver realmente interessada em rever a cara medonha de Summerset.

— Se você me prometer que posso, sei que vai acontecer. Você disse que iria pegá-los e fez isso. Você mantém suas promessas.

— Então eu prometo. Agora preciso ir embora, para encerrar o caso.

Nixie ficou de joelhos no banco, se inclinou um pouco e beijou o rosto de Eve. Depois, pousou a cabeça no ombro da tenente que não estava machucado, suspirou longamente e disse:

— Sinto muito por você ter se ferido para me ajudar.

— Não foi nada. — Eve se viu erguendo a mão automaticamente para acariciar aqueles cabelos macios e muito claros. — Faz parte do trabalho.

Ficou sentada mais um pouco ali depois que Nixie saiu do carro. Acompanhou com os olhos quando a menininha foi até Roarke, que se inclinou enquanto conversavam. E apreciou o abraço carinhoso com o qual ele envolveu a menina quando ela o beijou.

Summerset a acomodou no carro, prendeu o cinto e passou os dedos magros e ossudos, de leve, sobre o rostinho dela. Quando eles saíram, Roarke entrou na viatura ao lado de Eve.

— Tudo bem com você?

— Vou precisar de mais um minuto — disse ela, balançando a cabeça.

— Use o tempo que precisar.

— Ela vai ficar bem. Tem coragem, garra e coração. Envelheci dez anos em um segundo quando ela entrou na casa correndo, mas reconheço que é muito corajosa.

— Ela ama você.

— Ah, por Deus.

— Você a encontrou, a protegeu e a salvou. Ela vai amar você cada vez mais ao longo do tempo, à medida que for se curando. E você estava certa quando a deixou ver o rosto dele.

— Tomara que sim, porque não estava raciocinando direito naquela hora. Acho que foi o tombo da escada ou... — Parou de falar e emitiu um silvo prolongado. — Não foi só a queda. Foi o sangue, a faca, a dor. Ouvi o pescoço dela estalar e foi como um eco na minha cabeça. Quando eu saí da cozinha e vi você, senti um alívio estranho, distante, como se fosse em outra parte de mim.

Ela respirou fundo e devagar, antes de completar:

— Você teria deixado que eu o matasse. Teria se mantido impassível para me deixar enfiar aquela faca nele.

— Sim, eu teria me mantido longe para deixá-la fazer o que desejava ou precisava.

— Até mesmo assassinato a sangue-frio.

— Não há nada de frieza nisso, Eve. — Ele tocou o rosto dela e a forçou a fitá-lo. Seus olhos não estavam azuis e selvagens agora, e sim calmos, profundos e seguros. — Você não teria conseguido fazer o que pretendia.

— Mas quase consegui. Cheguei a ter a sensação exata da faca entrando no corpo dele.

— *Quase* conseguiu. E se algo dentro de você a fizesse ir em frente, teríamos condições de lidar com as consequências. Mas o que está dentro de você, o que você é até os ossos, Eve, não permitiria que você o matasse. Tudo o que precisava era ficar ajoelhada ao lado dele com a faca na mão para entender isso com clareza.

— Acho que entendi.

— Amanhã você vai enfrentá-los, vai encarar ambos no interrogatório. O que você vai fazer será pior, para ele, do que uma facada no coração. Você o derrotou, o impediu de ir em frente e o colocou na cadeia.

— Esse eu enjaulei, mas logo outro como ele vai sair debaixo das pedras, rastejando. — Ela pressionou o ombro e tentou girar o braço. — Então, é melhor voltar à boa forma logo, para poder perseguir o próximo.

— Amo você loucamente.

— Sim, eu sei que ama. — Ela sorriu e, rezando para que ninguém estivesse olhando, pousou os lábios sobre o ombro queimado dele. — Vamos nos lavar e voltar para o trabalho.

Ela olhou pelo espelho retrovisor enquanto saía da vaga. Apenas uma casa, pensou. Eles limpariam todo o sangue e tirariam o cheiro da morte. Outra família logo se mudaria para lá.

Torceu para que eles tivessem uma vida muito feliz.

**Não perca o próximo lançamento da Série Mortal:**

# Origem Mortal

A tenente Eve Dallas, da Polícia de Nova York, acompanhada de sua inseparável parceira, Delia Peabody, é recebida nos glorificados salões do Centro Wilfred B. Icove para Reconstrução Corporal e Cirurgia Cosmética. Foram chamadas para investigar um caso. Uma estrela de cinema popular foi agredida até seu rosto virar uma massa disforme de sangue – e acabou matando seu agressor ao tentar se defender.

No interrogatório que se seguiu à cirurgia plástica de reconstituição facial à qual a bela atriz foi submetida, Dallas e Peabody confirmam que se trata de um caso inconfundível de assassinato em legítima defesa. Antes de saírem do prédio, porém, outro caso macabro cai em suas mãos.

O dr. Wilfred B. Icove, dono da clínica, acabou de ser encontrado morto em seu consultório. Foi assassinado de uma forma terrivelmente eficiente: uma facada no coração. Atônita diante das condições imaculadas da cena do crime, Dallas suspeita que o crime foi cometido por um assassino profissional. Os discos de segurança do prédio mostram uma mulher estonteantemente bela entrando e saindo do prédio com toda a calma do mundo: ela foi a última paciente atendida pelo cirurgião.

Conhecido mundialmente pelo apelido de "Dr. Perfeição", o virtuoso médico devotava a vida à família. Não tinha ficha criminal, e seu passado era puro com um campo nevado. Tudo parece limpo demais para Dallas. Ela sabe que ele andava escondendo algo e suspeita de que o filho do morto, e seu sucessor nos negócios, conhece esse segredo.

Então, inesperadamente – tal pai, tal filho –, o jovem dr. Icove é igualmente assassinado com a mesma precisão mortal. Quem é a mulher misteriosa e qual é o relacionamento dela com os bondosos médicos? Ajudada pelo marido Roarke, que sempre atua por trás dos panos, Dallas segue seus instintos mais obscuros e mergulha no passado dos dois médicos mortos. Descobre homens dedicados a criar a perfeição estética, brincando de forma desenfreada com as leis da natureza, os limites da ciência, a ética e a moral da humanidade.

Impresso no Brasil pelo
Sistema Cameron da Divisão Gráfica da
DISTRIBUIDORA RECORD DE SERVIÇOS DE IMPRENSA S.A.
Rua Argentina 171 – Rio de Janeiro, RJ – 20921-380 – Tel.: 2585-2000